DAHYANG
ROMANCE STORY

2-1

*Between
class 1 and class 2*

육수진 장편 소설

1반과 2반 사이

Between class1 and class2

1반과 2반 사이

Between class1 and class2

1판 1쇄 찍음 2023년 5월 4일
1판 1쇄 펴냄 2023년 5월 15일

지은이 | 욱수진
펴낸이 | 정　필
펴낸곳 | (주)빨미디어

기획 · 편집 | 이경순
표지 · 디자인 | 소 정

출판등록 | 2002년 9월 11일 (제1081-1-132호)
주소 | 경기도 부천시 원미구 소향로17, 303(두성프라자)
전화 | 032)651-6513 팩스 | 032)651-6094
E-mail | dahyangs@naver.com
블로그 | http://blog.naver.com/dahyangs
비북스 | http://b-books.co.kr

값 10,000원

ISBN 979-11-6973-499-8 03810

목차

"이 정도면 완벽이 아니라 갓벽이지!"

생애 첫 데이트 준비를 마친 태영은 자신만만한 얼굴로 거울 앞에 섰다.

빨간색 머리띠, 분홍색 미니 원피스, 노란색 양말. 완벽하게 투머치한 패션. 하지만 괜찮다. 패션의 완성은 얼굴이랬다.

태영은 거울 속 제 얼굴을 유심히 들여다봤다. 무려 두 시간 동안 공들여 한 화장이 어찌나 마음에 드는지 웃음이 절로 뿜어져 나왔다.

"최니! 나 어때?"

태영은 뒤로 휙 돌았다. 그러곤 제 방 침대에 누워 과자를 먹고 있는 찐친 최해니를 향해 물었다.

"이러고 나가면 유일반이 못 알아보려나? 나 너무 딴사람 같지?"

"!"

친구의 화장한 모습을 오늘 처음 본 해니는 먹던 과자를 떨어뜨릴 정도로 놀라워했다.

"왜 아무 말도 없어? 나 어떠냐니까."

"어떠냐고? 너 진짜 양심도 없다. 뭘 물어. 완전 대박이지."

"그치? 나 앞으로 맨날 화장하고 다닐까 봐. 소질 있는 듯."

"응. 그래. 대신 내 원피스 도로 내놔."

해니가 떨떠름한 표정으로 분홍색 원피스를 가리켰다. 그러자 태영이 곧장 양팔로 제 몸을 감싸 안으며 원피스를 사수했다.

"갑자기 줬다 뺏는 게 어딨어?"

"뺏기기 싫음 당장 화장부터 지워. 완전 대박이야. 대박 별로라고."

"뭐?"

"너 지금 머리부터 발끝까지 내 원피스 빼놓고 다 구리거든?"

특히 저 진한 볼 터치는 아주 술주정뱅이가 따로 없었다. 대체 철 지난 숙취 메이크업을 왜 이제야 따라 하는 건지, 해니는 태영을 이해할 수 없었다.

이러다 내 친구 모쏠 탈출 1일 만에 다시 솔로 지옥에 갇히는 거 아니야?

친구가 심히 걱정된 해니는 태영을 향해 충고했다.

"좋은 말로 할 때 당장 화장 지우고 와. 내가 봤을 때 넌, 화장 진할수록 얼굴이 죽는 타입이야. 그니까 오늘 데이트는 쌩얼로 가자."

"쌩얼? 싫어! 난 이게 맘에 든다고."

"모탱, 이 언니 말 들어라. 나 이래 봬도 뷰티 너튜버다?"

"구독자 천 명도 안 되면서."

"너튜브 계정도 없는 사람은 일단 닥치시고요. 세수하고 와. 셋 준다. 하나, 둘, 둘 반……."

"아니, 왜……."

도대체 어디가 이상하다는 건지, 태영은 이해할 수 없었다.

쾅!

그런데 그때, 문이 열리고 누군가 들어왔다. 태영과 네 살 터울 오빠 모태혁이었다.

"쉣! 이게 방이야 쓰레기장이야?"

널브러진 옷과 온갖 잡동사니들로 발 디딜 틈이 없는 방을 한심하게 쳐다보던 태혁이 혀를 내찼다. 그러다 뒤늦게 태영의 몰골을 확인하곤 박장대소했다.

"푸하하하. 여긴 겁나 웃긴 대형 쓰레기가 있네?"

"쓰, 쓰레기? 그만 웃고 닥치시지?"

태영은 이를 악물고 태혁을 째려봤다. 하지만 이 어마어마한 건수를 잡고 조용히 넘어갈 태혁이 아니었다. 이건 최소 1년짜리 놀림거리였다.

"씨스터, 내가 지금 안 웃게 생겼니? 아니, 우리 친구분은 뭐 하셨을까? 얘 얼굴이 이 지경이 됐는데?"

"저도 말렸거든요?"

해니가 억울한 표정으로 외쳤다.

"오빠가 좀 더 말려 봐요. 별로라는데 꿈쩍도 안 한다니까요. 저 똥고집."

"그래? 꿈쩍도 안 해? 왜? 헐! 모탱 너 설마……."

태혁은 뒤늦게 뭔가 알아차렸다는 듯 손뼉을 쳤다.

"나 알 것 같아. 모탱이 왜 지 얼굴에 낙서를 해 댔는지."

낙서라는 말에 기막혀하는 태영과 달리 해니는 잔뜩 궁금하다는 표정으로 태혁의 이어질 다음 말을 기다렸다.

"장하다 내 동생. 넌 역시 난놈이야."

대체 뭔 소린지 모르겠다는 얼굴로 태영이 태혁을 째려봤다. 그러자 태혁이 바닥에서 주운 하얀색 스카프를 들이밀었다.

"이것도 해. 그래야 더 못생겨 보이지. 아니다. 지금도 좀 완벽하긴 해. 완벽하게 못생겼어."

"죽을래?"

"칭찬이야. 넌 못생겨야 돼. 왜? 그래야 커플 컨셉과 딱이니까. '명원고 존못 여고생과 전교 1등 존잘 남신' 너튜버 쑤쑤 님도 그걸 바라고 너희 커플 섭외한 거잖아."

"……."

태영은 달리 반박할 말이 없었다. 오빠 말이 어느 정도는 사실이니까.

그렇다. 오늘은 전교 1등 유일반과 내가 사귄 지 1일째 되는 날. 그리고 유일반과 첫 데이트 겸 100만 구독자를 보유한 너튜버 쑤쑤 님과의 인터뷰가 있는 날이었다.

사실 전자와 후자 중 후자 쪽이 태영에겐 좀 더 중요했다. 그 이유는 바로 쑤쑤 님이 촬영에 응하는 조건으로 SNS 주소를 노출시켜 준다고 했기 때문이다.

태영에겐 지금 높은 팔로워 수가 아주 절실하게 필요했다. 그 이유는…….

"모탱, 너 근데 진짜 그 존잘이랑 사귀는 거 맞냐?"

태영의 상념을 깨운 건 태혁의 비아냥거리는 목소리였다.

"그 남자애 무슨 세계로봇대회 우승도 하고, 집안도 빵빵한 데다, 얼굴도 장난 아니게 잘생겼다며. 쑤쑤가 보고 한눈에 뻑갔다더만. 그렇게 잘난 애가 왜 모탱이랑 사귈까?"

옆에서 알짱거리며 계속 시비를 거는 태혁을 태영은 그냥 투명 인간 취급 하기로 했다. 그러곤 들려도 못 들은 척하며 옷에 어울리는 가방을 고르기 바빴다.

"어쭈? 대답 안 하는 거 보니까 더 수상한데? 너 설마 팔로워 늘리려고 뻥카치는 건 아니겠지?"

"오빠, 아니에요. 두 사람 진짜 사귀는 거 맞아요. 오늘부터 1일."

해니가 대신 대답했다. 대답을 들은 태혁은 여전히 믿기지 않는다는 듯 여동생 얼굴을 못마땅하게 쳐다봤다.

"너 인마, 너튜브 출연하는 거 잘 생각해라. 팔로워 수 늘리는 게 중요한 게 아니야. 백퍼 악플 달린다고. 걘 존잘이고 넌 존못이니까."

더 이상 못 참겠다. 태영은 가방 든 손에 힘을 세게 쥐었다. 그를 본 태혁은 순간 움찔하며 슬그머니 뒷걸음을 쳤다.

"인마, 노, 농담이야. 오빠가 동생 걱정도 못 하냐? 떽, 당장 그 손에 힘 빼지 못할까."

태혁은 알고 있었다. 저 가방에 맞으면 기절할지도 모른다는 사실을. 왜냐하면 제 동생이 이래 봬도 중학교 시절 이름 꽤 날리던 운동선수였기 때문이다.

"아, 알았어. 나갈게. 간다고!"

태혁이 잽싸게 나가자마자 태영은 겨우 화를 삼켰다.

그 모습을 옆에서 지켜보던 해니는 순간 쫄아서 침을 꼴깍 삼켰다. 그러곤 어떻게 하면 이 무거운 분위기를 전환할까 고민하다가 어렵게 입을 열었다.

"모탱! 오늘 쑤쑤 님이랑 만나서 인터뷰하고 바로 촬영하는 거야?"

"아니. 오늘은 인터뷰만."

"근데 진짜 대박이다. 어떻게 너한테 딱 이런 기회가 오냐?"

"그치? 완전 꿈만 같아."

역시 태영은 단순했다. 촬영할 생각에 언제 화가 났었냐는 듯 금세 행복한 표정으로 변해 배시시 웃었다. 하긴 그럴 수밖에 없었다. 해니의 말대로 대박을 넘어 이건 기적 같은 일이었으니까.

사실 일주일 전만 해도 태영은 오늘 같은 일이 일어날 줄은 상상도 못했었다.

'이왕 이렇게 된 거 우리 그냥 사귀는 건 어때?'

'좋아.'

그냥 슥 던져 본 고백을 유일반이 덥석 물어 버릴 줄은 정말 꿈에도 몰랐다고.

당연히 거절당할 줄 알았는데……

"근데 유일반은 왜 나랑 사귄다고 한 걸까?"

해니가 자세를 고쳐 앉고 진지하게 물었다. 덩달아 태영의 표정도 심각해졌다. 하지만 곰곰 뭔가를 생각하던 태영의 표정이 별안간 발그레해졌다.

"그거야 당연히…… 날 좋아하니까! 뭐, 그런 거 아니겠어?"

태영은 확신했다. 분명 유일반도 날 좋아하고 있었다고.

그런 게 아니면 대뜸 사귀자는 내 고백에 단번에 알았다고 하지도 않았을 거고, 사귀자마자 너튜브에 같이 출연해 줄 수 있냐는 부탁도 흔쾌히 받아 주지 않았을 테니까.

이 모든 게 유일반이 날 좋아하는 게 아니면 설명이 불가능했다.

생각이 거기까지 닿자 태영의 가슴이 콩닥콩닥 미친 듯이 뛰기 시작했다.

그리고 1분 1초라도 빨리 유일반을 만나고 싶은 마음이 들었다.

갑자기 그 애가 너무 보고 싶었다.

"앗!"

태영은 뒤늦게 시계로 시간을 확인하곤 허둥지둥 핸드폰과 가방을 챙겨 들었다.

"어떡해, 늦었다! 최니, 나 먼저 갈 테니까 여기 정리 좀 해 줘."

폭탄 맞은 방을 해니에게 맡기고 태영은 냅다 달려 집을 벗어났다.

인생 첫 연애. 첫 데이트. 그게 바로 오늘이다.

약속 장소는 길 건너 공원 분수대 앞.

분수대에 먼저 도착한 태영은 설레는 마음으로 유일반을 기다렸다.

하지만 10분, 30분, 한 시간, 두 시간…… 한참이 지나도록 유일반은 약속 장소에 나타나지 않았다.

다음 날.

학교 근처 담벼락 밑을 서성이던 태영은 정문 쪽을 쳐다봤다.

지각을 면하기 위한 학생들이 우르르 정문을 향해 달리고 있었다. 그러다 쾅, 소리와 함께 결국 교문은 닫혔고, 학생 부장 선생이 지각한 학생들을 교문 앞에 세우고 벌점을 매기고 있었다.

하지만 태영은 그러거나 말거나 정문 멀찍이서 꼼짝도 하지 않고 있었다. 1교시 시작종이 울렸는데도 말이다. 이유는 유일반이 아직 등교를 하지 않았기 때문이었다.

태영은 끝까지 유일반을 기다렸다.

"혹시 무슨 일 있는 건 아니겠지?"

사실 어젠 너무 화가 나서 오늘 만나기만 하면 아주 욕을 한 바가지 퍼부어야겠다고 다짐하며 학교에 왔다. 그런데 천하의 유일반이 평생 안 하던 지각까지 하는 걸 보니 슬슬 걱정이 되기 시작했다.

그렇게 시간은 계속 흘렀고, 아예 담벼락 앞에 쪼그리고 앉아 있던 태영은 꾸벅꾸벅 졸기까지 했다. 그러다 어디선가 들려오는 발걸음 소리에 번뜩 정신을 차렸다.

"!"

그토록 기다리던 유일반이 멀지 않은 곳에서 걸어오고 있었다.

자리에서 벌떡 일어난 태영은 달려가서 녀석의 앞을 막아섰다.

"유일반! 너 내가 어제 얼마나 기다린 줄 알아? 너 원래 이렇게 약속 안 지키는 애였어? 내가 사람 잘못 본 거야? 왜 대답이 없어?"

"……."

태영은 아무 말 없이 저를 빤히 쳐다보기만 하는 녀석을 의아하게 바라봤다.

"너……."

태영이 말끝을 흐렸다. 뭔가 이상함을 느꼈기 때문이다.

일단 저 눈빛. 세상 스윗하던 유일반의 눈빛이 아니었다. 냉랭해도 너무 냉랭했다.

게다가 항상 단정하게 이마를 덮는 헤어스타일도 변해 있었다. 앞머리 반이 까져 있었다. 덕분에 드러난 이마 때문에 잘생긴 이목구비가 더욱 도드라졌다.

그리고 마지막으로 복장. 오늘 뭔가 불량해 보인다 싶더니 저거였다. 단추!

항상 교복 단추를 위까지 꽉꽉 잠근 것과 달리 오늘은 단추 두 개를 풀어 헤쳤네? 와우, 치명적이야. 섹시하고 잘생기고 난리도 아니구만. 아니, 내가 지금 무슨 생각을 하는 거야.

암튼 얘 무슨 심경의 변화라도 생겼나? 분위기가 왜 이렇게 다르지?

태영은 걱정되는 마음에 조금 수그러든 목소리로 조심스레 물었다.

"혹시 어제 무슨 일 있었어?"

"니가 무슨 상관인데? 비켜."

차갑다 못해 살벌함이 느껴지는 말투. 하지만 거기에 굴할 태영이 아니었다.

"못 비켜! 어제 니 멋대로 약속 깬 이유, 난 들어야겠어."

"그니까 니가 뭔데? 내 여친이라도 되냐? 그런 거 아니면 꺼져."

"못 꺼져! 왜? 난 니 여친이니까."

태영은 당당했다. 비록 오늘이 2일째긴 하지만 여친은 맞으니까. 도리어 당황한 건 녀석인 것 같았다. 녀석은 어이가 없다는 듯 헛웃음을 지었다.

"하. 여자 친구? 니가? 어째서?"

"너 기억 안 나? 우리 어제 사귀기로 했잖아. 그러니까 어제가 1일. 오늘은 2일……."

"기억 안 나."

"그게 무슨 소리야? 너처럼 똑똑한 애가 어제 일이 왜 기억이 안 나? 농담이 지나쳐도 너무 지나친 거 아니야?"

"지나친 건 너지. 어제 왜 안 나왔냐고 물었지? 사고가 있었어. 난 그 사고로 머리를 다쳤고, 기억을 잃었어."

"어제 본 드라마 얘기야?"

"내 얘기야."

"뭐라? 뭐…… 어?"

태영은 어버버거리며 더 이상 말을 잇지 못했다.

"그러니까 내 기억이 돌아오기 전까진 넌 내 여친도 아니고, 우리가 2일도 아닌 거야. 그래, 보류."

"뭐래."

"보류라고. 내가 기억 되찾으면 그때 다시 사귀어 줄게. 됐지? 그니까 비켜!"

순간 눈물이 핑 돌았다. 어쩐지 쉽다 했다. 그 대단한 유일반이 너무 쉽게 나랑 사귀어 주겠다고 하더라.

잠깐, 이 녀석 처음부터 이럴 생각이었나? 이런 식으로 참신하게 나 뻥 차 버리려고 사귄다고 한 건가? 날 갖고 논 거야?

생각이 거기까지 닿자 태영은 눈가에 맺히려던 물기를 박박 닦았다.

그러곤 저를 지나쳐 가는 녀석을 뒤따라가고 있었는데.

"헐!"

태영은 깜짝 놀랐다. 녀석이 교문이 꽉 닫혀 있는 것을 보곤 망설임도 없이 담벼락을 넘으려는 게 아닌가!

"자, 잠깐! 너 그런 캐릭터 아니야! 명원고 유일반이 왜 담벼락을⋯⋯."

태영의 말이 끝나기도 전에 녀석은 담벼락을 넘어 학교 안으로 사라져 버렸다. 이에 질세라 태영도 담벼락을 넘어 녀석의 뒤를 잽싸게 쫓아갔다.

운동장을 가로질러 걷던 녀석은 본관을 비롯한 학교 건물들을 두리번거리며 어디로 갈지 몰라 방황하더니 갑자기 뒤를 돌았다.

"야, 보류!"

"내 이름 모태영이거든?"

"너 나에 대해 얼마나 알아?"

"그 대사 집에서 연구해 온 거야? 너 방금 진짜 기억 상실증 걸린 사람 같았어."

아직도 믿기지 않는지 태영은 계속 의심의 눈초리로 녀석을 쳐다봤다.

"나 어디로 가야 되냐?"

"뭐?"

"교실 어디냐고."

녀석의 물음에 태영은 좋은 생각이 떠올랐다. 테스트를 해 보는 거다!

태영은 호기롭게 2학년이 아닌 3학년 교실이 있는 본관을 가리켰다. 그런데 당연히 어디서 날 속이려 드느냐며 뭐라고 할 줄 알았던 녀석이 성큼성큼 걸어 본관으로 향하는 게 아닌가!

"!"

세상에 이거 찐이야? 유일반이 교실을 모르다니. 얘, 진짜 기억을 잃은 건가?

"말도 안 돼⋯⋯."

세상에 신이시여 이거 실화입니까? 어째서 내게 이런 고난을 주십니까!

이제 겨우 모쏠 탈출 하나 싶었는데.

어떻게 사귄 지 1일 만에 남친이 날 기억 못 하는 일이 벌어집니까. 이게 말이 되냐구요.

태영은 점점 더 멀어지는 녀석의 뒷모습을 그저 멍하니 바라볼 수밖에 없었다.

모태영과 유일반이 사귀기 일주일 전, 명원고 2학년 2반.

맨 뒷자리에 앉은 태영이 교과서로 얼굴을 가린 채 짝꿍 해니를 향해 말했다.

"최니, SNS 팔로워 수 올리는 방법 좀 알려 줘."

두 사람은 칠판 앞에서 침까지 튀겨 가며 열심히 수업 중인 물리 선생의 눈치를 살피며 수다를 떨었다.

"갑자기 팔로워는 왜?"

"나 이번에 명원시 청소년 기자단에 지원하려고. 근데 SNS 주소를 제출하래. 그게 무슨 뜻이겠어? 팔로워 수랑 게시 글 본다는 거지. 그걸로 서류 전형 거를 건가 봐."

"근데 갑자기 청소년 기자단은 왜?"

"내 꿈이 기자잖아."

"언제부터?"

"오늘부터."

해니는 태영을 불쌍하게 쳐다봤다. 제 친구지만 너무 대책 없다는 생각이 들었다.

"모탱, 너 이과야. 근데 웬 기자? 그거 글도 잘 쓰고 뭐 암튼 문과 아니야?"

"그니까 청소년 기자단에 들어가겠다는 거잖아. 그 경력이면 대학 갈 때 도움 될 거랬어."

"누가?"

"있어. 내 멘토님."

태영의 얼굴이 발그레해졌다. 오늘 아침 뉴스에서 본 이건욱 기자가 떠오른 것이다.

중학교 시절부터 건욱을 존경해 온 태영은 하루빨리 졸업해서 건욱처럼 훌륭한 기자가 되고 싶다는 마음에 벌써부터 가슴이 두근두근했다.

"맞다. 근데 최니 넌 팔로워 몇 명이야?"

대답이 들려오지 않자 태영이 슬며시 고개를 돌렸는데. 어라? 해니가 자리에 서 있는 게 아닌가. 뭔가 불길한 기운을 느낀 태영이 천천히 고개를 들었다.

아니나 다를까 해니가 물리 선생에게 귀를 잡힌 채 서서 괴로워하고 있었다.

"아얏! 아파요 아파. 쌤 살려 주세요."

"모태영 너도 일어나."

"넵!"

태영은 물리 선생의 말이 끝나기도 전에 자리에서 벌떡 일어나 공손하게 섰다.

"너희 둘은 대체 언제 정신 차릴래? 어떻게 1초도 집중을 안 할 수가 있지? 커서 뭐가 될는지. 당장 나가서 손 들고 서 있어!"

결국 복도로 쫓겨난 태영과 해니는 창문 앞에 서서 손을 들었다. 태영이 해니의 빨개진 귀를 쳐다보며 미안해했다.

"쏘리, 많이 아파?"

"아픈 건 둘째 치고, 너 팔로워 늘리고 싶으면 저런 걸 찍어."

"뭘 찍어?"

빨개진 귀를 문지르던 해니가 복도 창문 너머 운동장을 가리켰다. 그러자 태영이 까치발을 들고 바깥을 내다봤다. 그곳엔 남자애들이 농구를 하고 있었다.

서로 두 눈이 마주친 태영과 해니는 누가 먼저랄 것도 없이 창문을 향해 엉금엉금 기어가기 시작했다. 그렇게 창문에 딱 붙은 두 사람은 벌을 서고 있었다는 사실도 잊은 채 운동장을 구경했다.

"저기 농구하고 있는 애들을 찍으라고? 왜?"

"너 쟤 몰라?"

태영은 해니가 손가락으로 가리킨 남학생을 유심히 쳐다봤다.

"모르긴 왜 몰라. 당연히 알지."

명원고는 물론 명원시에서도 모르는 이가 없을 정도로 유명한 녀석의 이름은 유일반.

세계로봇대회 수상 이력이 있는 글로벌 동아리 '프리무스'의 회장이자 이과 문과 통틀어 전교 1등인 수재.

어디 하나 흠잡을 데 없는 수려한 외모. 큰 키와 다부진 몸매.

3점 슛을 넣고 환하게 웃는 유일반의 미소에 푹 빠져 버린 태영은 입까지 벌리고 헤 웃었다.

"모탱, 정신 차려."

"어어. 왜? 뭐라고 했는데?"

"너 우리 학교에서 팔로워 수 제일 많은 계정 주인이 누군지 알아?"

태영이 모른다는 듯 고개를 절레절레 흔들었다. 그러자 해니가 혀를 내찼다.

"쯧. 넌 그런 것도 모르고 SNS를 한다 그러냐?"

"그러는 넌 알아? 누군데?"

"유일반. 무려 백만이 넘어."

"뭐? 배…… 백만?"

태영의 입이 떡 벌어졌다. 동시에 부러움의 탄식이 쏟아졌다.

"와, 유일반은 유일반이네. 진짜 다 가졌다. 나한테 딱 오천 명만 떼어 주면 좋겠는데."

"너 유일반이랑 맞팔 하면 오천이 아니라 오만 정도는 그냥 붙을걸?"

"어째서?"

"유일반이 관리하는 프리무스 계정과 맞팔 한 사람은 현재까지 0명!"

"근데?"

"근데는 무슨 근데야. 유일반이 너랑 맞팔 하는 순간 어떻게 되겠어? 너 뭐 하는 년인가 궁금해서 다들 니 계정 염탐하겠지. 그럼 팔로워 수 막 올라갈 거고. 넌 청소년 기자단에 합격할 거고."

합격이라는 말에 태영의 두 눈이 번쩍 떠졌다.

"최니! 유일반이랑 맞팔 하려면 어떻게 해야 될까?"

"모르지. 가서 맞팔 해 달라고 해 보든가."

"그럴까? 내 미래가 달린 일인데 나 정말 그렇게 해 볼……."

"모태영!"

"옴마얏, 깜짝이야!"

갑자기 뒤에서 들려온 고함에 태영과 해니가 동시에 놀라 고개를 돌렸다. 물리 선생이 화가 머리끝까지 난 얼굴로 두 사람을 노려보고 있었다.

"이것들이 밖에서도 떠들어? 너희 둘, 당장 운동장으로 나가! 종 칠 때까지 뛴다! 당장!"

물리 선생의 말이 끝나기가 무섭게 태영과 해니는 신발장에서 운동화를 들고 냅다 복도 계단을 뛰어 내려갔다.

"으, 죽겠다."

물리 수업이 끝날 때까지 대략 20분간 쉬지 않고 운동장을 달려야만 했던 태영은 녹초가 되었다. 그렇게 무거운 다리를 이끌고 계단을 한 칸 한 칸 겨우 올라가고 있었는데.

어디선가 꺄르르 해니의 웃음소리가 들렸다. 곧장 뒤를 돌아본 태영은 눈앞의 광경이 믿기지 않았다. 분명 아까까지만 해도 더 이상 못 뛰겠다고 구역질까지 하던 해니가 남친 주유권과 팔짱을 끼고 중앙 복도를 뛰어다니고 있었기 때문이다.

"와우!"

태영은 새삼 해니가 대단하게 느껴졌다. 역시 연애를 하려면 체력이 중요하나 보다. 아니다. 연애를 하기 때문에 없던 체력도 막 생기는 걸까?

전자든 후자든 모쏠 태영으로선 알 길이 없었다.

"치이. 하나도 안 부럽다 뭐."

태영은 다시 열심히 계단을 올라가기 시작했다. 아까보단 좀 더 힘 있게.

그렇게 성큼성큼 4층에 다다른 태영은 교실에 들어가 자리에 앉으려다 멈칫했다.

'너 유일반이랑 맞팔 하면 오천이 아니라 오만 정도는 그냥 붙을걸?'

문득 해니가 했던 말이 떠오른 것이다.

태영은 뭔가 다짐한 듯 아주 다부진 얼굴로 다시 복도로 나가 1반으로 향했다.

다행히 복도에 1학년 때 같은 반이었던 친구가 있어 유일반을 불러 달라고 했다.

"유일반 걔 동아리방에 있을걸? 오늘 수업 안 들어오는 날이거든."

아, 잊고 있었다. 수요일인 오늘은 유일반이 교실 수업 대신 동아리방에서 로봇 연구 하는 날이라는 사실을. 단, 체육 시간을 제외하고 말이다.

이럴 줄 알았으면 아까 농구할 때 말이라도 걸어 볼걸. 벌서는 중이라 쪽팔려서 피한 게 괜히 후회되네. 좋은 기회였는데.

태영은 안타까워하며 다시 교실로 돌아가려는데 도무지 발이 떨어지지 않았다.

한번 마음먹은 건 무조건 저지르고 봐야 직성이 풀리는 성격은 결국 태영을 동아리방이 있는 옥상으로 향하게 만들었다.

괜히 기지개를 켜는 척 옥상을 빙빙 돌던 태영은 동아리방 쪽을 흘끔 쳐다봤다.

저쪽이 말로만 듣던 동아리 '프리무스'의 아지트군.

태영은 고민했다. 저곳은 아무나 들어가서는 안 되는 공간이었다. 딱히 교칙으로 정해 놓은 건 아닌데, 그냥 어쩌다 보니 전교생의 암묵적 동의하에 금지 구역이 된 곳이었다.

사실 그럴 만도 했다. 학교에선 이번 세계로봇대회 준비에 엄청난 공을 들이고 있기 때문이다. 학교 관계자들 사이에서도 작년에 이어 이번에도 우승을 할 수 있을지에 대한 기대가 엄청나다고 들었다.

그런 기대를 한 몸에 받고 있는 유일반이 어쩐지 좀 불쌍하게 느껴졌다.

부담감이 장난 아니겠지? 괜히 방해하지 말고 그냥 돌아갈까?

고민하던 태영의 시야에 하필 동아리방 문이 살짝 열려 있는 것이 포착됐다.

호기심이 발동한 태영은 저도 모르게 그곳으로 향했고, 조심스럽게 안을 들여다봤는데.

"!"

바로 눈앞에 로봇이 보였다.

저게 세계 대회에 나갈 로봇인가?

한눈에 알아볼 수 있었다. 압도적인 크기와 세련된 디자인. 엄청난 제작비를 들인 SF 영화에서나 볼 수 있을 법한 퀄리티였다.

안에 아무도 없는 것을 확인한 태영은 좀 더 가까이에서 보고 싶다는 충동이 들었다.

"실례합니다."

태영은 개미 같은 목소리로 외치곤 안으로 들어갔다. 가까이서 보니 더 놀라웠다. 입이 다물어지지 않았다.

이걸 어떻게 만들었을까? 움직이는 거겠지?

놀라울 정도로 멋있는 로봇에 흠뻑 빠진 태영은 습관적으로 핸드폰을 꺼내 사진을 찍었다.

찰칵. 찰칵찰칵.

세상에, 이리 찍어도 저리 찍어도 너무 멋지잖아!

와. 나 로봇 좋아하네?

태영은 새삼 자신의 새로운 취향을 깨달아 너무 행복했다. 그런데 그때였다.

뒤에서 덜그럭거리는 소리가 났다. 태영이 화들짝 놀라며 뒤를 돌았다.

"꺅!"

태영이 비명을 질렀다. 캐비닛 옆에서 체육복을 갈아입느라 상체를 탈의한 유일반을 발견했기 때문이다.

"미안한데 소리 질러야 하는 사람은 니가 아니라 나인 것 같은데?"

일반은 얼른 교복 단추를 잠그며 멋쩍게 웃었다.

"앗, 미안!"

태영은 두 손까지 모아 사과했다.

"정말 정말 미안해. 소리 질러서 미안하고, 멋대로 로봇 사진 찍은 것도 미안하고. 암튼 다다다 미안해. 사진은 당장 지울게."

"아니야. 됐어. 대신 사진 좀 보여 줄 수 있어?"

일반의 말이 떨어지기가 무섭게 태영이 곧장 핸드폰을 넘겼다. 하지만 액정 속 사진을 보던 일반의 표정이 돌연 굳어졌다.

"너 진짜 실망이다."

태영이 당황한 표정으로 일반을 쳐다봤다. 그러자 일반이 장난이었다는 듯 짓궂은 미소를 지으며 말했다.

"실망이야. 사진 다 흔들렸잖아. 다시 찍어도 돼."

"진짜? 다시 찍어도 된다고?"

"응. 대신 잘 좀 찍어 줘. 실물보다 더 멋지게 담기는 어렵겠지만."

"그러게, 실물이 더 멋진 것 같아. 나 이렇게 고퀄리티 로봇은 처음 봐."

로봇을 보는 태영의 두 눈이 반짝거렸다. 그런 태영을 일반은 귀엽다는 듯 쳐다봤다.

"아, 근데 사진 어디 올리면 안 되는 거 알지? 너만 보는 거다."

"당연하지! 그럼 내가 좀 찍어 볼게. 사실 나 기자 지망생이거든. 좋은 기자가 되려면 사진도 잘 찍어야 된다고 그랬어."

종알종알 수다를 떨며 태영은 앉았다 일어났다 다리까지 쫙쫙 벌리며 아주 열정적으로 사진을 찍었다. 그 모습을 뒤에서 지켜보던 일반은 웃음을 터뜨렸다.

사진을 다 찍은 태영은 일반이 저를 보고 웃고 있자 의아한 눈길로 바라봤다.

"왜 웃어?"

"귀여워서. 너 2반 모태영이지?"

"와, 어떻게 알았어?"

"모를 수가 없던데? 너 물리 시간에 맨날 복도에서 벌서고 있잖아. '모태영!' 하는 물리 선생님 목소리가 우리 반까지 들리거든."

태영은 부끄러워서 고개를 들 수가 없었다.

망할. 유일반에게 물리 시간에 맨날 벌서는 애로 찍히다니. 쪽팔려!

태영은 빨리 화제를 돌리고 싶었다. 망한 이미지를 어떻게든 복구하고 싶었다.

"맞다! 너 나 기억 안 나? 왜 입학식 전날 우리 만났었잖아!"

"입학식 전날?"

전혀 모르겠다는 일반의 표정을 보며 태영은 괜한 말을 꺼냈나 싶었다.

"아아, 아니야. 기억 안 나면 말고. 그럼 난 이만."

"모태영!"

태영이 후다닥 동아리방을 나가려는데 일반이 태영의 이름을 불렀다. 태영이 고개를 돌려 일반을 쳐다봤다. 그러자 일반이 머뭇거리다가 겨우 입을 열었다.

"혹시 오늘 방과 후에 시간 있어?"

"있어! 나 시간 많아!"

으악, 너무 빨리 대답했다. 태영은 제 입술을 원망하며 입을 꾹 다물었다. 그러자 일반이 해사한 미소를 지으며 말을 이었다.

"그럼 방과 후에 운동장으로 좀 나올래? 나 너한테 할 말 있는데."

그 할 말이라는 게 뭔지 느낌이 팍 오고야 말았다. 순간 태영의 가슴이 미친 듯이 뛰기 시작했다.

"싫어?"

"아니! 좋아."

이번에도 너무 빨랐다. 남자한테 만나자는 말 처음 듣는 사람처럼.

으, 나 왜 이렇게 가슴이 두근두근하고 막 설레지?

태영은 속마음이 들킬세라 애써 태연한 척 고개를 끄덕이곤 후다닥 동아리방을 벗어났다.

동아리방에서 굳어 있던 표정과 달리 계단을 뛰어 내려가는 태영의 광대가 점점 위로 솟구치기 시작했다. 급기야 두 뺨은 발그레해지고 두 눈에선 하트가 뿅뿅 쏟아지고 있었다.

"이거 그린 라이트 맞지?"

청소 시간에 걸레로 창틀을 닦는 둥 마는 둥 하던 태영은 해니를 붙잡고 재차 물었다.

"맞지? 맞을 거야. 사실 그 말을 듣는 순간 느낌이 딱 오더라고."

확신에 찬 태영과 달리 해니는 뭔가 마음에 걸렸다.

"그러니까 유일반이 할 말이 있다면서 방과 후에 만나자고 했다고?"

"그렇다니까!"

"근데 왜 운동장이야?"

거기까진 생각해 보지 않았던 태영은 대수롭지 않다는 듯 대답했다.

"지금 장소가 중요한 게 아니지. 나한테 할 말이 있다잖아 할 말이."

"그 할 말이 고백이라고?"

"응. 그런 뉘앙스였어. 나 어떡하지? 유일반한테 고백받으면 뭐라고 대답하지? 바로 알았다고 하면 없어 보이니까 좀 더 생각해 본다고 할까?"

잔뜩 들뜬 태영을 해니가 진정시키려고 노력했다.

"모탱, 정신 차려. 고백 아니면 어쩌려고."

"절대! 네버! 아닐 리가 없어. 내 생각엔 유일반도 날 기억하고 있었던 거야. 나처럼 그때부터 쭈욱 지켜보고 있었던 거라고."

"그게 무슨 말이야?"

태영이 갑자기 알 수 없는 말을 했다. 해니가 의아한 얼굴로 쳐다보자 태영은 말을 할까 말까 망설였다.

"사실 입학식 전날……. 에이, 아니야. 일단 고백받으면 얘기해 줄게."

"고백 못 받으면 얘기 안 해 주고?"

"그럴 일 없거든요?"

뭐에 꽂히면 뒤도 안 보고 경마장 말처럼 마구 달리는 태영의 성향을 잘 알고 있던 해니는 도저히 말릴 수가 없었다. 그저 상상의 나래를 마구 펼치며 걸레를 들고 춤까지 추는 태영의 행복한 표정을 안타깝게 쳐다볼 뿐이었다.

드디어 그 시간이 다가왔다.

태영은 종례가 끝나자마자 해니의 립스틱을 뺏어 바른 후 교실 밖으로 냅다 달려갔다.

계단을 내려가는 발걸음이 어찌나 가벼운지, 또 가슴은 왜 이렇게 두근두근하는지. 태영의 얼굴엔 웃음꽃이 활짝 피었다.

유일반에게 고백을 받으면 뭐라고 대답할지 아직 결정하진 않았다. 그냥 그때의 내 감정에 충실하기로 했는데.

"어?"

운동장으로 달려 나온 태영이 걸음을 우뚝 멈춰 섰다. 얼굴엔 당황한 기색이 역력했다. 태영은 믿기지 않는 듯 두 눈을 손으로 마구 문질렀다.

운동장엔 저 말고도 여학생 수십 명 정도가 모여 있었기 때문이었다.

"꺅! 저기 온다!"

그리고 그때였다.

멀리서 유일반이 다가오자 여학생들이 우르르 달려가 유일반을 삥 둘러쌌다. 그리고 여학생들을 향해 유일반은 미소로 화답하고 있었고……

태영은 그때 깨달았다.

할 말이 나한테만 있었던 게 아니었구나.

그들과 동떨어져 홀로 우뚝 서 있던 태영은 생각했다. 이대로 땅이 꺼져 버려 지구 핵까지 파고 들어가 숨어 버리고 싶다고.

다음 날. 아침 자습 시간.

"픕!"

어제 운동장에서 있었던 얘기를 태영의 노트를 통해 전달받은 해니가 웃음을 터뜨리고 말았다.

"모태영, 최해니! 조용히 좀 해!"

학습 부장이 태영을 째려봤다. 그러자 해니가 자리에서 벌떡 일어나 말했다.

"우리 한마디도 안 했거든? 살짝 웃기만 했지 말은 안 했다고."

사실 해니는 그동안 학습 부장 오필희가 툭하면 자신과 태영을 지목해 학급 분위기를 잡아 왔던 게 마음에 안 들던 터였다.

그렇게 오필희와 해니 사이에 신경전이 오고 갔고, 그 옆에서 어쩔 줄 몰라 하던 태영이 중재에 나섰다.

"필희야, 미안한데 나랑 해니 화장실 좀 갔다 와도 될까?"

태영이 애교 있게 말했다. 그러자 오필희가 떨떠름한 표정으로 고개를 끄덕였다.

"가자."

태영은 가기 싫다는 해니를 억지로 끌고 화장실로 향했다.

"왜 싸우고 그러냐?"

"저 계집애가 먼저 시비 걸었잖아. 너랑 내가 떠들면 뭐 얼마나 떠들었다고 걸핏하면 조용히 하래."

"우리가 평소에 좀 떠들긴 했잖아. 습관 됐나 보지, 물리처럼. 물리도 뭐 좀만 잡담 소리 들리면 '모태영!' 하잖아. 우씨, 내가 그거 땜에 어제 얼마나 쪽팔렸는 줄 알아?"

태영이 한숨을 크게 내쉬었다.

'모를 수가 없던데? 너 물리 시간에 맨날 복도에서 벌서고 있잖아. '모태영!' 하는 물리 선생님 목소리가 우리 반까지 들리거든.'

아오, 됐어. 유일반한테 떠드는 애로 낙인찍혔든 말든 이제 상관없잖아. 걔한테 잘 보여서 뭐에 쓴다고…… 그치만! 하지만! 어젠 정말 치욕스러웠다고.

"모탱, 어제 일은 잊어. 그럴 수도 있지. 그래서 어떻게 됐어?"

"뭐가 어떻게 돼?"

"어제 유일반이 하려던 말이 체육 대회 발야구 멤버로 출전해 달라는 거였다며. 하기로 했어?"

또다시 어제 있었던 일이 떠오르자 태영은 시무룩한 얼굴로 고개를 끄덕였다.

"한다고 했다고?"

"그럼 어떡하냐? 거기까지 갔는데 안 한다고 할 수도 없고. 게다가 그 얼굴로 부탁하는데 어떻게 거절하냐고."

"거절을 왜 못 해? 하기 싫으면 안 한다고 하면 되지."

"잘생겼잖아."

"뭐?"

"너 유일반 가까이서 본 적 없지?"

"넌 있고?"

"있지 그럼. 나 사실 개랑 그…… 그…… ."

"아오 답답해. 뭔데? 너 유일반이랑 뭐 있었지? 어제도 입학식 전날 뭐라 뭐라 말하려다 말았잖아. 고백받으면 해 주겠다던 얘기가 뭔데?"

"고백 못 받았으니까 말 안 할래."

"이 치사한 모탱! 그러게 내가 아니랬잖아. 누가 고백을 운동장에서 하냐?"

"왜? 운동장에서 고백하면 안 되는 거야?"

태영이 천진난만한 얼굴로 물었다. 그러자 해니가 고개를 절레절레 흔들었다.

"친구야, 생각을 해 봐. 유일반같이 잘난 애가 그렇게 확 트인 운동장 에서 고백할 리가 없잖아. 전교생한테 다 소문날 텐데. 진짜 미친 듯이 사랑하는 여자면 몰라도. 암튼 말해 봐. 유일반이랑 입학식 전날 무슨 일이 있었는지."

해니가 점점 포위망을 좁혀 오자 태영은 실토할 수밖에 없었다. 입학 식 전날 벌어진 비하인드 스토리를.

"키스했어!"

"뭐? 뭐, 뭘 해?"

해니가 너무 놀라 나자빠질 뻔했다. 그 정도로 쇼킹한 얘기였다.

"유일반이 내 첫 키스 상대라고."

"너 혹시 꿈꾼 거 아니야? 꿈에서 그런 거 아니냐고."

"진짜라니까!"

"연애도 안 해 본 애가 무슨 키스를 했다고⋯⋯."

"일단 들어 봐."

태영이 은밀한 목소리로 그날 있었던 일을 설명했다.

"입학식 전날 내가 학교에 온 적 있었거든? 그때 수영장에 빠진 거지."

"누가?"

"내가. 근데 그때 마침 누가 날 구한 거야. 그리고 인공호흡을⋯⋯."

"에라이! 너 꼭 키스 안 해 본 티를 내야겠냐? 인공호흡이 키스냐? 키스는 말이지⋯⋯."

자세히 묘사를 하려던 해니가 부끄러운지 몸을 배배 꼬았다. 다음 말을 기다리던 태영이 대답을 재촉했다.

"그게 키스가 아니면 뭔데?"

"말 그대로 인. 공. 호. 흡! 마우스 투 마우스. 오케이? 암튼 그때 널 구한 사람이 유일반이라고?"

"응. 내 생명의 은인."

"근데 그런 엄청난 일까지 있었는데, 넌 왜 지금껏 유일반이랑 교류가 없었어?"

"날 기억 못 하는 것 같더라고. 너도 알다시피 그땐 내가 머리도 짧고, 살도 좀 쪄 있는 상태였잖아."

"하긴 너 입학식 때랑 비교하면 지금은 사람 됐지. 그러니까 이제는 좀 자신감을 가져. 당장 유일반한테 가서 그때 일 말하고, 그 핑계로 친한 척해 보라고. 혹시 알아? 맞팔 해 줄지?"

"아! 맞팔!"

어제 동아리방에 간 게 맞팔 때문이었는데. 로봇에 정신이 팔려 까먹고 있었다. 그게 이제야 생각난 태영은 제 머리를 주먹으로 쥐어박았다.

"으, 이 똥멍청이!"

"왜 자학하고 그르냐? 아직 늦지 않았어. 이따 종 치면 동아리방에 다시 올라가 봐."

"또? 그건 너무 민폐지 않나? 어제도 사진……."

절대 어제 찍은 로봇 사진을 남에게 보여 줘선 안 된다던 일반의 말이 떠오른 태영은 입을 틀어막았다. 다행히 해니가 화장실 거울을 보며 외모 점검하느라 못 들은 것 같았다.

"최니, 나 먼저 교실 간다."

"잠깐! 모탱, 근데 넌 중학교 때 친구 없어?"

"어?"

해니의 물음에 태영이 평소답지 않게 표정이 경직되었다. 그를 이상하게 여긴 해니가 걱정스레 쳐다봤다.

"왜 그래? 너 어디 아파?"

"아니. 아무것도 아냐. 근데 중학교 친구는 왜?"

태영이 애써 밝은 척 웃으며 은근슬쩍 물었다. 그러자 해니가 대수롭지 않다는 반응을 보였다.

"너 팔로워 수 말이야. 고작 5명이 뭐냐. 그중에 둘은 나랑 유권이. 나머지 셋은 광고 계정. 이 스피드로 청소년 기자단 합격하겠냐? 중학교 친구들한테라도 연락해서 맞팔 하자고 해."

"어? 어. 그렇게. 아, 수아! 수아한테도 맞팔 해 달라고 해야겠다."

"쯧쯧. 정신 차려. 수아 며칠째 결석이잖아."

어제 운동장에서 있었던 후유증 때문에 절친 수아의 결석 소식을 깜빡 잊고 있었다. 태영은 이제야 수아의 안부가 걱정되기 시작했다.

"우리 수아 또 밤새 공부하다 쓰러졌나? 병문안 갈까?"

"아니. 그건 수아한테 도움 안 될 듯. 걍 냅둬. 아파서 안 오는 게 아니라 집에서 공부하느라 안 온 것 같으니까. 과학 경시대회 얼마 안 남았잖아."

"아. 그렇겠구나. 니 말대로 집에서 공부하고 있겠네. 나도 본받아야 되는데. 수아 성적 반만 돼도 4년제는 갈 수 있을 텐데."

"신세 한탄 그만하시고, 넌 유일반한테 맞팔이나 해 달라고 해. 그럼 게임 끝이니까."

역시 내게 유일한 기회는 유일반인 것인가. 태영의 머릿속엔 어떻게 하면 유일반과 맞팔 할 수 있을지에 대한 고민으로 가득 차 있었다.

"편지를 보낼까?"

그래, 그게 좋겠어. 태영은 편지 내용을 궁리하며 집으로 가는 골목길에 들어섰다.

해 질 무렵 가로등도 켜지지 않은 골목은 꽤 으슥했다. 게다가 멀지 않은 곳에 원진남고 교복을 입은 무리가 길을 가로막고 있었다. 담배를 피우며 서 있는 폼이 불량한 게 양아치가 분명했다.

태영은 망설임도 없이 뒤로 휙 돌았다.

그리고 점점 걸음을 빨리해 뛰듯이 골목을 빠져나가려던 그 순간.

"꺅!"

누군가 태영의 가방을 확 잡아당겼다.

태영이 겁에 질린 얼굴로 고개를 돌리자 인상이 험악한 남학생이 비열한 웃음을 지으며 말했다.

"너 모태영 맞지? 나 몰라? 우리 같은 중학교 나왔는데. 세원중."

학교 이름을 듣는 순간 태영의 표정이 백지장처럼 하얗게 질려 버렸다.

"이거 놔!"

태영이 험악남의 손아귀에서 벗어나려 발버둥을 쳤다. 하지만 그럴수록 상대방의 힘이 더욱 세져 빠져나갈 수가 없었다.

"어딜 도망가려고! 너 보고 싶어 하는 애들 많거든? 내 전화 한 통이면 당장 달려올걸?"

험악남이 한 손으로 태영을 제압하고 나머지 한 손으론 어디론가 전화를 걸었다. 그를 본 태영은 어디서 그런 초인적인 힘이 났는지 험악남을 세게 밀쳐 버렸다. 그러곤 조금의 망설임도 없이 왼발로 험악남의 손을 아니, 손에 쥔 핸드폰을 차 버렸다.

"이런 미친!"

험악남이 경악을 하며 저 멀리 날아간 핸드폰을 어이없게 쳐다봤다.

"너 진짜 내 손에 죽고 싶어서 환장했냐?"

태영은 솔직히 도망치고 싶었다. 하지만 중학교 동창이라는 이유만으로 얼굴도 모르는 놈한테 당하고만 있을 순 없었다.

"먼저 시비 건 사람은 너잖아! 대체 내가 너한테 어쨌다고 이러는 건데?"

"아직도 지가 뭘 잘못했는지 모르는 모양이네? 나 세원중 축구부였어."

"그, 그래서 뭐! 뭐 어쩌라고!"

어깨를 바들바들 떨면서도 한마디도 지지 않고 덤비는 태영을 험악남이 죽일 듯이 노려봤다. 그러다 크게 욕을 지껄이며 태영을 향해 주먹을 뻗었다.

그런데 그때였다.

태영의 뒤에서 나타난 누군가가 험악남의 주먹을 가로챘다. 그러곤 태영을 제 뒤에 숨겼다.

"괜찮아?"

태영은 저를 구해 준 누군가의 얼굴을 확인하자마자 심장이 쿵, 내려앉았다.

저를 구해 준 이는 다름 아닌 유일반이었다.

뛰어왔는지 항상 단정하던 머리카락이 흐트러져 있었고, 숨을 헐떡이고 있었다. 그러는 와중에도 혹여 태영이 어디 다치지는 않았는지 살피느라 정신이 없었다.

다정한 말투와 행동으로 저를 안심시키기 위해 노력하는 일반을 올려다보던 태영은 긴장이 풀려서인지 눈물이 왈칵 쏟아질 것만 같았다.

"잠깐 여기 앉아 있어. 내가 마실 거라도 좀 사 올게."

일반은 파라솔 밑에 태영을 앉힌 후 편의점 안으로 들어갔다.

태영은 조금 전 있었던 일을 떠올렸다.

'아직도 지가 뭘 잘못했는지 모르는 모양이네? 나 세원중 축구부였어.'

억울했다. 아니, 내가 왜 축구부 애들한테까지 원망을 들어야 되냐고. 이럴 줄 알았으면 엄마 말대로 지방으로 이사 가 버릴걸.

아니지. 그랬다면 해니도 수아도 만날 수 없었을 테니까 그건 아니야. 명원고에 입학한 건 잘한 일이야. 그나저나 아까 걔 내 교복 봤을 텐데 소문이라도 내면 어떡하지? 그래서 그 애들이 날 찾아오면…….

"후우……."

태영이 한숨을 크게 내쉬고 있는데, 한쪽 빰에 뭔가 닿았다.

"앗, 차가."

"미안. 넋 놓고 있길래 정신 차리라고."

일반이 음료수 뚜껑을 따서 태영에게 내밀었다.

"마셔."

"고마워. 근데 너 원진남고 애들이랑 아는 사이야? 다들 너 보자마자 도망가던데."

"나 유일반이잖아."

일반이 교복에 달린 자신의 명찰을 가리키며 피식 웃었다.

"명원시에서 나 잘못 건드렸다간 큰일 나지. 나 명원시 자랑이잖아."

일반은 일부러 너스레를 떨며 태영의 긴장을 풀어 주려 노력했다. 그를 알아차린 태영은 그가 더욱 고맙게 느껴졌다.

"근데 여기까진 어쩐 일이야?"

"태영이 너 걸음도 엄청 빠르더라. 겨우 따라잡았네."

"날 따라왔어? 왜?"

"그냥. 지나가는 길에 니가 보여서."

"그래서 따라왔다고?"

"어. 왜? 안 돼?"

일반이 피식 웃으며 음료수를 마셨다. 그 모습을 옆에서 흘끔 쳐다보던 태영은 알 수 없는 감정에 사로잡혔다.

자꾸만 뱃속이 간질거리고 심장이 비정상적으로 빨리 뛰었다.

눈썹을 덮는 댄디한 헤어스타일에 선한 눈매. 곧게 뻗은 콧대와 웃을 때마다 생기는 보조개. 그리고 음료수를 마실 때마다 움직이는 남성적인 목울대까지. 어느 하나 흠잡을 데 없는 얼굴이었다.

아니, 얘는 이렇게 생긴 주제에 왜 착하기까지 하지? 왜 다정하냐고.

"내 얼굴에 뭐 묻었어?"

"어? 왜?"

"계속 쳐다보길래."

"아, 아냐 아냐. 그, 그게……. 맞다. 너 손목!"

속마음이 들킬세라 태영은 황급히 말을 돌렸다. 때마침 캔 음료를 들고 있는 일반의 손목이 눈에 들어와서 다행이었다.

"손목 안쪽에 있는 별 모양 그거 타투야?"

태영의 물음에 일반이 제 손목에 새겨진 별 모양을 응시했다.

"타투는 아니고 흉터."

"아…… 근데 그거 원래 오른쪽에 있었어?"

뭔가 기억이 날 듯 말 듯 더듬거리며 태영이 말했다. 그러자 일반이 약간 놀란 얼굴로 되물었다.

"왜?"

"넌 기억 못 하는 것 같아서 원래 말 안 하려고 했는데……."

"뭔데?"

"너 입학식 전날 수영장에서 사람 구해 준 적 있지?"

"……."

"그때 니가 구해 준 사람이 나야. 기억 안 나? 분명 그땐 왼쪽에 그 별 모양 흉터가 있었던 것 같은데……."

"미안. 기억 안 나. 그 무렵에 좀 많은 일이 있어서……."

"그렇구나. 하긴 그때 너 되게 예민해 보였어. 나한테 막 욕도 했다니까."

"욕을 해?"

"어. 눈으로 욕했어. '당장 꺼져' 이렇게 눈을 부릅뜨고 말야."

태영은 그 당시 일반을 떠올리며 흉내 냈다. 그러자 일반이 크게 웃음을 터뜨렸다.

"어? 왜 웃어? 너 설마 기억 못 하는 척하는 거 아니야?"

"미안. 그때 모습은 그냥 잊어 주라. 내가 잘못했네. 되게 무서웠겠다. 그렇게 죽일 듯이 노려봤으니."

"괜찮아. 암튼 이제 말할 수 있겠다. 그때 구해 줘서 무지무지 고마웠어."

"그래. 그때의 나에게 전해 줄게."

알 수 없는 말과 함께 일반이 가방을 메고 자리에서 일어났다. 그러곤 태영의 가방도 어깨에 둘러멨다.

"집이 어디야? 데려다줄게."

"아니야. 여기 바로 앞이라 괜찮아. 가방 이리 줘."

남자한테 받는 친절이 익숙하지 않았던 태영은 얼른 가방을 뺏어 들었다. 그러자 일반이 잔뜩 서운한 표정으로 쳐다봤다.

"우리 좀 친해졌다고 생각했는데. 아직 멀었나?"

"아니, 그게 아니라……."

"그게 아니면 뭐?"

"사실 나 너한테 궁금한 게 있는데."

"뭔데? 뭐든 물어봐. 뭐든 대답해 줄 테니까."

말을 할까 말까 머뭇거리던 태영이 일반을 흘끔 보더니 결국 얘기를 꺼냈다.

"너 왜 나한테 잘해 줘?"

태영의 물음에 일반은 의아한 듯 고개를 갸웃하며 물었다.

"내가 잘해 줬다고?"

"응. 동아리방에 멋대로 들어가도 뭐라고 하지도 않고, 로봇 사진도 맘껏 찍게 해 주고. 아까처럼 위험할 때 구해 주고, 기분 풀라고 음료수도 사 주고."

"아……."

잘해 줬다는 의미를 이제야 깨달았는지 일반이 곰곰 생각에 잠겼다. 그러다 뒤늦게 입을 열었다.

"지금부터 잘 들어. 이거 절대 수작 부리는 거 아니다?"

일반의 말에 태영은 고개를 마구 끄덕였다. 그러자 곧장 일반이 대답했다.

"실은…… 니가 많이 닮았어. 내가 아는 사람이랑."

"닮았다고? 누구?"

"누구냐면…… 다음에 직접 보여 줄게."

이상하다. 이거 되게 신박한 수작 같은데. 나 좋아하는 것 같은데. 지금 나 꼬시는 것 같은데.

"어? 안 믿는 표정이네? 진짜야. 넌 그 사람이랑 진짜 닮았어. 그래서 자꾸 니가 눈에 밟히는 것뿐. 딱 거기까지야. 정말 너한테 딴마음 같은 거 없으니까 너무 부담 갖지 마."

"아…… 그, 그래?"

사적인 마음은 절대 없다고 극구 부인하는 일반의 태도에 태영은 은근 기분이 나빴다. 그 말인즉슨 나 너 안 좋아하니까 괜한 오해 하지 말고 꿈 깨라는 것인가.

"그럼 나 먼저 간다."

게다가 저렇게 뒤도 안 돌아보고 간다. 가란다고 진짜 가다니. 그 순간 태영은 확신했다.

그린 라이트는 개뿔, 꿈 깨라 모태영!

이렇게 빨리 러브 모드가 저세상으로 가 버릴 줄 알았으면 맞팔 얘기나 꺼내 볼걸!

미친 듯이 아쉬워하던 태영은 아까 일반이 한 말이 자꾸만 머릿속에 맴돌았다.

'실은…… 니가 많이 닮았어. 내가 아는 사람이랑'

닮았다고? 대체 누구랑? 설마 첫사랑은 아니겠지? 에이, 아닐 거야. 나같이 생긴 애가 유일반의 첫사랑과 닮았을 리가 없잖아. 그럼 대체 누굴까?

태영의 궁금증은 시간이 지날수록 눈덩이처럼 불어나기 시작했다.

"아오, 궁금해 죽겠네!"

주말이면 항상 늦잠을 자던 태영이 웬일인지 아침 일찍 깨어 책상에 앉아 있었다.

"부모님? 아니야. 유일반 외모는 타고난 유전자 덕분일 거야. 그렇다면…… 엑스!"

공책에 수학 공식이나 영어 단어 대신 부모님, 삼촌, 이모, 할머니, 중학교 시절 담임 선생님 따위가 빼곡히 적혀 있었다. 그 위에 하나씩 엑스자를 그리던 태영은 볼펜을 휙 던져 버렸다.

"에잇, 모르겠다!"

책상을 벗어나 침대 위에 점프해 몸을 눕힌 태영은 천장을 바라보며 두 눈을 끔뻑였다.

"유일반은 지금쯤 뭐 하려나? 공부하겠지?"

문득 이틀 전 자신을 구해 준 일반의 모습이 떠오른 태영은 얼굴이 발그레해졌다.

내일은 등교하자마자 유일반한테 감사의 표시로 매점에서 제일 비싼 거 사다 줘야지.

태영은 일반을 만날 생각에 벌써부터 가슴이 두근두근했다.

"너 뭐 잘못 먹었냐?"

"옴마얏!"

태영이 화들짝 놀랐다. 갑자기 하얀 천장 위에 태혁의 얼굴이 나타난 것이다.

"넌 어째 누워 있어도 못생겼냐?"

"우씨! 노크 좀 하고 들어와!"

"노크했거든?"

태영은 누워 있는 저를 무슨 동물원 원숭이 구경하는 것처럼 내려다보는 오빠를 째려봤다.

"나가. 나 더 잘 거야."

"너 잘 시간 없어."

"왜?"

"옆집에서 전동 드라이버 빌려 와야 되거든."

"내가 왜? 싫어. 오빠가 갔다 와."

"그래? 그럼 너 오늘부터 TV 못 봐. 안 고쳐 줄 거야. 이게 기껏 시간 내서 고쳐 주려고 했더니만."

앗, 어떡하지? 오늘 드라마 마지막 회 하는 날인데.

에이, 아니야. 됐어. 나중에 핸드폰으로 다시 보기로 보면 되지. 옆집은 절대 안 가!

고민을 끝낸 태영은 단호한 얼굴로 고개를 절레절레 흔들었다.

"너 송바위 때문이지?"

"아니거든?"

"아니긴 뭐가 아니야. 옆집 갔다가 송바위 만날까 봐 싫다는 거잖아. 중딩 때까지만 해도 그 집에 뻔질나게 드나들던 애가. 너네 대체 언제 화해할 거냐?"

"그런 거 아니거든? 나가!"

태영이 이불을 머리끝까지 덮어 버렸다. 그를 한심하게 쳐다보던 태혁은 나가려다 말고 책상 위 태영의 핸드폰을 몰래 주머니에 넣었다.

"야, 모탱."

"나가라고!"

"너 나한테 팔로우 신청했더라? 그래서 내가 바로 거절을 눌렀지."

꼼지락거리는 이불에서 태영의 분통함이 느껴지는 것 같았다. 그게 재밌어 죽겠는지 태혁이 킥킥거리며 말했다.

"대신 이 오빠가 너 인플루언서 만들어 줄게. 나만 믿어."

"뭐래? 나가라고!"

참다못한 태영이 별안간 이불에서 나와 태혁을 향해 베개를 집어 던졌다. 하지만 태혁이 좀 더 빨랐다. 그는 이미 거실로 달려 나간 뒤였다.

"아오, 저 웬수!"

주말에도 편히 쉴 수 없게 만드는 오빠 때문에 태영은 미치고 환장할 노릇이었다.

오늘은 뭔가 아침부터 되는 일이 없었다.

일단 핸드폰이 없어졌고, 시리얼을 먹으려고 잔뜩 그릇에 담았는데 우유가 없었고, 샴푸도 뚝 떨어져 비누로 감은 머리가 뻑뻑했고, 간발의 차이로 버스를 놓쳐 지각까지 했다.

"오늘 왜 이러지?"

안 좋은 일이 연속되자 태영은 심란했다. 하지만 애써 밝게 웃으며 교실에 들어갔다. 그런데 뭔가 교실 분위기가 평소와 다른 것 같았다.

뭐랄까. 나를 보는 친구들의 눈초리가 사나워졌달까? 게다가 왜 다들 나만 쳐다보지?

"모탱!"

반 아이들이 태영을 흘끔거리며 수군대는 사이, 해니가 달려와 태영을 끌고 자리로 돌아갔다.

"너 그거 진짜야?"

"뭐가?"

"너 SNS에 올린 로봇 말이야. 그거 어떻게 된 거야?"

"뭐? 뭘 올려? 로봇?"

태영은 얼른 해니의 핸드폰을 뺏어 자신의 SNS 계정을 확인했다.

피드에 떡하니 올라가 있는 로봇 사진을 확인한 태영은 경악하며 의자에 털썩 주저앉고 말았다.

"유일반이다!"

동시에 창문 너머로 유일반이 서 있는 게 보였다. 잔뜩 화가 난 얼굴로 저를 쳐다보는 유일반을 발견한 태영은 하늘이 노래지는 것만 같았다.

창문 너머 유일반과 눈이 마주친 순간 태영은 냅다 복도로 달려 나갔다.

운동장을 뛰면서 무단 조퇴는 벌점이 몇이더라? 아주 살짝 걱정됐지만, 그땐 이미 교문을 벗어나 집으로 가는 버스에 올라탄 후였다.

"너 지금 시간이 몇 신데 왜 집에 왔냐? 어디 아파?"

현관문을 열자 거실 소파에 누워 있는 오빠 놈이 제일 먼저 눈에 들어왔다.

"너 이제 내 오빠 아니야!"

"뭐? 인마, 너 미쳤냐? 내가 팔로워 30명이나 늘려 줬더니만."

"누가 니 맘대로 올리래? 왜 올려 왜!"

태영은 아까 복도에서 저를 화난 얼굴로 쳐다보던 일반이 떠올라 가슴 한구석이 찌르르 아프기 시작했다.

결국 다리에 힘이 풀려 주저앉은 태영은 발을 동동 차면서 울음을 터뜨렸다.

"으이이 어떡하냐구우 이제 맞팔도 못 하구 걔가 나 싫어하구 그렇게 잘생긴 애랑 처음 친해진 건데에 다 망해서 망해따구 으앙!"

우느라 뭉개진 발음 때문에 뭐라고 하는지 하나도 모르겠다. 그 모습을 기괴하게 쳐다보던 태혁은 두 손을 번쩍 들었다.

"항복 항복. 너 용기 없어서 못 올리고 있던 셀카 몇 장이랑 웬 로봇 사진 하나 올린 거 때문이면 내가 미안했다. 그만해라. 나 지금 너무 무섭다."

그래도 양심은 있는지 태혁은 초조한 기색으로 용서를 빌었다. 하지만 태영은 아무런 대꾸도 없이 엉금엉금 기어 방으로 들어가 문을 잠가 버렸다.

책상 위엔 아침에 그렇게 찾아 헤매던 핸드폰이 고이 놓여 있었다. 메모지 한 장과 함께.

팔로워 떡상하면 짜져치 100번 대령해라.
— 오빠님

망할 인간! 태영은 씩씩거리며 메모지를 구겨 쓰레기통에 던져 버렸다. 그리고 잽싸게 핸드폰을 들어 SNS에 접속했다.

제일 먼저 해야 할 일은 오빠 놈이 올린 사진을 몽땅 삭제하는 것.

"미쳤어 미쳤어. 이것도 올렸어? 모태혁 이 나쁜 놈! 올리려면 예쁘게 나온 것 좀 올리지. 이게 뭐야."

게시 글을 하나씩 지워 나가던 태영은 혈압이 마구 상승했다. 마지막으로 로봇 사진까지 다 삭제한 후에야 핸드폰을 내려놓았다.

동시에 띠링, 메시지가 도착했다. 발신인은 해니였다.

[모탱, 지금 사진 내려 봤자 늦었어. 대전 들어가 봐.]

대전이라 함은 '명원고 대신 전해 드립니다' 계정을 말한다. 평소 그곳에 잘 들어가지 않던 태영은 해니의 문자를 보자마자 링크를 눌러 접속했다.

"망할. 이걸 고새 캡처했다고?"

태영은 망연자실한 얼굴로 게시 글을 들여다봤다.

[킹받네. 이거 어디서 퍼 옴? 저 로봇에 비친 거 유일반 선배 맞음? 같이 있는 여잔 누구?]

[2학년 2반 모태영이라고 함. 이과 꼴찌임.]

[유일반 선배, 그 꼴찌 언니랑 사귀지 마요.]

[여기서 주목할 점은 유일반이 모태영 되게 사랑스럽게 쳐다보고 있다는 거임.]

태영이 심각한 얼굴로 사진에 달린 댓글들을 들여다보고 있었는데.

지이잉. 지이잉.

핸드폰이 진동했다. 태영은 곧장 전화를 받았다.

"최니. 나 대전 봤어. 이거 내려 달라고 못 하나?"

— 계정 관리자가 누군지 알아야 내려 달라고 하지. 그나저나 어떤 년일까? 로봇 사진을 누가 확대해서 제보한 거냐고. 아니, 로봇에 비친 사람 진짜 유일반이랑 너 맞아? 모탱, 듣고 있어? 너 맞냐니까?

"나 맞아. 맞는데……."

— 맞다고? 너 이거 언제 찍었어?

"왜 있잖아. 저번에 동아리방 갔을 때. 근데 그때 유일반이 올리지 말고 나만 보라고 찍게 해 줬거든."

— 아…… 그래서 유일반이 아까 잔뜩 화나서 교실로 찾아온 거구나? 넌 도망갔고? 이제 어쩔?

"몰라. 나 오늘 학교 안 가. 미안해서 그 얼굴 어떻게 봐. 게다가 대전에 이건 뭐냐. 나 땜에 괜히 유일반까지 애들이 뭐라 그러고."

— 모탱, 유일반 걱정은 내려놓고, 거기 달린 댓글이나 보지 마. 앗,

나 수업 시작한다, 끊는다!

갑자기 전화가 끊어지고 조용해지자 뭔가 공허한 느낌이 들었다. 태영은 다시 댓글들을 읽기 시작했다.

대부분이 꼴찌 모태영 욕이었다.

유일반이랑 사귀는 거 자랑하려고 일부러 사진을 올렸다는 둥 뭐 그런 유의 댓글들.

태영이 한참 동안 댓글을 읽으며 어이없어하고 있는데.

띠링.

DM이 도착했다.

[안녕하세요. 연애 너튜버 쑤쑤인데요. 출연자 섭외 때문에 연락드렸어요.]

이게 꿈이야 생시야? 태영의 두 눈이 휘둥그레졌다.

등굣길, 수군거리는 애들 때문에 그저 땅만 쳐다보며 교실로 향하던 태영은 누군가의 가슴팍에 쿵, 하고 머리를 박아 버렸다.

"아얏!"

이마를 문지르며 고개를 들자 태영의 표정이 굳어졌다.

제 앞에 서 있는 사람은 송바위였다.

평소엔 학교도 잘 안 나오던 애가 오늘따라 왜 온 거야? 게다가 입술은 또 왜 터졌대? 누구랑 싸웠나? 됐어. 내가 알 게 뭐야.

태영은 평소처럼 송바위를 무시하고 그냥 모른 척 지나가려고 했는데.

"진짜 사귀냐?"

송바위가 태영의 손목을 낚아챘다. 태영은 빨간색 손목 보호대를 한 녀석의 손을 물끄러미 쳐다봤다.

"놓고 말해. 그리고 내가 누구랑 사귀든 말든 니가 무슨 상관인데?"

"정신 똑바로 차려. 유일반 걔 너 이용하는 거니까. 이 멍청한 계집애야."

송바위가 난데없이 욕을 지껄이며 태영의 손목을 허공 위에 내던지더니 쌩하니 가 버렸다.

태영은 너무 기가 막혔다. 누가 누굴 이용한다는 건지. 오히려 내가 괜히 맞팔 하려고 동아리방에 갔다가 이 사달이 난 건데.

젠장. 유일반이 로봇 사진 찍기만 하고 절대 어디 올리지 말라고 그렇게 부탁을 했는데. SNS에 올린 것도 모자라 전교생이 다 보는 계정에 떡하니 올라갔으니 나 어떡하지?

이제 유일반 얼굴 어떻게 보지? 아니지, 얼굴을 안 보는 게 상책인 건가?

홀로 자책하던 태영은 한숨을 크게 내쉬었다.

"똑똑. 실례합니다!"

옥상에 올라온 태영은 동아리방을 향해 외쳤다. 아무래도 유일반에게 정식으로 사과는 해야 할 것 같았기 때문이다. 하지만 꽉 닫힌 문은 열릴 생각을 하지 않았다.

문 앞을 서성이던 태영은 포기하고 이만 돌아가려고 몸을 틀었는데.

"오늘은 도망 안 갈 거야?"

문이 열리고 일반이 밖으로 나왔다. 그를 확인하자마자 태영이 두 손을 모아 싹싹 빌었다.

"미안. 진짜 미안해. 진짜 진짜 너무너무 미안해. 사실 그게 내가 올린 게 아니라, 우리 오빠가……."

"괜찮아. 너도 크게 신경 쓰지 마. 사진은 이미 올라갔고, 돌이킬 수 없으니까."

미치겠다. 차라리 화를 내지. 저렇게 웃어 주니까 더 미안하잖아.

태영은 죄지은 얼굴로 되물었다.

"정말 괜찮아? 그 확대된 사진 땜에 우리 사귄다고 소문도 나고……."

"그건 좀……."

"거봐 너 괜찮지 않은 거잖아. 내가 어떻게 할까? 니가 시키는 거 뭐든 다 할게. 아예 방송반 마이크에 대고 공개적으로 해명이라도 할까? 우리 사귀는 거 절대 아니라고 오해하라고."

"정말 뭐든 다 할 거야? 내가 시키는 건 뭐든?"

"웅! 뭐든 말해. 내 목숨 다 바쳐서 니가 시키는 거 다 할게!"

"목숨까지 바칠 필욘 없고."

짓궂게 웃으며 말하는 일반과 달리 태영은 진지했다.

"태영아, 그럼 부탁인데 애들이 나랑 사귀냐고 물으면……."

"물으면?"

"그냥 가만히 있어 줘."

"알았어! 그냥 가만히 있을……. 어? 가만히 있으라고?"

일반이 고개를 끄덕이며 싱긋 웃었다. 그러자 태영이 의아해하며 고개를 갸웃했다.

"내가 시키는 거 뭐든 다 들어준다며. 그니까 이유는 묻지 말고 그렇게 해 줘. 알았지?"

그 이유가 뭔지 대단히 궁금했지만, 태영은 죄인이기에 아무것도 묻지 못한 채 알았다고 대답해야만 했다. 그러자 일반이 어딘지 모르게 약간 쓸쓸한 표정으로 미소를 지었다.

그땐 알 수 없었다. 그 미소의 의미를.

"니가 그 사진 속 걔니? 헐. 유일반이 이런 애랑 사귄다고?"

"너 진짜 유일반이랑 사귀는 거 맞아?"

이번 쉬는 시간은 3학년 선배들까지 태영의 주변으로 몰려들었다.

머리가 크다느니, 멍청하게 생겼다느니 별별 소리를 다 들으면서도 태영은 입을 꾹 다물고 있었는데.

쾅!

창가 쪽 맨 뒷자리에서 누군가 의자를 발로 걷어차며 일어났다.

"시끄러우니까 2반 아닌 애들 다 꺼져!"

송바위였다. 눈빛 하나로 3학년 선배들까지 한 번에 다 복도로 내쫓다니. 태영은 새삼 녀석이 이 학교에서 주먹으론 1등이라는 사실을 깨달았다.

"!"

이런, 눈이 마주쳤다. 하지만 먼저 시선을 피한 건 송바위였다. 녀석은 저를 한심하게 쳐다보더니 가방을 메고 복도로 나가 버렸다. 오늘도 수업을 쨀 모양이다.

"분위기 왜 이래? 또 1학년 여자애들 왔다 갔어?"

"이번엔 3학년."

"오올, 우리 모탱 인기 많아졌는데? 하긴, 그럴 만도 하지. 유일반이 공개 연애는 이번이 처음이잖아. 나 같아도 궁금해서 구경 오겠다."

"너 내 친구 맞냐?"

"너야말로 내 친구 맞냐? 유일반이랑 언제부터 사귀기로 한 거야? 그

썰이라도 좀 풀어 봐 봐. 궁금해 죽겠어."

태영은 입에 지퍼 채우는 시늉을 하며 고개를 흔들었다.

"너 설마 팔로워 수 올리려고 입 다무는 거야? 맞지? 둘이 안 사귀지? 야, 그런 거라면 완전 대박이야. 방금 보니까 너 100명 넘었던데?"

"뭐? 진짜? 아깐 99명이었는데."

다물었던 입이 절로 벌어졌다. 태영이 설레는 얼굴로 계정을 확인하고 있는데, 마침 DM이 도착했다.

[태영 학생, 쓰쓰예요. 안 한다고만 하지 말고 좀 더 생각해 봐요. 아니면 우리 만나서 얘기한 다음에 결정하는 건 어때요? 날짜와 시간은 언제라도 괜찮아요.]

태영의 고뇌에 찬 눈빛을 해니가 흘끔 보더니 남몰래 태영의 액정을 훔쳐봤다.

"쓰쓰 님? 야, 모탱!"

메시지를 확인한 해니가 배신감이 깃든 얼굴로 태영을 쳐다봤다.

"너 쓰쓰 님이랑 아는 사이야? 이 사람 연애 너튜버 맞지? 겁나 유명하잖아. 거의 준연예인!"

"아는 사이는 아니고, 자기 채널에 출연해 달라고 연락 와서 안 하겠다고 했거든."

"뭐? 안 해? 왜 안 해? 너 쓰쓰 님 채널에 출연하면 팔로워 수 떡상은 기본이라고."

"그게 문제가 있거든."

"무슨 문제?"

"내가 아니라 나 플러스 유일반이야. 쓰쓰 님은 우리가 커플로 출연했으면 하더라고. 대전에 올라간 사진 봤나 봐."

"근데? 그게 뭐가 문제야? 어쨌든 너희 지금 커플 맞잖아. 현 분위기 상 명원고 공식 커플. 둘이 키스까지 했다며."

"야! 그 얘기가 여기서 왜 나와? 게다가 너 그거 비밀이라니까!"

태영이 해니의 입을 틀어막으며 주변 눈치를 살폈다. 그러자 해니가 공책에 마구 뭔가를 적어 내려갔다.

명원시 청소년 기자단 접수 D—20

글자를 확인한 태영은 한숨을 크게 내쉬었다.

어제에 이어 결국 또 이곳을 오고야 말았다.

태영은 오늘 일반에게 자신의 속마음을 다 털어놓고, 솔직하게 진실된 마음을 담아 고백하기로 했다. 제발 나와 함께 너튜브에 출연해 달라고!

끼익.

이런! 아직 마음의 준비도 다 끝나지 않았는데, 동아리방 문이 열리고 말았다. 일반이 나와 버리고 말았다.

"먹어!"

태영은 너무 놀란 나머지 들고 있던 빵과 딸기우유를 일반을 향해 불쑥 내밀었다.

"땡큐. 잘 먹을게."

갑작스러운 상황에서도 일반은 당황하지 않고 빵을 먹었다. 그러곤 아까부터 입도 뻥긋 못 하는 태영을 보며 피식 웃었다.

"또 무슨 일인데? 혹시 나랑 사귄다고 소문나서 곤란한가?"

"아니! 그건 진짜 아무렇지도 않아. 오히려 좋아. 너무너무 좋아."

덕분에 너튜버 쑤쑤 님께 출연 제의도 받았으니.

"좋다고? 그럴 리가 없을 텐데? 애들이 너 괴롭히지 않아?"

"있잖아……."

"역시 괴롭히는구나? 누군데? 무슨 일 있으면 나한테 바로 말해."

"그게 아니라, 나 사실 반에서…… 아니, 전교에서 꼴찌야."

"아…… 그, 그래? 근데?"

"너도 알다시피 내 꿈이 기자거든. 근데 공부로는 도저히 실현 불가능이라 그나마 내가 할 수 있는 게 SNS 만드는 거였거든? 요샌 SNS도 스펙이라잖아. 그래서 그거라도 잘해 보려고 했는데 영 쉽지 않더라고. 근데 너랑 사귄다는 소문이 나면서 유명한 너튜버한테 출연 제의를 받았는데……."

"같이 나가 줄까?"

"어?"

"같이 나가자. 컨셉이 뭔데? 고딩 커플인가?"

와, 역시 머리 좋은 애들은 다르구나. 아직 말도 다 안 끝났는데, 게다가 되게 개떡같이 말했는데 찰떡같이 알아듣다니.

태영은 일반을 존경스럽게 쳐다봤다. 그러자 일반이 웃으며 말을 이었다.

"출연 전에 사전 미팅 그런 것도 해야 하지 않나? 날짜가 언제야?"

"넌 언제가 좋아?"

"난 오늘도 괜찮아. 저녁 8시쯤?"

"그래? 그럼 내가 그분한테 물어보고 바로 알려 줄게."

"좋아. 만약 괜찮다고 하면, 중앙 공원 분수대 앞에서 7시에 만나자."

"응응! 고마워 정말. 너무너무 고마워."

"니가 좋아하니까 나도 기분 좋네."

일반이 위로하듯 태영의 머리카락을 쓰다듬었다.

"너무 걱정하지 마. 다 잘될 거야."

머리카락에 닿은 일반의 손길에 태영의 얼굴이 새빨개졌다. 태영은 조심스레 고개를 들어 일반을 올려다봤다.

뭐라고 말하면 좋을까? 아니, 나 뭐라고 말하고 싶은데. 뭘 말하고 싶은 거지?

"유일반, 있잖아…… 내가 생각해 봤는데, 그러니까 내가 너 좀, 그니까 그게……."

"응?"

"우, 우리…… 그냥 사귈래?"

나 지금 뭐라고 지껄이는 거지?

뭐랄까, 지금 뇌가 고장이 난 것만 같았다. 왜냐면 말이 뇌를 거치지 않고 그냥 막 튀어나왔기 때문이다. 아니야. 그만해. 이건 아니야. 아니야.

"이왕 이렇게 된 거 우리 그냥 사귀는 건 어때?"

"좋아."

"잉? 좋아? 어…… 그, 근데 내가 방금 뭐라고…… 했지?"

"오일남 흉내야? 기억 안 나면 내가 다시 말해 줄게. 우린 오늘부터 진짜 사귀는 거고, 이따 저녁에 미팅 끝나고 데이트하자."

"데이트? 그게 뭔데? 아니, 방금 한 말 취소. 나 데이트 알아. 근데 너랑 나랑 데이트를?"

"응. 내가 맛있는 거 사 줄게."

먼저 돌을 던진 태영은 오히려 제가 돌에 맞은 사람처럼 넋이 나가 있었다. 그러곤 믿을 수 없다는 듯 일반을 쳐다봤다.

일반이 싱그러운 미소를 지으며 손을 내밀었다.

"앞으로 잘 부탁해."

태영은 일반의 손을 맞잡으며 악수를 하면서도 이게 꿈인가 생시인가 싶었다.

동아리방 창문 틈새로 저녁노을이 들어왔다.

커다란 로봇 뒤에 앉아 노트북으로 코딩을 하던 일반은 시계로 시간을 확인했다. 벌써 6시가 훌쩍 넘었다. 뒤늦게 태영과의 약속이 생각난 일반이 노트북을 접고 일어났다.

그런데 그때, 갑자기 문이 열리고 누군가 들어왔다.

"!"

고개를 내밀어 누군가의 얼굴을 확인한 일반의 두 눈동자가 급격하게 떨리고 있었다.

"니가 여긴 왜 왔어?"

일반의 물음에도 그 누군가는 아무런 대꾸 없이 일반을 향해 다가오고 있었다. 노을에 비친 검은 그림자가 가까워질수록 일반의 얼굴은 경직되었고.

파바밧!

순식간이었다.

정체 모를 이의 발이 로봇과 연결된 아주 복잡해 보이는 선에 걸렸고, 그 때문에 뭔가 잘못 작동된 로봇이 기울어졌다. 일반은 그를 막으려고 필사의 힘을 가했다.

퍽! 쾅!

하지만 역부족이었다. 로봇은 쓰러졌고, 일반은 그 밑에 깔리고 말았다.

거대한 로봇에 깔려 정신을 잃은 일반의 머리에선 새빨간 피가 흘러내렸다.

지이잉 지이잉.

그런데 그때였다. 책상 바닥에 떨어져 있던 일반의 핸드폰이 진동했다.

[하나뿐인 내 동생]

액정에 표시된 발신자를 확인한 침입자는 그대로 동아리방을 뛰쳐나갔다.

"비키세요!"

다급하게 열린 응급실 문 사이로 스트레쳐카를 끌고 구급대원이 들어왔다.

"외상 환자고요. 출혈이 있긴 하지만 심한 상태는 아닌데요. 문제는 바이탈이 좀 불안정합니다."

구급대원이 상황을 설명하는 동안 의사는 직접 환자 상태를 살피고 있었다. 지혈하느라 붕대를 감은 머리를 제외하곤 멀쩡했다.

"환자분! 정신 차리세요! 내 말 들려요? 환자분!"

아무리 크게 소리쳐도 반응이 없었다. 하지만 의사는 포기하지 않고 환자가 입고 있는 교복에 달린 명찰을 보더니 다시 한번 크게 외쳤다.

"유일반 학생! 유일반!"

더 이상 안 되겠는지 의사는 일반의 상의를 벗겨 청진기로 이리저리 상태를 체크하기 시작했다. 그러다 돌연 표정이 굳어졌다.

"이 환자 지금 당장 CT실로 이동해. 아, 보호자는?"

"보호자 지금 도착했습니다."

간호사가 누군가와 함께 달려왔다.

집에서 연락받고 급하게 나온 모양인지 회색 트레이닝복 차림에 슬리퍼를 신은 보호자.

의료진들은 그 보호자의 얼굴을 확인한 순간 다들 놀라 두 눈이 휘둥그레졌다. 이곳에 있는 그 누구도 그에게 이 환자와는 어떤 관계냐고 감히 물을 수가 없었다.

프리무스 동아리 방 습격 다음 날.

명원고 담벼락을 넘어 운동장으로 향하던 그는 제 교복에 달린 명찰을 물끄러미 쳐다봤다.

"유일반……"

어쩐지 낯설게 느껴지는 이름이다. 제 앞에 우뚝 서 있는 학교 건물들도 마찬가지다. 그리고 아까 교문에서부터 운동장까지 따라오던 말 많고 시끄러운 여자애도.

'못 꺼져! 왜? 난 니 여친이니까.'

'너 기억 안 나? 우리 어제 사귀기로 했잖아. 그러니까 어제가 1일. 오늘은 2일……'

거의 울 것 같은 표정과 진심 어린 얼굴. 그게 자꾸 떠올라 영 마음이
좋지 않았다.

설마 진짜 여자 친구? 아니야, 아닐 거야……. 아닌 게 아닌가?

아, 몰라. 내가 알 게 뭐야. 그나저나 교실이 저 건물이랬지.

그는 아까 태영이 손가락으로 가리킨 건물 안으로 들어갔다. 그런
데.

"유일반 학생!"

본관에 들어서자마자 대머리 할아버지가 버선발로 달려오더니 제 앞
을 가로막는 게 아닌가.

역시나 낯선 얼굴. 누군지 전혀 모르겠다. 등산복 차림을 보아하니 선
생님은 아닌 것 같고. 학교에서 일하시는 분인가?

"아이고, 우리 일반이가 요새 많이 피곤한가 보구나?"

할아버지는 평소 인사성 바른 일반이 인사도 없이 저를 멀뚱히 쳐다
만 보고 있자 멋쩍게 웃었다.

"허허. 그러게 내가 하지 말랬잖아. 세계로봇대회 준비도 바쁜데, 체
육 대회 주장은 왜 맡아선. 오죽 힘들었으면 우리 인사성 1등 일반이가
인사도 까먹을까. 역시 안 되겠어. 체육 대회 주장은 없었던 걸로 하자
고."

"체육 대회요?"

금시초문이라는 얼굴로 반응하는 녀석을 할아버지가 의아하게 쳐다
봤다. 어제까지만 해도 반드시 우승하겠다며 의욕이 넘쳤던 일반이었는
데.

"죄송한데 사양할게요. 체육 대회 그거 안 하겠습니다. 바빠 죽겠는
데 주장은 무슨."

할아버지의 두 눈이 휘둥그레졌다.

"저, 정말? 안 하겠다고? 어젠 개교 이래 이과가 단 한 번도 우승한

적 없다면서 꼭 그 기록 한번 깨 보겠다고 그렇게 우겨 대더니만."

"아니에요. 안 합니다. 운동 딱 질색이에요. 근데 할아버진 누구세요?"

"할아버지? 일반 군, 우리가 아무리 친해도 그런 농담은 못써요."

"아, 늦었다. 전 이만 교실로."

얘기가 더 길어지면 들통날 것 같았던 그는 서둘러 할아버지를 피해 계단을 올라갔다. 그런데 갑자기 할아버지가 호통을 쳤다.

"거기 스탑!"

뭔가 심상치 않음을 느낀 그가 천천히 고개를 돌렸다. 그러자 할아버지가 화난 얼굴로 그를 빤히 쳐다보더니 의심스러운 눈초리로 말했다.

"너 유일반 아니지?"

"유일반 맞는데요."

다소 경직된 얼굴로 그가 대꾸했다. 그러자 할아버지가 장난이었다는 듯 씨익 웃으며 말했다.

"농담 좀 한 거 가지고 뭘 그렇게 정색을 하나. 그나저나 일반 군, 2학년 1반 교실은 옆 건물이야."

"네?"

"어허. 오늘따라 우리 일반 군이 참 이상하네? 복장도 그렇고…… 이 시간에 가방 메고 있는 걸 보니 설마 지금 등교한 겐가? 아무리 전교 1등 명원고의 자랑 유일반이라지만, 교장인 내가 이걸 보고 그냥 넘어가야 하는 것인가……."

박 교장은 깊은 고민에 빠졌다. 그리고 점점 표정이 심각해지려던 그때.

"교장 선생님!"

우렁찬 목소리의 주인공은 태영이었다. 커다란 화분 뒤에 숨어 있던 태영은 두 사람을 지켜보다 도저히 안 되겠는지 등판하고 말았다.

얼떨결에 박 교장 앞을 가로막은 태영은 억지 미소를 지으며 제 소개를 했다.

"안녕하세요! 교. 장. 선생님!"

태영은 기억을 잃었다고 주장하는 녀석에게 이분은 그냥 할아버지가 아니라 교장이라는 사실을 알려 주기 위해 녀석을 쳐다보며 또박또박 말했다.

"저는 2학년 2반 모태영이라고 합니다."

"알지. 잘 알지. 우리 태영이. 체육 특기생으로 입학해 놓고 아무것도 안 하고 그동안 놀기만 했다지?"

아오. 얘기가 또 왜 그리로 튀어?

태영은 박 교장의 디스에 열불이 났지만 겨우 참았다.

"그나저나 두 사람은 이 시간에 왜 교실이 아니라 밖을 돌아다니는 거지?"

박 교장의 물음에 태영은 녀석을 흘끔 쳐다봤다. 그러자 녀석은 니가 알아서 하라는 듯 어깨를 으쓱이기만 했다. 게다가 박 교장의 매서운 눈초리도 태영에게만 향해 있었다.

태영의 이마엔 식은땀이 났다. 박 교장한테 잘못 걸리면 벌점이 아니라 강제 전학은 일도 아니라는 걸 잘 알고 있었기 때문이다. 그만큼 박 교장은 교내에서 독불장군으로 유명했다.

"어서 대답 못 해!"

"네! 대답할게요. 대답, 그러니까 어…… 제, 제가 유일반 대신 체육 대회 주장을 맡아서요."

"오호. 그래?"

박 교장의 얼굴이 환해졌다.

"그럼 우리 일반 군은 세계로봇대회 준비만 열심히 하면 되겠네?"

"네! 그렇죠. 제가 꼭 그렇게 만들겠습니다! 그래서 말인데 유일반 좀 데려가도 될까요? 그 인수…… 그, 그."

"인수인계?"

"네! 그거 인수인계받아야 되거든요."

"그래. 싹 다 인수인계받고 우리 일반 군은 체육 대회엔 일절 신경 안 쓰게 태영이가 잘 준비하면 되겠네."

"네! 열심히 하겠습니다. 그럼 저희는 이만 가 보겠습니다!"

간신히 고비를 넘긴 태영은 계단 위에 멀뚱히 서 있는 녀석의 손목을 잡아끌고 후다닥 본관을 빠져나갔다.

그렇게 행여 박 교장이 보고 있을까 봐 뒤도 돌아보지 않고 서둘러 교실로 향하고 있었는데.

"이것 좀 놓지."

"어? 아, 미안."

뒤늦게 자신이 녀석의 손목을 잡고 있었다는 사실을 깨달은 태영이 얼른 손을 놨다. 그러자 녀석은 제 손목을 만지작거리며 태영을 불만스럽게 쳐다봤다.

"2학년 1반 교실은 옆 건물이라던데? 너 왜 거짓말했어?"

"그냥 일종의 테스트랄까. 니가 기억을 잃었다는 게 도저히 안 믿겨서."

"그래서 지금은 믿고?"

"어떻게 안 믿을 수가 있겠어. 교장 쌤도 못 알아보는 너를……."

어쩌다 이렇게 된 걸까? 사고가 났다고 그랬지? 근데 어디 다친 덴 없는 것 같단 말이지, 겉으로 보기에도 멀쩡하고.

그렇다면 설마…… 드라마에서처럼 뭔가 큰 충격을 받고 기억이 지워진 건가?

"그 표정은 뭐냐? 사람을 왜 그렇게 쳐다봐?"

태영은 넋을 놓고 녀석의 얼굴을 쳐다보다가 뒤늦게 정신을 차리곤 고개를 절레절레 흔들었다.

"저기 있잖아. 나 질문 하나만 해도 돼?"

"어떤 사고길래 기억을 잃었냐고?"

"어떻게 알았어?"

얼굴에 다 쓰여 있다는 걸 본인만 모르는 건지. 녀석은 어이가 없다는 듯 작게 한숨을 내쉬었다. 그러곤 뭔가 곰곰 생각에 잠겨 있다가 마침내 입을 열었다.

"동아리방으로 가자."

"거긴 왜?"

"거기 답이 있으니까. 내가 왜 사고가 났는지에 대한 답. 그니까 앞장서. 동아리방 어딘지 몰라."

"세상에, 동아리방도 기억 못 하는 거야?"

교실보다 동아리방에서 더 많은 시간을 보낸 유일반인데. 그렇게 소중한 자신의 공간조차 기억을 못 하다니. 태영은 갑자기 녀석이 안쓰럽게 느껴졌다.

"그 표정은 뭐냐?"

"유일반, 너무 걱정하지 마. 넌 똑똑하니까 금방 기억 돌아올 거야. 내가 도와줄게."

"니가 뭘 도와줄 수 있는데?"

"기억 찾는 거."

"됐고. 빨리 가기나 해."

녀석은 태영의 작은 몸을 돌려세운 후 앞으로 툭 밀어 버렸다. 고꾸라질 뻔한 태영은 겨우 중심을 잡았다. 왠지 모르게 묘하게 기분이 나빴지만, 꾹 참았다.

아오, 불쌍하니까 봐준다.

태영은 속으로 중얼거리며 동아리방으로 향했다.

"이게 다 뭐야?"

태영은 난장판이 된 동아리방을 보고 충격을 받았다. 흘끔 옆을 보자 녀석의 얼굴도 굳어져 있었다.

"어떡해……."

태영이 금방이라도 울 것 같은 얼굴로 쪼그리고 앉아 망가진 로봇을 내려다봤다. 감히 만질 수도 없었다. 너무 처참했다.

"왜 이렇게 된 거야? 얘 되게 멋있었는데……."

"……."

태영은 저만큼이나 아니 저보다 더 착잡한 얼굴로 로봇을 내려다보고 있는 녀석을 어떻게 위로하면 좋을지 고민했다. 하지만 아무 말도 떠오르지 않았다.

"이제 어떡하지? 이거 니가 되게 열심히 만든 거잖아. 게다가 대회도 얼마 안 남았고…… 꺅!"

갑자기 태영이 비명을 지르며 놀라 나자빠졌다. 로봇 옆에 핏자국이 보였기 때문이다.

그 바람에 녀석도 덩달아 놀랐다. 아니, 놀란 게 아니라 뭔가 좀 이상했다. 녀석은 핏자국과 망가진 로봇을 보더니 휘청거렸다. 순간 정신이 아찔해진 모양이다. 녀석은 괴로운 듯 두 눈을 가린 채 의자에 털썩 주저앉았다.

그 모습을 본 태영은 얼른 가방에서 체육복을 꺼내 핏자국 위에 올려놓았다.

"저기…… 괜찮아? 혹시 사고가 났다는 게…… 여기서?"

태영의 표정이 심각해졌다. 그러자 녀석이 겨우 고개를 들고 망가진 로봇을 망연자실하게 쳐다봤다.

태영은 순간 얼마 전에 있었던 일이 떠올랐다. 로봇 사진을 찍을 때 실물이 훨씬 낫지 않느냐며 로봇 자랑을 하던 일반의 천진난만한 모습을 생각하니 가슴 한구석이 아렸다.

그래, 충격받을 만도 하지. 얼마나 공들여 만든 로봇인데, 이렇게 망가져 버렸으니 저 심정이 오죽할까.

태영은 어떻게든 녀석을 위로해 주고 싶었다. 그래서 속으로 어떻게 위로를 하면 좋을지 망설이고 있었다. 그런데.

"아오, 씨X, 잡히면 죽여 버릴 거야."

"!"

헐, 애 방금 욕한 거야? 씨…… 씨 뭐라고?

태영의 두 눈이 커다래졌다. 그렇게 과격한 녀석을 당황스러운 눈빛으로 보고 있는데.

"야, 보류!"

"어? 어. 왜?"

아, 이제 내 이름은 '보류'가 된 거구나. 나도 모르게 대답해 버렸다.

하지만 지금 그게 중요한 게 아니었다. 괴롭고 슬펐던 녀석의 눈빛이 어느새 돌변해 있었다. 독기가 가득 차 있었다.

"너 나 도와준댔지?"

내가 왜 그런 말을 했을까? 애 지금 무슨 짓이든 할 것 같은데. 불안한데.

태영은 아까 자신이 내뱉은 말을 후회하며 겨우 입을 열었다.

"도와……줘야지? 내가 너 기억 찾을 수 있게 도와줄……."

"기억은 됐고. 일단 내가 누굴 좀 찾아야겠거든?"

"누굴?"

"내 로봇…… 내 머리, 망가뜨린 새끼."

"뭐? 그럼 이거 누가 일부러 망가뜨렸다는 거야?"

태영은 너무 놀라 입이 다물어지지 않았다.

"대체 누가 그랬는데?"

태영이 심각한 얼굴로 물었다. 하지만 녀석은 여유로운 표정으로 어깨를 으쓱였다.

"몰라. 이제 찾아야지."

"어떻게?"

"몰라. 이제 생각해야지."

태영은 떨떠름한 표정으로 대책 없는 녀석을 쳐다봤다.

하긴, 자기 새끼 같은 로봇이 이 지경이 됐으니 제정신일 수가 없지. 내가 이해해 주자.

"유일반, 있잖아…… 내 생각엔 넌 일단 안정을 취하는 게 좋을 것 같아. 좀 쉬다 보면 괜찮아질 거야. 사람이 너무 큰 충격을 받으면 그럴 수도 있지. 어쩌면 너 자고 일어나면 싹 다 기억날 수도 있어. 분명 일시적인 걸 거야."

"그래? 그니까 지금 나 미쳤다는 말을 돌려서 한 거지?"

"그렇지. 넌 지금 살짝 미친 거……. 아니, 그게 아니라."

"야, 보류. 나 안 미쳤어. 진지하다고."

녀석이 갑자기 두 눈을 부릅뜨더니 태영을 쳐다봤다. 그 눈빛이 어찌나 뜨거운지 태영의 얼굴이 다 화끈거렸다.

"그, 그럼 진지하게 대답해 봐. 이 로봇은 어떻게 할 건데?"

"고쳐야지."

"기억 안 난다며."

"그거랑 별개로 내 지능은 멀쩡하니까. 일단 여기 좀 치워."

"내가 왜?"

"그럼 누가 해?"

"여기 니가 쓰는 곳이니까 니가 해야지."

"너 내 여친이라며."

"보류라며."

"깨끗하게 안 치우면 보류 끝나자마자 너 차 버릴 거야."

"뭐?"

태영은 너무 황당해서 입이 떡 벌어졌다. 어떻게 하는 말마다 사람을 이렇게 열받게 할 수가 있는 건지. 믿을 수 없어. 얘가 진짜 유일반이라고?

"야! 너 진짜 유일반 맞아? 이건 기억을 잃은 게 아니라 완전 딴사람 수준이잖아. 너 원래 이렇게 막돼먹지 않았다고. 얼마나 착하고, 배려심 깊고, 자상하고……."

"그만."

읊조리는 목소리. 갑자기 녀석이 차가운 눈빛으로 말했다.

태영은 왜 저러는지 도통 모르겠다는 얼굴로 쳐다보며 고개를 갸웃했다. 그러자 녀석이 동아리방을 나가며 말을 이었다.

"난 남이랑 비교당하는 거 싫어."

태영은 이해할 수가 없었다.

나 방금 유일반과 유일반을 비교한 건데. 그게 왜 남이랑 비교한 거야? 어제의 유일반도 지금의 유일반도 같은 유일반인데 왜?

태영은 납득할 수 없는 얼굴로 녀석을 향해 쏘아붙이려고 했지만, 동아리방을 나가는 녀석의 뒷모습이 어찌나 쓸쓸해 보이던지. 뭐라 대꾸할 수가 없었다.

"진짜 쟤 어쩌면 좋지? 금방 기억 돌아오겠지?"

태영은 한숨을 크게 내쉬며 문밖을 바라봤다.

녀석은 여전히 무표정한 얼굴로 옥상 난간에 기댄 채 서 있었다.

무심하게 팔짱을 끼고 거만하게 짝다리를 짚고, 시선은 저 멀리 어딘가쯤. 단추를 잠그지 않은 교복이 봄바람에 펄럭이고 있었다.

불량해. 쟨 어제의 유일반이 아니야.

무의식적으로라도 전과 같은 행동이나 말투가 튀어나올 법도 한데, 이건 어떻게 된 게 기억을 잃기 전 유일반과 어디 하나 닮은 구석이 0.00000001퍼센트도 없다.

얼굴만 똑같다고. 이게 말이 돼?

"어? 쟤 지금 뭐 하는 거야?"

녀석을 매의 눈초리로 관찰하던 태영의 두 눈이 커다래졌다. 녀석이 주머니에서 손바닥만 한 직사각형 상자를 꺼낸 것이다.

"쟤 진짜 돌았나 봐!"

태영은 후다닥 동아리방을 달려 나갔다. 그러곤 녀석이 상자에서 꺼낸 하얗고 기다란 것을 잽싸게 낚아챘다.

"야! 여기 학교거든? 금연 구역이라고! 아니, 그게 문제가 아니라 너 학생이 담배 피우면 안 되지!"

말이 끝남과 동시에 태영은 손에 든 것을 휙 구긴 다음 바닥에 버려버렸다.

근데 좀 이상했다. 어디서 달콤한 냄새가 났다. 냄새의 근원지는 하얗고 기다란 그것이었다. 바닥을 보니 담뱃재가 아닌 검은색 잔해들이 보였다.

초콜릿이었다.

하지만 자신이 녀석에게서 뺏은 것이 담배가 아니라 초콜릿이었다는 사실을 알게 됐을 땐 이미 늦었다.

녀석이 뭔가 깊은 빡침을 느낀 얼굴로 저를 쳐다보고 있었기 때문이다. 태영은 멋쩍은 듯 웃으며 말했다.

"우와. 그거 외국 건가 봐? 나도 그 초콜릿 하나만 주면 안 될까?"

"먹고 싶다는 말을 참 과격하게도 하네?"

녀석은 바닥에 떨어진 초콜릿을 보더니 어이가 없다는 듯 다시 상자 안에서 하얀색 포장지로 감싼 초콜릿을 꺼냈다. 그러곤 태영에게 내밀었다.

"자, 한 대 피워."

"치이. 야, 솔직히 오해할 만하지. 무슨 초콜릿이 그런 상자에 들어 있냐? 포장지는 왜 하얀 거냐고. 게다가 너 폼이 꼭 피울 것 같은 분위기였어."

"뭐? 너 그거 도로 내놔."

"줬다 뺏는 게 어딨어."

태영은 냉큼 껍질을 까서 초콜릿을 입에 넣었다.

"대박."

이제껏 수많은 초콜릿을 먹어 봤지만, 이건 정말 최고의 맛이었다. 태영의 미간이 절로 춤을 췄다.

"와, 이거 어디서 팔아? 너무 맛있다."

뭐랄까, 입에서 사르르 녹아 목구멍을 타고 내려가는 동안 엔도르핀이 마구 샘솟아 에너지가 몸 전체에 가득 충전되는 느낌.

황홀한 표정으로 입맛을 다시는 태영을 녀석이 빤히 쳐다봤다. 무슨 초콜릿 하나에 저런 표정을 짓는 건지. 참 이상하게도 또 보고 싶다는 충동이 들었다. 고민하던 녀석은 아예 상자를 통째로 태영의 품에 던지듯 줘 버렸다.

태영이 세상을 다 얻은 듯 기쁜 얼굴로 방방 뛰었다.

"이거 나 주는 거야? 다 먹어도 돼?"

"입술에 묻은 거나 마저 먹어."

"헙!"

태영이 부끄러워하며 얼른 손등으로 입술을 슥슥 닦았다.

"이제 됐어? 안 묻었지?"

태영이 가까이 다가와 입술을 쭉 내밀자 녀석은 인상을 찌푸리며 손가락으로 태영의 어깨를 툭 밀었다. 뒤로 밀려난 태영이 녀석을 흘겨봤다.

"뭘 봐? 근데 넌 교실 안 가도 되냐?"

"아, 맞다! 나 어떡하지? 이번 달 벌점 엄청 쌓였는데. 일단 나 갈게!"

　정신없이 발을 동동거리던 태영이 비상구 쪽으로 달려가려는데, 녀석이 태영의 옷자락을 꽉 잡았다. 태영이 고개를 돌렸다.

"왜? 나한테 무슨 할 말 있어?"

"아무한테도 얘기하지 마."

"뭘?"

"동아리방 저 꼴 난 거. 내 머리 이 꼴 난 거."

　녀석이 자신의 머리를 가리키며 말했다. 태영은 이해할 수 없다는 듯 고개를 갸웃했다.

"동아리방 저렇게 된 건 신고해야 되는 거 아니야? 누군진 몰라도 범인 때문에 너도 이렇게 된 거잖아. 집에는 얘기했어?"

"당분간 너만 알고 있어."

"나만?"

　이 엄청난 일을 나만 알고 있으라고? 태영은 갑자기 마음이 무거워졌다.

"잠깐, 왜 나한테만 얘기한 건데?"

"니가 아침부터 귀찮게 했잖아."

"그건 그렇지만······."

"암튼 그렇게 알고. 쉬는 시간마다 와서 청소 좀 해 놓고."

"야! 내가 무슨 청소부냐? 그리고 저긴 원래 저렇게 좀 더러웠어. 니가 보기보다 정리를 썩 잘하는 타입은 아니었거든."

"그래서 안 하겠다고?"

"응!"

"안타깝네. 너 하는 거 봐서 기억 찾으면 다시 사귀어 볼까 했는데."

그 말은 보류 끝, 다시 연애 시작?

"청소할게!"

태영은 아주 진지하게 다부진 얼굴로 외쳤다. 그 모습을 빤히 쳐다보던 녀석이 갑자기 웃음을 터뜨렸다.

"왜 웃어? 설마 나 놀린 거야?"

"그게 아니라 방금 니 표정이 누구랑 닮아서. 하, 진짜 웃기는 애네."

녀석은 자꾸만 새어 나오는 웃음을 참으려고 고개를 살짝 돌렸다. 그리고 일부러 헛기침까지 해 댔다.

녀석의 순수한 웃음을 비웃음으로 오해한 태영은 기분이 점점 나빠지려 하고 있었는데, 문득 뭔가가 떠올랐다.

"잠깐, 내가 누굴 닮았다고? 누구? 너 전에도 나한테 그런 말 한 적 있었거든. 내가 니가 아는 어떤 사람을 닮아서 자꾸 신경 쓰인다고."

"사람이 아닐 텐데?"

"뭐야. 그럼 뭔데? 너 기억나는 거야?"

태영의 예리한 지적에 녀석은 짐짓 태연한 척하며 턱을 매만졌다. 그러곤 생각에 잠겼다.

생각이 날 듯 말 듯 하다는 녀석의 표정에 태영의 얼굴이 별안간 환해졌다.

"어떡해! 유일반 너 기억이 돌아오고 있나 봐. 빨리 잘 생각해 봐. 내가 누굴 닮았는데?"

재촉하는 태영의 물음에 골몰히 뭔가를 떠올려 보던 녀석이 갑자기 머리를 감싸 쥐었다.

"윽!"

"왜 그래?"

"몰라. 생각하려니까 머리가 너무 아파."

"아프다고?"

태영이 고통스러워하는 녀석을 걱정스레 쳐다봤다.

"보건실 가야 되는 거 아니야?"

"됐어. 일단 너만 없어지면 될 것 같아. 빨리 가."

"어?"

"가라고!"

"그래도 아픈 사람을 혼자 두고 어떻게……. 갈게!"

망설이던 태영은 뒤도 돌아보지 않고 후다닥 옥상을 벗어났다. 녀석이 빨리 안 가면 뒤진다, 고 눈으로 욕을 하는 것 같았기 때문이다.

"후우……. 이제야 조용하네."

사람 한 명 없을 뿐인데 이토록 평온하다니.

태영이 없는 옥상엔 적막이 흘렀다.

이제야 그는 언제 아팠냐는 듯 기지개를 켜며 난간 아래를 내려다봤다. 초록색으로 물든 교정이 한눈에 들어왔다. 그리고 운동장엔 체육 수업을 받는 학생들.

때마침 수업이 끝나고 쉬는 시간을 알리는 종이 울렸다.

곧 교내 이곳저곳에선 더 많은 학생들의 모습이 보이기 시작했다.

교정을 한참 동안 내려다보던 그는 생각이 많아진 얼굴로 시선을 거두었다. 그리고 동아리방으로 들어갔다.

곳곳에 널브러진 책과 노트북, 각양각색의 부품들, 먼지 쌓인 창틀을 본 그는 눈살이 절로 찌푸려졌다.

"아, 더러워. 좀 치우고 살지."

그는 허리를 굽혀 급한 대로 바닥에 떨어진 것들을 하나씩 주워서 정리하다가 구석에서 뭔가를 발견했다.

"이게 뭐야?"

그가 바닥에서 주운 것은 빨간색 손목 보호대였다.

"송바위!"

벌컥 문을 열고 방 안으로 들이닥친 태혁은 침대로 직행했다. 그러곤 이불 속에 파묻힌 바위를 억지로 일으켜 세웠다.

"아오, 왜요?"

바위가 잔뜩 피곤한 얼굴로 눈을 비비며 태혁을 쳐다봤다. 그러자 태혁이 씨익 웃으며 말했다.

"전동 드라이버 어딨냐?"

"신발장. 됐죠?"

하고 다시 누우려는 바위의 팔을 태혁이 잡아당겨 다시 일으켰다.

"으, 또 왜요?"

"모태영 말이야."

"왜요? 걔 무슨 일 있어요?"

졸려서 반쯤 감겨 있던 바위의 두 눈이 커다래졌다.

요고 봐라? 태혁이 남몰래 웃음을 참으며 놀리듯 말했다.

"인마. 그냥 남자답게 고백을 해."

"뭘요."

"너 모탱 좋아하잖아. 이유는 모르겠지만."

"아니거든요? 내가 걜 왜 좋아해요?"

강하게 부정하는 바위를 태혁이 쳐다보며 쯧쯧 혀를 내찼다.

"그러니까 뺏기지. 너도 알지? 모탱 남친 생긴 거."

"어차피 둘이 오래 못 가요. 그 새끼 좋아하는 여자애 따로 있거든."

"뭐? 헐……. 대박. 그래서 어제 모태영이 울었나?"

"울었어요?"

바위의 표정이 심각해졌다. 태혁의 표정은 더더욱 심각했다.

"어. 걔 울었어. 어제 데이트라고 신나서 나가더니 밤늦게 들어왔더라고."

"밤늦게? 언제요? 몇 시?"

"몰라. 암튼 엄청 늦게 들어왔어. 뭐 하다 이렇게 늦게 들어왔냐니까 울었는지 눈이 빨갛더라고. 차였나 보다 생각했는데 역시 차였구나. 우리 불쌍한 모탱. 니가 위로 좀 잘해 줘라. 혹시 알아? 그러다 둘이 눈 맞을 수도……"

"아니라니까요!"

"짜식, 부끄러워하긴. 암튼 드라이버는 신발장에 있다고?"

"네."

"알았어. 인마, 방 좀 치우고."

태혁이 나가려다가 발가락에 걸린 빨간색 손목 보호대를 뻥 걷어차 버렸다.

아씨. 저걸 왜 발로 차?

바위가 후다닥 침대에서 내려가 보호대를 주워 들었다. 소중한 물건인 듯 어루만지며 먼지를 털어 내던 바위는 주변을 두리번거렸다. 나머지 한쪽이 보이지 않기 때문이다.

바위는 태혁이 나가자마자 서랍장과 쓰레기통을 마구 뒤졌다.

"어디 갔지?"

기억을 더듬어 보던 바위는 문득 어제저녁 동아리방에서 있었던 일이 떠올라 별안간 표정이 굳어졌다.

"너 미쳤어? 아무리 연애가 중요해도 그렇지 지금 시간이 몇 시냐?"

태영은 지각한 죄로 담임에 이어 해니한테까지 연타로 혼나는 중이었다. 하지만 해니가 핏대를 세우며 잔소리를 퍼부어도 태영의 정신은 온통 딴 데 가 있었다.

그곳은 바로 옥상. 옥상에 혼자 두고 온 녀석이 목구멍에 박힌 가시처럼 마음에 걸렸다.

"아픈 건 괜찮으려나?"

해니는 제 말은 듣지도 않고 혼잣말까지 하는 태영을 의아하게 쳐다봤다.

"모탱! 너 내 말 듣고 있어?"

"아니."

태영이 넋이 나간 얼굴로 해니를 쳐다봤다.

"최니, 나 어떡하지?"

"왜? 어제 유일반한테 데이트 퇴짜 맞은 것 땜에 그래? 우리 유권이 말로는 유일반 아직도 등교 안 했대."

"했어. 등교."

"유일반 만났어? 뭐래? 어젠 왜 안 나왔대?"

유일반이 동아리방에서 로봇 만들다 사고로 머리를 다쳐서 기억 상실증에 걸렸다는 말을 하면 해니는 어떤 표정을 지을까?

"야, 유일반 왜 안 나왔냐고."

"그냥…… 좀 바빴대."

"아무리 바빠도 첫 데이트인데 너무하네. 게다가 쑤쑤 님이랑 하기로 한 미팅도 물 건너갔잖아."

"지금 그게 중요한 게 아니야."

"그럼 뭐가 중요한데?"

"사실 유일반이……. 아니야. 암것도."

태영은 너무 답답했다. 절친인 해니한테 또 비밀을 만들어 버린 이 상황이. 하지만 어쩌겠는가. 이유는 모르겠지만 녀석이 당분간 아무한테도 말하지 말라고 신신당부했는데.

"최니."

"응. 말해."

해니가 물리책을 꺼내며 건성으로 대답했다. 그를 흘끔 보던 태영이 어렵게 말을 이었다.

"혹시 너 주변에 기억 상실…… 아니다. 암것도 아니야."

"암것도 아니긴. 니 주변에 누가 기억 상실증이라도 걸렸어?"

"!"

"대박, 찐이야? 찐 기억 상실?"

얘 어떻게 알았지? 태영은 너무 놀라 더 이상 말을 잇지 못했다. 이러다 그 기억 상실증 걸린 사람이 유일반이라는 사실이 들통나는 건 한순간이었다.

"모탱, 그거 드라마 얘긴 아니지? 어제 드라마에서 갑자기 주인공이 기억 상실증 걸려서 게시판 폭파됐잖아. 막장이라고. 말도 안 된다고."

"그치? 말도 안 되지?"

"근데 말이 될 법도 해."

"어째서?"

"너 어제 그 드라마 안 봤어? 주인공한테 딸이 하나 있었잖아. 근데 자기 앤 줄 알았는데, 자기 애가 아닌 거야. 그래서 해까닥 미쳐 버렸잖아. 난 주인공 심정 이해가 돼. 얼마나 고통스러웠으면 기억이 지워졌겠어."

주인공에게 빙의한 해니는 안타까워 죽겠다는 얼굴로 말했다.

반면 태영은 해니의 말을 듣는 순간 아까 동아리방에서 봤던 녀석의 얼굴이 떠올랐다. 망가진 로봇을 망연자실하게 쳐다보던 녀석의 얼굴이.

"그러게…… 밤낮 고생해서 만들었는데 하루아침에 처참하게 망가졌으니, 그 속이 진짜 말이 아닐 거야. 그니까 막 미친놈처럼 욕도 하고, 소리도 지르고. 그래…… 착한 내가 이해해 주자."

"너 지금 누구 얘기하는 거야? 망가져? 미친놈? 누가?"

"어? 아, 그, 그게…… 모태혁!"

"헐. 니네 오빠 기억 상실증 걸렸어? 어젠 멀쩡하더니 어쩌다?"

친구야 미안하다. 거짓말 좀 할게.

모태혁한텐 하나도 안 미안해.

태영은 어느 정도 사실에 기반하여 어쩔 수 없이 거짓말을 해야만 했다.

"모태혁이 개발하던 어플이 있었거든. 거의 최종 단계였는데, 하필 노트북이 바이러스에 감염된 거지. 그 바람에 프로그램 싹 다 날아가고 사람이 완전 미쳐 버렸는지 나도 기억 못 하더라고."

"세상에. 동생인 너도 기억 못 해?"

거짓말하고 있다는 죄책감에 태영은 해니의 눈치를 보며 고개를 끄덕였다. 다행인지 불행인지 모태혁이 미쳐 버려 기억 상실증에 걸렸다는 말을 해니는 아주 잘 받아들였다.

"그래서 오늘 늦은 거구나?"

"그, 글치. 어? 물리 쌤 왔다."

다행히도 때마침 물리 선생이 교실에 들어왔고, 그렇게 기억 상실증 얘기는 조용히 넘어갈 수 있었다.

"유일반이 안 보이네?"

해니의 말에 태영은 식판을 내려놓으며 일반이 항상 밥을 먹던 지정석을 바라봤다.

왜 없지? 설마 급식실이 어딘지 몰라서 안 왔나? 아님 아직도 머리가 아픈가?

"최니! 이거 주유권 먹으라고 해. 난 동아리방 좀 갔다 올게."

"오올. 남친 챙기는 거야?"

해니가 놀리듯 말하자 같은 테이블에 앉아 밥을 먹던 애들도 키득거렸다. 어딘가에선 휘파람 소리까지 들려왔다.

친구들의 놀림에 귀까지 빨개진 태영은 얼굴을 가린 채 서둘러 급식실을 빠져나가 옥상으로 향했다.

"똑똑!"

안에서 아무 소리도 들리지 않자 조심스레 문을 열고 안을 들여다봤는데.

"세상에⋯⋯."

태영은 너무 놀라 감탄사가 절로 나왔다. 동아리방이 깨끗해도 너무 깨끗했다. 바닥은 물론 창틀에 먼지 한 톨도 없었다.

그러고 보니 옥상에 수건이 가지런히 널려 있는 게 눈에 들어왔다.

뭐야, 나더러 치우라더니 지가 다 치웠잖아?

그나저나 저 로봇은 계속 저렇게 누워 있어야 되나? 영영 못 일어나는 걸까?

걱정스레 로봇을 쳐다보던 태영은 그 옆에 다리를 꼬고 의자에 앉은 녀석을 보곤 고개를 갸웃했다. 녀석은 청소하느라 고단했는지 꾸벅꾸벅 졸고 있었다.

와. 유일반한테 저런 모습도 있었구나? 뭔가 친근하네.

녀석은 졸다가 놀라서 깨고, 또 졸다가 놀라서 깨기를 반복했다. 그 모습이 어찌나 재밌는지 태영은 몰래 키득거리며 녀석을 지켜봤다.

"!"

그러다 하필 녀석과 눈이 딱 마주치고 말았다.

녀석은 비몽사몽 게슴츠레 뜬 눈으로 태영을 빤히 쳐다봤다. 그러곤 이리 오라고 손짓했다. 태영은 저도 모르게 쪼르르 녀석에게로 다가갔다.

"너 또 왜 왔냐?"

"왜 오긴. 너 밥 안 먹어?"

"밥?"

"나와. 급식실 가자."

녀석은 배가 고팠는지 일어나 기지개를 켜며 순순히 태영의 뒤를 따랐다. 그게 귀여웠던 태영은 남몰래 웃으며 비상구로 향했는데.

쾅!

갑자기 문이 열리고 웬 여학생 한 명이 뛰어 들어왔다. 여학생의 얼굴을 확인한 태영은 두 눈을 크게 떴다.

"수아야?"

태영은 놀랄 수밖에 없었다. 며칠째 결석이던 수아가 옥상엔 무슨 일로 온 걸까?

그런데 더 이상한 건 수아의 시선이 제가 아닌 제 뒤에 있는 녀석에게로 향해 있다는 것이었다. 태영은 천천히 고개를 돌려 녀석을 쳐다봤다.

'누구야?'

녀석이 눈빛으로 묻자, 태영은 입 모양으로 대답했다.

'내 친구.'

"뭐?"

태영의 대답에 녀석은 화를 버럭 내며 태영을 끌어다 귓가에 작게 속삭였다.

"니 친구가 여긴 왜 와? 너 혹시 재한테 말했냐?"

"아니거든? 일단 최대한 친한 척하는 게 좋을 거야. 둘이 같은 학생회란 말이야."

가까이 붙어서 서로 속닥이는 두 사람을 수아가 알 수 없는 눈빛으로 쳐다봤다.

"혹시 내가 두 사람 방해한 거야?"

"아니! 아니야."

태영은 빨리 인사하라며 녀석의 옆구리를 팔꿈치로 찔렀다. 움찔한 녀석은 정말 하기 싫어 죽겠다는 표정으로 억지 미소를 지었다.

"안녕?"

저게 뭐람. 전혀 유일반스럽지 않은 미소라고. 태영은 혀를 쯧쯧 내찼다. 그런 태영을 흘겨보던 녀석은 아까부터 계속 제 얼굴에서 눈을 떼지 못하는 수아를 의아하게 쳐다봤다.

"너 나한테 무슨 할 말 있냐?"

"어? 아……니."

"그럼 얘한테?"

녀석이 태영을 턱끝으로 가리켰다. 수아는 이제껏 제가 알던 일반과는 사뭇 다른 말투와 표정을 한 녀석을 보고 놀랄 수밖에 없었다.

당황한 수아의 표정을 흘끔 보던 태영은 혹시 다 들킨 건 아닌지 불안에 떨어야만 했다.

여기서 태연한 사람은 녀석 혼자였다.

녀석은 수아의 놀란 얼굴을 보고도 그러든지 말든지 태영을 향해 퉁명스럽게 말했다.

"야, 보류. 얘 너한테 할 말 있는 것 같으니까 얘기하고 내려와. 나 먼저 급식실 가 있을 테니까."

녀석은 알 수 없는 눈빛으로 수아를 쏘아보더니 옥상을 벗어났다.

"수아야!"

태영의 부름에 수아가 뒤늦게 대답했다.

"어?"

"진짜 나 찾으러 여기까지 온 거야?"

"응. 너 여기 있다길래."

"근데 난 왜?"

"그냥 오래간만에 학교 왔는데 니가 안 보여서. 걱정돼서……."

"야, 걱정은 내가 더 했거든? 너 어디 아팠던 건 아니지?"

"그런 거 아니야. 집에서 경시대회 준비하느라 바빴어."

"으이구. 그럴 줄 알았어. 그나저나 점심은 먹었어? 급식실 가자."

태영이 수아와 팔짱을 끼고 계단을 내려갔다. 근데 좀 이상했다. 수아가 원래도 그렇게 말이 많은 성격은 아니었지만, 오늘따라 유독 표정이나 말투에서 냉기가 흐른달까?

태영은 수아를 흘끔 쳐다봤다. 그러다 두 눈이 딱 마주쳤다. 수아가 뭔가 하고 싶은 말이 있는 표정으로 머뭇거리더니 마침내 입을 열었다.

"태영아, 너 유일반이랑 언제부터 친했어?"

뜻밖의 질문에 놀란 태영이 되물었다.

"언제부터 친했냐고?"

"아까 거기, 동아리방 말이야. 아무나 못 들어가는 걸로 알고 있는데. 그니까 유일반 허락 없이는 들어갈 수 없는 곳인데……."

"아…… 그, 그건……."

"오늘 학교 오니까 둘이 사귄다는 소문이 있던데. 사실 아니지?"

"그게 있잖아…… 사귀는 건 맞아. 맞는데, 얘기하자면 길어. 일단 밥 먹고 얘기하면 안 될까? 나 진짜 겁나 배고픈데."

위기를 모면하고자 태영은 괜히 더 어리광을 부리며 배를 움켜잡았다. 하지만 통하지 않은 모양이다. 수아가 화가 난 얼굴로 말했다.

"미안. 난 속이 좀 안 좋아서 교실에서 쉬고 있을게. 너 혼자 먹고 와."

수아가 제 팔에 낀 태영의 팔을 떼어 내더니 반대쪽으로 가 버렸다.

친구를 따라가야 되나 말아야 되나 고민하던 태영은 왠지 따라갔다간 큰 싸움이 날 것 같아서 하는 수 없이 급식실로 향했다.

"그나저나 내가 수아한테 뭐 잘못한 게 있나? 왜 저러지?"

태영은 구시렁거리며 식판을 들고 배식대에 섰다. 너무 늦게 온 탓인지 오늘의 주메뉴 치킨이 다 떨어지고 없었다. 하는 수 없이 국과 몇 가지 반찬만 받아서 자리를 찾고 있었는데.

"쟨 왜 왕따처럼 저기 혼자 앉아 있어?"

태영은 한숨을 크게 내쉬며 저 구석에 앉아 홀로 밥을 먹는 녀석을 쳐다봤다. 어쩔 수 없네. 내가 같이 먹어 줘야겠군.

태영은 녀석의 맞은편에 앉았다.

"뭐야? 너 치킨 몇 개야? 하나, 둘, 셋, 넷, 넷? 네 개?"

녀석의 식판 위에 가득 쌓인 치킨을 세어 본 태영은 배식해 주는 아주머니가 원망스러웠다. 나한텐 치킨 다 떨어져서 없다더니 얘한테 다 퍼주셨구만.

"나 하나만 주면 안 돼?"

"너 말이야 아까부터 계속 나한테 달라고 하는데, 나한테 뭐 맡겨 놨냐?"

말을 해도 꼭 저렇게 얄밉게 하냐.

태영은 괜히 말했다는 얼굴로 식판에 코를 박고 밥을 먹고 있었는데.

툭. 툭. 툭. 툭.

갑자기 식판 위로 치킨 조각이 날아와 밥 위에 안착했다.

아까 초콜릿도 그렇고 얘는 왜 자꾸 하나만 달랬는데 전부를 다 주는 걸까?

태영은 밥 위에 가득 쌓인 치킨 조각과 녀석의 얼굴을 번갈아 가며 쳐다봤다.

"나 그만 보고 밥이나 먹어."

태영의 눈빛이 부담스러웠던 녀석은 괜히 더 퉁명스럽게 말했다.

갑자기 표정이 어두워진 녀석의 눈치를 흘끔 보던 태영은 자칫 잘못하면 치킨을 몽땅 빼앗길 수도 있다는 생각에 서둘러 젓가락을 들었다. 이건 본능이었다. 어릴 적부터 모태혁 때문에 터득한 본능. 내 할당량은 스스로 쟁취해야 한다는 삶의 지혜.

"주니까 마다하지는 않을게. 잘 먹겠습니다!"

치킨을 보니 웃음이 절로 나왔다. 태영이 활짝 웃으며 밥을 먹기 시작했다.

"대따 마시써. 크으, 역시 울 학교 급식이 최고라니까."

어깨춤은 기본, 콧노래까지 부르며 치킨을 먹는 태영을 물끄러미 쳐다보던 녀석의 입꼬리가 저도 모르게 살짝 올라가고 있었다. 그러다 뒤늦게 정신을 차린 녀석은 억지로 입꼬리를 내려 얼른 정색했다.

하지만 태영은 밥 먹느라 앞에서 녀석이 어떤 얼굴로 저를 쳐다보고 있는지는 관심 밖이었다.

어제 데이트 바람맞은 후부터 지금까지 먹은 건 아까 옥상에서 녀석이 준 초콜릿 하나가 전부였던 태영은 허겁지겁 밥 먹는 데만 열중했다.

그사이 밥을 다 먹은 녀석은 턱을 괸 채 태영을 신기하게 쳐다봤다.

"맛있냐?"

태영이 치킨을 뜯으며 고개를 끄덕였다. 그런데 하필 그때 툭, 하고 머리 끈이 끊어져 머리카락이 흘러내렸다. 그를 본 녀석이 피식 웃었다.

"망나니 같네."

"뭐? 마, 망 뭐?"

"많이 먹으라고."

안 그래도 많이 먹을 생각이거든? 내가 누구 때문에 어제 저녁도 못 먹었는데. 태영은 속으로 중얼거리며 머리카락이 흘러내려 입으로 들어가든지 말든지 열심히 치킨을 뜯었다.

미친 속도로 입안에서 치킨 뼈를 발골하는 태영을 구경하던 녀석은 생각했다. 얘한테 치킨 안 줬으면 내 뼈가 발골될 뻔했네.

"야, 보류. 너 왜 이렇게 잘 먹냐?"

"잘 먹는 것도 불만이야?"

"그건 아니지만 신기해서."

"난 니가 더 신기하거든? 밥을 왜 다 남겼어?"

　녀석의 식판 위에 밥이 그대로 남아 있는 것을 태영이 보더니 고개를 절레절레 흔들었다.

"쯧쯧. 너 잘 먹어야 돼. 그래야 기억 돌아오지."

"그건 무슨 논리야?"

"내 논리야. 밥을 잘 먹어야 일도 잘 풀리고 행복해진다. 나처럼."

　태영이 배시시 웃었다. 그를 본 녀석이 미간을 찌푸리며 휴지 한 장을 뜯어 던지듯 내밀었다.

"입술에 기름이나 닦아. 더러워."

"치이. 먹다 보면 묻을 수도 있지."

　태영은 대수롭지 않게 휴지로 입을 슥슥 닦았다.

"이제 다 먹었지?"

"아니아니. 후식 먹어야지."

　태영이 요플레를 들고 흔들더니 잽싸게 뚜껑을 열었다. 그러곤 뚜껑에 묻은 요플레를 핥아 먹기 시작했다.

"가지가지 한다 진짜. 너 원래 내 앞에서 이렇게 더럽게 먹었냐?"

"처음인데?"

"뭐가?"

"너랑 같이 밥 먹는 거."

"사귀는 사이라며."

"어제가 1일이었다니까. 같이 밥 먹을 새도 없이 니가 기억을 잃은 거라고. 그니까 내가 얼마나 억울하겠냐구. 태어나서 처음 사귄 남친인데, 되게 다정하고 배려심 깊고 멋있는 남친이었는데 하루아침에 이런 또라이 개싸가지로 변해서……."

"개싸가지? 어이가 없네. 야. 내가 기억 안 잃었어도 너 이렇게 먹는 거 봤으면 바로 차였어."

"아니거든? 유일반은 그렇게 겉모습만 보고 사람 판단하는 애 아니거든?"

"웃기고 있네. 걔 이상형은 너랑 정반대거든?"

"걔? 방금 걔라고 했어? 걔가 누군데?"

"……."

순간 정적이 흘렀다. 지금껏 제 말에 한마디도 지지 않던 녀석이 말을 아끼다니. 태영은 의아한 눈초리로 녀석을 쳐다봤다. 그러자 녀석은 살짝 당황한 기색을 보이더니 대뜸 화를 냈다.

"걔가 누구긴 누구겠냐! 어제 너랑 사귀기로 한 그 멍청한 놈이지."

"아하. 그렇구나? 근데 멍청아, 그 요플레 안 먹을 거면 내가 먹어도 돼?"

"누구더러 멍청이래!"

"어제의 너도 지금의 너도 같은 유일반이니까. 어제의 유일반이 멍청이면 너도 멍청이지. 요플레 안 먹을 거냐고."

"그래 너 많이 먹어라."

녀석이 요플레를 툭 하고 태영 쪽으로 밀었다. 냉큼 요플레를 받아 든 태영은 바로 뚜껑을 뜯으며 배시시 웃는 얼굴로 말했다.

"잘 먹을게 멍청아."

"야!"

"농담이야. 농담."

태영이 키득거리며 요플레를 두 통째 해치우고 있었다.

"와. 사귀어도 무슨 이런 애랑……. 아오."

녀석은 환장할 것 같은 표정으로 머리카락을 헝클어뜨렸다. 정신이 하나도 없었다. 오늘 반드시 해야 할 일이 있었는데. 이 여자애 때문에 다 까먹었다.

"아, 생각났다."

겨우 하려던 일이 떠오른 녀석이 말을 이었다.

"먹으면서 들어."

태영이 요플레를 먹으며 녀석을 쳐다봤다. 그러자 녀석이 넌지시 물었다.

"아까 걔랑 친해?"

"누구? 수아? 친구니까 친하지. 그건 왜?"

"별로 안 친해 보여서."

열받은 태영이 녀석을 째려봤다.

"너 또 나랑 해보자는 거야? 아니거든? 우리 고1 때부터 찐친이거든?"

녀석은 고뇌에 가득 찬 표정으로 이마를 매만졌다.

"이상하게 느낌이 안 좋아."

"무슨 느낌?"

"암튼 나 기억 돌아오기 전까진 걔랑 가까이 지내지 마. 그리고 너 입 조심해. 나 이렇게 된 거 다른 애들한테 들켰다간 내가 너 진짜 가만 안 둘 거야."

"참 나. 가만 안 두면 뭐 어쩔 건데?"

태영은 어이가 없어서 숟가락을 탕, 하고 내려놨다. 돌발 행동에 살짝 놀랐는지 녀석의 동공이 살짝 흔들렸다. 그 기세를 몰아 태영이 반박했다.

"막말로 나 때문이 아니라 너 때문에 다 들키게 생겼거든?"

"내가 뭘."

태영은 속에 쌓아 뒀던 불만들을 늘어놓기 시작했다.

"일단 너 아까 '안녕' 하면서 수아한테 웃을 때, 그때 되게 유일반 같지 않았어."

"유일반 같은 건 또 뭔데?"

"원래 유일반은 엄청 따사로운 햇살같이 웃었다고."

어제 옥상에서 저를 향해 다 잘될 거라면서 웃어 주던 일반의 미소가 떠오른 태영은 뒤늦게 정신을 차렸다. 현실은 제 앞에 있는 이 녀석. 이 멍청이! 미간에 주름 팍! 사나운 눈초리 팍!

"후우……."

한숨이 절로 나왔다.

"암튼 너 그렇게 인상 쓰고 다니다간 금방 들킬걸? 그리고 유일반은 인싸야. 완전 핵인싸. 이렇게 구석탱이에서 밥 안 먹는다고. 니 자리는 저기 중앙이야."

"관종이냐? 아무 데나 앉으면 되지."

"봐 봐. 이렇게 말 안 듣는 것도 유일반스럽지 않아."

"내가 남이랑 비교하지 말랬지?"

"남이 아니고 너랑 비교한 거거든?"

"지금 나한텐 어제의 나도 남이야. 기억이 안 나니까. 알아들어?"

"……."

종알종알 말 많던 태영이 갑자기 조용해지자 녀석이 흘끔 쳐다봤다.

"그 표정은 뭐냐?"

"반성 중……."

"갑자기?"

태영은 풀이 죽어 있었다. 생각해 보니 녀석의 입장이 충분히 이해가 됐다.

지금 얼마나 혼란스러울까? 어제의 나도 남처럼 느껴질 만큼. 그러니 어제의 나더러 멍청한 놈이라고 했겠지.

"아무래도 안 되겠다. 내가 너 꼭 기억 찾을 수 있게 도와줄게."

"또 그 소리야? 대체 니가 어떻게 도와줄 건데?"

"어제의 니가 남처럼 느껴진댔지? 내가 어제 그리고 지난 1년간 학교에서 봤던 너의 행적들을 하나씩 말해 줄게. 그러다 보면 뭔가 기억나는 게 있지 않겠어?"

"넌 내 기억에 왜 이렇게 집착하냐? 그놈의 보류 기간 길어질까 봐?"

"당연하지!"

내가 어떻게 사귄 남자 친군데!

꼭 기억 다시 돌아오게 만들어서 연애도 계속하고, 그리고 같이 너튜브에도 출연할 거고, 팔로워 수도 올릴 거고…….

생각이 거기까지 닿자 태영은 죄책감이 들었다.

결국 녀석의 기억을 찾아 주려는 목적이 나를 위한 거였다니.

"야, 보류."

"어? 왜, 왜?"

뒤늦게 녀석이 저를 부르는 소리에 태영이 뭐 몰래 먹다 걸린 사람처럼 화들짝 놀랐다. 그런 태영을 수상쩍게 쳐다보던 녀석이 대뜸 말했다.

"니가 도와줄 게 하나 있어."

"뭔데? 뭐 훔치는 것만 아니면 뭐든 할게!"

"훔치는 건데?"

"그건 좀…….'

"내 기억 찾을 수 있게 도와준다며. 못 해?"

"일단 들어 보고. 뭔데? 뭘 훔쳐야 되는데?"

"출석부. 일단 2학년 것만."

"그건 왜?"

갑작스러운 요구에 태영은 의아한 얼굴로 녀석을 쳐다봤다. 그러자 녀석은 서늘한 눈빛으로 대답했다.

"내가 누굴 꼭 찾아야 되거든."

"누구? 설마…… 그 동아리방 습격한 범인? 너 혹시 그 범인 얼굴 본 거야?"

태영이 무슨 비밀 얘기라도 하듯 주변 눈치를 살피며 작게 속삭였다.

"내 생각엔 학교 CCTV를 먼저 확보해서……."

"고장."

"헐…… 소름. 그럼 이거 계획적인 범죄?"

"탐정 납셨네. 재밌냐?"

"야, 무슨 말을 그렇게 하냐? 재밌냐니. 나야말로 그 범인 꼭 잡고 싶은 사람이거든? 내 남친을 이렇게 못 쓰게 만들다니. 그놈 찾아서 아주 아작 내 버릴 거야."

"못 쓰게 만들어? 내가 무슨 물건이냐? 그리고 나 멀쩡하거든? 야, 말해 봐. 내가 왜 못 써? 왜 못 쓰는데."

그걸 몰라서 묻느냐는 눈빛으로 태영은 녀석을 안쓰럽게 바라봤다.

빼딱한 자세로 다리까지 꼬고 앉아 거만한 표정을 짓고 있는 녀석. 역시 이 녀석은 못 쓰게 돼 버린 게 분명해. 이 상태론 재활용도 안 된다고.

"야, 보류. 암튼 오늘 수업 끝나기 전까지 출석부 가져와. 애들 얼굴이랑 이름 매치된 거 보면 뭔가 기억날 수도 있으……."

"알았어! 내가 바로 갖다줄게."

기억이 돌아올 수도 있다는 녀석의 말에 태영의 두 눈이 번쩍 떠졌다. 그러곤 기필코 녀석의 기억을 되찾아 주고 말겠다는 일념으로 곧장 자리에서 일어났다.

"내 식판 좀 치워 줘."

그렇게 태영은 후다닥 급식실을 벗어났다.

얼떨결에 태영의 식판을 떠맡게 된 녀석은 깨끗하게 비워진 태영의 식판을 보며 피식 웃었다.

"쪼그만 게 밥을 왜 이렇게 많이 먹어?"

식판을 들고 일어난 녀석은 창밖을 내다봤다. 태영이 긴 생머리를 휘날리며 교무실이 있는 방향으로 달려가고 있었다.

그 애는 건물 앞에 서자 긴장되는 모양인지 심호흡을 여러 번 했다. 표정은 진지하다 못해 비장하기까지 했다. 그 얼굴을 본 녀석은 웃음을 터뜨리고 말았다.

"귀엽네."

오늘따라 교무실에 왜 이렇게 사람이 많은 건지. 이미 태영은 점심시간 이후부터 두어 차례나 넘게 교무실 입성에 실패한 상태였다.

"이번엔 꼭 성공하자!"

비장한 얼굴로 태영은 두 주먹을 불끈 쥐며 기합을 넣었다. 그러곤 대걸레를 들고 교무실로 향했다. 원래 교실 청소였던 태영은 교무실 복도 청소를 자청하고 나선 것이다. 일종의 위장 전술이랄까.

"얘, 여기도 좀 닦아. 저기도 더럽네. 저쪽도 닦고."

"네!"

대걸레를 들고 교무실 앞에 오자마자 태영은 얼떨결에 음악 선생한테 청소 지도를 받게 되었다. 또 하라고 하면 열심히 하는 편인 태영은 출석부는 잊은 채 청소 삼매경에 빠지고 말았다. 그렇게 더럽던 복도는 어느새 광이 날 정도로 반짝거렸다.

"너 2반 모태영이지? 청소 되게 잘하네. 앞으로 교무실 복도 청소는 태영이가 하면 되겠네. 내가 너희 담임한테 말해 놓을게."

"네?"

으, 젠장. 괜히 열심히 했네. 빗자루가 낫지, 대걸레는 진짜 헬인데. 이거 빨아서 말리는 게 얼마나 귀찮은 일인데.

태영은 제가 닦아 놓은 깨끗한 복도 바닥을 망연자실하게 쳐다봤다.

"근데 내가 왜 이러고 있지? 여긴 왜 왔지? ……아, 출석부!"

출석부 때문에 이 사달이 벌어졌다는 걸 뒤늦게 깨달은 태영은 정신이 번쩍 들었다. 이번엔 교무실이다!

태영은 무슨 첩보 영화라도 찍듯 후다닥 교무실 안으로 들어갔다. 그러곤 대걸레로 바닥을 닦는 둥 마는 둥 하며 출석부가 꽂혀 있는 학급함을 향해 다가갔다.

그 모습을 뒤에서 지켜보고 있는 한 사람이 있었으니.

바로 태영의 천적, 물리 선생이었다.

딱 봐도 뭔가 켕기는 구석이 많아 보이는 태영을 물리 선생이 재밌다는 듯 지켜봤다. 그러다 태영이 학급함에서 출석부 몇 개를 꺼내 품에 안고 도망가려고 하자 잽싸게 달려가 태영의 뒷덜미를 낚아챘다.

"잡았다 요놈!"

"꺅!"

태영이 화들짝 놀라며 소리를 질렀다. 그 소리가 어찌나 컸는지 교무실에 있던 선생님들의 시선이 태영에게 집중되었다.

태영은 망할 놈의 제 입을 틀어막으며 물리 선생에게 살려 달라는 눈빛을 보냈다.

"모태영이 따라와."

물리 선생은 봐줄 생각이 없는지 자신의 사무실 책상으로 향했다. 태영은 죽을상을 하며 따라갔다. 하필 걸려도 물리한테 걸리다니. 하여튼 모태영 운도 지지리도 없어.

"하다 하다 이제 출석부를 훔쳐?"

"선생님 죄송한데, 훔치려고 한 건 아니고요. 그냥 잠깐 보고 도로 갖다 놓으려고 했는데……."

"출석부에서 볼 게 뭐가 있는데? 아하. 요놈 너 또 사진 훔치려고 했지?"

"네? 아닌데요?"

"출석부 줘 봐."

태영은 떳떳했다. 당당하게 출석부를 물리 선생에게 내밀었다. 그런데.

"요 봐, 요 봐. 내 이럴 줄 알았어. 유일반 사진이랑 송바위 사진이 없네?"

물리 선생이 1반과 2반의 출석부 맨 앞장을 펼쳐 보여 줬다.

태영은 두 눈을 크게 뜨고 출석부를 쳐다봤다. 딱 중간쯤에 비어 있는 직사각형.

"너지? 사진 니가 훔쳐 갔지?"

"저 진짜 아니에요!"

"아니긴 뭐가 아니야. 너 작년에도 애들한테 빵 받아먹고 3학년 선배 사진 훔쳐다 줬잖아."

서울대 출신이라더니 기억력도 좋으셔라. 태영은 할 말이 없었다. 그 얘긴 팩트였으니까.

"선생님 오늘은 저 진짜 억울해요. 작년에 그 일 있고 저 엄청 반성했구요, 그래서 다신 그런 짓 안 했다구요. 그리고 사실 걔가 그 선배를 중학교 때부터 짝사랑했대요. 선배 졸업하기 전에 사진이라도 한 장 갖고 싶다고 해서 도와준 건데……."

"아이고 눈물겨워라."

"그쵸? 얼마나 안됐어요. 오죽했으면 사진이라도 갖고 싶……."

"그래서 니가 잘했다는 거야?"

"그건 아니지만…… 암튼 이번엔 진짜 제가 훔친 거 아니에요. 저 유일반이랑 특히 송바위 사진엔 관심도 없어요."

"입 다물고. 모태영이 넌 다음 주 월요일까지 유일반이랑 송바위 사진 채워 놔. 안 그럼 벌점이다."

"벌점이요? 뭐 이런 걸로 벌점까지……."

"내일까지."

"네?"

"내일까지 사진 채워 놔라. 선생님 말에 한마디만 더 토 달면 지금 즉시 벌점 추가다."

"……."

물리 선생이 살벌한 눈빛으로 노려보자 태영은 풀이 죽은 얼굴로 억지로 고개를 끄덕였다.

"이건 도로 꽂아 놔."

"……네."

마침 옆 반 애들이 문제집을 들고 찾아오는 덕분에 물리 선생의 시선이 애들한테로 향했다. 그 틈을 타서 태영은 은근슬쩍 출석부를 다시 챙겨 교무실을 벗어났다.

종례를 마치자마자 옥상으로 달려간 태영은 비상구 문을 벌컥 열었는데.

쾅!

"윽!"

갑작스럽게 열린 문에 머리를 박은 녀석이 옥상 바닥에 주저앉아 버렸다. 심장을 움켜쥔 채 괴로워하는 녀석을 보고 놀란 태영은 얼른 녀석에게로 다가갔다.

"괜찮아? 많이 아파?"

"으……."

말도 못 할 정도로 아픈 모양이다. 근데 이상했다. 부딪힌 건 머리인데 왜 심장을 쥐고 괴로워할까?

녀석은 급기야 바닥을 손으로 짚은 채 고통스러워했다. 이마엔 식은 땀까지 흘렀다.

"어떡해. 구급차 부를까?"

"안 돼……."

핸드폰을 꺼내려고 하자 녀석이 손으로 저지했다. 태영은 또 한 번 놀라고 말았다. 제 손에 닿은 녀석의 손이 매우 차가웠기 때문이다.

"야, 유일반…… 너 진짜 왜 그래? 혹시 사고 후유증이야? 정신 좀 차려 봐."

녀석의 상태가 꽤 심각해 보였다.

덜컥 겁이 난 태영은 녀석의 어깨를 흔들며 녀석이 정신을 잃지 않게끔 노력했다.

그렇게 몇 분이나 지났을까. 녀석의 신음 소리가 점차 잦아들었고, 녀석은 비틀거리며 자리에서 일어났다.

하지만 여전히 고통에 찌든 얼굴, 살짝 풀린 눈.

그렇게 녀석은 초점 없는 눈으로 태영을 응시하며 말했다.

"나…… 기억이……."

"기억이 왜? 혹시 기억 돌아온 거야? 문에 머리 부딪혀서?"

"뭔가 생각이 날 것 같기도 하고……."

녀석은 정말 기억이 돌아오기라도 하는 모양인지 이번엔 머리를 감싸

쥔 채 뭔가를 떠올리고 있었다.

세상에, 이럴 줄 알았으면 진작 유일반 뒤통수 한번 날려 볼걸. 이렇게 고전적인 방법으로 기억이 돌아올 줄이야. 태영은 믿기지 않는다는 눈빛으로 녀석을 쳐다봤다.

"근데 너 진짜 몸은 괜찮아? 아까 심장……."

"괜찮아."

녀석이 말을 자르고 괜찮다며 어깨를 으쓱였다. 그의 말대로 아직 안색이 창백하긴 했지만, 아까보단 훨씬 나아진 것 같았다. 태영은 이제야 한시름 내려놓았다.

"그럼 이제 천천히 기억해 봐. 일단 우리 어제 사귀기로 한 거 그거부터 기억해 봐. 가장 최근 일이니까 잘 떠오를 거야. 어때? 생각나?"

"어제 여기서……."

"맞아! 여기 맞아. 우리 여기서 사귀기로 했잖아. 어뜩해. 너 진짜 기억 돌아오고 있나 봐!"

태영은 너무 좋아서 방방 뛰며 기뻐했다. 하지만 녀석은 해맑게 소리까지 내며 웃는 태영을 노려볼 뿐이었다.

"왜 째려봐?"

"너 진짜 실망이다."

녀석이 어이가 없다는 듯 태영을 쳐다봤다. 그러자 태영은 고개를 갸웃했다.

근데 이 녀석은 왜 눈빛이 그대로지? 이건 어제의 유일반에겐 없었던 눈빛인데……. 아직 기억이 덜 돌아와서 그러나? 기억이 돌아와도 이 상태면 어떡하지?

"아씨 짜증 나. 나 여기 멍 들었지?"

녀석이 갑자기 욕을 읊조리며 태영에게로 이마를 들이밀었다.

"살짝 붓기는 했는데……. 근데 너……."

태영이 조심스레 물었다.

"그게 끝이야? 더 기억나는 거 없어? 머리 한 대 더 때려 줄까?"

"죽을래? 머리 좀 부딪혔다고 기억이 돌아오면 그게 코미디지."

태영이 제 머리통을 날리려 주먹을 쥐고 다가오자 녀석은 손가락으로 태영의 이마를 툭 밀어 버렸다. 뒤로 밀려난 태영의 표정이 붉으락푸르락해졌다.

"그럼 너 아까 기억이 어쨌니, 어제가 저쨌니, 그거 장난친 거야?"

그걸 이제 알았냐며 녀석이 혀를 내찼다.

"믿은 니가 바보지."

"야! 넌 무슨 그런 걸로 장난을 쳐? 난 너 기억 돌아온 줄 알고 얼마나 좋았는데."

"그러게, 너 되게 좋아하더라? 어제 여기서 둘이 뭐 어쨌는데? 사귀기로 했다고? 보나마나 니가 먼저 들이댔겠고."

"아니거든?"

"하."

"지금 비웃는 거야? 진짜 내가 먼저 안 그랬거든? 니가 먼저 나 좋다고 따라다녔었거든?"

"웃기고 있네. 나 기억 안 난다고 말 지어내지 마. 내가 널 왜 따라다니냐? 너 나한테 돈 꿨냐?"

"너랑 나 사이에 채무 없었고. 넌 내가 귀여워서 좋다고 했어. 그래. 그랬어."

당당해지자. 영 없던 얘기는 아니잖아. 분명 동아리방에서 유일반이 나한테 귀엽다고 했으니까. 그건 팩트라고.

"이상형이 귀여운 쪽은 아닐 텐데. 걔, 아니 내 이상형은 너랑 반대라니까."

"니가 그걸 어떻게 알아? 기억도 없으면서."

"……직감, 본능. 그런 거 있잖아. 넌……."

녀석이 태영의 얼굴을 빤히 쳐다봤다.

아기처럼 뽀얀 피부, 이 작은 얼굴에 동그란 눈, 오뚝한 코, 분홍빛 입술이 다 들어 있는 게 신기할 정도였다. 웃으면 눈이 반달로 접히는 게 어찌나 귀엽던지. 그리고 저 작고 앙증맞은 입술…….

"!"

거기까지 생각이 닿자 녀석의 얼굴이 화락 달아올랐다. 침을 꼴깍 삼키며 녀석은 고개를 돌려 일부러 더 퉁명스럽게 말했다.

"확실히 내 타입 아니야. 근데 왜 사귄 걸까? 궁금해지네……."

녀석의 얼굴이 금방이라도 터질 것처럼 빨개진 것도 모른 채 태영이 구시렁거렸다.

"누군 지가 이상형인 줄 아나. 난 다정하고 배려심 깊은 남자가 좋거든? 그래서 내가 너 좋아했던 건데, 이게 뭐람……."

그 말에 녀석이 발끈하며 되물었다.

"내가 다정하고 배려심 깊었다고? 웃기고 있네."

"웃긴 건 너고. 암튼 어제까지의 넌……. 됐다. 말해 봤자 내 입만 아프지."

태영은 체념했다. 어차피 지금 당장 유일반의 기억이 돌아오길 바라는 건 무리라는 걸 깨달은 것이다.

이건 장기전이다! 각오를 단단히 해야 돼.

태영은 다부진 눈빛으로 가방에서 출석부 두 권을 꺼내 녀석에게 내밀었다.

"일단 1반이랑 2반 것만 가져왔어. 출석부 몽땅 없어지면 금방 들통나니까."

"너 머리 나쁘지?"

무거운 출석부를 받으며 녀석이 미간을 찌푸렸다. 그러자 태영이 버럭 화를 냈다.

"와, 킹받네. 여기서 머리 나쁘단 얘기가 왜 나와?"

"사진 찍어서 가져오면 되지 무겁게 이걸 왜 들고 오냐?"

"뭐? 그거 이리 내! 기껏 가져다줬더니. 우씨. 나 그거 가져오다가 물리한테 걸려서…… 맞다. 너 증명사진 있어?"

"없어."

"그럼 한 장 찍어서 내일 가져와. 알았지?"

"내가 왜?"

"1반 출석부에 니 사진만 없어. 물리가 니 사진 안 채워 넣으면 나 벌점 먹인대."

"맛있게 먹어."

"됐거든? 나 벌점 하도 먹어서 배 터질 지경이거든? 암튼 너 도와주려다 이렇게 됐으니까 니가 책임져."

녀석은 들은 척도 안 하고 출석부를 펼쳐 핸드폰으로 사진을 찍기 시작했다. 그러다 갑자기 핸드폰을 내려놓고 2반 출석부를 자세히 들여다봤다.

"송……바위?"

사진 없이 텅 빈 직사각형 밑에 새겨진 이름을 녀석이 의미심장한 눈빛으로 응시했다.

태영은 출석부를 보는 녀석의 눈빛이 심상치 않음을 느꼈다.

녀석의 눈치를 흘끔 보던 태영이 고개를 내밀어 출석부를 들여다봤고, 녀석의 시선이 정확히 송바위 이름 석 자에 꽂혀 있는 것을 확인했다.

"송바위는 왜?"

태영이 넌지시 물었다. 그러자 녀석이 바로 반응했다.

"아는 애야?"

"같은 반이니까 당연히 알지."

"근데 얜 왜 사진이 없어?"

"여자애들이 맨날 훔쳐 가니까. 벌써 다섯 번짼가 그럴걸?"

"사진을 훔쳐 가? 왜?"

"인정하긴 싫지만 걔가 울 학교에서 얼굴로 2등이거든."

"1등은 누군데?"

"인정하긴 싫지만……."

태영이 손가락으로 녀석을 가리켰다. 그 순간 태영은 보았다. 녀석의 입꼬리가 살짝 올라간 것을. 어쭈? 이 녀석 지금 웃은 거야? 어라? 이건 기회! 녀석이 기분 좋을 때 말하자.

태영이 은근슬쩍 말을 꺼냈다.

"근데 너 집에 언제 갈 거야? 요 앞 사거리에 사진관 있는데……."

"어쩌라고."

곧장 날아든 녀석의 정색에 태영은 김이 팍 샜다. 이젠 비굴 모드로 바꿔야 할 때다.

"가는 길에 사진 좀 찍고 가면 안 될까? 시간 얼마 안 걸려. 사진 바로 나온다니까. 제발 나 좀 도와주라. 나 진짜 벌점 꽉 찼다구."

"됐고. 이거나 도로 갖0다 놔."

녀석은 출석부를 태영에게 안겼다. 그러곤 태영의 어깨를 툭 밀었다. 비상구 문까지 밀려난 태영이 녀석을 흘겨봤다. 이젠 막무가내 모드다.

"그럼 이따 30분 후에 보자."

"뭐래."

"나 사거리 편의점 앞에 있을게. 너 올 때까지 기다릴 거야! 안 오기만 해 봐. 너 기억 상실증 걸린 거 학교 게시판에 올려 버릴 거야!"

할 말을 끝낸 태영은 녀석의 대답은 듣지도 않은 채 후다닥 옥상을 나가 버렸다.

태영이 옥상을 나가 버리자 녀석은 어이가 없다는 듯 헛웃음을 지었다. 그러곤 다시 핸드폰을 꺼내 출석부 사진을 들여다봤다.

녀석이 이번에 확대해서 본 사진은 단정한 교복 차림의 여자애였다.

사진 밑엔 '권수아'라고 적혀 있었다.

"거슬려……."

사진을 응시하던 녀석의 눈빛이 서늘해졌다. 아까 옥상에서도 그렇고 영 느낌이 이상했다. 께름칙하고 기분이 몹시 더러웠다.

"!"

녀석이 돌연 가슴을 부여잡았다. 아까 아팠던 심장이 다시 조여 오는 것 같았다. 역시 권수아라는 여자애 때문인 것 같았다. 처음 봤을 때부터 느낌이 좋지 않았으니까.

"후우……."

녀석은 거친 숨소리를 내쉬며 동아리방으로 들어갔다. 그러곤 가방에서 약통을 꺼냈다.

물도 없이 약을 삼킨 녀석은 벽에 머리를 기댄 채 한참을 고통 속에서 몸부림쳐야만 했다.

"진짜 안 오는 건가?"

30분은커녕 한 시간이나 훌쩍 지났다. 예상은 했지만 역시나 녀석은 안 올 모양이다.

편의점 파라솔 밑에 앉아 아이스크림을 푹푹 퍼먹으며 태영은 구시렁 거렸다.

이 와중에 아이스크림은 왜 이렇게 맛있는 건지. 저녁 먹을 때가 돼서 그런가? 이럴 줄 알았으면 해니랑 떡볶이나 먹으러 갈걸.

"으, 내 팔자."

신세 한탄을 하며 태영은 어느새 바닥까지 다 긁어 먹은 아이스크림 통을 아쉽게 쳐다봤다. 그러다 한숨을 푹 내쉬며 학교 쪽을 바라봤다.

아까까지만 해도 교복 입은 애들이 몇몇은 보였는데 이젠 거의 안 보인다. 아니, 아예 안 보인다.

태영은 플라스틱 숟가락을 입에 문 채 핸드폰을 꺼냈다. 그러곤 유일반의 번호를 찾아 통화 버튼을 누르려다가 말았다.

"아니야. 전화해서 물으면 안 온다고 할 게 뻔하잖아. 전화 걸지도 말고 받지도 말자. 그냥 기다리는 거야. 지가 사람이면 못 온다고 연락을 하든가, 그게 아니면 오겠지 뭐. 아무리 기억 상실증에 걸렸어도 본성이 그렇게 착하고 배려심 깊은 아이였는데 설마……."

아니다. 설마가 사람 잡는댔다. 오늘의 유일반은 못 온다는 연락은커녕 그냥 쌩까고도 남을 녀석이었다.

그래, 본성이고 나발이고 오늘 그 녀석은 기억뿐 아니라 타고난 본성까지 몽땅 지워진 게 분명해. 근데 대체 어떻게 그럴 수가 있어? 기억만 잃은 건데 왜 성격까지 바뀐 거지? 보통 드라마에선 안 그러던데. 게다가 기억을 잃었는데 학교는 어떻게 찾아온 건데? 아까 옥상에서도 그래, 문에 부딪힌 건 이만데 왜 머리가 아니라 심장을 부여잡아?

"으, 몰라!"

이상한 게 한둘이 아니라 태영은 머리가 복잡해졌다. 이러다 저도 기억이 이상해질 것만 같았다.

그렇게 어느덧 하늘은 어둑어둑해졌고, 태영은 왠지 모르게 불길한 예감이 들었다.

"망했네, 망했어. 오늘 사진 안 찍으면 내일까지 제출 못 하는데. 그럼 나 벌점……. 아오!"

태영은 발을 동동거리며 테이블 위에 철퍼덕 엎드렸다.

오늘따라 하루가 왜 이렇게 긴 건지. 나야말로 자고 일어나면 오늘 있었던 모든 일들이 다 몽땅 사라져 버렸음 좋겠네. 전부 다 꿈이었으면 좋겠다고.

"너 요새 자주 본다?"

"?"

낯선 이의 목소리에 태영이 상체를 벌떡 일으켰다. 제 앞에는 또 그놈들이 서 있었다.

현 원진남고 일진. 구 세원중 동창.

태영이 질색하는 얼굴로 원진남고 무리를 쳐다봤다. 그중엔 저번에 유일반의 명찰만 보고 도망갔던 험악남도 당연히 있었다. 험악남은 주변을 살피더니 비아냥거렸다.

"오늘은 지켜 줄 남자가 없나 봐? 중학교 땐 송바위 뒤에 맨날 숨어 다니더니."

"그러는 넌 송바위 앞에선 입도 벙긋 못 한 주제에!"

"닥쳐, 미친년아. 난 여자라고 안 봐줘."

그러든가 말든가. 태영은 이럴 땐 무시하는 게 상책임을 잘 알고 있었다. 그렇게 서둘러 가방을 메고 자리에서 일어나 가려고 몸을 틀었는데.

쾅!

"윽!"

험악남이 태영의 가방을 붙잡아 다시 자리에 앉히려다 의자가 쓰러지면서 태영이 바닥에 나뒹굴었다.

"어딜 도망가. 우리 저번에 하던 얘기 마저 해야지."

"난 할 얘기 없는데?"

태영이 까진 무릎을 문지르며 힘겹게 일어나려고 했는데, 또다시 험악남의 발이 날아왔다.

"꺅!"

태영이 본능적으로 양팔로 머리를 가린 채 움츠렸다. 그런데.

퍽!

"으악!"

이건 또 무슨 소리야? 태영은 갑자기 들려온 비명에 천천히 팔을 내렸다. 그런데 이게 웬일인가. 제 옆엔 험악남이 날아와 바닥에 엎어져 있었다.

조심스레 고개를 든 태영은 험악남을 발로 찬 누군가의 얼굴을 확인했다.

"!"

유일반이었다.

녀석은 태영의 무릎이 까져 피가 나는 것을 보더니 굉장히 살벌한 얼굴로 험악남의 어깨를 발로 짓이겼다.

"으아악! 씨발, 너 뭐야!"

험악남이 일어나려고 발버둥을 쳤지만, 녀석의 힘을 당해 낼 순 없었다. 녀석은 눈 하나 깜짝하지 않고 아파 죽겠다고 제발 살려 달라고 아우성치는 험악남의 어깨를 더 세게 발로 밟았다. 그러곤 태영에게 손을 내밀었다.

"일어나."

"어? 어……."

얼떨결에 녀석의 손을 잡고 일어난 태영은 또 얼떨결에 녀석의 손에 이끌려 녀석의 등 뒤에 서게 됐다.

애 뭐야? 설마 나 보호해 주는 거야?

두근두근. 태영은 녀석의 커다랗고 안전한 등을 올려다봤다. 그리고 녀석이 잡은 제 손을 물끄러미 쳐다봤다.

어떡해. 나 손에서 땀 폭발할 것 같아. 아니야, 그것보다 더 엄청난 문제가 생겼어.

나 왜 이 녀석 멋있어 보이지? 박력 쩔어. 어뜩해.

태영의 볼이 발그레해졌다. 태영은 가로등 불빛에 비친 녀석의 옆모습을 흘끔 훔쳐봤다.

베일 듯한 콧날과 날렵한 턱선. 세상에, 어제보다 더 잘생겨졌잖아. 내 눈이 이상해진 건가?

태영은 눈을 마구 비볐다. 하지만 다시 봐도 녀석의 외모는 어제완 비교도 할 수 없을 만큼, 할 말을 잃을 정도로 잘생겨 보였다.

녀석이 잘생겨 보일수록 태영의 가슴은 더 빨리 뛰기 시작했다.

"제발 그만! 그만하라고오! 너 대체 누군데 이래! 아악! 악!"

"닥쳐. 어깨 박살 내기 전에."

"!"

태영이 녀석의 외모를 감상하고 있던 중에도 험악남은 녀석에게 어깨를 밟히고 있었다.

그나저나 험악남은 지금 제 어깨를 밟고 있는 녀석이 저번에 봤던 유일반이라곤 전혀 눈치 못 챈 모양이다.

사실 그럴 만도 했다. 저번에 그 유일반은 '그만하는 게 좋을 것 같은데.'라고 차분하게 말하며 명찰을 보여 줬으니까.

아마 지금의 이 무서운 녀석과 저번에 본 차분하고 젠틀한 인물이 동일인이라곤 꿈에도 생각하지 못한 모양이다.

태영은 여전히 서늘한 눈빛을 한 녀석을 올려다보며 생각했다.

1년 동안 유일반이 누군가와 싸웠다는 얘긴 들어 보지도 못했는데. 그렇다면 녀석의 이 폭력성은 원래 잠재되어 있었던 걸까?

하지만 기억을 잃으면서 발현된 거라고 하기엔 저번과 오늘이 너무 다른데…….

그렇게 태영의 의구심은 점점 커져만 갔다.

찰칵. 찰칵. 찰칵.

"다 됐습니다."

촬영실 안에서 사장님의 목소리가 들려왔다. 드디어 끝났구나. 하지만 태영은 괜히 더 불안했다. 녀석이 아무 말 없이 사진관까지 순순히 따라왔기 때문이다.

사진 찍어 주는 대신 나한테 또 이상한 거 뭐 훔쳐 오라고 시키는 건 아니겠지?

불안에 떨던 태영은 마침 촬영실에서 사장님이 나오자 자리에서 벌떡 일어났다.

"그나저나 남자 친구가 영 얼굴을 못 쓰네?"

"네?"

"저 얼굴로 웃으면 얼마나 예쁘겠어. 근데 그렇게 웃으래도 절대 안 웃더라니까. 암튼 한 시간 뒤에 찾으러 와요."

"네!"

태영은 마침 촬영실에서 벗어나 밖으로 나오는 녀석의 뒤를 쫄레쫄레 따라갔다. 녀석은 말도 없이 혼자 밖으로 나갔다.

역시 밖으로 나온 태영은 하늘을 올려다봤다.

"우와!"

벚꽃이 만개한 나무에 봄바람이 스치고 지나가자 벚꽃 잎이 휘날리기 시작했다.

"예쁘다……."

살랑살랑 떨어지는 벚꽃 잎을 발견한 태영이 깡충 뛰어 꽃잎을 양손으로 잡았다. 무릎에선 피가 질질 흐르는데, 대체 뭐가 좋다고 저렇게 환하게 웃는 건지. 녀석은 태영을 못마땅하게 쳐다보며 말했다.

"여기서 기다려."

"어?"

"기다리라고. 가만히."

"응."

태영이 고개를 끄덕이자 녀석이 갑자기 어딘가로 달려가기 시작했다. 그렇게 5분 정도 지났을 무렵 녀석이 다시 나타나 뭔가를 내밀었다.

"붙여."

녀석이 내민 것은 소독약과 밴드였다. 태영은 얼떨결에 그것을 받아 들었고 녀석은 한마디 더 덧붙였다.

"앞으로 집에 갈 때 나랑 같이 가."

"어?"

"기억 찾을 때까지만."

"집엘 같이 가자고? 왜?"

태영이 어리둥절한 얼굴로 물었다. 그러자 녀석은 무슨 핑곗거리라도 찾는 표정으로 구구절절 설명했다.

"니가 나 기다리다가 다친 거니까 내가 책임진다고."

"근데 왜 기억 찾을 때까지만 책임져?"

"그건……."

태영의 돌발 질문에 당황한 모양인지 녀석이 말끝을 흐렸다. 태영은 의심의 눈초리를 거두지 않았다. 녀석은 괜히 태영의 시선을 피하며 버럭 했다.

"싫음 말고!"

"아냐아냐. 누가 싫댔어? 걍 그렇게까지 할 필욘 없는데…… 그렇게 해 주면 고마워. 사실 니가 걔들 너무 심하게 두들겨 패서 언젠간 나 찾아와서 응징하진 않을까 싶었거든. 근데 너 왜 그렇게까지 막 무섭게 그런 거야?"

"난 당하고는 못 사는 성격이라."

"원랜 안 그랬잖아. 부당한 일도 주먹보단 말로 해결하는 편이었는데."

"기억 없어."

녀석이 딱 잘라 말하곤 뒤를 돌아 길을 걸었다. 태영이 쫄레쫄레 따라갔다.

"어디 가?"

"집."

"벌써? 사진은? 사진 찾아서 가야지."

"니가 찾아서 내일 제출해. 그래야 벌점 안 먹는다며."

주머니에 손을 꽂은 채 녀석이 횡단보도를 건넜다. 태영은 후다닥 녀석의 뒤를 쫓아갔다. 그게 거슬렸는지 녀석이 걸음을 멈추고 뒤를 돌았다.

"왜 따라와?"

"그게…… 이 말을 안 한 것 같아서."

"뭐."

"아깐 고마웠다고."

쑥스러워서 이제야 감사 인사를 내뱉은 태영은 머뭇거리며 계속 말을 이었다.

"그래서 말인데…… 너 배고프지 않아?"

"밥 사 달라고?"

"야, 나도 양심은 있거든? 나 도와준 사람한테 얻어먹으려고 막 빌붙는 그런 사람 아니야."

"그럼 뭐."

"내가 사 준다고. 나 돈 많아!"

태영이 지갑을 들고 흔들며 환하게 웃었다. 그런 태영을 빤히 쳐다보던 녀석이 뒤늦게 정신을 차리곤 서둘러 대답했다.

"됐어."

"그러지 말고 같이 가자. 이 근처에 떡볶이 맛집 있는데 거기 양이 무지 많아서 혼자는 못 먹거든."

"남기면 되잖아."

"아깝잖아."

"그럼 다른 친구들 불러서 먹어. 저기 있네. 니 절친."

녀석이 턱끝으로 길 건너를 가리켰다. 그쪽으로 시선을 옮긴 태영은 작게 한숨을 내쉬었다. 수아가 지친 얼굴로 학원 차에 올라타고 있었기 때문이다.

"그러게 나도 수아랑 같이 먹었음 좋겠다. 쟤 점심도 안 먹었단 말이야. 배고플 텐데 또 공부하러 가다니……."

떠나는 학원 차 뒤꽁무니를 한참 바라보던 태영은 어쩐지 녀석이 조용하다는 생각에 고개를 돌렸다. 녀석 역시 수아가 떠난 자리를 응시하고 있었다. 엄청 애틋한 눈빛으로.

저 눈빛은 뭐지? 처음 보는 눈빛인데…….

태영은 살짝 기분이 이상했다. 아무리 기억을 잃었고, 지금은 연애 보류 상태라지만 내 남자 친구가 다른 여자의 그것도 내 절친을 저렇게 애틋한 눈빛으로 바라보는 건…….

짜증 나! 열받아!

"야, 보류."

갑자기 녀석이 고개를 돌리는 바람에 녀석과 눈이 딱 마주친 태영은 화들짝 놀랐다.

"어? 왜?"

"너 진짜 내 여친이야? 진짜 우리 어제 사귀기로 한 거 맞냐고."

태영은 어이가 없다는 얼굴로 녀석을 흘겨봤다.

"그럼 내가 거짓말이라도 했다는 거야?"

"그냥 이상해서 그래. 차라리 권수랑 사귀는 거라면 믿겠다. 걔가 오히려 이상형에 가깝······."

"뭐?"

태영은 충격받은 얼굴로 녀석을 쳐다봤다. 갑자기 매서운 눈초리가 제게로 오자 녀석은 흠칫 놀랐다.

"너 지금 그게 여자 친구 앞에서 할 소리야?"

"여자 친구라니. 나 기억 돌아올 때까지 우리 관계는 보류라니까."

"아무리 보류여도 그렇지 너무하잖아. 어쨌든 넌 내 남자 친군데."

"고작 하루 사귄 거 가지고 유난은. 밥도 한번 같이 못 먹은 주제에. 차라리 그냥 차 버리는 건 어때? 내가 차여 줄게."

"그렇겐 절대 못 해!"

"대체 왜? 보니까 너 나 그렇게 많이 좋아하는 것 같진 않은데. 혹시 다른 꿍꿍이가 있는 거 아니야?"

이 눈치 빠른 녀석.

태영은 자신의 꿍꿍이가 들킬까 봐 괜히 손톱을 물어뜯었다. 만약 이 녀석이 내가 너튜브 출연을 위해 이러고 있다는 사실을 아는 날엔······.

"꿍꿍이라니 그런 거 없거든? 난 순수하게 니가 기억을 찾았음 좋겠다는 마음으로 돕고 있는 거라고. 그리고 우리 어제 사귀기로 한 거 맞아. 데이트도 하기로 했는데 니가 말도 없이 약속 장소에 안 나왔단 말이야."

"흠······."

뭔가 고민스러운 얼굴로 턱을 매만지던 녀석은 한숨을 내쉬었다. 그런 녀석의 눈치를 흘끔 보던 태영이 조심스레 물었다.

"근데 너 이상형이 수아처럼 청순하고 뭐 공부도 잘하고 그런 스타일이야? 그런 건 기억이 나?"

"그랬던 거 같다는 거지. 본능."

"아…… 근데 왜 나랑 사귄 거야?"

"그걸 내가 어떻게 아냐? 나도 궁금해 뒤지겠다. 지금 제일 궁금한 게 그거라고. 하필 니가 왜 유일반 여친이냐고."

정말 억울해 죽을 것 같은 얼굴로 녀석은 어이없어했다.

반면 녀석의 말에 마음의 상처를 크게 입은 태영은 입술을 삐죽 내밀었다. 동그란 눈동자엔 어느새 물기가 차오르고 있었다.

"너 왜 그래? 우냐?"

"아니야. 배고파서 그래."

태영은 말도 안 되는 핑계를 대며 눈에 차오른 눈물을 손등으로 벅벅 닦았다.

사실 오늘, 아니 어제 데이트 바람맞은 후부터 너무 힘들었다. 난 왜 이렇게 하는 일마다 이 모양인 건지. 어쩐지 너무 쉽게 유일반이 사귀어 준다고 하고, 또 너무 쉽게 너튜브 촬영도 같이 나가 준다고 하고, 모든 게 다 너무 순조롭게 흘러간다 했더니. 이거 다 신이 계획한 게 분명해. 나한테 오늘 같은 불행을 주려고.

왜 나한테만 이런 일이 벌어지냐구요. 왜! 왜!

풀이 팍 죽은 태영을 옆에서 지켜보던 녀석은 괜히 머리카락을 쓸어넘기며 어쩔 줄을 몰라 했다. 그러다 안 해도 되는 말까지 내뱉고 말았다.

"지금은 아니야."

녀석은 작게 웅얼거렸다.

"지금은 귀여운 게 더 좋다고."

하필 지금 신을 원망하느라 딴생각에 빠져 있던 태영은 옆에서 녀석이 하는 소리를 제대로 듣지 못했다.

"뭐라고? 미안, 나 못 들었어."

"못 들었음 됐어. 가자."

"어딜?"

"배고프다며. 떡볶이 가게 어느 쪽이야? 저쪽?"

녀석이 턱끝으로 오른쪽을 가리켰다. 그러자 언제 우울했었냐는 듯 태영이 활짝 웃으며 말했다.

"나랑 같이 떡볶이 먹어 주는 거야?"

"어느 쪽이냐고. 빨리 안 말하면 확, 나 집에 그냥 간다?"

"아아. 아냐아냐. 그쪽 맞아. 저쪽 골목에 있어."

태영의 말에 녀석이 먼저 앞장섰다. 다리가 길어선지 녀석의 걸음은 꽤 빨랐다. 태영은 녀석의 뒤를 종종걸음으로 따라갈 수밖에 없었다.

그나저나 저 녀석이 웬일이래? 아깐 죽어도 같이 안 먹을 것처럼 굴더니.

혹시 나한테 뭐 잘못한 거 있나? 아님 또 뭐 시켜 먹으려고?

태영은 앞으로 직진하는 녀석의 뒷모습을 의아하게 쳐다봤다. 그런데 이렇게 따뜻한 봄날, 참 이상하게도 녀석의 귀가 빨개져 있었다.

"어디 아픈가?"

태영이 고개를 갸웃했다.

"우와. 맛있겠다!"

테이블 위에 떡볶이가 등장하자 태영의 눈빛이 반짝거렸다. 그 모습 때문에 녀석이 피식 웃었다.

"점심을 그렇게 많이 먹고도 이게 넘어가?"

"떡볶이 배는 따로 있거든요?"

"그래, 많이 먹어라. 추가할 거 있음 추가하고."

"아냐. 다른 거 추가하면 비싸. 이걸로 충분해."

"그래? 내가 사려고 했는데."

"사장님! 여기 모둠 튀김이랑 당면 사리 추가해 주시고 앗, 주먹밥도 주세요!"

녀석이 어이없게 쳐다보자 태영이 배시시 웃었다.

"잘 먹을게."

"남기기만 해 봐. 너 죽을 줄 알아."

"그럴 일은 절대 없어. 걱정 노노. 자, 그럼 나 시작한다."

태영은 곧장 젓가락을 들고 전투태세를 갖췄다. 그렇게 콧노래까지 부르며 떡볶이를 먹는 태영을 마치 재밌는 예능 프로그램을 보듯 쳐다보던 녀석이 대뜸 물었다.

"그거 버릇이야?"

"뭐가?"

"먹을 때 '흐으응흥흥' 이상한 소리 내는 거."

"야, 내가 언제 '흐으응흥흥' 이랬냐? '흐으으흥흥흥으으' 이랬지."

"그거나 그거나. 그냥 조용히 좀 먹으면 안 되냐?"

"이렇게 먹어야 더 맛있거든?"

태영은 일부러 더 신나게 콧노래를 부르며 먹었다. 그러다 문득 떠오른 생각에 젓가락질을 멈추고 녀석을 의심스럽게 쳐다봤다.

"근데 너 좀 이상해."

"넌 많이 이상해."

"우씨. 암튼 너 갑자기 나한테 왜 잘해 줘? 막 사진도 찍어 주고, 소독약도 사다 주고, 떡볶이도 같이 먹어 주고."

"그래서 불만이야?"

"불만 정도까진 아니지만 좀 불안하긴 하지. 그러니까 말해 봐. 너 왜 그래?"

"심심해서."

"뭐?"

"말할 상대가 너밖에 없거든."

"근데 왜 부모님한테도 말 안 했어? 이 엄청난 사실을……."

"부모님 없어."

녀석이 단호하게 말했다. 그러자 바로 태영이 반박했다.

"무슨 소리야. 너희 아버지 엄청 부자라고……."

"지금 한국에 없다고."

"엄마는?"

"엄만 진짜 없어."

앗, 괜한 걸 물었다. 태영은 자책하며 당장 무슨 말을 이어 나가야 할지 난감하단 표정을 지었다. 하지만 뜻밖에도 먼저 정적을 깨고 말문을 연 건 녀석이었다.

"프리무스 그 동아리 엄마가 창설한 거야. 꽤 오래전에."

"너희 엄마도 명원고 출신이셔?"

"어."

"아…… 그래서 그렇게 열심히 한 거구나? 엄마가 만든 동아리 지키려고. 너 진짜 밤낮없이 엄청 엄청 열심히 로봇만 만들었거든. 그러니까 세계 대회에서 상도 탔지. 근데 엄마 얘긴 기억이 나?"

"이 학교 입학하기 전까진 다 기억나."

"그래? 그렇단 말이지……. 아! 그럼 입학 전에 나 만났던 것도 기억나? 왜 있잖아, 수영장에서……."

"미끄러져서 물에 빠진 멍청이? 단발머리, 체중은 육십 이상!"

"아니거든? 그, 그땐 물에 젖어서 무거웠던 거라고!"

"암튼 내가 니 생명의 은인이네?"

"대박……."

"왜?"

"얼마 전엔 전혀 모르는 눈치였거든. 근데 기억을 잃었는데 그날은 기억이 난다고? 뭔가 이상하지 않아?"

태영은 사고 회로가 엉킨 것만 같았다. 마찬가지로 녀석도 자신이 말실수했다는 걸 깨달았는지 뭔가 불안해하는 표정이 역력했다.

그사이 엉킨 사고를 겨우 풀어낸 태영이 화난 얼굴로 녀석을 쳐다봤다.

"너 유일반 아니지?"

태영이 똘망똘망한 눈에 힘을 팍 주며 녀석을 쳐다봤다. 녀석의 표정은 역시나 굳어 있었다.

"맞네. 너 유일반 아니네."

"그럼 난 누군데?"

"또 다른 인격체! 또는 귀신! 왜 있잖아, 드라마에서 보면 막 귀신이나 다른 인격체가 그 주인공 영혼 뺏어서 들어앉으려고 그러잖아. 너도 그런 거지?"

"하."

진지하게 태영의 말에 귀를 기울이던 녀석이 결국 실소를 터뜨렸다. 그러곤 보기보다 훨씬 더 단순한 태영을 어이가 없다는 듯 쳐다봤다.

"내가 유일반의 다른 인격체 또는 귀신이라는 사실보다 기억을 잃었다는 게 더 믿기 힘든 이유가 뭔데?"

"달라도 너무 다르니까. 너 떡볶이는 왜 안 먹어?"

"밀가루 알레르기 있어."

"소름!"

"왜 또! 뭔데."

"너 어제 내가 사다 준 빵 겁나 맛있게 먹는 거 봤거든? 내 두 눈으로 똑똑히! 그리고 기억 잃었다면서 자기 체질을 왜 이렇게 잘 알아?"

갑자기 날아든 질문 폭격기에 녀석은 이를 악물고 하나하나 다 받아치기 시작했다.

"하아…… 몇 번을 말하냐? 입학 전까진 다 기억난다고. 내가 너 몸무게까지 정확하게 기억하는 거 보면 몰라? 그리고 빵은…… 그래, 어제부터 사귀기로 했다며. 그니까 그 성격에 거절 못 하고 억지로 먹어 줬겠지."

"그, 그래? 그렇다면……."

뭔가 찝찝하다. 내 앞에 있는 이 녀석 진짜 이상하단 말이야.

태영이 떡볶이를 마저 먹으며 녀석을 흘끔 훔쳐봤다. 녀석은 속이 탔는지 물을 벌컥벌컥 마시고 있었다. 근육과 핏줄이 팍 오른 전완근 보소. 어젠 저렇게까지 단단하지 않았는데. 섹시하진 않았는데……. 으, 망했어. 내가 왜 이런 생각을 하는 거야?

"미쳤어 미쳤어."

고개를 절레절레 흔들며 정신을 차리려 노력하는 태영을 녀석이 의심스럽게 쳐다봤다.

"너 방금 이상한 생각 했지? 해선 안 될 생각."

"아니거든! 난 그냥 이 상황에 대해서 생각을 좀……. 헐…… 나 이제 알겠다. 진짜 알겠다."

"알긴 개뿔."

태영이 새침한 얼굴로 팔짱을 딱 낀 채 말했다.

"유일반, 너 솔직히 말해 봐. 오늘 일부러 그랬지?"

"뭐래? 너 국어 몇 등급이냐? 말하는 법부터 다시 배워야겠네."

"이거 봐. 내가 싫어하는 소리만 하지. 역시 내 예상이 맞았어."

마치 탐정놀이 하는 어린아이처럼 태영은 진지하지만 어딘가 모르게 웃긴 표정으로 말을 이었다.

"너 나 차려고 기억 잃은 척하면서 내가 싫어하는 행동이랑 일부러 막 싸가지 없게 말하고 그런 거지? 나 떨어져 나가라고."

"아…… 그런 방법이 있었구나?"

녀석이 짓궂은 얼굴로 일부러 리액션을 크게 하며 맞장구를 쳐 줬다. 그런 줄도 모르고 태영은 역시 제 직감이 맞았다며 좋아하고 있었는데.

"그럼, 이제 알았으면 떨어져 나가 줄래?"

"뭐?"

"지금의 내가 싫으면 그냥 니가 나 차 버리라고. 그럼 되잖아."

"아니! 절대 그렇겐 못 하지!"

"왜?"

"니 작전은 틀렸어. 나 사실 아까 너한테 반했거든."

"난 그럴 만한 짓을 한 적이 없는데?"

"없긴 왜 없어. 아까 나 구해 줬잖아. 손도 막 잡아 주고. 나 괴롭힌 놈 어깨도 막 박살 낸다 그리고……. 사실 난 다정하고 섬세한 남자 좋아하는 줄 알았거든? 모태혁이랑 정반대인 사람."

"모태혁이 누군데?"

"있어 내 핏줄. 근데 모태혁은 겁쟁이거든. 싸움도 못하고 완전 찌질이야. 근데 너 아까 보니까 싸움도 잘하고 되게 든든하더라. 나 남자한테 그런 느낌 처음 받아 봤어. 보호받는 느낌 말이야."

"모쏠이냐?"

"너도 모쏠이라고 들었는데."

"그래서 뭐 어쩌라고."

난처해지자 녀석이 말을 돌렸다.

"사실 난 아빠가 없거든……."

"……"

"언제나 날 지키는 건 나였어."

"그래서 하고 싶은 말이 뭔데?"

117

"쓸데없는 짓 하지 말라고. 니가 아무리 기억 잃은 척 내가 싫어하는 행동을 해도 이미 아까 내 마음은 확실해졌어."

"……."

"나 거친 남자 좋아하나 봐. 아니면 니가 뭘 해도 그냥 좋은가 봐."

"!"

녀석은 하마터면 마시던 물을 뿜을 뻔했다. 애 뭐야? 녀석은 태영의 홍조가 오른 두 뺨을 보고 할 말을 잃고 말았다.

"환장하겠네."

갑자기 웬 고백? 녀석은 이해할 수 없다는 얼굴로 태영을 빤히 쳐다봤다.

"내가 좋다고?"

"응. 그니까 너도 솔직히 말해 봐. 기억 잃은 거 맞아, 아니야?"

"……맞아."

"그럼 일부러 나 차려고 못되게 군 건 아니란 거지?"

"내가 언제 너한테 못되게 굴었냐?"

태영은 곰곰 생각해 봤다. 사실 썩 그렇게 못되게 군 건 아니었다. 아까 옥상에서 초콜릿도 주고, 급식실에서 치킨도 주고, 원진남고 애들한테서 구해 주고, 소독약도 사 주고, 사진도 찍어 주고…….

어라? 이 녀석 뭐지? 생각해 보니까 싫다면서 다 해 줬네.

태영은 멋쩍게 웃으며 젓가락을 들더니 주먹밥을 하나 집어 녀석의 앞접시에 내려놓았다.

"이거라도 먹어. 주먹밥엔 밀가루 안 들어 있어."

"난 남의 젓가락 닿은 건 안 먹어."

"하여튼 되게 깔끔떠네. 이럴 땐 재수 없다니까."

"아깐 내가 뭘 해도 좋다더니. 너 진짜 말하는 법 다시 배워라."

"암튼 니가 기억을 잃었든 안 잃었든, 무슨 망나니짓을 하든 말든, 난 절대 너랑 헤어질 생각 없으니까 포기해. 이상 끝! 나 말하는 동안 소화 다 돼서 또 배고파. 그럼 마저 먹을게. 먹는 동안 말 시키지 마."

"너나 그만 떠들어. 아, 귀 아파."

녀석이 귀를 만지며 질린 표정을 지었다. 태영은 녀석을 흘겨보더니 마저 떡볶이를 먹었다. 그사이 녀석은 제 접시에 놓인 주먹밥을 물끄러미 쳐다보고 있었는데.

탁.

또 주먹밥 하나가 접시에 날아들었다. 녀석이 고개를 들었다.

"새 젓가락으로 집은 거니까 그건 먹어도 돼."

태영이 새 젓가락을 들고 흔들며 배시시 웃었다. 녀석은 태영의 얼굴에서 눈을 떼지 않았다. 아니, 눈을 뗄 수가 없었다.

녀석은 누군가에게 챙김을 처음 받아 본 사람처럼 어색해했다.

"왜 그렇게 봐? 내 얼굴에 뭐 묻었어?"

"닮았어……."

태영의 두 눈이 동그래졌다.

"누구랑? 내가 누구랑 닮았는데? 아까도 말하려다 말았잖아. 대체 누군데 그래?"

마치 그 사람을 떠올리듯 녀석의 눈빛이 아련해졌다.

태영은 괜히 마음이 이상했다. 아까 녀석이 수아를 바라봤을 때도 그렇고 지금도 그렇고, 다른 이성을 생각하는 녀석을 막상 눈앞에서 보니 기분이 썩 좋지 않았다.

"됐어. 말하지 마. 나 하나도 안 궁금해. 암튼 주먹밥이나 먹어."

태영이 토라지자 녀석은 어리둥절했다. 아깐 그렇게 귀엽게 웃더니 지금 저 표정은 뭐야? 화난 거야? 하여튼 어디로 튈지 알 수 없는 애다. 갑자기 고백을 하질 않나. 맞다. 고백.

녀석의 미간이 구겨졌다.

"야, 보류."

"먹을 때 말 시키지 말라구."

"너 고백이 취미는 아니지?"

"뭐래."

"아무 놈한테나 그런 말 하고 다니는 거 아니냐고."

"그럼 뭐 어쩔 건데?"

"뒤진다."

"뭐?"

"그 새끼 나한테 뒤진다고."

"어째서? 우리 사이 보류라며. 그럼 나도 딴 남자 만나고, 너도 막 내 절친 애틋하게 쳐다보고 나 닮았다는 그 여자 떠올리고 그래도 되는 거 아니야?"

"내가 언제 그랬냐? 그리고 너 닮은 건 여자 아니야."

"남자야?"

"사람이 아니라니까."

"헐. 그럼 뭔데?"

"조만간 보여 줄게. 아, 그리고 주말에 만나자. 시간 비워 놔."

"주말에? 너랑 나랑 둘이? 혹시 이거……."

"데이트 그런 거 아니고, 니가 해야 될 일이 있어."

김이 팍 샌 얼굴로 태영이 투덜거렸다.

"내가 이럴 줄 알았어. 다 목적이 있었구만? 어쩐지 잘해 준다 싶더라. 대체 주말에 뭘 시키려고 그러는데?"

"그때 돼서 얘기해 줄게."

"또 뭐 훔치는 건 아니지?"

"훔치는 거야."

"우씨, 나 못 해! 이번엔 대체 뭘 훔치려고!"

"출석부보다 크고 무겁긴 한데 걱정하지 마. 이번엔 내가 다 계획을 세워 놨으니까. 아주 완벽하게."

무슨 재미난 일이라도 있는지 그 생각만으로도 웃음이 절로 나오는 모양이다.

태영은 어안이 벙벙했다. 오늘 처음으로 녀석이 활짝 웃는 것을 봤기 때문이다.

아니, 웃으면 사람이 저렇게 예쁜데 오늘 하루 종일 왜 그렇게 정색하고 있었던 거야? 세상에, 여기 어디 반사판이라도 깔았나? 왜 이렇게 녀석 뒤에서 후광이 나는 것 같지?

콩닥콩닥.

내 심장은 또 왜 이렇게 빨리 뛰는 거냐고. 고장이라도 난 거야?

아니면 설마…….

나 어디 아픈 건 아니겠지?

태어나서 이런 기분을 처음 느껴 본 태영의 표정이 심각해지기 시작했다.

"어? 몽몽이다! 저거 한판만 하고 가자!"

떡볶이 가게에서 나와 길을 걷던 태영이 갑자기 걸음을 멈춘 후 어딘가를 가리켰다. 그곳엔 인형 뽑기 기계가 있었다.

"너 먼저 가!"

태영은 녀석을 버리고 냅다 오락실 앞으로 달려갔다. 홀로 남은 녀석은 그냥 가려다 말고 못 이기는 척 태영의 뒤를 따라갔다.

"으, 잡아, 잡아! 잡앗! 윽!"

벌써 세 판이 넘게 인형을 잡지도 못하고 끝나 버린 태영은 허탈한 얼굴로 뒤를 돌았다.

"어? 안 갔어?"

바로 뒤에 녀석이 서 있자 태영이 의아한 듯 보다가 갑자기 녀석을 향해 두 손을 내밀었다.

"뭐."

녀석이 태영의 손을 어이없게 쳐다봤다. 그러자 태영이 배시시 웃으며 말했다.

"나 돈 좀."

"삥 뜯는 거야?"

"갚을게."

애원하는 태영을 못마땅하게 쳐다보던 녀석은 지갑에서 오만 원권을 꺼내 건넸다.

"이렇게 많이는 필요 없는데. 나 진짜 딱 네 판이면 몽몽이 구출할 수 있을 것 같거든."

"몽몽이가 뭔데? 저 노란색 오리?"

"응! 그럼 나 잔돈으로 바꿔 올게!"

태영이 냅다 지폐 교환기 앞으로 달려갔다. 한편 기계 안에 파묻힌 노란색 인형을 물끄러미 응시하던 녀석은 코웃음을 쳤다.

"네 판은 무슨, 한 판이면 되겠네."

"이게 그렇게 쉬운 게 아니거든여?"

금세 돈을 바꿔 온 태영은 녀석의 손에 만 원권 네 장과 천 원권 여덟 장을 쥐여 줬다.

"난 딱 이천 원어치만 할 거야. 안 되면 오늘은 포기."

비장한 각오로 다시 기계 앞에 선 태영은 손깍지를 꼈다 풀었다 스트레칭까지 마친 후 돈을 넣었다.

"아오!"

그렇게 시작한 지 1분 만에 완패. 게임은 종료되었다.

"저기…… 나 천 원만 더……."

"비켜."

태영을 한심하게 쳐다보던 녀석이 기계 앞에 섰다. 녀석은 대충 천 원권 몇 장을 집어넣더니 바로 게임을 시작했다.

그 순간 태영은 문득 작년 축제 때 일이 생각났다.

3학년 선배들이 이른바 '인형 뽑기왕' 대회를 연다고 기계를 대여해 왔는데, 당시 유력한 우승 후보였던 게임 오타쿠 3학년 선배를 이기고 신입생이 뽑기왕에 등극했으니.

그게 바로 유일반이었다.

태영은 작년 축제 때를 떠올리며 기대감에 가득 찬 얼굴로 스틱을 움직이는 녀석의 화려한 손놀림을 지켜보고 있었는데.

"아이 씨."

미숙한 조작 때문에 집게는 갈피를 잃었고, 엉뚱한 곳에 처박히고 말았다. 녀석이 작게 욕을 읊조렸다. 뜻대로 되지 않아 화가 난 모양이다.

그렇게 똥손의 활약을 황당하게 바라보던 태영은 혼란스러웠다. 또 심장이 반응했기 때문이었다. 뭐랄까, 원래의 유일반에게서 볼 수 없는 이 하찮음이 너무, 너무…….

'귀엽잖아!'

태영의 얼굴이 발그레해졌다.

"젠장. 이거 왜 이따구냐?"

녀석이 버럭 화를 내며 또다시 지갑을 열었다.

"야, 보류. 현금 좀 바꿔 와."

녀석이 태영의 손에 지폐를 쥐여 줬다. 제 손에 녀석의 손이 닿자 태영의 얼굴이 터질 것처럼 새빨개졌다. 그를 이상하게 쳐다보던 녀석이 눈살을 찌푸리며 지갑에서 또 한 장의 지폐를 꺼내 태영의 손에 쥐여 줬다.

"심부름값. 됐지?"

또 녀석의 손이 제 손에 닿자 태영은 이제 목까지 붉게 달아올랐다. 안 되겠다 싶었던 태영은 후다닥 지폐 교환기로 달려갔다.

"미쳤어. 나 왜 이러지?"

아까 떡볶이 가게에서 녀석의 미소를 본 이후부터 태영은 자꾸만 명치 아래가 이상해지는 기분이었다.

"체했나?"

아니지. 소화력 하난 끝내주는 강철 위장이 체했을 리는 없고. 그럼 대체 오늘 왜 이러냐고. 태영은 시무룩한 얼굴로 지폐를 바꿔 들고 다시 녀석에게로 향했다.

"아오. 짜증 나."

또 기계에게 당한 모양인지 녀석이 씩씩거리고 있었다.

인형 하나에 목숨 걸고 막 목에 핏대까지 세우며 열정적으로 게임에 임하는 녀석의 모습을 가만히 응시하던 태영은 웃음을 터뜨리고 말았다.

"풉!"

그 소리에 녀석이 고개를 돌렸다.

"너 지금 나 비웃냐?"

"당연하지. 너 또 과거의 유일반이랑 비교한다 어쩐다 뭐라 할까 봐 말 안 하려고 했는데."

"그럼 하지 마."

"해야겠어. 너 작년 축제 때 뽑기왕이었어. 그때 인형을 몇 개 뽑았더라? 암튼 같은 반 여자애들한테 두 개씩은 나눠 줬을걸? 나도 받고 싶었는데……. 그때 같은 반이었음 좋았을 텐데……."

"돈이나 내놔."

녀석이 어쩐지 화가 난 얼굴로 태영이 손에 쥔 지폐를 낚아챘다. 그러곤 다시 기계 앞에 섰다. 뭔가 이번엔 사뭇 다른 표정이었다. 녀석의 얼굴엔 오기가 가득했다.

태영은 흠칫 놀랐다. 이런 상태면 인형을 뽑을 때까지 집에 못 갈지도 모른다는 생각에 태영은 슬며시 말을 꺼냈다.

"있잖아. 저기 오른쪽 구석에 있는 모자를 잡아 보는 건 어때? 고리에 걸면 쉬울 텐데."

"싫어."

녀석은 고도의 집중력을 발휘해 스틱을 움직이기 시작했다. 녀석의 집게는 또 몽몽이가 있는 방향으로 향하고 있었다.

"너 왜 자꾸 몽몽이만 잡으려고 해? 그게 제일 어려운데."

"니가 갖고 싶다며."

녀석이 퉁명스럽게 말하며 버튼을 툭, 하고 눌렀다. 그 소리와 함께 태영의 심장도 쿵, 하고 내려앉아 버렸다.

집게가 몽몽이를 잡아 올리는 그 순간, 태영은 깨닫고 말았다.

어떡해…… 나 심장병 걸렸나 봐.

녀석은 태영의 속도 모르고 또 아까와 같은 환한 미소를 보이며 드디어 구출에 성공한 몽몽이를 내밀었다.

"가져."

태영은 또 한 번 세차게 뛰는 심장을 움켜잡으며 녀석이 내민 몽몽이를 물끄러미 응시했다.

집으로 가는 골목길에 들어선 태영은 고개를 갸웃했다.

아깐 그렇게 심장이 미친 듯이 뛰더니 녀석과 버스 정류장에서 헤어지자마자 정상으로 돌아온 것이다.

"일시적인 현상인 건가?"

내일 당장 병원에 가 볼 생각까지 했던 태영은 손에 쥔 몽몽이를 바라봤다.

'나가 갖고 싶다며.'

무심한 얼굴로 말하던 녀석이 떠오르자 또 심장이 찌르르.

"뭐야 이거. 이거 뭐지? 왜 그 녀석만 생각하면 심장이 왜……."

태영은 몽몽이를 품에 꽉 안은 채 심각한 표정을 지었다. 그런데 그때였다.

부릉. 끼익.

갑자기 옆으로 오토바이 한 대가 지나가더니 멀지 않은 곳에서 멈춰섰다. 헬멧을 벗자 드러난 얼굴은 송바위였다.

녀석은 또 싸우고 왔는지 입술이 터져 있었다.

하여튼 안 좋은 건 다 한다니까. 아줌마가 그렇게 오토바이 타지 말라고 사정사정을 했는데, 나쁜 놈!

태영은 속으로 중얼거리며 송바위를 흘겨봤다. 그러곤 언제나처럼 송바위를 못 본 척 그냥 집에 들어가려는데.

'모태영이 넌 다음 주 월요일까지 유일반이랑 송바위 사진 채워 놔. 안 그럼 벌점이다.'

하필 물리 선생의 말이 딱 떠오르고 말았다.

일단 유일반 증명사진은 확보했으니 이제 송바위 것만 있으면 벌점은 면할 수 있는데……. 아니야. 먼저 말 거는 건 죽어도 싫어. 그냥 집에 가서 앨범 좀 뒤져 보자. 어딘가 송바위 사진 하나쯤은 있을 거야. 그거

126

오려 가면 되지……가 아니라. 그 끈끈한 물리 선생이 그냥 넘어가 줄 리가 없겠지? 나 어떡하지?

태영은 머리카락을 마구 헝클어뜨렸다. 그러곤 현관 문고리를 잡은 채 송바위 쪽을 흘끔 쳐다봤다. 마침 오토바이 주차를 마친 녀석이 집에 들어가려고 하고 있었다.

"송바위!"

태영은 저도 모르게 큰 소리로 녀석의 이름을 불렀다. 그러자 송바위가 의외라는 눈빛으로 걸음을 멈춰 세웠다. 그러곤 아무 말 없이 태영을 쳐다봤다.

이미 엎질러진 물. 태영이 눈 한 번 딱 감았다 뜬 후 말을 이었다.

"너 혹시 집에 증명사진 있어?"

"왜?"

"내가 좀 필요해서. 아, 개인적으로 필요한 건 아니고 출석부에 너만 증명사진이 없어서. 물리가 채워 넣으라고 해서. 안 그럼 나 벌점 먹인 다고 해서……."

"없어."

송바위가 말을 잘라먹었다. 태영은 열이 확 뻗쳤다. 역시, 괜히 말 걸었어.

"그래? 알았어."

태영이 씩씩거리며 그냥 집에 들어가려는데.

"할 말이 그게 다야?"

송바위가 시비조로 물었다. 태영은 녀석을 확 째려보며 말했다.

"그게 다면 뭐 어쩔 건데?"

"모태영. 너 언제까지 나랑 이렇게 지낼래? 유치하다고 생각 안 해?"

"뭐어? 유치? 송바위 너 말 다 했어? 우리가 이렇게 된 게 나 때문이 야?"

"그럼 나 때문이야?"

"어. 너 때문이지. 난 너 예전의 너로 돌아가면 당장이라도 화해……."

"돌아갈 생각 없다면?"

"그럼 나도 너랑 화해할 생각 없어."

"하."

송바위가 실소를 터뜨렸다. 그러곤 태영이 안고 있는 노란색 인형을 쳐다봤다. 사실 아까부터 계속 거슬렸던 거다.

"그건 뭐냐?"

"이거? 유일반이 줬는데."

"유일반? 너 그 새끼한테 차인 거 아니었어?"

"누가 그래? 모태혁이 그랬지? 아니거든? 우리 잘 만나고 있거든?"

"그럼 지금까지 그 새끼랑 있다 온 거야? 야, 너 그 새끼가 어떤 새낀지 알아? 유일반 걔 권수아랑……."

"갑자기 여기서 수아가 왜 나와?"

"됐다. 그 새끼한테 이용당하든지 말든지 니 맘대로 해."

"너 저번부터 대체 누가 누굴 이용한다는 거야? 그런 거 아니거든? 유일반 그런 애 아니라고."

"닥쳐. 아무것도 모르는 주제에!"

송바위가 문이 부서져라 쾅 닫고는 안으로 들어가 버렸다. 그 소리에 놀라 어깨를 움찔 떨었던 태영은 허공에 주먹을 마구 날렸다.

"내가 모르긴 뭘 모르냐! 나 모르는 거 없거든? 나쁜 놈!"

유치하게 뒤에서 중얼거리던 태영은 씩씩거리며 집으로 들어갔다.

"악! 깜짝이야!"

문을 열자마자 태혁과 눈이 마주친 태영이 화들짝 놀랐다.

"왜 문 앞에 서 있어? 놀랐잖아."

"니 다 들었다. 너네 또 싸우더라?"

"뭐래."

태영은 태혁을 지나쳐 방으로 향했다. 그에 질세라 태혁이 태영의 뒤를 바짝 따라붙어 방까지 쫓아 들어갔다.

"너네 대체 왜 싸운 거냐니까? 유딩 때부터 그렇게 죽고 못 살던 녀석들이."

"오빠 몰라도 돼. 나 피곤하니까 좀 나가 줄래? 아, 그리고 나 안 차였거든? 오빠 왜 송바위한테 쓸데없는 소릴 하냐고."

"안 차인 거 확실해? 그럼 어젠 왜 울었냐?"

"내가 언제 울었다고. 아 시끄러. 나가!"

뒤늦게 태영의 표정이 심각해졌다. 문득 아까 송바위가 했던 말이 떠오른 것이다.

'너 그 새끼가 어떤 새낀지 알아? 유일반 걔 권수아랑……'

대체 뭐지? 유일반이랑 수아가 왜? 둘 사이에 무슨 일이 있었길래?

태영은 아까 점심시간에 옥상으로 달려왔던 수아의 표정이 떠올랐다. 처음 보는 냉랭한 눈빛. 대체 그 표정은 뭐였을까?

"으으으으으, 몰라몰라!"

생각할수록 머리가 너무 아팠다. 태영은 몽몽이를 꽉 끌어안은 채 침대 위에 뛰어들어 발버둥을 쳤다. 그 모습을 안쓰럽게 쳐다보던 태혁이 혀를 내찼다.

"모탱 이 시끼 차였는데 차인 줄 모르는 거 아니야? 쯧쯧."

안 봐도 뻔하다는 듯 태혁은 조용히 문을 닫고 밖으로 나갔다.

등굣길 횡단보도를 건너는 태영의 발걸음이 무거웠다. 자꾸만 어제 송바위가 했던 말이 마음에 걸렸기 때문이다.

송바위와 싸우긴 했지만, 사실 태영은 녀석을 신뢰하고 있었다. 오랜 친구였기에 녀석을 잘 알고 있었다. 녀석은 없는 말을 지어서 하는 그럴 성격이 아니었다.

그렇다면 정말 유일반과 수아 두 사람 사이에 무슨 일이 있었다는 건데……. 대체 뭘까?

태영은 축 처진 어깨로 학교 정문을 통과하고 있었는데 뒤에서 누군가 태영을 불렀다.

"모탱!"

아침부터 텐션 업인 해니였다.

"너 연애하는 애 맞냐? 표정 어쩔? 완전 썩었어."

"몰라 나 망했어."

"왜? 너 차였어?"

"모태혁인 줄. 너넨 내가 차였음 좋겠냐?"

"걱정돼서 하는 말이지. 암튼 무슨 일인데?"

태영은 조심스레 말을 꺼냈다.

"최니, 너 혹시 수아랑 유일반……. 아니다. 암것도 아니야."

"왜왜? 뭔데 그래? 수아랑 유일반 뭐. 나 걔네 둘 아까 저기서 봤는데."

해니의 말에 태영의 두 눈이 휘둥그레졌다.

"저기 어디?"

"후문 건너편 골목."

"둘이 왜?"

"뭐 학생회 얘기 하겠지. 뭐야? 우리 모탱 지금 질투하는 거야?"

"아니거든?"

"아니긴 뭐가 아니야. 유일반이 수아랑 같이 있다니까 방금 눈 부릅 뜨고 나한테 어디 있냐고 따지더만. 모탱, 아무리 그래도 친구한테 질투하는 건 좀……. 잠깐! 나 뭐 생각났어."

갑자기 해니의 표정이 심각해졌다.

"모탱, 너 어떡해? 사실 어제 수아가……."

"수아가 왜?"

"좀 이상하더라고. 너랑 유일반 진짜 사귀는 거냐고 묻더니……."

"묻더니?"

"사귀는 거 맞다고 하니까 정색하더라고."

태영은 어제 같이 밥 먹으러 가자는 제게 생각 없다며 차갑게 굴던 수아를 떠올렸다.

"그냥 몸이 좀 안 좋아서 그런 거겠지."

"근데 내 느낌엔 수아 걔 유일반 좋아하는 것 같아."

"뭐?"

"내 촉이 딱 그래."

해니가 자신감 넘치는 얼굴로 말했다. 그러자 태영의 눈빛이 마구 흔들렸다. 그를 본 해니가 얼른 수습하기 시작했다.

"그래도 뭐 설마 무슨 일이야 있겠어? 현 여친은 모탱 너잖아. 유일반 걔가 바람피울 성격도 아니고. 너무 걱정하지 마."

순간 태영은 어제 녀석이 했던 말이 떠올랐다.

'차라리 권수아랑 사귀는 거라면 믿겠다. 걔가 오히려 이상형에 가깝…….'

그랬다. 녀석의 이상형은 내가 아니라 수아라고 했다. 그런데 수아까지 녀석을 좋아한다면…….

태영은 절망적이었다.

"저, 저기…… 모탱?"

갑자기 얼굴이 흙빛으로 변해 버린 태영을 해니가 안쓰럽게 쳐다봤다.

"괜찮아?"

"아니. 나 안 괜찮은 것 같아. 수아도 유일반을 좋아하는 거면 내가 물러나는 게 맞는 거겠지?"

"뭔 소리야? 유일반은 널 좋아하잖아. 수아가 아니라."

"……."

태영은 바로 대답할 수가 없었다. 헷갈리기 시작한 거다.

분명 유일반도 날 좋아해서 사귀자는 내 고백에 응한 거라고 생각했다. 그런데 이젠 모르겠다. 어쩌면 유일반이 그냥 내가 불쌍해서 사귀어 준 걸지도.

지금 가장 절망적인 건 이 문제에 대한 답은 녀석의 기억이 돌아와야만 풀 수 있다는 거였다.

　"모탱!"

　생각에 잠겨 있느라 뒤늦게 해니의 목소리를 들은 태영이 움찔 놀랐다.

　"무슨 생각을 그렇게 해?"

　"그냥 뭐 이것저것."

　"너 유일반이랑 송바위 증명사진은 구해 왔어?"

　"아!"

　뒤늦게 물리 선생과의 약속이 떠오른 태영은 낭패감이 깃든 얼굴로 한숨을 크게 내쉬었다.

　"못 구했어? 누구? 송바위?"

　"응. 어제 만나서 내 사정 다 얘기했는데도 딱 잘라 거절하더라. 나쁜 놈! 걘 내가 손이 발이 되게 싹싹 빌어도 눈 하나 깜짝 안 할 놈이야. 몰라, 그냥 벌점 받지 뭐."

　"지금 니 성적에 벌점까지 꽉 차면 대학 원서 쓸 때 불리하지 않아? 그럼 청소년 기자단 합격해도 의미 없잖아. 자소서 훌륭하면 뭐 해. 벌점이 만땅……."

　"빽폭 그만해라."

　"그러지 말고 그냥 송바위한테 한 번 더 부탁해 봐. 이따 쉬는 시간에 잠깐 나가서 사진 찍으면 금방 나오잖아."

　"……그럴까? 으, 아니야. 난 못 해. 최니 니가 대신 구해다 주면 안 될까?"

　"아, 문제가 하나가 더 있다."

　"뭔데?"

　"송바위 걔 오늘 학교 나왔을까?"

"아……."

결석을 밥 먹듯 하는 송바위가 오늘 학교에 안 나왔다면 모든 게 끝.

어제 어렵게 유일반 증명사진 얻어서 다 해결될 줄 알았건만, 의외의 복병이 이렇게 속을 썩일 줄이야.

"모탱, 근데 유일반 증명사진은 어때? 나 좀 보여 주라. 궁금해."

태영은 치마 주머니에 고이 넣어 놨던 녀석의 증명사진을 꺼내 해니에게 보여 줬다. 사진을 확인한 해니가 어리둥절한 표정을 지었다.

"이거 진짜 유일반 맞아?"

"어? 어. 왜?"

"표정이 왜 이래? 완전 딴사람 같아. 냉기가 흐른달까."

"냉기는 무슨. 그냥 어색해서 표정이 그렇게 나온 거지. 이리 줘."

태영은 녀석이 기억과 함께 표정까지 같이 잃었다는 말이 목까지 차올랐지만, 꾹 참고 사진을 도로 뺏어 주머니에 넣었다.

"그러고 보니 우리 유권이도 유일반 걔 좀 이상하댔어."

"왜? 뭐가 이상한데?"

설마 들킨 건 아니겠지? 태영이 조마조마한 심정으로 해니를 쳐다봤다. 그러자 해니가 주변 눈치를 살피며 작게 말했다.

"유일반이 유권일 못 알아봤대. 인사했는데도 섭섭했다던데?"

"에이, 못 봤겠지."

"그런가? 근데 유권이 말론 완전 딴사람 같았대."

"걔 요새 그 로봇대회 준비하느라 정신없어서 그런 걸 거야."

"아무리 그래도 그렇지……."

"최니, 늦었다. 빨리 뛰자."

태영은 말을 돌리기 위해 해니의 팔을 잡고 얼른 교실로 달려갔다.

"대박. 모탱, 저기 봐 봐."

교실에 들어서자마자 해니가 감탄사를 내뱉으며 어딘가를 가리켰다.

"쟤가 웬일로 이 시간에 등교했지?"

해니가 가리킨 곳은 창가 쪽 제일 끝자리. 그곳엔 송바위가 책상에 엎드려 자고 있었다.

태영은 의아해하며 자리에 앉았다. 그리고 자습 준비를 위해 책상에서 문제집을 꺼냈는데.

"!"

바닥으로 뭔가 나풀대며 떨어졌다. 겨우 손으로 떨어지려는 것을 낚아챈 태영은 손바닥을 펼쳤다. 그것의 정체는 증명사진이었다.

사진의 주인공은 송바위.

입술에 상처가 있는 걸로 보아 이건 어제 혹은 오늘 찍은 게 분명했다.

태영은 믿기지 않는다는 눈빛으로 고개를 돌렸다. 그러곤 책상에 엎드려 따사로운 햇볕을 이불 삼아 편히 자고 있는 송바위의 커다란 등을 응시했다.

1교시는 물리. 시작종이 울림과 동시에 태영은 물리책보다 먼저 꺼낸 것이 있었다. 그건 바로 유일반과 송바위의 증명사진.

"모탱 너 진짜 대단하다. 어떻게 그 두 사람 증명사진을 손에 넣었냐?"

"그러게나 말이다. 송바위 얘는 이렇게 줄 거면서 어젠 왜 그렇게 싸가지 없게 군 건지."

태영은 구시렁거리며 창가 쪽 빈자리를 쳐다봤다.

"송바위 걔 너 좋아하는 거 아니야?"

"뭐래."

"그런 게 아니고서야 학교는 왜 왔냐고. 어차피 자습 시간 끝나자마자 집에 갈 것을. 너한테 사진 주려고 일부러 온 거지."

"말도 안 돼. 그냥 근처에 볼일 있어서 학교 잠깐 왔겠지. 아님 밀린 잠 보충하려고 왔다든가."

"아니라니까. 백퍼 너 좋아하는 거라니까."

확신에 찬 해니와 달리 태영은 콧방귀를 뀌었다.

"넌 몰라. 걔 나 되게 싫어해. 나도 마찬가지고."

"너네 대체 왜 싸운 거야? 어렸을 땐 친했다며."

"사실 중학교 때……."

"얘들아! 1교시 음악으로 바뀌었대!"

태영이 중학교 때 송바위와 있었던 일화를 말하려고 하던 그때 반장이 앞문으로 들어와 크게 외쳤다. 그러자 태영의 말에 귀를 기울이던 해니가 자리에서 벌떡 일어났다.

"어떡해. 나 음악책 없는데. 모탱, 나 유권이한테 책 빌려 올게!"

해니가 후다닥 교실을 벗어났고 태영은 서둘러 들고 있던 유일반과 송바위의 증명사진을 물리책에 꽂아 넣은 후 사물함으로 향했다. 다행히 태영의 사물함 안엔 음악책이 있었다.

"음악 쌤이 음악실로 오래! 빨리!"

반장이 재촉했다. 무섭기로 소문난 음악 선생이었기에 반 아이들도 무슨 전쟁이라도 난 듯 미친 속도로 교실을 빠져나가기 시작했다. 거기에 휩쓸려 태영도 부랴부랴 음악실로 전속력을 향해 달려가기 시작했다.

음악 수업을 끝내고 화장실로 향한 태영은 손을 닦으며 속으로 물리 선생 욕을 중얼거렸다.

물리 쌤 너무한 거 아니야? 출장 갈 거였으면서 왜 오늘까지 증명사진 가져오라고 그렇게 닦달한 거야? 난 그것도 모르고 어제 아주 그 난리를 쳤구만.

유일반에게 사정사정해서 사진관에 데려가질 않나, 송바위에게 먼저 말까지 걸었다고. 아오, 수치스러워.

하여튼 과목 중엔 물리가 제일 싫고, 쌤들 중에서도 물리가 제일 싫어!

잔뜩 억울한 얼굴로 화장실을 나온 태영은 복도를 걷다가 우뚝 멈춰 섰다. 멀지 않은 곳에 유일반이 서 있었기 때문이었다.

녀석은 복도 창문에 기대어 어딘가를 내려다보고 있었다. 알은척을 하려던 태영은 그럴 수가 없었다. 녀석의 시선이 창문 아래 누군가에게로 향하고 있었고, 그 누군가는 바로 내 친구 수아였다.

태영은 순간 오늘 아침 학교 앞에서 수아와 유일반 두 사람이 같이 있는 것을 목격했다는 해니의 말이 떠올랐다.

그리고 지금 수아를 지켜보는 유일반의 눈빛.

저 눈빛은 뭐지? 그래, 어제저녁 수아가 학원 차에 올라타는 모습을 볼 때도 저 녀석 저런 눈빛이었어. 애틋하달까? 뭔가 다가가고 싶은데 그러지 못하는 뭐 그런? 설마 저 녀석 수아 좋아하나? 그럼 나는? 난 그냥 불쌍해서 사귀어 준 거고? 게다가 해니의 말대로 수아도 유일반을 좋아하는 거면…….

이게 뭐야! 나만 빠져 주면 모든 게 다 해결되는 거잖아?

태영은 망연자실한 얼굴로 녀석을 쳐다보고 있었는데 하필 그 순간 녀석이 고개를 돌렸다.

그 바람에 녀석과 눈이 딱 마주치고 말았다.

태영은 어쩔 줄 몰라 허둥지둥하더니 녀석을 피해 교실로 도망가 버렸다.

"으, 내가 왜 도망갔지?"

책상에 엎드려 발을 동동거리던 태영은 잘못한 것도 없는 자신이 도 망친 게 너무 한심하고 바보 같아 짜증이 났다.

게다가 이놈의 심장은 또 왜 이렇게 쥐어짜듯 아픈 거야?

나 진짜 죽을병 걸렸나? 아오, 아픈 것도 서러운데 남친이 딴 여자 좋 아하고, 그 딴 여자가 내 친구고, 내 친구도 내 남친 좋아하고. 뭐 이런 거지 같은 상황이 다 있냐고!

정말 미치고 팔짝 뛸 것만 같았다.

급기야 태영의 눈시울이 붉어졌다. 진짜 확 울어 버리고 싶은 심정이 었다.

그런데 그때였다. 누군가 태영을 불렀다.

"저기……."

태영이 고개를 돌려 위를 올려다봤다. 반 아이 중 한 명이 쭈뼛거리며 서 있었다.

"지은아, 왜?"

"밖에서 누가 너 좀 데리고 나오래."

"누가?"

태영은 어리둥절한 얼굴로 지은이가 가리킨 뒷문 쪽을 쳐다봤다. 그 곳엔 유일반이 벽에 기댄 채 삐딱하게 서 있었다.

태영은 저도 모르게 또 녀석의 시선을 휙 피한 채 책상에 도로 엎드려 버리고 말았다. 그러곤 작은 목소리로 지은이에게 부탁했다.

"지은아, 정말정말 미안한데, 나 바빠서 못 나간다고 전해 줄……."

"뭐가 그렇게 바쁜데?"

"옴마얏!"

태영이 기겁을 하며 놀랐다. 녀석이 바로 옆에 의자를 끌어다 앉더니 시비를 걸었기 때문이다. 그 기세에 눌린 반 아이들이 웅성거리며 하나

둘 태영의 주변을 피하기 시작했다.

"너 나 왜 피하냐?"

태영은 여전히 녀석의 눈을 쳐다보지도 않은 채 먼 산을 보며 대답했다.

"내가 뭘."

"지금도 나 안 쳐다보잖아."

녀석은 아까 복도에서부터 저와 눈도 안 마주치는 태영을 골이 난 얼굴로 쳐다보다가 안 되겠는지 태영의 턱을 잡아 돌려 저를 보게 했다.

서로의 숨소리가 느껴질 정도로 가까운 거리.

녀석이 태영의 얼굴을 빤히 쳐다봤다.

"너 얼굴이 왜 이렇게 빨개?"

"뭐, 뭘!"

"어디 아프냐?"

녀석이 걱정스레 물었다. 그 한마디에 태영의 심장이 또 쿵, 하고 내려앉고 말았다.

"야, 보류! 어디 아프냐고."

"그래, 아프다!"

너랑 있으면 심장이 아파 죽겠다고. 급기야 태영의 커다란 눈동자에 눈물이 그렁그렁 맺혔다. 그걸 본 녀석이 당황해하며 이마를 긁적였다.

"빨리 가. 나 쉴 거야."

눈물까지 보인 게 너무 쪽팔렸던 태영은 괜히 더 차갑게 말하곤 책상에 엎드려 버렸다. 하지만 신경은 온통 녀석이 앉아 있는 오른쪽에 가 있었다.

녀석이 일어나는 소리, 의자를 끌어다 도로 제자리에 갖다 놓는 소리, 녀석이 가는 발걸음 소리.

태영은 고개를 살짝 들어 정말 녀석이 갔는지 두리번거렸다.

"유일반 갔어."

언제부터 있었는지 해니가 옆자리에 앉아 팔을 괸 채 태영을 보며 히죽 웃었다.

"벌써부터 사랑싸움이야? 아주 살벌하던데?"

"그런 거 아니거든?"

"그럼 뭔데?"

"몰라. 괜히 막 짜증 나. 그리고 나 어제부터 몸이 좀 아픈 거 같아."

"어디가 아픈데?"

"심장. 막 갑자기 빨리 뛰기도 하고, 또 어떨 땐 엄청 기분 나쁘게 아파. 왜 있잖아. 막 몰라. 설명을 못 하겠어. 처음 겪어 본 일이야."

태영의 고민에 해니도 덩달아 심각해졌다.

"병원 가 봐야 되는 거 아니야?"

"그치? 그래야겠지?"

"어. 당장 가 봐. 너희 엄마 간호사잖아. 일단 물어보든가."

"울 엄마 바쁜 거 알잖아. 언제 얼굴 봤는지도 모르겠다."

"그럼 너희 오빠한테 물어봐. 의대생이잖아."

태영이 고개를 절레절레 흔들었다.

"의대생은 무슨. 그 인간 뭐 개발자 되겠다고 휴학한 지가 언젠데."

"모탱."

태영이 언제 아팠냐는 듯 신나게 오빠 흉을 보고 있었는데 갑자기 해니가 심각한 얼굴로 태영을 불렀다. 태영이 고개를 갸웃하며 대답했다.

"응?"

"유일반 다시 왔는데?"

"뭐?"

수업 시작 1분 전. 정말 해니의 말대로 갑자기 뒷문이 열리고 녀석이 나타났다.

반 아이들의 시선이 몽땅 녀석에게로 쏠렸지만, 녀석은 개의치 않은 듯 성큼성큼 걸어오고 있었다.

그러더니 태영 앞에 딱 서더니.

톡.

녀석이 책상 위에 뭔가를 내던졌다.

태영이 어리둥절한 얼굴로 녀석이 제 책상 위에 던진 것을 쳐다봤다.

초콜릿이었다.

제가 어제 담배로 오해했던 그 초콜릿. 달라니까 녀석이 한 박스나 몽땅 줬는데 너무 맛있어서 쉬는 시간에 다 먹어 치워 버린 그 초콜릿.

"먹어."

"어?"

"먹으라고. 너 그거 좋아하잖아."

녀석이 퉁명스럽게 말했다. 태영은 주변을 의식하며 어색하게 웃었다.

"하하하. 잘 먹을게. 근데 이거 주려고 온 거야?"

"……."

녀석이 뭔가 핑곗거리를 찾다가 태영의 책상 위에 놓인 물리책을 집어 들며 말했다.

"빌려줘. 다음 교시 물린데 책이 없어."

"어…… 아, 알았어."

그렇게 녀석은 용건이 끝났다는 듯 바로 교실을 나가 버렸다.

"꺅! 모탱, 미쳤어 미쳤어!"

해니가 태영의 팔을 마구 때리며 호들갑을 떨었다.

"방금 봤어? '먹어, 너 그거 좋아하잖아.' 라니. 유일반 보기보다 겁나 쿨하다? 상남자! 너 아프다니까 초콜릿 주러 왔나 봐."

"물리책 빌리러 왔다잖아."

"넌 그걸 믿냐? 1반 다음 교시 수학이거든?"

해니가 유권이 때문에 갖고 있던 1반 시간표를 들이밀며 말했다. 정말 다음 교시는 수학이었다.

그럼 물리책 빌리러 온 게 아니라 나한테 초콜릿 주려고 온 거라고? 왜?

태영이 의아한 얼굴로 초콜릿과 녀석이 나간 문 쪽을 번갈아 가며 쳐다봤다.

한편, 수학 수업이 한창인 교실을 지나 옥상으로 올라간 녀석은 난간에 기댄 채 하늘을 올려다봤다.

구름 한 점 없는 화창한 날씨. 하지만 그의 얼굴엔 먹구름이 가득했다.

"무슨 일 있나?"

그는 아까 태영이 복도에서 저를 피한 것도 모자라 교실에서까지 무시하던 게 떠올라 기분이 영 좋지 않았다.

내가 뭘 잘못했나? 아니지. 어제 떡볶이도 사 주고 인형도 뽑아 줬는데, 대체 왜 그러는 거야? 정말 어디 아픈가?

"아오. 모르겠다."

그는 작게 한숨을 내쉰 뒤 동아리방으로 들어갔다. 그러곤 필요도 없는데 괜히 빌려 온 물리책을 테이블 위에 툭 내던졌다.

그런데 책 안에서 웬 사진 하나가 삐져나오더니 나풀대며 바닥으로 떨어졌다.

그가 바닥에서 주워 든 건 증명사진이었다. 사진 속 주인공의 얼굴을 본 그의 표정이 돌연 굳어졌다.

처음 보는 남자애였다.

"모태영은 왜 이딴 걸 지 책에 넣고 다녀?"

갑자기 확 열이 뻗친 그는 단번에 사진을 구겨 버렸다.

점심시간 태영이 향한 곳은 급식실이 아닌 보건실이었다.

수아가 보건실로 바로 등교해서 여태껏 교실로 돌아오지 않고 있다는 사실을 알아 버린 까닭이었다. 종종 있는 일이라 해니는 대수롭지 않게 여겼지만, 태영은 걱정이 돼서 찾아왔다.

수아가 싫다고 해도 무조건 급식실로 데려가 밥을 먹여야겠다고 다짐을 하며 태영은 보건실 안으로 들어갔다.

아니나 다를까 수아는 맨 끝자리 침대 위에서 문제집을 풀고 있었다.

"저기…… 수아야?"

태영이 조심스레 수아의 이름을 불렀다. 그러자 잔뜩 예민한 얼굴로 수아가 고개를 들었다. 흠칫 놀란 태영이 미안해하며 배시시 웃었다.

"방해해서 미안."

"왜 왔어?"

"밥 먹으러 가자."

"난 별로 생각 없어. 너나 얼른 가서 먹어. 난 이거 마저 풀어야 돼."

수아가 다시 문제집을 들여다봤다. 표정이 어찌나 차가운지 말도 못 붙이겠네. 태영은 쭈뼛거리며 서 있다가 겨우 한마디 했다.

"너 없으면 나 혼자 먹어야 되는……."

"유일반 있잖아. 니 남친."

태영의 말을 자르고 수아가 차갑게 말했다. 태영은 놀란 눈으로 수아를 바라봤다. 그러자 수아가 어딘가 화가 난 얼굴로 말을 이었다.

"둘이 사귄다며. 그니까 둘이 먹으라고."

"아…… 그, 그게…… 그렇긴 한데……. 내가 혹시나 해서 묻는 건데, 너 혹시 유일반 좋아해?"

"좋아하면 어쩔 건데?"

태영의 심장이 덜컹 내려앉았다. 수아가 유일반을 좋아하고, 유일반도 수아가 이상형이랬으니까…… 결과는 뻔했다.

"내가 포기할게."

"……"

"괜찮아. 우리 사귄 지 얼마 되지도 않았고……."

사실 그 녀석은 기억도 없는 데다, 결정적으로 날 안 좋아하거든, 이라는 말이 목구멍까지 차올랐지만, 태영은 꾹 삼켰다.

"표정은 전혀 괜찮지 않아 보이는데? 너 유일반 많이 좋아하지?"

"아니거든? 아니야. 진짜 아니야! 아니고…… 그니까 많이는 아니고…… 조, 조금 좋아해."

수아의 물음에 태영이 강하게 부정하다가 너무 과한 것 같아 살짝 말을 바꿨다. 그렇다고 내가 녀석을 아주 싫어하는 건 아니니까. 그러자 수아가 무슨 일에선지 웃음을 터뜨렸다. 태영이 멋쩍어하며 이마를 긁적였다.

"왜 웃어?"

"니가 걔를 많이 좋아하든 조금 좋아하든 상관없어. 난 유일반 안 좋아하니까."

"어?"

"나 사실 유일반 싫어해."

"싫다고? 왜?"

"너 같으면 좋아할 수 있겠어? 유일반 때문에 만년 2등인 내가? 나한테 유일반은 적이야. 그런 놈이 내 친구랑 사귄다니까 처음엔 좀 화가 났어. 근데 친구 연애사에까지 간섭하는 건 너무 쪼잔한 것 같아서 그만 두려고. 그러니까 너 편한 대로 해. 나 신경 쓰지 말고."

"……"

태영은 기분이 묘했다. 뭔가 수아가 짠하면서도 수아가 녀석을 좋아하는 게 아니라는 말에 안심이 됐다. 왜 그런 마음이 드는지는 알 수 없었다.

"태영아, 이만 나가 줬으면 좋겠어. 보다시피 이번 경시대회 무조건 우승해야 돼. 이번 대회에 유일반이 참가 안 하거든. 1등 할 수 있는 마지막 기회일지도 몰라. 부탁할게."

"어! 알았어. 바로 나갈게."

수아의 말이 끝나자마자 태영은 서둘러 보건실을 뛰쳐나왔다.

"좋아하는 게 아니라 싫어하는 거였다니……"

태영은 보건실 문을 어안이 벙벙한 얼굴로 쳐다봤다. 그럼 어제 옥상에서도 수아가 나한테 차갑게 군 이유가 그거였어? 자신이 싫어하는 유일반과 내가 같이 있어서?

정말 생각도 못 한 전개였다. 수아가 유일반을 적이라고 생각하고 있었다니.

태영이 이런저런 생각을 하며 급식실로 향하고 있었는데.

쿵.

누군가의 가슴팍에 이마를 세게 부딪히고 말았다.

"아얏."

태영이 고개를 들어 단단한 가슴팍의 주인공을 올려다봤다.

"이제 안 피하네?"

녀석이 비아냥거리며 서 있었다. 태영은 어쩐지 녀석을 보고 있자니 웃음이 절로 새어 나왔다.

너 이제 어떡하니? 니 이상형 권수아가 너 싫단다. 푸하하. 쌤통이다.

뭐? 수아가 지 여친이면 차라리 좋았겠다고? 꿈 깨셔!

태영은 웃음이 멈추질 않았다.

"너 미쳤냐? 왜 사람을 보고 실실 쪼개? 아프다더니 정신 줄 놨어?"

"우이씨, 뭐? 정신 줄을 놔? 야! 넌 무슨 말을 그렇게 싸가지 없게 하냐?"

"소리 지르는 거 보니까 다 나았나 보네."

"그래. 다 나았다 어쩔래? 암튼 나 지금 바빠. 간다."

태영이 서둘러 급식실로 향하려고 몸을 틀었는데. 녀석이 어깨를 잡아끌었다.

"아, 왜?"

"급식실 문 닫았거든?"

"뭐? 벌써?"

"벌써가 아니지. 점심시간 다 끝나 가는데."

"헐…… 진짜네?"

태영은 주머니에서 핸드폰을 꺼내 시간을 살폈다. 정말 점심시간이 이제 10분 남짓밖에 남지 않았다. 그런데 그때였다. 갑자기 배에서 꼬르륵 소리가 났다.

태영이 배를 움켜잡았다. 근데 이상했다. 또 소리가 났다. 이번엔 태영의 배가 아니었다. 태영이 녀석을 물끄러미 쳐다봤다.

"설마 너도 밥 안 먹었어?"

"나 혼자 먹는 거 싫어해."

"다른 친구들이랑 먹지."

"내가 친구가 어딨냐? 암튼 옥상으로 가자."

녀석이 먼저 계단을 성큼성큼 올라갔다. 그 뒤를 따라가며 태영이 외쳤다.

"옥상은 왜? 배고픈데 매점 먼저 갔다가 가면 안 될까?"

고개를 돌린 녀석이 미간을 찌푸리며 태영을 쳐다봤다.

"떡볶이 먹기 싫어?"

"먹고 싶어!"

"그럼 조용히 따라와."

"저기 있는 책상이랑 의자 좀 가져와."

옥상에 올라오자마자 녀석은 명령했고, 태영은 구시렁거리며 녀석의 지시대로 옥상 구석에 쌓여 있는 책상과 의자를 동아리방 앞으로 옮겼다. 그러자 녀석이 어디서 가져왔는지 흰 천 쪼가리로 책상을 덮었다.

"우와. 레스토랑 같아!"

"레스토랑 안 가 봤지?"

"그냥 하는 소리지. 근데 이거 어디서 난 거야?"

"있던 거야."

무심하게 말하며 녀석은 하얀색 봉지 하나를 책상 위에 올려놓았다. 태영은 봉지에 새겨진 가게 이름을 보고 화들짝 놀랐다.

"대박. 이거 우리 어제 갔던 그 가게 떡볶이잖아. 어뜩해, 따뜻하잖아!"

봉지를 만져 본 태영이 흥분된 목소리로 외쳤다.

"이 냄새 너무 좋아. 근데 이거 왜 따뜻해?"

"방금 사 왔으니까."

"왜? 너 떡볶이 싫어하잖아."

"그냥 먹지 마."

쏟아지는 질문에 하마터면 너 기운 없어 보여서 사 왔다는 말이 튀어나올 뻔했다. 괜히 멋쩍어서 녀석이 서둘러 봉지를 치우려는 척을 하자 태영이 얼른 녀석의 손에서 봉지를 뺏어 들고 마구 풀어 헤치기 시작했다. 그리고 순식간에 세팅을 마치고 젓가락을 탁, 반으로 쪼갰다.

"이 떡볶이가 왜 여기에 있고, 나 먹으라고 사 온 건가? 이것저것 궁금한 게 많은데, 일단 잘 먹겠습니다!"

에라이 몰라. 일단 먹고 보자. 정말 뺏기기 전에.

"맛있냐?"

"으으응."

"너 아침에 아프단 거 뻥이었지?"

"으응."

태영이 먹으면서 고개를 끄덕였다. 그 모습을 빤히 쳐다보던 녀석이 넌지시 물었다.

"그럼 무슨 일 있었냐?"

태영이 생각에 잠겼다. 가만있어 보자. 아침에 나한테 무슨 일이 있었지? 분명 기분 안 좋은 일이었는데…….

아, 맞다! 해니가 그랬어. 아침에 이 녀석이랑 수아랑 단둘이 있었다고.

그리고 이 녀석 복도 창문 너머로 수아를 애틋하게 쳐다보고 있었어.

나 다 생각났어!

태영은 녀석을 흘겨봤다.

"왜 그렇게 봐?"

"이런 말 하는 거 좀 미안하긴 한데…….'

"그럼 하지 마."

"근데 니가 꼭 알아 둬야 할 것 같아서."

"뭔데?"

수아가 너 싫대. 널 적으로 생각한대.

이렇게 말하면 녀석이 상처받으려나? 태영은 갈팡질팡하다가 도로 입을 다물어 버렸다. 녀석이 아무리 미워도 그런 상처를 주긴 싫었다.

"뭐냐니까? 얘가 또 사람 궁금하게 만드네."

"별거 아니야. 그냥, 뭐 그…… 너 교실은 가 봤어?"

"하아……."

"왜?"

교실 얘기에 녀석이 한숨을 크게 내쉬었다. 뭔가 화가 나는 일이 떠오른 모양이다.

"말 더럽게 많은 놈 한 명 있어. 교실 갈 때마다 들러붙어서 얼마나 귀찮게 하던지."

"주유권 말하는 건가?"

"어. 맞아. 근데 걔 뭐 하는 애냐?"

"유일반 찐친."

"그럴 리가."

"너랑 중학교 때부터 친했다던데. 어? 너 입학식 전에 있었던 일은 다 기억한다면서. 근데 주유권은 기억 안 나? 같은 중학교 나왔는데?"

"……몰라."

녀석이 당황한 얼굴로 태영의 시선을 피했다. 태영은 너무 이상했다. 이거 뭐야? 선택적 기억 상실이야?

"이거 너무 수상한데? 너 나한테 거짓말한 거 있지?"

태영이 예리한 눈빛으로 물었다. 그러자 망설이던 녀석이 말을 꺼냈다.

"나 사실……."

"응응. 말해. 사실 뭐?"

"과거의 기억도 점점 흐려지는 것 같아."

태영의 표정이 굳어졌다. 그런 태영의 얼굴을 흘끔 본 녀석은 역시 안 통하는구나 싶은 마음에 그냥 사실대로 다 털어놓으려고 했는데.

"너한테만 말할 테니까 잘 들어. 나 사실 유일반이 아니……."

"어뜩해. 나 이제 알았어!"

전혀 알아들은 것 같지 않은 얼굴이었지만 녀석은 일단 태영의 말을 들어 보기로 했다.

"알았다고? 뭘?"

"입학식 전에 있던 일들도 기억이 안 나기 시작했다고 했지?"

"안 나면 왜?"

태영이 까무러치게 놀라며 두 손으로 입을 틀어막았다.

"너 진짜 병원 가야 되는 거 아니야? 혹시 그, 그…… 그거 뭐더라? 영환데. 맞다! 내 머릿속의 지우개! 거기서 여자 주인공이 걸린 병. 너 그런 병 걸린 거 아니야?"

"머리 뭐? 지우개? 그게 뭔데?"

"있어. 옛날 영화. 울 엄마가 정우성 아저씨 찐팬이거든."

도통 무슨 소릴 하는지 모르겠다는 표정으로 녀석이 태영을 쳐다봤다. 그러자 태영이 이래도 모르겠냐며 힌트를 투척했다.

"이거 마시면 나랑 사귀는 거다."

태영이 콜라가 담긴 종이컵을 내밀며 말했다. 그러자 녀석이 바로 대답했다.

"안 사귄다고. 보류라니까."

"아오. 나도 알거든? 지금 그 얘기 하는 거 아니거든? 영화 속 대사거든? 울 엄마가 하도 봐서 나도 외웠잖아. 그거 볼 때마다 빨리 성인 돼서 소주 마셔 보고 싶었는데."

"성인 돼서 하고 싶은 게 고작 술 마시는 거야?"

"그럼 넌 뭐 하고 싶은데?"

"글쎄, 난 딱히 내 미래를 생각해 본 적이 없어서."

"없다고? 왜? 미래가 보장되어 있어서 그른가?"

"뭐, 그럴지도. 미래가 정해져 있긴 하지."

"그건 그거고. 그래서 뭐냐고. 성인 되면 뭐가 제일 하고 싶냐고."

"몰라. 내가 만약 그때까지 살아 있으면 너 소주 마시는 거 구경이나 해야겠다."

"……그때까지 살아 있으면?"

예상치 못한 녀석의 대답에 태영은 무슨 말을 해야 할지 몰라 난감했다.

대체 무슨 뜻일까? 왜 저런 쓸쓸한 눈으로 그런 말을 하는 걸까?

태영은 너무 궁금했지만, 차마 물어볼 용기가 나지 않았다.

그렇게 정적이 흘렀고 뜻밖에 먼저 말을 꺼낸 건 녀석이었다. 녀석도 진지한 이 순간을 벗어나고 싶었던 모양이다.

"그 주유권이랑 맨날 붙어 다니면서 나 훔쳐보는 여자앤 누구냐? 니 짝꿍이던데."

태영이 자연스럽게 녀석의 말을 받아쳤다.

"걔는 특별히 조심하는 게 좋을 거야. 눈치가 엄청 빠르거든. 될 수 있으면 말 섞지 말고 무조건 피해."

"누군데?"

"내 친구."

"하. 니 친구들은 하나같이 다 왜 그러냐?"

아오. 얜 좋다가 꼭 이래. 태영은 녀석을 째려보며 버럭 화를 냈다.

"내 친구들이 뭐 어때서!"

"너 권수아랑 친하댔지?"

"갑자기 수아는 또 왜?"

먼저 수아 얘기를 꺼낸 녀석을 서운하게 쳐다보던 태영은 속으로 생각했다. 역시 이 녀석 수아한테 관심 있는 게 분명해.

"걔랑 가까이 지내지 마."

"왜? 니가 가까이 지내려고?"

"뭔 소리야. 걔 이상하다니까."

"아아. 그러셔? 그렇게 이상한 애를 왜 아침부터 둘이 따로 만났을까나?"

"만난 게 아니라 붙잡힌 거지. 아침부터 사람 붙잡고 경시대회 왜 신청 안 했냐고 따지더라. 역시 별로야. 미친 것 같아."

"경시대회? 그럼 아침에 둘이 그 얘기 한 거야?"

"그럼 뭐. 니 욕이라도 했을까 봐?"

"어? 어! 둘이 내 욕이라도 하나 싶어서 괜히 쫄았네."

두 사람 사이에 아무것도 없었다는 사실에 태영은 안도하며 점점 얼굴에 화색이 돌았다.

"왜 웃냐?"

"내가 언제? 그냥 떡볶이가 너무 맛있어서 웃음이 절로 나오네. 아, 그럼 넌 수아 어떻게 생각해?"

"아까 말했잖아. 미친 것 같다고."

"미쳤다니. 니가 수아한테 할 소린 아닌 것 같은데? 너도 지금 좀 제정신이 아니잖아."

"야."

"쏘리."

"그러는 넌 송바위 어떻게 생각하냐?"

"갑자기 송바위?"

태영은 녀석의 입에서 송바위 이름이 나오자 당황했다.

"너 송바위 알아?"

"역시 맞네. 모태영이 물리책에 고이 간직한 사진 속 주인공이 그 새끼네. 송바위."

태영은 뒤늦게 물리책 속에 중요한 증명사진 두 장을 꽂아 놓은 것이 떠올랐다.

"아, 물리책! 온 김에 가져가야겠다. 내 물리책 어딨어?"

"버렸어."

"뭐? 농담하지 말고. 거기 나한테 되게 중요한 거 들어 있단 말야."

"이거?"

녀석이 주머니에서 뭔가를 꺼내 보여 줬다.

"뭐야? 그거 왜 구겨져 있어?"

태영이 냉큼 녀석에게서 사진을 뺏어 꼬깃한 증명사진을 손바닥으로 마구 문지르며 펴기 시작했다. 그 모습을 못마땅하게 쳐다보던 녀석의 속에서 뭔가 뜨거운 것이 들끓기 시작했다.

"너 걔랑도 같이 사진 찍으러 갔었냐? 떡볶이도 먹고? 인형 뽑기 게임도 하고?"

"뭐래. 우리 이제 그런 거 같이 안 하거든?"

"했었다는 얘기네?"

"그랬었지."

녀석의 아래턱에 힘이 잔뜩 들어갔다. 왜 이렇게 화가 나는지 모르겠다.

"둘이 무슨 사이라도 되냐?"

"그냥 조금…… 아니, 많이? 친했던 사이랄까."

그 시절이 왠지 아주 까마득하게 느껴졌다.

태영은 문득 송바위와 뭐든 함께 즐거워하고, 함께 슬퍼하고, 서로를 위로하며 지냈던 날들이 떠올라 마음이 좋지 않았다.

"야, 그 새끼 생각 그만해."

"아얏."

태영은 갑자기 녀석에게 딱밤을 맞고 말았다.

"와. 어이없어. 내가 누굴 생각하든 말든 니가 무슨 상관이야? 왜 때려! 너도 한번 맞아 봐라!"

태영도 녀석의 이마에 딱밤을 때렸다. 하지만 녀석은 아무 타격도 입지 않은 듯 태연한 얼굴이었다. 아니, 침착함을 유지하려고 엄청 애를 쓰고 있는 것 같달까.

"모태영, 넌 내 여친이야."

"보, 보류라며."

태영은 당황해서 말까지 더듬었다. 순간 고백받은 줄.

"보류여도 내 여친이야. 그니까 딴 놈 사진 책에 꽂아 놓고 그런 짓 하지 마. 기분 더러우니까."

"내로남불이냐? 지는 내 앞에서 이상형이 수아라고 뻔뻔하게 말할 땐 언제고."

"아니라고. 권수아 내 이상형 아니야."

"아니긴 뭐가 아니야. 내 귀로 똑똑히 들었구만."

"그럼 다시 똑똑히 들어. 난 귀여운 거 좋아해."

"!"

녀석이 태영을 빤히 쳐다보며 말했다.

"누구처럼 귀여운 여자 좋아한다고."

"그럼 이따 저녁에 명원대 사거리에서 만나자!"

수업을 마친 후 오래간만에 태영과 해니 그리고 수아까지 세 사람이 뭉쳤다. 내일모레 있을 소풍을 대비해 같이 쇼핑을 가기로 했기 때문이다.

"권쏴! 너도 올 거지?"

"응. 나도 소풍 때 입을 만한 사복이 없어서 사야 되거든."

"내가 골라 줄게!"

태영이 손을 번쩍 들었다. 그러자 수아가 태영의 손을 잡고 내려 두며 농담 섞인 말투로 말했다.

"태영아 괜찮아. 난 해니한테 맡길게."

"치이."

"아, 그럼 난 학원 간다. 이따 봐."

"수아야!"

가방을 챙겨 들고 나가려는 수아를 태영이 붙잡았다. 그러곤 양손으로 파이팅 포즈를 취했다. 그러자 수아가 피식 웃으며 교실을 나갔다.

"둘이 화해했나 보네?"

"우리 안 싸웠거든?"

"웃기시네. 언젠 수아랑 유일반이랑 같이 있었다니까 막 얼굴이 하얗게 질린 주제에."

"그건……. 최니, 나 사실 수아가 유일반 좋아하는 줄 알았어."

"아니래?"

"응. 오히려 싫어한대. 유일반은 항상 1등이고 자긴 만년 2등이라 유일반은 적일 뿐이래."

"아…… 하긴 그럴 만도 하네."

"그리고 유일반이……."

태영은 어제 점심시간에 있었던 일을 떠올렸다.

'누구처럼 귀여운 여자 좋아한다고.'

그 누구가 누굴까? 혹시 나일까? 나?

태영의 두 뺨이 발그레해졌다.

"모탱, 나 간다. 우리 유권이 밖에서 기다려."

"자, 잠깐!"

태영이 황급히 해니를 붙잡았다.

"아, 왜?"

"최니, 니가 봤을 때 나 어때? 내가 솔직히 예쁜 편은 아니잖아. 그럼 귀여운 편인가?"

"굳이 따지자면 그쪽에 가깝긴 하지. 니가 말했듯이 넌 예쁜 쪽과는 좀 거리가 멀잖아."

"많이 멀어?"

"응."

"우씨."

"대신 넌 귀여워. 귀엽다고. 됐냐? 나 가도 되지?"

"억지로 대답 듣자고 물어본 거 아니거든?"

역시 녀석이 말한 귀여운 누구는 내가 아닌가 보다. 태영은 시무룩해졌다. 그럼 대체 녀석은 누굴 보고 귀엽다고 한 거야? 우선 수아는 아니라니까 제외⋯⋯.

"모탱!"

뒤늦게 해니의 목소리를 들은 태영이 대답했다.

"안 갔어?"

"안 되겠어. 너 오늘은 나랑 같이 가자."

"주유권이랑 간다며."

"셋이 가자. 너 오늘 좀 이상해."

"내가 뭘."

"솔직히 말해 봐. 나한테 숨기는 거 있지? 어쩌면 유일반과 관련된?"

태영은 뜨끔했다.

"어? 이 반응은 뭐지? 내 말이 맞지? 유일반 무슨 일 있지? 걔 요즘

156

완전 딴사람이던데. 그러고 보니까 너랑 사귀고 나서부터 이상해졌어. 애가 통 웃지도 않고, 말도 싸가지 없게 하고, 수업도 거의 안 들어온대."

"그게 사실은……."

뭐라고 둘러대지? 아니야. 그냥 사실대로 말할까? 아니지, 그랬다간 이번엔 녀석한테 딱밤이 아니라 죽빵을 맞을지도 몰라.

"알았다!"

해니가 예리한 눈초리로 태영을 쳐다봤다.

"너 때문이지?"

"어?"

"니가 시켰지? 사귀는 동안 딴 여자한테 눈길도 주지 말라고. 오올 우리 모탱, 연애 처음이라면서 조련 쩌네? 보통이 아니야. 난놈일세."

"하하하. 너한테 배운 거지 뭐."

"그런가? 내가 또 우리 주유권이를 잘 키워 놨지. 근데 너 그거 정말 잘 한 것 같아. 유일반 계속 그런 식으로 하다간 여자애들 하나둘씩 다 떨어져 나갈걸? 근데 문제가 하나 있다."

"뭔데?"

"스타일. 헤어도 그렇고 옷 입는 센스하며 스타일링이 전보다 한 100배는 간지 폭발. 그래서 그런가? 요새 유일반 미모가 장난 아니던데?"

"야. 넌 왜 남의 남친을 그렇게 자세히 관찰하냐?"

"남의 남친이 아니지. 내 친구 남친이지. 내 남친의 절친이기도 하고. 암튼 나 간다! 이따 봐!"

"잘 가! 얼른 가!"

"아참참."

이제 진짜 가는가 싶던 해니가 또다시 돌아왔다. 태영은 애초에 해니를 잡는 게 아니었다는 후회를 하며 심드렁한 얼굴로 책가방을 챙기기 시작했다.

"너 쓱쓱 님 촬영은 어떻게 하기로 했어?"

"으악!"

태영의 입이 떡 벌어졌다.

"어떡해. 연락하기로 했는데 나 까먹고 있었어."

"헐. 그걸 까먹냐?"

"그러니까. 나 완전 어떻게 그걸 까먹고 있었지?"

이게 다 그 녀석 때문이야. 요새 녀석 때문에 정신이 하나도 없었잖아.

"모탱쓰 하는 거 보니까 쓱쓱 님 찬스는 날아간 것 같고. 급한 대로 팔로워 수나 올려. 유일반한테 맞팔 해 달라고 얘기는 해 봤어?"

"아직. 사귀자마자 그런 말 하긴 좀 그래서 기회를 보는 중이긴 한데……."

원래의 유일반이라면 말하기 쉬웠을 텐데, 지금의 유일반은 맞팔 해 달라는 말 꺼내기도 전에 '그딴 걸 왜 해.'라고 할 게 뻔했다.

맞팔 얘기도 못 꺼낸 주제에 촬영 얘기는 어떻게 꺼내냐고. 그놈의 기억만 돌아오면 모든 게 다 완벽해질 텐데.

"모탱, 너 청소년 기자단 접수 얼마 안 남은 거 알지?"

"알지. 너무 잘 알지."

어쩌면 내 미래가 바뀔 수도 있는 중요한 일인데. 이런 중요한 시기에 난 왜 그 녀석을 생각하느라 정신 못 차리고 있었을까? 한심하다 한심해, 모태영!

자책하던 태영은 그대로 가방 위에 철퍼덕 엎드려 버렸다.

"절대 포기 못 해!"

집으로 가는 길, 태영은 청소년 기자단 서류 통과를 위한 SNS 팔로워수 올리기 플랜을 짜기 시작했다.

일단 하루에 다섯 개씩 SNS에 게시물을 올릴 것.

반 아이들과 맞팔 할 것. 필요하다면 모태혁과도 맞팔 할 것.

마지막으로 그 녀석과는 반드시 맞팔 할 것.

태영이 다부진 눈빛으로 두 주먹을 꽉 움켜쥐었다. 내일은 그 녀석한테 맞팔 해 달라고 꼭 말해야지. 어려운 부탁도 아닌데 사정사정하면 들어주겠지? 내가 아주 무릎을 꿇어서라도 꼭 맞팔 하고 만다!

"이번엔 기필코 팔로워 수 올리고 말 거라고!"

태영은 굳은 의지를 다지며 골목길에 들어섰다. 그러곤 핸드폰을 꺼내 너튜버 쑤쑤에게 DM을 보내려고 창을 열었다가 잠시 고민하더니 닫아 버렸다.

사실 출연 제의를 거절하려고 했다. 그 전에 녀석에게 먼저 거절당할게 뻔하기도 했고, 일단 현재 녀석의 기억이 온전하지 않은 이유가 가장 컸다. 그런 녀석을 데리고 무슨 촬영을 한단 말인가. 그건 내 욕심이겠지.

"하지만 너무 좋은 기횐데……."

태영은 아쉬움 가득한 표정으로 고민하다가 핸드폰을 만지작거렸다.

"물어나 볼까? 혹시 모르잖아. 그 녀석 의외로 촬영하고 막 그런 거좋아할지도."

괜히 되지도 않는 핑계를 대며 태영은 녀석에게 전화를 걸었다.

— 연결이 되지 않아 삐 소리 후 소리샘으로…….

이럴 줄 알았다. 내 전화 안 받을 줄 알았지.

태영은 빠른 포기를 하며 집을 향해 걷고 있었는데.

멀지 않은 곳, 그러니까 송바위네 집 앞에 고급 세단 한 대가 주차되어 있는 것을 발견했다.

"어?"

차에 기댄 채 서 있는 여자의 얼굴을 확인한 태영의 두 눈이 휘둥그레졌다. 그 여자는 태영도 잘 알고 있는 인물이었다.

바로 너튜버 쑤쑤였다!

태영은 미친 속도로 쑤쑤를 향해 달려가다가 급브레이크를 밟았다.

하필 집에서 송바위가 나온 것이다. 두 사람은 잘 아는 사이인지 웃으며 인사를 나누고 있었다.

"뭐야? 여친인가?"

송바위가 웃는 모습을 오래간만에 본 태영은 괜히 기분이 이상했다. 옛날엔 나한테도 저렇게 잘만 웃어 줬는데. 나쁜 놈.

"어머, 혹시 명원고 모태영?"

멀리서 송바위를 지켜보며 입을 삐죽 내밀고 있던 태영은 갑자기 쑤쑤가 고개를 돌려 저를 알아보자 화들짝 놀랐다. 쑤쑤가 활짝 웃으며 태영에게 손짓했다.

"태영 학생, 잠깐 이리 좀 와 봐요."

"쟤는 왜?"

"너 아는 애야? 친구?"

"모르는 애야."

태영이 쪼르르 다가가 쑤쑤를 향해 꾸벅 인사했다.

"안녕하세요. 저번엔 정말 너무너무 죄송했습니다. 갑자기 사고가 생기는 바람에."

"어머, 너 너무 귀엽게 생겼다. 실물이 훨씬 낫네."

"네? 귀, 귀여워요?"

"응. 귀여워!"

쑤쑤는 태영을 너무 귀여워하며 어쩔 줄을 몰라 했고, 귀엽다는 말에 태영의 광대는 승천하고 있었다. 반면 그를 옆에서 지켜보던 송바위의 표정은 썩어 가고 있었다.

"말 편하게 해도 되지? 나 바위 사촌 누나거든. 송설원이야."

"네? 사촌 누나요? 야, 송바위! 너 사촌 누나도 있었어? 아빠 쪽이랑은 교류 없어서 사촌들이랑 연락 안 한다며."

"연락을 하든 말든 니가 무슨 상관이야."

"아니 너희 아버지……."

"입 다물어. 어디서 아는 척이야? 니가 나에 대해 얼마나 안다고."

아버지 얘기에 예민한 건 알고 있었지만 이렇게 처음 보는 사람 앞에서 망신을 주다니. 태영은 송바위를 원망스레 쳐다봤다.

"자자. 두 사람 그만 싸우고. 암튼 태영아 만나서 반가워. 나 사실 너 섭외 안 돼서 우리 바위 섭외하러 왔거든. 근데 이 녀석이 여친이 없다네. 진짜니?"

"얘 좋아하는 여자애들은 많은데 본인이……."

태영은 또 주접을 떨려다가 송바위가 째려보자 입을 꾹 다물었다. 그 사이에서 당황하던 설원이 바위의 등짝을 퍽 하고 내리쳤다.

"왜 때려?"

"넌 이제 들어가. 난 태영이랑 얘기 좀 더 하게."

"무슨 얘길 하려고? 너튜브 출연 그거? 쟤 말주변 없어서 그런 거 못해. 초딩 때 발표하다가 울면서 집으로 뛰쳐나간 애라고."

"야! 지금 언제 적 얘길 하는 거냐? 나 이제 안 그러거든? 말 잘하거든?"

"너 내가 경고하는데, 하지 마라."

"뭘 하지 마?"

"아무것도 하지 마. 특히 그 새끼랑은 아무것도."

애원하는 것 같기도 했다. 송바위의 목소리에서 진심을 느낀 태영은 녀석의 말을 그냥 넘겨들을 수가 없었다.

"둘 사이에 무슨 일 있었지? 너도 그렇고 유일반도 그렇고 왜 그렇게 서로 싫어하는 거야?"

"몰라서 물어?"

"모르니까 묻지."

"대체 니가 아는 게 뭐냐?"

"그래! 나 아무것도 모른다. 체고 갈 수 있었으면서 포기하고 일반고에 온 너도 모르겠고, 내가 그렇게 어울리지 말라는 일진 애들이랑 몰려 다니면서 오토바이나 타는 넌 더더욱 모르겠고. 맞네. 나 아무것도 모르네. 근데 그거 알아?"

"……"

"너도 나에 대해 아는 거 하나도 없잖아. 나 유일반이랑 너튜브 출연할 거야. 나한텐 두 번 다신 없을 기회거든. 나 말주변 없다 그랬지? 그것도 극복할 거야. 그래야 내 꿈에 조금이라도 더 다가갈 수 있으니까. 그니까 넌 방해하지 마."

태영은 송바위에게서 등을 돌린 후 설원을 향해 크게 외쳤다.

"저 출연하고 싶어요!"

"그럼 나야 좋지만…… 남친도 동의한 거지?"

"동의받아 올 거예요. 무슨 일이 있어도!"

태영의 말에 뒤에 서 있던 바위의 표정이 싸늘하게 굳어졌다.

"자, 1반 2반 조용!"

마지막으로 버스에 올라탄 2반 담임이 마이크를 잡고 외쳤다. 이내 들썩거리던 버스 안이 점차 조용해졌다. 공기에서부터 소풍 가는 학생들의 설레는 마음이 느껴지는 것 같았다.

"안 탄 사람 없지?"

"권수아요!"

맨 뒷좌석에 앉은 해니가 외쳤다. 그렇다. 수아는 쇼핑하기로 한 날 저녁부터 오늘까지 모습을 드러내지 않고 있었다. 이유는 뻔했다. 경시 대회 준비. 수아는 1등 할 수 있는 마지막 기회를 놓치고 싶지 않았던 거다.

"수아는 오늘 못 온다고 연락 왔었고, 이제 진짜 없지?"

"쌤!"

담임이 마이크를 내려놓기 직전 이번엔 태영이 손을 번쩍 들었다. 유일반이 보이지 않았기 때문이었다.

태영은 연신 창밖을 내다보며 녀석을 찾기 바빴다.

"모태영은 또 왜? 할 말 있니?"

"유일반도 아직 안 왔……. 왔네."

마침 창밖으로 교장 선생님과 함께 유일반이 어슬렁어슬렁 버스를 향해 걸어오고 있는 게 보였다. 교복 차림인 걸 보니 아무래도 녀석은 오늘 소풍 가는 날임을 몰랐나 보다.

혼자만 교복 차림으로 버스에 올라탄 유일반은 담임에게 꾸벅 인사를 하고 앞자리에 앉으려다 태영을 발견하곤 뒤쪽으로 걸어왔다.

"비켜."

"우리 반은 번호대로 앉은 건데……."

태영의 옆자리에 앉은 여자애가 당황스러운 얼굴로 태영을 쳐다봤다.

"지은아 미안해. 안 비켜도 돼. 야, 유일반! 얼른 니 자리 가서 앉아."

"내 자리가 어딘데?"

"저기."

태영이 뒤쪽을 가리켰다. 마침 주유권이 얼른 오라며 손을 흔들고 있었다. 그럼에도 녀석은 포기하지 않았다.

"미안한데 자리 좀 바꿔 줄래? 내가 모태영한테 긴히 할 얘기가 있어서."

웬일로 녀석이 미소를 지으며 나긋나긋한 목소리로 부탁했다. 마치 기억을 잃기 전 유일반처럼 말이다. 근데 또 그게 통했는지 아까완 달리 유일반의 미소에 마음이 녹아 버린 지은이는 흔쾌히 알았다며 짐을 들고 뒷좌석으로 가 버렸다.

털썩. 결국 태영의 옆자리를 차지한 녀석은 태영을 째려봤다.

"야. 얘기를 했어야지. 소풍 가는 줄 모르고 혼자 교실에서 교과서 챙

기다가 교장 쌤한테 잡혀 왔잖아. 이럴 줄 알았으면 학교 안 오는 건데."

"니가 너무 학급 일에 관심이 없었던 거 아니야? 맨날 동아리방에만 처박혀 있으니까 모르지."

"처박혀 있어? 너 말이 너무 심한 거 아니냐?"

"흠. 미안."

녀석이 정색하며 말하자 금세 쫄아서 태영이 깨갱했다. 그런 태영을 귀엽게 쳐다보던 녀석이 장난이었다는 듯 피식 웃었다. 그사이 버스가 출발했다.

태영은 가방을 뒤적거리다가 까만 비닐봉지 하나를 녀석에게 내밀었다.

"뭐야? 쓰레기야?"

"아니거든? 우씨. 기껏 먹으라고 만들어 왔더니만."

"이게 뭔데?"

까만 봉지에서 쿠키를 꺼낸 녀석은 의심스러운 눈으로 모양새를 살폈다.

"먹는 거 맞아? 폭탄 아니고?"

"아오, 이리 내!"

"농담이야. 먹을게."

"그거 밀가루 안 들어간 거야. 비건 쿠키."

"이런 것도 만들 줄 아나?"

쿠키를 한 입 베어 맛을 본 녀석은 생각보다 맛이 있었는지 다시 한 입 더 베어 먹었다.

그런 녀석을 물끄러미 쳐다보던 태영은 뭔가 할 말이 많은 표정이었다. 하지만 웬일인지 말을 하려고 입을 열었다가 닫았다가, 하고 싶은 말을 입 밖으로 꺼내지도 못하고 있었다.

"뭔데? 그냥 말해."

"뭐, 뭐가?"

"이거 뇌물이잖아. 나한테 뭐 부탁할 거라도 있는 모양인데?"

"어떻게 알았어?"

"뭐냐니까."

"그게 사실은……."

태영은 차마 입이 떨어지지 않았다. 이 녀석 분명 싫다고 할 텐데. 사귀는 것도 보류시킨 마당에 고딩 커플 컨셉으로 너튜브에 같이 나가자고 하면 보류가 아니라 아예 헤어지자고 할지도.

"유일반 너 있잖아. 그게……. 아, 너도 너튜브 보지?"

"아니. 관심 없는데?"

"아…… 그, 그렇구나."

그렇다면 더더욱 말하기 힘들어졌다.

태영은 시무룩한 얼굴로 제가 싸 온 쿠키를 한입에 넣고 아그작아그작 씹어 먹었다. 그사이 창문 너머를 바라보며 녀석이 물었다.

"근데 소풍은 어디로 가는 거냐?"

"너 몰라? 니가 추천한 곳이잖아. 아, 기억 안 나겠구나. 암튼 학기 초에 니가 소풍지로 추천했던 곳이야. 로봇 박물관. 국내에서 제일 큰 곳이래. 넌 좋겠다. 니가 가고 싶었던 곳으로 소풍 가서."

"그닥."

"?"

"난 딱히 로봇엔 관심 없거든."

"응?"

"지겹다고. 그놈의 로봇."

"아…… 하긴, 너 그 로봇 수리하느라 힘들지? 지금 얼마나 고쳤어?"

"몰라. 엉망진창이야. 대체 어떻게 망가진 건지, 어디서부터 어디까지 고쳐야 되는지 모르겠어."

녀석은 정말 골치 아파 죽겠다는 표정으로 팔짱을 끼고 두 눈을 감았다.

"나 잔다. 도착하면 깨워 줘."

피곤했는지 두 눈을 감고 의자에 머리를 기댄 녀석의 옆모습을 태영이 흘끔 쳐다봤다.

조각 같은 턱선과 베일 듯 날렵한 콧날.

이런 애랑 같이 너튜브 나가면 조회 수 대박 치긴 할 텐데. 녀석의 얼굴을 찬찬히 뜯어보던 태영은 갑자기 없던 욕심까지 마구 샘솟기 시작했다.

마침내 태영은 다부진 눈빛으로 다짐했다.

오늘 안에 기필코 유일반에게 출연 허락을 받아 내겠다고.

앞쪽으론 강이 흐르고 뒤쪽으론 나무가 울창한 숲이 펼쳐진 이곳은 경기도 남부에 위치한 로봇 박물관이었다.

도착하자마자 자유 시간이 주어진 학생들은 박물관 주변 이곳저곳에서 사진을 찍고 핫도그와 아이스크림 같은 군것질거리를 사 먹으며 자유를 만끽하고 있었다.

"너도 내가 한 장 찍어 줄까?"

제 뒤만 졸졸 따라다니는 녀석을 향해 태영이 넌지시 물었다. 그러자 녀석이 인상을 확 찌푸리며 말했다.

"나 사진 찍는 거 싫어해. 찍히는 건 더더욱."

"그, 그래? 그럼 영상은? 동영상! 그건 괜찮지 않나?"

"최악이지."

젠장. 망했다. 태영은 할 말이 없어졌다. 영상 찍는 게 최악인 녀석한테 무슨 소릴 하겠어. 이럴 줄 알았으면 송바위 앞에서 나대지나 말걸. 괜히 유일반 섭외 자신 있다고 말했다가 망신만 당하게 생겼네.

태영은 시무룩해진 얼굴로 대체 어떻게 하면 녀석을 설득할 수 있을지 고민하며 박물관 주변을 둘러보고 있었는데.

"콜록!"

녀석이 갑자기 기침을 해 대기 시작했다. 태영이 뒤를 돌아봤다. 아까부터 계속 제 뒤에 바짝 붙어 졸졸 따라오던 녀석이 저만치 멀리 멈춰서 있었다. 태영이 쪼르르 녀석에게로 달려갔다.

"왜 그래? 너 어디 아파?"

"……물, 나 물 좀……."

"물? 잠깐만."

갑자기 하얗게 질린 얼굴로 물을 찾는 녀석. 태영은 편의점이 어디 있는지 두리번거리다가 박물관 뒤쪽에서 새까만 연기가 피어오르는 것을 발견했다.

"저게 뭐지?"

연기가 나는 쪽을 보던 태영의 두 눈이 커다래졌다.

"불? 어떡해. 저기 불났나 봐!"

갑자기 불길이 치솟아 오르는 것을 목격한 태영은 한 치의 고민도 없이 그곳을 향해 달려가려는데.

"가지 마."

"무슨 소리야. 불 번지기 전에 꺼야지! 소화기가 어딨지?"

가지 말라고 붙잡는 녀석은 보이지도 않는지 태영의 눈은 소화기를 찾느라 바쁘게 움직이고 있었다.

그사이 새빨간 불길을 보자 속이 매슥거리고 연기 때문에 질식해 죽을 것만 같았던 녀석의 두 다리가 휘청거렸다.

"야, 너 왜 그래? 유일반! 정신 차리고 넌 일단 신고부터 해! 아니, 쌤한테 말해야 되나? 아니다 내가 할게!"

"가지…… 말라고! 가지 마."

"저러다 박물관으로 옮겨붙으면 어떡해! 이럴 시간 없어. 나 간다!"

태영은 저를 붙잡고 놓지 않는 녀석을 세게 뿌리치고 불이 난 지점으로 달려갔다. 그러곤 박물관 안으로 들어가 불이 났음을 알리고 소화기를 찾아 돌아다녔다.

하지만 아무리 찾아도 소화기는 안 보이고 불길은 점점 더 커져만 갔다. 뒤늦게 화재가 발생한 것을 알아차린 사람들은 비명을 지르며 대피하기 시작했다.

그런 와중에도 태영은 꿋꿋이 박물관 주변을 뛰어다니며 겨우 소화기 하나를 찾아내 품에 안고 거센 불길로 향했다.

"이거 어떻게 하는 거였더라? 맞다. 이렇게 뽑고……."

정확히 소화기 사용법을 인지하고 있던 태영은 안전핀을 뽑아 발화 지점을 향해 정확히 분사했다.

지이이익. 지이익.

그렇게 다행히도 하얀 가루가 날리며 불은 서서히 꺼져 갔다.

경찰은 CCTV를 통해 화재 원인을 찾아냈다.

원인은 다름 아닌 학생들이 피우다 만 담배꽁초. 몰래 담배를 피우고 도망가다가 실수로 에어컨 실외기에 던지고 간 것이 큰불로 이어진 것이었다.

본의 아니게 태영은 로봇 박물관의 대형 화재를 막았다는 공로를 인정받아 다양한 굿즈를 증정받았다. 그렇게 한바탕 소동이 휩쓸고 지나간 후에야 태영은 녀석을 찾기 시작했다.

아까 금방이라도 쓰러질 듯 하얗게 질린 녀석의 얼굴이 떠오르자 태영의 표정이 심각해졌다.

점심시간이라 잔디밭 이곳저곳에서 학생들이 삼삼오오 모여 도시락을 먹고 있었다. 그중 녀석은 없었다.

그러다 불행인지 다행인지 저 멀리 버스 앞에서 녀석을 발견했다.

녀석은 두 손으로 얼굴을 폭 감싼 채 허리를 숙이고 있었다. 태영은 당장 녀석이 앉아 있는 벤치 쪽으로 달려갔다.

"너 괜찮아?"

태영의 목소리를 들은 녀석은 천천히 고개를 들어 태영을 차갑게 쳐다봤다.

"유일반, 왜 그래? 너 아픈 건 괜찮……."

"내가 가지 말랬잖아! 소방차 금방 올 텐데 왜 니가 나서냐고! 왜 나서서……."

버럭 소리를 지르던 녀석이 말끝을 흐렸다. 녀석은 태영의 발을 쳐다봤다. 얼마나 뛰어다녔는지 하얀 운동화가 새까매졌다. 게다가 소화기 안전핀을 뽑다가 다쳤는지 태영의 손가락엔 상처가 나 있었다. 그를 본 녀석은 피곤하다는 듯 마른세수를 했다.

"소리 질러서 미안해. 근데 다음부턴 절대 이런 일에 나서지 마. 제발 부탁이야."

"……."

"난 또다시 누가 내 앞에서 위험해지는 거 보고 싶지 않아. 너도 아까 봤잖아. 나 그런 상황에서 아무것도 할 수 없었던 거."

미세하게 떨리는 눈동자에서 녀석의 아픔이 전해지는 것만 같았다.

그러자 태영은 누군가 쥐어짜듯 심장이 아프기 시작했다. 참 이상했다. 순간 녀석을 안아 주고 싶다는 충동이 들었다. 그리고 충동은 충동으로 끝나지 않았다. 태영은 녀석을 와락 안아 버렸다. 그렇게 매우 충동적으로 녀석을 안긴 했는데, 대체 언제쯤 손을 풀어야 할까? 태영은 얼굴은 물론 목까지 새빨개진 상태로 엉거주춤 녀석의 머리를 품에 꽉 안고 있었다.

"숨 막혀."

"어? 어."

이때다 싶어 태영이 얼른 녀석을 놓아줬다. 정말 숨이 막혔던 건지 녀석의 얼굴도 새빨개져 있었다. 그렇게 두 사람 사이엔 어색한 침묵이 흘렀다.

"아, 맞다. 이거 너 줄게."

태영은 괜히 더 아무렇지 않은 척하며 먼저 말을 꺼냈다. 그러자 녀석은 태영이 갑자기 주머니에서 꺼낸 티켓을 물끄러미 응시했다.

"이게 뭔데?"

"박물관에서 잘했다고 이것저것 챙겨 줬거든. 이건 로봇 박물관 프리 패스권."

"아……."

"받아 둬. 박물관이 전국에 50군데나 넘게 있대. 이거 있으면 다 공짜로 들어갈 수 있다나 뭐라나."

"너 쓰지 날 왜 줘?"

"다양한 로봇들을 보면 너 로봇 수리하는 데 도움이 되지 않을까 싶어서."

"나 혼자 가라고?"

"친구들이랑…… 아, 너 친구 없지. 그럼 내가 같이 가 줄게."

"같이 가자는 말을 되게 길게도 하네."

"그게 아니라……."

"근데 너 아까 나 왜 안았냐?"

"그, 그냥!"

태영은 부끄러워서 괜히 더 뻔뻔한 척 굴었다. 그게 귀여웠던 녀석은 짓궂은 얼굴로 다시 물었다.

"그냥 안았다고? 왜?"

"몰라. 암튼 너 다신 나한테 소리 지르지 마. 119 아저씨도 박물관 사람들도 다 나 칭찬해 줬는데 왜 너만 나한테 뭐라고 하냐고."

"그 사람들은 그냥 불이 꺼진 게 중요한 거야. 난 니가 중요했고."

"……."

"너 소화기 못 찾아서 불 못 껐으면 어쩔 뻔했어? 소화기 찾다가 갑자기 불 옮겨붙어서 건물에서 못 나왔으면 어쩔 뻔했냐고."

"119가 도착해서 구해 줬겠지. 암튼 몰라. 그놈의 소화기만 빨리 찾았으면 그깟 불 금방 끌 수 있었는데."

"내 말 안 듣지?"

일부러 더 안 들리는 척 못 들은 척 태영이 자기 할 말만 늘어놓았다.

"너 어플 같은 거 개발할 생각 없어? 내가 아이디어 하나 줄게. 어플 이름은 '요기소화기' 소화기 위치를 찾아 주는 어플인 거지."

"뭐? 요기 뭐?"

"요기, 소화기! 라임 죽이지 않아? 너 나중에 이거 쓸 거면 나한테 저작권료 내라."

"쓸데없는 소리 그만하고 집에 언제 가는지나 좀 담임한테 물어봐. 지친다."

"가긴 어딜 가. 이제 시작인데. 강에서 배도 타고 기념사진도 찍고……."

"손."

"?"

태영이 못 알아듣자 녀석이 태영의 손목을 잡아끌어 제 옆에 앉혔다. 그러곤 손가락에 상처가 난 것을 보더니 주머니에서 노란색 스마일 스티커 하나를 꺼내 태영의 손가락에 붙였다.

"그게 왜 거기서 나와?"

"일단 임시로 붙였으니까 편의점에서 밴드 사서 다시 붙여."

녀석이 평소답지 않게 저를 걱정스레 바라보며 다정하게 말하자 태영의 얼굴이 또 새빨개졌다. 이제 이렇게 옆에 앉아만 있어도 심장이 뛰다니 미치고 환장할 노릇이었다.

소풍 다녀온 다음 날 등교하자마자 물리 선생의 호출을 받아 교무실로 달려간 태영은 자신감 넘치는 표정으로 사진 두 장을 내밀었다.

"이거 땜에 부르신 거 맞죠?"

"이거 땜에 부른 건 아닌데 모태영이 넌 이걸 왜 이제야 내니?"

"쌤이 계속 출장 가서 안 계셨잖아요! 그리고 어젠 소풍 땜에 까먹고 있다가……."

"흐흠. 이건 왜 구겨졌을까?"

물리 선생이 괜히 트집을 잡으려고 꼬깃꼬깃한 송바위의 사진을 가리켰다. 차마 유일반이 구겼다고는 말도 못 하고 태영은 그냥 대충 둘러댔다.

"원래 그랬어요. 암튼 저 이제 벌점 없는 거죠?"

"앞으로 잘해라."

"네!"

태영은 또 무슨 트집을 잡힐까 두려워 후다닥 교무실을 나가려고 뒤로 휙 돌았는데.

"잠깐!"

"안 뛸게요."

"그게 아니라, 내 얘긴 듣고 가야지. 모태영이 잠깐 이리 와 봐."

또 무슨 잔소리를 하려고 그러나 싶어 태영이 입술을 삐죽 내밀었다. 그러곤 물리 선생에게 다시 돌아갔다. 그러자 물리 선생이 진지한 얼굴로 물었다.

"요새 유일반 무슨 일 있니?"

"그걸 왜 저한테 물어요?"

"니가 여친이라며. 학교에 소문 다 났던데. 역시 소문은 소문인 건가? 너 유일반 여친 아니지?"

"맞거든요? 여친."

태영이 당당하게 외쳤다. 그러자 물리 선생이 귀엽다는 듯 피식 웃었다.

"여친이면 잘 알겠네. 오늘 유일반 결석했다던데 이유가 뭘까?"

"결석이요?"

"1반 담임 쌤이 병가 내셔서 어제부로 내가 담임이잖아. 근데 하필 오늘 딱 유일반이 결석을 했네? 그것도 무단으로다가? 뭐 아는 거 없어?"

태영은 어제 박물관에서 있었던 일을 떠올렸다.

치솟는 불을 보고 금방이라도 질식해 죽을 것처럼 비틀거리던 녀석. 학교로 돌아가는 버스에서도 연신 기침을 해 대던 녀석은 학교에 도착하자마자 갑자기 증발해 버렸다. 그 후로 연락도 안 되고…….

"모태영!"

"네?"

태영의 표정이 갑자기 굳어지자 물리 선생이 걱정스레 물었다.

"너 어디 아프니?"

"아뇨. 아니에요. 암튼 유일반한테는 제가 연락해 볼게요."

"그래. 별일 없어야 할 텐데. 연락 되면 나한테 바로 알려 주렴."

"네!"

태영은 대답하고 서둘러 교무실을 나왔다. 그러곤 심각해진 얼굴로 교실로 향했다.

이 녀석 이대로 학교도 안 나오고 잠수 타 버리는 건 아니겠지?

안 되는데……. 오늘은 꼭 말해야 되는데. 너튜브 촬영 같이 해 달라고. 아니지. 정말 무슨 일이라도 생겼으면 어떡해. 지금 너튜브가 중요한 게 아닌…… 아닌 게 아닌데, 나한텐 무지 중요한 일이잖아. 어떻게든 녀석과 연락해서 만나야겠어!

그때 태영은 알지 못했다. 너튜브는 핑계였을 뿐이라는 사실을.

"미치겠다."

태영의 표정이 급격하게 어두워졌다. 급식실에서 밥을 먹으면서도 손에서 핸드폰을 내려놓을 생각 없는 태영을 옆에서 지켜보던 해니가 넌지시 물었다.

"왜? 아직도 유일반이랑 연락 안 돼?"

"응. 톡이랑 문자 다 씹힘."

"전화해 봐."

"이제 소리샘 아줌마 목소리만 들어도 토 나옴. 아오, 몰라. 나 열받아. 밥이나 먹을래."

이 와중에도 식판 위 밥과 반찬은 산더미처럼 쌓아 온 태영은 수저로 밥을 푹푹 떠서 입안에 구겨 넣기 시작했다. 그러면서도 시선은 계속 테이블 위에 올려놓은 핸드폰에 향해 있었다.

지이잉.

그때였다. 갑자기 진동이 울리자 태영이 수저를 내팽개치고 핸드폰을 들어 메시지 함을 살폈다. 근데 무슨 일에선지 텅 비어 있었다.

"쏴리. 내 거야."

해니가 핸드폰을 들고 흔들며 멋쩍게 웃었다. 킥킥거리며 누군가와 즐겁게 문자하는 해니를 태영이 흘겨봤다.

"야. 그럴 거면 그냥 뒤에 가서 주유권이랑 먹어."

태영이 뒤쪽 테이블을 가리켰다. 바로 뒤에선 주유권이 핸드폰을 들여다보고 있었다.

"어떻게 그래. 수아도 없고 유일반도 없이 너 혼자 먹잖아."

"그냥 혼자 먹는 게 낫겠어. 앞에서 킥킥 뒤에서 킥킥. 이게 더 기분 나쁘거든? 야, 주유권. 그냥 여기 와서 같이 먹어."

태영이 허공에 대고 말했다. 하지만 찰떡같이 알아들은 유권이 곧장 의자를 박차고 일어나 식판을 들고 해니 옆에 앉았다.

"그럼 실례 좀 할게."

"별말씀을. 그럼 나 밥 먹을 테니까 적당히 방해해라."

"넵."

태영의 말이 끝나기도 전에 해니와 유권은 서로 어깨를 부딪치며 서로 반찬을 떠먹여 주며 애정 행각을 벌이기 시작했다. 태영은 이제 하도 봐서 이골이 났는지 묵묵히 밥만 먹었다.

하지만 아무리 생각해도 괘씸했다.

"나쁜 놈!"

"!"

수저를 밥 위에 꽂아 버린 태영 때문에 화기애애하던 유권과 해니가 화들짝 놀랐다. 두 사람은 살짝 떨어져서 경건한 자세로 태영의 하소연을 들어 줄 수밖에 없었다.

"어떻게 연락 한 통 없이 잠수를 탈 수가 있어? 너네도 그런 적 있어?"

두 사람이 동시에 고개를 절레절레 흔들었다.

"그치? 없지? 이건 상대방에 대한 예의가 아니라고. 기다리는 한쪽은 얼마나⋯⋯."

알 수 없는 감정들이 소용돌이쳤다.

기억도 없는 그 녀석 이대로 사라지기라도 하면 어쩌지? 답답하고, 불안하고, 너무 걱정돼.

"우리 모탱 많이 속상하구나? 이거 먹고 기분 좀 풀어."

해니가 유권의 식판 위에서 계란말이를 집어 태영에게 양보했다. 유권이 잔뜩 서운한 얼굴로 해니를 쳐다보자 해니가 조용히 웃으며 주먹을 내보였다. 그러자 유권이 곧장 깨갱, 물을 마시며 먼 산을 쳐다봤다. 그러다 뭔가 좋은 수가 떠올랐는지 들고 있던 물컵을 내려놓았다.

"아! 그럼 우리 학교 끝나고 유일반 집에 가 볼래?"

"유권이 너 유일반네 집 알아?"

"당연하지."

"가 본 적 있어?"

"아니. 근데 주소는 알아. 교실에 비상 연락망 있거든."

해니와 유권이 주거니 받거니 좋은 생각이라며 잔뜩 들떠 있었지만, 왠지 모르게 태영의 표정은 점점 어색하게 변해 갔다.

"모탱, 들었지? 학교 끝나고 유일반 집에 같이 가 보자."

"아냐아냐. 무슨 집이야. 뭘 그렇게까지⋯⋯."

"그렇게까지 해야지. 남친이 연락도 없이 무단결석했는데. 너 혼자 갈 용기 없는 거 다 아니까 우리가 같이 가 줄게. 쳐들어가자!"

해니가 공격적인 얼굴로 나섰다. 태영은 어색한 웃음을 지으며 손사래를 쳤다.

"쳐들어가다니 어딜. 큰일 날 소리."

그 녀석 성격에 해니랑 주유권까지 줄줄 달고 집에 갔다가 또 무슨 소릴 들으려고. 게다가 이 두 사람 눈치는 오죽 빨라? 그러다 녀석이 기억 상실증에 걸렸다는 사실을 들키기라도 하면? 말은 또 얼마나 많으냐고.
소문나는 건 시간문제라고.

"애들아 나 오늘 저녁에 가족 모임 있어서 못 갈 것 같아."

"그럼 우리 둘이 갔다 올게. 유권아 넌 시간 괜찮지?"

"당연하지."

두 사람을 불안하게 쳐다보던 태영은 될 대로 되라 미끼를 마구 투척
하기 시작했다.

"너희 둘 내가 오늘 맛있는 거 사 줄까? 피자 어때?"

"너 가족 모임 있다면서?"

"피자 먹고 가면 되지."

"그럼 피자 포장해서 유일반 집에서 먹자."

절대 포기를 모르는 해니와 태영의 신경전은 점심시간이 지나고 종례
시간까지 계속되었다.

마치 도살장에 끌려가는 소 같은 표정으로 태영은 해니의 손에 이끌
려 명원시 부촌이라 불리는 동네로 향하고 있었다.

"역시 예상대로 되게 좋은 동네에 사는군."

"당연하지. 유일반 입고 쓰고 다니는 거 죄다 명품이잖아."

해니와 유권이 고급 주택들이 즐비한 골목을 쭉 둘러봤다.

"저긴가?"

유권이 어딘가를 가리켰다. 그곳은 이 골목에서 가장 높은 담이 있는
대저택이었다.

그렇게 유권과 해니가 유일반의 집으로 돌격하는 사이 태영은 몰래
녀석에게 문자를 쓰기 시작했는데.

[긴급. 긴급! 지금 내 친구랑 니 친구가 너희 집 앞에······]

너무 급한 마음에 문자를 다 쓰지도 못하고 발송 버튼을 누르고야 말았다.

"모탱! 이제 가 봐!"

갑자기 해니가 태영을 대저택 쪽으로 밀더니 주유권의 손을 잡으며 말했다.

"우린 여기서 이만 가 볼게."

"어? 가, 같이 들어가는 거 아니고?"

"우리도 눈치가 있거든? 나 다 알아."

뭘 안다는 걸까? 설마 들킨 걸까? 녀석의 머리가 망가졌다는 걸?

"너희 싸웠지?"

"어?"

"다 알아. 너네 싸웠잖아. 그래서 유일반이 연락 안 받고 잠수 탄 거 잖아. 무슨 일인지는 모르겠지만 들어가서 화해해. 그럼 우린 이만 간다. 유권아 가자."

"그래도 여기까지 온 김에 우리도 들어가서······."

"입 다물고 따라와."

그렇게 해니가 안 가겠다고 버티는 유권의 뒷덜미를 끌고 골목을 내려갔다. 두 사람의 모습이 시야에서 사라지자 태영은 그제야 안도의 한숨을 내쉬었다.

"후우······."

하여튼 최해니 못 말린다니까. 어떻게 여기까지 올 생각을 했냐고.

태영은 대저택을 올려다봤다. 그러곤 고민도 없이 뒤로 돌아 골목을 내려가려는데.

"그래도 여기까지 왔는데……."

얼굴이나 보고 갈까? 왜 연락이 안 되는지, 결석은 왜 했는지 궁금하잖아. 딱 그것만 확인하고 가자.

다시 저택으로 향한 태영은 호기롭게 초인종을 눌렀다. 긴 벨 소리 끝에 정적이 감돌았고. 태영이 다시 벨을 누르려는데.

철컹, 하고 문이 열렸다. 그러더니 웬 중년 여성이 밖으로 나왔다. 혹시 유일반 엄마?

'엄마는?'
'엄만 진짜 없어.'

아, 맞다. 그때 떡볶이 먹을 때 어머니는 안 계시다고 했었지. 그럼 새엄마인가? 생각이 거기까지 닿자 태영이 곧장 허리를 접어 인사했다.

"안녕하세요! 저는 유일반 친구 모태영이라고 합니다."

"아, 그래요? 근데 어쩐 일이에요? 도련님은 병원에 계시는데."

도련님이라는 낯선 단어에 1차, 녀석이 병원에 있다는 말에 2차로 놀란 태영의 두 눈이 휘둥그레졌다.

결국 녀석을 만나지 못하고 집으로 돌아가는 태영의 어깨가 무거웠다.

아까 녀석의 집에서 만난 아주머니는 그 집에서 일하는 아주머니셨고, 녀석이 입원한 병원을 알려 달라고 하니 말해 줄 수 없다고 단호하게 말하곤 퇴근을 하셨다.

"병원엔 왜 입원한 걸까?"

기억 상실인 거 아버지가 아니셨나? 그거 치료받으러 간 걸까?

태영은 정말 마지막이라는 생각으로 핸드폰을 꺼내 녀석에게 전화를 걸었다. 그런데 이번엔 웬일로 소리샘이 아닌 녀석과 연결이 되었다.

— 왜?

"너 유일반이야?"

— 왜 전화했냐고.

"유일반 맞네."

전화상인데도 녀석의 시크한 표정이 보이는 듯했다. 태영은 녀석의 목소리를 들으니 그나마 마음이 놓이는 것 같았다.

"너 어디 아프다면서? 병원에 입원했다며."

— 역시 너였어? 아줌마가 동그랗게 생긴 여자애가 찾아왔다고 하시던데.

"그래, 찾아갔다. 하루 종일 연락도 안 되고……. 혹시 많이 아픈 거야? 병원에 입원할 정도로?"

— 아파. 내가 아니라 형이.

녀석의 말에 태영은 고개를 갸웃하며 되물었다.

"형? 너 외동이잖아."

아까 분명 주유권이 그랬다. 아버지는 바쁘고 녀석은 외동이라 집에선 항상 혼자라고. 그러니까 불쑥 찾아가도 괜찮다고. 오히려 좋아할지도 모른다고.

"저기, 유일반! 왜 대답이 없어? 어떤 형이 입원했다는 건데?"

계속 대답이 들려오지 않자 태영이 재차 물었다.

"혹시 그냥 아는 형이 입원한 거야?"

— …….

"아니다. 결석까지 한 걸 보면 친한 형인가? 아님 사촌?"

— 나 외동 아니야. 형 있어.

형이 있다고? 외동이 아니라고? 놀란 태영은 애써 태연하게 말을 이었다.

"그…… 이복형 뭐 그런 건가?"

— 남의 가정사 캐물으려고 전화했어?

"미안. 그러려고 한 건 아닌데, 아…… 가정사가 있었구나."

수화기 너머로 들려오는 녀석의 목소리는 조금 지친 것 같았다. 아무래도 녀석의 가정사가 보통 복잡한 게 아닌 모양이다. 하긴 그러니까 아버지한테 머리 다친 것도 말 안 하고, 학교에선 다들 외동으로 알고 있는데 형이 있다 그러고.

태영은 갑자기 왜 그랬는진 모르겠지만 녀석의 기분을 풀어 주고 싶다는 마음이 들었다.

"형이랑 사이는 어때?"

— 그냥 나쁘지도 않고 좋지도 않아.

"그래? 그럼 좋은 거네. 난 오빠가 한 명 있는데 겁나 싫어. 그래도 오빠가 아프다고 하면 걱정되고 그르더라? 근데 또 다 나아서 깐족거리는 거 보면 한 대 때리고 싶고. 얄미워."

— 가족 험담 하려고 전화했냐?

"위로한 거거든?"

— 위로가 안 됐거든?

"암튼 그래도 가족은 가족인가 봐. 울 오빠 맨날 밤에 야식 사 오라고 심부름시키면서 나 좀만 늦잖아? 그럼 걱정돼서 막 편의점으로 달려온다니까. 그럼 아예 시키질 말든가. 굳이 사람 귀찮게 깨워서 내보내는 건 뭔 심보지?"

— 하소연하려고 전화했네.

"아니라고. 위로라고."

— 근데 너 스토커냐? 전화를 무슨 수십 통을 해? 깜짝 놀랐네.

녀석한테 무슨 일 생겼을까 봐, 통화 버튼을 수십 번 눌렀던 자신이 부끄러워진 태영은 멋쩍게 웃으며 말했다.

"암튼 형이 아픈 거고, 넌 괜찮은 거지?"

— 어.

"그럼 내일은 학교 나와?"

— 또 누가 전화 수십 통에 집까지 찾아올까 무서워서라도 가야지.

"치이. 암튼 내일은 꼭 나와. 나 너한테 할 얘기도 있고……."

— 갑자기 가기 싫어지네.

"야! 내일 안 나오기만 해 봐. 너 기억 상실증 걸린 거 내가 다 폭로해 버릴 거야! 오늘도 주유권이랑 해니한테 안 들키려고 내가 얼마나 고생했는데……."

— 시끄러. 끊는다.

뚝. 그렇게 태영의 말이 끝나기도 전에 녀석은 전화를 끊어 버렸고, 태영은 괜히 홧김에 핸드폰을 노려보고 있었는데.

"모태영이 이제 오냐?"

집 앞에 서서 담배를 피우던 태혁이 태영을 발견하곤 얼른 담배를 끄며 말했다.

"인마 일찍일찍 좀 다녀라."

"너는 담배나 끊어라."

"이게 오빠한테 너?"

"엄마한테 이를 거야. 담배 아직도 안 끊었다고."

태혁을 한껏 노려보고 그냥 집에 들어가려던 태영이 도로 나왔다. 그러자 다시 담배에 불을 붙이려던 태혁이 화들짝 놀라며 양손을 들고 항복을 외쳤다.

"안 피울게. 치사해서 안 피운다. 안 피운다니까? 왜 째려봐?"

"나 맞팔 안 해 줄 거야?"

"가족이랑은 맞팔 절대 안 하지."

"그럼 우리 가족 하지 말고 맞팔 하는 건 어떨까? 응?"

진지한 얼굴로 말하는 동생을 어이없게 쳐다보던 태혁이 고개를 절레절레 흔들었다.

"넌 친구가 그렇게 없냐? SNS 만든 지가 언젠데 아직도 팔로워 수가 그 모양이냐? 너 찐따지?"

"그래, 나 찐따다! 넌 찐따 오빠라서 좋겠다?"

"이게 어디서 하늘 같은 오라비한테……."

"으, 시끄러! 근데 오빠 대체 뭘 올렸길래 일반인 팔로워가 만 명이나 넘어?"

"내 잘생긴 얼굴."

태혁이 제 얼굴을 가리키며 씨익 웃자 태영은 '우웩' 진저리를 치며 집으로 들어가 버렸다. 곧장 방으로 들어가 가방을 아무렇게나 집어 던진 태영은 침대 위로 몸을 내던졌다.

한참을 엎어져 있다가 슬며시 고개를 들어 핸드폰을 꺼낸 태영은 SNS를 열어 심각한 얼굴로 들여다봤다.

"대체 뭘 올리지?"

"모탱, 유일반 등교했다는데?"

4교시 시작 전 녀석의 등교 소식을 들은 태영은 자리에서 벌떡 일어났다. 그런데 하필 그 순간 수업 시작종이 울렸고, 지옥의 물리 시간이 찾아왔다.

"모태영! 얼른 자리에 앉아!"

또 나만 앉으래. 지금 반 아이들 절반이 넘게 서 있는데 말이다. 태영은 속으로 구시렁거리며 자리에 앉았다. 그러곤 해니를 향해 작게 물었다.

"유일반 봤어?"

"난 못 봤고, 유권이는 봤대. 동아리방 갔다던데?"

태영은 안도의 한숨을 내쉬었다. 오늘 오전 내내 또 안 보여서 결석인가 싶었는데 녀석이 나왔다니. 어제 협박한 보람이 있었다는 생각이 들었다. 그렇게 태영은 설레는 마음으로 얼른 수업이 끝나기만을 고대하며 책상 밑에서 손거울을 꺼내 제 얼굴을 들여다봤다.

입술이라도 바를까?

오늘따라 왜 이렇게 제 얼굴이 못나 보이는지 태영은 너무 속이 상했다.

"어? 왜 문이 잠겨 있지?"

철컹, 철컹.

수업이 끝나자마자 부리나케 계단을 올라온 태영은 옥상 문 손잡이를 마구 돌려 보기도 하고 주먹으로 문을 두들겨 보기도 했다. 하지만 문은 열리지 않았다.

띠링.

그때 톡이 도착했다. 발신인은 해니였다.

[모탱, 유일반 급식실에 있음.]

톡을 확인한 태영은 황당했다. 뭐야. 지 혼자 밥 먹으러 간 거야? 그녀석 은근 급식은 꼬박꼬박 잘 챙겨 먹는다니까.

태영은 중얼거리며 급식실로 향했다.

배식을 받으며 자연스럽게 시선이 향한 곳은 맨 구석이었다. 하여튼 말 진짜 안 들어. 유일반은 중앙에 앉아야 한다니까 왜 저기서 혼자 먹어?

태영은 혀를 내찼다. 원래 유일반 주변엔 사람들이 바글바글했다. 서로 유일반 옆에 못 앉아서 안달이었는데, 지금은…… 녀석이 앉은 테이블엔 아무도 없다. 예전과 사뭇 다른 풍경이었다.

"요새 유일반 선배 좀 이상해진 것 같지 않아?"

"맞아. 인사도 안 받아 주더라."

"소문엔 엄청 스윗하다더니, 완전 반대던데? 개무서워."

"유일반 쟤 로봇 만들다 미친 거 아니야? 저 새끼 요새 인사를 안 하더라."

후배며 선배며 온통 녀석을 향한 험담 플러스 의구심뿐이었다.

태영은 절로 한숨이 터져 나왔다. 정말 저 녀석 어쩌려고 이러나 싶었다. 기억이 돌아오면 지금까지 자신이 한 행동들 다 후회될 텐데. 그렇다고 기억이 영영 안 돌아오기만을 바랄 수도 없고.

기억이 돌아와도 문제, 안 돌아와도 문제.

정말 난제였다.

"모태영. 얘기 좀 해."

태영이 식판을 들고 녀석에게로 향하고 있었는데 갑자기 누군가 앞을 가로막았다. 송바위였다.

"지금 뭐 하는 거야?"

송바위가 식판을 뺏어 테이블 위에 던지듯 내려놓고 태영을 끌고 복도로 나갔다.

"이거 놔! 나 밥 먹어야 돼."

태영이 송바위의 손을 뿌리치고 다시 급식실로 들어가려는데 또다시 송바위가 막아섰다.

"일단 내 얘기 먼저 들어."

"무슨 얘긴데?"

"내가 설원 누나한테 말했어. 너 그 촬영 못 나간다고."

"뭐? 니가 왜? 무슨 권리로?"

"지금부터 내가 하는 말 똑바로 들어."

송바위가 태영의 양쪽 어깨를 꽉 잡고 말했다.

"그 새낀 너 안 좋아해."

"혹시 그 새끼가 난가?"

어디선가 익숙한 목소리가 들려왔다. 태영이 고개를 돌렸다. 녀석이 주머니에 손을 꽂은 채 급식실에서 나오고 있었다. 그러곤 태영의 어깨를 잡은 송바위의 손을 보더니 얼굴이 무섭게 굳어졌다.

"당장 그 손 치워."

"싫다면?"

"너 뭐 하는 새끼냐?"

"그러는 넌 뭔데?"

송바위의 도발에 녀석이 느긋하게 걸어오더니.

퍽.

단번에 송바위의 손목을 꺾어 버렸다. 그러곤 그대로 벽 쪽으로 밀어 버렸다.

쾅, 바닥으로 넘어진 송바위를 향해 녀석이 태연하게 말했다.

"난 모태영 남친."

"……."

송바위의 주먹에 힘이 들어갔다. 옆에 서 있던 태영은 이러지도 저러지도 못한 채 두 사람을 지켜볼 수밖에 없었다.

"자, 이제 니가 대답할 차례네. 넌 뭐냐? 뭔데 내가 모태영을 좋아하네 마네 지껄이는 건데?"

"하."

"왜 웃지?"

녀석의 물음에 송바위가 비웃음을 흘리며 자리에서 일어났다. 그러곤 바지에 묻은 먼지를 털며 비아냥거렸다.

"기억 안 나는 거야? 아님, 안 나는 척하는 건가?"

"뭘."

"우리 초면 아닌데."

"……."

"근데 넌 왜 날 지금 처음 보는 사람처럼 굴지?"

망했다. 송바위 쟤 지금 뭔가 알아차린 것 같아. 그리고 녀석은 지금…….

"그게 뭔 상관인데? 내가 널 처음 봤든, 두 번 봤든 뭔 상관이냐고. 뭔데 모태영 몸에 손을 대냐고. 니가 뭔데."

도랐……. 녀석은 돌았다.

미친 거다. 지금 본인의 머리가 고장 났다는 사실이 급식실 앞에서, 것도 전교생 모두가 보는 앞에서 다 들통나게 생겼는데 저 녀석 지금 뭐라는 거야.

태영은 이리저리 눈치를 살피며 특히 송바위에게 눈빛으로 그만하라는 신호를 보내며 녀석의 팔을 잡아당겼다.

"둘 다 그만해. 그리고 송바위, 나중에 얘기해! 부탁한다."

제발 따라오지 마. 여기서 멈춰. 태영이 눈빛으로 애원했다. 하지만 방해꾼은 따로 있었다.

"뭘 부탁해? 이거 놔. 바위는 무슨, 야, 돌멩이! 너 이리 와 봐."

"제발 그 입 좀 다물어."

돌멩이가 웬 말. 태영은 점점 더 유치하게 구는 녀석을 잡아끌고 서둘러 옥상으로 향했다.

"너 머리 고장 난 거 전교생한테 광고하고 싶어서 환장했어?"

옥상에 올라오자마자 태영이 녀석을 향해 버럭 화를 냈다. 하지만 여전히 녀석은 씩씩거리고 있었다.

"아오, 짜증 나. 그 돌멩이 새끼 뭐냐? 뭔데 널……. 하아, 됐다."

녀석은 억지로 화를 삼키며 제 머리카락을 헝클어뜨렸다. 그 모습을 옆에서 지켜보는 태영은 기가 막혔다.

"너 아까 되게 유일반스럽지 않았어."

"또 그 소리냐? 그럼 유일반은 저 상황에서 어떻게 했을까?"

"차분히 대화로……."

"까고 있네. 대화로 해결될 새끼가 아니잖아, 저 새끼는."

"왜 이렇게 화를 내? 송바위가 너한테 무슨 잘못이라도 했어? 그런 것도 아닌데 왜 화를……."

"너 만졌잖아."

급식실에서 태영의 손목을 끌고 가던 송바위, 급식실 밖에서 태영의 어깨를 꽉 잡고 놓을 생각이 없던 송바위.

또 떠오른다. 또 생각난다. 녀석은 또 화가 치밀었다.

"끔찍하게 싫어. 니 몸에 다른 새끼 손 닿는 거."

소유욕과 집착에 사로잡힌 녀석의 눈빛은 태영의 말간 얼굴에서 헤어 나오지 못하고 있었다.

"무슨 끔찍하기까지야."

반면 태영은 대수롭지 않다는 듯 말했다.

"그깟 어깨 좀 잡았다고 사람을 막 바닥에 내팽개치다니 너무한 거 아니야?"

"지금 돌멩이 편 드냐?"

이제 송바위는 '돌멩이'가 됐나 보다. 나는 '보류'고. 이 빌어먹을 애칭제조기를 어쩐담.

태영은 한숨이 절로 나왔다.

"암튼 이제 어쩔래? 오늘 안에 소문 다 날걸? 평화주의자 유일반이 사람 팼다고, 것도 송바위를."

"이게 다 그 돌멩이 때문이야."

"아니 대체 송바위랑 둘이 무슨 일이 있었던 거야? 왜 송바위 걔는 나만 보면 너 만나지 말라고⋯⋯."

"그 새끼가 나 만나지 말래? 왜?"

"그걸 내가 어떻게 알아?"

"그럼 누가 알아?"

"니가 알지. 기억 잃기 전의 너."

"⋯⋯."

"내 생각엔 아무래도 둘이 사적으로 만났던 게 분명해. 근데 둘이 왜 만났을까? 무슨 얘길 했을까? 너 뭐 기억나는 거 없어?"

"기억나는 건 없는데, 대충 알 것 같아."

"뭔데?"

정말 아무것도 모르겠다는 순진무구한 태영의 얼굴을 녀석이 어이없게 쳐다봤다.

"너 진짜 몰라서 물어?"

"어. 모르니까 묻지."

"그 새끼가 너⋯⋯. 에이씨, 됐어."

녀석은 하려던 말을 그냥 삼켜 버렸다. 그러곤 괜히 짜증을 냈다.

"야, 보류. 넌 애가 왜 이렇게 눈치가 없냐?"

"참 나, 왜 또 시비야? 암튼 뭔진 모르겠지만 너희 둘이 해결해. 난 몰라."

"그래, 내가 해결할게. 그러니까 넌 신경 끄고……. 야! 너 지금 어디 가냐?"

태영이 갑자기 비상구 쪽으로 향하자 녀석이 당황해하며 뒤를 따라갔다.

"얘기하다 말고 어디 가냐고."

"급식실. 나 밥 먹으러 가야 돼."

"이 와중에 밥이 넘어가?"

"배고파 죽겠거든? 아, 그리고 너 이따 교실 가면 좀 웃어. 유일반스럽게."

"싫어."

걸음을 멈춘 태영이 고개를 돌려 녀석을 째려봤다.

"싫다고? 왜? 들켜도 상관없어?"

"들키면 안 되지. 조용히 있다 조용히 갈 거니까."

"가다니 어딜?"

"……."

태영의 물음에 무슨 생각을 하는지 녀석은 말이 없었다. 그렇게 정적이 흘렀고, 그런 그를 의아하게 쳐다보던 태영은 갑자기 아주 중요한 일이 떠올랐다.

'저 출연하고 싶어요!'

'그럼 나야 좋지만…… 남친도 동의한 거지?'

'동의받아 올 거예요. 무슨 일이 있어도!'

송바위 때문에 홧김에 설원(=너튜버 쑤쑤)에게 촬영하겠다고 했던 일 말이다.

"유일반, 무슨 생각 해?"

결국 녀석에게 잘 보여야 하는 신세가 되어 버린 태영은 배시시 웃으며 나긋한 목소리로 녀석을 불렀다. 뒤늦게 정신을 차린 녀석이 태영의 얼굴을 마주하곤 흠칫 놀랐다.

"그 표정은 뭐냐? 무섭게."

"무서웠니? 미안."

"어쭈? 야, 하던 대로 해. 뭐야. 하고 싶은 말이 뭔데?"

하여튼 눈치 빠른 녀석. 태영은 남몰래 녀석을 흘끔 쳐다보며 무슨 말을 어떻게 꺼내야 할지 고민했다. 왜냐면 자칫 잘못했다간 말도 꺼내기 전에 단칼에 거절당할 게 뻔했기 때문이다. 신중해야 한다.

"있잖아…… 내가 생각해 보니까 너 머리 그렇게 된 후부터 내가 도움을 되게 많이 주고 있는 것 같더라고."

"무슨 도움?"

녀석이 뻔뻔한 얼굴로 되물었다. 태영은 녀석이 너무 괘씸했지만, 원하는 것을 얻기 위해 꾹 참아야 했다.

"무슨 도움이라니. 섭섭하게. 내가 저번에 너 교장 쌤한테서도 구해 주고, 출석부도 구해다 주고, 물리책도 빌려주고, 급식실이 어딘지도 알려 주고……."

"그래서?"

"인간관계가 말이야 내가 하나 줬으면 너도 나한테 하나 주고, 두 개받았음 두 개 주고, 뭐 그래야 오래 지속될 수 있는 거거든."

"본론만 말해라."

"우리 주말에 만나기로 했잖아. 내가 도와줄 게 있다며. 그게 혹시 토요일이야?"

"어."

대체 무슨 말을 꺼내려고 이렇게나 서론이 긴 건지. 녀석은 팔짱을 낀 채 태영을 지켜봤다.

"잘됐다! 뭘 훔쳐야 된다고 했지? 출석부보다 무거운 거."

"어."

"내가 잘 훔쳐다 줄 테니까 너도 내 부탁 하나만 들어주라."

"하. 이제야 본론이 나오네."

녀석이 피식 웃었다.

"부탁이 뭔데? 들어 보고 결정할게."

"정말?"

이렇게 바로 녀석에게서 긍정적인 시그널이 올 줄 몰랐던 태영은 갑자기 두 손까지 모아 빌며 간절하게 말했다.

"내 부탁은 진짜 진짜 간단한 거야."

"그니까 뭐냐고."

"일요일 딱 하루만 보류 좀 풀어 주라."

"뭐? 뭘 풀어?"

"연애 보류, 그거 하루만 풀어 줘."

녀석은 도통 무슨 말인지 모르겠다는 듯 태영을 빤히 쳐다봤다.

"그게 무슨 뜻이야?"

에라, 모르겠다. 태영이 두 눈을 꽉 감고 녀석을 향해 외쳤다.

"내 남친 좀 해 달라고! 일요일 딱 하루만."

"……."

하지만 비웃음이든 욕이든 뭐라도 날아올 줄 알았던 옥상엔 무거운 정적만이 감돌았고, 태영은 질끈 감았던 두 눈을 슬며시 떴다.

"어?"

그런데 이번엔 새로운 전개였다. 녀석이 아무 대꾸도 없이 휙 등을 돌린 채 동아리방 쪽으로 향하고 있었다. 근데 저 녀석 귀가 왜 저렇게 빨개?

"야! 우리 얘기 중이거든? 어디 가!"

아무리 불러도 대답 없는 녀석.

그렇게 녀석은 곧장 동아리방 문을 쾅 닫곤 안으로 들어가 버렸다. 태영은 당황스러운 얼굴로 동아리방으로 쪼르르 달려가 손잡이를 돌렸는데, 문이 잠겼다.

"헐. 너 지금 나 쌩까는 거야?"

좋은 말로 녀석을 설득하려던 태영은 결국 화가 나서 욱하고 말았다.

"이렇게 나오신다 이거지? 그럼 나도 토요일에 협조 안 할 거야!"

싫다 좋다 한마디만 하면 될 것을, 대답할 가치조차 없다는 건가? 녀석에게 무시당해 화가 난 태영은 씩씩거리며 문을 째려봤다.

토요일.

평소 같았으면 해가 중천에 뜰 때까지 침대 위에서 뒹굴고 있어야 정상이건만, 무슨 일에선지 외출 준비까지 끝낸 태영이 책상 앞에서 분주하게 움직이고 있었다.

"수학 문제집이 어딨더라? 찾았다!"

문제집과 교과서를 챙긴 태영은 가방을 메고 거실로 나왔다.

"쯧쯧."

거실 바닥에 대자로 뻗어 자고 있는 태혁을 한심하게 쳐다보던 태영은 혀를 내찼다. 그러다 짓궂은 표정으로 변해 살금살금 걸어가 태혁의 엉덩이를 발로 뻥 차 버리곤 냅다 밖으로 튀었다.

"악! 아아악!"

골목을 뛰어 내려가는 태영의 뒤로 태혁의 우렁찬 비명이 들렸다.

그러게 누가 내가 몰래 숨겨 놓은 과자 훔쳐 먹으래? 태영은 일주일간 쌓였던 오빠에 대한 악감정이 한순간에 다 씻겨 내려간 것만 같아 마음이 홀가분했다.

발걸음은 또 어찌나 가벼운지 팔짝팔짝 뛰며 태영은 버스 정류장으로 향했다.

"잠깐, 몇 번 버스를 타야 되지?"

태영은 핸드폰을 꺼내 주소를 확인했다. 그리고 어젯밤 녀석에게 받은 문자를 다시 정독했다.

[내일 오전 11시까지 우리 집으로 와. 너 하는 거 봐서 니 부탁 들어줄게.]

학교에서 그렇게 쌩깔 땐 언제고 왜 이제 와서 생각이 바뀐 걸까? 대체 오늘 뭘 훔쳐야 되길래 이 녀석이 이렇게까지 나오는 건지. 태영은 영 찜찜했지만 별다른 수가 없었다. 일단 부딪쳐 보는 수밖에.

그렇게 녀석의 집으로 향하는 버스에 올라탄 태영은 자리에 앉아 창밖을 내다봤다. 도로 곳곳 가로수에 벚꽃이 흐드러지게 펴 있었다.

"날씨 한번 좋다."

창문을 열자 따스한 봄바람이 꽃 내음과 함께 불어왔다.

기막히게 화창한 날씨 때문인지 녀석을 만나러 가는 길이라 그런지, 태영의 가슴이 몽글몽글해지며 자꾸만 웃음이 새어 나왔다.

"와, 진짜 높다."

태영은 압도적인 높이의 벽을 올려다봤다. 저번에도 느꼈지만, 녀석의 집이란 이곳 정말 웅장하다. 안에는 더 넓겠지?

이런저런 생각을 하며 태영은 제 옷차림을 내려다봤다. 해니가 추천해 준 꾸민 듯 안 꾸민 패션. 하얀색 조거 팬츠에 후드 티. 힙하다 힙해.

"흠흠."

대문 앞에 선 태영은 헛기침을 하며 목소리를 가다듬은 후 벨을 눌렀다. 집이 넓어선지 벨 소리에 응답하는 시간이 꽤 오래 걸렸다. 벨을 세 번 정도 더 누르자 스피커 너머로 녀석의 목소리가 들려왔는데.

— 태영이구나? 잠깐만 기다려 줄래?

순간 태영은 제 귀를 의심했다. 이 다정하고 나긋한 말투……. 유일 반인데?

그렇게 태영이 어리둥절한 얼굴로 서 있는데 마침 문이 열리고 녀석이 나타났다.

"!"

태영은 이번엔 제 눈을 의심했다.

앞머리를 덮은 단정한 헤어스타일과 단추를 목까지 꽉 채운 흰 셔츠에 청바지. 햇살처럼 따뜻한 미소까지. 모든 게 완벽하게 제가 원래 알던 유일반이었다.

"오느라 고생 많았어. 가방 무겁겠다. 이리 줘."

세상에. 가방 들어 주는 매너까지.

태영은 어안이 벙벙한 얼굴로 녀석을 올려다보며 말했다.

"유일반, 너 기억 돌아온 거야?"

"기억? 무슨 말이야? 아…… 어제 본 드라마 얘기 하는 거구나?"

"드라마 말고 너……."

"도련님!"

도통 무슨 말인지 모르겠다는 표정을 한 녀석의 뒤로 갑자기 지난번 이 집을 찾아왔을 때 만났던 아줌마가 나타났다.

"어머, 우리 도련님 오늘 친구랑 스터디한다더니, 여자 친구?"

"여자 친구 아니에요. 그냥 친구예요. 같은 이과."

아줌마의 말에 녀석이 곧장 손사래까지 치며 부인했다. 그러자 아줌마가 민망해하며 사과했다.

"미안. 나도 참 주책이지? 그나저나 우리 일반 도련님 친구분, 거기서 있지 말고 어서 안으로 들어와요."

아줌마가 문을 활짝 열고 안을 가리켰다. 얼떨결에 안으로 들어간 태영은 넓게 펼쳐진 초록빛 정원에 입성했다. 정원의 규모는 밖에선 상상도 못 할 정도로 크고 넓었다.

여기가 집이라고?

"잠깐, 혹시 저번에 도련님 병원 갔을 때 집에 찾아왔던 학생?"

"네? 네."

아줌마가 뒤늦게 태영을 알아보곤 알은척을 했다.

"교복을 안 입어서 딴사람인 줄 알았어. 요샌 이런 옷이 유행인가? 세상에, 너무 유치하고 귀엽다."

욕이야 칭찬이야? 태영의 표정이 떨떠름하게 굳어졌다. 그사이 세 사람은 저택 안으로 들어섰고 내내 조용하던 녀석이 이제야 입을 열었다.

"여사님, 아까 말씀드린 대로 친구랑 오늘 저녁까지 공부하기로 했으니까 2층에 간식 좀 가져다주시겠어요?"

"네. 그럴게요. 어서 올라가세요."

아줌마가 태영을 흘끔 보더니, 주방으로 향했다. 태영은 왜 이렇게 저 아줌마의 시선이 기분 나쁜 건지 알 수 없는 상태로 녀석을 따라 2층 방으로 들어갔다. 그리고 문이 닫히자마자 녀석을 향해 물었다.

"유일반, 너 기억 돌아온 거야?"

태영의 물음에 녀석의 표정이 순식간에 변해 버렸다. 아까는 천사, 지금은 악마! 녀석이 미간을 확 찌푸리며 말했다.

"제발 그놈의 입 좀 다물어."

태영이 잔뜩 실망한 기색으로 말했다.

"헐. 안 돌아왔네? 그럼 너 기억……."

녀석이 갑자기 태영의 입을 틀어막으며 작게 속삭였다.

"입 다물라고. 지금부터 기억 어쩌고 그런 얘기 하지 마."

태영은 놀란 얼굴로 녀석을 올려다보며 저도 모르게 고개를 마구 끄덕였다. 그러자 녀석이 손을 치우고 태영을 놓아줬다.

"일단 책부터 꺼내."

녀석의 지시대로 태영은 가방에서 책을 꺼내 책상 위에 올려놓으며 작게 말했다.

"느낌이 왔어. 너 저 아줌마한테 들키면 안 되는 거지? 너 머리 고장 난 거."

"맞아. 저 아줌마한테 걸리면 끝이야. 아버지 귀에 들어가는 건 시간 문제라고."

녀석의 말에 태영이 손가락으로 동그라미를 만들어 오케이 사인을 보 냈다.

"근데 왜 집으로 오라고 한 거야?"

"니가 훔쳐야 되는 게 집에 있어."

"그럼 훔칠 게 아니라 그냥 가지고 나오면 되잖아. 니네 집인데."

"저 아줌마 손에 있거든."

"대체 뭔데?"

태영이 묻자 녀석이 공책에 뭔가를 그렸다. 그건 열쇠였다.

"?"

도대체 이게 무슨 상황인지 알 수 없는 표정으로 녀석을 쳐다보자 갑 자기 녀석이 환하게 웃었다. 또 유일반스럽게 말이다.

똑똑.

그때 아주 기가 막히게 노크 소리와 함께 문을 열고 아줌마가 들어왔 다. 놀란 건 태영뿐이었다. 도둑이 제 발 저리다고 태영은 괜히 어쩔 줄 몰라 허둥지둥 교과서를 들여다봤다.

"어머, 교과서가 깨끗하네? 필기가 하나도 안 되어 있어."

아줌마가 제철 과일이 예쁘게 담긴 접시를 책상 위에 내려놓으며 태 영의 교과서를 흘끔 쳐다보더니 한마디 했다. 그러곤 씨익 웃으며 태영 의 어깨를 두드렸다.

"그럼 공부 열심히 해요."

그렇게 아줌마가 나간 후 태영은 현타가 밀려왔다.

"있잖아, 유일반. 나 왜 이렇게 기분이 나쁘지?"

"안 나쁘면 사람이냐? 옷 촌스럽다고 지적질에, 너 공부 못하는 거 교과서만 보고도 딱 알아차렸는데, 당연히 기분 나빠야지."

"팩폭 그만."

마음의 상처를 크게 입은 태영은 입을 삐죽 내밀곤 샤인머스캣을 하나 입안에 넣었다.

"오. 겁나 맛있어."

두 눈이 동그래진 태영은 먹는 거에 집중하기 시작했다. 그렇게 순식간에 과일을 해치운 태영은 배가 부르자 이제야 녀석의 방이 눈에 들어왔다.

"너 그거 알아? 니 방이 우리 집보다 크다."

"설마."

"진짜야. 와, 너 내 생각보다 훨씬 더 부자구나?"

"쓸데없는 말 그만하고 일단 앉지?"

녀석은 방을 구경하느라 돌아다니던 태영을 끌어다 의자에 앉혔다. 그러곤 답답한지 셔츠 맨 위 단추를 풀어 헤쳐 버렸다.

그런 녀석을 태영이 물끄러미 쳐다봤다.

"근데 너 아까 연기 되게 잘하더라. 그렇게 잘할 수 있으면서 학교에선 왜 그런 거야?"

"니가 있잖아."

"내가 뭐."

"학교에선 니가 쉴드 쳐 주니까. 근데 여긴 나 혼자잖아. 내가 알아서 할 수밖에."

어쩐지 녀석의 표정이 꽤 쓸쓸해 보였다. 이 큰 방이 전혀 부럽지 않을 정도로. 태영은 무슨 말을 해야 할지 몰라 괜히 너스레를 떨었다.

"암튼 너 아까 되게 유일반스러웠어. 깜짝 놀랐다니까."

"그래서 좋나?"

"좋다니 뭐가?"

"내가 유일반인 척하는 거. 니 말대로 유일반스럽게 행동하는 거. 그게 좋냐고."

"……모르겠어."

"?"

당연히 좋다고 할 줄 알았는데, 태영의 뜻밖의 대답에 녀석이 놀란 눈으로 쳐다봤다. 잠시 생각에 잠겨 있던 태영이 천천히 속마음을 꺼내 놓기 시작했다.

"사실 아까 조금 낯설더라."

"……."

"난 이제 유일반 같지 않은 니가 더 유일반 같아. 응? 내가 지금 뭐라는 거지?"

말을 내뱉고서야 이상하다는 걸 깨달은 태영이 웃음을 터뜨렸다.

"있잖아. 내가 생각해 봤는데 원래도 너한테 이런 모습이 잠재되어 있었던 거 아닐까? 그렇지 않고서야 이렇게 자연스러울 수가 없잖아."

"이런 모습이 어떤 모습인데?"

"싸가지 없는 거. 성격 지랄맞은 거."

"야."

"말이 그렇다는 거지. 암튼 훔쳐야 되는 게 열쇠? 그거 어딨는데?"

태영이 황급히 말을 돌렸다. 녀석은 이번 한 번은 그냥 넘어가 준다는 표정으로 대답했다.

"1층 복도 끝에 방이 하나 있어. 거기가 추 여사 방이야. 아마 거기 있을 거야."

"근데 무슨 열쇠야?"

"중요한 열쇠."

태영이 녀석을 째려봤다.

"우리 지금 같은 편이거든? 그렇담 서로 비밀은 없어야지. 어디에 필요한 열쇠인지 똑바로 말해. 안 그럼 협조 못 해."

태영이 팔짱을 낀 채 단호하게 말했다. 그러자 녀석은 하는 수 없다는 듯 말을 꺼냈다.

"우리 집 창고에 내 물건이 있어. 그 창고 열쇠야."

"무슨 물건?"

"엄마 유품."

"내가 어떻게 하면 되는데?"

유품이라는 단어에 마음이 약해진 태영은 팔짱을 얼른 풀고 진지한 얼굴로 물었다.

"아줌마를 밖으로 유인할까? 그사이 니가 방에서 열쇠 찾으면 되잖아."

"방은 이미 뒤져 봤고, 내 생각엔 아줌마가 몸에 지니고 있거나 외투 주머니나 가방 안에 있을 확률이 커."

"그럼 어떡해?"

"내가 아줌마 옷이랑 가방 뒤지다 걸리면 좀 이상하잖아?"

"난 안 이상하고?"

"넌 원래 이상하니까 대충 둘러대면 되지."

"야! 그러다 나 걸려서 경찰서 가면 어떡해?"

"내가 그렇게 놔둘 거 같아?"

"응. 난 너 못 믿겠어. 그나저나 너 너무한 거 아니야? 이렇게 아무 계획도 없이 날 부른 거야?"

"니가 잘할 수 있다며. 어떻게든 훔쳐다 준다며."

"그거야 니가 내 부탁 들어주면 그러겠다는 거고. 말이 나와서 하는 말인데 너 내일 내 부탁 들어줄 거지?"

"너 오늘 하는 거 봐서 들어준다니까."

"그럼 열쇠만 가져오면 되는 거지? 너 약속 꼭 지켜라."

"야, 보류. 근데 너야말로 나한테 숨기는 게 너무 많은 거 아니야? 우린 서로 비밀이 없어야 한다며. 한 팀이니까."

"내, 내가 뭘."

찔리는 게 많았던 태영이 말까지 더듬으며 이 상황을 어떻게 빠져나가면 좋을지 고민했다. 하지만 녀석의 날카로운 눈초리를 마주하니 머릿속이 새하얘지고 말았다.

"똑바로 얘기해. 갑자기 보류를 풀어 달라느니, 남친 행세를 해 달라느니, 그게 다 무슨 말인지. 넌 내일 나한테 뭘 부탁하려고 이러는 건지."

어디서부터 말을 꺼내면 좋을지 곰곰 생각에 잠겨 있던 태영은 갑자기 억울한 마음이 들었다.

"내가 어쩌다 보니 부탁을 하게 됐지만, 내일 일은 원래 니가 해 주기로 했던 일이었어. 그리고 우리 사귀는 사이거든? 그니까 남친 행세가 아니라, 진짜 내 남친으로 같이 가 주기로 했었는데……."

"그니까 어딜 가냐고."

"우리 사귀기로 한 날 니가 나랑 약속한 게 있어."

"본론만."

"나랑 커플로 너튜브 출연하기로 했어."

"뭐? 구라 치지 마."

예상치도 못한 대답에 녀석이 흥분해서 자리에서 벌떡 일어났다.

"어딜 출연해? 말도 안 되는 소리 하고 앉아 있네."

"진짜거든?"

"내가 왜?"

"나의 절실한 마음이 통했나 보지. 유일반은 그런 애였어. 얼마나 따뜻하고 배려심 깊은 애였는데. 분명 지금 니 안에도 그런 게 있을 거야.

남아 있을 거니까 잘 떠올려 봐."

태영은 주술이라도 걸듯 녀석의 심장을 향해 손바닥을 펼쳤다. 그런 태영을 보며 녀석이 비웃음 쳤다.

"꿈 깨. 촬영 그딴 거 절대 못 해. 안 해!"

"열쇠 훔쳐다 줄게! 감방 가는 일이 있더라도 내가 기필코……."

"됐어. 내가 알아서 할게. 오느라 고생 많았다. 수고비는 니가 방금 다 먹어 치운 과일이면 되겠지? 이만 가 봐."

갑자기 녀석이 교과서를 가방에 챙겨 넣더니 태영을 일으켜 품속에 가방을 안겼다. 그러곤 인사했다.

"잘 가."

"알았어."

절대 못 간다고 할 줄 알았던 태영이 순순히 인사하고 문 쪽으로 향했다. 그러다 갑자기 멈춰 서더니 고개를 돌려 녀석을 보며 씨익 웃었다.

"1층 복도 맨 끝에 아줌마 방이 있다고 했지? 가서 다 말할 거야. 너 동아리방에서 사고 나서 머리 고장 났다고."

"야!"

"내가 말했잖아. 인간관계는 오고 가는 게 중요하다고. 니가 내 부탁 안 들어주면 나도 안 들어줄 거야. 잘 있어!"

태영이 그대로 문을 열고 밖으로 나가려는데.

"!"

문이 안 열린다. 위를 올려다보니 녀석이 커다란 손으로 문을 누르고 있었다. 태영이 고개를 돌렸다. 바로 앞에 녀석의 커다란 가슴팍이 시야를 막고 있었다.

"너 지금 뭐 하는 거야? 비켜. 안 그럼 나 소리 지를……."

"너튜브 그거 뭐 찍는 건데?"

녀석이 정말 하기 싫어 죽겠다는 얼굴로 갑자기 리모컨을 작동시켰다. 그러자 방 안에 있는 스피커에서 웅장한 클래식 음악이 흘러나오기 시작했다.

"왜 찍는 거냐고."

녀석이 되물으며 책상으로 가 끄트머리에 기대앉았다. 태영은 녀석의 표정을 살폈다. 자세가 다소 삐딱하긴 했지만 뭔가 얘기를 들어 줄 준비가 된 것 같다는 판단이 들었다. 슬그머니 녀석에게로 다가간 태영은 진지한 얼굴로 말했다.

"사실 내가 기자가 꿈이거든. 그래서 이번 청소년 기자단에 지원하려고 하는데, 내 입으로 말하기 좀 그렇지만 내가 스펙이 조금 딸려."

"하. 조금?"

"지금 비웃는 거야?"

"내가 언제? 그래서 뭐. 계속해."

망할. 저 자식 아직도 날 비웃고 있어. 태영은 녀석의 입꼬리가 살짝 올라간 것을 째려보다가 마지못해 다시 말을 이었다.

"내가 말이야 스펙이 아주 조. 금. 부족해. 그래서 그걸 커버 칠 수 있는 SNS 계정이 필요한 거지. 기자단 서류 전형에서 SNS를 중요하게 본다고 했거든."

"그래서?"

"근데 팔로워가 안 느는 거야."

죽을상을 하는 태영을 보니 대충 감이 왔는지 녀석은 피곤한 얼굴로 마른세수를 했다.

"그러다 딱 좋은 기회가 왔지 뭐야. 너랑 나랑 사귀는 줄 알고 너튜브 출연 섭외가 들어온 거야. 그래서 내가 너한테 부탁을 했고, 넌 도와주겠다고 했어. 그래서 우린 사귀게 됐지. 그런데 바로 그날 너한테 사고가 난 거지. 이해했어?"

"어. 그러니까 넌 그 너튜브 출연하고 싶어서 유일반한테 사귀자고

205

한 거네?"

"역시 이해 못 했구나. 그런 거 아니거든?"

"뭐가 아니야. SNS 팔로워 수 올리려고 접근했다가 둘이 엮여서 소문났고, 섭외 들어왔고, 그다음은 안 봐도 뻔하지. 니가 사귀자고 쫓아다녔겠지."

뜨끔. 정곡을 찔린 태영은 갑자기 딸꾹질이 나왔다.

"쪼, 쫓아다닌 건, 딸꾹, 아니거든? 그냥 얘기 좀 할까 해서 만나러 갔다가."

"와, 너 그렇게 안 봤는데 좋아하지도 않는 남자한테 팔로워 때문에 사귀자고 한 거냐?"

"끅."

태영의 딸꾹질이 심해지자 녀석은 방 안에 있는 냉장고에서 생수를 꺼내 내밀었다.

"마셔."

태영은 일단 급한 대로 물을 벌컥벌컥 들이켰다. 어느 정도 진정이 되자 태영은 뒤늦게 녀석의 말에 반박했다.

"꼭 팔로워 때문에 사귀자고 한 건 아니야!"

"팔로워 플러스 너튜브 촬영이겠지."

"아니라고."

"그럼?"

"조, 좋아하니까……."

갑자기 얼굴을 붉히며 말하는 태영을 녀석이 화가 난 얼굴로 쳐다봤다. 그러곤 이를 악물고 되물었다.

"어떤 면이? 왜? 구체적으로 뭐가 좋았는데?"

"그거야 그…… 일단 넌 내 생명의 은인이잖아."

"수영장에서 구해 준 거 말하는 거야?"

"어. 넌 내……."

첫 키스 상대라고 하면 비웃을 게 뻔하겠지. 태영은 일단 그 얘긴 패
스하기로 했다. 그리고 찬찬히 녀석이 왜 좋은지에 대해 떠올려 보기 시
작했다.

"나도 밥 혼자 먹는 거 싫어하거든."

"……."

"아빠는 안 계시고, 엄만 항상 바쁘고, 오빤 맛있는 반찬 다 뺏어 먹
어서 같이 먹기 싫고. 근데 니가 나랑 떡볶이도 같이 먹으러 가 주고, 옥
상에서 떡볶이도 사 주고, 아! 인형도 뽑아 주고, 그 비싼 초콜릿도 주
고……. 너 왜 웃어?"

분명 비웃을 만한 말을 한 적이 없는데. 지금 무척 진지하게 말하고
있었는데, 녀석은 급기야 터져 나오려는 웃음을 참지 못하고 고개를 홱
돌려 버리기까지 했다.

"야! 왜 웃냐고!"

저렇게까지 웃을 일인가? 내가 유일반을 좋아하는 이유가?

태영은 너무 황당해서 녀석이 고개를 돌린 쪽으로 다가가 녀석의 얼
굴을 들여다봤다.

"아놔. 배 찢어지겠네. 하."

얼마나 웃은 건지 녀석은 손등으로 눈가에 묻은 물기를 닦고 있었다.
그러곤 어리둥절한 태영을 보며 피식 웃었다.

"너 내가 왜 웃는지 진짜 몰라?"

"어."

"야. 초콜릿, 급식, 떡볶이 그거 다 나랑 먹었거든? 인형 뽑아 준 것도
나."

녀석이 자신만만한 얼굴로 어깨를 으쓱였다.

"이래도 모르겠어?"

태영이 고개를 끄덕이자 녀석이 한숨을 길게 내쉬며 진지하게 말했다.

"방금 니가 말한 게 진심이면, 니가 좋아하는 건 나라고."

녀석이 손가락으로 자신을 가리키며 말했다. 태영의 동공이 지진을 일으키듯 마구 떨렸다. 뒤늦게 깨달은 것이다.

내가 이 녀석을 좋아한다고?

다정하고 배려심 끝판왕의 기억을 잃기 전 유일반이 아니라, 유일반인데 전혀 유일반스럽지 않은 막말 폭격기 플러스 욕쟁이 싸가지 이 녀석을?

"아니야!"

다짜고짜 고개를 절레절레 흔들며 아니라고 부인하는 태영을 녀석이 어이없게 쳐다봤다.

"뭐가 아닌데?"

"떡볶이가 좋다는 거지 너가 좋다는 건 아니었어. 솔직히 난 다정하고 배려심 깊고 막 햇살같이 웃는, 기억을 잃기 전의 너가 좋았어. 그래서 사귀자고 한 거라고. 근데 다음 날 갑자기 기억을 잃었다면서 인상 팍, 다정과 배려심은 개나 줘 버린 너가 나타난 거라고. 그래서 쑤쑤 님 미팅도 펑크 나고 일이 다 꼬여 버렸다고."

"내가 나타나서 다 꼬였다고?"

녀석의 표정이 급격히 어두워졌다. 태영은 흠칫 놀라 서둘러 변명했다.

"미, 미안. 널 탓하는 건 아니야. 사고는 사고니까. 근데 그래도 너한테 어느 정도 책임이 있으니까……. 넌 기억하지 못하겠지만, 약속은 약속이고……."

"열쇠."

"응?"

"열쇠 찾아오면 내일 니가 원하는 대로 다 해 줄게. 남친 행세를 하라면 하고, 카메라 앞에서 벗으라면 벗고."

"벗기진 않을게."

"고맙다 아주. 그니까 열쇠나 가져와."

어디 한번 해 볼 테면 해 보라는 눈빛을 한 녀석이 턱끝으로 문 쪽을 가리켰다. 거기에 질세라 태영은 자신감 넘치는 얼굴로 가방을 내려놓고 곧장 밖으로 나가려다 다시 돌아오더니 빈 접시를 들어 바닥으로 떨어뜨렸다.

쨍그랑.

"뭐 하는 거야?"

갑작스러운 태영의 행동에 녀석이 놀란 눈으로 쳐다봤다. 그러자 태영이 다 생각이 있다는 표정으로 말했다.

"열쇠 찾고 싶으면 협조 좀 해 줘."

"여사님, 잠깐 저 좀 도와주시겠어요?"

다시 유일반스럽게 하얀 셔츠의 맨 위 단추까지 꽉 잠근 녀석이 추 여사에게 다가갔다. 거실에서 화초에 물을 주던 추 여사가 장갑을 벗으며 물었다.

"무슨 일이신데요?"

"제 방에서 그릇을 깨트렸어요."

"어쩌다……."

생전 안 하는 실수를 했냐고 물으려던 추 여사는 뒤에서 불쑥 나타난 태영을 보곤 혀를 내찼다.

"친구가 깨뜨렸어요?"

"네! 죄송해요. 제가 실수로 떨어뜨렸어요."

태영이 꾸벅 고개 숙여 인사했다.

"다친 덴 없죠? 여기 앉아 있어요. 내가 가서 치울 테니까."

"여사님, 제가 도와드릴게요."

시나리오대로 녀석은 추 여사를 따라갔다. 태영은 두 사람이 2층으로 올라가자마자 1층 복도 끝 방을 향해 달려갔다.

"여긴가?"

방이 워낙 많아서 헷갈리긴 했지만, 나머지는 거의 다 창고 수준으로 껌껌했고, 맨 끝에 있는 방 하나만 사람이 머물 만한 곳이었다. 그곳엔 옷장과 화장대 등 오래된 가구가 배치되어 있었다.

일단 옷장에서 오늘 추 여사가 입고 온 듯한 외투를 발견한 태영은 주머니를 뒤졌다.

"으, 이게 뭔 일이냐. 내가 왜 이러고 있냐구. 으으, 죄송합니다!"

가끔 오빠 방에서 과자 훔쳐 먹은 거 외에는 태어나 처음 해 본 도둑질이었다. 태영의 심장이 미친 듯이 뛰기 시작했다.

그런데 그때였다.

철컹.

갑자기 문이 열리는 게 아닌가!

태영의 얼굴이 하얗게 질려 버렸다. 어디로 숨으면 좋을지 고민할 새도 없이 그렇게 문을 열고 방 안으로 누군가 들어왔다.

"!"

"쉿."

불행 중 다행으로 들어온 누군가는 녀석이었다. 녀석이 놀라 비명을 지르려던 태영의 입에 손가락을 가져다 대며 작게 속삭였다.

"추 여사 지금 내려오고 있어."

"벌써?"

"몰라. 빨리 나가자."

녀석이 태영의 손목을 붙들고 서둘러 밖으로 나가려는데.

"도련님!"

문밖에서 발걸음 소리와 함께 녀석을 부르는 추 여사의 목소리가 들려왔다.

"어디 가셨지? 친구도 안 보이네? 도련님!"

추 여사의 목소리는 점점 더 가깝게 들려오기 시작했다. 아마 이쪽으로 오는 모양인 듯했다. 녀석은 한숨을 내쉬며 뭔가 자포자기하는 기색이 역력했다. 하지만 태영은 달랐다. 운동선수일 때도 태영은 늘 위기에 강했다. 지금도 딱 그 모습이었다.

"나한테 좋은 방법이 있어."

"?"

"드라마에서 왜 맨날 그런 장면이 나오나 했는데 이제 딱 이해됐어. 우리한테 지금 필요한 건 그 장면이야."

"뭐라는 거야?"

갑자기 태영이 녀석의 셔츠 깃을 잡고 발뒤꿈치를 들어 올렸다.

"보류 딱 10초만 풀자."

"보류를 갑자기 왜…… 읍!"

그렇게 태영은 막무가내로 녀석의 입술에 제 입술을 가져다 댔고, 문이 열리는 소리가 들리자 괜히 더 오버액션을 하며 녀석의 목을 끌어안고 드라마에서 배운 키스 흉내를 내기 시작했다.

사정없이 몰아붙이는 태영의 보드라운 입술 촉감에 녀석의 얼굴과 귀가 터질 것처럼 빨개지고 있었다.

집에서 가까스로 탈출한 두 사람은 근처 공원으로 향했다.

어색했던 태영은 괜히 스트레칭 기구에 앉아 발을 뻗어 보기도 하고, 허리 돌리기 운동을 해 보기도 하며 녀석의 주변을 어슬렁거렸다.

녀석은 벤치에 앉아 양손으로 얼굴을 감싼 채 허리를 수그리고 있었다.

"너 설마 지금 우는 건 아니지?"

태영이 녀석에게 조심스레 다가가서 물었다. 그러자 갑자기 녀석이 자리에서 벌떡 일어나더니 태영을 째려봤다.

"야, 보류! 너 대체 뭐 하는 애냐?"

"아까 일 때문이면 미안. 근데 어쩔 수 없었잖아."

"아무리 그래도 그렇지."

녀석은 잔뜩 억울한 표정으로 제 입술을 손등으로 가리며 태영에게서 한 발자국 뒤로 멀어졌다. 태영은 자신을 무슨 병균 취급 하는 녀석의 행동에 몹시 기분이 나빴다.

"참 나. 나라고 뭐, 하고 싶어서 한 줄 알아? 도둑으로 몰리는 것보단 그게 나을 것 같아서 그런 거지. 그리고 막말로 넌 손해 본 거 없잖아. 나만 여친도 아닌데 너한테 들이대다가 쫓겨난 애 된 거지. 근데 그 아줌마 진짜 기분 나빠!"

태영은 아까 있었던 일을 회상했다.

두 사람의 스킨십을 목격하자마자 추 여사가 제일 먼저 한 일은 도련님 입술을 사수하기 위해 태영의 등짝을 내리치는 일이었다. 그 바람에 두 사람은 자연스럽게 분리가 되었고, 태영은 부리나케 밖으로 도망쳐 버렸다.

"우씨. 아파."

태영은 아직도 등이 쓰라린 것 같았다.

"근데 넌 왜 나왔어? 그 아줌마가 뭐래?"

"앞으로 다시는 너랑 같이 다니지 말래. 안 그럼 아버지한테 다 말한

대. 공부도 못하고 못생긴 여자애를 집에 데려와서 남사스러운 짓을 당했다고. 성적 떨어지게 생겼다고."

"뭐? 남사스러워? 못생겨? 치이. 내가 공부 못하는 건 또 어떻게 알았대? 그 독사 같은 아줌마 진짜 싫어. 너도 피곤하겠다. 그런 아줌마가 감시자라니."

"하……."

녀석은 아까부터 계속 한숨만 푹푹 내쉬고 있었다.

"땅 꺼지겠네. 대체 뭐가 문젠데? 열쇠 못 찾아서 그래?"

뭔가 마음에 안 드는 일이 있는지 허리춤에 손을 올린 채 씩씩거리던 녀석이 갑자기 태영을 째려봤다.

"너 때문이잖아."

"넌 뭐 다 나 때문이래? 이번엔 또 내가 뭘 잘못했는데?"

"내가 경고하는데 다시는 어디 가서 이런 짓 함부로 하지 마."

"이런 짓 뭐? 마우스 투 마우스? 야, 크게 의미 두지 마. 비상시였잖아. 너도 옛날에 나 수영장에서 구해 줬을 때……."

"그거랑 이거랑 같냐? 그때 난 아무 감정 없이 널 살리기 위해서……."

"나돈데? 나도 아무 감정 없이 널 살리려고 그런 거라고."

대수롭지 않게 말하는 태영을 녀석이 어이없게 쳐다봤다.

"그래? 그런 거구나. 나만 미친놈이네."

의미 없는 마우스 투 마우스에 설레서 지금도 심장이 밖으로 튀어나올 것처럼 뛰어 대는 나만 미친놈이야.

"하."

"갑자기 미친놈처럼 왜 웃어?"

녀석이 실성한 것처럼 웃어 대자 이번엔 태영이 녀석에게서 한 걸음 뒤로 물러섰다.

"아이고 배고파. 그럼 난 이만 집에 가야겠……."

"가긴 어딜 가!"

녀석이 은근슬쩍 도망가려는 태영의 가방을 확 낚아챘다. 그 바람에 하는 수 없이 다시 녀석 앞에 서게 된 태영은 괜히 민망해서 헛기침을 하며 먼 산을 쳐다봤다.

"야, 보류. 다시 한번 말하지만 아까 일은……."

"에잇, 알았어. 내가 잘못했어. 됐지?"

남자가 쪼잔하게. 나도 지를 위해서 내 입술 희생한 건데. 태영이 속 상한 마음에 속으로 투덜거리고 있었는데.

"나한텐 잘못해도 돼. 근데 다른 데 가선 절대 안 돼. 아까 같은 일 딴 놈한테도 하면 너 진짜 내가 손해 배상 청구할 거야."

"손해 뭐?"

"못 알아들었음 됐어. 가."

하고 싶은 말을 모두 끝낸 녀석은 붙잡고 있던 가방을 놔 버렸고, 그 바람에 앞으로 튕겨져 나가 넘어질 뻔한 태영은 녀석을 째려봤다.

그리고 한마디 하려던 그때, 하필이면 그때, 내일 쑤쑤와의 미팅이 떠 올랐다. 내일도 이 녀석을 데려가지 못하면 너튜브 촬영은 이제 영영 날 아가는 것인데.

여기까지 왔는데 그냥 돌아갈 순 없지.

태영이 애써 화를 삼키며 빙긋 웃었다.

"근데 유일반 넌 배 안 고프니?"

"밥 사 달라고? 미안한데, 나 지갑 안 가지고 나왔어."

"무슨 소리야. 저번엔 내가 떡볶이 얻어먹었으니까 오늘은 내가 사 주려고 그러지. 따라와! 내가 이 근처에서 제일 유명한 맛집으로 데려가 줄게!"

태영이 자신만만한 얼굴로 녀석을 향해 따라오라며 손짓했다. 그러자 녀석은 괜히 못 이기는 척하며 태영의 뒤를 따라갔다.

어쩐 일인지 녀석의 입가에 미소가 번지고 있었다.

"여기가 맛집이라고?"

가게 밖 주황색 천막 아래 놓인 테이블 서너 개. 그중 한 테이블을 태영과 녀석이 차지했다. 녀석은 삐그덕거리며 돌아가는 바비큐 기계와 허름한 가게를 쳐다봤다.

"아저씨! 맨날 시키던 대로 주세요!"

자주 오는 곳인지 태영이 능숙하게 주문을 했다. 하지만 녀석은 여전히 의심의 눈초리로 낡은 테이블을 찜찜하게 쳐다봤다.

"여기 진짜 맛있어. 너도 한번 먹어 보면 맨날 오자고 할걸?"

"글쎄."

그럴 일은 절대 없을 것 같다는 표정으로 녀석은 다리를 꼰 채 주변을 살폈다.

허름한 외관과 달리 골목 맨 꼭대기에 자리한 이 가게의 경치는 제법 볼만했다.

뉘엿뉘엿 해가 저물어 가는 동네를 내려다보니 녀석의 마음이 한결 편해졌다.

"자, 바비큐 나왔습니다."

경치를 감상하던 그때 사장님이 양념 바비큐 치킨과 대접 두 그릇을 내려놓았다. 대접 안엔 밥과 참기름 그리고 계란후라이가 올려져 있었다.

처음 보는 조합에 녀석이 태영을 쳐다봤다.

"이제 어떻게 먹는 건지 알려 줄게."

태영이 신이 난 얼굴로 바비큐를 포크 두 개로 쫙쫙 찢어 대접 안에 넣었다. 그렇게 양념소스도 함께 넣어 쓱쓱 비벼 맛있는 치킨비빔밥을 완성시켰다.

"짠. 어서 먹어."

녀석은 제 앞에 놓인 대접을 들여다봤다. 비주얼은 좀 그렇지만 냄새는 일단 나쁘지 않았다.

"으음. 마시써!"

벌써 흡입을 시작한 태영이 감탄사까지 연발하자 녀석은 호기심이 일었다. 대체 얼마나 맛있길래 밥풀을 볼따구에까지 붙여 가며 먹어?

녀석이 떨떠름한 얼굴로 천천히 수저를 들어 밥을 한 입 떠서 입에 넣었는데.

"!"

녀석의 두 눈이 커다래졌다.

"이게 뭐야?"

"왜? 별로야?"

"뭔데 맛있어?"

달달하면서도 매콤한 맛이 혀를 휘감아 식욕을 자극했다.

평소 입이 짧은 녀석이 정말 맛있었는지 밥을 두세 숟가락 연속으로 퍼서 맛있게 먹는 모습을 보니 태영은 뿌듯했다.

"거봐. 내가 맛집이라고 했지? 나 여기 10년 단골이거든. 초딩 때부터 송바위랑 생일마다 오는 필수 코스."

"누구?"

갑자기 녀석이 숟가락을 내려놓더니 미간을 구겼다.

"방금 송바위라고 했나? 그 새끼 이름이 여기서 또 왜 나와?"

"친구였다니까. 2년 전까지만 해도."

"왜 2년 전이야? 싸웠냐?"

"비밀이야."

"우리 사이에 비밀 없어야 한다며. 한 팀이니까."

"어? 그거 아직도 유효한 거야? 그럼 너 내일 내 부탁 들어주는 거지?"

"열쇠 못 찾았잖아."

"그건 내가 다음 주에 꼭 찾아 줄게. 집에 한 번 더 초대해 줘."

"과연 추 여사가 널 집에 들여보내 줄까?"

"일단 니가 문만 열어 줘. 그다음은 내가 어떻게든 알아서 해 볼게. 대신 너도 내일 나 꼭 도와줘야 돼. 응? 시간이랑 장소는 내가 문자로 보낼 테니까 내일 꼭 나와. 알았지? 응?"

태영이 두 손까지 모으며 간곡하게 부탁했다. 왜 이렇게 절실할까? 녀석은 문득 궁금해졌다.

"운동했었다면서. 근데 꿈이 왜 운동선수가 아니라 기자야?"

"음…… 그건…… 치킨 뜯으면서 말하기는 좀……."

은근슬쩍 넘어가려는 태영을 녀석이 집요한 눈빛으로 쳐다봤다. 그러자 태영이 곧 진지한 얼굴로 말을 이었다.

"내가 운동 관둘 수 있게 도와준 게 기자거든."

"?"

"중학교 때 운동부 동기들이랑 선배들한테 괴롭힘당했었어."

뜻밖의 얘기에 녀석은 조금 놀란 듯 태영을 바라봤다. 그 눈빛이 부끄러웠는지 태영은 애써 웃으며 말했다.

"지금은 괜찮아."

"괜찮긴. 그럼 저번에 너 때리려던 새끼도 그중 하나야? 그 새끼도 너 중학교 때 괴롭혔냐고."

"아니. 걔는 피해자래."

"뭔 소리야?"

"내가 나 도와준다는 기자님이랑 손잡고 학교 운동부 고발해서 그 학

교 운동부 죄다 없어졌거든. 걘 아마 그때 운동부가 없어져서 화가 많이
났던 모양이야. 그 심정 이해 못 하는 건 아니지만……."

"후회해?"

"아니. 난 후회 안 해. 지금이 너무너무 좋거든. 반에 들어가면 내 친
구들이 있고, 급식도 혼자 안 먹고, 집에도 혼자 안 가고, 이동 수업 때
도, 체육 시간에도 함께할 수 있는 친구가 있으니까."

태영이 행복한 미소를 지었다. 녀석은 저도 모르게 마음 한구석이 따
뜻해지는 기분이 들었다.

"내일 니가 하라는 대로 하면 너 기자 될 수 있는 거야?"

"도와주게?"

"나중에 커서 꼭 기자 돼라."

"응! 나 진짜 진짜 이번 꿈은 절대 포기 안 할 거야! 고마워. 정말 고
마워."

태영이 저도 모르게 녀석의 손을 꽉 쥐고 발을 동동거렸다.

"손은 왜 잡냐?"

녀석이 괜히 더 퉁명스럽게 말하자 태영이 얼른 손을 놓아 줬다.

"좋아서 그러지. 그런 의미로 우리 밥 한 공기 더 시킬까?"

"니 맘대로 해."

"사장님! 밥 하나만 더 주세요! 콜라도요!"

환하게 웃는 태영을 녀석이 물끄러미 쳐다봤다.

"왜? 내 얼굴에 뭐 묻었어?"

"갑자기 너한테 궁금한 게 생겼는데."

"응. 뭐든 물어봐. 뭐든 대답해 줄게!"

"너 무슨 운동 했었어?"

"말해도 모를 텐데."

"뭔데?"

태영이 해맑은 얼굴로 대답했다.

"세팍타크로."

"풉!"

"뭐야. 지금 비웃은 거야?"

전혀 예상치도 못한 종목 이름이 태영의 입에서 나오자 녀석은 웃음을 티뜨리고 말았다. 정말 종잡을 수 없는 여자애다.

"너 지금 세팍타크로 무시하는 거야?"

"아니. 그게 아니라, 왜. 넌 그걸 왜? 푸하하."

조그맣고 귀여운 태영이 세팍타크로라는 격렬한 운동을 하는 모습을 상상해 버린 녀석은 참지 못하고 웃어 버렸다.

이렇게 소리까지 내서 크게 웃은 적은 태어나 처음 있는 일이었다.

녀석과 함께 맛있는 바비큐 치킨을 먹고 집으로 돌아온 태영이 콧노래를 흥얼거리며 방으로 들어가려던 그때였다.

"스토옵! 잠시 검문이 있겠습니다."

거실 소파 위에서 뒹굴거리던 태혁이 좀비처럼 우다다 달려와 태영의 앞을 가로막았다.

"악! 미쳤어? 뭐야. 저리 가!"

태혁이 갑자기 태영의 옷에 코를 박고 냄새를 킁킁 맡았다. 태영은 질색하며 태혁을 마구 밀쳤다.

"너 인마 꼭대기 갔다 왔지?"

"아니거든?"

"아니긴 뭐가 아니야. 냄새가 딱 '꼭대기 바비큐' 냄샌데. 이 시끼 대접밥도 먹었네."

태영의 옷자락에 묻은 밥풀을 발견한 태혁이 두 눈을 부릅떴다.

"치사한 놈. 너 누구랑 갔냐? 송바위? 둘이 화해했냐?"

"나 송바위 없어도 꼭대기 잘만 가거든? 나도 같이 갈 사람 많다고!"

"오올. 그놈이랑 갔냐? 너 아직도 안 차였어?"

"미안하지만 차일 예정 없거든?"

태영이 혀를 날름 내밀고는 방으로 쏙 들어가 버렸다. 그러곤 잽싸게 문을 잠가 버렸다.

문밖에서 오빠의 원망 섞인 불만이 시끄럽게 들려왔지만, 태영의 콧노래는 멈추지 않았다. 어깨춤까지 추며 태영은 옷을 갈아입고 침대 위에 벌러덩 누워 버렸다.

천장 이곳저곳 오늘 함께했던 녀석의 얼굴이 둥실둥실 떠다니고 있었다.

위기의 순간 입술을 부딪치자 당황하던 녀석.

밥이 생각보다 너무 맛있었는지 눈이 동그래지던 녀석.

세팍타크로라는 종목을 듣자마자 박장대소하던 녀석.

그리고 열쇠를 왜 찾느냐는 물음에 어머니의 유품이 있는 창고를 열어야 한다고 쓸쓸하게 말하던 녀석의 아련한 눈빛까지.

"어떻게든 도와주고 싶은데……."

곰곰 생각에 빠져 있던 태영은 갑자기 뭔가 좋은 생각이 떠올랐는지 상체를 벌떡 일으켰다. 그러곤 곧장 어디론가 전화를 걸었다.

—왜.

녀석이 바로 전화를 받았다. 녀석의 목소리를 듣자 태영의 입꼬리가 씰룩 올라갔다. 자꾸만 웃음이 비실비실 새어 나오려는 것을 겨우 막고 입을 열었다.

"있잖아. 내가 생각해 봤는데. 창고 말이야. 그 문 내가 부숴 줄까? 너도 알다시피 내가 세팍타크로 했잖아. 발힘이 엄청 세거든. 세 번? 아니,

두 번만 차면 부숴 버릴 수 있을 것 같은데."

— 농담이지? 진심이면 너 제정신 아니니까 약 먹고 잠이나 자.

"나 완전 진심이고 제정신이거든? 진짜야. 내가 그거 창고 문 부숴 줄게!"

태영이 전투적인 얼굴로 말했다. 그러자 스피커 너머로 녀석의 웃음소리가 작게 들렸다. 분명 어이없어하는 웃음이 분명하건만, 그것마저도 태영은 기분 좋게 들렸다.

— 용건 끝났으면 끊어.

"자, 잠깐!"

— 왜?

"내일⋯⋯."

— 알아. 오후 2시, 학교 후문 앞. 안 늦을게. 너나 늦지 마.

"그게 아니라."

— 그럼 뭐.

"너 내일 뭐 입을 거야?"

— 그게 왜 궁금한데?

"그냥 뭐⋯⋯ 나도 비슷한 스타일로 입고 가면 더 커플 같고 뭐, 그럼 좋잖아?"

태영이 몸을 배배 꼬더니 부끄러워하며 말했다. 그러자 녀석이 대뜸 물었다.

— 넌 뭐 입을 건데?

"나 얼마 전에 옷 샀거든. 멜빵으로 된 청치마. 거기에 흰색⋯⋯."

— 알았어. 청바지, 청 재킷, 청으로 된 건 다 피해야겠네.

"뭐? 야!"

— 끊는다.

뚝. 무슨 급한 일이 있길래 매번 이렇게 전화를 먼저 뚝뚝 끊어 버리는 건지.

태영은 입술을 삐죽 내밀며 핸드폰을 노려봤다.

"하여튼 그놈의 입만 열면 싸가지……. 입? 입술? 으아악."

잊고 있었는데, 잊으려 노력했는데 또 생각나 버린 녀석과의 마우스 투 마우스!

갑자기 얼굴이 새빨개진 태영은 베개를 끌어안고 침대 위를 마구 굴러다녔다.

아깐 대체 어디서 그런 용기가 난 건지 아무리 생각해도 이해가 되지 않았다. 녀석에겐 그저 위기를 모면하기 위한 아무 감정 없는 행동이었다고 말했지만, 이제 와서 생각해 보니 아무 감정도 없었던 건 아닌 것 같다.

만약 똑같은 상황에 다른 사람, 예를 들면 송바위가 그런 위기에 처했다면 나는 녀석에게 한 것처럼 송바위에게 입술을?

"악!"

징그러! 말도 안 되는 일이다.

송바위였다면 아니 송바위가 아닌 다른 누구래도 절대 그런 짓은 하지 않았을 거다.

그래, 난 그 녀석이어서, 그 녀석이기 때문에 그렇게까지 했던 거야.

"왜?"

생각이 거기까지 닿자 태영은 갑자기 심장이 미친 듯이 두근거리기 시작했다. 그리고 이제야 제 마음을 깨달아 버리고 말았다.

"나 정말 그 녀석을……."

부끄러워서 뒷말은 차마 나오지 않았지만 이미 답은 예전에 나와 있었다.

'너 내가 왜 웃는지 진짜 몰라?'

'야. 초콜릿, 급식, 떡볶이 그거 다 나랑 먹었거든? 인형 뽑아 준 것도 나.'

'방금 나가 말한 게 진심이면, 나가 좋아하는 건 나라고.'

그리고 그 답은 자신보다 녀석이 훨씬 더 먼저 알고 있었던 것 같다.

그 사실을 깨닫는 순간 태영의 심장은 미친 듯이 뛰는 것을 넘어서 우주 밖으로 튕겨 나갈 것 같았다.

"또 어디 가냐?"

태영이 신발을 뭐 신으면 좋을지 현관 앞에서 고민하고 있었는데 태혁이 또 불쑥 나타나 시비를 걸었다.

"차이러 가냐?"

"확 차 버린다?"

"어이쿠. 누굴 죽이려고."

태영이 발을 들어 올림과 동시에 태혁이 냉큼 뒤로 후퇴했다. 그러곤 오늘 동생의 패션을 위아래로 쭉 훑어봤다.

"청치마 그거 요새 초딩들도 안 입지 않나?"

"아니거든? 많이 입거든? 레트로 몰라?"

"그거 엄마 꺼 아니야?"

"내가 얼마 전에 용돈 털어서 산 건데?"

"어쩐지 색감이 구리더라. 있잖아, 씨스터. 자고로 패션은 말이야……."

"간다!"

태영은 마음에 든 운동화를 찾아 발을 구겨 넣은 후 잽싸게 현관을 뛰쳐나갔다.

문이 닫히기 전 우산 가져가라는 오빠의 목소리가 들리긴 했지만, 태영은 밖으로 나오자마자 코웃음을 쳤다.

"날씨가 이렇게 좋은데 우산은 무슨!"

구름 한 점 없는 맑은 하늘. 따뜻하게 불어오는 봄바람.

온도, 습도 모든 것이 완벽한 날씨였다.

학교로 향하는 발걸음이 이리도 사뿐사뿐 가벼울 수가. 태영의 표정엔 설렘이 가득했다. 그렇게 기분 좋은 긴장감을 안은 채 태영은 학교 앞에 도착했다.

일요일 오후 학교 앞 골목은 한산했다. 대부분의 가게는 문을 열지 않았고 지저귀는 참새 소리만 정적을 채우고 있었다.

"또 안 오는 건 아니겠지?"

약속 시간이 다가올수록 태영은 어쩐지 불안한 마음이 들기 시작했다.

지난번처럼 녀석이 또 안 나타날 수도 있다는 생각이 들었기 때문이다.

태영은 목을 쭉 빼고 골목 끝을 내려다봤다.

일요일이라 그런지 사람은커녕 중국집 배달 오토바이만 벌써 대여섯 대가 지나갔다. 참다못한 태영이 녀석에게 전화를 걸기 위해 핸드폰을 꺼냈는데.

"!"

저 멀리서 드디어 사람 머리통 하나가 보이더니, 점점 더 가깝게 녀석의 길고 잘빠진 모습이 드러나기 시작했다.

어제와는 사복 스타일이 확연히 달랐다. 오늘은 뭐랄까. 센스 쩌는 아이돌 공항 패션 느낌이랄까.

연한 데님 팬츠에 흰색 면 티셔츠 하나 입었을 뿐인데, 녀석의 다부진 몸매 때문인지 찰떡이었다. 무대 위 아이돌처럼 빛이 났다. 게다가 무심하게 한 손에 들고 있는 청 재킷.

헐, 저게 뭐라고 멋있지?

그나저나 청바지, 청 재킷은 절대 안 입는다더니.

설마 나 때문에 입은 거야?

태영은 부끄러워하며 자신이 입은 청치마를 내려다봤다. 근데 어딘지 모르게 살짝 찝찝했다.

같은 청인데 녀석은 아이돌 같고 난 왜 복학생 같은 거지?

"뭐 하냐? 사람 왔는데 알은척도 안 하고."

"어? 어. 안녕?"

태영이 뒤늦게 녀석을 향해 인사했다.

어떡해. 눈을 못 마주치겠어.

녀석에게서 풍기는 은은하면서도 청량한 향수 냄새를 맡으니 태영의 심장이 더 빨리 뛰는 것 같았다.

오늘따라 뭔가 더 정신없어 보이는 태영을 물끄러미 쳐다보던 녀석이 피식 웃었다.

"너 설마 떨리냐?"

"아니? 내가 왜 너랑 있다고 떨려? 그런 거 아닌데? 전혀 아니거든? 나 아무렇지도 않거든?"

태영이 두 눈을 부릅뜨고 반박하자 녀석은 어이가 없다는 듯 말했다.

"누가 나 때문이래? 너튜브 미팅 말이야. 그거 가는 거 떨리냐고."

"아…… 아닌데?"

저도 모르게 부르르 떨며 속내를 다 드러내 버린 태영의 얼굴이 새빨개졌다.

망할. 다 들켰겠지? 지 때문에 나 지금 겁나 떨고 있는 거. 아니, 이 녀석은 왜 이렇게 멋있게 입고 온 거냐고. 나 어떡해. 목소리도 떨리는 것 같아.

태영이 열심히 손으로 부채질을 하며 얼굴에 오른 열을 식혔다. 그 모습을 본 녀석이 혀를 내찼다.

"야, 아니긴 뭐가 아니야. 너 얼굴도 빨개. 이봐. 손도 덜덜 떠네. 너 이래서 기자 될 수 있겠냐? 지금이라도 진로를 다시……. 아니다. 넌 잘할 수 있겠다."

"갑자기 웬 칭찬?"

태영이 의아한 눈빛으로 녀석을 쳐다봤다. 그러자 녀석이 진지한 얼굴로 말했다.

"너 빠르잖아."

"그게 기자 되는 거랑 무슨 상관인데?"

"기자는 발이 빨라야 되는 거 아니야? 근데 내가 겪어 본 넌, 빨라."

"……."

"어디든 도움 필요한 곳에 제일 먼저 달려가고, 가서 얘기 들어 주고, 함께 아파하고, 고민해 주고. 넌 그런 애잖아. 그니까 남의 집 창고를 발로 차서 부숴 준다고 하지. 어떻게 그런 생각을 하냐? 하여튼 특이해."

"헷갈려. 놀리는 건지 칭찬하는 건지 모르겠어."

"둘 다 한 거야."

"치이."

태영이 녀석을 예쁘게 흘겨보며 우쭐거렸다.

"그래도 너한테 칭찬 들으니까 기분이 좋네? 역시 난 기자가 될 운명인가 봐. 너도 날 이렇게 인정해 주고……."

"약속 장소가 어디냐?"

녀석이 멋쩍어서 괜히 말을 돌렸다. 그러자 그냥 넘어가 준다는 듯 태영이 길 건너를 가리켰다. 그렇게 두 사람은 약속 장소로 향했다.

226

시작은 정말 모든 게 순조로웠다. 쑤쑤 님과 만나기로 한 카페에 도착해서 녀석은 자몽에이드, 나는 초코라테를 주문할 때까지만 해도 말이다.

지이잉. 지이잉.

녀석이 주문한 음료를 가지러 카운터로 향했고, 불행의 서막은 테이블 위에 두고 간 녀석의 핸드폰이 진동하면서부터 시작됐다.

태영은 테이블 위 핸드폰을 물끄러미 쳐다봤다. 그러다 액정에 뜬 발신인을 확인하곤 두 눈이 커다래졌다.

[수아]

대체 이 주말에 수아가 녀석에게 무슨 볼일이 있기에 전화를 했을까?

나랑 해니한테도 먼저 전화한 적이 단 한 번도 없었던 수아인데. 녀석한텐 왜?

게다가 이 녀석, '수아'라고 저장했어. '권수아'도 아닌 '수아'라니.

이쯤 되니 태영은 녀석이 자신을 뭐라고 저장했을지 궁금해졌다.

그사이 수아에게선 더 이상 전화가 걸려 오지 않았고, 태영은 냉큼 핸드폰을 꺼내 녀석에게 전화를 걸었다.

[2반 모태영]

액정에 뜬 문구를 확인한 태영은 실망한 얼굴로 어깨를 축 늘어뜨렸다.

아니, 여자 친구는 난데, 나는 왜 '2반 모태영'이고, 수아는 '수아' 냐고.

"야, 보류. 받아."

녀석이 언제 왔는지 음료를 건넸다. 열받아 죽겠는데 저놈의 보류 소리!

"왜 째려봐?"

녀석은 태영이 음료를 받지 않고 저를 째려보기만 하자 그러든지 말든지 대충 태영의 앞에 음료를 내려놓았다. 그러곤 다리를 꼬고 앉아 에이드를 마시며 핸드폰 액정에 찍힌 부재중 목록을 확인하더니 미간을 구겼다.

"너 전화했었냐? 바로 앞에 있는데 왜?"

"그냥. 그냥 해 봤어."

저장한 이름 바꿔 달라고 하면 유치하다고 뭐라고 하겠지? 됐다. 말을 말자.

입술을 삐죽 내밀고 있던 태영은 속이 타서 초코라테가 든 컵을 들고 벌컥벌컥 마셨는데.

와르륵.

"앗, 차가!"

갑자기 얼음이 한꺼번에 쏟아지며 얼굴을 강타했다. 각 얼음으로 얼굴을 때려 맞은 태영의 옷이고 얼굴이고 까맣게 물들어 버리고 말았다.

"픔."

녀석은 하마터면 에이드를 뿜을 뻔했다. 태영은 똑똑히 보았다. 녀석이 웃음을 참느라 일부러 아래턱에 힘을 빡 주는 것을.

"뭐 해? 나 빨리 휴지 좀."

태영의 재촉에도 녀석은 느긋한 자세로 두리번거리더니 일어났다. 그러곤 식수대에서 휴지를 잔뜩 챙겨 와 내밀었다.

"하여튼 가지가지 한다. 빨리 닦아."

"우씨. 저 알바생 진짜 너무한 거 아니야? 내가 그렇게 얼음 조금 넣어 달랬는데 내 말은 듣지도 않고 니 얼굴만 쳐다보더니. 아우! 나 어떡해. 옷 다 젖었어. 하필 초코라테…… 으잉."

태영은 청치마 안에 입은 흰 티가 까맣게 물든 것을 보고 울상을 지었다.

그 모습을 빤히 쳐다보던 녀석은 입고 있던 자신의 청 재킷을 벗어 태영에게 내밀었다.

"입고 있어."

"어?"

"오늘 만나기로 한 사람 아직 오려면 멀었지?"

"10분 정도 후면 도착할 것 같은데. 왜?"

"알았어. 나 잠깐 나갔다 올게."

"어딜?"

자리에서 일어난 녀석의 옷자락을 태영이 꽉 잡았다.

"어디 가려고? 나 쪽팔려서 도망가는 건 아니지?"

"도망갈 거였음 진작 갔지. 그런 거 아니야."

"그럼 갑자기 왜? 그냥 있어. 쑤쑤 님 금방 올 텐데……."

"나도 금방 올게."

안 된다며 그냥 있으라고 고집하려던 태영은 하필 녀석이 손에 쥐고 있던 핸드폰이 진동하는 것을 발견했다. 그리고 또 보고야 말았다. 액정에 뜬 발신인을.

[수아]

기운 빠진 태영과 달리 녀석은 밖으로 나가야 할 명분을 찾아 다행이라는 듯 핸드폰을 흔들더니 말했다.

"전화 좀 받고 올게."

녀석의 옷을 꽉 잡고 있던 태영의 손이 스르륵 힘을 잃었고, 그사이 녀석은 서둘러 카페를 벗어났다.

카페 창문 너머로 어디론가 급히 달려가는 녀석의 뒷모습을 내다보던 태영은 뭔가 불길한 기분이 들었다.

"남자 친구는?"

너튜버 쑤쑤이자 송바위 사촌 누나 송설원이 태영의 텅 빈 옆자리를 의아하게 쳐다봤다. 게다가 태영의 꼴이 말이 아니었다.

"그 옷은 남자 친구 옷?"

커다란 청 재킷을 어정쩡하게 걸치고 있던 태영이 멋쩍게 웃었다.

"죄송해요. 제가 음료를 쏟아서 꼴이……. 그리고 걔는 아니, 남친은 잠깐 전화하러 갔어요. 금방 온댔는데……."

"괜찮아. 내가 약속 시간보다 좀 빨리 왔는데 뭘. 천천히 기다리자. 나도 뭐 좀 마셔야겠다."

설원이 쿨하게 말하며 자리에서 일어나 카운터로 향했다. 태영은 녀석에게 문자를 보내려 말고 통화 버튼을 눌러 버렸다.

하지만 웬일인지 신호 연결음도 들리지 않았다.

설마 핸드폰 전원 끈 거야?

태영은 황당한 표정으로 핸드폰을 응시했다.

한 손엔 쇼핑백을 든 채 의류 매장에서 나온 녀석의 머리가 잔뜩 헝클어져 있었다.

아까 카페를 나와 옷 가게를 찾는다고 얼마나 뛰어다녔는지 모르겠다. 정말 숨이 턱 끝까지 차올랐지만 멈출 수가 없었다.

그 애는 날 위해 창고 문까지 발로 부숴 주겠다는데 이 정도쯤이야.

녀석이 피식 웃으며 다시 카페를 향해 달려가려는데.

지이잉. 지이잉.

손에 쥔 핸드폰이 또 진동했다.

금방 간다니까 그새를 못 참고 그 애가 전화를 한 모양이다. 하지만 액정을 확인한 녀석의 미간이 확 구겨졌다.

"수아? 권수아? 얜 뭔데 맨날 전화하고 난리야. 짜증 나게."

오늘만이 아니었다. 하루에도 수십 번 전화하는 권수아.

녀석은 언제나 그랬듯 아주 자연스럽게 수신 거절 버튼을 눌러 버렸다. 그리고 다시 길을 건너 지름길을 찾아 골목으로 들어섰다.

부릉. 끼이익.

그런데 하필 그곳은 막다른 골목이었고, 뒤쪽엔 언제부터 따라왔는지 모를 오토바이 서너 대가 입구를 막아서고 있었다.

"너 유일반이지?"

"넌 뭔데?"

"나 기억 안 나?"

오토바이에서 내린 남자가 헬멧을 벗었다. 험악하게 생긴 인상. 저번에 태영을 때리려던 그 새끼였다. 아무 잘못도 없는 그 애한테 화풀이나 하는 찌질한 새끼.

중학교 시절 운동부 동료들에게 폭행당했단 사실을 애써 웃으며 덤덤하게 말하던 그 애가 떠오르자 녀석의 표정이 순식간에 싸늘해졌다.

"나 바쁘니까 좋은 말로 할 때 꺼져. 그 애 아팠던 거 생각하면 내가 지금 너 죽여 버릴 것 같거든."

"이 새끼 어이없네. 너 눈깔 없냐?"

험악남이 지난날 맞은 것에 대한 복수를 위해 친구들을 잔뜩 데려온 모양이다.

덩치 열댓 명이 골목 안으로 우르르 들어오고 있었다.

게다가 다들 손에는 야구 배트와 같은 길고 무거운 것들을 쥐고 있었다.

"오늘 죽는 건 너야."

"글쎄. 난 쉽게 안 죽을걸."

녀석이 태연한 얼굴로 말하자 화가 머리끝까지 난 험악남의 표정이 점점 더 비열하게 바뀌었다.

"얘들아! 이 겁대가리 없는 새끼 죽고 싶다는 말 나올 때까지 조져!"

험악남이 소리치자 덩치들이 연장을 땅에 질질 끌며 가깝게 다가오고 있었다.

하필 그사이 또 녀석의 핸드폰이 울렸다.

이번엔 정말 그 애한테서 걸려 온 전화였다. 빨리 가야 되는데. 하지만 어쩐지 쉽게 끝날 것 같진 않았다.

녀석은 혹시 몰라 아예 핸드폰 전원을 꺼 버렸다. 그러곤 쇼핑백 안에서 원피스와 같이 포장된 옷걸이를 꺼내 손에 쥐었다. 이 옷걸이가 녀석에겐 유일한 무기였다.

퍽! 쾅!

그렇게 싸움은 시작되었다.

"이번엔 진짜 너무한 거 아니니?"

결국 설원이 화를 내고야 말았다. 그리고 그 앞에 태영은 죄인처럼 고개를 숙이고 있었다.

"죄송합니다."

"저번엔 사고가 있어서 그랬다 쳐. 근데 오늘은 뭐야? 아까까지만 해도 같이 있었다며. 근데 갑자기 어딜 간 거냐고. 혹시 도망간 거 아니야?"

"아니에요. 그럴 애는 아니에요. 도망갈 거였음 여기 오지도 않았을 거예요. 분명 무슨 일이……."

"핸드폰도 꺼져 있다며."

"배터리가 다 됐나……."

"태영아, 니가 바위 친구니까 내가 그냥 편하게 말할게."

태영이 잔뜩 미안한 표정으로 고개를 끄덕였다. 그러자 설원이 단단히 각오라도 한 듯 말했다.

"그 남자애랑 헤어져."

"네?"

"걘 널 별로 소중하게 생각하지 않는 것 같아. 오늘 자리 너한테 중요한 거 아니야? 너 이번에 청소년 기자단 지원하려면 SNS 팔로워 늘려야 한다며. 그럼 이만큼 좋은 기회가 또 어딨어? 이런 사정 그 친구한테도 다 얘기했을 거 아니야. 그럼 잘 알고 있을 텐데 두 번씩이나 이런 식으로 멋대로 펑크 내는 건 아니지. 대체 여자 친구를 뭘로 생각하길래……. 미안. 말이 너무 심했니?"

"……."

"니가 이해해 줘. 나도 시간 내서 나온 건데 이게 뭐니? 아무튼 이번 촬영은 그냥 없던 일로 하자. 난 다른 애들 찾아볼게. 그럼 간다."

잔뜩 화가 난 얼굴로 설원이 뒤도 돌아보지 않고 카페를 나가 버렸다.

그렇게 홀로 남은 태영은 입고 있던 녀석의 청 재킷을 벗어 테이블 위에 던져 버렸다. 이렇게라도 화풀이하지 않으면 도저히 견딜 수가 없을 것만 같았다.

쏴아.

카페를 나와 집으로 향하는 길에 갑자기 비가 쏟아졌다.

전혀 비가 내릴 것 같지 않은 하늘이었는데. 정말 마른하늘에 날벼락이다.

마치 오늘의 내 하루 같군. 빌어먹을, 우산도 없는데.

태영은 어차피 옷도 엉망인데 그냥 비를 온몸으로 맞을 생각으로 터덜터덜 걸었다. 운동화에 빗물이 차서인지 발걸음은 점점 더 무거워지고 있었다.

"후우……."

한숨이 절로 나왔다. 정말 만에 하나 녀석에게 무슨 일이 생긴 건 아니겠지? 이런 와중에도 녀석이 걱정되다니. 나도 참 병이다. 병.

차라리 설원 언니 말대로 녀석이 도망간 거였음 좋겠어. 그렇게라도 그냥 제발 아무 일도 없기를…….

태영은 녀석의 청 재킷이 더 젖지 않게 꽉 품에 안은 채 길을 걸었다.

그런데 누군가 앞을 막아섰다.

천천히 고개를 들자 우산을 내밀고 서 있는 송바위가 눈에 들어왔다. 또 화가 난 얼굴이다.

"이 멍청한 계집애야!"

송바위가 버럭 소릴 지르며 비에 잔뜩 젖은 태영을 쳐다봤다.

"우산이 없으면 편의점에서 하나 사든가. 아님 태혁이 형한테 연락을 하든가. 왜 비를 맞고 다녀!"

후두둑.

송바위가 머리 위에 씌워 준 우산 위로 빗방울이 거세게 내리는 소리와 함께 잔소리 폭격이 쏟아졌다. 태영은 어이없는 표정을 지었다.

"니가 뭔 상관인데? 남이사 비를 맞든 말든."

"설원 누나한테 들었어. 그 새끼 너랑 약속 깨고 토꼈다며?"

"그런 거 아니거든?"

"그럼 왜 안 나타났대? 그 자리 너한테 중요한 거 아니었어?"

"무슨 사정이 있었겠지. 비켜. 나 빨리 집에 갈래."

태영이 송바위가 씌워 준 우산 밑에서 나가려는데.

"그 사정이 뭔지 내가 알 것 같은데. 알려 줄까?"

송바위가 태영의 손에 우산을 쥐여 주며 말했다.

"유일반은 너 안 좋아해."

"……."

"그 새끼는 권수아 좋아해."

"무슨 근거로 그런 말을……."

"둘이 키스하는 거 내가 봤거든."

"……뭐? 언제?"

"너 유일반이랑 사귄다고 학교 게시판 난리 났던 날. 그날 점심시간 강당 뒤에서."

태영은 그 순간 하필 녀석의 핸드폰 액정에 뜬 수아의 이름이 떠올랐다. 분명 녀석은 수아한테서 온 전화를 받으러 나갔다.

아니라고 믿고 싶었지만, 애써 부정했지만, 난 사실 알고 있었는지도 모른다.

녀석은 날 버리고 수아에게 갔다는 사실을.

안 그래도 축축 처지는 월요일 아침. 하필 1교시가 물리라니. 최악의 조합이었다.

"오늘은 기말고사 범위를……."

"앳취!"

"모태영 일어나."

태영은 자꾸만 터져 나오려는 재채기 때문에 코까지 틀어막으며 일어났다.

"오늘은 조용하나 싶더니 이제 하다 하다 재채기 공격이냐?"

"쌤, 제가 재채기를 하고 싶어서 하는 게 아니…… 앳취!"

"욘석아, 너 계속 방해할 거면 보건실 가."

"안 할게요. 재채기 진짜 안 할…… 앳, 애…… 웃."

"어휴, 저 꼴통. 앉아!"

몸을 배배 꼬며 필사의 힘을 다해 재채기를 참는 태영을 못마땅하게 쳐다보던 물리 선생이 다시 말을 이었다.

"56페이지."

곧 기말고사라 그런지 오늘따라 반 아이들의 집중도가 장난 아니었다. 조용히 책장 넘기는 소리만 들리는 교실. 태영도 코와 입을 틀어막으며 열심히 필기를 하기 시작했다.

그렇게 수업이 다 끝나고 물리 선생이 태영을 향해 말했다.

"모태영은 교무실로 따라와."

물리 선생이 나가자마자 비몽사몽 잠에서 깨어난 해니가 눈을 비비며 물었다.

"물리 또 왜 저래?"

"몰라. 재채기 몇 번 한 거 가지고 난리야."

"근데 너 감기 걸렸어? 얼굴 엄청 빨개. 앗, 뜨거. 열나는데?"

해니가 태영의 이마에 손을 얹어 보더니 화들짝 놀랐다. 하지만 태영은 제 몸 상태보다 어제 녀석에게 바람맞은 일 때문에 또 열이 뻗쳤다.

"감기 때문이 아니라 열받아서 그래."

"왜? 무슨 일인데?"

"일단 교무실 갔다 와서 얘기해 줄게."

태영이 코를 훌쩍이며 서둘러 교실을 나갔다. 그 모습을 안쓰럽게 쳐다보던 해니가 다시 누워 잠을 자려다가 멈칫했다. 그러곤 태영의 자리에 탑처럼 쌓인 교과서들을 보며 고개를 갸웃했다.

"모탱이 웬일로 책을 다 꺼냈지?"

"쌤, 물리 점수 잘 받으려면 어떻게 해야 돼요?"

태영의 질문에 물리 선생이 놀란 얼굴로 쳐다봤다.

"너 정말 많이 아프구나? 담임 쌤한테 말해서 조퇴해."

"멀쩡하거…… 앳취! 으, 암튼 재채기 땜에 그렇지 저 멀쩡하거든여?"

"아닌데? 너 오늘 많이 이상해. 물리 시험 범위를 다 받아 적지를 않나. 점수를 잘 받으려면 어떻게 해야 하냐고? 그걸 왜 물어?"

"이번 기말 성적 올리고 싶으니까요. 제가 물리가 제일 약하거든요."

"과연 그럴까? 내가 듣기론……."

"아, 쌤. 암튼 저 이번에 진짜 열심히 할 거예요."

"그러든지 말든지."

"근데 저 왜 부르신 거예요?"

물리 선생은 뒤늦게 태영을 부른 이유가 생각났는지 표정이 어두워졌다.

"유일반이 오늘 결석했던데 걔 요즘 무슨 일 있니?"

"그걸 또 왜 저한테 물으세요?"

"너희 둘 사귄다며. 혹시 헤어졌니?"

"……."

태영이 뚱한 얼굴로 입을 다물었다. 그러자 흘끔 눈치를 보던 물리 선생이 넌지시 물었다.

"차였구나?"

"아니거든요? 차도 내가 찰 거예요!"

나쁜 놈. 어제 그렇게 비겁하게 도망가 놓고 연락 한 통 없다니. 게다가 학교까지 안 와?

"암튼 전 아무것도 몰라요. 그럼 이제 가도 되죠? 저 공부해야 돼요."

태영의 입에서 공부 소리를 들은 물리 선생은 걱정스러운 얼굴로 태영을 쳐다봤다.

"역시 차였구나? 그 충격으로 머리가 어떻게 된 게 분명……."

"쌤!"

"가 봐."

태영이 물리 선생을 한껏 째려보더니 밖으로 나가 버렸다. 단전에서부터 올라오는 빡침 덕분인지 재채기는 어느새 멈춰 있었다.

"모탱, 혹시 수아랑 연락 돼?"

경시대회도 끝났는데 또 결석인 수아를 해니가 걱정했다. 태영은 수아의 빈자리를 물끄러미 쳐다봤다.

'너 같으면 좋아할 수 있겠어? 유일반 때문에 만년 2등인 내가? 나한테 유일반은 적이야.'

얼마 전 수아가 했던 말이 떠오른 태영은 배신감이 들었다.

"……거짓말."

좋아하는 것도 아니라면서 주말에 전화는 왜 하는데? 적이라면서. 근데 주말에 그 녀석한테 왜 전화를 하냐고. 왜 그 녀석을 데려갔냐고.

갑자기 화난 얼굴로 혼잣말을 하는 태영을 해니가 의아하게 바라봤다.

"모탱!"

뒤늦게 저를 부르는 소리를 들은 태영이 고개를 돌렸다.

"어?"

"너 무슨 일 있지? 갑자기 안 하던 필기를 하고, 책은 왜 다 꺼낸 거야?"

"나 결심했어! 떳떳하게 내 성적으로, 내 힘으로 대학 갈 거고, 기자 될 거야!"

"쑤쑤 님한테 까였구나? 섭외 엎어졌지?"

해니는 단번에 태영의 속내를 알아차렸다.

"주말에 쑤쑤 님 만난다더니 잘 안됐나 보네. 유일반이 협조 안 해 줌?"

"도망갔어."

"뭐?"

"같이 있었는데 갑자기 전화한다고 나가더니 안 돌아왔다구."

"헐…… 뭔 전화? 뭐 급한 일 있었던 거 아니야?"

"나도 이런저런 생각 다 해 봤는데, 아무리 좋게 생각하려고 해도 이 건 너무한 것 같아. 내가 그렇게 부탁했는데…… 나한테 되게 중요한 거 라고 사정사정해서 데려간 건데……."

어떻게 수아한테 걸려 온 전화 한 통에 모든 걸 날려 버리느냐고.

태영은 너무 억울하고 속상했다.

"나 헤어질 거야. 내가 유일반 차 버릴 거라고."

"진짜? 너 유일반 좋아하는 거 아니었어?"

"다 필요 없어. 걘 나 안 좋아하니까."

"그건 아닌 것 같은데……."

"아니긴 뭐가 아니야."

"처음엔 나도 좀 말이 안 된다고 생각했어. 그 잘난 유일반이 대체 너 랑 왜 사귄다고 한 걸까? 의문이었지. 근데 요샌 딱 보이더라."

"뭐가 보여?"

"뭐랄까. 유일반 걔 좀 변했다고나 할까? 저번엔 매점을 막 기웃거리 면서 애들한테 너 어딨냐고 묻더라고. 걔 하루 종일 니 뒤만 졸졸 따라 다니잖아. 급식실에서도 너 없음 밥도 안 먹고."

"그건……."

녀석의 머리가 고장 나서 나밖에 의지할 데가 없어서 그런 거라고 목구멍까지 말이 차올랐지만, 태영은 꾹 참고 말을 돌렸다.

"암튼 난 결심했어. 청소년 기자단은 물 건너갔고, 이제 공부로 승부 볼 거야."

"그냥 유일반이랑 화해하고 맞팔이라도 해 달라고 해서 청소년 기자단에 접수하는 게……."

"아니야. 그 시간에 공부하는 게 더 빨라."

"아닌 게 아닌 것 같은데. 너 공부는……. 아, 알았어. 열심히 해. 모탱 파이팅!"

해니는 태영이 처음으로 공부를 하겠다며 책에 코까지 파묻고 열의를 보이자 걱정이 앞섰다.

"모탱! 탱! 탱탱탱탱!"

태혁이 방문을 마구 두드리며 방정맞은 목소리로 태영을 불러 댔다. 하지만 안에서 아무 인기척도 들리지 않자 태혁이 문을 벌컥 열고 안으로 들어갔다.

"와, 미쳤다."

책상 앞에 앉아 책을 들여다보고 있는 태영을 발견한 태혁이 화들짝 놀랐다.

"대박 무서워. 모탱, 너 왜 이래? 왜 갑자기 안 하던 짓을 해서 그 책상 10년 만에 돈값 하게 만드는 거냐고. 돌아가신 아버지 섭섭하게. 뒤늦게 효도하는 거야 뭐야."

아놔. 저 인간이. 참다못한 태영이 고개를 돌려 태혁을 째려봤다.

"안 나가냐? 나 공부하는 거 안 보여?"

"지금 공부할 때가 아닐 텐데."

"뭔 소리야?"

"병원 좀 갔다 와. 엄마 오늘 당직이래."

태혁이 책상 위에 쇼핑백을 내려놓았다. 맛있는 냄새가 확 풍기자 태영이 쿵, 냄새를 맡으며 쇼핑백 안을 들여다봤다.

"이게 뭐야?"

"보면 몰라? 도시락이잖아. 엄마 드시라고 해."

"오빠가 가면 되잖아. 나 공부해야 돼."

"이 불효자. 오늘 엄마 생신이거든?"

"나 양말 어딨지?"

엄마 생일을 까맣게 잊고 있었던 태영은 자리에서 벌떡 일어나 양말을 찾기 시작했다. 그를 보며 태혁이 혀를 내찼다.

"쯧쯧. 엄마 생신 선물은 샀냐?"

"뭐 사지?"

"병원에서 드시기 편하게 조각 케이크로 사."

"응."

양말을 다 신은 태영이 쇼핑백을 품에 안고 현관으로 향했다.

"근데 오빠 같이 안 가?"

태영이 신발을 신으며 넌지시 물었다. 그러자 태혁이 어깨를 으쓱이며 대답했다.

"그 병원엔 아는 사람이 많아서 곤란."

하긴, 오빠 동기들이 다 그 병원에서 인턴 하고 있겠구나. 저래 봬도 저 인간 명원대 의대 수석 입학까지 했는데. 유전자 몰빵이야 뭐야. 난 아무리 책을 들여다봐도 공부는 영 아닌 것 같은데 저 인간은 공부도 잘하고 인정하긴 싫지만 얼굴도…….

"근데 그 좋은 학교 붙어 놓고 대체 왜 안 가? 나도 명원대 가고 싶은데……."

"지금 가잖아. 명원대 옆에 있는 명원대병원."

"장난해? 그게 아니라 오빠 왜 복학 안 하냐구."

태영의 물음에 태혁이 사뭇 진지한 얼굴로 대답했다.

"아픈 사람들 보는 게 힘들어. 아빠 생각 나."

"……."

"그런 거 보면 울 엄마도 참 대단하셔."

훅 들어온 오빠의 말에 태영은 괜히 그 병원에서 병으로 돌아가신 아빠 생각이 나서 눈시울이 붉어졌다.

"인마, 빨리 가. 더 늦기 전에 엄마 저녁 드셔야지."

"응!"

태영이 대답과 함께 후다닥 밖으로 달려 나갔다.

— *Code Blue. Code Blue. 2301호. Code Blue*…….

스피커에서 코드 블루 방송이 울리자 간호사와 의사들이 본관 2301호에 모여들기 시작했다.

"compression(가슴 압박) 해야겠어."

이마에서 땀이 비 오듯 심폐 소생술을 하던 의사가 모니터를 확인하더니 표정이 굳어졌다.

"intubation(기관 내 삽관) 준비 좀 해 주세요!"

생사를 가르는 긴박한 상황. 환자에게 투여할 주사제를 들고 뛰어온 서 간호사는 처참한 심정으로 병실 안을 바라봤다.

환자의 상태는 좋아지기는커녕 더 악화되기만 했고 의료진들은 치열

한 사투를 벌이고 있었다. 황급히 주사제를 투여하고 뒤로 빠진 서 간호사의 눈에 병실 소파 위 테이블에 놓인 교복과 명찰이 들어왔다.

자신의 딸 태영과 같은 명원고 교복.

서 간호사는 명찰 속 새겨진 이름을 유심히 들여다봤다.

"……유일반?"

환자의 이름을 읊조리던 서 간호사는 다른 오더를 처리하기 위해 서둘러 병실을 나가 데스크로 향했다.

명원대병원 1층 로비.

"왜 안 오지?"

엄마를 기다리던 태영은 핸드폰으로 시간을 확인했다. 벌써 약속 시간보다 30분이나 지난 상태였다.

통화 버튼을 누를까 말까 고민하던 태영은 그만두기로 했다.

전화한다 한들 달라지는 건 없고 어차피 엄마를 만나려면 기다려야 한다는 사실을 경험을 통해 익히 잘 알고 있었기 때문이다.

태영은 손에 든 쇼핑백과 조각 케이크를 물끄러미 내려다봤다.

일단 엄마한테 문자를 보내 놨으니 좀 더 기다려 보기로 했다. 평소 같았으면 당직실이나 원무과에 맡기고 그냥 갔을 테지만, 오늘은 특별한 날이니까 꼭 엄마 얼굴을 보고 가기로 마음을 먹었다.

창가 쪽에 마련된 대기 의자에 자리를 잡고 앉은 태영은 멍하니 창밖을 내다봤다.

주말에 비가 와서 그런지 어느새 벚꽃은 다 떨어지고, 그 자리에 초록색 새싹이 돋아나 가로등 불빛 아래서 반짝이고 있었다.

"벌써 여름이네……."

중얼거리며 초여름 밤하늘을 올려다보던 태영은 저도 모르게 한숨을 크게 내쉬었다.

며칠 동안 연락 한 통 없는 그 녀석 때문이었다. 태영은 애꿎은 핸드폰만 만지작거리며 고민했다.

"톡이라도 보내 볼까? 에이, 아니야. 뭐 별일이야 있겠어?"

수아한테서 온 전화 받고 뛰쳐나가는 거 내 두 눈으로 똑똑히 봤는데.

근데 그건 그거고, 주말에 그따위로 내 일을 망쳐 놨으면 사과라도 해야 되는 거 아니야? 근데 웬 잠수? 지가 뭔데!

"아오!"

대체 왜 연락이 없냐고. 손가락이라도 부러졌어? 그것도 아니면서……. 에라이! 확 부러져 버려라! 나쁜 놈.

또다시 울화가 치밀었다. 태영은 핸드폰을 쥔 손에 힘을 꽉 주며 녀석을 향해 저주를 퍼붓고 있었는데.

"!"

창에 비친 것을 보곤 화들짝 놀랐다. 로비를 지나는 많은 사람 중에 녀석과 닮은 사람을 발견한 것이다.

헤어스타일도 그렇고 뒷모습이 빼박 그 녀석인데…… 웬 환자복? 팔에 깁스도 했잖아.

"아닌가?"

태영은 제 두 눈을 의심하며 뒤로 휙 돌았다. 그러곤 엘리베이터에 탑승하는 녀석과 닮은 뒷모습을 바라보고 있었는데.

"태영아!"

엄마가 시야에 나타났다. 태영은 고개를 내밀어 엘리베이터 쪽을 다시 봤지만 녀석과 닮은 뒷모습은 이미 사라지고 없었다. 아무래도 잘못본 모양이다.

"우리 딸 어딜 그렇게 봐?"

"어? 아, 아냐. 엄마! 왜 이렇게 늦게 왔어?"

"갑자기 위독한 환자가 생겨서."

"아아. 그, 코드 블루? 아까 방송 나오긴 하던데. 거기 갔었구나……. 그 환잔 어떻게 됐어?"

아까 로비에서 들었던 코드 블루 안내 방송이 생각난 태영은 잔뜩 걱정스러운 얼굴로 물었다. 그러자 엄마의 표정이 좋지 않았다.

"안 좋게 된 거야?"

"아니야. 괜찮아졌어."

"정말?"

"응. 근데 여기까진 왜 왔어?"

엄마의 물음에 태영이 활짝 웃으며 손에 든 쇼핑백을 내밀었다.

"짜라란, 엄마 생일 축하해요!"

"세상에, 이게 뭐야?"

서 간호사가 쇼핑백 안을 들여다봤다. 도시락과 케이크가 있었다.

"도시락은 오빠 선물이고 케이크는 내 선물. 젤 맛있는 걸로 샀으니까 이따 피곤할 때 꼭 먹어."

"그래, 고맙다."

"엄마, 선물 하나 더 있어."

"뭔데?"

"나 앞으로 공부 진짜 진짜 열심히 하려고."

"왜?"

"왜긴 왜야. 학생이 공부하는 건 당연한 거지."

"또 무슨 바람이 불었길래? 됐고. 난 우리 태영이가 건강하기만 하면 돼."

"치이. 그래도 공부 잘하면 좋잖아."

"니 오빠만큼 잘할 수 있어?"

"공부하지 말까?"

"농담이야. 근데 갑자기 공부는 왜?"

"나 기자 되려고."

"응?"

서 간호사가 놀란 얼굴로 되물었다.

"기자? 무슨 기자?"

"방송국 기자. 나 이건욱 기자님처럼 데스크에도 앉을 거야. 누가 그러는데 난 빠른 게 장점이래. 막 시민들한테 무슨 일 생기면 제일 먼저 달려가서……."

태영이 말끝을 흐렸다.

'어디든 도움 필요한 곳에 제일 먼저 달려가고, 가서 얘기 들어 주고, 함께 아파하고, 고민해 주고, 넌 그런 애잖아.'

하필 이 순간 제 꿈을 응원해 주던 녀석의 말이 떠오른 것이다.

처음이었다. 내 꿈을 지지해 주고 믿어 준 사람.

갑자기 가슴속에 뭔가 돋아난다. 꽃잎이 떨어진 자리에 푸른 새싹이 돋아나듯 조용히 그리고 빠르게.

"태영아."

태영은 엄마의 부름에 뒤늦게 정신을 차리고 대답했다.

"어? 왜? 엄마 뭐라고 했어?"

"운동은 이제 진짜 안 해도 되냐고."

"응. 안 해도 돼. 더 하고 싶은 게 생겼으니까. 나 이제 내 모든 힘을 기자 되는 데 다 쏟을 거야."

한번 꽂히면 무조건 해 봐야 직성이 풀리는 딸의 성격을 잘 알고 있던 서 간호사는 흐뭇한 미소를 지었다.

"그래. 운동하느라 몸 쓰다가 부상 오고 다치고 그런 것보단 기자가 낫겠지. 사실 아까 그 코드 블루 환자 너랑 동갑이더라. 학교도 명원고던데……."

"누구?"

태영이 두 눈을 동그랗게 뜨고 물었다. 최근 2학년 중 누가 큰 사고를 당했다거나 아프다는 얘기는 금시초문이었기 때문이다.

"누구냐면……."

누군지 말하려던 서 간호사가 말끝을 흐렸다. 그러곤 고개를 갸웃했다.

"엄마, 왜 그래? 이름 생각 안 나?"

"그게 아니라, 이름이 정확하지가 않아."

"무슨 소리야?"

"그런 게 있어. 내가 괜한 얘길 했네. 그냥 너도 모른 척해. 근데 이 도시락은 태혁이가 직접 만들었나 보네?"

서 간호사가 쇼핑백에서 보온병을 꺼내 들며 물었다.

"니 오빠 잘 있지?"

"그 인간은 엄청 잘 있어서 문제지."

"오빠한테 그 인간이 뭐야."

"암튼 엄마, 다시 한번 생일 축하해! 조만간 우리 셋이 꼭대기 바비큐가자."

"좋지. 그날은 1인 1닭 하자."

"당연한 거 아니야? 난 두 마리도 먹을 수 있어. 대접밥은 세 그릇까지 가능."

생각만 해도 침이 고이는지 입맛을 다시던 태영이 활짝 웃었다.

그 모습을 바라보던 서 간호사는 2년 전 처참한 꼴로 병원에 입원해 있던 딸아이의 모습이 떠올라 만감이 교차했다.

그때만 해도 두 번 다시는 딸의 미소를 보지 못할 줄 알았는데. 그간 혼자 잘 견뎌 내고 원래처럼 건강하고 밝은 모습으로 돌아와 준 태영에게 너무 감사한 마음이 들었다.

서 간호사는 눈에 넣어도 안 아플 사랑하는 딸을 애틋하게 바라봤다.

저녁을 먹고 당직실에서 나온 서 간호사가 2301호로 향했다.

병실 앞에 도착한 서 간호사는 문 옆에 붙은 환자 이름을 올려다봤다.

"선생님, 여기서 뭐 하세요?"

"이 환자 이름 말이야……."

"유이반 환자요?"

서 간호사는 아까 병실에서 봤던 명찰을 떠올리며 되물었다.

"유이반이라고? 유일반이 아니라? 이름 오타 난 거 아니야?"

"아닌데……. 유이반 맞아요. 그 환자 유명하거든요."

"어째서?"

"아…… 선생님은 저희 병동으로 옮긴 지 얼마 안 돼서 모르시겠구나. 그 환자 보호자가 병원장님이시잖아요."

"아들인가? 아니지, 병원장님은 결혼 안 했잖아. 게다가 유씨도 아니고."

"지금 그게 미스터리예요. 미혼부라는 소문도 있어요."

동료 간호사가 누가 들으면 안 되기라도 하듯 작게 속삭였다.

"암튼 유이반 환자 특혜니 뭐니 말이 많아서 어제 잠깐 하급 병실로 이동한 건데, 아까 그 난리가 나서 다시 VIP 병실로 옮겼어요. 전 여기 정리하러 왔구요."

동료 간호사가 이름표를 교체한 뒤 문을 열었다.

서 간호사가 안을 들여다봤다. 병실 안은 텅 비어 있었다.

"유이반!"

30대 후반이라는 비교적 젊은 나이에 병원장 자리에 오른 사지훈이 잔뜩 화가 난 얼굴로 VIP 병실에 들어와 소리를 버럭 질렀다.

지금 이 자리에 만약 사 원장의 부하 직원이 있었다면 다들 무서워서 오줌까지 지릴 수도 있는 상황이었다. 그만큼 병원 내에서 막강한 파워를 자랑하는 사 원장이었다.

하지만 사 원장이 아무리 화를 내고 욕을 하고 다그쳐도 저 18세는 표정에 변화 하나 없다.

환자복을 입은 채 소파에 누워 있던 18세 유이반이 깁스한 팔을 내밀며 사 원장을 향해 말했다.

"이거나 빨리 풀어 줘."

"새꺄, 뼈가 붙어야 풀지."

"과잉 진료야. 내가 심장은 몰라도 뼈는 튼튼하거든."

답도 없는 어린 새끼. 사 원장의 표정은 딱 그렇게 말하고 있었다. 그러든지 말든지 이반은 소파에서 일어나 터덜터덜 침대로 향했다.

"여긴 내 자린데……."

호흡기를 달고 누워 있는 환자를 응시하던 이반의 눈빛이 꽤 쓸쓸해 보였다. 마치 제가 누워 있기라도 한 듯 저와 똑같이 생긴 환자의 얼굴을 바라보던 이반은 혼잣말을 읊조렸다.

"니 자리 영영 뺏기기 싫으면 당장 일어나. 일어나라고……."

그런데 그때였다.

이반의 목소리가 들리기라도 한 걸까? 환자의 손가락이 미세하게 움직이고 있었다. 움직임을 발견한 이반이 놀란 얼굴로 사 원장을 불렀다.

"닥터! 방금 봤어? 움직였어. 손가락……."

"진정해."

웬일인지 사 원장이 침착하게 말하며 이반의 어깨를 위로하듯 어루만 졌다.

"말했잖아. 이 녀석 지금 숙면 중, 그러니까 의학적 용어로 세미 코마 상태라고. 반사적으로 움직인다거나, 눈을 뜬다거나, 충분히 있을 수 있 는 일이야."

"그럼 아깐 왜 그런 건데? 나도 다 들었어. 병원 전체가 다 뒤집어졌 다던데?"

며칠 전 원진남고 무리와 싸우느라 핸드폰이 박살 났던 이반이 근처 수리점에 핸드폰을 맡기고 돌아오니 병실은 옮겨져 있었고, 간호사 스 테이션에선 코드 블루 상황에 대해 수군거리며 다들 심각한 표정을 짓 고 있었다.

이반은 겉으론 내색하지 않았지만, 텅 빈 병실에 들어섰을 때 어찌나 놀랐는지 모른다.

항상 우리 둘 중 먼저 죽는 건 나 자신이라고 생각했었는데…….

"아깐 정말 큰일 날 뻔했어. 세미 코마에서 코마로 넘어가면 깨어날 확률은 거의 제로에 가까우니까. 근데 방금 움직임을 보니 크게 걱정 안 해도 될 것 같다."

"닥터는 대체 뭘 믿고 그렇게 자신감이 넘치는 거지?"

이반은 사고 이후 내내 자신을 향해 걱정하지 말라며 자신만만하게 말하는 사 원장을 이해할 수 없었다. 뭔가 숨기고 있는 게 분명했다. 정 확히 그게 뭔진 모르겠지만 이상하게 사 원장의 태도가 마음에 걸렸다. 그래서 이반은 나름 포커페이스를 유지하며 말을 이었다.

"벌써 몇 주째 죽은 사람처럼 누워만 있는데 걱정하지 말라고?"

"이틀 전엔 아주 잠깐이지만 눈도 떴어. 인마, 본받아. 이 녀석은 이렇게 살려는 의지가 강력하잖아. 너랑 다르다고. 말이 나와서 하는 얘기데 너 미국으로 언제 돌아갈 거야? 더 늦기 전에 수술받아야지."

"내가 지금 어떻게 가? 유일반은 누워 있고, 로봇은 망가졌고, 대회는 얼마 안 남았고…… 젠장!"

이반이 욕을 읊조리며 주먹을 꽉 움켜쥐었다. 그 모습을 옆에서 지켜 보던 사 원장이 안타까워했다.

"유이반, 지금 그깟 로봇이 니 목숨보다 더 중요하다는 거야?"

"그깟 로봇이라니."

이반이 싸늘한 표정으로 말했다.

"한국에 겨우 하나 남은 엄마 흔적이야. 그 동아리, 프리무스만큼은 그 인간이 못 건드리게 할 거야."

"……."

"엄마 유품들도 그 사람이 다 망가뜨리고, 불태우고, 없애는 바람에 흔적도 없이 다 사라졌어. 찾을 길이 없다고."

생물학적 아버지를 향한 원망을 드러내며 이반이 말했다. 그러자 사 원장이 한숨을 길게 내쉬었다. 사실 이반의 마음을 이해 못 하는 건 아니었다.

유 회장 그 작자는 정말 지독한 사람이었다.

이혼하자마자 천재 로봇 개발자라 불리던 전 부인의 눈부신 업적까지 훼손한 것도 모자라 교수직에서 불명예스럽게 퇴임하게 만들어 외국으로 쫓아냈으니 말이다.

이반의 말대로 그녀의 흔적은 명원고에 있는 프리무스라는 이름의 동아리가 유일했다.

근데 이제 그마저도 없어질 위기에 처한 것이다.

이번 세계 대회에서 우승하지 못할 시 동아리에 대한 지원을 끊겠다고 이사장이 선포했기 때문이다. 갑자기 이사장이 왜 그런 조건을 내걸었겠는가. 이는 유 회장의 압박이 있었음이 분명했다.

"형이 로봇 개발자가 되는 거 그 사람은 반대했대."

"그 사람? 유 회장?"

"어. 근데 대회 앞두고 로봇 망가진 거에 대해 어떻게 생각해?"

"그거야 사고……."

"아니. 누가 일부러 망가뜨리고 유일반도 이렇게 만든 거야."

"넌 무슨 그런 무서운 소릴 하고 그르냐?"

"두고 봐. 내가 꼭 찾아낼 거야."

이반은 사고 후 처음 동아리방에 갔을 때 난장판이던 그곳을 떠올렸다.

"잡히기만 해 봐. 가만 안 둘 거니까."

"제발 좀 진정해. 넌 대체 누굴 닮아서 이 모양인 거야?"

"알면서 왜 물어?"

이반의 대답에 사 원장은 할 말을 잃었다. 이 녀석이 닮긴 누굴 닮았겠는가. 지 엄마를 꼭 빼닮았지. 생김새부터 성격까지 아주 판박이었다.

사 원장은 학창 시절 고집불통이던 이반의 모친이자 자신의 오랜 친구 소연화를 떠올리곤 고개를 절레절레 흔들었다.

"어휴. 말을 말자. 암튼 너희 아버지는 아직 모르시지?"

"너희 아버지라니. 누가 내 아버진데?"

사나워진 이반의 눈초리에 사 원장은 서둘러 제 잘못을 인정했다.

"그래, 내가 실수했다. 유. 일. 반. 아버지 말이야. 유 회장은 모르냐고. 지 아들 여기 이렇게 누워 있는 거."

사 원장의 물음에 이반은 단호하게 말했다.

"평생 모르게 할 수도 있어. 그 집에 있는 동안 그 사람이랑 한 번도 마주친 적 없거든."

"마주치면? 만약 마주치면 어쩔 건데? 너희가 아무리 쌍둥이라지만 그 인간도 아버지야. 못 알아볼 리 없어. 분명 들킨다고."

"그럴 일 없어."

이반은 단언했다. 하지만 뭔가 걸리는 게 있는지 표정이 안 좋아졌다.

"오히려 유 회장보다 그 여자가 문제야."

"그 여자?"

이반은 거의 24시간 집에 상주하는 추옥랑 여사를 떠올렸다.

실질적 집주인이라고 해도 무방할 정도로 집 안에 있는 모든 것들을 손에 쥐고 제멋대로 관리 감독 하는 그 여자. 가끔 그 여자에게 감시당하고 있다는 사실을 깨달을 때면 숨이 막혔다.

"닥터, 추 여사에 대해 뭐 아는 거 없어?"

"추 여사? 유일반 유모 말하는 거야?"

"어. 그 여자가 내 일에 사사건건 간섭하는데 돌아 버릴 지경이야. 내가 누굴 만나는지, 뭘 먹었는지까지 다 보고해야 된다니까."

"근데 너 어떻게 지금까지 안 들켰냐? 그 꼴로 집에 갔는데도 그 여자가 모르디?"

사 원장이 깁스한 녀석의 팔을 턱끝으로 가리키며 물었다. 그러자 이반이 대수롭지 않다는 듯 어깨를 으쓱이며 대답했다.

"계단에서 굴렀다고 했어."

"이 녀석아 자랑이다."

사 원장이 상처 난 이반의 얼굴을 안타깝게 쳐다봤다.

"대체 어쩌다 그런 거야? 누구한테 맞은 거지?"

"계단에서 굴렀다니까."

"어느 계단에서 굴러야 얼굴이 그 모양이 되냐?"

"잔소리 좀 그만해. 닥터가 내 엄마라도 돼?"

"어. 이제 내가 니 엄마야. 죽은 니 엄마랑 약속했거든. 그나저나 넌 말이 점점 짧아진다?"

"언젠 상관없다며."

"그땐……."

"울 엄마한테 잘 보이고 싶었겠지. 근데 이젠 뭐 엄마 없으니까 잘 보일 상대도 없으니 반말하지 말라고?"

"아오. 됐다 됐어. 반말하든지 말든지……. 근데 너 지금 뭐 하냐?"

갑자기 환자복을 벗고 일상복으로 갈아입는 이반을 사 원장이 황당하게 쳐다봤다.

"주치의가 퇴원하라고 하지도 않았는데 누구 맘대로 환자복을 벗어?"

"검사 다 끝난 거 아니야?"

"하나 더 남았어. 내일까진 상태 지켜봐야 한다고. 요새 계속 아팠다며."

이반은 지난번 옥상에서 있었던 일을 떠올렸다. 태영이 갑자기 문을 열고 옥상으로 들어오는 바람에 문에 이마를 찧은 날이었다. 하필 그날 생살을 칼로 도려내는 듯한 통증이 찾아왔었고, 그 애 앞이라 애서 괜찮은 척했지만 실은 숨도 못 쉴 정도로 고통스러웠다. 그날부터였던 것 같다. 통증이 심해지기 시작한 건.

하지만 사 원장에겐 사실대로 말할 수 없었다. 있는 그대로 얘기했다간 이 병원에 감금될 게 분명했다.

"그냥 살짝 뻐근했던 정도야."

"근데 진통제는 왜 달라는 건데? 인마, 너 나한테 숨기는 거 있지? 안 되겠다. 너 이대론 못 가. 검사 다 받고 가."

사 원장이 이반의 앞을 가로막았다. 그러자 이반이 사 원장의 손목을 끌어다 제 심장 쪽에 가져다 댔다.

"어때? 잘 뛰지?"

이반이 짓궂은 얼굴로 말했다.

"닥터, 나 무지 바빠. 추 여사한테 가서 어제 외박한 거랑 학교 무단
결석한 거 뭐라고 변명할지 생각도 해야 되고, 내일은 학교도 가야 돼.
그래야 안 들키지. 들키면 끝이야. 그 인간이 알았다간 당장 프리무스
없애 버릴걸?"

프리무스에 집착하는 이반의 마음을 잘 알고 있던 사 원장이 두 손을
들고 항복을 외쳤다.

"알았어. 알았으니까, 대신 약 잘 챙겨 먹어. 그리고 내가 이번 일 너
한테 협조하고 눈감아 주는 건 다 그 약속 때문인 거 잊지 말고."

사 원장은 지금 몹시 진지했다. 하지만 여전히 이반의 얼굴엔 장난기
가 가득했다.

"생색 좀 그만 내. 병원이 뭐 여기만 있는 줄 알아?"

"병원이야 많겠지. 하지만 한국에서 유이반이 개인적인 용무를 부탁
할 수 있는 의사는 나뿐이지. 너 한국에 아는 사람 나밖에 없잖아."

왜 그 말을 듣는 순간 그 애의 말간 얼굴이 떠오른 건지 모르겠다.

"유이반, 무슨 생각 해?"

사 원장의 부름에 뒤늦게 정신을 차린 이반이 중얼거리듯 말했다.

"나 한국에 아는 사람 한 명 더 생긴 것 같은데……."

"뭐라고?"

"갈게."

"잠깐! 혹시라도 통증 심해지면 나한테 바로…… 아놔. 저 새끼 사람
말하는데 또 그냥 가네."

통증 얘기가 나오자마자 뒤도 돌아보지 않고 이반이 그대로 밖으로
나가 버렸다.

쾅 닫힌 문을 바라보는 사 원장의 얼굴엔 근심이 가득했다.

"저 녀석 괜찮아야 될 텐데……."

"모탱, 너 괜찮아?"

기운 없이 책상에 엎드려 있는 태영을 향해 해니가 물었다. 그러자 태영이 고개를 절레절레 흔들었다.

"안 괜찮다고? 무슨 일 있어?"

"몰라. 그냥 이상하게 기분이 안 좋아."

태영의 대답에 곰곰 생각에 잠겨 있던 해니가 왜인지 알겠다는 표정으로 놀리듯 말했다.

"유일반 얼굴 못 봐서 그런 거지? 참 나, 헤어진다더니. 학교 오기만 하면 뻥 차 버릴 거라며."

"다, 당연하지! 아주 그냥 오기만 해 봐."

"오늘은 왔던데?"

"무슨 소리야? 아까 옥상 가 보니까 잠겨 있……."

"내가 이럴 줄 알았어. 유일반 보고 싶어서 교실 오기 전에 옥상부터 갔다 왔네."

"그런 거 아니거든? 근데 유일반 진짜 학교 왔어? 지금 어딨는데?"

"구라지."

"아놔. 최니 너 죽을래?"

"죽기 전에 하나만 물어보자. 너 진짜 헤어질 거야?"

"당연하지. 너도 알잖아. 쑤쑤 님이랑 그 미팅이 나한테 얼마나 중요한 자리였는지."

"알지. 그날 촬영만 성사됐어도 니가 이렇게까지 피폐해지진 않았겠지."

눈 밑이 퀭한 태영을 해니가 안쓰럽게 쳐다보며 물었다.

"어제 잠 못 잤음?"

"응. 나 어떡하지? 공부는 진짜 내 적성에 안 맞는 것 같아. 뭐가 뭔지 하나도 모르겠어. 특히 물리! 으."

태영은 어제 물리 교과서를 보며 느꼈던 좌절감을 떠올리곤 진저리를 쳤다.

"그러니까 지금이라도 생각 바꿔."

"무슨 생각?"

"유일반이랑 헤어질 생각. 도망간 게 아니라 무슨 사정이 있었겠지."

"그 사정이 뭔지 내가 알아. 아니까 이러는 거라고."

"안다고? 뭔데?"

해니의 물음에 태영은 카페에서 녀석이 수아에게서 온 전화를 받고 사라진 것이 다시금 떠올라 괴로웠다.

그러다가도 아닐 거라고 믿고 싶고, 다시 화가 나고, 왜 그랬는지 궁금하고…… 대체 이 감정은 뭘까?

평소답지 않게 말을 아끼는 태영을 해니가 의아하게 쳐다보더니 손뼉을 쳤다.

"알았다! 여자 문제지? 혹시 유일반 양다리?"

"!"

태영은 표정 관리에 실패하고 말았다. 급기야 너무 놀라 두 눈을 동그랗게 떴다. 최해니는 정말 이쪽 방면으론 천재 같다.

"맞네. 맞아. 대체 어떤 년인데? 누구냐고, 내가 아주 그냥…… 아니다. 유일반 그 새끼를 먼저……."

"잠깐! 아니야. 그런 거 아니라니까."

"아니긴 뭐가 아니야. 여자 맞구만. 그런 거 아니면 멀쩡하던 놈이 너랑 같이 있다가 갑자기 사라질 일이 뭐가 있냐고. 것도 중요한 약속 앞두고. 야, 됐어. 그냥 헤어져. 니 말대로 니가 먼저 뺑 차 버려!"

갑자기 태영의 연애사에 과몰입한 해니가 열을 내며 노발대발하자 태영은 더 기운이 빠졌다.

"으이구. 우리 불쌍한 연애 쪼렙 모탱. 제발 정신 좀 차려."

"내가 뭘 어쨌다고."

"양다리 걸친 놈 뭐가 좋다고 어제부터 계속 1반이랑 옥상 기웃거리냐? 유일반이 지 발로 찾아와서 사과하게 만들어야지, 왜 니가 더 걔 얼굴 못 봐서 안달이냐고."

"그거야 헤어지자고 말하려고……."

"보고 싶어서가 아니고?"

"아니거든?"

태영이 발끈했다. 그를 더 수상하게 쳐다보던 해니가 추궁했다.

"그래? 진짜 아니야? 그럼 지금 당장 유일반한테 문자 보내. 헤어지자고."

"문자는 좀 그렇지 않나? 만나서……."

"만나면 못 헤어질걸."

"어째서?"

"잘생겼잖아. 너 잘생긴 거 좋아하잖아."

어이없는 대답에 태영이 헛웃음을 지으며 해니를 째려봤다.

"지금 농담이 나와?"

"농담 아니거든? 나라도 그 얼굴 보면 헤어지자는 말 안 나오겠다. 연애 쪼렙인 넌 더 힘들 거고."

"웃기시네. 난 할 수 있어. 하여튼 나타나기만 해 봐. 온 힘을 다해 뻥차 버릴 테다!"

태영은 스스로에게 다짐이라도 하듯 두 주먹을 불끈 쥐었다. 그 모습을 영 미덥지 않게 쳐다보던 해니가 자리에서 일어났다.

"매점이나 가자. 오늘 우리 유권이가 쏘는 날이야."

"난 됐어. 둘이 가. 아! 최니 너 주유권한텐 말하지 마."

"뭘 말하지 마? 유일반 바람피운 거?"

"바람 아니라고 했다."

"그럼 모탱이 유일반 뻥 차 버리겠다고 다짐한 거?"

"뭐든. 뭐든 다 말하지 마. 너도 알잖아. 주유권이 아는 순간 전교생한테 다 소문나는 거."

"알지. 말 안 할게. 근데 너 진짜 매점 안 가?"

"응. 생각 없어."

태영이 기운 없는 얼굴로 철퍼덕 책상 위에 엎드렸다. 그러자 해니가 안타깝게 쳐다보더니 교실을 나가 버렸다.

그리고 잠시 후 태영이 작게 한숨을 내쉬며 핸드폰을 꺼냈다.

비어 있는 문자 함.

결국 어제 못 참고 녀석에게 먼저 문자까지 보냈건만.

"씹혔어....... 이럴 줄 알았으면 보내지 말걸."

무슨 일 있냐며, 왜 학교는 안 오냐며, 너 진짜 이럴 거냐며, 막 걱정했다가 욱했다가 구구절절 장문의 문자를 보낸 자신의 손을 원망하며 태영은 다시 책상 위에 엎어져 버렸다.

3교시 쉬는 시간이었다.

"잠깐!"

태영과 나란히 팔짱을 끼고 음악실로 이동하던 해니가 갑자기 걸음을 멈춰 세우더니 복도 끝을 가리켰다. 태영이 의아한 눈길로 해니가 가리킨 쪽을 쳐다봤다.

"쟤 유일반 아니야?"

"그냥 가자."

"가긴 어딜 가, 드디어 만났는데. 근데 쟤 학교 언제 왔지? 유권이 말론 유일반 쟤 오늘도 결석이랬는데."

해니가 도망가려는 태영을 붙잡았다.

"어딜 자꾸 도망가! 유일반 얼굴 보고 말한다며. 뻥 차 버릴 거라며."

"하, 학교 끝나고 할 거야."

말까지 더듬으며 녀석이 뒤를 돌아볼까 봐 전전긍긍하는 태영을 해니가 이상하게 쳐다봤다.

"모탱 너 뭐야. 갑자기 왜 쫄보가 됐어?"

"그래 나 그냥 쫄보 할게. 그니까 빨리 가자."

태영이 해니의 팔을 마구 잡아당기며 반대쪽으로 향했다.

"알았어. 간다, 가. 근데 이상하네?"

"또 뭐가?"

"1반 4교시 지구 과학이라 제1과학실로 가야 되는데."

태영이 고개를 돌렸다. 녀석은 제2과학실로 향하고 있었다.

또 길 잃은 거야? 대체 저 녀석은 길치야 뭐야? 제1과학실은 1층에 있다고 몇 번 말했는데. 저러다 수업 늦으면 어쩌려고. 아니다. 늦든 말든 이제 나랑 상관없는 일이잖아. 헤어질 건데.

"가자."

"정말 그냥 가려고?"

"가자고. 음악 수업 늦어."

태영은 해니를 억지로 끌고 녀석이 서 있는 곳과 반대 방향으로 걸어가기 시작했다.

한편, 이반은 등교하자마자 태영을 만나러 2반에 갔다가 음악실로 이

동했다는 소릴 듣고 별관에 왔다. 하지만 찾는 음악실은 안 보이고 웬 과학실 앞이다. 녀석은 그저 애꿎은 푯말만 노려봤다.

"대체 음악실이 어디야?"

짜증이 가득 실린 얼굴로 허리춤에 손을 올린 이반이 뒤를 돌았다. 그런데 저 끝에 익숙한 뒷모습이 보였다. 그 애였다. 친구와 재잘거리며 점점 더 멀어지는 태영을 발견한 이반은 서둘러 태영의 뒤를 따라가려는데.

"유일반!"

누군가 일반의 이름을 부르며 이반을 붙잡았다. 이반이 고개를 돌렸다. 물리 선생이었다.

그는 이반이 그동안 이 학교에서 가장 많이 만난 선생님이었다. 이 선생님은 교장 다음으로 과학 천재 유일반에게 엄청난 관심을 쏟고 있었다.

"아픈 덴 괜찮니? 계단에서 굴렀다며?"

물리 선생의 물음에 이반이 화들짝 놀라며 되물었다.

"그걸 어떻게 아셨어요?"

계단에서 구른 건 추 여사만 아는 얘긴데. 아, 닥터도 있구나. 혹시 닥터가 얘기했나?

"어제 오후에 너희 집에서 전화 왔었어. 근데 내가 알기론 너희 어머님은……."

물리 선생이 흘끔 이반의 눈치를 보며 말끝을 흐렸다. 그러자 이반이 대신 말을 이었다.

"돌아가셨어요. 근데 그건 왜 물으세요? 혹시 어제 여자분이 전화하셨어요?"

물리 선생이 고개를 끄덕였다. 이반은 이제야 전화한 사람이 추 여사라는 걸 확신했다.

"암튼 너희 집에서 진단서도 보내 주셨으니 병결로 처리될 거야. 그러니까 너무 걱정하지 말고."

"근데 선생님이 왜 제 출결을 체크하세요? 담임도 아니잖아요."

"교실에 잘 안 들어와서 몰랐구나? 나 1반 담임 된 지 좀 됐는데? 암튼 그러니까 당분간 무슨 일 있으면 나한테 와. 알았지?"

"아…… 네."

"대회 준비는 어떠니? 잘되고 있지?"

"네."

"그래. 너무 무리하지 말고."

"네."

"그럼 수고…… 아, 잠깐."

물리 선생이 또다시 이반을 붙잡았다.

"왜요?"

이반이 저도 모르게 인상을 확 찡그렸다. 그 살벌한 표정을 마주한 물리 선생은 흠칫했다.

"저, 저기…… 너 혹시 나한테 뭐 서운한 거 있니? 아니 말이야, 요새 부쩍 말도 무뚝뚝하게 하고, 눈빛도 매섭고……."

"그런 거 아니에요. 얼른 들어가세요."

이반은 뒤늦게 유일반스럽게 웃어 봤지만 물리 선생의 오해는 쉽게 풀리지 않았다.

"진짜 아니지? 나한테 안 좋은 감정 그런 거 없는 거지?"

"그렇다니까요."

이반이 아래턱에 힘을 잔뜩 준 채 억지로 대답했다. 그렇게 물리 선생에게 붙잡혀 있는 사이, 결국 쉬는 시간이 끝났음을 알리는 종이 울렸고, 태영을 만날 수 없게 된 이반은 점점 인내심의 한계에 다다르기 시작했다.

"선배님, 식사 맛있게 하세요."

후배들의 인사를 받는 것도 이젠 제법 익숙해졌다. 처음엔 무지 귀찮았지만, 인간은 적응의 동물이랬다.

급식실에 들어선 이반은 태영이 항상 지적하던 차가운 인상을 숨기고 제법 유일반스럽게 웃으며 선후배들과 인사를 주고받았다. 그러곤 식판을 들고 구석으로 향했다.

그 애는 유일반은 인싸라며 아웃사이더처럼 구석에서 먹지 말라고 했지만, 이반은 이 자리가 가장 편하고 심적으로 안정감을 느꼈다. 남들에게 주목받는 건 딱 질색이다. 그래서 이반은 형의 학교생활이 대체적으로 불만족스러웠다.

아, 만족스러운 거 하나 있다. 바로 이 급식.

이반은 반찬과 밥이 푸짐하게 담긴 식판을 만족스럽게 바라봤다.

오늘의 주메뉴는 닭강정. 그 애가 좋아하는 닭이다. 저번 주말에 이상한 동네 꼭대기에서 먹었던 대접밥과 치킨이 떠오른 이반은 괜히 군침이 돌았다.

메뉴 보자마자 또 좋다고 펄쩍 뛰겠네. 그 애의 미소를 떠올리니 웃음이 절로 나온다.

그렇게 닭강정을 보고 좋아할 태영의 미소를 기대하며 이반은 밥을 먹는 척 급식실 입구만 쳐다봤다. 그러다 마침 급식실에 들어온 태영과 눈이 딱 마주치고 말았다.

그런데 웬걸? 그 애는 저와 시선이 마주치자마자 잽싸게 배식을 받으러 쌩하니 달려가는 게 아닌가. 평소 같았으면 손을 흔들고 왜 또 거기 앉았냐고 핀잔 섞인 눈빛을 보냈을 텐데 말이다.

심지어 그 애는 다른 테이블에 앉아 밥을 먹기 시작했다.

무시당한 이 기분. 태어나서 처음 겪어 본 감정이었다.

뭔가 명치 아래가 기분 나쁘게 아프기 시작했다.

어떻게 하면 좋을지 고민할 새도 없었다. 본능적으로 자리에서 벌떡 일어나 그 애에게로 향했다.

하지만 그 애가 앉은 테이블엔 이미 사람이 꽉 차 있었다.

이반은 제일 만만해 보이는 해니를 향해 유일반스럽게 아주 정중하게 부탁했다.

"미안한데 자리 좀 바꿔 줄 수 있을까?"

햇살처럼 밝은 미소를 지으며.

그러자 해니가 자리에서 벌떡 일어났다.

역시 통했다.

"물론이지. 바꿔 주고말고. 얼른 여기 앉아."

"바꾸긴 뭘 바꿔. 그냥 먹어. 최니, 너 가기만 해 봐."

하지만 태영의 말이 끝나기도 전에 해니가 후다닥 다른 테이블로 도망갔다.

태영은 배신감에 가득 찬 얼굴로 해니를 째려봤다. 아깐 당장 헤어지라며 난리를 치더니 녀석의 미소 한 방에 넘어가다니. 저 배신자!

"야, 너 왜 나 피하냐?"

해니가 일어난 자리를 이반이 차지하고 앉으며 태영을 향해 물었다. 그러자 태영은 이반의 말을 무시하고 자리에서 벌떡 일어났다. 그리고 테이블을 벗어나려는데.

"가지 마."

"……."

"같이 밥 먹자."

녀석의 목소리가 태영의 발걸음을 무겁게 붙잡았다.

태영은 도저히 걸음이 떨어지지 않았다. 천천히 고개를 돌려 녀석을 쳐다봤다. 그러자 녀석은 제 식판 위에 있는 닭강정을 태영의 식판으로 옮기기 시작했다. 벌써 산더미처럼 닭강정이 밥 위에 쌓여 갔다.

　"뭐 해? 빨리 앉아."

　태영이 뚱하게 서 있자 녀석이 작게 한숨을 내쉬며 말했다.

　"일요일에 있었던 일 때문이면 이걸로 화 풀어. 나한테도 어쩔 수 없는 사정이 있었으니까."

　녀석의 말에 발끈한 태영이 자리에 앉으며 되물었다.

　"무슨 사정?"

　"말 못 할 사정."

　"뭐? 넌 지금 이 상황에서 농담이 나와?"

　"농담 아니야. 진짜 그럴 만한 사정이 있었어."

　끝까지 어떤 사정인지 입을 열지 않는 녀석을 태영은 어이없게 쳐다봤다.

　"넌 내가 우습지?"

　"너 우습게 생각한 적 한 번도 없어."

　"웃기지 마. 이딴 닭강정 몇 개 던져 주면 다 해결될 거라고 생각하잖아."

　"뭘 해결할 생각 같은 건 없었고, 그냥 니가 좋아하는 반찬이라 준 건데."

　"어? 뭐?"

　"너 닭 좋아하잖아."

　녀석이 웃는다. 피식 웃는 게 비웃는 것도 같지만 어쩐지 얼굴에 웃음기가 도는 모습이 천진한 어린아이 같아 태영의 마음이 쿵 내려앉았다.

　뭐야. 갑자기 왜 저렇게 예쁘게 웃어? 젠장. 최해니 말이 맞았어. 이 얼굴 앞에서 내가 무슨 말을 하냐고. 아니야. 말리지 마. 모태영, 정신 차려. 이 녀석 얼굴에 지면 안 된다고.

"암튼 난 너 용서 못 해."

"알았으니까 일단 밥이나 먹자."

녀석이 태영의 손에 수저를 쥐여 줬다. 자존심 상한다. 무슨 내가 밥순인 줄 아나. 밥이면 다 되는 줄 아나!

꼬르륵.

하필 그때 태영의 배에서 소리가 울렸고. 태영은 쪽팔려서 얼굴이 새빨개졌다. 이럴 줄 알았으면 아까 최해니 따라 매점 가서 배 좀 채워 놓을걸. 이게 뭔 망신이야.

"나 못 들었어."

녀석이 또 피식 웃으며 태연한 척 밥을 먹었다. 태영은 수치심에 입술을 꽉 깨문 채 녀석을 째려봤다. 그리고 결심했다. 오늘 급식은 포기다.

하지만 도저히 손에서 떨어지지 않으려는 수저.

일단 밥은 먹을까? 닭강정만이라도 먹을까? 미친 듯이 갈등하던 태영은 정말 온 힘을 다해 수저를 내려놓았다. 오늘만큼은 밥보다 자존심을 선택한 것이다.

"?"

태영이 수저를 내려놓자마자 녀석은 놀란 얼굴로 쳐다봤다. 니가 밥을 안 먹어? 대충 그런 눈빛이었다. 그게 또 왜 이렇게 화가 나는지 태영이 씩씩거렸다.

"내가 중요한 날이라고 했잖아. 너한테 나 운동부 시절에 있었던, 정말 절대 말하고 싶지 않았던 일들까지 다 털어놓으면서 부탁했잖아. 도와 달라고. 근데 어떻게 말도 없이 사라질 수가 있어? 최소한 연락이라도 했었어야지."

"알아. 그래서 나도 어떻게든 돌아가려고 했는데……."

"변명하지 마. 결과적으론 안 왔잖아."

"……."

"너 때문에 내 입장이 얼마나 곤란했는지 알아? 근데 뭐? 말 못 할 사정? 웃기고 있네. 내가 모를 줄 알아? 너 그날 어디 갔는지 내가 다 알거든?"

너 수아한테 갔잖아. 이 나쁜 새끼야!

차마 그 말은 꺼내지 못한 채 태영은 자리를 박차고 급식실을 나가 버렸다.

잡을 새도 없이 사라져 버린 태영의 빈자리를 물끄러미 내려다보던 이반은 뒤늦게 태영을 따라가려고 자리에서 일어섰는데.

"!"

털썩. 도로 주저앉고 말았다.

또 심장에 통증이 찾아온 것이다. 이반은 숨이 턱 막히는 기분이 들었다. 시야는 점점 흐릿해졌고, 호흡이 가빠졌다.

녀석은 어떻게든 정신을 잃지 않으려 심장을 부여잡은 채 죽을힘을 다해 고통을 삼켜 내고 있었다.

"어이구, 잘 먹네."

매점 한구석에서 라면을 흡입하고 있는 태영을 해니가 신기하게 쳐다봤다.

"모탱, 지금 라면이 목구멍으로 들어가?"

"못 들어갈 이유 뭔데. 너무 맛있는데? 볶음면 하나 더 먹을까?"

국물까지 원샷 하는 태영을 해니가 물끄러미 보며 말했다.

"유일반은 식판에 손도 안 대고 다 버리던데. 지금쯤 배 무지 고프겠다."

"그래서 뭐 어쩌라고."

"빵이랑 우유 사서 동아리방 가 봐."

"빵은 무슨. 걔 밀가루 알레르기 있거든?"

"밀가루 알레르기는 무슨. 유일반이 제일 좋아하는 음식이 떡볶이랬
는데."

"누가?"

"우리 유권이가. 그래서 둘이 시험 끝나면 항상 떡볶이 먹으러 가잖
아."

"떡볶이를 먹는다고? 밀떡? 쌀떡?"

"당연히 밀떡이지."

태영은 지난번 떡볶이집에서 떡볶이는 쳐다도 보지 않던 녀석이 떠올
랐다. 뭐지? 기억만 잃은 게 아니라 미각도 잃었나?

"무슨 생각 해?"

"어? 아니야. 그냥 볶음면에 치즈 추가할까 말까 뭐 그런 생각. 그런
생각을 해야 돼. 정신 차려야지."

태영은 또 습관처럼 녀석을 떠올리고 있던 자신의 머리통을 주먹으로
툭툭 건드리며 자책했다.

"그냥 웬만하면 화해하지 그래? 내가 봤을 땐 둘 사이에 오해가 있었
던 것 같은데."

설득하는 해니를 태영이 흘겨봤다.

"최니 너 뭐야. 헤어지라고 난리 칠 땐 언제고. 아까부터 왜 계속 유
일반 편만 들어?"

"편은 무슨. 난 중립 박았거든?"

"그니까 왜 중립이냐고. 넌 내 편이어야지. 아까 급식실에서도 자리
는 왜 비켜 주냐고. 너 때문에 닭강정도 못 먹었잖아."

"야 말도 마. 넌 못 봐서 그래."

"뭘?"

"너 급식실에서 나가자마자 유일반이 갑자기 심장을 움켜잡더니 괴로워하더라니까. 무슨 실연당한 사람처럼. 대체 너 유일반한테 뭐라고 했길래 걔가 그렇게 충격받은 거야?"

"최니, 있잖아. 그 녀석이 그런 거에 충격받을 타입이 아니라고. 예전의 유일반이면 모를까."

"예전의 유일반?"

"!"

저도 모르게 말이 헛나온 태영은 서둘러 손으로 입을 가렸다.

"너 뭐야? 예전의 유일반은 뭐냐고. 뭔데?"

"그, 그런 게 있어. 암튼 괜히 불쌍한 척 엄살 피운 걸 거야. 이미지 관리하느라고."

"너 진짜 헤어질 거야?"

"어. 이따 수업 끝나고 말할 거야."

"정말?"

"정말!"

"근데 결정적인 이유가 뭐야?"

"그거야 말도 없이 사라지고 잠수 탔잖아."

"사정이 있다잖아."

"그 사정 나한텐 말 못 한다잖아."

"말 못 할 사정이니까 말을 못 하지."

"에잇! 너랑 말 안 해."

화가 난 태영은 입을 꾹 다물어 버렸고, 해니는 대체 그 사정이란 게 뭘까 추리를 하기 시작했다.

"일단 여잔 아닌 것 같아."

"아깐 양다리라며."

"아니야. 백퍼, 아니 이백? 삼백? 암튼 절대 아니야."

아니긴 뭐가 아니야. 그거 맞거든? 여자 맞거든! 게다가 그 여자가 수아거든?

태영은 속으로 아우성쳤다. 말하고 싶어서 하소연하고 싶어서 입이 근질근질했다.

"모탱, 넌 몰라. 급식실에서 널 보는 유일반의 눈빛이 얼마나 스윗했는지."

"너 시력 몇?"

"렌즈 빼면 거의 눈이 없다고 봐야지."

"그니까 옆에 있는 친구랑 남친도 구분 못 하잖아."

"그치. 그래서 내가 유권인 줄 알고 너한테 뽀뽀했잖아."

"우웩!"

태영이 오바이트하는 시늉을 하자 해니가 섭섭한 표정으로 째려봤다.

"암튼 아깐 안 보여도 보였어. 막 느껴졌거든. 너를 향한 유일반의 마음이! 제삼자가 보면 딱 안다니까. 유일반은 찐이야. 그니까 둘이 오해 풀고……."

"주유권이다!"

"어디?"

남친 이름에 즉각 반응하고 손거울부터 꺼내 얼굴 점검을 하는 해니를 보며 태영이 고개를 절레절레 흔들었다.

"자기! 완전 대박, 빅뉴우스!"

아오, 시끄러. 태영이 귀를 틀어막았다. 주유권이 호들갑을 떨며 매점으로 달려 들어왔기 때문이다.

"그럼 난 이만."

주유권이 해니 옆에 앉자마자 태영이 슬그머니 자리에서 일어났다.

"모탱, 그냥 가려고? 넌 꼭 봐야 되는데."

"뭔데?"

주유권이 태영에게 핸드폰을 들이밀며 동영상을 재생시켰다.

"!"

그 동영상을 본 태영의 두 눈이 휘둥그레졌다.

"이게 뭐야?"

"뭐긴 뭐야. 패싸움 현장이지. 나도 내 친구한테 받은 거야."

"그니까 왜…… 왜 여기 유일반이 있어?"

태영은 믿기지 않는다는 눈빛으로 영상을 들여다봤다.

대여섯 명이 넘는 남자애들한테 둘러싸여 있는 사람은 분명 녀석이었다.

녀석이 싸움을 하고 있었다. 아니 쪽수에 밀려 일방적으로 맞고만 있다고 말하는 게 더 정확했다. 그리고 주도적으로 유일반을 발로 밟고, 주먹을 날리고 있는 남학생은 저번에 날 괴롭히던 원진남고 그 새끼가 분명했다.

"모탱, 이거 유일반 맞지? 근데 이상하네, 이 녀석이 싸움하고 그럴 녀석이 아닌데……."

"이거 언제 찍은 거야?"

"몰라. 근데 이 패거리들 원진남고 애들이라는데? 뭐 아는 거 있어?"

넘어지면 또 일어나고, 계속 일어나 싸우는 녀석의 옷이 주말에 입었던 옷과 똑같다는 걸 알게 된 태영은 의자를 박차고 매점을 뛰쳐나갔다.

말 못 할 사정이라는 게…….

나 때문이었다니.

태영은 미안한 마음에 서둘러 옥상으로 향했다.

"하아……."

진통제 덕분에 겨우 통증이 가라앉은 이반은 소파에서 일어나며 안도의 한숨을 내쉬었다. 이제야 살 것 같았다.

"다 젖었네."

얼마나 고통스러웠는지 흘린 식은땀에 티셔츠가 흠뻑 젖어 있었다. 찜찜함을 조금도 견디지 못하고 이반이 티셔츠를 훌러덩 벗어 버렸다.

다부진 상체엔 멍 자국과 상처가 가득했다.

캐비닛에 달린 거울을 통해 상처를 대수롭지 않게 들여다보던 이반은 캐비닛에서 체육복 상의를 꺼내 들었다.

"이건 빨아 놓은 거겠지?"

위생 관념 제로인 형을 영 믿지 못하겠는지 이반은 찜찜한 얼굴로 체육복을 탈탈 털었다. 냄새는 안 나서 다행이긴 한데 썩 내키진 않았다. 하지만 땀에 젖은 티셔츠보단 낫겠다 싶어서 체육복을 입으려는데.

철컥.

갑자기 문이 열리고 누군가 들어왔다.

옥상으로 뛰어 올라온 태영은 주저함 없이 달려가 동아리방 문을 활짝 열었다.

"!"

그런데 웬걸 녀석이 상체를 탈의한 채 서 있는 게 아닌가. 태영은 너무 놀라 손잡이를 잡은 채 그대로 굳어 버렸다.

"나가서 기다려."

녀석은 태연한 얼굴로 체육복을 입으며 말했다. 그제야 현실을 자각한 태영은 황급히 문을 닫았다. 그러곤 빨개진 얼굴로 옥상을 한 바퀴 돌며 손톱을 물어뜯었다.

"어떡하지? 어뜩해……."

태영은 울상을 지었다. 아까 녀석의 벗은 몸에 칭칭 감긴 붕대와 상처를 봤기 때문이다.

나 때문에 원진남고 애들이랑 시비가 붙어서 저렇게 된 거겠지? 난 그것도 모르고 수아한테 간 줄 알고 그 난리를 쳤으니……

"뭐 하냐?"

어느새 옥상으로 나온 녀석이 난간에 기대며 태영을 쳐다봤다. 태영이 걸음을 멈추고 쪼르르 녀석에게로 다가갔다.

"미안해!"

"뭐가? 옷 갈아입는데 불쑥 들어온 거?"

"그것도 미안하고, 그리고……"

"됐어."

녀석이 무심하게 말하며 몸을 돌려 운동장을 내려다봤다. 바람에 흩날리는 머리카락을 쓸어 넘기며 녀석이 가라앉은 목소리로 말했다.

"어디서 무슨 소릴 들었는진 모르겠는데 그런 표정 짓지 마. 너 때문에 다친 거 아니니까."

"아니긴 뭐가 아니야. 나만 아니었어도 너 원진남고 애들한테 그렇게 두들겨 맞진 않았을 텐데……"

"두들겨 맞다니! 아니거든? 거의 비긴 거거든?"

녀석이 발끈했다. 태영은 죄스러운 얼굴로 고개를 푹 숙였다.

"안타깝게도 너 걔들한테 두들겨 맞는 영상 다 퍼졌어."

"영상이 있어? 어디?"

"주유권한테."

"잘됐다. 그거 증거 영상으로 쓰면 되겠네. 걔들 내가 싹 다 고소할 거야. 나도 다 생각이 있어서 일부러 맞아 준 거야. 야, 보류. 맞아 준 거라고."

"어…… 그, 그래."

여전히 기가 팍 죽은 태영을 물끄러미 쳐다보던 이반이 헛웃음을 지었다. 태영의 교복에 붙은 라면 면발을 발견한 것이다.

"근데 너 지금 나한테 사과하러 온 거 맞지? 라면 먹었다고 광고하러 온 게 아니라."

"어? 나 라면 먹은 거 어떻게 알았어?"

"그거나 떼."

이반이 턱끝으로 태영의 교복을 가리켰다. 고개를 숙인 태영이 면발을 발견하곤 후다닥 손으로 털어 냈다.

"미안."

"뭐야. 아까랑 태도가 너무 다른 거 아니야?"

"그거야 아깐 니가 잠수 탄 이유를 몰랐으니까. 암튼 오해해서 미안해. 그렇게 아프면 아프다 연락이라도 하지 그랬어."

"핸드폰 고장 나서 수리 맡겼어. 그거 찾아오느라 오늘 늦은 거고."

녀석이 주머니에서 꺼낸 핸드폰을 보여 줬다. 태영은 순간 그제 그리고 어제 녀석에게 문자로 마구 퍼부은 게 생각났다. 태영이 녀석의 핸드폰을 흘끔 쳐다보며 물었다.

"아…… 그럼 문자 온 거 아직 확인 안 했으려나?"

"무슨 문자?"

어? 이 녀석 아직 문자 확인 안 했나 보다! 혹시 핸드폰 고장 나서 문자도 다 날아갔으려나? 오, 천만다행이다. 태영이 속으로 안도의 한숨을 내쉬고 있었는데.

"너 내가 저주할 거야."

"!"

태영이 흠칫 놀라며 녀석을 쳐다봤다.

"왜 그렇게 놀라? 이거 혹시 니가 보낸 거야? 아까 핸드폰 켜니까 협박 문자만 막 날아오던데. '유일반 망해라.', '니 기억은 영영 돌아오지 못할 거야!' 같은 거."

녀석이 태영의 흉내를 내며 친절히 문자를 읽어 줬다. 태영은 쪽팔려서 미칠 것만 같았다.

"알았어. 그만. 그만 좀 읽어. 그건 그냥 홧김에 보낸 거니까 마음에 두지 마. 진심 아니야."

"아니야?"

"그래, 아니야. 사실…… 니가 일부러 나 버리고 간 줄 알았어."

"아까 말했잖아. 사정이 있었다고."

"많이 다쳤던 거야?"

"그냥 가벼운 뇌진탕."

"뇌진탕? 어? 그럼 기억은? 영화나 드라마에서 보면 머리에 충격받으면 원래대로 기억 돌아오던데……."

"또 그 소리냐? 넌 내가 원래대로 돌아갔으면 좋겠지?"

"어."

태영의 대답을 들은 이반은 질투가 났다. 태영이 원하는 건 자신이 아니라 형, 유일반이라고 말하는 것 같았으니까.

"사실 내가 너한테 진짜 궁금한 게 있는데 그걸 알아내려면 니 기억이 돌아와야 돼. 그래서 하루라도 빨리 니가 원래대로 돌아왔으면 좋겠어."

"궁금한 게 뭔데?"

"니가 나랑 왜 사귄다고 했는지 알고 싶어."

"그게 왜 알고 싶은데?"

태영은 비 오는 날 저녁 우산 밑에서 송바위가 했던 말이 떠올랐다.

'그 새끼는 권수아 좋아해.'

'무슨 근거로 그런 말을……'

'둘이 키스하는 거 내가 봤거든.'

'……뭐? 언제?'

'너 유일반이랑 사귄다고 학교 게시판 난리 났던 날. 그날 점심시간 강당 뒤에서.'

송바위가 없는 말을 지어낼 녀석도 아니고, 그 말이 사실이라면 유일반은 수아를 좋아하면서 사귀자는 내 고백을 받아 준 건데. 대체 왜? 왜 그런 짓을 한 거냐고.

정말 믿을 수가 없었다.

태영은 심란한 얼굴로 녀석을 바라봤다.

"진짜 기억 안 나? 내가 너한테 사귀자고 했을 때 넌 고민도 하지 않고 그러겠다고 했어. 도대체 왤까?"

"그게 갑자기 왜 궁금한데?"

"어떻게 들릴지는 모르겠지만, 내가 지금 와서 곰곰이 생각해 보니까 그때 너한테 사귀자고 한 건 널 좋아해서 그런 게 아니라 이용했던 것 같아."

"이용?"

"너튜브에 출연하고 싶어서 사귀자고 했던 것 같다고. 그렇다면 너도 뭔가 이유가 있어서 나랑 사귀기로 한 거 아닐까? 날 좋아해서 그런 게 아니라……."

"잠깐, 그러니까 그때 너는 유일반을 딱히 막 엄청 좋아해서가 아니라, 너튜브에 같이 출연하고 싶어서 사귀자고 했다?"

"어. 그래 맞아. 맞는 것 같아. 울 학교에 너 싫어하는 여자애 없잖아. 나도 그중에 한 명이었을 뿐이야. 그니까 너도 너무 부담 갖지 마."

형을 좋아하지 않았다고 고백하는 태영의 말에 이반은 저도 모르게 입꼬리가 씰룩 올라갔다. 하지만 태영의 표정은 무척이나 진지했다.

"그니까 이제 그만하자."

"?"

"아무래도 안 되겠어. 우리 이제 각자 갈 길 가자."

"뭐?"

"나 어디서 너 기억 잃었다는 말 절대 안 할게. 그러니까 우리 이쯤에서 그만……."

"뭘 그만해?"

"내가 이 얘긴 안 하려고 했는데 어차피 너 기억 돌아오면 다 알게 될 거 그냥 말할게."

태영은 고민하다 겨우 입을 열었다.

"아무래도 너 수아랑 사귀는 사이였던 것 같아."

"뭐? 누가 그래?"

"송바위가 그랬어. 넌 내가 아니라 수아를 좋아한다고."

"송바위?"

녀석이 헛웃음을 지으며 태영을 바라봤다.

"지금 그 새끼 말만 믿고 유일반이 아니, 내가 양다리 걸쳤다는 거야? 증거 있어?"

"송바위가 봤대."

"뭘?"

"수아랑 너 키스하는 거."

"돌겠네."

이반은 억울했다. 사실 엄밀히 말하면 키스는 내가 아니라 형이 한 거잖아!

"난 안 했어."

이반은 우겼다. 아니, 우긴 게 아니지. 이게 팩트니까.

"난 걔 얼굴도 기억 안 나."

"이제 차차 다 기억날 거야. 좀만 기다리면 원래대로 다 떠오를 거고."

"아니라고. 그 새끼가 잘못 본 거야. 난 아니야."

아닌 거 맞잖아. 난 안 했다고. 이반은 강력하게 부인했다. 그런 그를 긴가민가하는 표정으로 쳐다보던 태영은 고개를 절레절레 흔들었다.

"나도 아니야. 우린 헤어지는 게 맞는 것 같아. 뭐 보류 상태라 우리가 사귄 건 고작 하루뿐이었지만. 이것도 사귄 건가 뭐 잘 모르겠지만. 어쨌든 우린 이제 그냥 친구로……."

"난 여자랑 친구 안 해."

딱 잘라 거절 의사를 밝힌 녀석을 태영이 섭섭하게 쳐다봤다.

"그럼 어떡해? 친구로도 안 지낸다고 하면……."

"보류하면 되지."

"뭐? 또 보류?"

"어."

"어째서? 왜 또 보류냐고!"

기막힌 얼굴로 태영이 따졌다. 그러자 녀석이 태영을 빤히 쳐다보며 대답했다.

"지금부터 내가 하는 말 똑똑히 들어."

"……."

"난 너 말고 다른 여자랑 키스해 본 적 없어."

"야! 내가 언제 너랑 키스했어?"

"수영장 기억 안 나? 우리 집에서 기억 안 나?"

"그건 키스가 아니라……."

"아무튼 내 입술 너한테만 썼어."

"……."

"그니까 헤어지는 건 보류야."

녀석이 딱 잘라 말하곤 뒤를 돌았다. 동아리방으로 들어가는 녀석의 뒷모습을 바라보는 태영의 마음이 착잡했다.

그 시각 송바위는 오늘도 어김없이 학교를 째고 PC방에서 게임을 하고 있었다. 하지만 오늘따라 영 집중이 되지 않았다.

"말하지 말 걸 그랬나?"

역시 괜히 말한 것 같다. 바위는 권수아랑 유일반이 키스하는 걸 봤다는 사실을 태영에게 말한 일이 내내 마음에 걸렸다.

제 말에 충격받은 태영의 얼굴이 자꾸만 아른거렸다. 동시에 요즘 유일반 그 새끼한테 무슨 약점이라도 잡혔는지 질질 끌려다니는 태영을 생각하니 속에서 열불이 났다.

쥐고 있던 마우스를 확 던져 버린 송바위는 의자를 뒤로 젖힌 채 생각에 잠겼다.

하지만 나오는 건 한숨뿐이었다.

그런데 하필 그때 원진남고 교복을 입은 무리가 PC방에 우르르 들어와 뒤편에 자리를 잡았다.

저놈들과 얽히면 괜히 골치 아파질 거라는 걸 잘 알고 있던 송바위는 그냥 조용히 일어나 밖으로 나가 버렸다.

한편, 뒤쪽에 자리를 잡은 원진남고 무리가 시끄럽게 떠들기 시작했다.

"모태영 번호 아는 사람 있냐?"

"걔 SNS는 있던데 DM 보내."

"야, 내 작품도 같이 보내. 유일반 처맞는 영상 말이야. 그거 내가 찍은 거임."

"킥킥. 그 새끼 움직이면 모태영 운동부 학폭 사건 명원고에 소문낸다니까 처맞기만 하더라. 지 지갑 털린 줄도 모르고 병신 새끼. 야, 오늘은 내가 쏜다!"

무리 중 한 명이 훔친 지갑에서 지폐를 꺼내 돈 자랑을 했다.

"욜, 유일반 개새끼 돈 존나 많아. 카드도 있…… 헉! 너, 넌……."

지갑을 뒤지던 원진남고 무리가 누군가에게 지갑을 빼앗겼다. 놈들은 고개를 들어 자신들 앞에 서 있는 누군가를 보고 기겁을 했다.

지갑을 뺏은 누군가는 바로 송바위였다. 다들 녀석이 누군지 말 안 해도 아는 눈치였다.

"소, 송바위, 오래간만이다? 근데 내 지갑은 왜……."

놈의 말을 무시한 채 송바위가 지갑 안을 들여다봤다. 유일반의 사진이 박힌 학생증이 제일 먼저 눈에 들어왔다.

"니 이름이 유일반이냐? 뒤지고 싶어?"

"아니, 그, 그게 말이야. 유일반이 준 거야!"

놈의 대답이 끝나기가 무섭게 송바위가 맹수 같은 눈빛으로 놈을 쳐다봤다. 그러자 뻔뻔하게 지갑이 자신의 것이라며 거짓말하던 놈이 그 기세에 눌려 눈빛이 마구 흔들리기 시작했다. 게다가 다른 무리는 의리도 없이 벌써 슬금슬금 도망가고 있었는데.

"악!"

무리 중 한 놈의 뒷덜미를 송바위가 낚아챘다. 그러곤 놈을 향해 싸늘한 표정으로 물었다.

"모태영한테 DM 보낸다고?"

"어?"

"모태영 번호는 왜 궁금한데?"

"그게…… 그냥 안부?"

"지랄하고 있네. 걔한테 할 말 있으면 지금 나한테 해. 하라고."

"아니야. 할 말 없어. 진짜 없어. 다 까먹었어."

송바위의 위압적인 피지컬에 다들 겁먹은 모양이다. 원진남고 무리는 서로 눈치만 살피기 바빴다. 그런 그들을 같잖게 보며 송바위가 경고했다.

"너네 잘 들어. 모태영 아니었어도 축구부 해체됐을 거야. 왜? 니 실력이 좆같으니까. 그러니까 이제 화풀이는 너희 자신한테 해. 그날 일 겨우 잊고 열심히 살려고 발버둥 치는 애 건드리지 말고. 알았어? 씨발, 뭐 해? 꺼져!"

송바위의 말이 끝나기도 전에 원진남고 무리가 황급히 PC방에서 도망쳤다. 얼마나 정신이 없었으면 지갑에서 훔치려던 현금까지 바닥에다 내팽개치고 가 버렸다.

잔뜩 귀찮은 얼굴로 바닥에 흩뿌려진 돈을 주워 지갑에 도로 넣던 송바위는 아까 놈들이 했던 말이 떠올랐다.

'그 새끼 움직이면 모태영 운동부 학폭 사건 명원고에 소문낸다니까 처맞기만 하더라.'

기분이 더러웠다. 지가 무슨 자격으로 태영이를 위해 맞기까지 하냐고. 양다리 주제에.

"유일반……."

학생증 속 유일반의 얼굴을 노려보던 송바위는 이내 지갑을 닫으려다 뭔가를 발견하곤 멈칫했다. 학생증 뒤에 카드 하나가 삐져나와 있었다.

괜한 호기심에 그 카드를 뺐고, 카드의 정체를 확인한 송바위는 놀라 얼굴이 굳어졌다.

그 카드는 '외국인 등록증'이었다.

분명 유일반의 사진인데, 이름이 달랐다.

"유……이반?"

어째서 유일반에게 외국인 등록증이 있는 걸까? 것도 '유이반'이라는 다른 이름으로 말이다.

송바위는 도무지 이 상황이 납득이 되지 않았다. 그러다 지난번 급식실에서 있었던 일이 떠올랐다.

'기억 안 나는 거야? 아님, 안 나는 척하는 건가?'

'뭘.'

'우리 초면 아닌데'

'……'

'근데 넌 왜 날 지금 처음 보는 사람처럼 굴지?'

그랬다. 분명 그때 녀석은 나를 처음 보는 듯한 얼굴이었다.

그 순간 송바위는 뭔가 알아차리고 말았다.

"개새끼!"

이 새끼는 양다리 걸친 유일반보다 더 나쁜 새끼였다.

낮게 욕을 읊조리던 송바위가 주먹을 꽉 쥔 채 밖으로 달려 나갔다.

그가 향한 곳은 학교였다.

명원고 운동장이 시끌벅적했다. 7교시는 체육 대회 연습으로 인해 2학년 전체가 집합했기 때문이다. 다행인지 불행인지 오늘 연습할 종목 중 태영이 출전하는 건 짝피구 하나였다.

"모탱!"

1반이 모여 있는 스탠드에서 주유권과 한창 떠들던 해니가 태영이 혼자 구령대 밑에서 멍때리고 있는 것을 발견하곤 달려왔다.

"모탱! 모탱!"

해니가 호들갑을 떨며 이름을 불러 대도 태영은 대체 무슨 생각을 하는지 정신이 딴 데 가 있었다.

"어? 유일반이다!"

"어디?"

유일반 소리에 정신이 번쩍 든 태영을 해니가 섭섭하게 쳐다봤다.

"모탱, 나 서운해. 내가 그렇게 부를 땐 대답도 안 하더니. 유일반이 그렇게 보고 싶냐? 아까 옥상 가더니 화해했나 봐? 뻥 차 버리네 마네 하더니 웃기시네!"

그럴 줄 알았다는 듯 해니가 코웃음을 쳤다. 하지만 태영은 하늘이 무너진 것 같은 얼굴로 말했다.

"헤어지자고 했어."

"뭐? 왜? 유일반이랑 오해 푼 거 아니었어? 아까 그 영상 보니까 쑤쑤 님 미팅 앞두고 갑자기 사라진 건 원진남고 애들 때문인 것 같던데. 아니래?"

"그건 맞아. 맞는데…… 사실 그게 문제가 아니야. 다른 이유가 또 있어."

"뭔데? 뭐냐구우!"

해니가 태영의 팔을 잡아당기며 마구 보챘다. 그러자 고민하던 태영이 시름이 가득한 얼굴로 뒤늦게 입을 열었다.

"유일반이랑 수아가 사귀었던 것 같아."

"뭐? 누가 누구랑 사귀어?"

"목소리 좀 줄여."

태영이 해니의 입을 틀어막으며 구령대 안으로 더 기어들어 갔다.

"쏘리쏘리. 볼륨 줄일 테니까 계속해 봐. 둘이 사귀었다고?"

"아니. 사귄 것 같다고. 아니면 둘이 사귀는 중에 나랑 만난 것 같기도 하고……."

"그게 뭔 소리야? 유일반이 양다리라는 거야?"

"몰라, 나도 모르겠어."

태영이 양손으로 머리를 쥐어뜯으며 괴로워하자 해니가 조심스레 물었다.

"유일반은 뭐래?"

"걘 기억 못 해. 나랑 사귀기 전의 일은 전혀 기억 못 한다고."

"잉?"

"그게 사실은……."

"설마 기억 상실증?"

"!"

"맞네. 너희 오빠가 아니라 유일반이네. 유일반 기억이 날아갔네. 맞지?"

"헐. 너 왜 똑똑해?"

"니가 다 흘리고 다니니까 그렇지. 주워 먹는 건 내가 또 전문이잖아."

이 심각한 와중에도 해니가 배시시 웃으며 손으로 브이자를 만들었다. 태영이 떨떠름한 미소를 지었다.

"그래도 뭐 너한테 털어놓으니까 이제 좀 살 것 같긴 하네."

"그니까 진작 말했어야지. 자, 그럼 여기서 질문이요!"

"오케이. 질문하시고."

"유일반이 기억 상실증에 걸린 시점은?"

"나랑 사귄 다음 날."

"대박. 어쩐지 그때부터 좀 이상하더라. 유일반이 딴사람 같더라고. 막 웃지도 않고. 맨날 지각하고. 급식실에서도 구석에 처박혀 앉고. 아아. 그럼 다음 질문!"

"잠깐, 어째 최해니가 신나 보이는 건 내 착각이겠지?"

"나 신난 거 맞는데?"

"아오! 나 지금 진지하거든? 사랑과 우정 사이에서 엄청난 고뇌와……."

"오올, 사랑? 너 유일반 사랑해?"

"아, 아니! 말이 그렇다는 거지. 솔직히 사랑까진 아니야."

"그럼 뭔데?"

곰곰 생각에 잠겨 있던 태영이 복잡해 죽겠다는 얼굴로 고개를 절레절레 흔들었다.

"아아아 몰라 몰라. 암튼 나 그만할 거야. 헤어질 거야. 아직까진 그럴 수 있어."

"근데 꼭 그래야 돼? 수아랑 사귀었든 말든 어차피 지금 유일반 여친은 너잖아. 유일반은 수아랑 사귄 기억도 없다며."

"그러다 기억이 돌아오면? 유일반이 수아한테 다시 가 버리면?"

"그럼 먼저 수아한테 물어보면 되잖아. 무슨 사이였냐고."

"물어봤잖아. 근데 수아는 유일반 싫대. 도저히 좋아할 수 없는 상대래. 최니, 니가 봤을 땐 어때? 진짤까?"

"글쎄. 수아가 워낙 속을 알 수 없는 애라. 솔직히 난 수아랑 그렇게 친한 건 아니잖아. 너 때문에 같이 다니는 거지. 수아는 니가 더 잘 알지 않아? 넌 어떤데?"

"……아닌 것 같아."

"그럼 수아가 거짓말하고 있다는 거야? 왜?"

"나도 모르겠어. 근데 송바위가 봤대."

"뭘?"

"둘이 키스하는 거."

"헐. 넌 송바위 말을 믿어?"

해니의 물음에 태영은 확신에 찬 얼굴로 대답했다.

"솔직히 난 수아보다 송바위를 더 잘 알아. 걔가 막 없는 말을 지어낼 성격은 절대 아니야."

"하긴 너희 둘 되게 친했었댔지. 근데 모탱, 내 생각엔 니 마음이 제일 중요한 것 같아. 유일반이 누구랑 사귀었든 말든 현재가 더 중요한 거고, 지금 유일반 옆에 있는 건 너잖아."

해니가 진지하게 조언했다. 하지만 태영은 쉽게 마음이 놓이지 않았다.

"내가 지금 유일반 옆에 있을 수 있었던 건 다 기억 때문이야. 유일반이 기억을 잃고 의지할 데가 없으니까 어쩔 수 없이 날 옆에 둔 거라고. 만약 날아갔던 기억이 다 돌아오면…… 난 필요 없을걸? 그 녀석 분명 수아한테 가 버릴걸?"

"왜 자꾸 유일반이 수아한테 간다고 생각해? 그게 걱정이면 기억 돌아오기 전에 유일반이 널 좋아하게 만들면 되잖아."

아, 그런 방법이 있었네? 태영의 두 눈이 번쩍 떠졌다. 하지만 곧 수아를 떠올리자 자존감이 확 땅바닥에 떨어지고 말았다. 예쁘고 똑똑하고 말마따나 엄친딸의 정석인 수아를 내가 어떻게 이기냐고. 그건 절대 불가능이야.

"아니야. 나 여기서 그만할래."

"뭔 소리야? 너 유일반 사랑한다며!"

"사랑 아니라니까. 아직까진 막 엄청 죽고 못 살 정도로 좋아하는 건 아니라고. 그냥 뭐 잘생겨서 몇 번 가슴이 뛰었을 뿐이지 좋아하고, 사랑? 막 그런 건 아니야. 거기까진 아니야. 절대 아니야."

마치 자기 암시라도 걸듯 중얼거리는 태영을 보며 해니가 헛웃음을 지었다.

"웃기고 있네. 야, 너 유일반이랑 헤어진 다음에 울고불고 난리 치지 말고 그냥 지금……"

"모태영! 최해니!"

갑자기 체육 부장이 구령대로 달려오더니 두 사람을 불렀다. 서둘러 대화를 종료하고 구령대 밖으로 나온 태영은 해니에게 입 다물라며 눈치를 줬다.

"너희 둘 피구 아니야?"

"난 아닌데? 모탱, 너 피구 나가?"

"응. 나 피구임. 간다."

태영이 축 처진 어깨로 피구 라인이 그려져 있는 곳으로 향했다. 그런데 그때였다.

"모태영!"

익숙한 목소리가 들려왔다. 태영이 고개를 돌렸다. 녀석이 운동장 중앙을 가로질러 성큼성큼 걸어오고 있었다.

"같이 가."

원진남고 애들한테 맞아 몸 어디가 불편한 모양인지 녀석은 심장 부근에 손을 얹은 채 인상을 팍 쓰며 다가오고 있었다. 그 모습을 보며 태영이 한숨을 푹 내쉬었다.

"너 왜 나왔어? 몸도 안 좋으면서."

"너 보려고."

"!"

그 말에 심장이 쿵 내려앉고 말았다. 태영은 말문이 막힌 채, 두 뺨이 발그레해졌다.

태영을 흘끔 보던 녀석은 멋쩍은 듯 이마를 긁적이며 괜히 구구절절 둘러댔다.

"그 표정은 뭐냐? 오해하지 마. 니가 어디 가서 내 비밀 얘기하고 다닐까 봐 감시하러 나온 거니까."

녀석의 말에 태영이 흠칫 놀랐다. 이 녀석 뭐지? 어떻게 알았지? 내가 해니한테 지 비밀 다 까발렸다는 사실을.

정곡을 찔린 태영이 발끈했다.

"나 그런 애 아니거든? 한번 약속한 건 끝까지 지키려고 노, 노력하는 편이거든?"

"누가 뭐래? 가자. 피구하러."

"피구는 무슨 피구야. 넌 좀 쉬어. 아까 보니까 온몸에 멍이……."

"몰라. 내가 피구 주장이래."

귀찮아 죽겠다는 얼굴로 녀석이 앞장섰다. 그 뒤를 따라가던 태영은 어쩐지 이상한 기분이 들어 하늘을 올려다봤다. 역시나 오랜 세월 선수로 생활했던 직감이 맞았다.

멀지 않은 곳에서 공이 포물선을 그리며 아주 빠른 속도로 날아오고 있었다. 일반인이라면 절대 피할 수 없는 속도였다. 하지만 태영은 달랐다. 공이 녀석의 얼굴을 향해 날아오는 것을 발견하자마자 태영은 녀석의 앞쪽으로 달려가 높이 점프했다.

퍽!

공중에서 멋지게 공을 발로 차 낸 태영은 바닥으로 안전하게 착지했고, 시끄럽던 운동장엔 잠시 정적이 흘렀다.

태영의 점프를 본 2학년 학생들은 다들 제 눈을 의심하며 놀라워하고 있었다.

"우와!"

"모태영 존나 멋있다!"

뒤늦게 여기저기서 박수와 함성이 터져 나왔다.

운동장에 있는 모두의 시선이 제게로 향해 있자 태영은 수줍게 얼굴을 붉혔고 그러다 제 앞에 망부석처럼 굳어 서 있는 녀석을 의아하게 쳐다봤다.

녀석은 알 수 없는 표정으로 태영을 한참 동안 바라보더니 불쑥 말했다.

"우리 헤어지자."

녀석에게서 그 말을 듣는 순간 태영은 하늘이 노래지는 것만 같았다.

하지만 애써 외면하려고 노력했다.

아니야. 난 아무렇지도 않아. 그저 오래간만에 점프를 해서 살짝 기운이 빠진 것뿐이야.

그래, 그런 거라고. 난 전혀 놀라지 않았어. 애초에 먼저 헤어지자고 한 것도 나잖아? 어차피 난 이 녀석과 헤어지려고 했으니까 오히려 잘된 거야.

그러니까 쿨하게 행동하자.

"오케이. 아랐? 크흠. 알았어."

아오, 나 방금 삑사리 난 거야? 젠장!

태영은 자꾸만 부르르 떨리는 입술을 꽉 깨물며 뒤로 돌아섰다.

그땐 알지 못했다. 쿨병 걸린 자의 최후가 얼마나 추한지를.

퍽!

"아웃!"

퍽! 퍽!

이 소리는 실연당한 모태영이 피구 게임에서 활약하고 있는 소리였다.

퍽!

"윽! 졸라 아파! 모태영, 너 미쳤어?"

친구들의 항의에도 태영은 마치 강속구를 던지는 마운드 위 투수처럼 공을 던졌다.

"쟤 뭐야? 지가 무슨 선수야?"

"몰랐어? 모탱 선수였잖아. 그 종목이 뭐더라, 암튼 우승도 하고 그랬댔어."

구경꾼들 사이에서 해니가 친구 자랑을 해 대며 흐뭇하게 피구 게임을 지켜보며 응원을 시작했다.

"공부 빼고 다 잘하는 모탱! 지는 건 모탱! 이긴다 모. 태. 영!"

치어리딩까지 하며 목에서 피가 나도록 소리를 질러 대는 해니를 보고도 못 본 척 태영은 또다시 날아오는 공을 덥석 잡았다.

못 잡는 공이 없는 태영의 뒤에 몸을 숨긴 주유권이 호들갑을 떨었다.

"와, 모탱 미쳤다. 그걸 또 잡네. 으, 난 너랑 같은 편이어서 진짜 다행이다."

태영의 뒤에 딱 붙은 주유권이 가슴을 쓸어내렸다. 연습 경기라길래 별생각 없이 왼쪽에 섰을 뿐인데, 운 좋게 태영과 짝이 된 거다. 하늘이 도왔지. 저기 모태영 공에 맞아 아파 죽겠다는 애들을 보며 주유권은 승리감에 도취했다. 심지어 어떤 애들은 날아오는 공이 무서워서 일부러 라인을 밟고 나가는 애들도 있었다.

그렇게 현재 상대편 진영엔 딱 한 커플만 살아남아 있었다.

주유권이 의아한 표정으로 태영에게 물었다.

"근데 너넨 왜 같은 편 안 했어? 물론 그 덕분에 난 살았지만."

주유권이 맞은편 진영에 홀로 남은 이반과 그 뒤에 찰싹 붙어 서 있는 안경 쓴 오필희를 쳐다봤다. 그리고 이번엔 태영을 흘끔 봤는데.

"개무서워."

주유권이 흠칫 놀랐다. 태영의 표정은 마치 야구 한일전 9회 말 2아웃 1점 차로 뒤지고 있는 타석에 선 타자 같았다.

반드시 이기리라. 강한 의지를 내뿜는 저 눈빛. 광기 서린 눈빛.

"모탱, 이거 연습 경기야. 살살 해. 게다가 쟨 니 남친이잖아."

"남친? 나 그딴 거 없어."

"물론 경기에서 사적 감정은 없어야 하지만, 악!"

퍽!

주유권의 말이 끝나기가 무섭게 태영은 공을 던졌다. 하지만 공은 이반의 팔을 맞히고 저 멀리 굴러갔다.

짝피구 규정상 남자는 맞아도 아웃되지 않으므로 경기는 계속되었고, 그 뒤로도 태영은 계속해서 공을 던져 이반의 다리, 배, 가슴, 등을 연속으로 맞혔다.

속수무책으로 당하고만 있던 이반은 대체 자신이 뭘 잘못했는지 모른다는 얼굴로 태영을 쳐다봤다.

"야, 이거 끝내려면 어떻게 해야 되냐?"

짝피구 룰도 모른 채 그냥 날아오는 공에 처맞고만 있던 이반은 뒤늦게 안경 쓴 여학생에게 물었다. 그러자 오필희가 안경을 끌어 올리며 질린 얼굴로 대답했다.

"안 끝날 것 같은데. 모태영 쟤 이상해. 일부러 너만 맞히잖아. 날 맞혀야 게임 종료인데, 꺅!"

퍽!

둘이 대화를 나누는 사이 또 공이 날아와 이번엔 이반의 머리통을 강타했다.

이반이 휘청이다가 털썩 자리에 주저앉아 버렸다. 그러곤 태영을 어이없게 쳐다봤다. 그사이 공은 또 태영의 손에 들어왔다. 머리를 매만지며 아파하는 이반을 걱정스레 쳐다보던 태영은 고개를 획 돌려 버렸다. 그러곤 시시하다는 듯 무심한 얼굴로 공을 그냥 위로 높이 던져 버렸다.

저 공이라면 아프지 않게 맞고 아웃될 수 있다는 생각에 오필희는 미친 듯이 달려가 천천히 떨어지고 있는 공을 향해 손을 뻗었다.

"아웃! 게임 종료!"

그렇게 드디어 살벌했던 피구 연습 경기는 끝이 났다.

"쟤네 사귀는 사이 아님? 왜 저래? 사랑싸움인가?"

"아깐 사이좋던데. 못 봤어? 모태영이 유일반 구해 줬잖아. 날아오는 공을 발로 팍!"

2학년들이 수군거리며 교실로 들어가기 시작했고, 그 사이를 지나가던 태영의 앞을 누군가 가로막았다. 송바위였다.

"모태영, 너 혹시 알고 있어? 유일반 그 새끼……."

"비켜."

송바위가 흠칫 놀랐다. 평소라면 절대 그냥 물러서지 않았을 테지만 지금은 어쩔 수 없었다. 방금 태영의 얼굴이 금방이라도 울 것만 같았기 때문이다. 게다가 아까 피구 경기를 할 때 사정없이 공을 던져 대던 태영의 모습을 보아하니 뭔가 속상한 일이 있었음이 분명했다.

혹시 모태영도 알게 된 걸까? 유일반이 가짜라는 사실을?

"이 개새끼!"

감히 누굴 울려.

송바위의 표정이 무섭게 굳어졌다. 곧장 뒤를 돌아 녀석을 찾기 바빴다. 하지만 찾는 녀석은 안 보이고 주유권만 눈에 들어왔다.

송바위가 교실로 들어가려는 주유권의 뒷덜미를 붙잡았다.

"주유권! 그 새끼 어딨어?"

"그 새끼가 누군데?"

"어딨냐고."

송바위가 똑바로 대답 안 하면 죽일 것처럼 노려보자 주유권이 냉큼 대답했다.

"유일반이야 뻔하지 뭐."

"옥상?"

"응."

주유권의 말이 끝나기가 무섭게 송바위가 옥상에 있는 동아리방을 향해 달려갔다.

그런 송바위의 뒷모습을 향해 메롱 하고 익살스러운 표정을 짓던 주유권이 송바위 때문에 흐트러진 옷매무새를 가다듬었다. 그런데 그때 갑자기 핸드폰이 진동했다. 발신인을 확인한 주유권이 냉큼 통화 버튼을 눌렀다.

"오올. 역시 내 찐친. 안 그래도 나도 너한테 전화하려고 했는데."

— 동아리방으로 좀 와.

"거긴 곧 누가 들이닥칠 예정이라 좀 시끄러워질 것 같은데. 음악실은 어떰?"

— 음악실이 어딘데?

주유권은 자신의 귀를 의심했다.

"뭐, 뭐라고? 너 머리가 어떻게 된 거야? 음악실이 어디냐니. 본관 5층에 있잖아."

뚝.

말이 끝나기가 무섭게 통화가 끊기자 주유권은 어리둥절한 표정으로 핸드폰 액정을 쳐다봤다.

"이 녀석 요새 왜 이러지?"

"유일반 걔 미친 거 아니야? 헤어지자고 할 사람이 누군데!"

포크를 든 해니가 분노에 가득 찬 얼굴로 떡볶이를 푹 찍었다. 그 바람에 빨간 국물이 맞은편에 앉은 태영의 얼굴과 눈에 튀었고.

"앗, 쏘리."

해니의 사과에도 태영은 말없이 휴지로 얼굴을 닦았다. 그런데 무슨 일에선지 태영의 눈에서 눈물이 주륵 흘러내렸다.

"헐, 모탱…… 너 설마 우는 거?"

"아니거든? 떡볶이 국물이 눈에 들어가서, 흑, 매워서, 매워……."

눈물을 줄줄 흘리며 태영이 입을 삐죽 내밀었다.

"열받아. 내가 헤어지잘 땐 보류라고 하더니."

내 입술 너한테만 썼다 어쩌구 절대 못 헤어진다고 하더니!

"지가 먼저 나 차려고 보류한 거었어. 나쁜 놈!"

눈물을 벅벅 닦으며 억울해하는 태영을 해니가 안타깝게 쳐다봤다.

"사랑하고 뭐 그런 거 아니라더니. 아닌 게 아니었구나?"

"……."

"그냥 인정해. 인정하면 편하다니까."

"그래, 사랑한다. 나 걔 미치도록 사랑한다! 됐냐?"

해니가 피식 웃었다. 그러자 태영이 한숨을 길게 내쉬며 떡볶이를 먹었다.

"거봐. 이제 좀 편하지?"

"그러네."

"근데 나 궁금한 거 있는데, 넌 누가 더 좋아?"

"그게 무슨 말이야?"

"기억 잃기 전 다정다감 유일반, 기억 잃은 후 시크한 유일반. 둘 중 누구냐고."

"둘 다 같은 사람인데 그게 의미가 있어?"

"스타일이 정반대잖아. 만약 니가 후자 쪽 시크한 유일반이 좋은데 갑자기 기억 돌아와서 겁내 다정하게 굴면 어쩔 거임?"

해니의 말에 잠깐 상상해 본 태영이 웃음을 터뜨렸다.

유일반이 기억이 돌아와서 예전처럼 '야, 보류!'가 아니라 '태영아.' 라고 다정하게 부른다면 왠지 닭살이 돋을 것만 같았다.

"모탱, 왜 웃어?"

"난 지금의 유일반이 더 좋은 것 같아. 왠지 전에는 거리감이 느껴졌 달까? 뭔가 가까이하기엔 너무 먼 그런 존재? 근데 지금은 좀 하찮아. 너 모르지? 유일반 걔 길치다. 공부하는 것도 싫어하고, 인형 뽑기도 더 럽게 못해. 뭐랄까, 되게 친근감 있어."

"야, 그건 완전 다른 사람인데? 유일반이 공부를 싫어한다고? 타고난 놈이 즐기는 놈 못 이긴다고 유일반이 딱 그 케이스라고 우리 유권이가 그랬는데. 유일반 걔 심심할 때마다 수학 문제 푼댔어."

해니의 말을 들으면 들을수록 태영의 표정이 알쏭달쏭해졌다.

"모탱, 게다가 유일반이 길치라니. 그건 뭔 소리야? 아무리 기억을 잃 었어도 유일반이 길치? 그건 말이 안 되지 않나?"

해니의 물음에 태영은 뭔가 안 좋은 예감이 들기 시작했다.

만나기로 한 지 30분이 지난 후에야 음악실에 도착한 유일반을 주유 권이 벙찐 얼굴로 쳐다봤다.

"너 집에 갔다 왔어? 왜 이제 와?"

"음악실 본관 5층이라며."

"내가 그랬어? 아, 쏘리. 근데 음악실은 당연히 별관이지. 본관은 4층 까지밖에 없는데."

"그걸 내가 어떻게 알아?"

"그걸 니가 어떻게 몰라?"

"암튼 됐고."

음악실을 찾아 뛰어다니느라 이마에 땀이 흥건한 이반은 잠시 숨을 고른 후 주유권을 향해 말했다.

"모태영 지금 어딨는지 알지?"

"그걸 왜 나한테 물어? 니가 전화해 보면 되잖아."

"내 전화 안 받으니까 묻잖아."

"왜?"

이 새끼 말 더럽게 많네. 이반은 겨우 화를 참으며 재차 물었다.

"모태영 어딨냐고."

눈치 빠른 주유권이 이반의 성난 얼굴을 확인하곤 재빨리 대답했다.

"우리 해니랑 떡볶이 먹고 있을걸? 다 먹고 2차로 TEN카페도 간다고 그랬어. 거기 초코라테랑 티라미수가 겁나 맛있……."

"야, 넌 내가 묻는 말에만 대답해. 그니까 지금 떡볶이 먹고 있다는 거잖아. 맞아?"

주눅이 든 주유권이 고개를 끄덕였다. 그러자 허리춤에 손을 올린 채 뭔가를 고민하던 이반이 주유권을 흘끔 보더니, 진지한 얼굴로 물었다.

"떡볶이집에서 고백하는 건 별로겠지?"

TEN카페.

초코라테를 빨대로 휘젓던 태영은 그동안의 기억을 떠올렸다.

해니의 말대로 이상한 게 한둘이 아니었다.

"최니, 저번에 유일반이 떡볶이 좋아한댔지?"

"응. 유권이한테 들었어. 우리 자기는 쌀떡, 유일반은 밀떡!"

밀떡을 좋아한다고? 분명 밀가루 알레르기 있다고 지난번에 떡볶이 집에서 떡은 쳐다도 안 봤는데.

게다가 유일반이 기억을 잃기 전 그날! 내가 사죄의 의미로 사다 준 빵을 그 자리에서 아주 맛있게 먹는 거 내가 이 두 눈으로 똑똑히 봤다고.

태영은 사뭇 진지해진 표정으로 해니를 쳐다봤다.

"기억 상실증 걸렸다고 없던 알레르기가 막 생기고 그러진 않겠지?"

"당연하지. 너 어제 드라마도 안 봤어? 막 기억 상실증 걸린 남주가 땅콩 알레르기 있는 것도 모르고 땅콩 먹다가 죽을 뻔한 거 여주가 살려 줬잖아."

"지금 드라마 얘기 하는 거 아니거든?"

"비슷하니까 예를 든 거지. 그래서 너 어떻게 할 거야? 이대로 유일반 이랑 헤어질 거야?"

"헤어지자는데 그럼 어떡해?"

게다가 먼저 헤어지자고 말 꺼낸 건 나였는데. 이제 와서 나도 뭐 그 녀석처럼 보류라며 물고 늘어질 수도 없고.

"너 괜찮겠어?"

"당연하지. 내가 아까 말했잖아. 막 죽고 못 살 정도로 좋아하는 건 아니라고."

"그런 애가 차였다고 대성통곡을 한 거야?"

"그건 떡볶이 국물이 튀어서 그런 거라니까."

"웃기시네. 그러지 말고 다시 잘해 봐."

"뭘 잘해 봐. 이미 끝났는데."

"친구로라도 지내자고 해. 혹시 알아? 옆에서 계속 보다 보면 유일반 도 생각이 바뀔지도."

"여자랑은 친구 안 한대."

"그건 또 뭔 소리야? 유일반 여사친 겁나 많거든? 걔 인싸잖아."

"뭐?"

"따지고 보면 수아도 여사친 중 한 명이야. 둘이 스터디도 같이 하고 과외도 같이 받을걸?"

"둘이 그렇게 친했어? 수아는 아니라고 했는데. 오히려 싫어한댔잖 아. 자긴 만년 2등인데 어떻게 1등인 유일반을 좋아할 수 있냐면서."

"뭐 그 말도 일리가 있지. 근데 암튼 유일반은 남친보다 여사친이 더 많을걸? 아, 너도 봤잖아. 저번에 너한테 운동장으로 나오라고 한 날. 넌 고백받는 줄 알고 겁나 들떠서 갔다가 여자애들이랑 발야구 했잖아."

수아가 키득거렸다. 태영이 흘겨봤다.

"지금 나 놀리는 거지?"

"웃으라는 거지."

"하나도 안 웃기거든? 내가 그때 얼마나 쪽팔렸는지 알아?"

태영은 갑자기 그때의 수치심이 밀려왔다.

"모랭, 잊어. 유일반도 다 잊었으니까."

"어?"

"지금의 유일반은 그때의 널 기억 못 하는 상태잖아. 그니까 쪽팔릴 것도 없지."

"대박. 진짜네? 나 안 쪽팔려도 되네? 근데 너 오늘 왜 계속 똑똑해?"

"내가 더 똑똑한 소리 하나 해 볼까?"

"뭔데?"

"너 기자단 접수 이번 주까지야."

태영이 두 눈을 동그랗게 뜨고 입을 틀어막았다. 녀석 때문에 잊고 있었다. 내겐 아직까진 아주 작지만 소중한 꿈이 있었다는 걸.

"모랭, 너 애초에 유일반이랑 엮인 게 다 그놈의 기자단 접수 때문이잖아. SNS 주소 제출해야 한다고. 근데 지금 팔로워 수가 몇이더라……."

해니가 핸드폰을 꺼내 태영의 SNS를 확인하곤 혀를 내찼다.

"이 팔로워 숫자론 서류 심사에서부터 광탈임."

현실을 직시한 태영은 시무룩해졌다. 지금 실연당했다고 울고 짜고 그럴 시간이 없었다. 또다시 마음이 다급해졌다.

"어떡하지? SNS 주소 말고 다른 걸 제출해 볼까? 예를 들면 가상으로 리포팅하는 영상?"

"그걸 얻다 올릴 건데?"

"당연히 SNS지. 아, 그렇게 되면 어차피 SNS 주소 제출해야 되는구나. 우씨, 망할. 뭘 어째야 하는 거야? 뭐가 더 중요한 거냐구우."

"당연히 팔로워 수지. 리포팅 영상 너만 올리겠어? 다른 애들도 올릴 거 아니야. 니가 만약 면접관이면 팔로워 300명인 리포팅 영상이랑 팔로워 1만 명인 리포팅 영상 중 어디에 더 눈길이 갈 것 같아? 좋아요 수랑 댓글 수도 차이 날 텐데."

해니가 맞는 말만 골라 하자 태영의 어깨가 축 처졌다.

"최니. 나 지금이라도 정시 준비를……."

"니가?"

"으, 미치겠다. 공부는 진짜 자신 없는데. 걍 두 눈 딱 감고 유일반한테 맞팔 해 달라고 할까?"

"거봐. 방법은 그것밖에 없다니까."

"차인 마당에 맞팔 해 달라고 하면 웃기지 않나?"

"안 해 준다 그럼 확 학교에 소문낸다고 해."

"뭘?"

"기억 상실증인 거."

"미쳤어? 그거 소문나면 큰일 나. 아직 걔네 부모님도 모른단 말이야. 너 진짜 어디 가서 말하면 안 돼. 특히……."

지이잉. 지이잉.

하필 그때 테이블 위에 놓인 해니의 핸드폰이 진동했다. 액정에 뜬 발신인을 흘끔 쳐다보던 태영이 마저 말을 이었다.

"특히 주유권한테는 절대 말하기 없기다. 응?"

"알았어. 나 전화 좀 받고 올게."

"말하면 안 돼! 최니!"

"알았다니까."

해니가 이 중대 사실을 곧장 주유권한테 말할까 덜컥 겁이 났던 태영은 전전긍긍했다. 그런 태영에게 안심하라며 윙크를 날린 해니가 핸드폰을 들고 밖으로 나갔다.

"최니 쟤 말할 것 같은데. 설마, 안 하겠지?"

해니가 나간 출입구 쪽을 목을 쭉 빼고 두리번거리던 태영은 시무룩한 얼굴로 초코라테를 단번에 원샷 했다.

소파에 축 늘어진 태영은 핸드폰을 꺼내 자신의 SNS에 들어갔다.

작년에 청소년 기자단에 합격한 선배들의 SNS에서 그동안 활동한 사진과 영상을 살펴본 태영의 자존감이 바닥을 쳤다. 하나같이 예쁘고 공부도 잘하고 팔로워 수도 1만 명이 넘는 건 기본이었다.

"안 돼. 나도 뭐라도 해야지."

태영은 서둘러 너튜브에서 이건욱 기자를 검색했다. 그러곤 그의 영상을 보며 더듬더듬 리포팅을 따라 해 보기 시작했다.

"아아. 속보입니다. 서울 호텔 객실에서 화재가 발생해 투숙객 등 수백 명이 대피하는 소동이 벌……. 으, 숨차. 잠깐, 다시 다시. 대피하는 소동이 벌어졌습니다. 사고, 사고의 원인은……."

"뭐 하냐?"

"악, 깜짝이야!"

태영이 핸드폰을 들여다보며 기자 흉내를 내던 사이 누군가 맞은편에 앉으며 말을 걸었다. 태영이 화들짝 놀라며 고개를 들었다.

"유일반? 니가 왜 여깄어? 해니는?"

태영이 두리번거리며 해니를 찾자 녀석이 태연하게 말했다.

"집에 갔어."

"집에 가다니 무슨 소리야. 최니가 나한테 말도 안 하고 갈 리가 없는데……."

아직 해니와 수다 떨 내용이 많았던 태영은 잔뜩 서운한 표정을 지었다. 그러자 이반은 제가 온 것을 영 달가워하지 않는 태영의 반응에 멋쩍은 듯 이마를 긁적였다. 그사이 태영은 해니에게 전화를 걸려고 했고, 이반은 서둘러 태영의 핸드폰을 뺏었다.

"지금 뭐 하는 거야? 내 핸드폰 내놔."

"최해니 내가 보냈어. 주유권이랑 세트로."

"왜?"

"고백하려고."

"뭘 고백?"

"남자가 여자한테 하는 고백이 뭐가 있겠어."

"그 남자가 누구고, 그 여자가 누군데?"

"여기 너랑 나 말고 누가 있는데."

"너 나한테 고백하게? 아까 헤어지자고 한 주제에?"

"응."

"이런 미친……."

욕이 절로 나왔다. 태영은 너무 당황해서 말도 제대로 나오지 않았다. 하지만 이반은 태연한 얼굴로 태영을 빤히 쳐다보며 말했다.

"나랑 사귀자."

"하."

태영은 기막혀서 헛웃음을 지었다.

"왜 웃어?"

"그럼 울까? 불과 두 시간 전에 헤어지자고 할 땐 언제고 갑자기 왜 이래? 혹시 내가 너 기억 상실증 걸린 거 다른 애들한테 다 불어 버릴까 봐 그래?"

"이미 불었던데? 최해니가 다 알던데? 덕분에 주유권도 알게 됐고."

이런 빌어먹을 명원고 확성기 최해니! 아무한테도 말하지 말라고 특히 주유권한텐 절대 말하지 말라고 그렇게 신신당부했건만.

"대답 안 해?"

"뭐, 뭘……."

아까까지만 해도 기세등등하던 태영은 녀석의 비밀을 해니에게 말해 버린 것이 미안해서 괜히 주눅이 들었다. 그 모습에 녀석은 마음 약한 태영이 귀엽다는 듯 남몰래 피식 웃곤 다시 무표정으로 돌아와 말했다.

"그렇게 미안하면 나랑 사귀어 주든가."

"미안하긴 한데 사귀는 건……. 저기, 내가 이해가 안 돼서 그러는데 갑자기 왜 이러는 거야? 내가 사귀자고 할 땐 보류라며. 그렇게 보류시켜 놓고 운동장에서 뺑 차더니, 이제 와서 다시 사귀자고? 너 나 놀리는 거야?"

"그런 거 아니야. 아깐 헤어져야 했어."

그래야 니가 형한테 사귀자고 한 거 무효로 만들 수 있으니까.

"지금부터가 진짜야."

"돌아 버리겠네."

도통 무슨 말인지 모르겠는 태영은 머리에 지진이 날 것만 같았다.

"무슨 말인지 모르겠다는 표정이네? 쉽게 설명해 줘?"

태영이 격하게 고개를 끄덕였다. 그러자 망설임도 없이 이반이 대답했다.

"내가 너 좋아한다고."

"……."

"너도 나 좋아한다던데?"

"누, 누가!"

"최해니가."

으, 망할 최해니! 제 속을 들켜 버린 태영의 얼굴이 새빨개졌다. 그러자 이반의 입가에 미소가 번졌다.

"최해니가 그러더라. 기억 잃기 전 유일반보다 지금의 내가 더 좋다고."

"그건 그런 뜻이 아니라, 예전의 너한테선 좀 거리감이 느껴졌다면 지금은."

"그것도 들었어. 하찮아서 좋다며."

최해니 이 계집애 도대체 어디까지 말한 거야? 속이 다 까발려진 태영은 난처한 표정을 지었다. 너무 구체적인 증언이라 아니라고 잡아떼지도 못하는 상황이었다. 그런데 그때였다.

"모태영."

녀석이 제 이름을 불렀다.

"지금부터 내가 하는 말 잘 들어."

"?"

"기억 잃기 전 유일반은 너 안 좋아해. 권수아 좋아해."

천천히 입을 뗀 이반은 태영을 의미심장한 얼굴로 쳐다봤다.

"근데 난 아니야. 내가 좋아하는 건 너야."

이반의 돌직구 고백에도 태영은 여전히 알쏭달쏭한 얼굴이었다.

예상치 못한 태영의 태도에 이반은 당황스러웠다. 부끄러워서 얼굴을 붉힐 줄 알았는데, 태영의 얼굴은 뭔가 생각이 많아 보였다. 그를 본 이반은 갑자기 마음이 조급해졌다.

"복잡하게 생각할 거 없어. 너도 나 좋아한다며, 나도 너 좋아하고. 그러니까 사귀자."

"안 돼."

뒤늦게 튀어나온 태영의 대답에 이반이 불만스러운 얼굴로 되물었다.

"왜? 왜 안 되는데?"

"기억 잃기 전 너는 나 안 좋아한다며. 수아 좋아한다며."

"그게 뭐."

"너 기억 돌아오면 어떻게 되는 건데? 다시 수아한테 마음이 움직……."

"그럴 일 절대 없어. 지금 니 앞에 있는 내 마음은 절대 움직이지 않아. 그리고 나 너한테 할 말 있는데 사실은 나……."

"그럼 나랑 맞팔 하자!"

본인은 유일반이 아니라 유일반의 쌍둥이 유이반이라는 사실을 태영에게 어디서부터 어떻게 설명하면 좋을지 고민하다 어렵게 말문을 열었던 이반이 고개를 갸웃했다.

"뭐? 뭘 하자고?"

"맞팔. 니 마음 움직이지 않을 거라고 했지? 그럼 까먹지 않게 맞팔해서 우리 같이 찍은 사진 SNS에 올리자. 너 딴소리 못 하게 사전에 방지하는 차원으로다가."

"뭔 소린진 모르겠지만 해 줄게. 다 해 줄게."

"진짜?"

"어."

녀석의 대답이 떨어지기가 무섭게 태영은 후다닥 핸드폰을 꺼내 녀석의 프리무스 SNS 계정에 맞팔 신청을 했다. 그러곤 녀석을 쳐다봤다.

"왜?"

"맞팔 해 준다며. 방금 신청했어. 받아 주라."

"어떻게 하는 건데?"

"SNS 하는 법도 까먹었어?"

"어? 어……."

애써 당황한 기색을 숨기며 대충 그렇다고 대답해 버린 이반은 핸드폰만 만지작거리고 있었는데.

"내가 알려 줄게. 핸드폰 줘 봐."

이반이 또 순순히 핸드폰을 넘기자 태영은 괜스레 입가에 미소가 지어졌다.

"왜 웃냐?"

"신기해서."

"뭐가?"

"갑자기 니가 말을 너무 잘 듣잖아."

"근데 왜 대답을 안 해? 말을 이렇게나 잘 들어 주고 있는데."

"무슨 대답?"

"사귀자고. 맞팔인가 뭔가도 해 주고 니가 해 달라는 거 다 해 줄 테니까 나랑 사귀자고. 아, 그리고 최해니가 아니라 너한테 직접 듣고 싶어. 너도 날 좋아하는 게 맞는지……."

"일단 맞팔 좀 하고."

태영이 얼른 이반의 말을 자르고 핸드폰을 들여다봤다. 그 모습을 흘끔 보던 이반이 피식 웃었다. 태영의 두 뺨에 홍조가 피어오르고 있었기 때문이다. 어느새 귀까지 빨개진 태영이 허둥지둥하며 이반의 핸드폰을 만지작거리더니 고개를 번쩍 들었다. 그러자 태영을 지켜보던 이반이 얼른 고개를 돌려 창밖을 내다보는 척했다.

"나 좀 봐 봐."

태영이 이반을 불렀다. 이반이 고개를 돌리자 태영이 핸드폰 액정을 이반의 얼굴 앞에 가져다 대더니 고개를 갸웃했다.

"뭐 해?"

"잠금 해제 하려고. 근데 얼굴 인식이 안 되는데? 좀 더 가까이 와 봐. 렌즈 보고."

하지만 아무리 렌즈를 들이대도 잠금 해제가 되지 않았다. 태영이 의아해하며 고개를 갸웃하고 있자 이반이 뒤늦게 무슨 소린지 알아차리곤 핸드폰 렌즈에 얼굴을 들이밀며 미소를 활짝 지었다.

녀석이 기억을 잃은 후 처음 보여 주는 환한 미소였다.

눈도 반달, 입술도 호선이 되자 아깐 절대 풀리지 않던 잠금이 해제되었다. 그러자 녀석이 원래대로 정색하며 핸드폰을 태영에게 건넸다. 태영이 핸드폰을 받으며 고개를 갸웃했다.

"너 방금 뭐 한 거야?"

태영의 물음에 녀석이 대충 둘러댔다.

"몰라. 노트북은 다 열리는데 그 폰은 이렇게 웃어야지 잠금이 해제되더라고."

"풉."

녀석의 말이 무슨 뜻인지 곰곰 생각에 잠겨 있던 태영이 느닷없이 웃음을 터뜨렸다. 이번엔 이반이 의아한 얼굴로 쳐다봤다.

"왜 웃냐?"

"웃기잖아."

"뭐가 웃긴데?"

"너 그거 알아? 너 기억 잃기 전엔 웃는 상이었어."

"지금은 아니야?"

"아니지. 지금은 완전 카톡 씹게 생긴 상이랄까."

이반의 미간이 확 구겨졌다. 정확히 무슨 소린지는 몰라도 어쨌든 자신보다 형의 미소가 더 좋았다는 뜻인 건 알았기 때문이다.

"핸드폰 내놔. 맞팔 안 해."

"아니야. 미안, 쏘리 쏘리."

녀석이 핸드폰을 뺏으려고 손을 뻗자 태영이 몸을 옆으로 틀며 서둘러 SNS에 접속해 맞팔 버튼을 눌러 버렸다.

"됐다!"

드디어 그토록 꿈에 그리던 프리무스 계정과 맞팔 한 유일한 사람이 된 태영은 감격에 겨워하며 활짝 웃었다. 그 미소를 본 녀석의 성난 마음은 금세 풀어졌고, 어색한 얼굴로 핸드폰을 뺏으려던 손을 얌전히 내려 팔짱을 꼈다.

"그렇게 좋냐?"

태영이 기뻐하니 괜스레 마음이 흐뭇해진 이반이 넌지시 물었다. 그러자 태영이 고개를 마구 끄덕이며 대답했다.

"응. 넌 기억나지 않겠지만 사실 우리가 처음 대화를 하게 된 게 이 계정 때문이거든. 내가 너한테 맞팔 좀 해 달라고 얘기하려고 옥상에 갔다가 우리가 처음 만났는데……."

"정확히 언제부터야?"

태영이 신나서 그날 일반과 처음 만났던 날에 있었던 얘기를 꺼내려는데 이반이 말을 가로챘다. 그러곤 대뜸 물었다.

"최해니한테 말고 너한테 직접 확인해야겠어."

"뭘?"

"정말 니가 좋아하는 사람이 내가 맞는지."

"너 맞아."

태영이 망설임 없이 대답했다. 그러곤 갑자기 쭈뼛거리다 슬며시 말을 꺼냈다.

"너도 진짜야?"

"뭐가?"

"진짜 수아가 아니라 나 좋아해? 왜?"

"내가 말하지 않았나? 난 귀여운 거 좋아한다고."

"내, 내가 귀여워?"

태영이 말까지 더듬으며 당황해하더니 어색한 미소를 지었다. 그러곤 괜히 어색해서 너스레를 떨었다.

"하긴, 내가 예쁘단 말은 못 들어 봤어도 귀엽단 말은 꽤 듣긴 했어. 하하."

"꽤 들었다고? 누구한테?"

"야, 그걸 이렇게 진지하게 받아치면 내가 민망해지잖아."

"누구한테 들었나니까. 혹시 그 돌멩이?"

"있잖아. 송바위를 돌멩이라고 부르는 거 그거 이제 그만해 줄래?"

"또 그 새끼 편드냐?"

"그게 아니라 돌멩이 그거 애칭 같아. 너 그렇게 큰 돌멩이 봤어? 완전 안 어울린다고."

"암튼 그 새끼 얘긴 꺼내지 마."

"니가 먼저 꺼냈거든?"

"암튼 뭐. 맞팔도 했고 다 된 거지? 이제 집에 가자."

일어나려는 이반의 손목을 태영이 덥석 붙잡았다. 이반이 태영에게 잡힌 손목을 지그시 쳐다보자 태영이 얼른 손을 떼고 헛기침을 하며 말을 이었다.

"흠흠. 아직 하나 더 남았는데."

"뭔데?"

"사진! 같이 찍은 사진 정도는 있어야 니가 다시 예전 기억 되찾고 지금의 기억이 날아간다고 해도 증명이 될 거 아니야."

자꾸만 기억에 집착하는 태영을 흘끔 보던 이반은 생각이 많아졌다. 아무래도 지금 얘기를 해야 할 것 같다.

지금의 나, 그러니까 너와 이제껏 시간을 보낸 유일반은 유일반이 아니라 나라고.

나, 유이반이라고.

"모태영."

"응? 왜? 아, 맞다. 너 사진 찍는 거 싫어한다고 했지. 근데 딱 한 장만 찍으면 안 될까?"

눈치를 흘끔 보며 태영이 조심스레 물었다. 이미 카메라 어플까지 실행시켜 사진 찍을 준비를 마친 태영을 어쩌면 좋을지 바라보던 이반은 어렵게 입을 열었다.

"사진은 주말에 찍자. 그 전에 너한테 해야 할 말도 있고."

"무슨 말인데? 지금 해."

"나도 그러고 싶은데, 이게 좀 이해하기 어려운 말이라 직접 보여 주려고. 그럼 훨씬 받아들이기 쉬울 거야. 내 고백에 대한 대답은 그날 들을게. 그날 니가 직접 보고 판단해 줘."

이반은 말을 하며 다짐했다. 이번 주말엔 태영에게 모든 사실을 다 털어놓고 솔직해지겠다고.

"일요일 오후 1시, 명원대병원 앞에서 만나자."

"왜 병원 앞에서 보자고 한 걸까?"

일요일 아침부터 한껏 멋을 부린 태영은 거울 앞에 섰다. 그러곤 옷매무새를 매만지며 혼잣말을 중얼거렸다. 며칠 전 녀석이 했던 말이 떠오른 것이다.

"뭔가 심각해 보였는데……."

대체 무슨 말을 하려고 녀석은 그렇게 진지한 얼굴이었던 건지. 너무 궁금해서 그날 밤은 잠도 제대로 못 잤다. 아무래도 안 되겠어서 다음 날 학교에서 물어보려고 했지만 그럴 수가 없었다. 녀석은 망가진 로봇을 수리하느라 정신이 없었기 때문이다.

잊고 있었다. 세계 대회를 앞두고 녀석이 출품하려는 로봇이 망가졌다는 사실을.

어제 급식도 마다하고 동아리방에 처박혀 있던 녀석을 떠올리던 태영은 거울을 들여다보며 애써 미소 지었다.

"뭐 별거 아니겠지. 오늘은 재밌게 놀다 오자! 안 챙긴 거 없겠지?"

태영은 해니에게 빌린 폴라로이드 카메라를 가방에 챙기며 시계로 시간을 확인하더니 후다닥 현관 밖으로 뛰어나갔는데.

"꺅!"

태영이 문 앞에 서 있는 누군가를 발견하곤 비명을 질렀다.

"송바위! 너 미쳤어? 놀랐잖아. 왜 여기 서 있어?"

현관 바로 앞에 서 있던 송바위가 태영을 노려봤다. 또 원피스다. 평소엔 입지도 않는 치마를 요샌 아주 밥 먹듯이 입는다.

"또 그 새끼 만나러 가냐?"

"뭔데? 넌 왜 또 시비야?"

"너 그거 알아?"

"모른다, 어쩔래. 비켜. 나 늦었어."

태영이 제 앞을 막아선 송바위를 피해 골목을 내려갔다. 그런데 갑자기 송바위가 뒤에서 달려와 태영의 앞을 가로막았다. 그리고 굳은 얼굴로 말했다.

"유일반 그 새끼 가짜야."

책상 위에 널브러진 노트북과 로봇 설계도가 그려진 스케치들, 그리고 덕지덕지 붙은 포스트잇에 적힌 프로그램 언어.

키보드 위에 놓인 이반의 커다란 손이 빠르게 움직인다.

모친이 살아 있을 적 어깨너머로 배웠을 뿐이고, 실제로 작업을 해 보는 건 형이 기억을 잃은 뒤 처음이었지만 어딘지 모르게 익숙했다.

이반은 알고 있었다. 형에게 이번 대회가 얼마나 중요한지를. 그리고 자신에게도 큰 의미가 있음을. 어떻게든 형이 깨어나기 전에 최대한 비슷하게라도 복구해 놔야 한다.

하지만 쉽지 않았다.

"하아."

며칠 밤을 새운 이반의 얼굴이 핼쑥했다.

띠링.

그때였다. 핸드폰에 문자가 도착했다. 발신인은 태영이었다.

[어디쯤이야? 난 벌써 명원대병원 앞에 도착했는데.]

뒤늦게 태영과의 약속이 떠오른 이반은 서둘러 의자를 박차고 일어났다. 그런데 갑자기 머리가 핑 돌았고, 급기야 쿵, 소리와 함께 바닥에 쓰러지고 말았다.

"!"

하필 지금 이때 통증이 세게 찾아왔다. 제발 형이 깨어나기 전까지만 버텼으면 하던 심장은 시간이 지날수록 제 수명을 다해 가는 느낌이었다.

쓰러진 채 꼼짝을 못 하고 겨우 숨만 쉬고 있던 이반의 이마엔 어느새 식은땀이 흥건했다.

시야에 진통제가 든 가방이 눈에 들어왔지만, 고통에 지배당한 몸은 손가락 한 개 까딱할 힘조차 남아 있지 않았다. 그래도 이대로 포기할 순 없었다. 그 애를 만나야 하니까.

이반은 무거운 몸을 이끌고 극한의 고통을 견뎌 냈다. 그렇게 겨우 손을 뻗어 가방을 열었는데.

"!"

없다. 진통제가 든 약통이 보이지 않았다.

그런데 그때였다.

"이거 찾아요?"

언제 들어왔는지 제 뒤엔 추옥랑 여사가 서 있었다. 이반이 그토록 찾던 약통을 들고 말이다. 표정을 보아하니 뭔가 다 알아챈 눈치였다.

"알고 있었어요? 언제부터?"

"도련님이 사모님 배 속에 있기 전부터 이 집에서 일했어요. 도련님은 내 자식들보다 더 귀하게 키웠고."

"처음부터 알았다?"

"당연한 거 아니겠어요? 이렇게 닮은 구석이 하나도 없는데."

추 여사는 능숙한 손길로 비틀거리는 이반을 도와 침대에 앉혔다. 그리고 물과 약을 내밀었다.

"재밌었겠네요? 형인 척 쇼하는 나를 지켜보는 게."

"처음이 아니라 뭐 익숙해요. 모르는 척 쇼하는 거. 자, 어서 약 먹어요. 주치의한테 듣기론 수술하기 전에 몸조리 잘해야 한다던데."

모르는 게 없는 추 여사를 이반이 노려봤다.

"내 뒷조사 했어요?"

"정확히는 일반 도련님 생사 확인을 하다 알게 됐죠."

종종 두 사람이 바뀌 생활하는 건 알고 있었다. 하지만 이렇게나 오래 바뀐 채 지낸다는 건 무슨 일이 있는 게 분명하다 싶은 마음에 추 여사는 백방으로 뛰어다녀 겨우 일반의 위치를 파악했다.

"도련님 깨어나면 바로 원래 자리로 돌아가도록 해요. 회장님께 보고하기 전에."

약을 먹었는데도 통증은 쉽사리 가라앉지 않았다. 축 늘어진 몸을 간신히 일으키며 이반이 물었다.

"왜 도와주는 겁니까?"

"회장님께서 아셔 봤자 도련님한테 득 될 게 하나도 없으니까요. 부탁인데 학교도 더 이상 나가지 말아요. 체험 학습으로 처리하면 되니까."

"싫다면?"

"도련님 커리어에 흠집 내는 건 못 참습니다. 회장님께 보고드리는 수밖에요."

"……."

"이 사실을 회장님께서 아시게 되면 어떻게 될지 누구보다 더 잘 아실 텐데요?"

이건 분명한 협박이었다. 서늘한 추 여사의 눈빛에 이반은 어떤 말도 할 수가 없었다.

"그리고 제 방이나 물건에 손대는 것도 그만하시고요. 찾으시는 건 저한테 없습니다. 그러니까 부디 우리 일반 도련님 깨어나기 전까지만 잘 버티다가 원래 있던 자리로 돌아가세요."

"……."

"유이반, 여긴 네 자리가 아니야. 알아들었니?"

그렇게 추 여사는 뼈 있는 한마디를 남긴 채 나가 버렸다.

홀로 방에 남겨진 이반은 이제야 진통제 기운이 퍼진 모양인지 고통에 파르르 떨리던 몸이 축 늘어지더니 급기야 정신을 잃고 말았다.

"왜 안 오지?"

병원 앞에서 서성이던 태영은 손에 쥔 핸드폰을 들여다봤다. 녀석에게선 깜깜무소식이다. 문자를 보내도 답장이 없고, 전화도 안 받는다.

태영의 마음이 조급해졌다. 녀석을 만나 해야 할 얘기가 많기 때문이다.

'유일반 그 새끼 가짜야.'

아까 집 앞에서 송바위가 했던 말이 다시금 떠오르자 태영은 한숨이 절로 나왔다.

송바위가 말하는 가짜라는 의미는 기억 상실증을 뜻하는 거라고 판단했던 태영은 너무 당황한 나머지 송바위의 말은 끝까지 다 듣지도 않고 도망쳐 버렸다.

"송바위 걘 어떻게 알았지? 하긴, 모르는 게 더 이상하지."

태영은 급식실 앞에서 송바위와 녀석이 신경전을 벌이던 모습이 생각났다. 그때 녀석을 의심스럽게 쏘아보던 송바위의 눈빛까지.

"으, 몰라. 그냥 냅두자. 송바위 걔가 어디 가서 막 떠벌리고 다닐 애도 아니고. 근데 이 녀석은 왜 안 오는 거야? 무슨 일 있나?"

어제 하굣길에 만났던 녀석의 안색이 좋지 않았던 게 떠오른 태영은 걱정되기 시작했다.

"어디 아픈가?"

생각해 보니 기억을 잃은 후 녀석은 자주 아팠던 것 같다. 지난날 옥상에선 심장을 쥐고 괴로워하질 않나, 아무래도 사고 후유증이 큰 모양이다. 그런 몸으로 원진남고 애들한테 맞기까지 했으니.

"모탱!"

태영이 녀석의 몸 상태를 걱정하며 생각에 잠겨 있던 그때였다. 익숙한 목소리와 실루엣이 태영에게로 다가왔다.

"뭐야. 오빠가 여기엔 왜 있어?"

"엄마 심부름. 그러는 넌 왜 여갔냐? 집에서 퍼질러 자고 있을 줄 알았더니만. 꼴은 또 그게 뭐야? 혹시 니 방에 있는 거울 깨졌어? 요새 막 자신감이 넘치시네?"

태영이 입은 짧은 치마를 어이없게 쳐다보며 태혁이 혀를 내찼다. 오빠의 디스에 이제는 아무런 충격도 없다. 태영이 떨떠름한 표정을 지으며 태혁을 쳐다봤다.

"인마, 그 눈빛은 뭐냐?"

"그냥 가던 길 가시라고. 나 약속 있으니까."

"뭔 약속을 병원 앞에서 해? 누구 아프냐?"

"아니. 그런 거 아니야. 암튼 얼른 가."

태영은 괜히 오빠에게 녀석을 보여 주고 싶지 않았다. 보나 마나 놀릴 게 뻔하니까.

"이거 놔라."

태영이 태혁의 등을 병원 문 안쪽으로 밀었다. 힘에 밀려난 태혁이 얼떨결에 병원 안으로 들어갔다. 하지만 태혁은 여전히 유리창에 딱 붙어 태영을 예의 주시하고 있었다.

"저 웬수 같은 인간!"

태혁의 레이더망에서 벗어나기 위해 태영은 병원 앞을 벗어나 근처 공원으로 달려갔다. 그러곤 다시 한번 녀석에게 전화를 걸었다.

이번에도 받지 않으면 집으로 찾아갈 생각이었는데 불행인지 다행인지 스피커 너머로 녀석의 목소리가 들려왔다.

— 미안…….

대뜸 사과라니. 태영은 평소답지 않은 반응에 뭔가 이상함을 감지했다.

"유일반, 너 혹시 어디 아파?"

— 조금. 그래서 말인데 오늘 못 만날 것 같아.

"어? 어……. 근데 어디가 아픈데? 약은 있어?"

— 내일 보자.

서둘러 끊긴 전화. 난생처음 듣는 녀석의 기운 없는 목소리. 무슨 일이 있는 게 분명했다.

태영은 곧장 버스 정류장으로 달려가 녀석의 집으로 향하는 버스에 올라탔다.

녀석이 사는 집을 찾는 건 쉬웠다. 저번에 한번 와 봤기도 했고, 이렇게 큰 집을 어떻게 못 찾을 수가 있겠는가.

"와, 진짜 크다."

웅장한 건물 외벽을 올려다보며 태영은 감탄했다. 그러다 이렇게 넓은 집에 혼자 있을 녀석을 떠올리니 가슴 한구석이 아렸다. 아프다기에 오는 길에 포장해 온 죽을 물끄러미 바라보다가 용기를 내서 인터폰을 눌렀다.

하지만 벨이 여러 번 울렸는데도 아무런 응답이 없었고, 다시 한번 버튼을 누르려던 그 순간.

철컥.

육중한 문이 열리고 누군가 밖으로 나왔다. 본능적으로 모퉁이 한구석에 숨으려던 태영은 멈칫했다.

"유일반? 너 조금 아프다더니……."

항상 깔끔하던 머리카락이 헝클어져 있을 정도로 녀석의 상태는 많이 안 좋아 보였다.

하얗다 못해 투명한 피부와 살짝 충혈된 눈. 이게 어디 조금 아픈 사람의 몰골이란 말인가. 중병 환자라고 해도 믿겠네.

"너 이렇게 아픈데 왜 나왔어?"

"너 만나려고. 약속했잖아. 오늘 다 얘기하기로……. 안 그래도 지금 전화하려고 했는데……."

추 여사 몰래 나오느라 정신이 없어 미처 핸드폰도 챙기지 못한 이반은 비틀거리며 힘겹게 말을 이었다.

"됐어. 지금 니 몸이 더 중요하지. 얼른 다시 들어가. 난 괜찮으니까."

"아니야. 오늘 얘기해야 돼."

"무슨 얘기?"

이반이 어렵게 입을 열었다.

"사실 그냥 사라질 생각이었어. 그래서 처음부터 작정하고 너한테 말하지 않았어. 그땐 이렇게까지 널 좋아하게 될지 몰랐으니까. 근데 그러다 점점 욕심이 났어."

형한테 뺏기고 싶지 않다는 욕심. 어차피 형은 너를 좋아하지 않으니까.

형이 깨어나면 본래의 내 자리로 돌아가면 그뿐이라고 생각했지만, 너 하나만은 가지고 싶었다. 지금 입고 있는 옷과 신발, 핸드폰, 지갑…… 모든 것이 내 것이 아닐지라도 너 하나만은 내 것이기를.

"완벽한 유일반보다 공부하는 거 싫어하고 길치에 하찮고 만만한 지금의 내가 더 좋다는 니 말에 용기가 났어."

"저기 있잖아. 무슨 말인지는 몰라도 너 지금 당장 병원부터 가야 할 것 같은데? 식은땀 좀 봐."

태영은 당장이라도 쓰러질 것 같은 녀석을 걱정스레 쳐다보며 불안해했다. 하지만 녀석은 온 힘을 다해 태영에게서 시선을 고정한 채 말을 멈추지 않았다.

"나 사실 유일반 아니야."

"?"

"내 이름은……."

마침내 이반이 진짜 자신의 이름을 입 밖으로 꺼내려던 그때였다.

끼이익.

하필이면 이 중요한 순간, 바로 뒤에 차 한 대가 멈춰 섰다.

먼저 차를 발견한 이반은 말끝을 흐릴 수밖에 없었고, 뭔가를 보고 표정이 급속도로 어두워진 녀석의 얼굴을 확인한 태영이 고개를 돌렸다.

뒤에 정차한 차 운전석에서 정장을 입은 남자가 내리더니 뒷좌석 문을 열었다.

비서들의 보좌를 받으며 차에서 내린 사람은 다름 아닌 유오채 회장이었다.

유 회장이 차에서 내리기도 전에 이반은 태영을 대문 안으로 밀어 넣었다. 영문도 모른 채 저택 안으로 떠밀려 들어간 태영은 난감한 얼굴로서 있었는데.

"너 당장 따라 들어와!"

바깥에서 큰 소리가 들려왔다.

움찔하며 겁먹은 태영은 후다닥 대형 화분 뒤에 몸을 숨겼다. 그러자 곧장 문이 열리고 유 회장과 녀석이 정원으로 들어왔다.

그리고 비서를 옆으로 물리친 유 회장이 팔을 번쩍 들어 올렸다.

쫙!

녀석의 몸이 휘청거리다 못해 옆으로 나자빠질 정도로 세게 빰을 때렸다.

그것도 모자라 유 회장이 잔뜩 성이 난 얼굴로 쓰러진 녀석의 멱살을 잡아끌고 고함을 쳤다.

"제발 그만 좀 해! 로봇에 미쳐 날뛰던 그 여자랑 닮아 가는 꼴 두고 보는 것도 이제 마지막이야. 앞으로 네 미래는 내가 정한다. 알아들어?"

"……."

"대답."

"네……."

빰을 맞고도 멱살을 잡히고도 녀석은 아버지의 말에 순순히 대답했다.

태영은 경악스러웠다. 대체 무슨 일 때문에 아픈 아들한테 저렇게 폭력을 행사하는 것인지.

저런 아버지라서 비밀로 한 거였나?

태영은 녀석이 너무 딱했다. 그런데 그때였다.

"아들, 나한테 자식은 너 하나야. 전에도 앞으로도. 그러니까 내 기대를 저버리지 마. 저버리는 순간 너도 그 여자처럼 빈털터리로 쫓아낼 테니까. 네가 가장 잘 알 거 아니야. 내 말을 거역하는 사람들의 말로가 얼마나 처참한지를."

어떻게 아버지가 자식한테 저런 말을 할 수가 있을까. 태영은 간담이 서늘해졌다. 동시에 녀석이 너무 걱정됐다. 그런데 내내 잠잠하던 녀석의 눈빛이 돌연 매섭게 돌변했다.

"잘 알죠. 어머니가 얼마나 처참하게 돌아가셨는지 내 두 눈으로 똑똑히 봤으니까."

저택 안으로 들어가려던 유 회장이 멈칫했다. 평소 제 아들 일반과는 다른 차가운 말투. 유 회장이 고개를 돌렸다.

"니가 봤다고? 무슨 수로?"

"기사에서 봤다구요."

유 회장은 어쩐지 쌔한 느낌이 들었다. 분명 조금 전까지만 해도 제가 알던 아들이 아닌 것 같았는데, 또 저렇게 웃으니 제 아들이 맞았다.

"아버지."

공손한 목소리로 저를 부르는 아들을 유 회장이 쳐다봤다.

"하나밖에 없는 아들과 한 약속은 지켜 주셔야죠."

"또 그 소리야?"

"약속하셨잖아요. 이번 대회에서 우승하면 프리무스 폐지하지 않기로. 지원금 계속 대 주시기로."

로봇 동아리의 운영 예산은 일반 학교에서 댈 수 있는 수준이 아니었다. 기업의 스폰 없이는 운영되기 어려웠다. 이반은 잘 알고 있었다. 형이 프리무스를 지키기 위해 얼마나 노력해 왔는지를.

"그 전에 너부터 나와 한 약속을 지켜야지."

"제가 안 지킨 게 뭐가 있습니까. 아버지가 하라는 대로 시키는 대로 다 하며 꼭두각시처럼 살고 있는데."

"그 녀석 입국했다더구나. 연락 없었지? 만약 찾아와도 모른 척해."

"왜죠?"

"그걸 정말 몰라서 물어? 이게 다 널 위해서잖아. 그 녀석은 어차피 곧 죽을 녀석이야."

"……."

"내 유산은 오롯이 다 너한테만 가야 돼. 그 녀석한테 뺏기면 안 된다고."

"돈이라면 외할머니도 많은데요."

"그 욕심 많은 노인네 딸 팔아먹더니 이번엔 손자까지 이용해 병원비 뜯어 가는 거 봤잖아. 그 돈이 다 그런 돈이야. 그러니 너도 행여나 그 집안이랑 엮일 생각 하지 마."

외가 쪽을 조심하라며 재차 강조하던 유 회장은 이제 채찍질은 끝났다는 듯 조금은 부드러워진 말투로 녀석의 어깨를 어루만졌다.

"넌 그 녀석과 다르게 내가 키웠고, 유일한 내 핏줄이야. 알지?"

"……네."

마찬가지로 날을 세우던 녀석도 이내 살짝 미소를 지으며 대답했다. 그러자 유 회장이 먼저 저택 안으로 들어갔다.

넓은 마당에 홀로 남겨진 녀석의 쓸쓸한 뒷모습을 화분 뒤에서 지켜보던 태영은 하필 이 심각한 상황에서 다리에 쥐가 나 얼굴을 잔뜩 찌푸렸다.

그러다 개미 같은 목소리로 녀석을 불렀다.

"유일반…… 너 괜찮아?"

"……."

녀석에게서 아무런 대답도 들리지 않자 태영은 조심스레 다시 한번 입을 열었다.

"나 아무것도 못 들었어. 그리고 나 여기 있다가 조용히 나갈 테니까 아버지한테 들키기 전에 넌 얼른 들어가 봐."

쥐가 난 다리를 어렵사리 이끌고 쩔뚝이며 대문을 향해 달려가는 태영의 뒷모습을 물끄러미 바라보던 이반은 태영이 밖으로 나가자마자 피곤한 듯 손으로 얼굴을 가린 채 고개를 푹 숙여 버렸다.

"유일반네 아버지는 뭐 하는 사람이야?"

태영이 등교하자마자 해니를 붙잡고 대뜸 물었다. 해니라면 분명 알고 있을 거라 생각했기 때문이다. 하지만 정보통 해니도 전혀 모르겠다는 듯 어깨를 으쓱였다.

"몰라?"

"응. 그냥 유권이 말로는 되게 되게 부자래."

"그게 끝?"

"원래 유일반이 가족 얘길 잘 안 하는 스타일. 근데 갑자기 그건 왜 물어? 둘이 벌써 그런 사이야? 막 아버지도 만나고?"

"그런 게 아니라……."

주말에 있었던 일을 입 밖으로 꺼내려던 태영은 쉽사리 말을 꺼낼 수가 없었다.

"야, 근데 유일반 요새 안 보인다?"

"대회 얼마 안 남았잖아."

"어차피 우승은 유일반 아니야?"

예정대로라면 그랬겠지만, 로봇이 망가져 버렸으니 이제 어쩐담.

'약속하셨잖아요. 이번 대회에서 우승하면 프리무스 폐지하지 않기로. 지원금 계속 대 주시기로.'

태영은 녀석이 아버지와 나누던 대화를 떠올렸다.

동아리의 존폐가 걸린 대회였다니. 그래서 그렇게 밤낮 안 가리고 대회 우승에 목숨을 걸었던 거구나.

그만큼 로봇 만드는 걸 좋아하고 사랑하니까 가능한 거겠지?

태영은 다시금 자신을 돌아보고 반성하게 됐다. 자신도 녀석처럼 뭔가에 열정적이던 때가 언제였던가. 말로만 기자가 꿈이라고 하고, 되고 싶다고 했지만 정작 무슨 노력을 했는가.

"나 오늘부터 공부할래!"

"늦지 않았나?"

"왜?"

"다음 주부터 기말고사잖아."

"뭐? 벌써 그렇게 됐어? 헐……. 최니! 나 문학 필기 좀!"

"내가 제일 싫어하는 과목이 뭐게?"

"수아한테 빌려야겠다. 수아 오늘은 학교 왔나?"

태영이 두리번거리며 수아 자리를 살폈다. 하지만 오늘도 수아는 보이지 않았다.

"이번엔 너무 오래 결석하는 거 아니야?"

"오늘은 결석 아니야. 아까 등교하자마자 자습실 가던데?"

"그래? 나도 자습실 가 봐야겠다."

태영이 주섬주섬 교과서와 필기구를 챙겨 자리에서 일어났다. 그런데 그때 뒷문으로 주유권이 뛰어 들어왔다. 호들갑을 떨면서 말이다.

"모탱! 너 완전 떡상했어!"

"뭔 소리야?"

태영은 니 남친 왜 저러냐는 눈빛으로 해니를 쳐다봤다. 그러자 해니가 유권을 진정시키며 그가 내민 핸드폰을 들여다봤다.

"대박."

마찬가지로 뭔가를 확인한 해니도 호들갑을 떨기 시작했다.

"미친 거 아니야? 팔로워 수 이거 뭐야? 갑자기 이렇게 오른다고?"

"지금 너튜브랑 SNS에 영상 올라오고 난리도 아니야."

"모탱! SNS에 '명원시 골딩녀' 검색해 봐."

"골딩녀? 그게 뭔데?"

"'골 때리는 고딩'의 줄임말이래."

"뭐라는 거야."

중얼거리며 핸드폰을 꺼내 검색해 본 태영의 입이 떡 벌어졌다.

"이거 뭐야? 누가 찍었어?"

"지금 누가 찍었는지가 중요한 게 아니야. 조회 수 백만 넘음. 니 팔로워 수도 2만이야!"

정말 눈으로 보고 있는데도 믿기지 않는 숫자였다. 태영은 어안이 벙벙한 얼굴로 지난번 피구 연습 경기를 앞두고 일반에게로 날아오는 공을 발로 걷어차는 제 모습이 담긴 영상을 들여다봤다.

"누가 찍었는지 진짜 기가 막히게 찍었지?"

"니가 찍었지?"

"나? 아닌데."

"너 맞잖아. 내가 공 찰 때 봤거든? 니가 나 찍고 있는 거."

"헐. 역시 선출은 달라. 눈썰미 대박."

주유권이 너스레를 떨었다. 그 옆에 있는 해니도 거들었다.

"프리무스 계정 맞팔 한 것보다 이 영상이 더 효과 쩌는데? 모탱, 우리 자기한테 한턱 쏴라. 이렇게 되면 너 기자단 합격하는 데 도움 될 거 아니야. 맞다. 너 서류 접수는 했어?"

"안 그래도 오늘 하려고. 다 준비해 왔지롱. 담임 쌤 추천서도 필요하다고 해서 이따 점심시간에 교무실 가려고. 같이 갈래?"

"응. 사양할게. 니 남친이랑 가."

"그럴까?"

교실 뒤에 달린 거울을 들여다보며 태영이 머리를 매만졌다. 그러자 주유권이 의아해하며 물었다.

"모태영, 너 그거 몰라? 오늘부터 유일반 학교 안 나온다는데?"

"그게 무슨 소리야?"

"아까 담임이 유일반네 집이랑 통화하는 거 들었음. 난 너도 아는 얘긴 줄 알았는데."

주유권의 말이 끝나기가 무섭게 태영이 복도로 달려 나갔다. 그리고 옥상으로 향했다. 하지만 옥상 위 동아리방 문은 굳게 닫혀 있었다.

녀석에게 전화를 걸며 옥상을 서성이던 태영은 갑자기 뒤에서 들려오는 문소리에 자동 반사적으로 고개를 돌렸다.

"유일반……."

당연히 녀석인 줄 알고 이름을 부르던 태영이 말끝을 흐렸다.

"이 아니라 수아구나……."

태영은 옥상 문을 열고 밖으로 나온 수아를 놀란 얼굴로 쳐다봤다. 수아가 금방이라도 울 것만 같은 얼굴로 서 있었기 때문이다.

"수아야, 무슨 일 있어?"

"무슨 일은 내가 아니라 너한테 생긴 것 같아. 태영아, 너 어떡해……."

"나 왜?"

태영은 도통 영문을 모르겠다는 듯 되물었다. 그러자 우물쭈물 말을 할까 말까 고민하던 수아가 어렵게 입을 열었다.

"학교에 다 소문났어."

"무슨 소문?"

"너 학폭 가해자였던 거."

"내가 학폭 가해자라고?"

태영은 너무 기가 막혀 헛웃음이 나왔다. 그래서 수아에게 되물었다.

"누가 그래? 내가 가해자라고 누가 그랬냐고."

"태영이 너 무슨 영상 같은 거 하나 돌아다닌다며. 그 영상에 댓글 달렸대. 그리고 학교 게시판에도 올라왔고."

"아니야."

날이 잔뜩 선 태영과 달리 수아는 침착한 목소리로 말했다.

"당연히 아니겠지. 태영아, 난 너 믿어. 근데 애들은 아닌 것 같아. 너한테 직접 맞았다는 피해자 증언도 나오고 있고……."

"상관없어. 어차피 걔들이 다 지어낸 말이니까. 근데 넌 여기 왜 왔어? 나 때문에 온 거야? 아니면……."

사실 태영이 날이 섰던 진짜 이유는 저를 둘러싼 이상한 소문 때문만은 아니었다. 태영이 말을 다 끝내기도 전에 수아가 대답했다.

"유일반 만나러 왔어."

"무슨 일 때문에?"

"이거 주려고."

수아가 손에 든 문학책을 태영에게 건넸다.

"시험 전에 항상 빌려 갔었거든. 유일반 걔 다른 과목은 다 만점인데, 유일하게 한두 문제 틀리는 게 문학이잖아. 너도 알지?"

"다, 당연히 알지!"

당연히 알긴 개뿔. 사실 몰랐다. 유일반이 문학에서 한 문제를 틀리는지 두 문제를 틀리는지 그동안은 관심 밖이었으니까.

하지만 태영은 괜히 아는 척을 하며 수아를 의식했다.

"근데 넌 유일반이랑 라이벌이면서 이런 거 막 빌려주고 그래도 돼?"

"그래야 나중에 졌을 때 덜 쪽팔리지. 이런 거 막 안 빌려주고도 져봐. 그럼 정말 학교 오기 싫을 것 같은데?"

"그런가? 암튼 고마워. 이건 내가 유일반한테 전해 줄게. 그리고 수아야, 나도 니 책 좀 봐도 될까? 그렇지 않아도 문학 필기 놓친 게 많아서 너한테 빌리려고 했거든."

"당연하지. 천천히 보고 돌려줘. 그럼 나 먼저 내려갈게."

수아가 비상구 문을 열고 옥상에서 나가자마자 태영은 핸드폰을 꺼내 녀석에게 전화를 걸었다. 하지만 이번에도 통화 연결음만 들릴 뿐 녀석의 목소리는 들을 수가 없었다.

"후우……."

태영이 한숨을 길게 내쉬었다. 그러곤 하늘을 올려다봤다. 금방이라도 비가 올 듯 먹구름이 가득 낀 하늘과 습한 날씨.

"유일반…… 대체 어떻게 된 거냐구."

태영은 자꾸만 아버지에게 뺨을 맞고 쓰러지던 녀석의 모습이 떠올라 마음이 좋지 않았다. 난데없이 학폭 가해자로 몰린 상황에서도 태영은 녀석을 걱정했다.

"네? 안 된다구요? 왜요?"

분명 지난주만 해도 추천서 써 주겠다고 호언장담했던 담임이 말을 바꿨다.

"태영아, 미안해. 쌤이 알아보니까 학교장 추천서는 성적순으로 써

주게 되어 있대. 근데 니 성적이 수아보다 훨씬 안 좋아서. 이번엔 수아가 추천서를 받게 됐어."

"네? 수아요? 수아는 아닌데……. 기자단 저만 신청했는데요."

"무슨 소리야? 너희 친하면서 몰랐어? 수아도 기자단 신청한다고 지난주에 추천서 부탁했는데."

금시초문이었다. 태영은 너무 당황스러웠다. 의대를 목표로 공부하던 수아가 갑자기 기자단은 왜? 도대체 왜?

결국 그렇게 추천서를 손에 넣지 못한 채 교무실을 나온 태영은 눈앞이 깜깜했다.

추천서를 받아 제출해도 합격할까 말까인데, 경쟁자가 수아라니. 게다가 왜 다들 날 저런 눈으로 쳐다보는 거야?

태영은 수군거리며 저를 지나쳐 가는 친구들의 시선을 피해 비상구로 향했다.

아무래도 아까 수아가 말했던 내가 학폭 가해자라는 소문이 순식간에 퍼진 모양이다. 의식하지 않기로 했지만, 비난의 눈초리에 몸이 움츠러드는 건 어쩔 수가 없었다.

"수아야!"

그런데 그때였다. 비상구 밖에서 누군가 수아를 불렀다. 태영은 수아한테 할 얘기도 있고 해서 문을 열고 나가려는데.

"너 모태영이랑 친해?"

제 이름을 들은 태영이 나가려다 말고 멈칫했다.

문밖에선 수아와 같은 스터디를 하는 이른바 전교 상위권을 차지하는 아이들이 모여 웅성거리고 있었다. 그중엔 학습 부장 오필희도 있었다. 오필희는 이때다 싶었는지 수아에게 태영의 험담을 늘어놓기 시작했다.

"수아야, 옛날부터 궁금했는데 넌 왜 그런 애랑 놀아?"

"맞아. 모태영 걔 중학교 때 완전 양아치였대."

"송바위랑 절친이었다잖아. 그럼 말 다 했지 뭐."

"내 친구도 세원중 나왔는데 모태영 알더라. 걔 뻑하면 사람 발로 차고 그랬대. 후배들도 엄청 괴롭혔대."

"그만해."

"수아야……."

"태영이 그런 애 아니야. 착하고 좋은 애야. 너흰 잘 알지도 못하면서 함부로 떠들어? 계속 그딴 소리 하면 나 너희랑 스터디 안 해."

"스터디를 안 하다니 무슨 소리야. 알았어. 모태영 얘기 안 하면 될 거 아니야. 니가 스터디에서 빠지면 우린 어떡하라고."

"맞아. 수아야 화 풀어. 미안해."

수아가 으름장을 놓자 그제야 험담을 멈춘 오필희가 어떡해서든 수아의 마음을 돌리려고 애를 쓰고 있었다.

그 모습을 문틈 사이로 지켜보던 태영은 발길을 돌렸다. 제 편을 들어 준 수아를 보니 새삼 부끄러웠다. 몇 분 전만 해도 학교장 추천서를 뺏어 간 수아에 대한 원망이 들었는데 말이다.

"이유가 있겠지?"

그래, 무슨 이유가 있겠지. 수아가 기자단에 괜히 지원하진 않았을 거야.

태영은 애써 수아를 향한 의심을 접어 두고 교실로 향했다.

한편, 자습실 책상에 앉은 수아는 가방에서 서류 봉투 하나를 꺼냈다.

봉투 안에서 꺼낸 종이의 헤드라인을 물끄러미 쳐다보던 수아는 이내 냉소적인 얼굴로 종이를 박박 찢어 가방 속에 아무렇게나 구겨 넣었다. 그러곤 아무 일도 없었다는 듯 책을 펴 공부를 하기 시작했다.

"추천서를 못 받았다고?"

해니가 이해할 수 없는 표정으로 태영을 향해 되물었다.

"진짜 못 받았어? 왜?"

"다른 애한테 먼저 써 줬대."

"다른 애 누구? 누가 또 기자단 신청했대?"

수아라고 하면 해니는 아까의 나처럼 바로 수아를 찾아가 따지려 들 것이 분명했다. 태영은 그냥 말을 아끼기로 했다.

"몰라. 어쩔 수 없지. 어차피 추천서는 꼭 제출해야 되는 서류는 아니어서 괜찮아."

태영이 대수롭지 않게 말하며 책상 서랍에서 교과서를 꺼내 가방에 집어넣기 시작했다. 그런 태영을 해니가 걱정스레 쳐다봤다.

"그래도 학교장 추천서 받은 애랑 아닌 애랑 둘 중에 뽑으라고 하면 당연히 전자지. 게다가 니 SNS 겨우 떡상했는데 이상한 댓글이나 달리고. 그거나 먼저 신고해야 되는 거 아니야?"

"무슨 신고까지 하냐? 어차피 다 헛소린데."

"그쪽에서 그 댓글 보면 어떡해? 그러다 기자단 떨어지면?"

"그렇다면 정시 준비를……"

"다음 주에 있을 기말고사부터 준비하시죠."

"그래서 지금 짐 싸고 있잖아."

책가방이 터져라, 교과서를 꾸역꾸역 챙겨 넣는 태영을 보며 해니가 혀를 내찼다.

"쯧쯧. 꼭 공부 못하는 애들이 교과서를 그렇게 다 들고 댕긴다더라."

"이상, 최해니 남친 소개 잘 들었구요."

태영이 씨익 웃으며 마침 교실로 들어오는 주유권을 손가락으로 가리켰다.

제 남친이 교과서를 품에 가득 안고 들어오는 것을 발견한 해니가 뺄쭘한 표정을 지었다.

"나 먼저 간다!"

말 많은 두 인간에게 잡혀 어디로 끌려갈지 모르니 태영은 서둘러 인사를 하고 교실을 빠져나갔다.

그런데 코너를 돌아 계단을 내려가던 태영이 갑자기 걸음을 멈춰 세웠다.

결국 녀석은 오늘도 학교에 오지 않았다. 아니, 어쩌면 못 온 걸지도 모른다.

"설마 아버지한테 들킨 건 아니겠지?"

녀석이 사고 후유증으로 기억 상실증에 걸렸다는 사실을 아버지께 들킨다면 어떻게 되는 걸까? 이대로 영영 녀석을 못 볼 수도 있는 걸까?

악몽이라도 꿨는지 이반이 두 눈을 번쩍 떴다. 그리고 동시에 상체를 일으켰다.

"!"

하지만 심장 부근에서 엄청난 통증을 느낀 이반은 도로 누울 수밖에 없었다. 고통스러운 신음을 흘리며 이반은 대체 어떻게 된 일인지 알아보기 위해 주변을 살폈다.

일단 이곳은 익숙하고도 낯선 유 회장네 집. 형이 쓰던 책상과 노트북들이 보인다.

제 손목에 꽂힌 링거 바늘까지.

그리고……

"이봐요."

이반은 제가 누워 있는 침대 끄트머리에 몸을 기댄 채 선잠을 자고 있는 추 여사를 발견했다. 그러자 추 여사가 흠칫 놀라며 자리에서 벌떡 일어났다.

처음 보는 추 여사의 인간적인 모습이 이반은 낯설었다.

"왜 그렇게 봐요?"

"내 맘인데요? 나 어떻게 된 겁니까? 얼마나 누워 있었던 거예요?"

"아침에 등교하러 안 내려오길래 올라와 보니 쓰러져 있더군요. 구급차 불렀다간 회장님께 들키는 건 시간문제라."

"닥터 왔다 갔어요?"

"어떻게 알았어요?"

이반이 턱끝으로 주삿바늘이 들어간 손등을 가리켰다.

"바늘 들어간 것만 봐도 알 수 있어요. 주사를 하도 많이 맞아 봐서."

"자랑이에요? 우리 도련님은 얼마나 건강한데. 평생 감기 한번 안 걸렸다고요. 암튼 학생이 쓰러지면 곤란해요."

정말 곤란해 보이는 추 여사를 흘끔 보던 이반이 말을 이었다.

"왜 지금까지 모른 척했습니까?"

"아시잖아요. 대타가 필요했다는 거. 우리 도련님은 깨어날 생각을 안 하시고, 이미 두 사람은 바뀌어 있었고."

"이번에 말고요."

"?"

"우리 바꾼 거 이번이 처음 아닌데, 왜 모른 척하실까?"

이반이 추 여사를 의문스럽게 쳐다봤다. 그러자 추 여사가 뭔가 고민하는 듯 말을 아끼더니 어렵게 입을 열었다.

"도련님이 부탁했으니까요."

"……"

"원래 둘이 같이 입학하려던 학교잖아요."

대체 추 여사는 어디서부터 어디까지 알고 있는 걸까? 형에 대해 모르는 게 없는 추 여사가 이제는 조금 두려워지려고 한다.

이반은 경계심이 가득한 눈초리로 추 여사를 쳐다봤다.

"친구까지 동원해서 제 방에 들어간 것도 알고 있어요."

"이유도 알겠네요?"

"물론이죠. 이걸 찾는 거잖아요."

추 여사가 카드 지갑 속에서 작은 열쇠를 꺼내 내밀었다.

"도련님이 옮겨 놓은 걸로 알고 있어요. 동아리방이 학교 옥상에 있죠? 그 뒤에 창고가 하나 더 있을 거예요. 거기 열쇠예요."

"정말 거기에 다 있어요?"

"거기 있는 게 전부예요. 사모님 유품은."

추 여사가 건넨 열쇠를 물끄러미 쳐다보던 이반은 애써 태연한 척 열쇠를 받았다.

"갑자기 이걸 왜 나한테 주는데요?"

여전히 경계를 풀지 않고 이반이 물었다. 그러자 추 여사가 핏기가 하나도 없는 이반의 얼굴을 안타깝게 바라보며 말했다.

"조금만 더 버티라고요. 우리 도련님 깨어날 때까지."

그 말의 의미를 알아차린 이반의 표정이 조금은 부드러워졌다. 그렇게 한동안 두 사람 사이에 정적이 흘렀고, 겨우 몸을 일으켜 침대에서 내려온 이반은 가방을 들었다.

"학교 가도 됩니까?"

"가고 싶어요?"

"네."

"그럼 가요. 대신 다음 주에 있을 기말고사 시험지엔 손대지 마세요.

어정쩡한 점수보단 백지가 나으니까. 그래야 덜 의심받겠죠?"

"백지라……. 좋은 방법이네요."

이반이 피식 웃으며 방을 나가려고 걸음을 옮겼다. 그런 이반을 향해 추 여사가 당부했다.

"아무한테도 들켜선 안 돼요. 우리 도련님한테 똑같이 생긴 쌍둥이가 있다는 사실 말이에요. 그거 세상에 알려지는 순간, 회장님 귀에 들어가는 건 순식간입니다. 그렇게 되면 우리 셋 중 가장 불행해질 사람이 누군지……."

"압니다."

그게 저라는 걸 이반은 너무나도 잘 알고 있었다. 하지만 태영에게만큼은 자신의 정체에 대해 솔직하게 말해야 한다는 생각에는 변함이 없었다.

이반을 보내고 방으로 돌아온 추 여사는 어디론가 은밀히 전화를 걸었다.

"접니다. 추옥랑."

무슨 말부터 해야 할지 망설이던 추 여사가 깊은 한숨과 함께 말을 꺼냈다.

"정말 방법이 없어요? 수술해도 살 수 있는 가망이 없는 거냐고요."

수화기 너머로 누군가에게서 대답을 들은 추 여사는 고통스러워했다.

곧 전화를 끊은 추 여사가 테이블 위에 놓인 액자를 바라봤다.

액자 속엔 일곱 살 정도의 남자아이가 환하게 웃고 있었다.

추 여사는 사진을 바라보며 애써 울음을 삼켰다.

초여름인데도 불구하고 30도가 웃도는 날씨. 덥고 습한 공기가 숨을 콱콱 막히게 했다. 하지만 학교로 향하는 이반의 발걸음은 무척이나 가벼웠다.

어느새 도착한 학교는 이상하리만큼 평온했다.

기말고사를 앞두고 있어서 그런지 매번 축구를 하는 아이들로 시끄럽던 운동장도 고요했다. 아무도 없는 운동장을 가로지르며 이반은 동아리방이 있는 건물 옥상 쪽을 올려다봤다.

기분 탓일까? 노을 진 오렌지 빛 하늘이 오늘따라 아름답게 보였다. 이런 하늘을 앞으로 몇 번이나 더 볼 수 있을까? 문득 그런 생각을 하니 씁쓸해졌다.

조금은 무거워진 발걸음. 이반은 추 여사에게서 받은 열쇠를 주머니에서 꺼내 손에 꽉 쥐었다. 그리고 다시 서둘러 옥상으로 향했다.

"모태영?"

옥상에 도착한 이반은 동아리방 앞에 놓인 책상에서 엎드려 자고 있는 태영을 발견했다.

"쟨 왜 여기서 이러고 자?"

혼잣말을 중얼거리며 이반은 태영에게 다가갔다.

"야."

불러도 소용없었다. 새근새근 코까지 골며 자는 태영을 보니 어이가 없으면서도 긴장이 풀리는 듯한 느낌이 들었다.

이반이 피식 웃으며 태영의 말간 얼굴을 바라보고 있었는데.

"!"

갑자기 태영이 몸을 뒤척이며 두 눈을 스르륵 뜨자, 이반은 뭐 훔쳐 먹다 걸린 사람처럼 화들짝 놀랐다.

"어? 유일반? 언제 왔어?"

태영이 상체를 일으키며 무슨 일에선지 새빨개진 얼굴로 안절부절못하는 녀석을 의아하게 쳐다봤다.

"왜 그래? 무슨 일 있어?"

"너야말로 뭔데, 왜 여기서 자고 있어?"

몰래 쳐다보다 들킨 게 부끄러웠던 이반은 저도 모르게 말투가 퉁명스러워졌다. 하지만 태영은 대수롭지 않게 여겼다. 그저 녀석을 만났다는 사실이 고마울 뿐.

"혹시나 해서 기다렸지. 너 올 것 같아서. 근데 너 괜찮아?"

"뭐가?"

"너희 아버지……."

차마 말을 잇지 못하고 태영이 손짓으로 머리 위에 뿔을 그렸다.

대충 너희 아버지 화 많이 난 것 같던데, 그런 말인 것 같았다. 그를 알아챈 이반이 어깨를 으쓱이며 대답했다.

"신경 쓸 거 없어."

"신경 무지 쓰이던데? 난 너 학교 안 오길래 아버지한테 들킨 줄 알았어. 너희 아버지 되게 무섭더라. 근데 아버지가 알면 어떻게 되는 거야?"

"글쎄……."

장남인 형을 끔찍하게 아끼는 아버지가 지금의 사태를 알게 된다면?

"날 죽이려 들겠지."

"뭐? 에이, 설마 아들을 죽이기야 하겠어?"

태영이 말도 안 된다며 되물었지만, 녀석은 묵묵부답이었다.

"뭐야 무섭게. 왜 아무 말이 없어?"

"근데 넌 왜 여기서 자?"

"잔 게 아니라 공부하다가 잠깐 쉰 거지."

"코까지 골면서 자던데?"

"코는 무슨! 나 그런 잠버릇 없거든? 피곤할 때 아주 가끔 아주아주 가끔……. 아, 뭐 아무튼 근데 너야말로 다 늦게 학교는 왜 왔어?"

"너 보려고."

"……."

"왠지 니가 날 기다리고 있을 것 같아서."

"흐흠, 내가 널 기다리긴 왜 기다려?"

"그러게. 코까지 골면서 자고 있을 줄이야."

"야!"

짓궂은 얼굴로 이반이 농담을 하자 태영이 버럭 소리치며 예쁘게 흘겨봤다.

그래도 이렇게 얼굴을 보니 마음이 한결 가벼워진 태영은 낮에 수아에게서 받은 문학책을 건넸다.

"아, 이거 수아가 너 주래."

"이게 뭔데? 필요 없어."

"그러지 말고 받아. 곧 기말고사잖아. 니가 항상 빌리던 거라던데?"

"필요 없다고."

녀석은 태영이 건넨 문학책을 책상 위에 내던졌다. 태영이 인상을 확 찌푸리며 문학책을 다시 들어 품에 안았다.

"그나저나 너 기말고사 어떡할 거야? 지금까지 전교 1등 한 번도 놓친 적 없었는데 이번에 갑자기 꼴찌 하면 학교 난리 나겠네."

"꼴찌는 아니지."

"아니긴 뭐가 아니야. 너 공부는 하고 있어?"

"안 해도 꼴찌는 절대 못 해."

"뭘 믿고?"

"니가 있잖아."

"뭐?"

"니가 명원고 꼴찌라며."

"아놔. 누가 그래?"

"주유권."

"참 나. 주유권 개는 꼴찌에서 두 번째거든? 그리고 나 이번엔 공부 엄청 열심히 할 거거든? 그럼 난 이만 공부하러."

"가긴 어딜 가."

태영이 책가방을 챙겨 어깨에 메고 가려고 하자 이반이 냉큼 태영의 책가방을 잡아당겼다. 그 바람에 뒤로 질질 끌려간 태영이 당황해했다.

"어어? 이거 놔. 뭐 하는 거야?"

얼떨결에 녀석의 손에 이끌려 동아리방 옆 창고 앞에 서게 된 태영은 고개를 갸웃했다. 그러곤 갑자기 말이 없어진 녀석과 자물쇠로 잠긴 허름한 창고 문을 번갈아 가며 쳐다봤다.

"이 안에 뭐 있어?"

"응."

"뭐가 있는데?"

태영의 물음에 아무런 대꾸도 없이 녀석은 손에 쥔 열쇠로 자물쇠를 열었다.

철컥 소리와 함께 문을 열고 안으로 들어가는 녀석을 뒤따라가던 태영의 입이 떡 벌어졌다.

"이게 다 뭐야?"

창문 너머로 주황빛 노을이 새어 들어오는 창고.

이 안에는 수십 대의 작고 큰 로봇들이 전시되어 있었다. 그를 경이롭게 바라보던 태영의 눈길을 사로잡은 로봇이 하나 있었다.

이중 가장 크고 오래돼 보이는 로봇.

로봇의 심장엔 네임택이 달려 있었고, 정갈한 글씨체로 '프리무스' 라고 적혀 있었다.

"1920년 체코슬로바키아의 문학가 카렐 차펙의 희곡 '로숨의 유니버설 로봇' 에서 로봇이라는 단어가 처음으로 나와."

나지막한 녀석의 목소리. 태영이 천천히 고개를 돌려 녀석을 바라봤다.

"그 희곡에서 '프리무스' 는 인간을 사랑하게 된 최초의 로봇으로 등장해."

프리무스에 그런 뜻이 있었다니. 뭔가 생각과 달리 꽤 로맨틱한 유래라서 태영은 놀랐다. 그때 녀석이 쓸쓸한 눈빛으로 말을 이었다.

"우리 엄마가 직접 지었대. 이 '프리무스' 라는 동아리의 이름도……."

로봇들을 바라보는 녀석의 애틋한 눈빛을 보고 난 후에야 태영은 깨달았다. 이곳에 있는 물건들이 녀석에게 어떤 의미인지를.

오래전 엄마가 창설한 동아리를 지키기 위해 밤이고 낮이고 로봇 연구에 몰두하는 전교 1등 아들이라……. 뭔가 서사까지 주인공 재질이라는 생각을 하며 태영은 다시금 오래된 로봇들을 둘러봤다.

"그럼 여기 있는 물건들 다 너희 엄마가 쓰던 거야?"

"그런 것도 있고 아닌 것도 있고."

세월의 흐름에 따라 로봇은 점차 소형화가 되어 갔다. 우리가 쓰는 핸드폰이 몇 년 사이 더 얇고 가벼워진 것처럼 말이다.

근데 이런 중요한 물건들이 왜 학교 옥상, 것도 다 쓰러져 가는 창고에 있는 걸까?

이 정도 퀄리티면 저번에 소풍으로 갔던 로봇 박물관에 있어도 될 만한 수준인데.

그런 생각을 하며 태영이 의아한 눈빛으로 로봇을 구경하고 있었는데, 그를 알아차리기라도 한 듯 녀석이 대답했다.

"집에서 버린 거 옮겨 놓은 거야."

"세상에, 이걸 왜 버려? 어머니 유품이라며. 너한텐 중요한 거 아니야? 대체 누가 버렸는데?"

"누구겠어?"

"헐. 너희 아버지가 버린 거야? 미친 거 아니야?"

뭐 그런 아버지가 다 있어? 태영이 눈으로 욕을 하고 말았다. 그러다 착잡해 보이는 녀석의 얼굴을 발견하곤 입을 틀어막으며 사과했다.

"미안."

"뭐가?"

"그래도 너희 아버진데 뭐라고 해서 미안하다고."

"상관없어. 난 그 사람 내 아버지라고 생각 안 하니까."

녀석의 차가운 한마디에 태영은 말문이 막혔다. 그렇게 분위기는 무겁게 가라앉았고, 태영은 괜히 너스레를 떨며 분위기 전환에 나섰다.

"근데 대박. 이걸 다 어떻게 옮긴 거야? 꽤 무거웠을 텐데."

"그러게 말이야. 대단하다 진짜."

이 정도면 혼자의 힘으로 옮겼다고 보기엔 무리가 있었다. 그 정도로 종류도 많았고 무게도 꽤 나갔다. 대체 어떻게 옮긴 걸까? 태영만 그런 의문을 품은 게 아니었다. 옆에 서 있던 이반도 마찬가지였다.

오늘 엄마의 유품을 처음 마주한 이반은 겉으론 태연한 척하고 있지만 사실 태영보다 더 놀란 상태였다.

엄마의 유품이 그 집 안 어딘가에 존재하고 있을 거라고 예상은 했지만, 이 정도로 많은 종류의 유품이 그대로 보관되어 있을 거라는 상상은 해 본 적도 없었다.

이반은 로봇을 애틋한 눈빛으로 바라봤다. 그리고 그런 녀석을 옆에서 흘끔 쳐다보던 태영은 조심스레 입을 열었다.

"너희 엄마 되게 멋진 분이셨을 것 같아."

"?"

"지금도 로봇은 남자들만의 전유물인 것 같은 편견이 있잖아. 아마 너희 엄마 세대에는 더 심했을 텐데, 그런 편견을 극복해 내고 이런 멋진 결과물을 만들어 낸 게 되게 대단한 것 같아. 넌 너희 엄마 닮았나 봐."

"닮았다고? 내가? 너 우리 엄마 본 적 있어?"

"외적인 거 말고 내적인 부분이 닮은 것 같다고."

"?"

"너도 로봇 만드는 거 좋아하잖아."

형과 달리 딱히 이런 로봇 따위에는 별 관심이 없었던 이반은 어깨를 으쓱였다.

"글쎄. 난 모르겠는데?"

"그걸 왜 몰라? 너 있잖아, 로봇 바라볼 때의 니 눈빛 모르지? 장난 아니야. 저번에 내가 동아리방에서 니 로봇 찍다가 걸린 그날 생각 안 나? 나더러 다시 찍으라고 흔들렸다고 막 정색하고……."

주절주절 한참을 떠들던 태영은 녀석이 아무 대답이 없자 자신의 말실수를 깨닫곤 아차 싶었다.

방금 제가 말한 로봇에 애정이 넘치던 유일반은 기억을 잃기 전의 유일반이었으니.

잠깐, 이상하네. 그러고 보니 녀석이 기억을 잃고 나서부턴 로봇을 바라보는 눈빛도 달라진 것 같아. 뭐랄까. 전처럼 애정이 넘친다기보다 애증이 가득해 보였어.

지금 머리가 고장 난 녀석에게 로봇은 어떤 의미일까?

갑자기 궁금해진 태영은 녀석을 흘끔 쳐다봤다.

그런데 웬일인지 녀석이 잔뜩 심각한 표정으로 저를 바라보고 있는 게 아닌가.

"뭐야. 날 왜 그런 눈으로 봐? 아, 너 기억 안 나는 얘기 해서 화났구나?"

아무런 대답도 없이 녀석이 계속 저를 빤히 쳐다보자 태영은 어찌할 줄을 몰라 하며 이마를 긁적였다. 그런데 그때 대뜸 녀석이 입을 열었다.

"나 사실 기억 잃은 적 없어."

"잉? 그게 무슨 소리야?"

태영이 황당한 얼굴로 녀석을 쳐다보며 따져 물었다.

"무슨 소리냐니까! 너 그럼 지금까지 연기했다는 거야? 기억 잃은 척?"

"아니. 다른 사람은 몰라도 니 앞에서 내가 아닌 척 연기한 적은 없어. 거짓말은 몇 번 한 것도 같지만."

"으, 뭐래. 알아듣기 쉽게 말해. 지금 나 머리 나쁘다고 놀리는 거야?"

"놀리는 거 아니고 고백하는 거야."

"……."

"너한텐 내가 진짜 누군지 말하고 싶어졌거든."

"하. 그러셔요?"

놀리는 게 확실했다. 태영은 이 녀석이 또 무슨 소릴 하려고 이러나 싶어 코웃음을 치며 되물었다.

"그래서 니가 누군데? 아, 역시 그거구나? 유일반의 또 다른 인격체! 다중이!"

"나 진지하거든?"

"전혀 그렇게 안 보이거든? 너 아무래도 검사받아야 할 것 같아. 우리 엄마 간호산데 같이 병원 가 볼래?"

"어디 병원인데?"

"명원대."

"잘됐네. 같이 가자. 진짜 유일반은 거기 있거든."

"뭐?"

지이잉. 지이잉.

그런데 그때였다.

하필 녀석의 핸드폰이 미친 듯이 진동하기 시작했다.

지이잉. 지이잉. 지이잉. 지이잉.

그렇게 두 사람 사이에 감도는 적막을 진동음이 채우고 있었다.

태영은 녀석이 도통 무슨 소리를 하는지 모르겠단 얼굴로 두 눈만 끔뻑이고 있었고, 녀석은 이 중요한 순간에 전화 때문에 짜증 나 죽겠다는 얼굴로 앞머리를 쓸어 넘겼다. 그러곤 주머니에서 핸드폰을 꺼내 전원을 끄려고 했는데.

액정에 찍힌 발신인을 확인하곤 표정이 굳어졌다.

"미안. 전화 좀 받을게. 나머지 얘기는 이따 하자."

"어? 어. 얼른 받아."

태영은 보고야 말았다. 녀석의 핸드폰 액정에 [아버지]라고 새겨진 문구를.

그 순간 주말에 있었던 일이 떠올랐다. 자식의 뺨을 사정없이 후려치고도 미안한 기색 하나 없던 회장님의 성난 얼굴이.

전화 늦게 받았다는 이유로 녀석이 집에 가서 이번엔 반대쪽 뺨이라도 맞을까 봐 겁이 났던 태영은 황급히 창고를 나가 자리까지 피해 줬다.

"네. 아버지."

세상 무서울 거 하나 없어 보였던 녀석도 아버지는 무서운지 각 잡힌 자세로 전화를 받고 있었다. 태영은 그를 흘끔 보며 살며시 문을 닫고 밖으로 나왔다.

어느덧 해가 지고 매미 소리와 함께 더운 바람이 온몸을 감쌌다. 옥상 난간에 기대 하늘을 올려다보던 태영은 순간 아까 녀석이 했던 말이 자꾸만 마음에 걸렸다.

'너한텐 내가 진짜 누군지 말하고 싶어졌거든.'

대체 그게 무슨 말일까?

태영은 고개를 갸웃하며 창고 쪽을 쳐다봤다. 그러자 불현듯 주말에 녀석과 나눈 대화가 떠올랐다.

'나 사실 유일반 아니야.'

'?'

'내 이름은······.'

녀석이 아버지에게 뺨을 맞기 전 내게 했던 말.

"세상에, 까먹고 있었어."

회장님의 등장이 워낙 강렬해서 완전 잊고 있었다. 맞아. 그때도 녀석은 자신이 유일반이 아니라고 했다.

"뭐지?"

하필 그 순간 태영의 시야에 잘 정돈된 옥상 환경이 눈에 들어왔다.

이상해. 너무 이상하다.

분명 녀석이 기억을 잃기 전까지만 해도 이곳 옥상은 망가진 책상들이 마구잡이로 늘어져 있어 발 디딜 틈이 없었다.

그런데 지금은 어떤가. 구석에 잘 쌓아 올려진 책상과 의자 그리고 바닥에 버려진 교과서들도 차곡차곡 끈에 묶여 한쪽에 정리되어 있었다.

아니, 기억을 잃었는데 갑자기 없던 결벽증은 왜 생기는 거야?

게다가 빵 한 개를 5초에 끝내고, 시험 끝날 때마다 떡볶이 먹으러 가던 사람이 갑자기 기억 하나 잃었다고 없던 밀가루 알레르기가 생긴 것도 말이 안 돼!

기억을 잃기 전과 후가 달라도 너무 다르잖아!

태영의 까만 눈동자가 마구 흔들리기 시작했다. 갑자기 든 이질감에 정신이 혼미하기까지 했다.

"아니야. 아닐 거야. 설마……."

태영이 후다닥 동아리방으로 달려가 문을 열었다.

역시나 너무나도 깨끗한 내부. 엎어져 있는 로봇 빼고는 창틀에 먼지 한 톨도 없었다.

그런데 그때였다.

태영의 시선이 빠르게 사물함 쪽으로 향했다. 문짝엔 유일반의 학교생활이 담긴 사진들이 붙어 있었다.

단상에 올라가 입학생 대표로 선서하는 모습이라든지.

작년 축제 때 인형 뽑기왕에 등극하고 좋아하는 모습이라든지.

수십 장의 사진들을 하나씩 유심히 살펴보던 태영의 다리가 후들거렸다.

"이게 뭐야?"

두 눈을 크게 뜨고 사진들을 가까이 들여다봤다. 특히 유일반이 하복이나 반팔 티를 입고 찍은 사진들. 그 사진들엔 공통점이 하나 있었다.

"오른쪽……."

아주 까맣게 잊고 있었다. 유일반의 오른쪽 손목엔 별 모양의 흉터가 있다는 사실을.

뭐에 한 대 맞은 듯 '오른쪽'만 계속 읊조리며 밖으로 나온 태영은 무언가에 머리를 쿵 박고 말았다. 정신을 차리고 고개를 드니 녀석이 눈앞에 서 있었다.

"왜 그래? 무슨 일 있어?"

갑자기 멍해진 태영을 발견한 녀석이 걱정스레 물었다. 그러자 태영은 그저 말없이 녀석의 오른쪽 팔목을 응시했다.

없다.

흉터가 없어졌다.

아니, 원래부터 없었나?

"너 흉터가……."

태영은 말끝을 흐렸다. 오른쪽이 아니라 녀석의 왼쪽 팔목에서 똑같은 별 모양의 흉터를 발견했기 때문이다.

"분명 오른쪽에 있었는데……."

"아니야. 처음부터 쭉 왼쪽이었어."

녀석의 의미심장한 한마디에 태영의 두 다리가 휘청거렸다. 엄청나게 빠른 속도로 조각난 퍼즐이 맞춰지는 기분에 정신이 아찔했다.

태영은 지난날 유일반에게 수영장에서 구해 준 일은 고마웠다고 하니 녀석이 전혀 모르는 얼굴로 웃기만 했던 게 생각이 났다.

'그래. 그때의 나에게 전해 줄게.'

그러곤 그렇게 말했지. 마치 그때 수영장에서 날 구해 준 사람은 자신이 아닌 것처럼.

그날 오른쪽 손목에 난 흉터를 매만지며 활짝 웃던 유일반의 얼굴을 떠올리며 태영은 제 앞에 서 있는 녀석의 얼굴을 응시했다.

"!"

지금 제 앞에 서 있는 녀석의 눈매가 좀 더 길고, 눈동자가 더 까맣고 깊다고 해야 할까? 정확히 표현할 순 없었지만, 분위기가 180도 달랐다.

왜 이제야 알았을까?

다른 사람이잖아!

"너 누구야?"

혼란스러워하는 태영을 물끄러미 쳐다보던 이반은 작게 한숨을 내쉬며 말했다.

"내가 먼저 말하려고 했는데 생각보다 빨리 들켰네."

"뭐?"

"유이반."

"?"

"내 이름은 유이반. 유일반은 내 쌍둥이 형."

"말도 안 돼……."

이반은 놀라도 너무 놀라는 태영을 이해할 수 없다는 얼굴로 바라봤다.

"뭘 그렇게 놀라? 기억 상실증 걸렸다는 얘기보단 쌍둥이란 얘기가 훨씬 더 현실성 있는데."

"뭐어? 현실성? 야! 그럼 처음부터 그렇게 말했어야지. 쌍둥이라고!"

태영은 분노했다. 지금껏 저를 속인 유일반 아니, 쌍둥이 동생 유이반이라는 놈에게.

하지만 녀석은 여전히 침착했다.

"형이랑 사귄 지 하루밖에 안 됐다는 여자애한테 무슨 말을 해? 형이 지금 코마 상태로 병원에 누워 있어서 쌍둥이 동생인 내가 대타로 학교에 왔다고?"

"그래. 그렇게라도 말을 했어야……. 잠깐, 유일반이 지금 코마 상태라고? 왜?"

태영이 걱정스레 물었다. 그러자 이반이 착잡한 얼굴로 말했다.

"그날 밤에 사고가 있었다고 했잖아."

"그날 밤이면…… 로봇 망가진 날?"

"누가 로봇도 형도 망가뜨리고 도망갔어. 처음엔 그 새끼 잡으려고 유일반인 척 학교에 왔는데……."

널 만나면서 학교에 오는 이유가 바뀌기 시작했다.

이반은 하려던 말을 삼키고 다시 입을 열었다.

"학교에 오니까 형 대신 해야 할 일이 너무 많은 거지. 학생회 대표, 학급 대표, 체육 대회 준비까지. 게다가 세계 대회도 코앞이야. 근데 로봇은 망가졌어. 미치는 거지."

"그동안 고생이 많았겠네……라고 할 줄 알았냐? 야! 아무리 그래도 나한텐 말을 했어야지. 니가 유일반이 아니라고 말을…… 했어야지. 난 그것도 모르고…… 너, 널……."

"나도 너 좋아해."

"난 너 좋아한다고 한 적 없거든?"

"있을걸."

있었나? 눈알을 또르르 굴리며 생각에 잠겨 있던 태영은 녀석에게 말렸다는 것을 깨닫곤 뒤늦게 정신을 차렸다.

"아니야!"

"아오, 귀 아파. 왜 소릴 질러?"

"아니라고. 난 니가 아니라 유일반을 좋아하는 거야. 난 너 몰라. 유이반이라는 이름은 오늘 처음 들었고, 모르는 사람이라고……."

"넌 모르는 사람이랑 키스하냐?"

"그, 그것도 니가 유일반인 줄 알고 한 거잖아. 게다가 그건 키스가 아니라 도와주려고 어쩔 수 없이……."

녀석이 뚱한 얼굴로 태영을 노려봤다.

"뭐, 뭘 봐? 그나저나 넌 왜 이렇게 태연해? 너희 형, 그러니까 유일반 지금 코마 상태라며. 그럼 위험한 거 아니야? 영영 못 깨어나면……."

"그럴 일은 없어."

"왜 그렇게 장담해?"

"우리 닥터가 아주 유능하거든. 3개월밖에 못 산다는 사람도 3년 넘게 살게 만들어. 그 인간 아주 무서운 인간이야."

"그래? 그럼 다행인데…… 병문안이라도 가야 할까? 내 목소리 들으면 깨어날 수도 있잖아."

"고작 하루 사귄 여자애 목소리에 깨어날 거였음, 유일반이랑 키스까지 했다는 권수아 목소리를 녹음해 갔겠지."

"뭐? 야! 넌 무슨 말을 그렇게 하냐? 와, 열받아. 이렇게 다른데 왜 몰랐을까? 넌 진짜 나쁜 놈이야!"

아까까지만 해도 너무 놀라서 말도 제대로 못 하던 태영이 평소와 다름없이 생동감 있게 반응하자 이반은 이제야 마음이 놓였다.

"이제 좀 살아났네."

"?"

"유일반 걱정은 하지 마. 내가 충분히 하고 있으니까."

"어떻게 걱정을 안 해? 내가 여자 친구고, 난 유일반을 좋아하는데……."

"착각하지 마. 넌 날 좋아하는 거야. 형은 계속 니 옆에 없었어. 니 옆에 있었던 건 나야."

"아니야. 그니까 이게 어떻게 된 거냐면…… 그러니까 난 니가 유일반인 줄 알고 좋아한 거라니까. 그니까 내가 좋아하는 건 유일반이잖아. 잉? 이게 무슨 소리지?"

"너도 말 안 되는 거 알고 있지? 천천히 생각해 봐."

"……."

"니가 좋아한 유일반은 유일반이 아니고 나야. 그니까 넌 나를 좋아하는 거라고. 오케이?"

"오케이는 개뿔!"

태영이 갑자기 머리 아파 죽겠다는 듯 양손으로 머리카락을 쥐어뜯으며 괴로워하더니 망연자실한 얼굴로 이반을 쳐다봤다.

"내가 좋아하는 건 너라고?"

"응."

이반이 자신 있게 고개를 끄덕였다. 하지만 태영은 아니었다.

"니가 유일반이 아니고 쌍둥이 동생이라고 처음부터 솔직하게 말했으면 난 널 좋아하지 않았을 거야."

"어째서?"

"내가 유일반이랑 고작 하루를 만났든 30분을 만났든 어쨌든 사귀기로 약속한 사이니까. 그런 내가 널 좋아하면 나야말로 양다리잖아."

"……"

생각지도 못한 태영의 말에 이반의 표정이 굳어졌다. 처음 보는 표정이었다. 상처받은 건가? 말이 너무 심했나? 괜히 미안한 마음이 든 태영은 고개를 절레절레 흔들었다.

"으, 몰라! 나 모르겠어. 생각할 시간을 좀 줘. 나 먼저 간다!"

결국 그렇게 태영은 도망치고 말았다.

멀어져 가는 태영의 뒷모습을 이반이 쓸쓸한 눈빛으로 바라봤다.

붙잡고 싶었지만 그럴 만한 명목도 없었고, 그럴싸한 명분도 없었다. 태영의 말이 전부 다 맞았기 때문이다.

뒤늦게 후회가 밀려왔다. 그냥 처음부터 솔직하게 다 말할걸.

나는 유일반이 아니라고.

하지만 조금은 억울했다. 난 저 애 앞에서 노력하지 않았다.

너에게 형처럼 보이고 싶어서, 형처럼 행동하고, 형처럼 말하지 않았다. 일부러 더 그랬다. 니가 먼저 내가 누군지 알아주기를 바라는 사람처럼.

하지만 그 애는 벌써 저 멀리 교문 밖을 벗어나고 있었다.

옥상 밑을 내려다보던 이반은 지금 태영을 붙잡지 않으면 더 늦을 것 같다는 생각이 들었다. 하지만 마음과 달리 몸이 따라 주지 않았다.

갑자기 뻐근하던 심장에 엄청난 통증이 찾아왔다.

"윽!"

급기야 고통스러운 신음을 내뱉으며 이반은 주저앉고 말았다. 하루 종일 빛을 받아 뜨거운 시멘트 바닥 위를 짚은 손은 점점 더 힘을 잃었고.

그때였다.

후두둑. 후두둑.

타는 듯 빨갛게 익은 하늘에서 갑자기 소나기가 내리기 시작했다. 여우비였다.

홀로 바닥에 쓰러진 채 비를 맞는 이반의 커다란 뒷모습이 애처로워 보였다.

태영의 오빠 태혁은 지금 무지하게 심각했다. 그는 도무지 믿기지 않는 눈빛으로 태영의 방을 들여다봤다.

"저 시끼, 무섭게 왜 저러지?"

10년 넘게 인테리어 용도로만 쓰이던 책상에 앉아 모태영이 또 공부를 하고 있었다. 그런 동생의 작은 뒷모습을 두 눈으로 보고도 태혁은 믿을 수가 없었다.

"기자 된다더니 요새 꽤 열심이네?"

기말고사를 앞두고 있어선지, 무슨 심경에 변화라도 생긴 건지, 요새 태영은 학교에서 돌아오면 곧장 책상에 앉았다. 그리고 밤늦게까지 책상 앞을 벗어나지 않았다.

지금도 열심히 무언가를 필기하고 있는 태영의 뒷모습을 태혁이 신기하게 쳐다보며 슬며시 다가갔다.

"모탱, 모르는 거 있으면 이 오빠한테 물어봐. 혼자 끙끙대지 말고."

옆에서 들리는 소리에 태영이 고개를 획 돌렸다. 며칠 사이 야윈 동생의 얼굴을 보고 태혁은 식겁했다.

"인마, 너 어디 아프냐?"

"응!"

태영이 울먹이며 고개를 마구 끄덕였다. 태혁의 표정이 심각해졌다.

"어디가 어떻게 아픈데?"

"나 머리가 너무 아파. 깨질 것 같아."

"뭐?"

"그니까 대체 이게 어떻게 된 거냐고. 둘이 언제부터 바뀐 거냐구우. 아니야. 그날 나랑 사귀기로 하고 다음 날부터 바뀐 건 맞아. 근데 그럼 난 누굴 좋아한 거지?"

"뭐래. 오늘 새로 시작하는 드라마 얘기냐?"

태혁이 인상을 확 찡그리며 태영이 열심히 필기하던 노트를 흘끔 쳐다봤다.

1일, 기억 상실증, 싸가지, 박력, 키스, 좋아졌는데, 쌍둥이라고, 누굴좋아하는거임?

따위의 낙서가 마구 어지럽게 적혀 있었다.

대체 이게 무슨 낙서인지 알 리 없는 태혁은 어이가 없었다.

"너 드라마 작가로 진로 바꿨냐? 기자 안 해?"

저를 한심하게 쳐다보는 태혁을 째려보던 태영이 얼른 노트를 숨겼다.

"웬일로 니가 공부를 다 하나 했다. 또 쓸데없는 짓 하고 있었구만. 인마, 너 내일모레 기말고사라며. 얼른 책 꺼내 이 새꺄."

태혁이 혀를 내차며 고개를 절레절레 흔들었다. 대체 누굴 닮아서 이렇게 공부하는 걸 싫어하는지.

"공부할 거거든? 할 건데, 내가 진짜 답답해서 그래. 이걸 먼저 풀어야 공부가 될 것 같단 말이야."

"뭔데? 대체 뭘 푸는데?"

태영은 이 인간한테 말을 해? 말아? 고민하다가 너무 답답해 죽겠는지 지푸라기라도 잡는 심정으로 입을 열었다.

"오빠, 잘 들어 봐. 내 인생이 걸린 문제니까 장난치지 말고 진짜 진지하게 대답해야 돼."

"암요. 인생까지 걸렸다는데 장난치면 안 되죠."

비꼬는 말투에 빈정이 확 상한 태영이 주먹을 움켜쥐었다. 그를 본 태혁이 얼른 저자세가 됐다. 겉으론 아닌 척해도 동생이 왜 이러는지 꽤 궁금했기 때문이다.

"들을 준비 됨. 말해."

"내 친구 얘긴데."

"흠."

"진짜야. 진짜 내 친구 얘긴데. 걔가 어떤 남자애를 좋아하게 됐거든."

"근데?"

"근데 난 걔가 걔라서 좋아한 건데 걔가 걔가 아니래."

"뭐?"

"걔가 자긴 걔가 아니고, 걔 쌍둥이 동생이라고 했다니까!"

"그래서? 오, 이거 겁나 재밌어. 그래서 어떻게 됐는데? 야, 너 진로 바꿔라. 이 드라마 재밌네."

시청자 모드로 완벽하게 전환된 태혁이 끼고 있던 팔짱까지 풀고 태영의 말에 귀를 기울였다. 제 딴엔 엄청난 고민인데 오빠란 작자는 아주 신나서 귀를 쫑긋 세우고 있는 꼴을 보자니 태영은 열이 뻗쳤지만, 꾹 참고 말을 이었다.

"그럼 난, 아니 그 친구는 누굴 좋아하는 걸까? 걔? 아님 걔 쌍둥이 동생?"

"그건 본인이 더 잘 알겠지."

"몰라. 모른대. 그래서 지금 머리가 터질 것 같대. 애초에 둘이 닮지 않았으면 내가 유이반 아니 걔가 좋아졌을까? 오빠, 근데 둘이 진짜 똑같이 생겼어. 그게 가능해?"

"쌍둥이라며. 그니까 똑같이 생겼겠지."

"성격은 완전 다른데?"

"다른 인격이니까 다르지. 아니면 둘이 떨어져서 살았대?"

"떨어져 살았으면 달라?"

"환경적 요인도 중요하거든."

유일반과 달리 까칠하고 예민하고 막말하고 근데 또 박력 넘치고 화끈하고 싫다면서 제가 해 달라는 건 다 해 주던 녀석이 떠오른 태영은 묘한 기분이 들었다. 그러다 책상 위 몽몽이가 눈에 들어왔다.

제가 갖고 싶다니까 지갑에 있는 돈 다 털어 가며 인형을 뽑아 주던 녀석 생각에 심장이 미친 듯이 뛰기 시작했다.

"모탱, 둘 중 누굴 좋아하는지 궁금하다고 했지?"

"응!"

"내가 방법 하나 알려 줄게."

"뭔데?"

자칭 타칭 연애 고수인 태혁을 이쪽 방면으론 꽤나 신뢰하고 있던 태영이 고개를 마구 끄덕였다. 그러자 마침내 태혁이 입을 열었다.

"지금부터 적어."

"적다니 뭘? 뭘 적어?"

"걘지 걔 쌍둥인지 둘 중 아무나 떠오를 때마다 이름을 적으라고. 길게도 말고 딱 이틀만 해 봐. 그리고 봐 봐. 누구 이름이 더 많이 적혀 있는지."

태혁의 말을 들은 태영의 표정이 사뭇 비장해졌다.

"망했다."

이틀 전 기말고사를 끝낸 태영은 모든 과목의 채점을 마친 후 책상 위에 푹 늘어졌다. 그런 태영을 옆에서 지켜보던 해니가 웃음을 터뜨렸다.

"모탱, 니가 언젠 안 망한 날이 있었어?"

"억울해. 이번엔 진짜 공부 열심히 하려고 했단 말야! 아오, 이게 다 그 녀석 때문이야!"

"그 녀석? 누구? 유일반? 너네 또 싸웠냐?"

"몰라."

시험 기간 내내 머릿속은 온통 유일반 아니, 그러니까 유일반의 쌍둥이 동생이라는 그 녀석으로 가득 차 있었다. 덕분에 이번에도 꼴찌는 떼어 놓은 당상.

기자가 되겠다는 꿈을 갖고 처음 치른 시험에서 또 꼴찌라니. 태영은 자신이 너무나도 한심했다.

쿵.

그렇게 태영은 머리를 박으며 자책하다 돌연 그 녀석을 향해 원망의 화살을 겨누기 시작했다.

아니지. 난 아무 잘못 없어. 이건 다 그 녀석 때문이야.

'내 이름은 유이반. 유일반은 내 쌍둥이 형.'

시험을 앞둔 며칠 전, 녀석이 옥상에서 했던 말이 또다시 떠올랐다.

태영은 너무 기가 막혀서 그 생각만 하면 아직도 넋이 나가 버린다.

더 놀라운 것은 그 일이 있은 후에도 녀석은 뻔뻔하게 유일반인 척 굴며 학교를 나왔다는 것이다.

유일반의 자리에 앉아 수업을 들었고, 시험을 봤고, 언제나처럼 침착하게 동아리방에서 대회 준비를 했다.

이 명원고에선 녀석이 유일반이 아니라고 의심하는 사람은 단 한 명도 없었다.

그냥 평소보다 유독 말이 짧아지고, 인사성은 개나 줘 버리고, 급식실 구석탱이에서 아싸처럼 혼밥을 즐겨 하게 된 이유를 그저 대회 준비 때문에 예민해져서 그러려니, 무슨 사정이 있겠지, 유일반이니까 그러려니 하는 분위기였다.

"어쩜 그렇게 뻔뻔하게 사람들을 속일 수가 있지?"

"속여? 누가? 누굴?"

태영은 저도 모르게 속마음을 입 밖으로 내뱉은 것도 모른 채 20점짜리 물리 시험지를 구겨 버렸다.

"모탱!"

"어?"

옆에서 저를 부르는 해니의 목소리를 뒤늦게 들은 태영이 대답했다.

"왜왜?"

"속였다며. 누가 뭘 속였는데?"

"내가 그랬어? 아니야. 암것도."

"아니긴 뭐가 아니야. 너 무슨 일 있지? 혹시 유일반이랑 헤어졌어? 차였어? 아님 찬 거야?"

"둘 다 아니야."

그 녀석은 유일반이 아니니까. 유일반은 지금 없으니까 내가 차일 일도, 내가 찰 일도 없는 거다. 나와 유일반의 관계는 우리가 사귄 지 1일째 되던 날, 그날 멈춘 거야.

"둘 다 아니라고? 그게 무슨 말이야?"

"나도 몰라. 설명하자면 길어. 암튼 이제 걔 볼 일 없어."

내가 사귀기로 한 건 유일반이지 유일반의 동생은 아니잖아.

지금 나한테 중요한 건 유일반이 빨리 쾌유해서 학교로 돌아오는 것뿐!

이제부터 그 녀석이 학교에서 뭘 하든 말든 절대 상관하지 말자.

교무실 찾다가 교장실을 가든 말든, 급식을 혼자 먹든 말든, 전교생이 유일반 싸가지 없어졌다고 수군거리든 말든.

난 이제부터 눈을 가리고, 귀를 막고…….

"모탱, 너 진짜 너무해. 걔 지금 기억 상실증이라며. 사람 힘들 때 차는 거 아니랬는데……."

갑자기 해니의 비난 섞인 눈초리가 날아들자 태영은 뜨끔했다. 하지만 너무 억울했다.

대체 내가 뭘 잘못했냐고. 속인 건 그 녀석인데 왜 나만 이렇게 전전긍긍해야 하는 거냐고.

"생각해 보니까 그 녀석 미안하다고도 안 했어."

"그럴 정신이 어딨겠어. 기억도 다 날아갔는데 이런 와중에 세계 대회 미션까지 떴으니."

"뭐? 미션? 언제?"

"기말고사 바로 전날."

망했다. 미션이 나왔다는 건 정말 대회가 코앞이라는 건데.

게다가 그 미션이라는 거, 세계에서 손에 꼽히는 영재들도 소화하기 힘든 영역이라고 들었다. 그래서 작년에 유일반이 세계 대회에서 우승을 거머쥐었을 때 명원시는 물론 대한민국이 다 떠들썩했던 거고.

진짜 유일반도 없는 지금 그 녀석이 그 어려운 미션을 대신 수행할 수 있을까? 그럴 능력이 있는 걸까?

이러다 우승 놓치고, 어머니가 창설했다는 동아리 프리무스도 없어지게 되면 그 녀석 성격에 혼자 자책하고 땅굴 파고 들어가서 안 나오려고 할 게 뻔한데, 어쩌면 좋지? 큰일 났네. 내가 뭐라도 도와야……. 아니지!

아오! 내가 또 누굴 걱정하고 있는 거야. 제발 신경 좀 끄자.

"유일반 걔 지금 장난 아니래."

태영의 속도 모르고 해니가 계속 유일반 얘기를 늘어놓았다.

"우리 유권이 말로는 유일반 지금 거의 반시체라던데? 기말고사 보랴, 대회 준비하랴, 지금도 동아리방에 처박혀서 밥도 제대로 못 먹고 그러고 있대."

아까 급식실에서도 보이질 않더니 그 이유 때문인 건가?

태영의 얼굴에 걱정하는 기색이 스쳤다. 역시 그럴 줄 알았다며 옆에서 지켜보던 해니가 혀를 내찼다.

"괜히 나중에 후회하지 말고 매점에서 빵이나 하나 사 들고 동아리방에 가 봐."

"내가 왜?"

애써 아무렇지도 않은 척, 전혀 관심 없는 척하며 태영이 새침하게 말했다. 그러곤 괜히 교과서를 펴고 들여다봤다.

교과서를 거꾸로 든 사실도 모르고 진지하게 들여다보는 태영을 해니가 안타깝게 쳐다보며 고개를 절레절레 흔들었다.

옥상으로 나가는 문 앞에 서 있던 태영은 갈등했다.

"몰라. 이것만 놓고 그냥 가자."

매점에서 사 온 소시지 다발을 문 앞에 내려놓고 그냥 가려던 태영의 발걸음이 도무지 떨어지지 않았다.

그냥 갈까 말까 망설이던 태영은 결국 소시지를 도로 품에 안고 옥상으로 나갔다.

다신 이곳에 오지 않으려고 했는데, 결국 오고야 말았다.

태영은 아랫입술을 꽉 깨물며 동아리방 앞에 섰다. 웬일로 문이 살짝 열려 있었다. 녀석이 너무 바쁜 나머지 문 닫는 것도 까먹은 모양이다.

대체 점심도 안 먹고 녀석이 어쩌고 있나 궁금했던 태영이 슬그머니 안을 들여다봤다.

노트북 앞에서 뭔가에 집중하고 있는 녀석의 옆모습이 보였다.

창밖에서 새어 들어오는 햇살 때문일까? 녀석의 자태가 눈이 부셨다.

타닥. 타다닥. 탁. 탁.

키보드 위에서 움직이는 녀석의 기다란 손가락과 핏줄 솟은 두꺼운 팔뚝, 일이 뜻대로 잘 안 풀리는지 살짝 찌푸려진 눈썹, 머리카락을 쓸어 넘기는 모습이 마치 슬로 모션으로 보이는 것만 같았다.

"!"

저도 모르게 입까지 벌리고 녀석의 숨 막히는 자태를 감상하던 태영이 화들짝 놀랐다. 갑자기 고개를 돌린 녀석과 두 눈이 딱 마주친 것이다.

너무 놀란 나머지 품에 안고 있던 소시지를 다 쏟고 만 태영의 얼굴에 낭패감이 가득했다. 하필 소시지는 데구루루 굴러 동아리방 안으로 들어가더니 녀석의 발밑에 하나, 둘, 셋…… 차례대로 도착하고 있었다.

녀석이 허리를 숙여 소시지를 줍더니 태영을 바라봤다.

"주려면 곱게 주든가."

"너 주려고 가져온 거 아니거든?"

"아니라고? 누가 봐도 나 주려고 다발로 사 온 건데?"

"아니라고!"

태영이 허둥지둥 바닥에 굴러다니는 소시지를 줍기 시작했다. 그러곤 녀석이 들고 있던 소시지도 마저 뺏어 버렸다.

"나 먹으려고 산 거야."

"그래, 너 많이 먹어라. 난 아직 한 끼도 못 먹었는데."

며칠 사이 얼굴이 반쪽이 된 녀석을 마주한 태영은 마음이 약해졌다.

"그니까 왜 급식 먹으러 안 왔어?"

"점심시간인지 몰랐어."

"대체 뭐 하다가?"

태영은 아까부터 내심 궁금했다. 대체 녀석이 노트북으로 뭘 하고 있었던 건지.

"이게 뭐야?"

까만 바탕에 하얀 폰트. 난생처음 보는 수식들이 화면 가득 어지럽게 적혀 있었다.

"핸드폰 줘 봐."

"내 핸드폰? 왜?"

"이게 뭔지 알려 주려고."

녀석의 말에 태영이 냉큼 제 핸드폰을 넘겼다. 그러자 녀석이 핸드폰을 몇 번 만지더니 도로 내밀었다. 핸드폰을 받아 액정을 들여다본 태영의 두 눈이 휘둥그레졌다.

"어? 소화기 찾아 주는 어플이네?"

"어플 이름은 요기소화기."

"진짜?"

태영은 어플 메인에 떡하니 박힌 '요기소화기'를 보더니 입이 떡 벌어졌다.

"이건 내가 저번에 소풍 갔을 때 지어 준 이름이잖아. 설마 이 어플 니가 만든 거야?"

"어."

"헐…… 이걸 어떻게 만들었어?"

"설명하면 알아들을 자신은 있고?"

"없지. 우와, 대박……."

감탄사를 연발하며 태영은 어플 탐방에 나섰다.

이 어플은 소화기 위치뿐만 아니라 현재 위치에서부터 비상구까지의 거리, 플래시, 경보음까지 다방면으로 두루 갖춘 화재 시 필수 어플이었다.

만약 로봇 박물관 근처에서 불이 났을 때 이 어플이 있었다면 내가 소화기를 찾으러 그렇게 뛰어다니지 않았을 거고, 그랬다면 조금이라도 더 빨리 불을 껐을 것이다. 게다가 사람들도 비상구를 찾느라 덜 우왕좌왕하지 않았을까? 그런 생각을 하며 태영은 새삼 녀석의 능력이 어디까지인지 궁금해졌다.

"이런 어플도 뚝딱 만드는 거 보니, 너도 이쪽 전공이야?"

"이쪽? 어느 쪽?"

"유일반처럼 로봇도 개발하고 뭐 그런 쪽."

"말했잖아. 난 이런 로봇엔 관심 없다고."

녀석이 쓰러져 있는 로봇을 턱끝으로 가리키며 심드렁한 표정으로 말했다.

태영은 이제야 깨달았다.

'난 딱히 로봇엔 관심 없거든.'

'지겹다고. 그놈의 로봇.'

소풍 가는 버스 안에서 녀석이 왜 그런 말을 했는지. 그땐 그저 녀석이 망가진 로봇을 수리하느라 아주 로봇이라면 넌덜머리가 났나 보다, 라고 생각했는데.

"그동안 왜 몰랐을까? 이렇게나 다른데."

자책하는 태영을 향해 녀석이 넌지시 물었다.

"어떻게 다른데?"

"로봇을 바라보는 눈빛 말이야. 유일반은 애정이 넘쳤어. 근데 넌 애증이 가득해."

"……."

긍정도 부정도 하지 않은 채 녀석은 태영을 빤히 쳐다보며 말했다.

"그래서 넌 어느 쪽이 더 좋은데?"

"……."

"애정이야, 애증이야?"

1초의 망설임도 없이 태영이 대답했다.

"내가 좋아하는 건 유일반이야."

다음 날 아침.

오늘도 1교시는 물리였다. 덕분에 조례가 끝나자마자 반 아이들의 손이 바빠졌다. 기말고사에서 틀린 문제를 무려 다섯 번씩이나 써 오라는 물리 선생의 숙제가 있었기 때문이다.

그리고 지금 2반에서 가장 손이 바쁜 사람은 문제를 제일 많이 틀린 모태영이었다.

"모탱!"

"아, 왜. 나 바빠."

"으이구. 그러게 미리 좀 하지. 야, 어차피 지금부터 써 봤자 늦었어.

포기해."

"아니야. 아직 안 늦었어."

태영이 볼펜을 꽉 잡고 시험 문제를 적어 내려가기 시작했다. 경험은 무시 못 한다더니 무슨 신들린 사람처럼 미친 속도로 필기하는 태영을 해니가 벙찐 얼굴로 쳐다봤다.

"최니, 넌 다 썼음?"

말하면서 쓰는 여유 보소. 고난도 스킬을 선보이는 태영을 향해 해니가 엄지를 척 내밀었다. 그러곤 제 노트를 보여 주며 자랑을 시작했다.

"난 우리 유권이가 다 써 줬지롱."

태영은 해니가 내민 노트를 흘끔 쳐다보더니 다시 필기에 집중했다. 하나도 안 부럽다. 안 부럽다. 속으로 되뇌면서 말이다.

"너도 니 남친한테 좀 도와 달라고 하지. 어차피 유일반은 물리 만점이라 숙제 없을 거 아니야. 아, 어제 어떻게 됐어? 화해했어?"

화해는커녕…….

태영은 어제 녀석에게 '내가 좋아하는 건 유일반이야.' 라고 말했다가 동아리방에서 쫓겨난 일을 회상했다. 날 쫓아내며 녀석이 뭐라고 했더라?

'다시 생각해. 니가 좋아하는 건 유일반이 아니야.'

뭐야. 내가 맞다는데 왜 지가 아니래?

태영은 씩씩거리며 마침내 마지막 문제를 다 적어 갈 때쯤.

"그나저나 모탱, 우리가 유일반 위로 파티 같은 거 해 줘야 하는 거 아니야?"

"무슨 위로?"

"이따 시험 점수 나온다잖아. 오늘이 아마 난생처음으로 유일반이 1

등 놓치는 날일걸?"

"그게 무슨 말이야?"

펜질을 멈춘 태영이 금시초문이라는 표정으로 해니를 쳐다봤다. 그러자 해니가 대답했다.

"수아 개 물리에서 하나, 문학에서 하나, 그렇게 고작 두 개 틀렸대."

"헐. 전 과목에서 두 개? 대박이다. 근데 수아가 웬일로 문학에서 하나 틀렸대? 맨날 100점이었잖아."

"이번 문학 개어려웠대. 수아가 하나 틀렸음 유일반은 그 이상 틀렸겠지. 유일반이 제일 약한 과목이 문학이잖아."

"그렇다면 이번 1등은……."

수아로 결정된 분위기였다. 하지만 태영은 별로 놀라지 않았다.

왜냐면 지금의 유일반은 유일반이 아니니까.

그 녀석 내가 공부하는 꼴을 못 봤는데 꼴찌나 안 하면 다행이지. 그나저나 성적 나오면 큰일 났네. 이러다 그 녀석이 유일반 아닌 거 다 들통나는 거 아니야?

천하의 유일반이 꼴찌가 웬 말이냐고.

이 사실을 병원에 누워 있는 유일반이 알면 정말 황당하겠네. 나중에 돌아오면 놀라 자빠지겠어. 아니, 돌아올 수는 있는 걸까?

천만다행으로 유일반이 멀쩡히 돌아오면 유일반 행세를 하고 있던 그 녀석은 어떻게 되는 걸까? 원래 있던 곳으로 돌아가야 하는 거겠지?

녀석이 있던 곳은 어딜까? 그 녀석은 대체 누굴까?

그 녀석이 어디서 어떻게 뭘 하다 여기까지 오게 된 건지 태영은 아는게 하나도 없었다.

태영이 녀석을 향한 궁금증을 키워 가던 그때였다.

쾅.

갑자기 교실 문이 열렸다.

"대박 뉴스!"

반 아이들의 시선이 일제히 호들갑을 떨며 교실 안으로 들어온 주유권에게로 향했다.

관종 주유권은 그게 또 짜릿했는지, 신났는지 아주 큰 소리로 외쳤다.

"이번 기말고사 유일반 올백이래! 게다가 올백은 개교 이래 처음 있는 일이래!"

매번 문학에서 한 개 이상 틀려 올백을 놓쳤던 유일반이 전 과목 만점이라는 소식에 반 아이들이 '역시 유일반이네.', '드디어 유일반이 올백을 맞았군.' 그러려니 하는 가운데 태영만 혼자 믿기지 않는지 혼잣말을 중얼거렸다.

"말도 안 돼……."

교과서 들여다보는 꼴을 내가 본 적이 없는데 웬 올백?

뭐야. 얼굴만 판박이가 아니라 뇌 주름 개수까지 똑같은 거야?

근데 그놈의 성격은 왜 그렇게 다른데?

태영의 눈동자가 마구 흔들렸다.

유일반이 부드럽고 달달한 설레임 같은 성격이라면 그 녀석은 이가 시릴 정도로 차갑고 딱딱한 죠스바였다. 그 정도로 달라도 너무 달랐다.

근데 왜 머리 좋은 건 닮은 거냐고. 갑자기 확 거리감 느껴지게. 그나마 유일반과 달리 그 녀석이 저처럼 공부하는 거 싫어해서 되게 친근감 있고 좋았는데…….

"모탱, 우리 매점 갈 건데 너 뭐 사다 줄까?"

"난 암거나."

"그래 그럼 너 좋아하는 죠스바 사다 줄게."

"땡큐. 아, 돈 줄게!"

태영이 책상 안에서 지갑을 급히 꺼냈다. 그러다 메모장 하나를 떨어뜨렸는데.

"이게 뭐야?"

태영이 떨어뜨린 메모장을 해니가 주웠다. 그러곤 펼쳐진 메모지를 들여다보더니 고개를 갸웃했다.

"뭘 이렇게 많이 적은 거야? 종이가 너덜너덜하잖아."

"아, 암것도 아니야."

태영이 황급히 해니에게서 메모장을 뺏어 뒤로 숨겼다. 하지만 그 바람에 너덜너덜하던 종이가 결국 찢어졌고, 찢긴 종이 한 장이 나풀대며 다시 바닥에 떨어졌다.

"?"

종이 한 장 가득 빼곡하게 적힌 숫자 2를 내려다보는 해니와 유권 커플은 천천히 고개를 들어 태영을 의아하게 쳐다봤다.

"말도 안 돼……."

해니랑 주유권이 매점으로 향하자마자 다시 메모장을 들여다본 태영은 현타가 밀려왔다.

오빠 말대로 딱 이틀 적었을 뿐이었다.

1은 유일반, 2는 유이반이라는 나만의 룰을 만들어 메모를 했는데 결과는…….

"으으, 미쳤어."

다음 페이지도, 그리고 또 다음 페이지도, 수십 장의 페이지에 숫자 2가 수두룩했다.

문제의 메모장을 어이없게 쳐다보던 태영은 환장할 것만 같았다.

그러니까 모태혁 그 인간의 이론대로면 내가 좋아하는 사람은 1이 아니라 2라는 거잖아.

유일반이 아니라, 유일반 쌍둥이 동생을 내가?

아니야. 아니라고. 난 기억 상실증에 걸린 유일반을 좋아한 거라고. 그러니까 내가 좋아했던 건 유일반인데…….

도대체 왜, 다쳐서 병원에 누워 있다는 유일반보다 그 녀석이 급식도 안 먹고 동아리방에 처박혀 있는 게 더 걱정되는 걸까?

시험 점수 못 받아서 유일반 아닌 거 들통나면 그 녀석이 곤란해지는 건 아닌지, 그게 더 걱정됐던 이유는 뭘까?

아오, 몰라. 그나저나 괜히 걱정했잖아. 전 과목 만점이라니. 올백이라니. 또 1등이라니.

유일반 어머니는 대체 태교로 무얼 듣고 무얼 드셨는지 쌍둥이가 둘 다 우월한 미모에 넘사벽 지능까지, 무슨 슈퍼 유전자야?

"야야, 권수아 왔다."

갑자기 교실이 소란스러워졌다. 수아가 왔다는 소리에 태영이 고개를 돌렸다.

자습실에 갔던 수아가 1교시를 앞두고 교실로 돌아온 것이다. 그러자 오필희를 중심으로 스터디 멤버들이 우르르 수아에게로 몰려갔다.

"수아야 너 괜찮아?"

"뭐가?"

가방에서 교과서를 꺼내며 수아가 의아한 얼굴로 고개를 돌렸다. 그러자 오필희가 불쌍하다는 표정으로 말을 이었다.

"어머, 아직 모르나 보네. 기말 점수 나왔대."

"근데?"

"이번에도 유일반이…….."

"알아."

"그래? 알고 있었어? 난 니가 모르고 있다가 실망할까 봐 미리 말해 주려고 했는데 다행이다. 힘내. 2학기 땐 더 열심히 해 보자."

저것들이 사람 놀리나? 말투가 왜 저래? 보다 못한 태영이 자리에서 벌떡 일어났다. 그러곤 수아에게로 향했다.

"필희야, 좀 비켜 줄래?"

"어?"

"나 수아랑 매점 좀 가려고."

"아, 응."

떨떠름한 표정을 지으며 오필희가 스터디 애들이랑 자리로 돌아갔다. 그리고 뒤이어 들려온 태영의 험담.

"재수 없어. 지가 뭔데 비키래?"

"니가 참아. 쟤 학폭 가해자래. 너도 맞으면 어떡해."

아오, 저것들이!

마치 들으라는 듯 크게 수군거리는 오필희 패거리를 태영이 째려봤다.

"야! 나 누구 때린 적 없거든? 니가 봤어? 봤냐구!"

"태영아, 그만해. 그만하고 매점이나 가자."

태영이 버럭 소릴 지르자 수아가 놀란 얼굴로 자리에서 벌떡 일어나 중재에 나섰다.

겨우 태영을 끌고 복도로 나온 수아가 한숨을 길게 내쉬었다.

"뭐 하러 그런 말도 안 되는 소리에 반응해? 그러면 너만 손해야."

태영은 지난번 학교장 추천서를 받아 내지 못해 혼자 상심하고 있을 때 우연히 복도에서 듣게 된 얘기들이 떠올랐다.

'모태영 걔 중학교 때 완전 양아치였대.'

'송바위랑 절친이었다잖아. 그럼 말 다 했지 뭐.'

'태영이 그런 애 아니야. 착하고 좋은 애야. 너흰 잘 알지도 못하면서 함부로 떠들어? 계속 그딴 소리 하면 나 너희랑 스터디 안 해.'

오필희 패거리에게 뭐라고 하며 제 편을 들어 주던 수아. 태영은 수아를 믿기로 했다.

수아가 남몰래 제가 필요한 학교장 추천서를 뺏어 갔어도.

유일반과 키스까지 할 정도의 사이였으면서 유일반을 싫어한다고 거짓말을 했더라도.

"이유가 있을 거야. 그치?"

"어?"

"아니야, 아무것도……. 매점 가자."

태영이 말을 아끼며 매점을 향해 앞장섰다. 그런 태영을 수아가 붙잡았다.

"왜?"

"아까 오필희가 하려는 말이 뭐였어?"

"무슨 말?"

"이번에도 유일반이……."

"?"

"나 사실 몰라. 아는 척한 거였어. 근데 뉘앙스가 꼭 유일반이 이번에도 또 1등을 했다, 뭐 그런 얘기 같던데……. 왜? 나 이번에 두 개밖에 안 틀렸는데. 게다가 이번 문학 시험은 너무 어려워서……."

"저기, 수아야."

"사실대로 얘기해 줘. 어차피 나 교무실 가서 확인할 거니까. 그 전에 니가 미리 얘기해 주라."

"올백이래."

태영이 조심스럽게 말을 꺼냈다. 하지만 믿기지 않는다는 듯 수아가 휘청거리기까지 했다.

"문학도? 유일반이 문학을 만점 받았다고? 말도 안 돼……."

태영은 수아가 왜 이렇게까지 놀라는지 이해할 수 없었다.

그저 본인이 1등을 놓친 데 대한 의구심이 아니었다. 마치 수아는 세상이 무너진 것처럼 울먹거리기까지 했다. 예상치도 못한 수아의 반응에 태영은 어쩔 줄을 몰라 하며 서 있었다.

지금 유일반이 그 유일반이 아니라고 말하면 수아에게 조금은 위로가 될까? 아주 잠깐 그런 생각이 스치고 지나가려던 찰나.

"태영아, 미안한데 매점은 혼자 가야 할 것 같아. 난 교무실 좀 가 봐야겠어."

그렇게 뭐에 쫓기는 사람처럼 수아는 교무실 쪽으로 냅다 달려갔다.

이상해. 너무 이상해.

수아 쟤 진짜 유일반 좋아하는 거 맞아? 좋아하는 남자애가 키스까지 한 남자애가 올백 맞았는데 저렇게 반응한다고?

대체 뭐야?

태영은 머릿속이 너무 복잡했다. 그런 태영의 옆으로 누군가 다가왔다.

"따라와."

송바위가 태영을 지나쳐 앞으로 걸어가며 말했다. 하지만 태영이 저를 무시하고 그냥 교실로 들어가려고 하자 송바위가 황급히 태영의 어깨를 붙잡았다.

"유이반 얘기니까 따라오라고."

"유, 유이반? 뭐야, 너 어떻게 알았어?"

"내가 말했잖아. 그 새끼 가짜라고."

"그게 그 뜻이었어?"

마침 이동 수업 때문에 옆 교실에서 사람들이 우르르 나오고 있었다. 태영은 누가 듣기라도 했을까 봐서 화들짝 놀랐다. 그 모습을 어이없게 쳐다보던 송바위가 반대편으로 걸어갔다.

태영은 확인해 봐야겠다는 생각으로 바위를 뒤따라갔다.

창문 너머로 뜨거운 햇살이 쏟아졌다.

두 달 전 인천 공항에 도착했을 때만 해도 벚꽃이 흩날리던 봄이었는데, 벌써 여름이라니.

창문 너머 구름 한 점 없이 쨍한 하늘을 올려다보던 이반은 제가 살던 애리조나의 날씨를 떠올렸다.

사막 북부에 위치한 애리조나의 날씨만큼은 아니지만, 이곳 동아리방은 옥상에 위치해서 그런지 아니면 이 수많은 전자 기기에서 나오는 열기 때문인지 너무 더웠다.

'내가 좋아하는 건 유일반이야.'

아니다. 열받아서 더운 건가?

이반은 어제 태영이 제게 했던 말이 자꾸만 떠올라 짜증이 확 치밀었다.

그는 이내 쓰고 있던 안경을 벗어 책상 위에 던졌다. 그러곤 관자놀이를 매만지며 애써 진정하려 노력했다.

사실 지금 그 애의 마음이 제게로 향했으면 하는 바람은 사치였다. 그에겐 그럴 시간이 없었다.

"정신 차리자."

이반은 다시 마음을 다잡고 노트북을 들여다보며 작업에 열중했다.

타닥. 타다닥. 타닥. 탁. 탁.

정적을 채운 건 빠르고 강력한 키보드 소리. 노트북의 까만 화면 위로 복잡한 수식들이 떠오르고 있었다. 하지만 계속해서 발생하는 에러.

"젠장!"

생각했던 결괏값이 나오지 않자 이반은 자리에서 일어나 책상에 걸터앉은 채 로봇에 들어간 부품들을 유심히 관찰했다.

왜 입력한 대로 로봇이 움직이지 못하는가에 대한 이유를 찾아 나선 것이다.

혹시 부품 안에 들어가는 실이 끊어진 걸까? 그래서 작동을 안 하는 걸까?

그게 아니면…….

부품을 하나하나 살펴보던 이반의 미간이 확 구겨졌다.

에러의 원인을 찾아낸 것이다.

문제는 라이다 센서(레이저를 목표물에 비춰 사물까지의 거리, 방향, 속도, 온도, 물질 분포 및 농도 특성 등을 감지할 수 있는 기술)에 있었다.

"왜 업그레이드가 안 되어 있는 거지?"

한국에선 구하기 힘든 부품이라며 몇 달 전 형이 제게 부탁했던 게 떠올랐다.

그때 분명 독일에 사는 친구를 통해 구해다 줬는데, 왜 부품이 교체가 안 되어 있냔 말인가. 내가 구해다 준 센서는 어디 있는 건데?

다시 동아리방 여기저기를 뒤져 보던 이반은 곧장 책상 위로 달려가 핸드폰을 손에 쥐었다가 도로 내려놓았다. 이건 자신의 핸드폰이 아닌 형 일반의 핸드폰이었기 때문이다.

지금 필요한 건 자신의 핸드폰이었다. 이반은 가방 속 깊숙한 곳에 숨겨 놓은 핸드폰을 꺼내 곧장 전화를 걸었다.

"Störe ich dich gerade?(지금 통화 가능해?)"

언어 쪽으로도 타고난 재능이 있는 이반은 능숙한 독일어로 친구와 통화했다.

이반의 마음이 조급해졌다. 당장 친구에게 부탁해서 다시 센서를 구한다고 해도 최소 일주일은 넘게 걸릴 터였다. 일주일이면 엄청난 시간이었다. 그동안 손 놓고 아무것도 못 하고 있게 생긴 것이다.

일단 급한 대로 친구에게 사정을 설명하고 배송 요청을 한 뒤 전화를 끊은 이반은 다시 동아리방 서랍과 캐비닛을 열어 센서를 찾기 시작했다.

분명 어디 있을 텐데…….

대회 당일 어떤 미션이 나올지 모르기 때문에 어떻게든 정확도를 높여야 했다. 그러기 위해선 소프트웨어만큼 하드웨어도 매우 중요했다.

학생의 신분으론 구할 수 없는 값비싼 부품들 때문에 로봇 동아리는 외부의 지원 없이는 운영될 수 없는 구조였다. 그 막강한 지원을 명원 그룹에서 맡고 있었던 거다.

이반은 잘 알고 있었다. 그 운영비 때문에 이제껏 형이 로봇처럼 아버지가 조종하는 대로 살아야만 했다는 것을.

그리고 그 운영비를 계속 지원받으려면 이번 대회에서 꼭 우승해야 한다는 사실도.

"이건?"

부품 바구니에서 뭔가를 발견한 이반이 멈칫했다.

지난번 사고가 있던 다음 날 어수선한 동아리방에서 주웠던 빨간색 손목 보호대. 주인이 누군지 찾으려다 그동안 정신이 없어서 잊고 있었던 물건이었다.

보호대를 유심히 보던 이반은 대수롭지 않게 여기며 쓰레기통 안에 던져 버린 후 동아리방을 나와 버렸다.

어제부터 내내 갇혀 있던 동아리방에서 겨우 탈출한 이반은 기지개를 켰다. 후텁지근한 열기 때문에 숨이 턱 막혔지만, 간간이 불어오는 시원한 바람 덕분에 그나마 살 만했다.

그렇게 난간에 기대 한껏 조여 있던 숨통을 살짝 풀려고 했는데.

"!"

무심코 내려다본 아래, 수돗가 옆 벤치에서 이반의 시선이 멈춰 버렸다.

그곳엔 다름 아닌 태영이 웬 남학생과 함께, 것도 단둘이! 딱 붙은 채서 있었다.

"돌멩이?"

그 남학생의 정체가 바위인 것을 알아차린 이반의 눈빛이 더욱 날카로워졌다.

"야! 송바위! 대체 어디까지 가는 거야?"

바위를 따라 수돗가 옆 벤치까지 온 태영은 손으로 부채질을 하며, 더워 죽겠다고 투덜거렸다.

"그만 가라고!"

급기야 태영은 계속 직진 또 직진하는 바위의 하복 셔츠 자락을 덥석 잡았다. 멈춰 선 바위가 고개를 돌렸다.

"그만 가? 그럼 나 여기서 말해도 돼?"

"무슨 말?"

"유일반 가짜인 거. 유일반한테 쌍둥이 동생이 있다는 거."

"야! 작게 좀 말해. 아니다, 너 따라와!"

태영이 황급히 주변 눈치를 살폈다. 행여 누가 들었을까 봐 걱정하며 송바위의 손목을 잡아끌고 저 멀리 후문 쪽으로 향했다.

그렇게 후문 담벼락까지 송바위를 끌고 온 태영은 뒤늦게 송바위의 성난 얼굴을 확인했다.

"언제까지 잡고 있을 건데?"

"앗, 미안."

태영이 서둘러 바위의 손목을 놓아주며 멋쩍게 웃었다. 그러다 자신이 왜 여기까지 왔는지 깨닫곤 진지한 얼굴로 물었다.

"넌 어떻게 안 거야?"

"뭘?"

"쌍둥이 말이야. 바뀐 거. 언제부터 안 거냐고. 아니, 어떻게 알았냐니까. 아니다, 그게 중요한 게 아니라 너 혹시 다른 애들한텐 얘기 안 했지?"

"지금 그 새끼 걱정 하냐?"

"걱정이 아니라……."

"아니면 뭔데? 정신 차려. 너 속인 새끼 뭐가 예쁘다고 감싸고도냐? 병신같이."

"뷰, 뷰우웅신? 야! 너 말 좀 예쁘게 할 수 없어?"

"너 하는 짓 보면 예쁜 말이 나올 수가 없거든?"

"아놔."

비협조적인 송바위의 태도에 태영은 혈압이 상승했다. 이대로 그냥 교실로 돌아가려던 태영은 참고 또 참았다. 송바위에게 부탁할 게 남았기 때문이었다.

"야, 송바위. 내가 진짜 처음이자 마지막으로 부탁 하나만 하자."

"싫어."

"야!"

결국 태영이 폭발하고 말았다.

"아놔. 말이 나와서 하는 얘긴데 내가 너한테 뭘 그렇게 잘못했냐? 니가 먼저 내가 어울리지 말라는 애들이랑 사고 치고 돌아다녀서 아줌마 속 썩이고 그랬잖아! 그리고 니가 먼저 나 손절했잖아!"

앞머리를 쓸어 넘기며 씩씩거리는 태영을 송바위가 짐짓 놀란 얼굴로 쳐다봤다.

"뭘 봐!"

"그러다 한 대 치겠다?"

"한 대뿐이야? 너 진짜 나한테 처맞고 싶냐? 내 다리 아직 쓸 만하거든?"

다리를 쫙쫙 찢으며 스트레칭 동작을 하는 태영의 우스꽝스러운 모습을 송바위가 어이없게 쳐다봤다.

"오버하지 마."

"큼. 암튼 너 아무한테도 얘기 안 했지?"

"걱정 마. 유일반 쌍둥이 동생이 지금 유일반인 척 학교 돌아다니고 있다는 사실 아직까진 너랑 나밖에 모르니까."

"그니까 넌 그걸 어떻게 알았냐니까?"

태영이 은밀한 목소리로 물었다. 그러자 송바위가 주머니에서 뭔가를 꺼내 태영의 손에 쥐어 줬다.

"그 새끼더러 물건 간수 잘하라 그래."

송바위가 건네준 지갑을 펼친 태영이 화들짝 놀랐다.

"이, 이게 뭐야? 외국인 등록증?"

유일반이 아니라 유이반이라는 이름이 영문으로 떡하니 적힌 카드를 본 태영은 이걸 왜 니가 가지고 있냐는 눈빛으로 송바위를 쳐다봤다.

"훔친 거 아니야. 주운 거지."

"누가 뭐래? 어디서 주웠는데?"

"알 거 없어."

"암튼 고마워. 이건 내가 유일반…… 아니 걔한테 전해 줄게. 그리고 다시 한번 부탁할게. 이거 아무한테도 얘기하지 말아 줘."

"얘기 안 해."

"고마……."

"대신 너도 내 부탁 하나만 들어줘."

"뭔데? 뭐든 들어줄게!"

태영이 다부진 눈빛으로 외쳤다. 그 순간 송바위가 태영에게 줬던 지갑을 도로 뺏어 갔다. 그러곤 지갑을 들고는 말했다.

"이 지갑 돌려줄 핑계로 그 새끼 만날 생각 하고 있다면 집어치워."

"뭐?"

"이건 내가 돌려줄게. 그니까 넌 지금 이 시간부터 그 새끼 근처엔 얼씬도 하지 마."

태영은 이해할 수 없었다. 대체 송바위 이 녀석은 왜 그토록 유일반을 싫어하는지. 아니 대체 무슨 이유에서 이젠 유일반 쌍둥이까지 경계하는 건지.

"그 전에 나 뭐 하나만 물어볼게. 전부터 느낀 건데 넌 왜 그렇게 유일반을 싫어해?"

"몰라서 물어?"

"어. 모르니까 묻지."

"유일반 그 새끼 권수랑 키스하는 거 내가 봤다니까?"

"어쨌든 그 일은 유일반이랑 내가 사귀기 전에 있었던 일이잖아."

"상관없다는 거야?"

"완전 상관없는 건 아니지만…… 그건 그거고, 근데 지금 유일반은 그 유일반이 아니라……."

"그건 더 극혐이지. 유일반 그 새끼는 너 가지고 놀았고, 그 새끼 쌍둥이라는 놈은 유일반인 척하면서 널 속였어! 넌 화도 안 나?"

듣다 보니 기분이 썩 유쾌하진 않았지만 그렇다고 막 화가 날 정도는 아니었다.

태영이 무감각한 얼굴로 송바위를 쳐다봤다.

"화를 내도 내가 내. 근데 그 두 사람이 너한테 피해 준 건 없잖아."

"없긴 왜 없어? 니가 이렇게 바보같이 당하고만 있는데! 빡쳐서 미쳐 버리겠는데!"

마치 자기 일처럼 저 대신 화를 내 주는 송바위의 모습에 태영은 순간 감동이 밀려왔다.

"그 눈빛은 뭐냐?"

감격에 겨운 태영의 눈빛을 마주한 송바위는 뭔가 상황이 이상하게 돌아가고 있음을 감지했다. 예상대로 태영은 아예 두 손까지 모은 채 송바위를 애틋하게 쳐다보고 있었다.

"바위야 너 혹시 지금 내 걱정 해 주는 거야?"

"꺼…… 꺼져!"

고운 말 알레르기라도 있는 사람처럼 송바위가 발작했다.

"내가 니 걱정을 왜 하냐?"

송바위가 강하게 부정했다. 하지만 태영은 멈추지 않았다. 심지어 송바위의 손목을 확 잡아끌더니 마구 흔들었다.

"이거 빨간색 보호대 내가 너 중3 생일 선물로 사 준 거 맞지?"

보호대 뒤쪽에 자수가 새겨진 것을 확인한 태영이 감격했다.

"맞네. 이거 '송' 내가 자수로 새겨 준 거잖아."

"……"

"너 혹시 나랑 화해하고 싶어서 줄곧 이거 차고 다녔던 거야? 우리 화해할까? 예전처럼 다시 친구……."

"꺼져! 뭔 개소리야! 너랑 친구 안 한다니까!"

갑자기 소리를 꽥 지르고 뒤도 돌아보지 않고 가 버린 송바위의 뒷모습을 향해 태영이 발길질을 했다.

"와, 저 미친놈! 왜 소릴 지르고 난리야. 우씨."

열받은 태영은 수돗가로 달려가 찬물로 세수를 했다. 그래도 분한 마음이 가라앉지 않아 씩씩거리며 교실로 향했다.

한편, 태영과 송바위 두 사람이 얘기를 나누던 골목 모퉁이 끝에 치맛자락이 살짝 보였다 사라졌다.

　벽 뒤에 숨은 누군가는 두 사람의 대화를 엿듣고 충격을 받은 모양인지 교복 치맛자락을 꽉 움켜쥐고 있었다.

　그 누군가는 노란색 운동화를 신고 있었다.

　바위와 이야기를 나누다가 뒤늦게 교실에 도착한 태영이 조용히 문을 열고 죄인처럼 교실에 들어섰는데.

　이런. 아무도 없는 게 아닌가.

　게다가 칠판에는 '물리→음악' 이라고 적혀 있었다.

　망했다. 벌써 다들 음악실로 이동하고 없나 보다. 최해니 이 배신자! 너마저 날 버리고 가다니. 태영은 책상 서랍 안에서 음악책을 찾다가 없는지 허둥지둥 일어나 사물함으로 달려갔다.

　그리고 사물함을 열었는데.

　와르르.

　안에서 뭔가가 쏟아졌다.

　바닥에 한가득 쌓인 뭔가를 쭈그리고 앉아 쳐다보던 태영은 순간 심장이 쿵 내려앉았다.

　"이건⋯⋯."

　초콜릿이었다.

　지난번 녀석이 초콜릿 먹던 모습을 담배 피우는 줄 알고 오해해 바닥에 내던졌던 그 문제의 초콜릿.

잠깐, 그러니까 그때부터 지금까지 쭉 유일반이 아니라 그 녀석이었던 거잖아.

와, 아무리 생각해도 이해가 안 돼. 대체 난 왜 몰랐을까?

유일반이 아무리 기억 상실증에 걸렸어도 그렇게 싸가지 없게 바뀔 리가 없는데.

이 멍충이!

태영이 주먹으로 제 머리통을 마구 때리며 자학하고 있었는데.

"어디 갔다 왔냐?"

"악! 깜짝이야."

태영이 화들짝 놀라며 고개를 돌렸다.

언제 왔는지 녀석이 교실 문에 기댄 채 태영을 지켜보고 있었다. 태영은 얼른 초콜릿을 들고 자리에서 일어났다.

"이거 니가 넣어 놨어?"

녀석이 다가오며 말했다.

"그럼 누구겠냐? 그 초콜릿 아무나 못 구하는 건데. 말 돌리지 말고 어디 갔었냐고."

태영이 초콜릿을 도로 사물함에 넣으며 건성으로 대답했다.

"무슨 상관인데."

"몰라서 묻는 줄 알아? 돌멩이랑 둘이 어디 갔다 왔냐고."

"말이 나와서 하는 얘긴데 너 돌멩이한테 아니 바위한테 다 들켰어."

"뭘 들켰는데? 내가 너 좋아하는 거?"

갑자기 들어온 고백 공격에 녹다운 해 버린 태영은 그저 할 말을 잃고 서 있었는데.

"아님 니가 나 좋아하는 거?"

"뭐, 뭐래!"

태영의 얼굴이 새빨개졌다. 그러곤 주변에 아무도 없는 것을 다시 한 번 살피며 작게 속삭였다.

"그게 아니라…… 너 유일반 아닌 거, 쌍둥이인 거, 그거 들켰다고."

"그게 뭐."

"그게 뭐라니. 다행히 바위가 어디 막 떠벌리고 다닐 애는 아니라 망정이지. 너 이러다 다른 애들한테까지 들키는 건 시간문제야. 게다가 올백은 뭐야. 눈치껏 문학에서 하나 정돈 틀려 줬어야지. 진짜 유일반처럼."

"아는 문제를 왜 틀려?"

"그래 너 잘났다. 근데 넌 또 왜 공부를 잘해?"

"내가 원래 다 잘해."

우쭐해하는 녀석을 태영이 째려봤다. 그러곤 사물함 속에 팔을 집어넣어 음악책을 겨우 꺼내 품에 안았다.

"비켜. 원래 다 못하는 나는 음악실 가야 돼."

녀석이 미간을 확 찌푸리며 가려는 태영의 앞을 가로막았다.

"모태영."

"왜?"

"너 왜 자꾸 내 눈 피해?"

"내가 언제?"

"지금도 계속 나 안 쳐다보잖아."

녀석의 말이 끝나기가 무섭게 태영이 고개를 들고 녀석을 똑바로 쳐다봤다.

"됐지?"

"너 화났냐?"

"아니."

"화났네. 왜? 내가 유일반이 아니라서? 그게 이렇게 화낼 일이야?"

"그럼 웃을까? 웃어야 될 일이야?"

"······."

할 말이 없었는지 녀석이 마른침을 삼키며 화난 태영의 눈을 응시했다.

상처받은 듯 녀석의 흔들리는 눈동자를 마주한 태영은 심장이 반으로 쪼개질 듯 아팠다.

젠장. 흔들린다. 또 마음이 약해진다. 태영은 다시 한번 마음을 단단히 다잡았다.

"너 왜 나한테 사과 안 해? 어쨌든 너 그동안 유일반인 척 나 속였잖아."

"사과하면 받아 줄 거야?"

"아니. 그냥 사과하지 마. 받아 줄 생각 없으니까. 비켜."

태영이 녀석을 밀치고 문으로 향했다. 그때 뒤에서 녀석의 목소리가 들려왔다.

"너 일부러 이러는 거 다 알아. 근데 어쩌냐? 니가 아무리 마음에도 없는 소리 하면서 나 밀어내고 상처 줘도 소용없어."

교실을 나가려던 태영이 뒤를 돌았다.

녀석이 아주 집요한 눈빛으로 태영의 말간 얼굴을 바라보며 말했다.

"그런다고 니가 싫어진다거나 미워진다거나 하지 않으니까."

"······."

"이미 그 이상이거든. 내 마음이."

"모탱! 너 톡 왔는데?"

책상 위에서 진동하는 태영의 핸드폰 액정을 흘끔 보며 해니가 알렸다. 뒤늦게 정신을 차린 태영이 톡을 확인했다.

[6교시 지구 과학 수행 평가 준비물 없음]

녀석에게서 온 톡이었다. 이젠 아예 대놓고 유일반 번호가 아닌 지 번호로 시시때때로 별 시답잖은 일로도 톡을 보낸다.

'이미 그 이상이거든. 내 마음이.'

며칠 전 녀석이 했던 말이 떠오르자 태영의 얼굴이 확 달아올랐다.

"모탱, 어디 아픔? 얼굴 빨감."

"어? 아, 더워. 더워서 그래."

공책으로 부채질을 하며 태영이 열을 식혔다. 그사이 핸드폰이 또 진동했다.

[점심시간에 급식실 가지 말고 옥상으로]

이 녀석이 진짜! 참다못한 태영이 문자 창을 열었다.

[오늘 급식 메뉴 치킨이거든? 옥상 사절!]
[옥상!!]
[싫다고!!!]

[너 올 때까지 기다릴 거야.]

그나저나 이 녀석은 나 좋아한다면서 어째 바뀐 게 없어? 맨날 지 할 말만 하고. 어젠 동아리방에 처박혀 있었는지 코빼기도 안 비치고. 좋아한다면 아무리 바빠도 잠깐이라도 얼굴 보러 와야 되는 거 아니야?

아니지, 내가 지금 무슨 생각을 하는 거야. 그 얼굴 좀 안 보면 어떻다고. 마치 내가 그 녀석 보고 싶어서 환장한 사람 같잖아.

"근데 요새 유일반은 좀 어때?"

"뭐가?"

"기억 말이야. 좀 나아짐?"

"아……"

이쯤에서 새로운 정보를 업데이트해 줘야 하나 태영은 고민했다.

하지만 아직 제 마음도 제대로 정리가 되지 않은 마당에 해니에게 무슨 말부터 어떻게 설명해야 할지 알 수가 없었다.

"너 나한테 뭐 숨기는 거 있지?"

"응. 아주 많지."

"치이. 뭐 니가 말 안 하는 데는 다 이유가 있겠지. 대신 정리되면 나한테 제일 먼저 말해 줘야 된다?"

"당연하지. 근데 해니야."

"응?"

머뭇거리던 태영이 조심스레 입을 열었다.

"혹시 주유권한테 유일반 집안 얘기 뭐 좀 들은 거 없어?"

"예를 들면?"

"음…… 예를 들면 외동이라던 유일반에게 남동생이 하나 있다랄지?"

"아! 맞다!"

뭔가 아는 게 있는 눈치인 해니의 제스처에 태영이 귀를 쫑긋 세웠다.

"유일반네 부모님 이혼한 건 알고 있지?"

"응. 그건 알아. 어머니는 돌아가셨다고 했어. 근데 병으로 돌아가신 건가?"

"너 몰라?"

"내가 알아야 돼?"

"뉴스 검색하면 나오는데? 걔네 엄마 되게 유명한 분이잖아."

"유명하다고? 누군데?"

"소연화 박사! 왜 있잖아, 작년에 방송한 드라마 여주인공이 박사님 모티브해서 만든 거라고 한동안 이슈였잖아."

"뭐? 소연화 박사가 유일반네 엄마라고?"

태영은 너무 놀라 입이 다물어지지 않았다.

물론 대한민국에서 소연화 박사를 모르는 사람이 있을 수도 있다. 하지만 작년에 시청률 40퍼센트가 육박했던 그 드라마를 본 사람이라면 모를 수가 없는 인물이었다.

태영은 바로 후자 쪽에 속한 사람이었다. 그 드라마의 애청자였던 태영은 소연화 박사가 어떤 인물인지 잘 알고 있었다.

소연화 박사가 어떤 삶을 살다 어떻게 사망하게 되었는지까지 전부 알고 있던 태영은 갑자기 숙연해졌다.

"근데 넌 어디서 들었어?"

"뭘?"

"유일반한테 남동생 있다는 소문 말이야. 유권이도 들었대. 학부모들 사이에서 떠도는 얘기가 있었나 봐."

"유일반이 직접 얘기한 적은 없고?"

"응. 유일반이 워낙 가족 얘기는 잘 안 하는 편이라 유권이도 딱히 물어보거나 하진 않았대. 근데 왜? 유일반이 너한테 자기 남동생 있대? 와 남동생이면 걔도 겁나 잘생겼겠네? 궁금하다."

"니가 그게 왜 궁금한데?"

"궁금하지. 다른 사람도 아니고 유일반이랑 닮은 남동생이면 얼마나 잘생겼겠어?"

"잘생기긴 했지."

"응?"

"어? 내가 뭐랬나? 아, 오늘 지구 과학 수행 평가 볼 때 준비물 있어?"

"몰라. 그런 건 수아한테 물어봐."

태영은 마침 교실로 들어온 수아를 발견하곤 손을 흔들며 다가갔다.

"수아야 오늘 지구 과학 수행 평가 말인데……."

태영이 수아가 신은 신발을 보고 말끝을 흐렸다.

교칙이라면 곧 죽어도 꼭 지키는 수아가 교실에서 실내화가 아닌 노란색 운동화를 신고 있었기 때문이었다.

"태영아, 왜? 수행 평가?"

수아가 신은 노란색 운동화를 의아하게 쳐다보던 태영이 뒤늦게 대답했다.

"어? 응. 오늘 지구 과학 수행 평가 본다고 해서……."

"아까 교무실 갔다 들은 건데 수행 평가 다음 주에 본대. 오늘은 준비물 없어도 될걸."

"그래? 고마워. 근데 수아 너 실내화는 어쩌고?"

태영이 손가락으로 수아의 발을 가리켰다. 그러자 수아는 뭔가 켕기는 게 있는 사람처럼 괜히 더 쓸데없이 말만 장황하게 늘어놓았다.

"그동안 결석을 하도 많이 했더니 1층 사물함에 있는 물건들이 죄다 없어졌어. 누가 훔쳐 간 건지, 아님 내가 자리를 헷갈린 건지 텅 비어 있더라니까. 1등 놓친 것도 서러운데 요즘 왜 이러나 몰라. 실내화도 산 지 얼마 안 됐는데……."

평소 같았으면 수아가 그냥 쿨하게 '몰라. 없어졌어.' 라고 대답하고 끝냈을 텐데.

태영은 뭔가 수아답지 않다는 생각을 하며 되물었다.

"누가 훔쳐 갔다고? 니 물건을?"

"그런 것 같아. 문학책도 없어졌어."

"어? 그건 동아리방에 있을 텐데. 기말고사 전날 니가 유일반 빌려줬었잖아."

그 녀석이 필요 없다며 수아가 기껏 빌려준 문학책을 내팽개쳤던 게 떠오른 태영이 아차 싶었다.

"내가 잘 챙겼어야 했는데, 미안. 이따 올라가서 가져올……."

"아니야 내가 갈게."

"응?"

"유일반한테 따로 긴히 할 얘기도 있고. 이따 점심시간에 내가 옥상에 직접 가 본다고. 그래도 되지?"

"당연하지. 근데 그런 걸 왜 나한테 허락받아?"

"지금은 니가 유일반 여친이잖아."

지금은? 그 말은 앞으론 아니게 될 거라는 건가? 앞으로 유일반 여친은 내가 아니라 수아 너라는 거야?

태영은 하고 싶은 말이 많았다. 하지만 아무 말도 할 수 없었다. 말이 길어지면 결국 지금의 유일반은 유일반이 아니라는 말까지 해야 할 수밖에 없을 테니까.

"근데 태영아, 요즘 유일반 무슨 일 있어?"

"왜?"

"다른 사람 같아서."

"!"

태영의 두 눈이 휘둥그레졌다. 애써 당황한 기색을 숨기려 노력해 봤지만 맘대로 되지 않았다. 손이 부들부들 떨렸다.

그런 태영을 수아가 의미심장한 얼굴로 쳐다봤다.

"무슨 일 있는 거 맞지?"

"왜, 왜 그렇게 생각하는데?"

"날 대하는 태도가 너무 달라서. 아무리 너랑 사귄다고 해도 지금까지 우리가 쌓아 온 관계가 있는데, 요즘 유일반 걔 나한테 진짜 너무하는 것 같아. 혹시 니가 시켰어?"

"시키다니 뭘?"

"저번에 너 내가 유일반 좋아한다고 오해했잖아. 혹시 그 일 때문에 유일반한테 나랑 말도 섞지 말라고 니가 시킨 건 아닌가 해서."

그냥 시켰다고 하는 게 나으려나? 안 그럼 갑자기 유일반이 이상해진 이유에 대해 납득시킬 만한 핑계가 없잖아. 잠시 고민하던 태영이 아무 말이나 막 내뱉었다.

"아마 요즘 대회 준비 때문에 좀 예민해서……."

"대회 한두 번 나가는 것도 아니고."

"……."

"유일반한테 무슨 일 있는 거 맞나 보네. 됐어. 말 안 해도 돼. 안 궁금하니까."

수아가 실망한 표정으로 태영을 쳐다보더니 돌연 이어폰을 귀에 꽂으며 말했다.

"나 수업 준비 해야 돼. 너도 빨리 자리로 돌아가."

갑자기 커다란 벽이 수아와 저 사이에 놓이는 게 느껴진 태영은 앞이 컴컴했다.

점심시간을 알리는 종소리가 교내 가득 울려 퍼졌다. 동시에 동아리방에서 옥상 밖으로 튕기듯 빠져나온 이반은 분주했다.

태영이 좋아하는 떡볶이를 책상 위에 세팅하고 수저와 포크를 준비하며 핸드폰으로 시간을 확인했다. 벌써 점심시간이 10분이나 흘렀다.

"왜 안 와?"

곧장 전화를 걸까 말까 고민하다 조금 늦나 싶어서 난간에 기댄 채 기다리던 이반은 옥상 문이 열리자 한껏 표정이 밝아졌다가 곧 어두워졌다.

문을 열고 나타난 건 태영이 아닌 권수아였기 때문이다.

"니가 여긴 또 왜 왔어? 내가 저번에 경고했을 텐데. 다신 나 찾아오지 말라고."

자신을 형인 줄 알고 매일같이 전화하고 틈만 나면 찾아오는 권수아를 이반이 노려봤다.

"넌 니 친구한테 미안하지도 않냐? 어쨌든 유일반, 아니 나는 지금 모태영 남자 친구야."

"그 전에 우린 친구였어. 니가 태영이랑 사귀면 나와의 관계는 아무것도 아닌 게 되는 거야?"

"넌 친구랑 키스도 하냐?"

"너……."

"왜?"

"나쁜 새끼!"

무슨 일에선지 키스라는 단어를 들은 수아가 아랫입술을 꽉 깨물었다. 두 눈에 눈물이 그렁그렁 맺힌 채로 말이다.

이반은 영문을 모르겠다는 얼굴로 권수아를 쳐다봤다.

"내가 나쁜 새끼면 넌 나쁜 년이지. 모태영 속이고 있잖아."

"속인 적 없어."

"너 유일반 좋아하잖아."

"……아, 아니야! 난 너 안 좋아해!"

"상관없어. 니가 누굴 좋아하든. 근데 모태영은 건드리지 마."

"너 대체 내가 뭘 어쨌다고 이러는 거야?"

"그건 니가 더 잘 알 텐데?"

이반이 갑자기 동아리방에 들어가 구석에 처박혀 있던 문학책을 들고 나와 수아의 품에 던지듯 안겼다. 문학책 사이에서 삐져나온 서류 한 장을 이반이 턱끝으로 가리켰다.

"!"

수아가 황급히 문학책을 몸 뒤로 숨겼다.

"너 이미 나한테 들켰어."

"……."

"그거 청소년 기자단 지원 서류던데. 너 모태영한테 무슨 자격지심 있냐? 너 의대 갈 거라며. 근데 웬 기자단?"

이반이 헛웃음을 치며 수아를 노려봤다.

"다른 건 몰라도 그런 짓은 하지 마."

"그런 짓이라니."

"너한텐 쉬울지 몰라도 모태영한텐 어렵게 생긴 꿈이자 미래야. 시작부터 진흙탕 만들지 말라고. 그 앤 아직까지 널 친구로 생각하는 것 같으니까."

"니가 뭘 알아? 나도 원래 꿈이 기자였어. 의대는 부모님 때문에 어쩔 수 없이 선택한 거라고!"

"그건 니 사정이고."

"착한 척하지 마. 너야말로 태영이 이용하고 있잖아. 나한테 관심 끌려고 사귀는 척하는 거 내가 모를 줄 알아?"

"사귀는 척이라……."

원하는 건 뭐든 가져야 하는 형이라면 충분히 그럴 수도. 만만해 보이는 그 애를 이용해 좋아하는 권수아를 자극하겠다는 생각을 했을 수도.

이반은 이제야 뭔가 생각이 정리되는 것 같았다.

형이 그 애랑 왜 사귀었는지 그 이유를 알아 버린 것이다.

"내가 졌어. 졌다고. 그니까 제발 그만 좀 해!"

갑자기 미친 사람처럼 소리를 지르는 수아를 별다른 타격감 없이 응시하던 이반은 급기야 하품까지 하며 옥상 아래로 시선을 옮겼다.

수아는 기가 막혔다. 이렇게 제가 속상해하면 머리를 쓰다듬어 주며 위로해 주던 유일반은 대체 어디로 갔는가.

사람이 앞에서 말을 하는데 지금 어딜 쳐다보는 거야?

옥상 난간에 기대 아래를 내려다보는 이반의 눈빛이 돌연 사납게 변했다.

"씨."

작게 욕을 읊조리는 이반의 모습에 수아가 흠칫 놀랐다. 녀석의 시선을 따라 아래를 보니 운동장에 태영이 있었다. 혼자만 있는 게 아니었다. 태영은 송바위와 함께 있었다.

태영과 송바위가 나란히 어디론가 향하는 것을 발견한 이반이 미간을 확 구겼다.

"저게 진짜."

"?"

갑자기 신경질을 내며 인상을 찌푸리는 이반을 수아는 어이없게 쳐다봤다. 하지만 지금 이반은 저를 의심하는 수아의 시선은 안중에도 없었다.

이반은 그대로 인사도 없이 비상구 문을 박차고 나가 버렸다.

홀로 옥상에 남은 수아는 이 상황을 도저히 납득할 수가 없었다.

"쟨 유일반이 아니야. 분명해. 유일반이 아니야……."

어딘가 한 대 맞은 듯 넋이 나간 사람처럼 중얼거리던 수아는 잠시 후 옥상 밑을 내려다봤다. 송바위와 태영의 뒤를 미친 듯이 따라 달려가는 이반의 모습이 보였다.

"갑자기 무슨 일인데?"

급식실에서 줄 서 있다가 송바위에게 영문도 모른 채 끌려 나온 태영은 당황한 기색이 역력했다.

"대체 어디까지 가는 거야! 야! 송바위!"

태영이 제 팔목을 잡은 송바위의 손을 뿌리치며 외쳤다.

"너 왜 이러냐니까?"

"잔말 말고 따라와. 그 새끼들 잡았으니까."

"그 새끼들? 누구?"

"너 학폭 가해자라고 허위 댓글 단 새끼들."

아, 까먹고 있었다. 맞다. 그런 일이 있었지.

태영은 그동안 유일반의 쌍둥이 동생 유이반의 등장과 기말고사다 뭐다, 정신이 없어 자신이 사이버상에서 학폭 가해자로 몰린 일 따윈 완전 까맣게 잊고 있었다.

하지만 사실 아직도 쉬는 시간이나 이동 수업 때문에 복도를 지나갈 때면 동급생은 물론 선후배들도 수군거리며 태영을 손가락질했다. 그때마다 억울했지만, 딱히 방법이 없기도 했고, 내가 아니라고 변명한들 달라질 건 없다는 생각에 포기하고 있었는데.

"넌 어떻게 알았어? 너도 내 영상 봤어? 악플 본 거야?"

"우리 또래 애들 중에 그 영상 안 본 애도 있냐? 내가 너 이래서 쑤쑨지 뭔지 송설원이 하는 너튜브도 촬영하지 말라고 한 거야. 유명해져 봤자 별 거지 같은 새끼들이 너에 대해 함부로 떠들잖아!"

"근데 악플러들은 어떻게 잡았는데?"

며칠 전부터 밤낮으로 아이디 추적해서 잡아냈다고, 까진 말하고 싶지 않았다. 송바위가 괜히 말을 돌렸다.

"알 거 없고. 따라와. 내가 어디 못 가게 가둬 놨으니까."

"가…… 가둬? 야! 너 그런 짓 좀 하지 말라니까."

중학교 때도 송바위는 태영을 위해 비슷한 사고를 쳐서 징계까지 먹고 대회 출전도 막힌 전적이 있었다. 태영은 또 그런 일이 발생할까 봐 걱정이 앞섰다.

"때린 건 아니지?"

"때릴 예정이긴 하지. 너한테 제대로 사과 안 하면. 어떡할래? 가서 사과받을래? 아님 그냥 내 멋대로 처벌해 줄까?"

"가. 가자, 가! 사과받으러 가자고."

태영은 송바위를 위해서도 그들을 위해서도 자신이 사과를 받고 끝내는 게 나을 것 같다는 판단에 송바위와 함께 교문을 나섰다. 그런데 그때였다.

"모태영!"

갑자기 어디선가 들려온 우렁찬 목소리에 태영과 송바위가 걸음을 멈춰 세웠다. 그리고 뒤를 돌아봤다.

그곳에는 녀석이 심장을 부여잡은 채 달려오고 있었다.

금방이라도 쓰러질 듯한 얼굴로 달려온 녀석은 태영을 확 잡아당겨 제 뒤에 숨겼다. 그러곤 송바위를 노려봤다.

가쁜 호흡. 땀이 흥건한 녀석의 옆모습을 흘끔 올려다보던 태영은 똑똑히 보았다. 녀석의 눈빛이 정확히 송바위의 손목에 향해 있는 것을.

녀석은 송바위가 손목에 찬 빨간색 보호대를 보더니 싸늘한 눈빛으로 말했다.

"너지? 내 로봇 망가뜨린 새끼."

결국 녀석과 송바위가 만나고야 말았다. 서로를 바라보는 두 녀석의 눈빛에서 스파크가 마구 튀겼다. 금방이라도 주먹질이 오고 갈 것만 같은 일촉즉발의 대치 상황.

보다 못한 태영이 끼어들어 두 녀석을 떨어뜨려 놨다.

"그만! 둘이 싸우기만 해 봐. 진짜 가만 안 둬!"

"모태영, 넌 들어가 있어. 난 돌멩이랑 할 얘기가 있으니까."

"무슨 얘긴데?"

"사고 다음 날 내가 이런 걸 발견했거든."

녀석이 주머니에서 빨간색 손목 보호대를 꺼내더니 안쪽을 보여 줬다.

보호대 안쪽엔 '송'이라는 글자가 얇은 실로 수놓아져 있었다. 태영은 당황스러웠다. 녀석의 말대로 저건 바위 것이 맞았다. 제가 바위에게

선물한 게 분명했기 때문이다.

태영이 바위를 쳐다봤다. 그러자 바위가 어이가 없다는 듯 헛웃음을 지었다.

"저 새끼 지금 뭐라는 거냐? 사고? 무슨 사고?"

송바위는 정말 아무것도 모르는 눈치였다. 거짓말하면 특정 욕부터 튀어나오는 바위의 습성을 누구보다 잘 알고 있던 태영이 녀석을 바라봤다.

"바위는 진짜 아닌 것 같아."

"니가 어떻게 알아?"

"내가 알아. 바위는 아니야."

"넌 끼어들지 마. 야, 돌멩이! 너 그날 밤 동아리방에 왔었잖아. 니가 망가뜨린 거지? 부품도 니가 훔쳐 갔냐?"

"저 새끼가 지금 뭐라는 거냐?"

"스톱!"

덩치 큰 두 사람 사이에 있다가 점점 옆으로 밀려났던 태영이 다시 끼어들었다. 그러곤 큰 소리로 외쳤다.

"둘 다 그만하라고! 특히 너, 제발 좀 진정해."

태영이 녀석을 엄한 눈빛으로 쳐다봤다. 갑자기 태영에게 혼이 나자 이반은 억울했다.

"너 지금 내 말 못 믿는 거야? 저 새끼가 범인이라니까!"

"아니라고. 그거 손목 보호대 바위 거 맞긴 한데, 바위는 아니야."

"어째서?"

"바위는 그런 애가 아니야. 비겁하게 말도 없이 남의 공간에 들어가서 소중한 거 망가뜨리고 뭘 훔치고 그럴 애가 아니라고."

"증거가 있는데도?"

"그게 왜 동아리방에 있었는지는 모르겠지만 사고가 있던 날 떨어뜨린 건 아닐 거야."

졸지에 자신을 대변하는 태영의 뒤에 숨은 꼴이 된 바위는 기분이 썩 나쁘지만은 않았다. 반면 이반은 다른 남자애 변호를 이리도 열심히 하는 태영이 야속하기만 했다. 그래서 애써 화를 억누르고 침착하게 말했다.

"그래 그럼 그건 오해라 치고. 둘이 지금 어디 가는 건데?"

"어?"

"사이좋게 어디 가냐고. 이것도 내가 오해하는 거야?"

태영은 말을 아꼈다.

안 그래도 이 녀석 저 때문에 원진남고 애들이랑 패싸움까지 하고 몸도 성치 않은 데다, 대회 앞두고 할 일도 많은데 거기에 자신의 악플 사건까지 보태 녀석을 신경 쓰이게 하고 싶지 않았다.

"나 바위랑 화해했어. 그래서 얘기하려고 잠깐 나가는 거야. 그니까 넌 신경 쓰지 말고 먼저 들어가."

"신경 쓰지 말고?"

이반은 뭔가 소외감이 느껴졌다. 나란히 서 있는 두 사람을 보자니 짜증이 확 솟구쳤다.

이런 감정은 처음이라 어떻게 반응하면 좋을지 몰라 짝다리를 짚은 채 가만히 서 있던 이반은 그냥 말없이 교문 안으로 들어가 버렸다.

인사도 없이 화난 얼굴로 쌩하니 가 버리는 녀석의 뒷모습을 바라보던 태영은 괜히 기분이 이상했다. 뭐랄까, 잘못한 것도 없는데 죄지은 기분?

"유일반이랑 딴판이네. 난 저 새끼 이상하다는 거 진작 알았는데 넌 몰랐어?"

옆에서 이반의 말투와 표정을 쭉 지켜본 바위가 물었다. 그러자 태영이 대꾸했다.

"당연히 몰랐지. 똑같이 생겼잖아."

"성격이 저렇게 다른데?"

기억 상실증 걸려서 그런 줄 알았지. 라고 하면 송바위가 저를 향해 '멍청한 계집애!' 라고 할 게 뻔했다. 태영은 잽싸게 말을 돌렸다.

"암튼 너 진짜 동아리방 간 적 없지?"

"있어."

"뭐? 있다고? 그럼 저 녀석 말대로 진짜 니가 그런 거야?"

"내가 뭘 어쨌다고."

"동아리방엔 왜 갔는데?"

"경고하러."

"무슨 경고?"

"딱 봐도 유일반이 너 가지고 노는 것 같길래 한 대 패 주러 갔지."

"그래서? 팼어? 그러다 로봇 망가뜨린 거야?"

"그 로봇 망가졌냐? 잘됐네. 그 새끼 사람 얘기하는데 쳐다도 안 보고 미친놈처럼 노트북만 들여다보고 있더만."

그날 동아리방에서 있었던 일이 떠오른 바위는 또다시 열이 뻗쳤다.

'모태영 가지고 노는 거 그만해라. 너랑 사귄다고 소문나서 걔 지금 존나 난처하니까.'

'그건 태영이랑 얘기 다 끝났는데?'

'무슨 얘기?'

'같이 상부상조하기로. 대신 나도 태영이가 원하는 거 들어주기로 했거든.'

'뭔 개소리야.'

'미안한데 내가 지금 좀 바빠서. 나중에 얘기하자. 이만 나가 줄래?'

그 뒤로 아무리 제가 소리치고 성질을 부려도 묵언 수행이라도 하는

400

사람처럼 그저 노트북만 들여다보던 유일반의 모습이 생각난 바위는 어이가 없었다.

"형이란 새끼는 비겁하게 너 이용이나 하고."

"또 그 소리야? 도대체 유일반이 날 어떻게 이용했다는 건데?"

"아직도 몰라? 내가 계속 말했잖아. 그 새끼 권수아 좋아하면서 너랑 사귄 거라니까? 너랑 상부상조하기로 했다잖아. 그게 무슨 뜻이겠어? 널 안 좋아하면서 이용해 먹을 게 있으니까 사귀기로 한 거라고."

태영은 순간 유일반이 제게 했던 말이 생각났다.

'태영아, 그럼 부탁인데 애들이 나랑 사귀냐고 물으면······.'

'물으면?'

'그냥 가만히 있어 줘.'

그때의 쓸쓸했던 유일반의 눈빛. 태영은 뒤늦게 깨닫고 말았다.

"그럼 그때 가만히 있으라고 했던 게······."

"권수아가 자기 안 좋아하니까 너 이용해서 질투심 자극하려고 했나 보지."

"아······ 그렇구나."

"미친 새끼들. 형이나 동생이나 똑같아."

"동생은 왜? 걔 나 이용하고 뭐 그런 거 없었어. 오히려 걔 싫다는데 내가 팔로워 수 올리고 싶어서 걔랑 맞팔 하려고 따라다녔던 거지. 이용은 내가 했네, 내가 했어. 걔 나 떡볶이도 사 주고 인형도 뽑아 주고 원진남으 애들한테서 구해 주고 초콜릿도 사 주고 나한테 잘해 줬는데······."

"이 멍청아! 그딴 걸 왜 사 줬겠어? 저 새끼 지 유일반 아닌 거 들통 안 나려고 지금까지 너 데리고 다니면서 쇼한 거잖아. 그게 이용한 거지 뭐야."

"그건…… 그럴 만한 사정이 있으니까 그랬겠지."

"좋아하냐?"

"……."

"누군데? 유일반? 아님 저 쌍둥이?"

"……몰라."

모르겠어. 태영이 고개를 절레절레 흔들었다. 그를 한심하게 쳐다보던 바위가 말했다.

"좋아하지 마. 둘 다 개새끼인 건 분명하니까."

"그래 뭐, 니가 유일반이 수아랑 키스하는 거 봤다니까 내가 달리 반박은 못 하겠는데, 그니까 유일반은 수아를 좋아하는데 뜻대로 안 되니까 날 이용해서 질투심을 유발하려고 했다? 그럼 살짝 개새끼인 건 맞는데……. 근데 동생 쪽은, 그니까 그 유이반 걔는 어쩔 수 없이 형인 척하다가 아니지 사실 척도 잘 못하고 있어."

"뭔 소리야?"

"그 녀석이 말을 좀 험하게 해서 그렇지 진짜 나쁜 애는 아니거든."

"닥쳐. 너 기자 된다며. 그럼 감 좀 길러라."

"팩폭 그만."

"앞으론 이상한 데 신경 쓰지 말고 공부나 해. 나도 이제 공부할 거니까."

"고, 공부?"

바위 입에서 공부라는 생소한 단어가 나오자 태영은 어안이 벙벙했다. 그게 민망했는지 헛기침을 하며 바위가 먼저 앞으로 걸었다.

"빨리 따라와. 사과받아야지."

태영은 어쩐지 이번 일로 바위와 오랜 앙금을 덜어 낸 것 같아 마음이 한결 가벼워졌다.

"같이 가!"

성큼성큼 벌써 저만치 가 버린 바위의 뒤를 태영이 쫄레쫄레 따라갔다.

"너희 둘 옥상으로 따라와."

매점에서 서로 과자를 먹여 주며 애정 행각을 벌이던 해니와 주유권 앞에 갑자기 이반이 나타나 말했다.

"뭐 해? 나오라고."

"우리 둘? 왜?"

"말 겁나 많네."

해니와 주유권은 그저 한마디 했을 뿐인데 말 많다 욕을 먹으니 억울했다.

"나오라고!"

매점을 나갔던 이반이 두 사람이 따라오지 않자 다시 들어와 윽박질 렀다. 그 소리에 놀란 해니와 주유권이 자리에서 벌떡 일어났다. 그러곤 옥상으로 가는 녀석의 뒤를 쫄쫄 따라갔다.

"유권아, 쟤 기억 상실증 확실함? 미친 것 같아."

"그게 그거 아니야? 미쳤으니까 기억이 상실된 거지."

"아. 그렇구나."

재잘재잘 쉴 새 없이 떠들며 제 뒤를 따라 옥상에 올라온 해니와 유권을 이반이 골치 아픈 듯 바라봤다.

"너희 둘, 지금부터 내가 하는 말 잘 들어."

두 사람이 고개를 마구 끄덕였다. 이반은 무슨 말부터 해야 할지 잠시 생각에 잠겨 있다가 마침내 입을 열었다.

"아까 운동장에서 어떤 여자애가 그러더라."

"너 좋아한대? 고백받았어?"

"헐. 여친 있는데도 고백하는 패기 보소. 누군데? 몇 학년이야?"

"닥치고 내 말 좀 끝까지 들어."

말이 많아도 너무 많은 커플을 이반이 넌덜머리가 난 얼굴로 쳐다봤다. 그러자 해니와 주유권이 입에 지퍼 채우는 시늉을 했다.

잠시 조용해지자 이반이 말을 마저 이었다.

"그 여자애가 감히 나한테 모태영이랑 헤어지래."

"?"

"학폭 가해자랑 왜 사귀냐고, 나더러 속은 거래."

"그거 사실 아니야! 유일반, 절대 그런 유언비어에 속아 넘어가면 안 돼. 피해자는 태영이야."

"알아."

"안다고? 그럼 우릴 왜 불렀어?"

"소문의 근원지가 어디야?"

"너튜브 댓글일걸?"

"그 너튜브 주소 당장 나한테 공유해."

"왜?"

라고 주유권이 묻는 사이 해니가 핸드폰을 잽싸게 꺼내 너튜브 주소를 이반에게 공유했다. 곧 주소를 공유받은 이반이 핸드폰으로 영상 밑에 달린 댓글들을 서늘한 눈빛으로 읽어 내려갔다.

"이게 다야? 또 없어?"

"응. 거기 달린 댓글들이 다야."

잠시 핸드폰을 가만히 응시하던 녀석이 동아리방으로 들어갔다. 그 뒤를 조심스레 따라 들어간 해니와 주유권이 노트북 앞에 앉은 녀석을 호기심 어린 눈빛으로 지켜봤다.

갑자기 녀석이 미친 속도로 타이핑을 하니 노트북 화면에 새 창 수십 개가 마구 뜨기 시작했다.

"저기…… 유일반 너 지금 뭐 하는 거야?"

해니가 넌지시 물었다. 그러자 녀석이 대답했다.

"폭파."

녀석의 대답을 듣자마자 해니가 들고 있던 핸드폰을 들여다봤다. 놀랍게도 녀석이 손가락을 움직인 지 1분도 채 지나지 않아 동영상은 블라인드 처리 되어 없어졌다.

"이 새끼들 어디 갔지?"

악플 단 놈들을 학교 앞 PC방에 잡아 뒀다며 태영을 데리고 온 바위는 당황스러웠다. 놈들이 도망가고 없었기 때문이다.

바위는 알바 중인 아는 형을 붙잡고 물었다.

"형, 걔들 어딨어요?"

"잠깐 화장실 간다고 해서 보내 줬는데 고새 튀었네. 쏘리. 내가 너무 바빠서."

아는 형이 서둘러 카운터로 달려가 손님을 맞는 사이 바위는 포기하지 않고 PC방 이곳저곳을 뛰어다니며 놈들을 찾기 바빴다. 그런 바위를 태영이 말렸다.

"그냥 포기해. 이만 가자. 이러다 점심시간 다 끝나겠어."

"너 먼저 가. 내가 그 새끼들……."

"어휴. 됐다니까. 괜찮아. 어차피 그런 댓글 안 보면 그만이지."

"너 기자단인가 뭔가 그거 지원했다며. 거기 주최 측에서 니 댓글 보고 오해하면 어떡해. 그래서 떨어지면 어떡하냐고."

"오올. 지금 내 걱정 해 주는 거야? 감동!"

"지금 농담이 나오냐?"

"떨어지면 어쩔 수 없지 뭐. 공부해야지."

"그냥 그 새끼들 족쳐서 댓글 지우는 게 더 빠르겠다."

"뭐야. 너 지금 나 공부 못한다고 무시하는 거야?"

"현실을 얘기해 주는 거야."

"치이. 그거 지운다고 뭐 해결되나?"

이미 댓글 몇 줄로 교내에선 학폭 가해자로 낙인이 찍혀 버린 이 상황에서 내가 뭘 할 수 있겠는가. 아니라고 해도 안 믿을 사람들은 끝까지 안 믿을 텐데.

그렇게 두 사람은 아무런 성과도 없이 PC방을 나와 학교로 향하고 있었는데.

"배 안 고프냐?"

"당연히 고프지. 너 때문에 급식도 못 먹었잖아."

"떡볶이나 먹자."

"니가 사 줄 거야?"

"니가 사야 할 것 같은데?"

라고 말하며 바위가 떡볶이 가게를 턱끝으로 가리켰다. 가게 안에는 세원중학교 교복을 입은 남자애들이 떡볶이를 먹고 있었다. 태영이 의아한 눈초리로 그곳을 쳐다보고 있었는데 바위가 달려가 중딩들의 뒷덜미를 낚아챘다.

"이 쥐새끼들 여깄었네?"

"으악! 형님!"

"누가 니 형이야?"

"자, 잘못했습니다! 근데 저희 진짜 억울해요!"

뭐야. 악플 단 놈들이 중딩이었어? 태영이 황당한 얼굴로 다가가 바

406

위에게 물었다.

"얘들이라고?"

"어. 아이디 확인했어. 근데 죽어도 아니라고 우기네 이 새끼들이."

"진짜 아닌 거 아니야? 너무 어리잖아. 게다가 그 댓글들 문장력이 중
딩 수준은 아니었는데."

태영은 바위를 밀치고 중딩들 앞에 나섰다.

"얘들아 안녕?"

"오. 골딩녀다!"

"너희들 내 영상 본 적 있어?"

"그럼요. 완전 핫한 영상이잖아요."

"그렇구나. 그럼 이 발에 맞으면 얼마나 아플지도 대충 짐작은 가겠
네?"

태영이 눈은 웃으면서 말은 아주 살벌하게 했다. 중딩들은 갑자기 손
이 발이 되게 싹싹 빌며 외쳤다.

"잘못했어요! 근데 진짜 저희 아니에요. 저흰 아이디 판 죄밖에 없어요."

"뭘 팔아?"

"오픈 채팅에서 아이디 산다는 사람이 있어서 얘랑 내 거 팔았거든요."

대체 누가 아이디까지 사 가며 내게 악플을 달았단 말인가.

생각지도 못한 중딩들의 진술에 태영은 악플 같은 건 신경 쓰지 않기
로 했던 마음이 싹 사라졌다.

누군지 잡히기만 해 봐! 가만 안 둘 거야!

5교시가 시작하기 전 가까스로 교실로 돌아온 태영은 머릿속이 복잡
했다.

"헐. 그래서 악플러들 못 잡았다고?"

다행히 5교시 수학이 자습 시간으로 대체되었고, 태영은 점심시간에 있었던 일들을 해니에게 다 털어놓았다. 얘기를 다 들은 해니의 표정도 덩달아 심각해졌다.

"대체 누가 그런 짓을 한 걸까? 무슨 아이디까지 사서 너한테 악플을 다냐고."

"절대 들키면 안 되는 그런 앤가 보지."

"들키면 안 되는 짓을 왜 해?"

그러게나 말이다. 태영의 시름이 깊어졌다.

그런데 그때였다. 갑자기 교실 맨 앞쪽에 앉은 여자애들이 태영을 흘 깃거리며 수군거렸다. 그리고 그 수군거림은 반 전체로 번져 갔다.

"뭐야? 저것들이 또 왜 저래?"

해니가 앞자리에 앉은 친구에게 물었다. 그러자 친구가 톡으로 링크 하나를 보내 줬다. 해니가 태영과 함께 링크를 눌러 커뮤니티 사이트로 이동했다.

[명원시 골딩녀의 실체를 밝힙니다!!]

제목부터 강렬한 어그로의 느낌이 들었다. 태영과 해니가 머리를 맞 대고 동시에 글을 읽어 내려갔다.

"글쓴이 미친 거 아니야?"

먼저 폭발한 건 해니였다. 해니가 의자를 박차고 일어나 수군거리는 반 아이들을 향해 말했다.

"애들아, 이거 사실 아닌 거 알지? 모태영이 후배들한테 오줌을 먹였 다고? 나체로 옷을 벗기더니 사진을 찍었다고? 또 그걸 유포한다고 협 박을 했고? 사람을 이틀이나 감금을 시켜? 반실신 상태로 만들어? 이게 지금 말이 된다고 생각해?"

"조용히 해. 지금 자습 시간이야."

"오필희! 자습인 거 나도 알아! 넌 이 와중에 꼭 조용하란 소릴 해야겠냐?"

"해니야, 앉아. 조용히 하자."

저 때문에 잔뜩 예민해져서 하마터면 오필희와 싸움이 붙을 뻔한 해니를 태영이 말렸다. 겨우 화를 가라앉히고 자리에 앉은 해니는 태영을 안쓰럽게 쳐다봤다.

"너 혹시 여기 적힌 일들……."

"……."

"니가 당한 건 아니지?"

해니가 조심스레 물었다. 그러자 태영은 그저 알 수 없는 미소만 지을 뿐이었다.

그 미소의 의미를 뒤늦게 알아차린 해니가 울음을 터뜨리고 말았다.

"니가 왜 울어?"

"몰라. 엉엉. 그 개새끼들 다 죽여 버릴거야앙."

"다 지난 일인데 뭐. 뚝."

"지난 일은 무슨. 이 글도 그 새끼들 짓 아니야? 이거 아이피 추적하면 찾을 수 있지 않나? 유일반한테 찾아 달라고 하자."

"냅둬. 걔 대회 준비하느라 바빠. 별것도 아닌 일로 신경 쓰이게 하고 싶지 않아."

"걔한텐 별것도 아닌 일이 아닐걸?"

"?"

"너 처음에 악플 달렸던 동영상 있잖아. 그거 폭파됐어."

"뭐?"

"유일반이 엔터 한 번 누르니까 그냥 날아가던데?"

아까 봤던 그 경이롭던 순간을 다시금 떠올리며 해니가 말했다.

"빨리 유일반한테 이 글도 지워 달라고 하자. 너 이러다 기자단 서류 심사에서 광탈하면 어떡해. 명원시에서 이 글 보고 너 오해해서 떨어뜨리면 어떡하냐고."

"그럴 필요 없어."

"왜?"

"나 아마 벌써 광탈했을걸?"

"어째서? 너 골딩녀 동영상 덕분에 팔로워 수도 엄청 늘었고 그동안 게시 글도 많이 올렸잖아. 학교장 추천서 제출 못 한 것 땜에 그래?"

"그게 아니라……."

저보다 스펙이 훨씬 더 뛰어난 수아가 학교장 추천서까지 받아서 지원했다는 말을 태영은 차마 입 밖으로 꺼낼 수가 없었다.

"암튼 기자단은 물 건너간 듯. 다른 방법을 찾아봐야……."

"모탱!"

말하면서도 계속 커뮤니티 댓글에 '싫어요'를 누르던 해니의 두 눈이 휘둥그레졌다. 또 무슨 일인가 싶어 태영이 흘끔 액정을 들여다봤다.

그런데 동시에 놀라운 일이 벌어졌다.

"!"

화면 가득 빽빽하게 적혀 있던 폭로 글은 싹 다 지워지고 웬 영상과 영상 캡처 사진이 화면 가득 채워지기 시작했다.

실시간으로 일어나고 있는 이 기이한 현상에 태영은 할 말을 잃고 말았다.

해니가 얼른 동영상을 재생시켰다.

"대박. 여기 로봇 박물관이잖아."

그렇다. 해니의 말대로 영상 속 장소는 로봇 박물관이었고, CCTV 영상에는 대형 화재를 막아 내는 태영의 활약이 고스란히 담겨 있었다.

박물관 안을 이리저리 뛰어다니며 대피하라고 소리치는 태영, 불을 보고 놀라서 도망가느라 넘어진 유치원생 한 명을 일으켜 대피시키는 태영, 소화기를 들고 용감하게 불을 향해 달려가는 태영의 모습들을 누군가 정성스레 편집까지 한 영상이었다.

"오, 대박. 내용 바로 바뀜."

주유권이 핸드폰으로 '명원시 골딩녀의 실체를 밝힙니다!!' 라는 제목의 글을 확인했다.

가짜 폭로 글은 지워졌고 진짜 태영이 어떤 아이인지 얼마나 정의롭고 용감한 아이인지 보여 주는 CCTV 영상과 캡처 사진이 추가되어 있었다.

"그렇지. 이게 진짜 모태영 실체지. 그나저나 이렇게 보니까 모태영 진짜 대단하다! 이걸 편집해서 올릴 생각 한 너도 진심 존경! 나 잘했지? 빨리 나도 칭찬해 줘."

"어쩌라고."

갑자기 머리통을 들이밀며 쓰다듬어 달라는 제스처를 취하는 주유권을 이반이 떨떠름하게 쳐다봤다. 그러곤 대충 손가락으로 주유권의 머리통을 쓸었다.

"됐지?"

"오키."

체육 시간 운동장에서 빈둥거리며 핸드폰을 하다 제일 먼저 가짜 폭로 글을 보게 된 주유권은 곧장 옥상으로 달려갔고, 글을 녀석이 봤고, 처리했고, 그렇게 현 상황까지 온 거였다.

사건을 해결한 건 이 녀석이지만 어찌 보면 제가 초기 대응을 빨리한 덕분에 태영의 가짜 폭로 글이 금방 내려갈 수 있었던 것이니, 나 주유권 칭찬한다!

유권은 얼른 해니에게 이 일을 알리고 싶어 입이 간질간질했다.

그사이 태영의 활약이 담긴 동영상은 SNS에 공유되면서 아니 어찌 보면 녀석이 백만 팔로워 수를 자랑하는 프리무스 계정에 올리면서부터 조회 수가 미친 듯이 올라가기 시작했다.

심지어 인터넷 뉴스에 '로봇 박물관 대형 참사를 막은 인플루언서'라는 헤드라인으로 기사까지 올라오고 있었다.

팔로워 수 쪼렙 모탱이 갑자기 인플루언서가 된 점은 좀 어이가 없었지만 그래도 좋은 게 좋은 거겠지. 동영상의 이 미친 확산 속도에 감탄하며 주유권이 녀석을 향해 엄지를 추켜세웠다.

"역시 넌 천재야. 근데 지금 또 뭐 하는 거야?"

"아까 그 글 누가 어디서 올렸는지 찾는 중."

"그런 것도 찾을 수 있어? 어떻게?"

"말하면 알아?"

"모르지. 근데 너 진짜 모태영 많이 좋아하나 보다. 지금 재능 낭비 제대로 하고 있는 거 알지? 아니다, 낭비란 말은 좀 그런가? 암튼 너 원래 사적인 영역에 니 재능 잘 안 쓰잖아. 공과 사는 딱 구분하는 스타일이었는데…… 악, 깜짝이야."

갑자기 의자를 박차고 이반이 일어났다. 위치를 찾은 것이었다. 이반은 주유권의 말을 전혀 듣고 있지 않았는지 제 할 말만 했다.

"자습실이 어디냐?"

"바로 밑에 층에 있……. 유일반! 갑자기 어디 가?"

주유권의 말이 다 끝나기도 전에 유일반은 동아리방 문을 박차고 나가 계단을 뛰어 내려갔다. 그리고 자습실로 향했다.

대체 누굴까? 그런 더러운 글을 감히 겁도 없이 학교에서 올리다니.

그나저나 글의 내용이 허위 사실치고 매우 디테일하던데…….

이거 설마 그 애가 벌인 짓이 아니라 그 애가 당한 일인가? 하는 합리적 의심이 들자 이반은 억장이 무너졌다. 그럴수록 이반의 발걸음은 더욱 빨라졌다.

서둘러 도착한 자습실 앞.

마침 누군가 안에서 문을 열고 밖으로 나왔다.

복도에서 몇 번 본 적 있는 여학생이었다. 이반이 여학생을 빤히 쳐다보며 명찰을 확인했다.

"유일반 안녕? 오래간만이야. 너도 자습실 온 거야?"

여학생의 이름은 오필희, 이 여자애는 유일반과 잘 아는 모양인지 친한 척을 하며 말을 걸었다.

"나도 교실이 하도 시끄러워서 자습실 왔는데. 아, 나 매점 가서 에너지 드링크 사 올 건데 니 것도 사 올까? 너도 에너지 드링크 좋아하잖아."

"됐고. 안에 또 누구 있냐?"

"안에? 많지."

오필희의 말이 끝나기도 전에 이반이 자습실 문을 벌컥 열었다. 정말 안에는 공부하는 애들로 꽉 차 있었다. 천천히 안으로 들어간 이반은 프린터기 옆 공용으로 쓰는 노트북을 발견했다.

아이피를 확인하니 이 노트북으로 글을 올린 게 분명했다. 이반이 고개를 들어 천장 구석을 살폈다. 불행히도 자습실 어디에도 CCTV는 존재하지 않았다.

며칠 사이 태영에겐 정말 많은 일들이 있었다.

일단 용감한 시민상을 받게 되면서 이건욱 기자님과 다시 한번 인터뷰를 하게 됐고, 반 아이들이 과거 세원중 운동부 폭행 사건과 관련된 기사를 보게 됐고, 태영을 가해자라고 오해하던 반 아이들은 사과를 했고, 그렇게 태영의 학교생활엔 다시 평화가 찾아왔다.

아, 그리고 태영은 그토록 원하던 인플루언서가 되었다. 것도 화제의 동영상을 두 개씩이나 보유한 핫한 인플루언서.

"우리 인플님 오셨습까!"

태영이 등교하자마자 해니가 의자까지 빼 주며 장난을 쳤다. 근데 무슨 일에선지 가방을 내려놓고 자리에 앉는 태영의 표정이 어두웠다.

해니가 걱정스레 물었다.

"모탱, 무슨 일 있음?"

"또 안 왔어."

오늘도 어김없이 등교하자마자 옥상부터 갔다 온 태영이 어깨를 축 늘어뜨렸다.

며칠째 그 녀석이 안 보인다. 아예 등교를 하지 않았는지, 교실에도 동아리방에도 그 어디에서도 녀석의 모습은 볼 수가 없었다.

"너 설마 아직도 유일반한테 고맙다고 안 했음?"

"만나야 말을 하지. 그날부터 지금까지 학교도 안 오고……."

"대회 얼마 안 남아서 그러나? 아, 근데 우리 유권이가 그러는데 그날 유일반 좀 이상했대."

"언제?"

"저번에 커뮤니티에 너 박물관 CCTV 올라온 날, 그날 말이야. 그거 유일반 작품이잖아. 근데 그 가짜 폭로 글 누가 자습실에서 올린 거래."

"뭐?"

"너 신경 쓸까 봐 얘기 안 하려고 했는데, 암튼 악플러가 우리 학교에 있다는 거지. 그래서 그놈 잡으려고 자습실 갔는데 허탕 치고 오더래.

근데 갑자기 안색이 창백해지더니……."

"누가? 누가 창백해져?"

"누구긴 누구야. 유일반이지. 암튼 그래서 갑자기 막 숨을 못 쉬더래. 결국 조퇴했잖아."

"야, 최니! 그걸 왜 이제 얘기해?"

"너한테 말하지 말랬대. 내가 입이 좀 무겁잖아."

"언제부터 그렇게 무거웠다고."

"이제 좀 무거워지려고. 근데 며칠 동안 너도 바빴잖아. 인터뷰하랴 상 받으러 다니랴."

"그래도 그렇지……."

난 아무것도 모르고 무단결석을 밥 먹듯이 하는 그 녀석을 속으로 욕했는데. 유일반 출결에 오점을 남기고 있다면서.

"근데 좀 이상하지 않아? 우리 유권이 말로는 유일반 걔 중딩 때부터 감기 한번 안 걸렸다던데. 강철 체력. 근데 요샌 뻑하면 아픈 것 같더라?"

걘 유일반이 아니니까 그렇지.

태영은 속으로 생각하며 녀석에게 연락을 해 볼까 말까 고민했다. 그런데 그때였다

지이잉.

손에 쥐고 있던 핸드폰이 진동했다. 녀석인가? 잽싸게 액정을 확인한 태영의 얼굴에 잠시 실망하는 기색이 스쳤다가 별안간 굳어졌다.

"최니……."

문자 내용을 확인한 태영이 믿기지 않는 듯 해니를 바라봤다. 해니는 또 무슨 큰일이라도 났나 싶어 덜컥 겁이 났다.

"왜 그래? 무슨 일?"

"나……."

"어. 너 왜?"

"기자단⋯⋯."

"떨어졌어?"

"붙었어! 면접 오래!"

"꺅!"

동시에 태영과 해니가 자리에서 벌떡 일어나 소릴 지르며 방방 뛰었
다.

갑자기 두 사람이 얼싸안고 기뻐하는 모습을 반 아이들이 쳐다보다가
얼떨결에 박수를 치기 시작했다.

짝짝짝.

마침 등교한 바위가 의아한 얼굴로 시끄러운 교실에 들어섰다. 그러
다 태영이 너무 행복해하며 환하게 웃는 것을 발견하곤 피식 웃으며 자
리에 앉았다.

"나 혹시 모르니까 다시 옥상 좀 갔다 올게!"

"그래. 얼른 유일반한테 알려 줘. 너 합격하게 해 준 일등 공신이잖
아."

"응!"

이 기쁜 순간 태영은 그 녀석이 제일 먼저 떠올랐다.

바쁜 와중에도 내 억울함을 풀어 주려고 CCTV 영상까지 구해다가 편
집해서 올려 주고, 게다가 그 영상을 프리무스 계정에 업로드까지 해 줬
다. 사실 진짜 유일반이라면 절대 하지 못할 일이었다. 왜냐면 유일반은
공과 사가 철저한 애였으니까.

유일반이었다면 공적인 프리무스 계정에 로봇이 아닌 사적인 영상을
올리진 않았을 거다.

이건 다 그 녀석이니까. 그 녀석만 할 수 있는 일이었다.

지난날 자신에게 프리무스 계정과 맞팔 해 주겠다며 녀석이 유일반인

척 서툴게 웃으며 잠겨 있던 핸드폰을 풀던 게 생각난 태영은 가슴이 뭉클해졌다.

어찌 보면 다 그 녀석 덕분에 여기까지 온 걸지도 모른다.

태영은 당장이라도 녀석을 만나지 않으면 견딜 수 없을 만큼 녀석이 보고 싶어졌다.

황급히 복도로 달려 나간 태영은 계단을 두세 개씩 뛰어 올라갔다.

한편, 자습실 문이 열리고 복도로 나온 수아는 창가에 기댄 채 핸드폰을 들여다봤다. 기자단 서류 합격을 알리는 문자였다.

문자를 읽어 내려가는 수아의 얼굴엔 고민하는 기색이 역력했다. 그러다 곧 결심을 내렸는지 어디론가 전화를 걸었다.

"네. 안녕하세요. 이번에 기자단 지원했던 명원고 권수아라고 합니다. 방금 서류 통과 문자를 받았는데요. 죄송하지만 이번 면접에 못 갈 것 같……."

복도 끝 어딘가에 시선이 닿은 수아의 말끝이 흐려졌다.

태영이 행복한 얼굴로 계단을 뛰어 올라가는 게 보였기 때문이다. 태영이 어디로 향하고 있는지, 누구를 만나러 가는지 알 것만 같았다.

저곳으로 올라가면 옥상, 유일반이 있는 동아리방이니까.

그 순간 수아는 직감했다. 나만 합격한 게 아니구나, 태영이도 합격했구나.

갑자기 억울한 감정이 들었다. 유일반의 도움이 없었다면 태영은 절대 합격 못 했을 거다. 하지만 난 철저히 내 힘으로 여기까지 온 거잖아. 그래, 여기서 포기할 순 없어.

— 권수아 학생? 여보세요?

스피커 너머로 안 들린다면서 다시 한번 말해 달라는 목소리가 들렸다. 퍼뜩 정신을 차린 수아가 다시 천천히 입을 열었다.

"죄송합니다. 그러니까, 다름이 아니라 면접 장소가 문자로 안 와서요. 네. 네. 그럼 그때 뵙겠습니다. 감사합니다."

통화를 마친 수아의 눈빛이 독하게 변했다.

곧 있을 체육 대회 준비로 하교 후에도 운동장이 시끌벅적했다.

해 질 무렵 운동장 이곳저곳엔 학생들이 모여 응원 도구를 만들거나 축구와 피구 연습을 하고 있었다. 학생들의 생동감 넘치는 웃음소리와 응원 소리가 옥상에까지 전달됐다.

하지만 정작 옥상에 있는 태영의 귀엔 아무것도 들리지 않았다.

"오늘도 안 오려나?"

1교시부터 7교시까지 한 번도 안 빼먹고 쉬는 시간마다 옥상에 올라왔던 태영은 진이 다 빠져 버렸다.

결국, 시멘트 바닥에 철퍼덕 앉아 동아리방을 망연자실하게 쳐다봤다.

"설마 무슨 일 있는 건 아니겠지?"

세미 코마 상태라는 유일반 상태가 나빠졌다거나, 그 사실을 아버지에게 들켜 그 녀석이 곤란해졌다거나.

"전화해 볼까?"

걱정되는 마음에 태영은 핸드폰을 들었다. 하지만 너무 혼란스러웠다.

대체 어느 쪽으로 전화를 걸어야 하는 걸까?

줄곧 그래 왔던 것처럼 유일반?

아니면 최근 알게 된 유이반의 번호로 전화를 해야 하나?

그런데 그때였다.

끼익.

태영이 양손으로 머리를 감싸고 괴로워하고 있을 무렵, 마침 옥상 문이 열리고 녀석이 나타났다.

"야! 너 왜 이제야 와!"

태영이 고함을 지르며 우다다 녀석에게로 달려갔다. 그리고 뭐라고 한마디 하려다가 말문이 막혀 버리고 말았다.

"너⋯⋯."

녀석의 안색이 창백했다. 살짝 나른해 보이는 표정은 뭔가 약에 취한 사람 같기도 했다. 그리고 손등에 붙어 있는 흰색 거즈와 노란색 스마일 스티커.

태영은 이제야 알았다. 지난날 박물관 앞에서 녀석이 주머니에서 꺼내 제게 붙여 준 저 노란색 스마일 스티커는 병원에서 환자의 주삿바늘 자국에 붙이는 용도라는 걸.

"너 병원 갔다 왔어?"

녀석은 아차 싶었는지 서둘러 거즈를 떼서 쓰레기통에 버리며 동아리 방으로 들어갔다. 그러곤 '망할 닥터.' 라며 속으로 욕을 읊조렸다.

내가 아직도 어린앤 줄 아나. 뻑하면 이딴 스티커를 붙여 대는 닥터 때문에 이반은 난처했다. 분명 태영이 그냥 넘어가지 않을 텐데.

"손등에 무슨 주사 맞은 거야?"

역시 안 넘어간다.

이반은 곤란한 얼굴로 태영의 눈을 피하며 대충 둘러댔다.

"아니야. 아무것도."

"아니긴 뭐가 아니야. 너 어디 아프지? 학교는 왜 안 나온 건데? 전부터 궁금했던 건데 너 왜 이렇게 자주 아파?"

걱정하는 태영의 눈빛을 마주한 이반은 흔들렸다. 그냥 다 솔직하게 말하고 싶었다. 하지만 그럴 용기가 없었다. 그냥 이제껏 그래 왔던 것처럼 태영과는 재밌게 지내다 가고 싶었다.

이제 다른 욕심은 없다. 없어야 했다.

"유일반! 아니 유이반! 너 어디가 어떻게 아팠던 건데? 지금도 안색이 좀……."

"그렇게 궁금한 사람이 연락 한 통 없었냐?"

녀석이 꾹 다물고 있던 입을 드디어 열었다.

뭔가 말투가 삐진 것처럼 느껴졌다. 녀석은 태영을 흘겨보더니 그대로 노트북 앞에 앉았다. 그때부터 제게 눈길도 안 주고 작업에만 열중하는 녀석을 가만히 지켜보던 태영은 우물쭈물하며 서 있다가 어렵게 말을 꺼냈다.

"전화하고 싶었어!"

용기 내서 꺼낸 한마디에 녀석이 반응했다. 코딩하느라 쉴 새 없이 움직이던 손가락이 점차 느려졌다. 녀석은 짐짓 놀란 얼굴로 태영을 바라봤다.

저를 바라보는 녀석의 뜨거운 시선에 태영의 얼굴이 새빨개졌다.

"그, 그게 그러니까…… 나 기자단 서류 심사 통과했어! 그래서 너한테 제일 먼저 알려 주고 싶어서 전화하려고 했는데……."

"나한테 전화하려고 했다고?"

어딘지 모르게 웃음기가 묻어난 말투. 태영은 너무 쑥스러워서 괜히 마음에도 없는 말을 하고 말았다.

"아니!"

"?"

"사실 그게 좀 헷갈려."

"흠."

김이 팍 샌 얼굴로 녀석이 한숨을 내쉬었다. 하지만 태영의 진지한 얼굴을 보니 뭐라고 하기도 뭐했다.

"내가 좋아하는 건 분명 유일반인데…… 내 머릿속은 온통 너야. 너 유이반이라고. 하루 종일 니 생각만 나. 그래서 계속 유일반한테 미안해. 아파서 누워 있는 유일반보다 지금 니 주삿바늘 자국이 더 걱정된다고."

"왜 그러는지는 모르겠고?"

"알아."

"아니까 다행……."

"나 아무래도 둘 다 좋아하는 것 같아."

"뭐?"

"심장이 두 갠가 봐."

"말도 안 되는 소리 그만하고, 너 나가."

어이없는 얼굴로 이반이 손짓으로 문을 가리켰다. 거기에 굴하지 않고 태영은 말을 계속했다.

"왜 말이 안 돼? 봐 봐. 난 애초에 그렇게 다정하고 스윗한 남잔 드라마에서나 봤지, 실제론 처음 봤어. 유일반은 막 나더러 귀엽다고 해 주고, 내 부탁도 다 들어주고 웃어 주고 스윗 그 자체……."

"그놈의 스윗. 스윗한 사람 다 얼어 뒤졌냐? 그리고 형이 귀엽다고 한 건 빈말이야. 매너 몰라? 그리고 나도 니 부탁 다 들어줬거든? 너튜븐지 뭔지 그거 촬영하고 싶대서 미팅도 같이 가 줘, 프리무스 계정 맞팔도 해 주고 또……."

"그건 고마워."

"고맙다는 소리 듣자고 말한 건 아니야. 그건 내가 당연히 해야 할 일이었어."

"당연히? 왜?"

"그럼 좋아하는 여자애가 해 달라는데 안 해 줘?"

"그거 다 유일반 대신 해 준 거잖아."

"……."

갑자기 훅 들어온 공격에 이반의 눈동자가 살짝 흔들렸다. 영 틀린 말은 아니었다. 너튜브 촬영도 원래는 태영이 형이랑 하기로 했던 거고, 프리무스 계정도 형이 만든 계정이니까.

"너니까 해 준 거야."

이내 현실을 받아들이고 싶지 않았던 이반이 대꾸했다.

"아무리 내가 형 대신이라고 해도 아무나한테 그렇게 안 해 줘. 너니까…… 여기 이 공간도 허락한 거고."

"……."

이반이 태영에게서 눈을 떼지 않은 채 말했다.

"너니까 좋아한 거야."

"……."

"지금부터 내가 하는 말 잘 들어. 난 시간 낭비 하는 거 딱 질색이야. 나한텐 남은 시간이 별로 없거든."

"그게 무슨 말이야?"

"나 바쁘다고. 대회도 얼마 안 남았고, 머리가 깨질 것 같다고. 게다가 찾아야지. 이거 이렇게 만든 새끼."

여전히 바닥에 쓰러져 있는 로봇을 턱끝으로 가리키며 이반이 말했다.

"두 번 안 물어본다."

"?"

"유일반이랑 나 유이반. 둘 중 누구야? 넌 대답만 해. 그 뒤의 일은 내가 다 알아서 정리할 테니까."

"있잖아……."

"대답만 하라고."

일반과 이반 중 누굴 택할 것이냐. 태영의 눈동자가 마구 흔들렸다.

첫눈에 반해 사귀자고 고백하게 만들어 버린 미소가 예쁜 유일반이냐, 싸가지 없고 무례하고 근데 또 나한테만 잘해 주는 상남자 유이반이냐.

"보류!"

"야!"

"왜? 원래 나 지금 보류 중이잖아. 유일반이랑 사귄 지 1일째에서 멈춰 있는 상태라고. 그러니까 유일반이 깨어나면 정식으로 사귀어 보고 둘 중에 누가 더 좋은지 그때 선택……."

"뭐라고? 누가 누구랑 사귀어?"

"유일반이 깨어난 뒤 만나 봐야 둘 중 누가 더 좋은지 확실하게 알 수 있을 것 같아."

"아아, 그러셔? 좋은 생각이네. 근데 여기서 문제는 뭔지 알아?"

"나한테 문제 내지 마. 나 발로 공은 기가 막히게 잘 맞추는데, 정답 맞히는 건 잘 못해."

"자랑이다. 니가 그러니까 이 모양인 거야."

"야! 넌 나 좋아한다면서 맨날 말을 왜 그따구로 하냐?"

"좋아하니까 말도 이렇게 섞어 주는 거야."

"그럼 또 내가 할 말이 없지만……. 암튼 뭐, 문제가 뭔데?"

"난 너 좋아하지만, 형은 아니라는 거지. 그럼 여기서 정답은 뭘까?"

"글쎄, 뭘까?"

"너도 날 좋아하면 되지. 왜 널 좋아하지도 않는 사람을 좋아하려고 노력해?"

"약속했으니까. 비록 하루지만 사귀기로 약속했잖아."

"그 약속 왜 했을까? 형이 왜 너랑 사귄다고 했을까? 궁금하지 않아?"

"그건 이미 바위한테 다 들었어."

"바위?"

성을 뺐어? 이반의 아래턱에 힘이 빡 들어갔다. 지난번 교문 앞에서 태영이 그 돌멩이 새끼 옆에 딱 붙어서 편을 들던 게 생각난 거다.

"말이 나와서 하는 소린데. 너 요새 그 돌멩이 새끼랑 맨날 붙어 다니더라?"

"말했잖아. 고등학교 입학하기 전까진 제일 친한 친구였다고."

"친구? 확실해?"

"당연하지. 내가 세상에서 제일 믿는 친구야. 암튼 바위가 그러더라. 유일반이 그러니까 너희 형이 날 이용해서 수아 질투심 자극하려고 한 거라고. 그래서 나랑 사귀겠다고 한 거라고."

"그 돌멩이 새끼가 눈치는 있네."

"정말이야? 정말 유일반이 그런 애야?"

"형은 자기가 갖고 싶은 거 수단과 방법을 가리지 않고 가져. 그런 애야."

"하긴 그러니까 1등을 한 번도 안 놓치지. 대단하다. 인정."

"나도 살면서 1등 놓친 적 없는데."

"넌 좀 미친놈 같아."

"형은 대단하고 난 왜 미친놈이냐?"

"내가 너 공부하는 꼴을 못 봤는데 왜 1등이야? 유일반은 항상 손에

책을 들고 있었다니까. 그니까 1등을 해도 역시! 라는 말이 나오지. 근데 넌 맨날 여기 옥상에서 하늘 보면서 초콜릿이나 까먹고 있었잖아. 수업도 제대로 안 들어갔잖아."

"불만이냐?"

"부러워서 그러지."

"근데 너 여기 왜 왔어? 내 속 뒤집어 놓으려고 왔어? 뭐? 유일반이랑도 사귀어 보고 결정한다고? 어이가 없네 진짜."

아무리 생각해도 태영의 발언이 이해가 안 되는 모양인지 이반은 헛웃음을 지으며 머리카락을 쓸어 넘겼다. 그러곤 어느새 제 말은 듣지도 않고 쪼그리고 앉아 쓰러진 로봇을 쓰다듬고 있는 태영을 바라봤다.

"뭐 하냐?"

"얘도 주인이 아픈 걸 아나? 슬퍼 보이네……. 근데 유일반 건강은 좀 어때?"

마치 이 로봇처럼 병실 침대 위에 누워 죽은 듯이 잠만 자는 형의 모습을 떠올려 보던 이반은 괜히 더 아무렇지 않은 척 어깨를 으쓱했다.

"넌 알 거 없어."

"내가 알아야지. 나 유일반 여친이잖아."

"고작 하루 잠깐 만난 걸로 여친은 무슨. 둘이 같이 밥도 안 먹어 봤다며."

"아니거든? 나 급식도 같이 먹었……. 헐, 그건 너구나. 아! 우리 같이 꼭대기 바비큐도……. 아, 그것도 너잖아? 떡볶이도……."

망할. 다 이 녀석이랑 먹었잖아!

태영은 혼란스러웠다. 뭔가 머릿속이 뒤죽박죽 엉킨 느낌이었다. 자꾸만 매치가 안 된다. 어떤 게 유일반이랑 한 거고, 어떤 게 이 녀석이랑 한 건지.

"너 지금 무지 헷갈리는 것 같은데. 다른 거 다 필요 없이 그냥 이것만 기억해."

"뭘?"

"첫 키스도 마지막 키스도 다 나랑 한 거야."

태영은 지난날 자신이 녀석에게 기습 키스를 한 일이 생각나 얼굴이 빨개졌다.

"그냥 인정해. 넌 나 좋아한다니까. 형이 아니라."

"아니야. 그건 모르는 일이야. 유일반도 만나 봐야……."

"그래, 만나라 만나. 형은 너 쳐다도 안 볼걸? 내가 말했잖아. 걔 이상형은 귀여운 쪽 아니라고. 딱 권수라니까. 형 오면 너 바로 차인다. 그때 울고불고 나한테 매달리기만 해 봐."

어쩐지 신이 나 보이는 이반을 태영이 째려봤다.

"근데 너흰 쌍둥이면서 그건 왜 달라?"

"그게 뭔데?"

"유일반은 수아같이 똑똑하고 예쁘고 청순한 여자애 좋아한다며. 근데 넌…… 그러니까 넌 왜…… 왜……."

쑥스러워서 차마 제 입으로 말도 못 하고 태영이 머뭇거리고 있자 녀석이 피식 웃으며 대답했다.

"난 왜 너같이 눈치도 없고, 많이 먹고, 힘도 세고, 공부도 못하는 앨 좋아하냐고?"

"야!"

"처음엔 닮아서 신기했어."

"저기 있잖아. 너네 왜 자꾸 나한테 누구랑 닮았다는 거야? 대체 그게 누군데? 혹시 내가 너희들 어머니랑 닮았니?"

"우리 엄마 미인이거든?"

"쏘리. 나도 그건 아닌 줄 알았어. 그럼 뭔데? 내가 누굴 닮았는데?"

궁금해하는 태영을 빤히 쳐다보던 이반이 갑자기 밖으로 나갔다.

"나와. 보여 줄게. 니가 누굴 닮았는지."

그 시각 명원대병원.

흉부외과 컨퍼런스를 마치고 회의실을 나온 사지훈 원장은 마음이 좋지 않았다.

현재 약물 치료로 심장 기능을 겨우 보존하고 있는 유이반 그 녀석 때문이었다. 난치성 심장병을 앓고 있는 녀석은 언제든 심정지가 올 수 있는 매우 위험한 상태였다.

녀석에게 이제 남은 선택지는 심장 이식 하나였다.

"원장님!"

비서가 사 원장의 뒤를 쫓아오며 오늘 스케줄과 함께 메모한 내용들을 전달했다.

"한 시간 전쯤엔 조엘 박사님한테서 연락 왔었습니다."

흉부외과 수술의 세계적 권위자 조엘 박사는 사 원장의 스승이었다. 사 원장은 녀석의 심장 이식 수술을 조엘 박사에게 부탁해 놓은 상태였다. 혹시 적합한 심장이 나타나기라도 한 걸까? 사 원장이 비서에게 받은 핸드폰으로 곧장 조엘 박사에게 전화를 걸었다. 하지만 박사가 수술에 들어간 모양인지 전화는 연결되지 않았다.

"황 비서, 앞으로 조엘 박사님 전화는 바로 연결해."

"하지만 회의 중이셔서……."

"회의 중이고 뭐고 다 상관없으니까 나한테 바로 알리라고. 이거 중요한 일이야!"

"네. 알겠습니다."

사 원장의 호통에 주눅 든 비서가 뒤로 물러나고 사 원장은 착잡한 심정을 안고 VIP실로 향했다.

문을 열고 병실 안으로 들어간 사 원장은 침대 위에 죽은 듯이 누워 있는 일반에게로 다가갔다. 몇 초 동안 가만히 일반을 응시하던 사 원장이 말했다.

"할 얘기 있으니까 일어나."

"……."

"유일반, 일어나라고."

잠시 후 일반이 스르륵 두 눈을 떴다. 그러곤 사 원장을 바라보며 싱긋 미소 지었다.

"나랑 닮았다는 게 이거야?"

이반을 따라 동아리방 옆에 있는 창고로 이동한 태영은 황당한 얼굴로 녀석이 내민 소형 로봇을 응시했다.

"그니까 나랑 닮은 게 사람이 아니고……."

크기는 대략 30㎝ 정도. 눈이 얼굴의 반을 차지할 만큼 크고, 코도 없고, 입술도 동그란, 바가지 머리의 캐릭터 로봇.

"이거라고?"

"어. 이게 우리 애착 로봇이었어. 어릴 때 서로 얘 차지하려고 형이랑 엄청 싸웠었거든."

어릴 적 추억을 떠올리며 녀석이 피식 웃었다. 태영은 기분이 참 묘했다.

"애착 로봇이라……. 근데 나랑 대체 어디가 닮았다는 건데?"

이반이 로봇과 태영을 번갈아 가며 쳐다보다가 크게 웃음을 터뜨렸다.

"보면 몰라? 똑같이 생겼잖아. 내가 작년에 너 처음 보고 얼마나 놀랐는지 알아? 우리 삼반이가 물에 빠진 줄 알고."

"삼반이?"

"응. 애 이름 유삼반. 내 동생."

"뭐래. 너 지금 나 놀리는 거지? 뭐야."

태영은 어째 기분이 썩 유쾌하지만은 않았다.

'진짜야. 넌 그 사람이랑 진짜 닮았어. 그래서 자꾸 나가 눈에 밟히는 것뿐. 딱 거기까지야. 정말 너한테 딴마음 같은 거 없으니까 너무 부담 갖지 마.'

유일반 걔도 참 웃기는 녀석일세. 아니, 사람이라며! 사람이랑 닮았다며!

내가 닮은 게 로봇일 줄이야.

태영은 속으로 중얼거리며 삼반이라는 로봇을 흘겨보고 있었는데.

녀석은 마치 아기를 다루듯 로봇에 묻은 먼지를 털어 주더니 박스 안에 도로 소중히 넣었다.

삼반이를 바라보는 녀석의 애틋한 눈빛을 본 태영은 이 로봇이 녀석에게 어떤 의미인지 뒤늦게 알아차렸다. 녀석에게 삼반이는 엄마의 사랑이고 형과의 추억 아닐까?

생각해 보니 그냥 로봇도 아니고 녀석에게 특별하고 소중한 로봇과 닮은 건 기분 나쁜 일만은 아니었다. 나 또한 녀석에게 특별한 존재가 된 것 같은 기분에 괜히 가슴이 설렜다.

"나와."

"어? 응."

태영이 뒤늦게 녀석을 따라 창고 밖으로 나갔다.

두 사람이 밖으로 나오자 '패스!' '이겨라!' '꺅!' 따위의 체육 대회 연습이 한창인 아이들의 목소리가 들렸다. 난간에 기댄 채 운동장을 물끄러미 내려다보는 녀석을 옆에서 흘끔 쳐다보던 태영이 넌지시 물었다.

"근데 넌 학교 안 가도 돼?"

"학교 왔잖아."

"이 학교 말고, 유이반이 다니는 학교 말이야. 생각해 보니까 여긴 유일반 학교잖아. 너도 다니는 학교가 있을 거 아니야."

"난 학교 안 다녀. 그만뒀어."

"헐. 왜?"

태영의 물음에 잠시 말이 없어진 이반이 뒤늦게 대답했다.

"여행 가려고."

"여행? 무슨 여행을 가는데 학교까지 그만둬?"

"멀리 갈 예정이었거든. 아주 멀리. 근데 여기, 너한테 발목 잡혔네."

"……."

"니가 가지 말라면 안 갈 수도 있을 것 같은데……. 아니다."

도통 무슨 소린지 모르겠다는 얼굴로 태영이 녀석을 쳐다봤다. 그러자 녀석은 또 말을 아끼며 혼자 조용히 생각에 잠겼다. 그러곤 뭔가 복잡한 얼굴로 다시 운동장을 내려다봤다.

뜨겁던 태양이 붉은 기운을 내며 점차 사라지자 후텁지근한 바람이 불어왔다. 운동장에서 땀을 흘리며 연습하던 학생들도 하나둘 자리를 떠나기 시작했다. 그 모습을 지그시 바라보던 이반이 나지막한 목소리로 말했다.

"생각해 보니까 안 되겠다. 너 나 좋아하지 마."

"뭐, 뭐래. 너 좋아한다고 한 적 없거든?"

"있을걸?"

그런가? 있나? 있었나? 태영이 두 눈을 또르르 굴리며 생각에 잠겼다. 그사이 녀석이 대뜸 말했다.

"좋아하지 마. 난 어차피 곧 떠날 사람이니까."

생각도 해 본 적 없다. 진짜 유일반이 돌아오면 이 녀석은 어떻게 되는지.

태영은 뒤늦게 깨달았다. 유일반이 돌아오면 이 녀석은 떠나야 한다는 사실을.

"어디로 떠날 건데? 원래 있던 곳? 너 어디 살았는데? 언제 가는데?"

갑자기 태영이 조바심 나는 얼굴로 질문을 쏟아 내자 녀석이 피식 웃으며 짓궂게 대답했다.

"말하면 따라올 것 같은데."

"따라가긴 내가 왜 따라가."

속내를 들켜 버린 게 민망했던 태영이 어물쩍 말을 돌렸다.

"근데 너 밥 먹었어?"

"아니."

"그럼 꼭대기 갈래?"

"니가 사는 거야?"

"더치페이지."

"니가 더 많이 먹는데 돈은 왜 똑같이 내냐?"

"그럼 너도 많이 먹든가. 에잇, 가기 싫음 말아."

"기다려. 노트북 좀 챙겨서 나올게."

사실 태영과 조금이라도 더 오래 같이 있고 싶었던 녀석은 제 마음을 들킬까 봐 오히려 더 퉁명스럽게 굴며 동아리방으로 들어가 버렸다. 그러곤 서둘러 노트북을 챙겨 다시 밖으로 나가려고 했는데.

"!"

갑자기 걸음을 멈춘 이반이 고개를 돌려 아래를 응시했다. 로봇 밑에서 무언가 반짝거리고 있었다. 천천히 그곳으로 걸음을 옮긴 이반은 로봇의 몸통을 들어 올려 안에서 반짝이는 무언가를 꺼내 들었다.

"이게 뭐지?"

한편, 옥상에서 이반을 기다리던 태영은 심각했다.

"떠난다고?"

혼자 중얼거리던 태영은 아까 녀석이 했던 말을 떠올렸다.

'난 어차피 곧 떠날 사람이니까.'

대체 어디로 떠난다는 거야? 이따 밥 먹으면서 다시 자세히 물어봐야지.

그런 생각을 하며 태영은 어둑해지는 하늘을 올려다봤다. 그런데 그때, 노트북 가방을 들고 밖으로 나온 이반이 심각한 얼굴로 다가왔다. 그를 본 태영이 고개를 갸웃했다.

"왜 그래?"

"너 혹시 이게 뭔지 알아?"

녀석이 내민 건 작은 열쇠고리였다. 별 모양의 장식이 달린.

그걸 보자마자 태영이 고개를 끄덕였다.

"그 열쇠고리 물리 선생님이 학기 초에 신혼여행 다녀오면서 사 온 기념품이야."

"니 거야?"

"아니. 내 건 필통에 있지. 그거 1반이랑 2반 애들 하나씩 다 가지고 있어. 우리 반이랑 니네 반만 물리 화경호 쌤한테 배우잖아. 근데 그거 어디서 났어?"

"로봇 밑에 깔려 있었어. 형 건가?"

"아닐걸? 그 별 모양은 여자애들한테만 줬거든. 남자애들은 달 모양……."

말끝을 흐리던 태영이 뭔가 알아차린 표정으로 손바닥을 딱 마주쳤다.

"알았다! 그거 사고 난 날 범인이 흘리고 간 거 아니야? 그럼 범인은 1반과 2반 사이에 있는 거네? 여학생이고."

"답은 나왔네."

"누구?"

"2반 여학생 권수아."

"아니라니까. 수아는 진짜 아니야."

"그럼 니가 찾아봐."

"뭘?"

"이 열쇠고리 주인이 누군지. 그날 밤 동아리방에 들어와서 로봇을 망가뜨린 사람이 누군지. 권수아가 아닌 증거를 가져와 보라고."

태영이 자신만만한 얼굴로 두 주먹을 불끈 쥔 채 말했다.

"그래! 내가 찾을게. 꼭 찾아 줄게!"

아침 일찍 등교한 태영은 책상에 앉아 꾸벅꾸벅 졸다가 문 열리는 소리에 두 눈을 번쩍 떴다.

"악, 깜짝이야!"

항상 교실에 제일 먼저 등교하던 오필희가 태영을 보고 화들짝 놀랐다.

"뭐야. 모태영 니가 웬일로 이렇게 일찍 왔어?"

"그냥. 눈이 좀 일찍 떠져서. 하하."

피곤해서 부스스한 태영이 얼른 졸린 눈을 지운 후 매의 눈초리로 오필희의 가방을 살폈다.

있다! 오필희의 가방에 네임택과 함께 열쇠고리가 달려 있었다.

태영은 잽싸게 메모장에 체크했다. 그 뒤로 반 친구들이 하나둘씩 들어오기 시작했다.

친구들의 가방, 필통, 핸드폰 등등에 달린 열쇠고리를 발견할 때마다 태영의 손은 바빠졌다.

"모탱! 너 뭐야? 어디 아픔?"

항상 저보다 늦게 등교하던 태영이 교실에 먼저 와 있자 해니가 놀라워하며 가방을 책상 위에 툭 내던졌다. 그러곤 태영의 이마에 손을 얹었다.

"열은 없는데? 너 왜 안 하던 짓을 해?"

"해니 넌 분명 아니겠지만 그래도 확실하게 하는 게 좋으니까 물을게."

"뭘?"

"물리가 준 열쇠고리 어딨어?"

"그거? 우리 유권이 줬지."

"주유권한테 왜?"

"왜긴 왜야. 그거 달고 시험 보면 점수 오른대서 다들 갖고 댕기는 거잖아."

맞다. 그랬다. 그래서 다들 열쇠고리를 가지고 있었던 거다.

"그럼 지금 주유권이 니 거 가지고 있는 거지?"

"응. 덕분에 우리 유권이 성적 올랐잖아. 왜? 뺏어다 줄까? 내 거랑 유권이 거까지 너 줄게. 그럼 2학기 중간 너 3배로 잘 볼 수 있다구."

"됐거든? 난 내 힘으로 정정당당하게······."

"정정당당 웃기시네."

해니가 태영의 필통에서 볼펜 한 자루를 꺼내 툭 책상 위에 올려놨다.

"아주 이런 기술은 어디서 배웠냐? 어떻게 볼펜을 뚫어서 열쇠고리를 달아 놔? 너 집에서 이런 것만 하니까 공부를 못……."

"야!"

"매점 가실까요? 일찍 오시느라 진지 못 잡수셨을 텐데."

"응. 가자. 배고파."

태영과 해니는 누가 먼저랄 것도 없이 자리에서 일어나 교실을 나갔다. 그러다 마침 등교하는 수아를 복도에서 마주쳤다.

태영이 손을 흔들며 인사하는 사이 해니가 평소처럼 수아를 향해 물었다.

"권쑤! 매점 고?"

"아니야. 난 아침 먹고 왔어. 너희 둘이 다녀와."

마다하는 수아를 태영이 걱정스레 쳐다봤다.

"수아야, 아침 먹은 거 맞아? 요새 왜 이렇게 힘이 없어?"

"나 같은 건 힘낼 자격도 없지."

"그게 무슨 소리야?"

"너흰 몰라. 모르는 게 나아. 그럼 난 간다."

"잠깐!"

서둘러 교실로 들어가려는 수아를 태영이 붙잡았다. 그러곤 하복 소매를 살짝 걷어 올렸다.

"웬 멍이 이렇게 크게……. 다쳤어?"

"모, 몰라……. 이게 뭐지?"

정말 몰랐던 건지 무슨 이유에서인지 수아가 평소답지 않게 당황해하며 팔을 매만졌다. 그를 의아하게 쳐다보던 태영을 해니가 막아서며 곧 대수롭지 않게 말했다.

"권쑤 힘내라고 우리가 열쇠고리 모아서 줘야겠네. 모탱, 그치?"

"어? 어....... 근데 수아야, 너도 열쇠고리 가지고 있지?"

"몰라."

"어?"

뭔가 숨기는 게 있는 듯한 표정으로 수아가 대답했다. 태영은 그 순간 정말 불행하게도 안 좋은 예감이 들었다.

"수아야, 너 혹시 열쇠고리 잃어버렸어?"

"......"

태영이 차가운 얼굴로 수아를 쳐다보며 물었다.

"대체 그날 밤 무슨 일이 있었던 거야?"

태영의 물음에 수아가 기가 찬 듯 헛웃음을 지었다.

"그날 밤?"

"그래. 그날 밤. 넌 알잖아. 내가 지금 무슨 말을 하는지."

"아니. 모르겠는데? 그리고 그래, 열쇠고리 잃어버렸어. 근데 그게 뭐?"

"너 그 열쇠고리 동아리방에서 잃어버린 건 알아?"

"무슨 소리야? 난 거기 들어가 본 적도 없어."

"동아리방에 들어가 본 적이 없다고? 너 유일반이랑 친한 거 아니었어?"

"아무리 친해도 공과 사는 구분하는 애였어. 옥상에도 자주 못 올라오게 했다고. 근데 넌 요새 맨날 가지?"

그거야 지금의 유일반은 유일반이 아니니까.

"태영아, 이제 그만해. 나 너한테 이런 오해 받기 싫어. 나 진짜 유일반 안 좋아해. 그러니까 제발 좀 그만하라고. 나 그렇지 않아도 힘들어. 알았니? 먼저 들어간다."

"자, 잠깐!"

태영이 수아를 따라가려고 하자 해니가 잽싸게 태영을 붙잡았다.

"모탱, 하지 마. 그냥 둬."

"그래도 얘기를 끝까지 해 봐야지. 이렇게 말을 하다 말면 해결이 안 되잖아."

"말을 계속해도 해결 안 될걸?"

"왜?"

"넌 유일반이 기억 상실인 걸 숨기고 있고, 수아 쟤 지 마음을 모르고 있고. 이렇게 서로 엉망진창인 상태에서 대화가 되겠어?"

"수아가 지 마음을 모른다는 게 무슨 말이야?"

"보면 모르냐? 수아 쟤 유일반 좋아하는데 지도 지 맘 모르고 있는 거야. 쟤도 모쏠이잖아. 그니까 괜히 애 자극해서 각성하게 만들지 말고 가만히 있어. 매점이나 가자."

해니가 태영의 목에 팔을 걸더니 질질 끌고 매점으로 향했다. 하지만 태영은 끌려가면서도 수아를 향한 의구심이 사라지지 않았다.

해니의 말대로라면 수아는 유일반을 좋아하는데 본인만 모르는 상태.

수아가 오히려 제가 차지해야 할 1등을 뺏어 가는 유일반을 싫어한다고 오해하고 있는 상황이라면? 그래서 동아리방에 몰래 들어가 로봇을 망가뜨려 유일반의 심기를 불편하게 만들 작정이었다면? 그래서 1등을 뺏어 가려던 계획이었다면…….

"으, 내가 지금 무슨 생각을 하는 거야?"

급식을 먹는 둥 마는 둥 하던 태영이 급기야 수저를 푹, 밥 위에 꽂아 버렸다.

녀석에겐 분명 수아가 범인이 아니라고 내가 진짜 범인을 꼭 찾아내고 말겠다고 호언장담했건만.

왜 하필 지금 수아는 열쇠고리를 잃어버린 거며, 동아리방엔 들어가
본 적도 없다는 말을 한 걸까? 차라리 몇 번 가 봤는데 아무 일도 없었다
고 하면 될 것을. 왜 그렇게 강하게 부정하느냐 말이다. 더 수상하잖아.

정말 녀석의 말대로 수아가 범인일까?

"미치겠네."

아니야. 아닐 거야. 수아는 그런 애가 아니야. 그런 엄청난 일을 벌이
고도 아무렇지도 않게 지낼 위인이 아니라고. 겉으론 냉정하고 이기적
인 것처럼 보여도 얼마나 정의롭고 따뜻한 아이인데.

태영은 1학년 학기 초에 있었던 일을 떠올렸다.

과학실에서 태영의 실수로 불이 크게 날 뻔한 적이 있었는데, 그때 위
험을 무릅쓰고 도와준 게 수아였다. 태영은 그때 수아 덕분에 소화기 사
용법을 처음 익혔다. 생각해 보면 그날 소화기 사용법을 숙지하지 못했
었더라면 지난날 로봇 박물관에서 섣불리 나서지 못했을 거다.

아무튼 과학실 일 때문에 학기 초부터 문제아로 찍힌 태영은 반에서
또 따돌림을 당할 뻔했지만, 수아가 감싸 준 덕분에 그리고 1학기 중간
에 전학 온 해니가 항상 같이 있어 준 덕분에 평탄한 학교생활을 이어
갈 수 있었다.

'태영이 그런 애 아니야. 착하고 좋은 애야. 너흰 잘 알지도 못하면서 함부로
떠들어? 계속 그딴 소리 하면 나 너희랑 스터디 안 해.'

얼마 전 왜 공부도 못하는 모태영과 어울리느냐는 오필희 말에 수아
가 했던 말이 떠오른 태영은 수아를 향한 의심을 거둘 수밖에 없었다.

그래. 내가 이러면 안 되지. 친구를 의심하면 안 되는 거야.

수아는 절대 아니야!

태영은 다시금 수아를 향한 믿음을 굳건히 지키며 다시 수저를 들었다.

"일단 밥이나 먹자."

진짜 범인을 잡으려면 다시 전투태세를 갖춰야 한다는 생각으로 태영은 밥을 한 숟가락 크게 떠서 입 속에 넣는데, 이상하다. 뭔가 허전한 기분이 들었다.

뭐지? 이 찝찝한 기분은? 요구르트를 안 들고 왔나?

태영은 배식구 쪽을 살폈다. 하지만 오늘의 메뉴엔 요구르트는 없었다. 그럼 대체 뭐가 빠졌단 말인가.

"아! 유일반……이 아니라 그 녀석!"

태영은 아차 싶었다. 녀석을 급식실로 데려오는 것을 깜빡한 것이다.

그 녀석 분명 코딩하느라 밥 먹는 것도 까먹고 작업에 몰두하고 있을 텐데.

태영은 대충 꾸역꾸역 밥을 입에 쑤셔 넣고 자리에서 일어났다. 마침 해니가 주유권과 함께 식판을 들고 테이블로 오고 있었다.

"최니! 내 식판 좀 부탁해!"

"니가 웬일로 밥을 다 남겼냐? 어디 가?"

"나 옥상!"

"오올, 요새 사이가 좋네? 헤어지네 마네 할 땐 언제고."

"그런 거 아니거든? 암튼 나 간다!"

태영은 급식실을 뛰쳐나가 매점으로 향했다. 그러곤 빵을 집으려다가 고민 끝에 구운 달걀 한 판을 번쩍 들었다.

"저번에 떡볶이 먹을 때 보니까 달걀은 먹던데. 이건 밀가루 아니겠지? 맞아. 모태혁 그 인간이 달걀은 단백질이랬어."

태영이 의기양양한 표정으로 계산대에 달걀 한 판을 내려놓자 매점 아줌마가 이걸 왜 이렇게 많이 사냐는 눈빛으로 쳐다봤다. 하지만 태영은 배시시 웃으며 계산을 했다. 그러곤 애지중지 달걀 한 판을 품에 안고 옥상으로 달려갔다.

쾅, 옥상 문을 열자마자 강렬한 햇빛이 얼굴 위로 쏟아졌다. 태영은 앓는 소리가 절로 났다.

"으으, 더워."

땀을 삐질삐질 흘리며 태영은 동아리방으로 향했다.

똑똑.

노크 소리에도 아무 반응이 없자 태영은 조심스레 문을 열고 안으로 들어갔다.

테이블 위에 달걀 한 판을 내려놓으며 동아리방을 둘러본 태영은 감탄할 수밖에 없었다. 정체 모를 부품들을 크기별로 줄 세워 놓은 걸로도 모자라 화이트보드에 빼곡히 적힌 코딩 언어. 글씨마저도 컴퓨터로 쓴 것처럼 조금의 흐트러짐도 없었다. 정말 이 정도면 병이라는 생각을 하며 태영은 녀석이 있는 쪽으로 고개를 돌렸다.

"자는 거야?"

녀석이 창가 앞 책상에 엎드려 자고 있었다. 태영은 저도 모르게 발걸음이 조심스러워졌다. 그러곤 자신이 온 줄도 모르고 자는 녀석을 가만히 쳐다보다 조심스레 입을 열었다.

"야."

대답이 없다. 또 한 번 조용히 불러 본다.

"유일…… 아니, 유이반? 야, 유이반."

녀석의 이름을 크게 부르려다 급 소심해진 태영의 목소리가 기어들어 갔다.

태영은 멋쩍은 듯 이마를 긁적이며 녀석의 얼굴을 빤히 쳐다봤다.

햇빛을 받아서일까? 녀석의 얼굴에선 빛이 났다. 잘생기긴 더럽게 잘생겼네. 아무리 봐도 유일반보다 얘가 더 잘생긴 것 같아. 자세히 보니까 진짜 다르네. 얼굴이 달라. 이 녀석이 좀 더 뾰족하달까? 코도 좀 더 높은 것 같고…….

"!"

태영이 화들짝 놀랐다. 녀석이 갑자기 미간을 찌푸리며 움직인 것이다. 이내 녀석은 악몽이라도 꾸는 모양인지 들릴 듯 말 듯 작은 신음을 내뱉었다.

"으……."

태영은 걱정스러운 눈빛으로 녀석을 바라봤다.

생각해 보니 녀석이 너무 불쌍했다. 사고 이후 지금까지 하루하루 얼마나 고됐을까?

쌍둥이 형이 사고를 당했고, 그 사실을 가족에게까지 비밀로 한 채 형인 척 로봇대회 준비를 하고, 학교를 다니고, 그 사실을 들킬까 봐 집에서도 하루도 편히 잠든 날이 없었겠지?

녀석이 너무 가엽게 느껴진 태영은 저도 모르게 손을 뻗어 녀석의 머리카락을 쓰다듬어 주려고 했는데, 갑자기 녀석의 눈이 스르륵 떠졌다.

녀석과 두 눈이 마주친 태영은 민망해하며 얼른 손을 뒤로 숨겼다.

"너 뭐 하냐?"

"어? 아? 이, 이거! 이거 주려고."

"이게 뭔데?"

태영이 허둥지둥하며 테이블 위에서 달걀 한 판을 들고 와 내밀었다.

"뭐긴 뭐야 달걀이잖아. 일단 먹어. 이따 학교 끝나고 내가 맛있는 밥 사 줄게."

저를 바라보는 녀석의 시선을 이리저리 피하며 태영이 달걀을 녀석의 품에 안겼다.

"이걸 다 먹으라고? 그리고 밥도 사 준다고? 왜?"

"그냥 사 주고 싶어서. 뭐, 싫음 말고."

태영이 괜히 더 아무렇지 않은 척하며 말했다. 이반은 태영이 왜 저러나 의아한 눈초리로 바라보며 물었다.

"너 수상하다? 밥 사 주면서 또 무슨 헛소리를 하려고."

"내가 언제 헛소리를 했는데!"

"나 좋아하냐고 물었더니 유일반 돌아오면 사귀어 보고 결정한다라는 헛소리가 가장 쇼크였지. 아, 그 생각 아직 안 바뀌었지?"

"……."

태영은 수아가 사실은 유일반을 좋아하고 있지만, 본인만 자각하지 못하고 있는 상태라는 해니의 말에 어느 정도 신빙성이 있다고 판단했다. 그게 사실이라면 유일반과 수아 사이에 자신이 끼어들 자리는 없는 거다. 끼어들고 싶지도 않다. 그러니 유일반이 돌아오면 내가 정리하는 게 맞는 거겠지.

"생각이 바뀌었나 보네?"

갑자기 고민이 많아진 태영의 얼굴을 응시하던 녀석이 피식 웃었다.

"뭔데? 나한테 말해 봐."

"근데 내가 진짜 궁금해서 그러는데, 유일반은 왜 날 좋아하지도 않는데 사귀어 준다고 한 걸까? 바위 말로는 수아 질투심 자극하려고 그랬다는데 정말이야? 넌 뭐 아는 거 없어? 니네 형이잖아."

잠시 생각에 잠겨 있던 이반이 말했다.

"사고 전에 형이랑 로봇대회 나가는 문제로 통화한 적이 있어."

녀석은 그날의 통화 내용을 떠올리며 차분히 말을 이었다.

"곧 고백한다고 했어."

"누구한테?"

"누군진 말 안 했지만 넌 아니야."

"왜?"

"같은 이과라고 했고."

443

"나도 이과거든?"

"끝까지 들어."

"우씨."

"물리 시간마다 이름이 불리는 여자애라고 했어."

태영은 알쏭달쏭했다.

"이상하네? 그것도 난데?"

"어째서 넌데?"

이반이 어이없어하며 되물었다. 그러자 태영이 대꾸했다.

"물리가 수업 시간에 맨날 나만 부르거든. '모태영 너 나가!', '모태
영 이리 나와!' 그 인간 맨날 나만 갈군단 말야."

"설마 형이 그런 뜻으로 말한 걸까? 선생한테 맨날 혼만 나는 여자애
를 왜 좋아하냐? 것도 명원고 1등이. 난 반대를 말한 거야."

"반대 뭐!"

"선생한테 이름이 불린다는 건 총애를 받는 인재라는 거지. 봐, 그럼
넌 아니겠지?"

"그래, 난 아니다! 어쩔래?"

"어쩌긴 꿈 깨야지. 보니까 물리 1등이 유일반, 2등이 권수던데?"

"안다고. 나도 다 안다니까."

"뭐냐. 너 왜 아쉬워하냐?"

"내가 언제? 나도 다 알고 있었다니까. 유일반이 나 같은 애를 좋아할
리가 없지. 역시 수아 질투심 유발하려고 나랑 사귄 거 맞구만. 물론 나
도 유일반 되게 좋아했던 건 아니야. 나도 나름의 목적이 있었다고!"

태영은 억울한 마음에 더 너스레를 떨었다. 그게 귀여웠는지 이반이
피식 웃으며 쳐다봤다.

"그놈의 너튜브 촬영?"

"어. 유일반이 같이 미팅 나가 준다고 했거든. 그래도 너희 형 되게

착해. 나 같은 애 부탁도 무시하지 않고 들어주고."

"이래서 사람 이미지가 참 중요해. 형이 이래도 저래도 너한텐 좋은 사람이기만 하나 봐?"

"응. 왜? 너한텐 아니야? 유일반이 남한테도 이렇게 잘해 주는데, 동생인 너한텐 더 잘했을 것 같은데."

"잘했지. 그러니까 내가 여행도 못 가고 여기서 이러고 있지. 이게 내가 형한테 마지막으로 해 줄 수 있는 거거든."

녀석은 쓸쓸한 눈빛으로 망가진 로봇을 내려다보며 말했다.

태영은 그땐 알지 못했다. 그 눈빛의 의미를. 그리고 녀석이 말한 마지막의 의미를.

한편, 자습실에서 공부하던 수아가 갑자기 가방 속을 마구 뒤졌다.

뭔가 없어진 것을 깨달은 것이다. 하지만 이내 찾는 것을 포기하고 공부에 집중하려 책을 폈지만, 도무지 공부가 손에 잡히지 않았다.

세수라도 할 생각으로 황급히 자습실을 나온 수아가 화장실로 향하고 있었는데.

툭.

갑자기 누군가 화장실에서 튀어나오는 바람에 수아가 넘어지고 말았다.

"수아야, 괜찮아? 미안. 내가 앞을 제대로 봤어야 했는데."

수아가 비틀거리며 일어났다. 그러곤 자신과 부딪힌 오필희에게 괜찮다고 눈인사를 하고 가려는데. 수아가 멈칫했다.

오필희가 바닥에 떨어뜨린 사진들 때문이었다. 수아가 충격받은 얼굴로 사진을 응시했다.

"이게 뭐야?"

오필희가 사진들을 주우며 말했다.

"나 사진부잖아. 선생님이 졸업 앨범에 실을 사진 몇 장 뽑아 오라고 해서……. 수아야?"

오필희가 줍던 사진들 중 한 장을 뺏어 가만히 들여다보던 수아의 표정이 굳어졌다.

"수아야 왜 그래?"

"이 사진은 언제 찍은 거야?"

"그건 작년 체육 대회……."

수아는 사진을 보고도 믿을 수 없었다.

사진의 주인공은 작년 체육 대회 계주에서 MVP를 차지한 태영이었다. 계주 결승점에 골인한 뒤 환호하는 태영의 뒤로 유일반이 활짝 웃는 모습이 눈에 띄었다.

"그 사진 잘 나왔지? 근데 난 유일반이 수아 너 좋아하는 줄 알았는데, 그 사진 보니까 딱 알겠더라. 유일반 걔 작년부터 쭉 모태영 좋아하고 있었나 봐."

오필희가 굳이 설명하지 않아도 그 사진을 보는 순간 수아는 알 수 있었다.

유일반이 좋아하는 건 자신이 아니라 태영이었다는 사실을.

"여기 혹시 너희 가족이 하는 가게냐?"

태영이 하교 후에 이반을 데려온 곳은 또 꼭대기 바비큐였다.

주황색 천막 아래가 이제 익숙하다 못해 제집보다 더 아늑하고 편안했다. 참 이상한 곳이라는 생각과 함께 이반은 태영을 신기하게 쳐다봤다.

"캬."

오자마자 사이다 한 병을 원샷 때리더니 무슨 아저씨 같은 추임새를 내며 잔을 내려놓는다. 어제에 이어 오늘 또 와서인지 사장님은 주문도 안 했는데 대접밥과 바비큐를 내왔다.

"가족 맞지?"

"가족이나 다름없지. 내가 말했잖아. 여기 내 최애 바비큐집이라고. 어릴 적부터 송바위랑……."

"나랑 있을 땐 그 새끼 얘기 하지 말라니까."

"왜? 나 바위랑 화해했는데."

"그래서 어쩌라고?"

"사실 그동안 우리 둘이 서로 오해가 있어서 안 보는 중이었는데, 알고 보니까 바위가 날 여전히 친구로 아껴 주고 있었던 거야. 너도 잘 지내 봐. 걔 진짜 의리 있는 친구야."

"친구 좋아하네."

이반이 어이가 없다는 듯 실소를 터뜨렸다. 송바위의 진짜 속내가 뭔지 뻔히 다 보였지만 태영에게 그 사실을 알려 줄 생각은 추호도 없었다.

"근데 여기 너무 더운데 안에 들어가서 먹으면 안 되냐?"

아직 해가 저물지 않아 천막 안이 아주 찜통 같았다. 그나마 덜덜거리며 돌아가는 선풍기가 있었지만, 그마저도 더운 바람만 나올 뿐이었다.

태영이 녀석을 흘끔 쳐다봤다. 무슨 일인지 녀석의 이마에 땀이 흥건했다. 얼굴도 시뻘건 게 좀 이상했다. 태영은 고개를 갸웃했다.

"너 또 어디 아픈 건 아니지?"

"왜?"

"전부터 계속 궁금했던 건데, 넌 왜 이렇게 자주 아파? 유일반은 지금까지 아파서 조퇴한 적 한 번도 없었는데."

"아주, 별걸 다 아네? 뭐 유일반 팬티 색깔까지 맞히겠어?"

"거기까진 아니고. 교장 쌤 훈화 말씀 할 때 맨날 유일반 얘기 하거든. '우리 명원고 자랑스러운 1등 유일반 학생은 말입니다.' 하면서 아주 너희 형 칭찬을 30분이 넘게 하는데 그땐 좀 유일반 짜증 나더라. 뭔놈의 인간이 이렇게 흠이 없어? 아니 공부도 잘하는데 체력도 왕이야. 못하는 게 없어. 그래도 넌 진짜 인간적이야. 넌 못하는 거 많잖아."

"하."

교장 선생의 성대모사를 하는 태영을 보며 웃던 이반이 정색했다.

"지금 나 돌려 깐 거지?"

"아니. 앞에서 깐 건데."

"그래, 말을 말자. 말아. 밥이나 먹어."

이반의 말이 끝나기가 무섭게 태영이 수저를 들었다.

"잘 먹겠습니다!"

대접밥을 그릇째 들고 우걱우걱 먹던 태영은 어제와 달리 통 먹지를 못하는 녀석을 흘끔 쳐다봤다.

"넌 왜 안 먹어? 오늘 하루 종일 암것도 안 먹었으면서. 더워서 그래? 들어갈까?"

"아냐. 됐어. 이제 해 지네. 괜찮아지겠지⋯⋯."

말끝을 흐리며 녀석은 어느새 눈앞까지 떨어진 주황빛 해를 바라봤다. 무슨 생각을 하는 걸까? 문득 궁금해진 태영은 넌지시 물었다.

"너 무슨 고민 있어?"

"있지. 많지."

"뭔데? 내가 들어 줄게."

"니가 해결해 줄 수도 있는 고민도 있긴 한데."

"진짜? 또 뭐 훔치는 건 아니지?"

"아니야."

"그럼 말해 봐. 내가 당장 해결해 줄게."

본인이 할 수 있는 일이라니 신이 난 태영이 의기양양한 목소리로 말했다. 그러자 녀석이 즉각 대답했다.

"좋아한다고 말해 줘."

"뭐, 뭐야. 언젠 좋아하지 말라며!"

"응. 좋아하지 마."

"뭐래."

태영이 지금 놀리는 거냐며 녀석을 흘겨봤다. 그러자 녀석이 진지한 얼굴로 말했다.

"나 솔직히 지금 굉장히 바쁘거든? 아까까지만 해도 머리 깨질 것 같았는데, 너랑 이렇게 있으니까 마음이 편해. 머리도 안 아파. 그리고 나 더운 건 괜찮은데 습한 건 딱 질색이야. 지금 습해서 끈적거리고 불쾌지수 만빵 짜증 나 뒤지겠는데, 너랑 있으니까 참을 만해. 난 이만큼 널 좋아하는데 근데 넌 나 좋아하지 마."

"무슨 말이야 그게?"

"나도 몰라."

"아……."

"아?"

"너 얼굴 빨개. 더워서 그런 거지?"

"더워서겠냐?"

녀석은 부끄러워선지 괜히 더 퉁명스럽게 말하며 목을 긁적였다. 그러곤 태영의 시선을 피했다.

저물어 가는 붉은 해 때문인지 녀석의 얼굴이 더 빨갛게 보였다. 그 모습이 어쩐지 귀여워 태영이 웃음을 터뜨렸다.

"웃지 마."

"내 맘이거든?"

두 사람이 주거니 받거니 유치하게 말싸움을 하고 있었는데 사장님이 그 모습을 흐뭇하게 지켜보다가 콜라 한 병과 얼음 컵을 들고 다가왔다.

"자, 이건 서비스!"

"우와. 감사합니다!"

"태영이 많이 먹어라. 오, 이 친군 어제도 느꼈지만 무슨 아이돌이야? 잘생겼네."

"얘가 명원고 아이돌이긴 하죠. 푸하하."

주책맞게 떠드는 태영이 녀석이 어이없게 쳐다보다 헛웃음을 지었다.

"아이돌 친구! 오늘은 안 맵지?"

"네?"

"우리 바비큐 소스는 딱 한 가지 맛인데 장사 20년 만에 처음으로 순한 맛으로 만들었다고. 우리 태영이가 전화로 어찌나 부탁을 하던지. 친구 밥 먹여야 된다고……."

"싸장님!"

"알았어. 말 안 할게."

이미 다 말해 놓고. 태영은 난처한 기색으로 벌떡 일어나 사장님의 등을 밀면서 안으로 들어가 버렸다. 갑자기 두 사람이 사라지자 녀석은 방금 제가 뭘 잘못 들었나 하는 표정으로 앉아 있었는데 곧 태영이 뻘쭘해하는 얼굴로 나왔다.

"아이고, 내 밥 다 식었네. 빨리 먹어야지. 너도 어서 먹어."

부끄러워선지 딱딱해진 말투. 그를 본 이반이 웃음을 터뜨렸다.

"여기 일부러 왔어? 나 때문에? 나 밥 먹이려고?"

"꼭 그 이유 때문만은 아니고 나도 여기 좋아하고, 너도 여기 음식은 그나마 잘 먹는 것 같아서……. 근데 어제 좀 맵다고 해서…… 맵기만 조절하면 훨씬 잘 먹을 것 같아서 사장님한테 약간의 건의를……. 뭐, 뭘 봐?"

이번엔 태영의 얼굴이 빨개졌다.

"좋아하지 말라니까."

"난 너 좋아한다고 한 적 없는데?"

"난 방금 들은 것 같은데?"

"······."

태영이 손을 만지작거리며 긍정도 부정도 하지 못하고 있던 그때 녀석이 나지막한 목소리로 말했다.

"사막에서 꽃이 만개한 걸 본 적 있어."

"사막?"

"응. 죽음의 땅이라 불리는 그 사막에 폭우가 며칠 쏟아지고 딱 두 달만에 꽃이 피더라. 기적 같은 풍경이었지."

"와. 진짜 예뻤겠다. 그나저나 꽃도 대단하다. 땅속에서 비가 오기를 얼마나 기다렸을까? 그렇게 꽃이 바로 피고 말이야."

"때마침 적절한 시기에 적절히 내린 비도 한몫했지."

녀석은 그날 봤던, 눈으로 보고도 믿기 힘들 정도로 아름다웠던 꽃밭을 떠올리며 태영을 애틋하게 바라봤다. 그리고 속으로 생각했다.

그 어떤 것도 꽃피우지 못하고 죽어 가던 내 삶에 비를 내려 준 너.

어쩌면 마지막일지도 모르는 오늘 이반은 태영에게 이 말이 꼭 하고 싶었다.

"사막에 핀 꽃보다 널 만난 게 나한텐 더 기적이었어."

어느덧 해가 저물고 어둑해졌다. 천막 위 전구들이 켜졌고 사람들이 하나둘 모여들어 테이블이 차기 시작했다.

"잘 먹었습니다!"

사장님께 인사를 하고 태영과 이반은 골목을 내려갔다. 태영이 가는 길에 편의점 앞에서 걸음을 멈추고 고민하자 그를 흘끔 보던 이반이 뭔지 알겠다는 듯 안으로 달려 들어갔다. 그러곤 아이스크림 한 개를 사와 태영에게 건넸다.

"어? 어떻게 알았어? 나 죠스바 좋아하는 거."

"어떻게 알긴, 볼 때마다 매점 앞에서 너 그거 먹고 있던데. 입술 퍼레져 가지고. 대체 왜 그러나 했더니 그 아이스크림 먹어서 그런 거였던데?"

"으, 짱 시원해."

괜히 멋쩍었던 태영은 말을 돌리며 아이스크림을 오독오독 씹어 먹었다. 그런 태영을 이반이 물끄러미 보며 물었다.

"열쇠고리 주인은 찾아봤어?"

"아…… 그거."

태영이 조심스레 말을 꺼냈다.

"근데 있잖아…… 그냥 안 찾으면 안 되나? 어차피 유일반 깨어나면 누가 그런 건지도 다 알게 되는 거잖아. 그럼 굳이 니가 찾지 않아도……."

"찾아야 돼. 빠르면 빠를수록 좋아."

"왜?"

"그놈이 로봇에 들어가는 중요 부품 중 하나를 훔쳐 갔거든."

"뭘 훔쳐? 부품? 헐. 그래서 로봇이 작동 안 되는 거야?"

"아니. 되긴 하는데, 지금 정확도로는 대회에서 우승 못 해. 독일에 있는 친구한테 부탁해서 센서 구하는 중이긴 한데, 배송만 일주일이 넘게 걸려. 일주일이면 나한텐 꽤 긴 시간이거든."

"대회 우승……."

태영은 문득 아까 잠도 제대로 못 잤는지 동아리방에서 쪽잠을 자던 녀석의 모습과 현재 꽤 피곤해 보이는 녀석의 얼굴이 겹쳐졌다.

태영은 녀석을 애처롭게 쳐다보다가 갑자기 두 주먹을 불끈 쥐며 외쳤다.

"범인 내가 잡아 줄게! 그 부품인지 센선지 그것도 내가 찾아 줄 테니까 걱정하지 마!"

"어떻게 찾을 건데?"

"어떻게? 그건 이제부터 생각을……."

녀석이 실소를 터뜨렸다. 왜 웃는지 몰라 어리둥절해하는 태영을 사랑스럽게 쳐다보던 이반이 곧 얼굴에 웃음기를 지우고 진지한 표정으로 말했다.

"미안하지만 넌 이제 내 일에서 빠져."

"왜?"

"기자단 면접 언제야? 준비 안 해?"

"아!"

까맣게 잊고 있었다. 곧 기자단 면접이 있다는 사실을.

"면접 언제냐니까?"

"다음 주 토요일! 체육 대회 다음 날!"

"시간 얼마 안 남았네."

"괜찮아. 하던 대로 하면 되겠지 뭐. 나 아침마다 뉴스 엄청 열심히 보거든. 그리고 요샌 기사 형식으로 일기도 쓰고 있어. 기사를 작성하는 기자의 마음으로다가."

"오늘 일기장에 작성할 기사는 뭔데?"

"음……."

태영이 흘끔 녀석의 눈치를 보며 작게 웅얼거렸다.

"사막에 꽃이 핀 이유를 기상 이변 현상에 빗대어……."

"내가 아주 좋은 기삿감을 줬네?"

"응. 니 덕분에 나 막 유식해지는 것 같아. 저번엔 니가 말했던 희곡도 찾아봤어."

"로숨의 유니버설 로봇?"

"응. 그거 다 읽어 봤는데 너무 슬펐어. 결국 인간이 로봇을 만든 이유가 자기가 하기 싫은 일을 대신 시키려던 거였잖아. 근데 결국 로봇이 진화해서 인간들을 다 몰살하고 그 바람에 로봇은 생산해 줄 인간이 없으니 미래가 없어지게 되고."

"진짜 열심히 읽었나 보네?"

"당연하지. 나 문과 갈 걸 그랬나 봐. 물리보다 문학에 더 흥미가 생기는 거 있지?"

"넌 문과 갔으면 물리가 더 재밌다고 할 거 같은데."

"소름. 날 너무 잘 알아."

태영이 짓궂게 말하자 녀석이 피식 웃었다. 그렇게 두 사람은 골목에 들어섰다.

아이스크림을 다 먹고 막대만 쪽쪽 빨던 태영이 쭈뼛거리다가 대뜸 말했다.

"고마워!"

"갑자기?"

"전부터 계속 말하려고 했는데 자꾸 시기를 놓쳐서."

"뭐가 고마운데?"

"그냥 전부 다. 나 이번에 기자단 서류 심사 합격한 것도 다 니 덕분 이잖아. 니가 가짜 폭로 글 해결해 준 덕분에 용감한 시민상도 받고, 그 덕분에 인플루언서도 됐잖아. 너 만나고부터 내 일은 다 잘되고 있는 것 같아. 사막에 꽃이 피듯."

"응용하는 거야? 기특하네. 고마운 거 알면 열심히 준비해서 꼭 합격 해."

"당연하지! 아, 우리 집은 여기서 좀만 더 가면 돼. 여기서부턴 혼자 갈게! 너 바쁘고 할 것도 많잖아. 시간 낭비 하는 게 제일 싫다며. 그니 까 얼른 가."

"이상하게 너랑 같이 있는 시간은 안 아까워. 시간 낭비 아니라고."

말을 하고 나니 쑥스러웠는지 녀석이 헛기침하며 고개를 돌렸다. 태 영은 괜히 뱃속이 간질간질해지는 기분이 들더니 가슴이 미친 듯이 뛰 기 시작했다.

그렇게 좁은 골목길을 나란히 걷는 두 사람 사이에는 정적과 함께 묘 한 긴장감이 흐르고 있었다.

장마가 시작됐다. 교실 창문 너머로 무섭게 내리는 빗줄기를 심각한 얼굴로 쳐다보던 태영은 어젯밤 저를 집 앞까지 데려다주고 돌아가던 녀석의 뒷모습이 자꾸만 아른거렸다.

'사막에 핀 꽃보다 널 만난 게 나한텐 더 기적이었어.'

꺅. 뭐야. 무슨 말을 그렇게 시적으로 해?

그 녀석이 문학 100점을 괜히 맞은 게 아니라니까. 아무리 다정한 유일반도 그렇게 예쁘게 말 못 하는데. 그 녀석 생긴 건 되게 차갑게 생겨서 은근 섬세하다니까. 괜찮다는데도 집 앞까지 막 데려다주고 말이야. 저번에 유일반은 그냥 가란다고 진짜 그냥 갔는데.

미쳤어. 내가 지금 누구랑 누굴 비교하는 거야.

태영은 고개를 절레절레 흔들며 메모장에 마구 낙서해 댔다.

"사막에 핀 꽃?"

해니가 태영이 낙서한 내용을 읊었다. 화들짝 놀란 태영이 황급히 메모를 가렸다.

"야, 최니! 왜 훔쳐봐?"

"수업 시간 내내 뭘 그렇게 끄적대나 했더니 시 쓰냐? 사막에 핀 꽃은 뭔데?"

사막이라는 단어만 들어도 태영의 두 뺨이 발그레해졌다.

"넌 몰라도 돼."

"오올. 뭐야. 뭔데? 우리 오래간만에 개인 면담 좀 해야겠는데? 점심 시간에 떡볶이 고?"

"고! 아, 아니다. 나 유이…… 아니 유일반이랑 급식 먹어야 되는데."

"유권이랑 둘이 먹으라고 하면 되지. 우린 떡볶이 먹으러 가자."

"그럴까?"

밀가루 안 먹는 녀석 때문에 요새 통 떡볶이를 먹으러 가지 못했던 태영은 새빨간 떡볶이를 떠올리자 군침이 절로 삼켜졌다.

"너무 맛있어!"

떡볶이 수혈을 마친 태영이 배를 두드리며 행복해했다. 무슨 걸신이라도 들린 것처럼 순식간에 떡볶이를 해치운 태영을 향해 해니가 엄지를 추켜세웠다.

"역시. 운동부 출신은 달라. 먹는 게 남달라."

"운동부 출신이라서가 아니라 모태혁 때문이라니까. 빨리 안 먹으면 그 인간한테 다 뺏기거든."

"난 안 뺏어 먹으니까 천천히 좀 먹어 줄래?"

"담부턴 그렇게 할게. 대신 후식은 내가 쏠게."

그렇게 두 사람은 후식으로 뭘 먹으면 좋을지 수다를 떨고 있었는데 갑자기 문이 열리며 가게에 새로운 손님이 찾아왔다. 사장님이 달려 나가 무슨 일이냐고 묻자 손님이 억울한 얼굴로 말했다.

"사장님, 가게 위에 달린 CCTV 볼 수 있을까요? 내가 잠깐 주차한 사이에 누가 차를 긁고 갔지 뭐예요."

"세상에 누가 말도 없이 그러고 그냥 갔대요? 잠깐만요. 그러지 말고 가게 앞에 세워 둔 제 차 블랙박스로 확인해 줄게요."

그렇게 사장님과 손님은 가게 밖으로 나갔다. 그를 유심히 지켜보던 태영의 두 눈이 번쩍 떠졌다.

"!"

"왜 그래? 저 아저씨 아는 사람이야?"

"아니. 그게 아니라…… 지금 여기 사장님 차에서 학교 정문 쪽 보이지 않나?"

"그럴 것 같은데?"

"블랙박스 보관을 얼마나 하지?"

"모르지."

태영이 얼른 핸드폰을 꺼내 블랙박스 보관 기간을 검색했다.

"메모리 카드 용량에 따라 다르대. 길게는 6개월 짧게는 일주일……."

"갑자기 블랙박스 영상은 왜?"

"해니야."

"응?"

"지금부터 내가 하는 말 잘 들어. 잘 듣고 절대 주유권한텐 말하지 마."

"그냥 안 들을까? 나 솔직히 유권이한테 말 안 할 자신 없음."

"그럴 줄 알고 나도 그냥 말 안 하려고. 후식이나 먹으러 가자."

"자, 잠깐!"

해니가 태영을 붙잡았다. 너무 궁금했기 때문이다.

"말 안 할게. 유권이한텐 절대로 말 안 할게. 그니까 뭔데? 빨리빨리."

해니가 재촉하자 태영이 작게 속삭이듯 말했다.

"누가 동아리방에서 부품 하나를 훔쳐 갔어."

"뭐? 그 대회 나갈 로봇에 들어가는 부품을 훔쳐 갔다고? 왜?"

"모르지. 근데 다행인지 불행인지 그 부품 훔쳐 간 놈이 열쇠고리를 떨어뜨리고 갔어."

"불리가 준 열쇠고리? 헐. 야! 너 그래서 1반이랑 2반 여자애들 열쇠고리 있는지 없는지 확인하고 다닌 거였어?"

"응."

"그래서 지금 그 열쇠고리 없는 애가 누군데?"

"……."

태영이 말끝을 흐리자 해니는 며칠 전 태영이 열쇠고리 운운하며 수아를 다그쳤던 일이 떠올랐다.

"수아구나?"

"돌겠어. 그 열쇠고리 지금 수아만 없어."

"진짜 제대로 다 확인해 봤어?"

"혹시 몰라서 이따 교실 가서 다시 빠뜨린 애들은 없는지 확인해 보려고."

"근데 블랙박스는 왜?"

"난 수아가 아니라는 증거를 찾고 싶어. 부품 없어진 날이 언제냐면 그날이야. 나랑 유일반이랑 사귀기로 한 날, 쑤쑤 님이랑 미팅하기로 한 날. 니가 나 원피스 빌려준 날 있잖아."

"아! 그날? 야, 근데 그날 수아 결석했잖아. 학교 안 왔잖아. 우리 너네 집에서 모이기로 했을 때도 과외 있다고 못 왔잖아."

"아, 맞다!"

태영은 해니의 말에 두 눈이 커다래졌다.

"최니, 넌 천재야."

"그걸 이제 알았음?"

해니가 천진난만하게 웃으며 물을 마시자 태영이 한결 편안해진 얼굴로 안도의 한숨을 내쉬었다.

"그날 수아 과외받은 건 확실하겠지? 그럼 그것만 확인하면 되는 거네."

"어떻게 확인하게?"

"확인해 줄 사람이 떠올랐어!"

태영이 의미심장한 미소를 지으며 곧장 핸드폰을 꺼내 오빠 모태혁에게 전화를 걸었다.

한편, 동아리방이 있는 옥상 문이 누군가의 발에 의해 과격하게 열렸다. 주머니에 손을 꽂은 채 옥상으로 나온 사람은 다름 아닌 송바위였다.

"야, 쌍둥이!"

바위가 건들건들한 걸음걸이로 동아리방 앞으로 다가가 문을 발로 펑펑 찼다. 그리고 큰 소리로 외쳤다.

"나와! 당장 안 나와? 확 문 부숴 버린다?"

다행인지 불행인지 송바위의 말이 끝남과 동시에 문이 열리고 이반이 나왔다.

"너 이 새끼 내가 가만 안 둬. 형제가 쌍으로 애를 가지고 놀면 재밌냐? 재밌냐……고…….'

바위가 말끝을 흐렸다. 창백한 안색으로 문을 잡고 겨우 서 있던 이반이 갑자기 비틀거리더니 제 쪽으로 쓰러지려고 했기 때문이다.

"어?"

아니, 쓰러졌다.

얼떨결에 이반을 덥석 품에 안아 버린 바위는 난감한 표정으로 두 눈을 끔뻑거렸다. 이 몹쓸 녀석을 당장 패대기쳐 버리고 싶었지만 그럴 수 없었다. 녀석의 몸이 불덩이였다.

"이 새끼 대체 뭐야?"

바위는 녀석을 소파에 눕힌 후 수건에 물을 묻혀 왔다. 그는 어이가 없는 표정으로 동아리방 소파에 누워 잠든 이반을 내려다봤다.

"아오, 씨. 나 지금 여기서 뭐 하고 있는 거냐고."

말은 험하게 해도 이반의 이마에 수건을 내려놓는 바위의 손은 한없이 조심스러웠다.

사실 바위는 오늘 이 녀석을 쥐어패려고 옥상에 올라온 거였다. 대체 무슨 속셈이기에 태영의 옆에 붙어 있는 건지 아주 혼쭐을 내 줄 작정으로 찾아왔건만, 이렇게 병간호를 하게 될 줄이야.

바위가 어이없는 웃음을 흘렸다.

"야, 나 간다. 이제 니가 알아서 해."

오늘은 뭐 이 녀석이 지금 대화할 상태도 아니고 그냥 포기하고 가려는데.

젠장. 발이 안 떨어진다.

아픈 사람을 그냥 두고 가는 게 영 찝찝했던 바위가 뒤로 홱 돌아 신음 소리를 흘리며 억지로 일어나려는 이반을 째려봤다.

"인마! 너 뭐냐? 그니까 병원 데려다준다고 할 때 가만히 있지 왜 괜찮다고 우겨?"

"가방에 내 약 좀……."

"니가 꺼내."

하면서 바위는 녀석이 가리킨 가방 안을 뒤적이더니 아예 책상 위에 내용물을 싹 다 쏟아 버렸다.

"미친. 무슨 약이 이렇게 많아?"

약이 대여섯 종류나 됐다. 바위는 당황해하며 약을 쭉 보고 있었는데.

"파란색 뚜껑."

"이거?"

"어. 그거랑 냉장고에 물 좀."

"이 새끼 뭐야, 내가 무슨 니 시중이나 들려고 온 줄 알아?"

구시렁거리며 바위가 냉장고에서 생수 하나랑 파란색 뚜껑의 약통을 이반에게 내밀었다. 물과 함께 약을 먹는 이반을 물끄러미 보던 바위가 넌지시 물었다.

"너 어디 아프냐?"

약을 다 먹은 이반이 생수병을 테이블 위에 내려놓으며 대꾸했다.

"알 거 없잖아."

"싸가지 없는 새끼. 너 유일반 아닌 거 나 다 알고 있거든?"

"나도 알아. 니가 다 아는 거."

"그럼 이렇게 나오면 안 되지. 내가 확 전교생한테 다 불어 버릴 수도 있는데."

"너 그런 애 아니라던데?"

"누가?"

"누구긴 누구야. 모태영이지. 걔가 너 그런 애 아니라고 했는데…… 뭐, 지켜보면 알겠지."

이반이 생각이 많은 얼굴로 바위를 빤히 쳐다보더니 대뜸 물었다.

"너 여기 왜 왔어? 혹시 니가 훔쳐 갔냐?"

"훔친 거 아니고 주운 거거든? 찾아 줘도 지랄이야."

바위가 주머니에서 꺼낸 건 이반이 찾던 센서가 아니라 지갑이었다.

"너 유일반 아니라고 광고하고 싶었나 봐? 외국인 등록증…… 하. 너 뭐 검은 머리 외국인 그런 거야?"

"나한테 궁금한 게 그런 거야?"

"아니. 진짜 궁금한 건 따로 있지. 너 속셈이 뭐야? 왜 모태영한테 들러붙어서 사람 귀찮게 해?"

바위가 지갑을 테이블 위에 던지듯 내려놓으며 말했다. 그러자 이반이 피식 웃었다.

"모태영이 그래? 내가 귀찮대?"

"그런 건 아니지만…… 암튼 걔 어릴 적부터 운동만 하던 애야. 그거 포기하고 대학 가겠다고 인문계 온 건데, 지금 너랑 한가하게 노닥거릴 시간 없다고. 걔 대학 떨어지면 니가 걔 인생 책임질 거냐고."

"모태영 원래 나 만나기 전부터 공부 못했는데. 내가 왜 책임을 져?"

"그, 그건 그렇지만…… 이 새끼 말 겁나 잘하네. 암튼 그럼 책임질 생각도 없으면서 왜 애 마음을 들쑤셔 놔?"

"반대지 아마? 모태영이 내 마음 들쑤셔 놨지. 난 조용히 있다가 조용히 가려고 했는데. 근데 내가 왜 너한테 이런 소릴 듣고 있는 거지? 니가 모태영 아버지라도 되냐?"

"……."

그러게나 말이다. 난 모태영한테 뭐지? 이반의 물음에 바위는 한 대 맞은 듯, 할 말을 잃고 말았다. 그사이 이반이 소파에서 일어나며 말했다.

"내가 충고 하나만 할게. 잘 들어."

"?"

"고백하지 말고 그냥 친구로 지내. 너 어차피 까여."

"뭐?"

"나도 까인 마당에 넌 백퍼 까이지."

"너 까였어? 왜?"

"우리 형 돌아오면 제대로 사귀어 보고 둘 중 하나 고른단다. 모태영이. 이 말인즉, 넌 선택지에도 없다는 거야."

기가 차서 헛웃음을 짓는 바위의 어깨를 이반이 두드리며 조금은 부드러워진 목소리로 말했다.

"오늘은 고마웠다."

병원에 안 가겠다는 저를 번쩍 들고 소파에 눕혀 간호해 준 바위에게 이반은 인사했다.

어쩌면 정말 태영이 말한 대로 좋은 녀석일지도 모른다는 생각에 이반은 그동안 돌멩이라 부르며 녀석을 나쁜 새끼로 오해한 게 사뭇 미안해지기까지 했다.

그리고 앞으로 저보다 더 오래 태영의 옆에 있어 줄 사람은 송바위겠구나, 하는 생각에 좀 쓸쓸해졌다.

"오빠! 내 전화 왜 안 받아!"

학교 수업이 끝나자마자 집으로 달려온 태영은 태혁의 방으로 돌진했다. 노크도 없이 문을 벌컥 열자 바지를 갈아입던 태혁이 화들짝 놀라며 고함을 질렀다.

"미친! 이 시끼 너 노크하고 다시 들어와!"

"아, 왜. 그냥 빨리 입어. 볼 것도 없구만."

"이 망할 놈이!"

서둘러 바지를 잠그며 태혁이 혈압이 상승하는 표정으로 태영을 노려봤다.

"너 뭐야. 뭔데?"

"후배라고 했지?"

"넌 기자가 된다는 새끼가 언어 전달력이 왜 그 모양이냐? 그렇게 물으면 내가 너한테 또 '동생아, 어떤 후배를 말하는 거니?' 라고 반문해야 되잖아. 그럼 이게 대화의 효율이……."

"아오! 지난달 아버지 기일에 엄마랑 산소 갔다 와서 밥 먹으러 갔을 때 수아랑 오빠 후배 만났었잖아. 그 예쁘장하게 생긴 언니 있잖아. 단발머리. 과 수석으로 입학했다며."

"강미림은 왜?"

"그 언니 이름이 강미림이야? 암튼 그 언니 아직도 수아 과외하나?"

"걔네 집 형편이 어려워서 아마 계속할걸? 요즘 시대에 입주 과외 자리 구하기가 좀 어려워?"

"입주 과외? 수아네 집에 같이 살면서 과외하는 거야? 그럼 거의 하루 종일 붙어 있겠네?"

"그렇다고 봐야지. 왜?"

"나 그 언니 번호 좀."

"왜?"

"궁금한 게 있어서 그래."

"너도 과외받고 싶냐? 너 이번 기말도 망했지?"

"나 시민 기자단 서류 심사 합격함! 다음 주 면접 봄!"

"말 돌리지 마라?"

"아우씨, 가르쳐 줄 거야 말 거야? 나한텐 되게 되게 중요한 일이란 말야!"

"맨입으론 안 되지. 편의점 가서 컵라면이나 좀 사 와 보든가."

태영이 씩씩거리며 태혁을 노려보다가 안 되겠는지 가방을 바닥에 내팽개치곤 집을 나가 편의점으로 달려갔다.

다음 날. 명원고 정문.

등굣길에 태영이 어깨를 축 늘어뜨린 채로 걷는 것을 발견한 이반이 뒤로 슬그머니 다가가 가방을 잡아당겼다. 그런데 무슨 일에선지 태영이 놀라지도 않고 시무룩한 얼굴로 고개를 돌렸다. 그러곤 영혼 없는 말투로 인사했다.

"안녕?"

"너 무슨 일 있냐?"

"아니. 아무 일도 없는데? 하하."

어색한 웃음을 흘리는 태영을 빤히 쳐다보던 이반이 앞장서 가며 말했다.

"매점 가자. 빵 사 줄게."

"나 아침 먹고 왔는데. 그리고 나 체육 대회 발야구 연습하러 가야 되는데."

"너 연습 안 해도 잘 차잖아."

"나 배 안 고픈데."

"그럴 리가."

"진짜야. 나 배 안 고파. 그럼 난 얼른 체육복 갈아입으러……."

교실 쪽으로 도망가려는 태영의 가방을 이반이 다시 덥석 잡았다. 그러곤 후문 쪽 정원으로 향했다. 이반은 태영을 벤치에 앉히며 물었다.

"무슨 일인데?"

이반이 허리를 숙여 태영의 얼굴을 지그시 바라봤다.

"말해 봐. 괜찮으니까."

"그게…… 사실은 내가 어제 강미림 언니, 그러니까 수아 과외 쌤한테 전화를 했는데……."

태영이 망연자실한 얼굴로 말을 꺼냈다가 멈췄다. 도무지 말이 나오지 않았다. 그렇게 계속 말을 하려다 말고, 또 하려다 말고, 망설이자 이반이 작게 한숨을 내쉬었다.

"말하기 어려우면 안 해도 돼."

"아니야, 할게! 너한텐 해야 돼. 너도 알아야 되는 일이거든."

"……."

"사고 있던 날 밤에 수아가 자습서를 학교에 두고 왔다면서 나갔었대."

"누가 그래? 그 과외 선생이?"

"응. 미림 언니가 그날 똑똑히 기억한대. 밤늦게 수아가 비에 쫄딱 맞은 채로 집에 와서 부모님들도 놀라셔 가지고 앞으로 밤에 나가지 말라고 엄청 혼냈다더라. 그니까 그날 수아가 유일반 만나러 동아리방에 갔었던 것 같아. 그리고 이거……."

태영이 핸드폰을 꺼내 동영상 하나를 재생시켰다.

"그날 밤 학교 정문 쪽이 찍힌 블랙박스 영상이야."

"이런 건 어디서 났어?"

"떡볶이집 사장님. 난 학생이라 안 보여 줄 것 같아서 울 오빠한테 부탁해서 받은 거야."

생각지도 못한 자료에 놀랐는지 이반은 영상을 다시 자세히 들여다봤다. 그 순간 태영이 영상을 스톱 시켰다. 정지 화면에는 학교 정문으로 들어가는 여학생의 뒷모습이 찍혀 있었다.

"확대하니까 픽셀이 다 깨져서 누군지 잘 모르겠는데…… 운동화 색깔이……."

하필 노란색이었다. 그리고 메고 있는 가방도 수아 것과 흡사했다.

"얘 권수아지?"

"……."

"재생 계속해도 돼?"

"응."

태영이 고개를 끄덕이며 다시 동영상을 재생시켰다. 그리고 말했다.

"아, 그리고 여기 보면 수아가 아니, 노란색 운동화가 학교에 들어가고 20분 뒤쯤에 유일반이 나와서 택시를 타다가 쓰러졌어."

"그래서 구급차에 실려 왔나 보네. 이다음부턴 내가 아는 얘기야. 그날 응급실에 내가 갔었거든."

"아······."

태영이 말끝을 흐리며 생각에 잠겼다. 이 노란색 운동화가 수아가 맞다면, 수아는 왜 내게 거짓말을 한 걸까?

'무슨 소리야? 난 거기 들어가 본 적도 없어.'

동아리방에 들어가 본 적도 없다고 우기던 수아가 떠오른 태영은 머릿속이 너무 복잡했다.

심각해진 태영의 얼굴을 흘끔 보던 이반이 괜히 더 대수롭지 않다는 듯 말했다.

"그러게 내가 넌 빠지라고 했잖아. 이제 그만해. 나머진 내가 처리할 테니까."

"처리? 어떻게?"

"내가 권수아랑 얘기해 볼게."

"그러다 니가 유일반 아닌 거 들키면? 지금도 수아가 너 이상하다고 의심하고 있던데······."

"이미 눈치챘을 거야. 걔 형이랑 친했다면서. 근데 그날 일에 대해 함구하고 있는 거 보면 분명 뭔가 있어."

"그러게······. 대체 그날 무슨 일이 있었길래······."

수아가 거짓말로 자신을 속였다는 사실에 상처받은 듯 보이는 태영을 이반이 걱정스레 쳐다봤다.

"모태영, 사람은 누구나 거짓말을 해. 일종의 자기방어지. 나중에 너 기자 되면 사람들 말 전부 다 믿을 건 아니지? 거짓과 진실을 가려내는 것도 기자의 몫일걸?"

"고마워."

"고마우라고 한 소리 아닌데? 정신 차리라고 한 소리지. 그렇게 마음이 약해서 기자 될 수 있겠냐?"

"마음 약한 기자가 되지 뭐. 난 건욱 기자님이 나한테 했던 것처럼 약자 편에 서서 얘기 들어 주고 많은 사람들이 공감할 수 있는 소식 많이 많이 전해 주는 그런 기자가 되고 싶어."

"기자로 유명해지긴 글렀네. 유명해지려면 자극적인 이슈에 더 예민해야지."

"그런 건 꼭 내가 안 해도 되잖아."

"그래. 꼭 돼라. 마음 약하고 안 유명한 기자."

이반은 일부러 태영이 웃으라고 놀리듯 말했다. 그게 통했는지 태영이 '지금 놀리냐? 혼난다!' 하며 주먹을 쥐며 장난을 쳤다. 그러다 대뜸 태영이 녀석을 향해 물었다.

"근데 갑자기 궁금해진 건데 넌 꿈이 뭐야?"

정말 갑작스러운 질문이었는지 두 사람 사이에 흐르는 침묵이 꽤 길어졌다. 이반은 태영의 옆에 앉으며 골몰히 생각에 잠겼다.

"내가 너무 곤란한 질문을 했나?"

녀석의 표정이 심각해지자 태영은 괜히 미안한 마음이 들었다. 그러곤 멋쩍게 웃으며 이마를 긁적였다.

"말하기 싫으면 안 해도 돼. 사실 나도 얼마 전까지만 해도 울 오빠가 넌 꿈이 뭐냐? 물으면 막 짜증 나고 열받았거든."

"왜?"

"난 세팍타크로 국대에 선발돼서 아시안 게임에 나가는 게 꿈이었는데 그만뒀잖아. 그 뒤론 하고 싶은 것도, 되고 싶은 것도 없었거든. 근데 집에선 앞으로 이제 뭐 할 거냐고 그러고, 학교에선 장래 희망 적어 오라고 하고. 암튼 좀 그랬어. 니 심정 이해해. 꿈이 없을 수도 있지."

"나도 있었어. 꿈."

"뭔데?"

"한때는 세상에서 가장 작으면서 영원히 죽지 않는 로봇을 만드는 게 꿈이긴 했지."

"잉? 로봇은 원래 안 죽는 거 아니야? 배터리랑 부품만 교체해 주면 영원히 사는 게 로봇 아닌가?"

"로슘 제대로 읽은 거 맞아? 결국 로봇은 한계가 있어. 배터리랑 부품 교체해 주는 사람이 없으면 로봇은 죽을 수밖에 없으니까. 로봇을 진화하게 만드는 것도 결국 사람이야."

"아…… 그렇긴 하지. 근데 되게 의외다. 너도 로봇 만드는 걸 좋아했었다니. 난 니가 대회 때문에 억지로 떠맡은 줄 알았는데."

망가진 로봇을 바라보던 녀석의 애증 섞인 눈빛을 떠올리며 태영이 말했다. 그러자 이반이 그것도 영 틀린 말은 아니라는 듯 웃었다.

"떠맡은 거 맞긴 하지. 내가 만들려는 로봇은 니가 생각하는 그런 로봇이 아니니까."

"그럼 무슨 로봇인데?"

"정확히 내 전공은 나노 의학 쪽이야."

"나노? 그거 많이 들어 봤는데……."

들어는 봤으나 설명하기는 조금 어려운 장르다. 어차피 모르는 거니 태영은 말을 아꼈다. 그러자 녀석이 이제껏 봤던 표정 중 가장 행복해 보이는 얼굴로 대답했다.

"쉽게 설명하면 수술 없이도 몸속에 나노 로봇을 심어 치료하고 실시간으로 몸 상태를 체크하고 뭐 그런 걸 개발하는 거야."

가만히 듣고만 있던 태영은 저도 모르게 박수를 치고 말았다.

"오, 대박. 엄청 멋있다. 근데 그런 멋있는 꿈을 왜 포기한 거야?"

"나노 로봇이고 뭐고 의학과 기술이 아무리 발전해도 죽음은 막을 수 없다는 걸 몸소 깨달았거든."

이반은 태영이 이해하기엔 너무 벅차고 무거운 말이라고 생각했다.

그래서 은근슬쩍 다른 화제로 돌리려고 했는데.

"막을 수 없는 거 알지만, 그래도 조금은 덜 고통스럽게 맞이할 수 있었음 좋겠어. 죽음이란 거 말이야. 그런 걸 하는 거지? 나노 로봇은."

"……."

이반은 할 말을 잃고 말았다. 그리고 속으로 태영을 과소평가한 것에 대해 반성했다.

그사이 태영은 애써 웃으며 말을 이었다.

"우리 아빠 병으로 돌아가셨는데, 마지막에 엄청 고통스러워하셨거든. 그래서 내가 아픈 걸 좀 잘 참아. 선배들이 막 발로 차고 때리는데도 갈비뼈가 부러진 줄도 몰랐어. 이 정돈 아빠가 겪은 고통에 비하면 아무것도 아니다, 아니다…… 그러면서, 하하. 내가 괜한 말을 했나? 이 분위기 뭐야."

"아니야. 계속해. 해 줘…… 니 얘기."

"난 니 얘기가 듣고 싶어서 꺼낸 말이었는데?"

"?"

"너희 어머니도 돌아가셨잖아. 나 사실 기사도 찾아봤어. 유명하신 분이잖아."

"그럼 알겠네? 우리 엄마 마지막이 어땠는지도."

당시 소연화 박사의 죽음은 한국에서 속보가 뜰 정도로 충격적인 사건이었다. 그도 그럴 것이 3년 전 벌어진 그 참사는 전 세계를 경악하게 한 H타워 화재 사건이었고, 그때 소연화 박사는 숨진 유일한 한국인이었으며, 그녀가 그곳에서 꽤 많은 사람들을 살리고 대신 죽은 일화는 유명했다.

태영이 녀석의 눈치를 흘끔 보며 고개를 끄덕였다.

"나중에 알았어. 너희 어머니가 그렇게 유명한 분이신 줄. 너 그래서 저번에 로봇 박물관에서……"

불이 난 곳으로 뛰어들려는 저를 붙잡고 놓아주지 않던 녀석이 떠오른 태영은 그때 녀석이 왜 그렇게 예민하게 반응했는지 이제야 이해가 되었다. 불을 두려워했던 건 아마도 어머니의 죽음으로 인해 생긴 트라우마였을까.

"거기 나도 같이 있었어. 3년 전에 H타워."

"!"

거기까진 미처 알지 못했던 태영은 놀란 얼굴로 녀석을 바라봤다.

"나도 봤어. 엄마가 마지막에 엄청 고통스러워하던 모습…… 엄마뿐이 아니었어. 수백 명이 눈앞에서 죽어 갔어. 근데 난 너처럼 아픈 거 잘 못 참아. 아플 때마다 원망이 들거든. 이럴 거면 그때 죽지, 왜 살아서 이렇게 고통을 받아야 하나…… 왜 그런 눈으로 봐?"

태영이 엄한 표정으로 녀석을 째려봤다. 한창 진지하던 녀석이 흠칫 놀라며 되물었다. 그러자 태영이 한숨을 푹 내쉬었다.

"넌 내가 생각했던 것보다 훨씬 더 꼬인 것 같아."

"뭐? 꼬여?"

"응. 유일반은 구김 하나 없이 되게 빳빳한데……"

"요샌 잠잠하더니, 또 형이랑 비교 시작이냐?"

"비교가 아니야. 넌 억울하지도 않아? 같은 쌍둥인데 왜 너만 그렇게 아픈 생각을 하면서 살아? 너도 좀 신나게 살아. 인상 막 찡그리고 세상 짐 다 짊어진 것처럼 살지 말고."

"어쭈, 훈계하냐? 니가 뭘 안다고."

"난 암것도 모르지. 개뿔 모르는 내가 봐도 넌 아주 크게 잘못된 것 같아. 니가 살아남은 건 행운이지 형벌이 아니야."

"……"

"넌 행복해질 거야. 반드시."

마치 주문을 외우듯 태영이 말했다. 그리고 그 주문에 매료된 이반은 알 수 없는 표정으로 태영을 바라봤다.

스탠드 불빛 아래에서 코딩에 몰두하던 이반의 입가에 갑자기 미소가 번지기 시작했다. 이내 쉴 새 없이 움직이던 손가락이 키보드 위에서 내려왔다.

'나가 살아남은 건 행운이지 형벌이 아니야.'

낮에 태영이 제게 했던 말이 떠오른 것이다.

"그런 말도 할 줄 아네."

이반은 태영의 밝고 기운 넘치는 에너지는 어쩌면 그 애의 단단한 내면으로부터 나온 걸지도 모른다고 생각했다. 맨날 헤헤거리며 웃던 애가 가끔 그렇게 눈 동그랗게 뜨고 제게 충고할 때면 어디 가서 말로 져본 적 없는 자신도 할 말을 잃게 만든다. 그건 아마도 그 애가 얼마나 진심을 다해 말하는지 표정으로부터 말투와 눈빛으로부터 다 전해지기 때문일 것이다.

문득 그 애는 지금쯤 뭘 하고 있을지 궁금해진 이반은 핸드폰을 만지작거리며 전화를 할까 말까 고민하고 있었는데.

지이잉. 지이잉.

마침 핸드폰이 진동했다. 손에 쥔 자신의 핸드폰이 아닌 책상 위에 놓인 형의 핸드폰이 불빛을 내고 있었다.

발신인을 확인한 이반의 표정이 굳어졌다.

인적이 드문 공원에 티셔츠에 달린 모자를 푹 뒤집어쓰고 나타난 태영은 하품을 하며 주변을 두리번거렸다. 곧 멀지 않은 곳에서 이반을 발견한 태영은 녀석이 앉아 있는 벤치 쪽으로 향했다.

　"밤늦게 무슨 일이야?"

　"니 얼굴 보려고."

　녀석이 일어나며 태영이 뒤집어쓴 모자를 벗겼다. 그러자 태영이 흠칫 놀라며 두 손으로 얼굴을 확 가렸다.

　"앗. 나 쌩얼인데!"

　"똑같은데 뭐. 손 좀 치워 봐."

　"아, 왜? 너 진짜 내 얼굴 보려고 부른 거야?"

　"당연히 아니지."

　"뭐?"

　태영이 손을 치우고 녀석을 째려봤다. 이제야 얼굴을 보여 준 태영을 보며 녀석이 피식 웃었다. 그러곤 주변을 둘러보더니 작게 속삭였다.

　"이제 곧 오겠다. 넌 어디 숨어 있어."

　"숨어? 왜? 누가 오는데?"

　"권수아."

　"뭐? 수아가 왜? 이 밤에 왜?"

　"몰라. 단둘이 만나서 할 얘기가 있대."

　"단둘이?"

　"질투하냐?"

　"아니거든? 전혀 아닌데? 그나저나 수아가 단둘이 보자고 했다며, 근데 난 왜 부른 건데?"

　"니가 할 일이 있으니까 불렀지."

태영이 그게 뭐냐고 눈빛으로 묻자 녀석이 은밀한 목소리로 대답했다.

"녹음해. 내가 권수아가 본인이 범인이라고 자백하게끔 유도할 테니까."

"녹음? 아! 나 핸드폰 안 가져왔는데?"

"야, 넌 기자 된다는 애가 녹음기도 안 들고 다니냐?"

"기자 되려면 녹음기 들고 다녀야 돼? 그럼 하나 사야겠다. 어떤 거 살까?"

"지금 그게 중요한 게 아니잖아. 야야. 저기 온다. 너 빨리 쓰레기통 뒤에 숨어."

"알았어."

태영이 대답과 동시에 이반이 시키는 대로 얼른 쓰레기통 뒤에 숨었다. 그사이 공원 입구에 수아가 들어서고 있었다. 이반은 혹여 수아가 태영을 볼까 싶어 시야를 가리며 다가갔다.

그런데 그때였다.

갑자기 수아가 비련의 여자 주인공처럼 눈물을 주르륵 흘리며 달려와 이반에게 와락 안겨 버렸다.

"흑흑."

"뭐, 뭐야. 떨어져!"

이반이 질색하며 제게 안긴 수아를 떼어 내려 했지만 꿈쩍도 안 한다. 이반은 난처한 기색으로 이번엔 아주 강경하게 수아를 밀어 내려고 했는데.

"!"

이반은 수아의 목뒤와 귀에 난 상처를 발견하곤 짐짓 놀란 눈으로 물었다.

"너 누구한테 맞았냐?"

"유일반…… 나 좀, 흑흑, 도와줘……. 니가 그랬잖아. 언제든 도움 필요하면 말하라고. 지금이 그래. 나 더 이상 이렇게 못 살겠어. 흑흑."

이반의 품에 안겨 수아가 어린아이처럼 울음을 터뜨렸다. 그런데 그때였다.

"내가 도와줄게!"

숨어 있었단 사실도 잊은 채 태영이 별안간 쓰레기통 뒤에서 튀어나왔다. 그 소리에 수아가 놀란 얼굴로 태영을 쳐다봤다.

태영은 눈물범벅인 수아의 얼굴을 걱정스레 바라봤다.

"누구야? 내가 맞아 봐서 알아. 지금 보니까 안 보이는 데만 때렸어. 들키면 절대 안 되는 사람인 거지. 누구냐니까? 너 누구한테 맞았어?"

태영이 다그쳤다. 하지만 수아는 말 못 할 비밀이라도 있는지 고개를 절레절레 흔들며 이반의 품에 얼굴을 묻고 계속 울기만 했다.

제 셔츠가 눈물에 젖어 가고 있는 게 느껴진 이반은 너무 찝찝해서 인상을 확 찌푸렸다. 그러곤 태영에게 어떻게 좀 해 보라는 눈빛을 보냈다. 하지만 태영은 무슨 일에선지 두 사람을 지켜보고 있기만 할 뿐이었다.

"야, 모태영."

이반이 태영을 불렀다. 빨리 권수아 좀 떼어 내라고. 하지만 태영은 아무것도 들리지 않는지 계속 엉겨 붙어 있는 녀석과 수아를 응시했다.

사실 태영은 지금 매우 혼란스러웠다. 지금 힘들고 아파 보이는 수아를 달래 줘야 하는 게 당연한 일인데, 왜 이렇게 기분이 별로인 걸까?

가만히 생각에 잠겨 있던 태영이 천천히 말을 꺼냈다.

"수아야…… 이런 상황에서 미안한데, 안기려면 나한테 안겼으면 좋겠는데……."

하며 태영이 다가가 수아의 팔을 떼어 내려고 했는데.

"태영아, 미안해."

수아가 절대 물러서지 않았다. 수아는 이반의 허리를 꽉 안고 태영을 향해 말했다.

"내가 거짓말했어. 나 사실 유일반 안 싫어해. 좋아해! 좋아졌어!"

"뭐?"

"뒤늦게 깨달았어. 유일반이 너만 보고 난 쳐다도 안 보고, 나랑 말도 안 하고 쌩하니 가 버리고 그러니까 막 마음이 막…… 공부도 안 되고……. 이거 좋아하는 거잖아. 그래, 나 유일반 좋아해! 미안해. 니가 포기해 줘."

"그렇겐 안 돼!"

"?"

갑자기 태영이 엄청난 힘을 발휘해 유일반의 손목을 확 잡아당겨 제 뒤에 숨기더니 버럭 소리쳤다.

"얜 내 거야!"

태영의 힘에 밀려 쾅당 바닥으로 넘어진 수아가 당황한 눈빛으로 태영을 올려다봤다. 태영의 눈빛이 소유욕에 불타오르고 있었다.

조그마한 태영의 등 뒤에서 이반은 제 손을 꽉 잡고 놓지 않는 태영의 손을 물끄러미 쳐다봤다. 이반의 입가에 미소가 번지고 있었다.

집으로 돌아가는 길에 태영은 갑자기 걸음을 멈추더니 머리카락을 쥐어뜯으며 괴로워했다.

"으, 미쳤어!"

"딱히 미쳐 보이진 않던데."

"이게 다 너 때문이야!"

태영이 휙 뒤로 돌아 저를 졸졸 따라오고 있는 이반을 째려봤다. 이반은 흠칫 놀라며 억울해했다.

"난 가만히 있었거든?"

"그니까 왜 가만히 있냐고. 막 수아가 너 여기 안고 막 그러는데, 왜 가만히 있는데? 너도 수아 좋아하냐?"

이반이 실소를 터뜨렸다.

"너 지금 되게 유치한 거 알고 있지? 그리고 내가 안았어? 걔가 안았지. 넌 그렇다고 친구를 막 패대기를 치냐?"

"내가 언제 패대기를 쳤냐! 수아가 혼자 자빠진 거지. 으, 나 어떡해. 안 그래도 아픈 애를 더 아프게 만들었어."

처음으로 수아에게 큰소리를 냈다. 것도 이 녀석 때문에. 태영은 아직도 이해되지 않았다. 자신이 수아에게 왜 그렇게까지 화를 냈는지. 수아가 이 녀석을 껴안고 있는 모습을 보고 왜 그토록 참을 수가 없었는지.

그 결과 수아는 저를 원망스레 째려보다가 잡을 새도 없이 도망가 버렸다.

배신감에 깃든 수아의 눈빛이 다시금 떠오른 태영은 제 머리통을 마구 때리며 자책했다.

"미쳤어. 미쳤어. 내가 다 망쳤어. 잘 달래서 누구한테 맞았는지 듣는 게 먼저였는데!"

이반이 자책하는 태영의 손목을 낚아채 내려놓으며 말했다.

"그러다 머리 깨지겠다. 그만해. 그리고 어차피 권수아 누구한테 맞았는지 너한테 말 안 했을걸? 애초에 너한테 말할 거였음 나한테 단둘이 보자고도 안 했겠지."

"대체 왜? 수아는 왜 친구인 나랑 해니를 놔두고 너한테…… 그니까 왜 유일반한테 연락한 걸까? 우릴 친구로 생각하지 않는 걸까?"

"세계가 다르잖아."

"그게 무슨 소리야?"

478

"딱 봐도 너랑 최해니 그리고 권수아는 달라. 사는 세계가."

"그런 게 어딨어?"

"너도 느꼈을 텐데? 아니야?"

녀석이 말하는 세계가 뭔지 사실 태영은 알고 있었다.

의대 입시에 목숨을 건 고2와 1교시 시작 10분 전에 입고되는 매점 빵에 목숨을 건 고2의 차이를 말하는 거겠지.

"권수아는 아무 걱정 없이 사는 것처럼 보이는 니가 부러워서 견디기 힘들었을걸?"

"뭐야, 넌 왜 그렇게 수아를 잘 알아? 너 진짜 수아 좋아하는 거 아니야?"

"내가 걜 좋아했으면 걜 따라갔겠지, 이렇게 널 데려다주고 있겠냐?"

"……그, 근데 수아는 대체 누구한테 맞은 걸까?"

태영이 부끄러워서 괜히 말을 돌렸다. 그걸 알아챈 이반은 그냥 넘어가 준다는 제스처를 취하며 대답했다.

"가정 폭력?"

"에이, 수아네 부모님 그러실 분들 아니야. 그리고 두 분 다 바빠서 집에도 잘 안 들어오는 걸로 아는데."

"그럼 권수아 누구랑 같이 사는데?"

"외동딸이라 혼자……. 아! 아니다. 강미림 언니."

"과외?"

"응. 입주 과외라고 들었어. 근데 그 언니도 그럴 사람이 아닌……."

태영은 순간 뭔가 떠올랐다. 그리고 그동안 이상하다고 여겼던 수아의 행동들을 하나씩 되짚어 보기 시작했다.

"수아가 성적에 집착하기 시작한 게 과외 쌤 바뀐 뒤부터였어. 1학년 땐 그렇게까지 심하지 않았거든. 혹시 그 언니한테 맞으면서 배우는 걸까? 성적이 조금이라도 떨어지면 애가 되게 겁먹은 표정으로 집에 가길 두려워했거든. 최근엔 보건실 가는 일도 잦았고."

"그런가 보네."

"근데 수아는 왜 가만히 맞고만 있었던 걸까? 부모님한테 말해서 쌤을 바꾸거나 하면 될 텐데……. 아…… 그래, 맞아……."

"뭐가 맞아?"

"나도 그랬거든. 나도 대회 때문에 말 못 했어. 우린 한 팀인데 누구하나라도 이탈해 버리면 대회에서 우승 못 하니까 그래서 맞고만 있었어. 수아도 그런 거 아닐까? 그 쌤이 잘 가르치니까 필요했던 거겠지. 확실히 과외 쌤 바꾸고 수아 걔 성적이 오르긴 했거든. 물론 그만큼 수아가 열심히 한 결과겠지만…… 그래도 이건 아니지! 왜 참아? 왜 맞고만 있냐고!"

마치 자기 일처럼 분노하는 태영을 신기하게 쳐다보던 이반이 넌지시 말했다.

"너 나중에 커서 기자 되면 좀 위험할 것 같다."

"왜?"

"물불 안 가리고 여기저기 막 들쑤시고 다닐 것 같아. 포기도 모르고. 그러지 마라. 다친다. 적당히 하라고. 권수아 개인적인 일이야. 니가 도와줄 건 없어."

"그래도……."

"그리고 난 권수아가 누구한테 맞았든 아니든 관심 없어. 걔가 그날밤 동아리방에 와서 로봇 망가뜨리고 부품을 훔쳐 간 장본인인지가 더 중요하지. 솔직히 자업자득이야."

냉정하게 말하는 이반을 태영이 다그쳤다.

"그래도 그렇지 아직 수아가 범인이라는 게 확실한 것도 아닌데, 자업자득이라는 말은 너무 심했어."

"확실해. 권수아가 가져간 거야."

이반이 확신에 찬 얼굴로 말했다. 하지만 태영은 자꾸만 의구심이 들었다.

수아가 왜? 도대체 뭐 때문에 그런 일을 벌인 걸까?

늦은 밤 거실로 슬금슬금 나온 태영은 오빠 태혁의 방에서 노트북을 몰래 훔쳐다 후다닥 방으로 들어갔다. 그러곤 지난날 학교 앞 떡볶이 가게에서 받은 CCTV 영상을 다시 재생시켰다.

정문으로 들어가는 노란색 운동화를 신은 여학생의 뒷모습.

클릭. 클릭. 클릭······.

그 장면만 수십 번 넘게 돌려 보던 태영은 지친 기색 하나 없이 오히려 시간이 지날수록 눈동자가 또렷해졌다.

마우스를 움직여 영상을 확대해서도 보고 멀리서도 보고 그렇게 반복하기를 몇 시간째.

"어?"

순간 태영의 두 눈이 커다래졌다. 뭔가 깨달음을 얻은 얼굴로 태영은 화면을 다시 들여다봤다. 그사이 창밖으로는 어느새 해가 떠오르고 있었다.

"따라와."

태영이 등교하는 수아의 팔목을 끌고 강당으로 향했다.

아무도 없는 강당 안으로 수아를 데리고 간 태영은 가방에서 노트북을 꺼냈다. 그 모습을 수아가 어이없게 쳐다봤다.

"너 지금 뭐 하는 거야?"

"이리 와서 너도 잘 봐 봐."

"뭘?"

"글쎄 보라니까!"

강당 바닥에 철퍼덕 앉아 노트북을 열고 영상을 재생시킨 태영이 그냥 나가려는 수아의 발목을 잡았다.

"애가 왜 이래. 놔!"

"제발 이것 좀 보라고!"

태영이 제 발목을 잡고 놓지 않자 수아가 마지못해 노트북을 내려다 봤다. 영상은 그냥 평범한 블랙박스 영상이었다. 대체 이런 걸 왜 보라는 건지 수아는 어이가 없었다.

그사이 태영이 영상을 확대했다.

"여기 학교 정문으로 들어가는 교복 입은 여자애 보이지? 얘 너지?"

수아가 대충 영상을 보더니 바로 대답했다.

"어. 난데 뭐 어쩌라고. 무슨 문제 있어?"

"아니야. 이거 너 아니야."

"뭐라는 거야. 그거 나 맞아. 운동화도 가방도 내 거랑 똑같잖아."

"너 아니라니까."

"장난하니? 태영이 너 진짜 나한테 왜 이러는 거야?"

아깐 나랬다가 지금은 아니랬다가. 수아는 태영을 이해할 수가 없었다. 그런 수아의 눈빛을 읽은 태영은 노트북을 들고 자리에서 일어났다. 그리고 천천히 또박또박 설명했다.

"수아 넌 정문을 통과할 때 세 걸음쯤 우측으로 걷다가 바로 좌측으로 가. 왜? 너 1학년 때 거기서 죽은 쥐 새끼 보고 놀라서 토한 적 있었잖아. 일종의 트라우마랄까? 암튼 그때부터 넌 쭉 좌측으로 걸었어."

"그래서?"

태영이 노트북을 들고 다시 영상을 재생시키며 말했다.

"근데 영상 속 애는 쭉 우측으로 가. 쥐 새끼가 죽어 있었던 그 자리도 그냥 밟고 지나가. 이건 너 아니야."

"근데 어쩌라고? 이게 내가 맞건 아니건 그게 뭐가 중요한데? 난 니가 왜 이러는지 모르겠어."

"이거 중요해. 이 영상 속 여자앤 아주 나쁜 짓을 했거든."

동아리방에 멋대로 들어가 로봇을 망가뜨렸고, 부품을 훔쳤다. 그러고도 여전히 정체를 숨긴 채 어디선가 우리를 지켜보고 있을지도.

"수아야, 미안해. 나 사실 너 의심했었어. 하지만 넌 그런 애가 아니야. 내가 알아."

"니가 나에 대해 뭘 아는데?"

"넌 과외 쌤한테 맞아서라도 1등이 하고 싶지만 늘 1등을 뺏어 가는 유일반한테 문학책을 시험 때마다 빌려줘."

"!"

맞는다는 소리에 수아가 제 치부를 들키기라도 한 듯 화들짝 놀랐다.

"넌 정정당당하게 이기는 걸 좋아해. 편법을 쓰거나 비겁하게 이기는 건 안 좋아해. 그런 애가 남의 물건을 고장 내고 훔치고도 아무렇지 않게 지낼 수 없어. 게다가 넌 유일반을 좋아하니까…… 절대 그런 나쁜 짓은 하지 않았을 거야. 그치?"

태영의 말에 왠지 모르게 수아가 울컥했다. 뭔가 그동안의 서러움이 폭발할 것만 같은 얼굴이었다.

"태영이 넌 내가 밉지도 않아?"

"니가 왜 미워?"

"어제 내가 말했잖아. 나 유일반 좋아한다니까? 니 남자 친구를 내가 좋아한다고! 뺏어 버리고 싶다고! 아니, 원래 걔 내 거였어. 태영아, 유일반은 날 좋아한다고 했다고. 근데 갑자기 왜 너랑 사귀냐구우!"

수아가 정말 억울한 얼굴로 소리쳤다. 태영은 중간에서 어떻게 설명하면 좋을지 몰라 이마를 긁적이고 있었는데. 아니 정확히는 어디서부터 어디까지 말해야 하는지 결심이 서지 않았다.

그런데 그때였다.

"지금 모태영이 사귀고 있는 건 유일반이 아니야."

"!"

"권수아 니가 알고 있는 유일반은 유일반이 아니라고."

갑자기 위에서 들리는 익숙한 목소리.

사람이 있는 줄 몰랐던 태영과 수아가 화들짝 놀라며 위를 쳐다봤다.

강당 2층 의자에 누워 잠을 자던 송바위가 상체를 일으키고 있었다. 자리에서 일어난 송바위가 난간에 기대 아래를 내려다보며 말했다.

"못 알아들어? 모태영이랑 요새 맨날 붙어 다니는 그 새끼는 너랑 키스한 그 새끼가 아니라고."

키스라는 말에 수아의 얼굴이 확 달아올랐다. 태영은 수아가 민망해할까 봐 괜히 못 들은 척 바위를 나무랐다.

"넌 왜 거깄어?"

"내가 먼저 있었거든?"

한 명은 1층에서 떠들고 한 명은 2층에서 윽박지르고. 그렇게 두 사람이 티격태격하는 것을 황당한 얼굴로 지켜보던 수아가 이성을 되찾으려 노력했다.

"잠깐, 태영아 방금 송바위가 한 말이 무슨 말이야? 유일반이 유일반이 아니라고?"

"그게 그러니까…… 미안! 어제 니가 봤던 걔는 유일반이 아니라 유일반 쌍둥이 동생이야."

"!"

결국, 태영이 실토하고 말았다. 그와 동시에 수아가 큰 충격을 받은 듯 휘청거렸다.

"앗! 수아야, 괜찮아?"

"너 지금 무슨 말을 하는 거야?"

"너 들은 적 없어? 유일반한테 쌍둥이가 있다는 얘기 말이야."

"동생은 있다고 들었지만, 쌍둥이인지는 몰랐어."

"아…… 그래도 너한텐 동생 있는 거 얘기했나 보네."

그만큼 유일반한텐 수아가 소중한 존재였다는 거겠지? 그 누구한테도 말하지 않은 동생 얘기를 한 걸 보면.

"어쩐지 하는 행동이며, 말투, 표정, 눈빛…… 너무 달랐어. 다른 사람 같았어. 근데 진짜 다른 사람이었다니……."

수아는 아직도 믿기지 않는 모양인지 정신을 못 차리고 계속 중얼거리고 있었다. 태영은 괜히 말했나 싶다가도 뭔가 속이 시원했다. 그런데 여기서 끝이 아니었다.

끼익.

갑자기 요란한 소리와 함께 강당 구석에 있는 창고 문이 열렸다.

콰당.

갑자기 문이 열리면서 창고 안에서 세 사람의 대화를 엿듣고 있던 해니와 주유권이 강당 바닥으로 철퍼덕 넘어지고 말았다.

"너희 둘은 왜 거있어?"

태영이 놀란 얼굴로 묻자 우스꽝스럽게 넘어진 두 사람이 멋쩍게 웃으며 대답했다.

"우리가 먼저 있었거든? 그치 유권아?"

"응. 우리가 들어오자마자 송바위가 왔고, 그다음에 모탱이랑 권수아가 들어왔지."

주유권이 넘어진 해니를 일으키며 강당에 들어온 순서를 정리해 줬다.

그렇게 네 사람, 아니 송바위까지 다섯 사람이 강당에 모였다.

그리고 그들은 얼떨결에 비밀을 공유하는 사이가 되고 말았다.

"너네 뭐냐?"

갑자기 동아리방에 들이닥친 다섯 사람을 이반이 황당하게 쳐다봤다.

녀석에게 허락도 없이 비밀을 다 퍼뜨린 죄인 모태영은 이반의 눈치만 흘끔 보며 서 있다가 대뜸 외쳤다.

"우린 유쌍모야!"

"뭐? 쌍? 너 지금 나한테 욕했냐?"

"욕이 아니라, 그게 그러니까…… 유쌍모는 '유일반이 쌍둥이라는 사실을 아는 사람들의 모임'의 줄임말이랄까……."

"뭐?"

기가 차서 말이 안 나온다. 이반이 의자를 박차고 자리에서 벌떡 일어났다. 그러자 해니와 유권 그리고 수아까지 흠칫 놀라 뒤로 물러섰다.

"무서워! 정말 유일반이랑 판판이네. 그동안 왜 몰랐을까?"

"세상에, 쟤가 유일반이 아니라니……."

"이제 보니까 생긴 게 다르긴 하네."

웅성웅성.

시끄러운 아이들을 이반이 기막힌 듯 쳐다보다가 태영을 노려봤다.

녀석과 눈이 마주친 태영이 흠칫 놀라며 두 손을 모아 싹싹 빌었다.

"미안. 내가 말하고 싶어서 말한 게 아니라……."

"내가 말했어. 그니까 애 그만 잡아."

동아리방 문에 기댄 채 상황을 가만히 관망하던 바위가 나섰다.

바위가 태영을 감싸고돌자 이반은 신경이 묘하게 거슬렸다. 그렇지 않아도 요새 컨디션도 엉망인 데다, 작업도 제 맘대로 진행되지 않아 예민한 상황에서 애들까지 우르르 몰려와 시끄럽게 구는 게 정말 견딜 수 없이 짜증이 났다.

늘 기계 돌아가는 소리만 들리던 동아리방이 왁자지껄 시끄러워지자 이반은 어이가 없어 웃음만 나왔다.

"다 나가!"

이반이 소리를 버럭 지르자 아이들이 문 쪽으로 우르르 도망쳤다. 잔뜩 겁먹은 아이들을 태영이 달랬다.

"얘들아 쫄지 마. 목소리만 큰 거야. 저래 봬도 화난 거 아니야."

"저게 화난 게 아니라고? 겁나 무서운데. 한 대 칠 것 같은데?"

"맞아. 쟨 유일반처럼 평화주의자는 아니잖아. 저번에 원진남고 애들이랑 패싸움하던 영상 못 봄? 난 그때부터 뭔가 좀 수상했다니까."

"좋은 말로 할 때 다 꺼져라."

화를 내는데도 꿈쩍도 안 하고, 아예 제 말은 들은 척도 안 하고 서로 수다를 떠느라 정신없는 아이들을 이반이 어이없게 쳐다봤다. 그러곤 허리춤에 손을 올린 뒤 한숨을 푹푹 내쉬었다. 아오, 열받아.

그렇게 혼자 열을 삭이던 이반은 저를 비웃고 있는 바위와 눈이 마주쳤다.

"야, 돌멩이! 너 지금 나 비웃었냐? 야! 어디 가!"

성질내는 이반을 본 척도 안 하고 바위가 대꾸도 없이 동아리방을 나가 버렸다.

아니, 이것들이 진짜!

이반은 북적북적 정신없이 시끄러운 동아리방 때문에 벌써 지친 상태였다. 그런데 그때였다. 갑자기 수아가 손을 번쩍 들었다.

"나 질문!"

"질문은 무슨. 수업 시간이냐?"

녀석이 시비조로 대꾸하며 수아를 노려봤다. 흠칫 놀란 수아가 다시용기 내어 한마디 했다.

"그럼 진짜 유일반은 지금 어딨는 거야? 우리도 알 권리가 있다고 생각해. 우린 유일반의 친구들이니까."

"친구? 니가 진짜 형 친구 맞아?"

여전히 수아를 범인으로 의심하고 있는 이반의 적대적인 모습에 태영이 나섰다.

"그날 밤 동아리방에 들어와서 로봇을 망가뜨리고 부품을 가져간 건 수아가 아니야."

"누가 아니래? 얘가 아니래? 당연히 본인은 아니라고 하겠지."

"그날 수아는 강미림 언니를 신고하려고 경찰서 앞까지 갔었대. 하루 종일 그 앞에서 서성이다가 근처 사는 담임 마주쳐서 같이 저녁 먹었대. 내가 담임한테 확인까지 했어."

거기에 더해 정문 CCTV에서 본 노란색 운동화가 수아가 아니라는 증거까지 태영이 설명했다. 설득력 있는 말에 이반은 더 이상 수아를 몰아붙이거나 의심하는 말은 하지 않았다. 대신 잠시 생각에 잠겨 있더니 천천히 입을 열었다.

"형 상태는 크게 걱정할 필욘 없어."

"진짜?"

다들 안도의 한숨을 내쉬며 자기 일처럼 기뻐했다. 그 모습을 쭉 보던 이반은 어쩐지 기분이 이상했다. 역시 이곳은 내 자리가 아닌 걸까? 그런 이질감이 들었다.

"너희들이 바라는 대로 형은 곧 돌아올 수 있을 거야."

이반이 쓸쓸한 눈빛으로 말했다.

그런데 이것들이 유일반 걱정을 언제 했냐는 듯 또 정신없이 수다를 떨기 시작했다. 이 수다의 중심엔 태영이 있었다.

"자자! 얘들아, 지금부터 내가 하는 말 잘 들어! 우리가 찾아야 할 게 있어."

"뭔데?"

"내가 찾아 줄게!"

한 마디를 하면 세 마디 네 마디씩 돌아왔다. 이반은 고개를 절레절레 흔들며 네 사람을 지켜봤다. 하지만 네 사람은 지금 아주 진지했다.

"로봇 망가뜨린 범인이 열쇠고리를 흘리고 갔다고? 물리가 준 거?"

"부품은 또 왜 훔쳐 갔는데?"

"유일반 대회 망치게 하려고 일부러 가져간 거 아니야?"

네 사람은 머리를 맞대고 이런저런 음모론들을 펼치고 있었다.

"수아야, 너 열쇠고리 잃어버렸댔지?"

"응. 나도 사실 가방 속에 몰래 그거 지니고 다녔거든. 시험 잘 보고 싶어서."

쑥스러워하며 사실을 고백하는 수아의 어깨를 두드리며 태영이 그럴 수 있다며 위로했다.

"아! 그럼 그 범인 새끼가 지 거 잃어버리고 의심받을까 봐 수아 거 훔쳐 간 거 아니야? 수아를 범인으로 의심받게 하려고!"

역시 우주 최강 음모론자 최해니가 한 건 했다. 지금까지 펼친 음모론 중 가장 그럴싸한 얘기였다. 그 얘기를 들은 이반의 표정이 왠지 모르게 굳어졌다.

오래간만에 떡볶이 가게에서 뭉친 태영과 해니 그리고 수아는 그동안 나누지 못한 얘기들을 하며 수다 삼매경에 빠졌다.

"그걸 왜 지금 말해?"

태영이 서운한 얼굴로 수아를 바라봤다. 그러자 수아가 멋쩍게 웃었다.

"일부러 말 안 했어. 말하면 더 하고 싶어질까 봐."

"우린 몰랐어. 너도 기자가 꿈인 줄은."

"그냥 혼자 속으로만 간직하고 있던 꿈이야. 어차피 부모님은 의대 가길 원하고, 그래서 이과도 온 거지. 근데 태영이 니가 갑자기 기자가 되고 싶다면서 열심히 하는 거 보고 부러우면서도 질투가 났어. 내심 속으론 내가 더 잘할 수 있는데, 그런 나쁜 마음도 들었고. 미안해. 아오,

나 너희한테 지금 너무 쪽팔려."

솔직하게 다 털어놓고 나니 수아는 현타가 밀려왔다. 정말 쥐구멍에라도 숨고 싶은 표정으로 고개를 푹 숙여 버렸다.

"야, 권쑤. 쪽팔리면 떡볶이 니가 쏴."

해니가 일부러 너스레를 떨며 무거운 분위기를 환기했다. 그 덕분에 수아가 웃으며 다시 고개를 들 수 있었다.

"당연하지. 오늘은 내가 쏜다."

"오. 진짜지? 싸장님!"

태영이 신이 나서 사리 추가에 김밥에 라면까지 추가 주문을 했다. 수아가 장난 반 진심 반으로 태영을 째려봤다.

"너 다 못 먹기만 해 봐."

"그럴 리가 없잖아."

먹을 생각에 신이 난 태영을 못 말린다는 듯 보며 수아가 웃어 버렸다.

"근데 수아야 너 이제 어떡할 거야? 과외 쌤 말이야. 신고해야 되는 거 아니야?"

"응. 부모님한테도 이제 말하려고."

"무섭지 않아?"

"사실 무서워……. 근데 이제 너희가 있잖아. 특히 태영이 발로 한 대 맞으면 그 언니 그냥 끝나지 않을까?"

"그렇긴 해. 권쑤, 모탱 발을 한번 믿고 질러!"

"응. 태영아 너만 믿는다. 밥값 해야지."

"당연하지!"

그렇게 세 사람은 오래간만에 행복한 미소를 지으며 함께 야식을 먹었다. 그리고 아이스크림 가게로 자리까지 옮겨 2차가 시작될 무렵, 수아가 질문했다.

"그럼 태영이 넌 유일반이 아니라 그 쌍둥이 동생을 좋아하는 거야?

이름이 뭐랬더라?"

"유이반이래. 쌍둥이 둘이 아주 이름도 남달라."

해니가 대신 대답하며 아이스크림을 야무지게 떠먹었다. 그사이 태영의 뺨이 발그레해졌다. 그를 흘끔 보던 수아가 피식 웃었다.

"너 유이반 걔 많이 좋아하는구나?"

"아니거든? 막 엄청 많이는 아닌데……."

"아니긴. 너 그저께 내가 유일반인 줄 알고 걔 좀 안았다고 막 소리 지르고 나 밀었잖아."

"헐. 와 우리 모탱 사랑 앞에서 우정이고 나발이고 없는 스타일이네."

해니가 놀리듯 말했다. 그러자 찔리는 게 많았던 태영이 두 손을 싹싹 모아 빌었다.

"수아야 그날은 진짜 미안. 나도 그땐 정신이 어떻게 됐나 봐. 너 과외 쌤 땜에 힘들어서 유일반 찾아온 건데 내가 막 소리 지르고 그래서 미안."

"사실 좀 섭섭하긴 했어."

수아가 일부러 더 새침데기처럼 굴며 태영을 놀렸다. 그러면서 은근슬쩍 다시 물었다.

"유이반 걔 어디가 어떻게 왜 좋은데?"

"그게……."

태영이 녀석을 떠올리며 입가에 미소를 지었다. 그리고 말했다.

"너희 그거 알아? 사막에도 꽃이 핀대."

두 사람이 호기심 어린 시선으로 태영의 말에 귀를 기울였다.

"그 말라비틀어진 건조한 땅속에서 식물들이 기다렸다가 비가 오면 막 폭발적으로 꽃을 피우는 거지."

태영의 두 눈이 초롱초롱 빛났다.

"난 그 녀석이랑 있으면 그런 힘이 나. 사막에서 물을 머금은 생물처럼 막 폭발적인 힘이 생겨. 가능성도 뭣도 없는 내가 꽃을 피울 수 있을 것만 같게 만들어."

"와. 찐사랑이네."

해니가 그 정도일 줄은 몰랐다는 표정으로 박수를 치며 태영을 응원했다.

"걍 사귀어라. 아니다. 너희 이미 사귀는 거지?"

"사귀는 건 아닐걸?"

"그럼 썸?"

태영은 저도 잘 모른다는 얼굴로 고개를 갸웃했다. 그러다 확신에 찬 얼굴로 대답했다.

"나 고백할 거야!"

"언제?"

"내일!"

"갑자기?"

또 급발진 모드다. 해니가 태영을 보며 혀를 쯧쯧 내찼다.

"저번에도 유일반한테 갑자기 고백하더니, 이번에는 유일반 동생한테 갑자기 고백하게?"

"태영이가 먼저 유일반한테 고백한 거였어?"

수아의 물음에 태영이 난처한 기색으로 손을 마구 저으며 해명했다.

"그게, 그러니까 수아야 내 말 좀 들어 봐. 그땐 그, 내가 팔로워 수가 워낙 급해서, 하하. 근데 바위도 그렇고 유이반도 그러는데 유일반은 나 안 좋아한대. 수아 너 좋아하는데 니가 관심 없어 하니까 나 이용해서 질투심 자극하려고 나랑 사귄다고 한 거래."

"그래? 유일반 걔가 그렇게 단순한 애는 아닌데⋯⋯. 사실⋯⋯."

수아가 뭔가 말을 하려던 그때 태영이 갑자기 외쳤다.

"암튼 나 고백하고 싶어졌어. 내일 고백할 거야!"

"저기 근데 태영아……."

"응?"

"아, 아……니야. 고백 잘하라고."

수아는 어쩌면 유일반도 태영을 좋아하고 있는지도 모른다는 사실을 차마 입 밖으로 꺼내기가 어려웠다. 어차피 태영의 마음은 유일반이 아닌 유이반에게 있는 게 확실해 보였기 때문이다. 수아는 입을 다물고 그저 마음속으로 태영의 첫사랑을 조용히 응원하는 쪽을 택했다.

한편, 잠시 자리를 비웠다가 동아리방으로 다시 돌아온 이반은 책상 위에 놓인 사진들을 물끄러미 응시했다.

체육 대회 때 형이 그 애를 사랑스럽게 바라보는 사진이었다.

형이 좋아하는 게 권수아가 아니라 태영이었다니.

이반이 자조 섞인 미소를 지었다. 그러곤 의심의 눈초리로 동아리방 안을 둘러봤다.

대체 누가 이걸 갖다 놓은 걸까? 라는 의문과 함께 이반의 표정이 살벌하게 굳어졌다.

"나와."

캐비닛 뒤에서 바스락거리는 소리를 들은 이반이 말했다. 그러자 숨어 있던 여학생 한 명이 모습을 드러냈다.

"너 누구야?"

"이거 다 먹으면 나랑 사귀는 거다!"

태영은 품에 안고 있던 구운 달걀 한 판을 대뜸 앞으로 내밀며 외쳤다. 하지만 정작 태영의 앞엔 아무도 없었다.

"너무 많이 샀나? 그 녀석 이거 다 못 먹을 텐데."

고백 시뮬레이션을 해 보던 태영은 고민에 빠졌다. 대체 무슨 말을 어떻게 꺼내면 좋을지 걱정이 됐기 때문이다.

지난날 유일반에게 충동적으로 사귀자고 고백한 것과는 달랐으면 좋겠는데. 녀석에겐 정말 진심으로 말하고 싶었다.

널 좋아한다고.

태영은 마음을 단단히 먹고 비상구 문을 열었다. 그리고 옥상으로 나갔다. 하지만 무슨 일에선지 동아리방 문이 잠겨 있었다. 요새 맨날 아침 일찍 등교하던 녀석이 아직 오지 않은 모양이다.

"늦잠 잤나?"

문 앞에 쪼그리고 앉아 녀석이 언제 오나 목이 빠지게 기다리던 그때, 마침 문이 열리고 녀석이 모습을 드러냈다.

태영이 반가운 얼굴로 달려갔다. 자꾸만 좋아한다는 말이 재채기처럼 터져 나오려고 했지만 침착하려고 애썼다.

"안녕?"

이게 아닌데. 어색해. 떨려!

태영은 안면 근육이 제 맘대로 움직여지지 않았다. 막 입가에 경련이 일어나는 것도 같고. 아, 역시 다르구나. 고백은 쉬운 게 아니야. 어려운 거였다. 이로써 명확해진다. 저번에 유일반에게 했던 건 고백이 아니었어. 지금이 찐이다.

"나한테 무슨 할 말 있어?"

"이거 먹어!"

자꾸만 목소리 볼륨도 조절이 안 된다.

태영은 옥상이 떠나가라 큰 소리로 달걀 한 판을 내밀며 외쳤다. 그러자 이반이 의아하게 쳐다봤다.

"너 무슨 일 있냐?"

"아니!"

"조용히 말해도 다 들려."

"아…… 응. 그, 그게…… 나 너한테 할 말이 있는데……."

녀석의 얼굴은 쳐다도 못 보겠고, 땅바닥만 보며 태영은 조심스레 말을 이었다.

동시에 심장이 미친 듯이 뛰기 시작했다. 얼굴과 귀가 뜨거워지고 등 뒤에선 식은땀이 폭발하는 게 느껴졌다.

"조, 좋…… 나 널 좋……."

"너 면접 언제야?"

"어?"

마침내 좋아한다고 말하려던 그때, 녀석이 갑자기 말을 자르고 들어왔다.

"면접 준비 안 하냐? 이러고 놀 시간 있어? 자신 있나 봐?"

녀석이 날카로운 얼굴로 쏘아붙이자 태영은 당황스러웠다. 바위나 수아에게라면 모를까 녀석은 제게 한 번도 이런 무서운 표정으로 말한 적이 없었기 때문이다.

"유이반, 너야말로 무슨 일 있어?"

"없어."

아니야. 있는 게 분명해. 이 녀석 무슨 일 있어. 태영은 그게 뭘까 곰곰 생각에 잠겨 있다가 뭔가 알아차렸다는 듯 말했다.

"걱정하지 마. 내가 부품 훔쳐 간 애 꼭 찾아서……."

"됐어. 그만해."

"……."

"이제부터 내 일에 신경 쓰지 마. 니 앞가림이나 잘하라고. 할 얘기 끝났으면 가."

녀석이 냉정하게 말하곤 그대로 동아리방으로 들어가 버렸다.

"왜 저래?"

태영은 어안이 벙벙한 얼굴로 꼭 닫힌 동아리방 문만 바라볼 뿐이었다. 다시 마음을 단단히 먹고 녀석에게 향하려고 했는데.

하필이면 그때 1교시 시작종이 태영의 발목을 잡았다.

체육 대회 연습이 한창인 운동장.

커다란 느티나무 그늘에서 더위를 식히던 태영의 옆으로 해니와 수아가 다가왔다. 수아가 태영에게 차가운 생수를 내밀었다.

"태영아, 쉬엄쉬엄해."

"그래. 모탱 너 그러다 쓰러지겠어. 무슨 전국 체전 나가냐?"

발야구, 짝피구, 줄다리기, 장애물 달리기, 닭싸움, 계주 등 온갖 종목의 땜빵을 채우느라 태영은 이리 뛰고 저리 뛰고 난리도 아니었다.

얼굴이 빨갛게 익어 버린 태영은 기진맥진한 채로 발라당 흙바닥에 누워 버렸다. 그런 태영을 해니가 안타깝게 쳐다보며 혀를 내찼다.

"그러게 왜 교장한테 쓸데없는 소릴 해?"

"무슨 소리?"

수아가 궁금해하자 태영이 대답했다.

"내가 유일반 대신 체육 대회 주장 한다고 했거든. 아니, 그게 언제냐면…… 사고가 있던 다음 날이었어. 지금 생각해 보면 그 녀석도 참 허술해. 속일 거면 교실이 어디 있는지 정도는 외우고 왔어야지. 그냥 아무 대책도 없이 왔다가 교장 쌤이랑 딱 마주쳤잖아."

태영은 그날 교장한테 인사도 안 하고 멀뚱히 서 있던 녀석이 떠올랐다. 지금 생각해 보면 그 녀석도 그때 참 난감했을 거야.

"맞다. 태영아, 고백은 했어?"

뒤늦게 수아의 목소리를 들은 태영이 상체를 벌떡 일으켜 앉았다. 그러곤 한숨을 푹 내쉬었다.

"아니. 말도 못 꺼냄. 나보고 기자단 면접 준비나 잘하래."

차갑다 못해 날 냉동 인간으로 만들어 버릴 것처럼 말하던 녀석이 떠오른 태영은 시무룩해졌다. 해니가 키득거렸다.

"맞는 말 했네. 모탱 너 면접 얼마 안 남았잖아. 그래도 유이반 걔가 너 되게 생각해 주나 보다."

"아니, 그럼 말 좀 예쁘게 하면 안 돼? 하여튼 걘 진짜 너무 싸가지 없어."

"그래서 싫어?"

"아니 뭐 싫다기보단…… 그게 또 매력이긴 하지."

태영이 배시시 웃었다. 그런 태영을 못 살겠다는 얼굴로 해니와 수아가 쳐다봤다. 그러다 태영이 아차 싶었는지 수아에게 물었다.

"수아 넌 어떻게 하기로 했어? 기자단 면접 갈 거야?"

"아니. 사실 나 그날 영어 스피킹 대회 있어. 그래서 기자단 면접 못 간다고 했어. 스피킹 대회는 전국 대회거든."

"헐. 전국 대회라니…… 역시 클라스가 다르군. 준비는 많이 했어?"

"주말에 미림 언니가 도와주기로 했는데……."

"뭐? 너 아직도 그 언니 얘기 부모님한테 안 했어?"

"응. 아직……."

"왜?"

"난 사실 미림 언니가 좀 불쌍하거든."

수아의 말이 끝나기도 전에 옆에서 듣던 해니가 발작하듯 날뛰었다.

"권쑤! 미쳤어? 그년은 널 학대한 사람이야! 불쌍하긴 개뿔!"

"부모님한테 말하면 일이 커져. 고소네 뭐네. 그 언니 인생 나락으로 갈 게 뻔하다고."

해니는 이해할 수 없다는 듯 수아를 쳐다봤지만, 태영은 아니었다.

저도 몇 년 전에 똑같은 고민을 했었고, 저를 폭행한 선배들이 대회 출전도 못 하고 선수 생활 끝날까 봐 그게 걱정돼서 폭행 사실을 숨기고 질질 끌었으니까.

"근데 수아야, 경험자로서 한마디만 할게."

수아가 고개를 끄덕였다. 그러자 태영이 진지하게 조언했다.

"그거 핑계야."

"……."

"불쌍해서가 아니라 넌 아직도 그 언니가 무서워서 그러는 거야. 그게 폭력에 길들여진 결과고, 넌 그 언니한테 가스라이팅 당하고 있는 거야. 라고 내가 아는 기자님이 그랬어. 그니까 상황을 똑바로 보라고. 그 언닌 벌받아야 되는 사람이고, 그 벌은 너 때문에 받는 게 아니라 본인이 자초한 일이야."

"태영아…… 나 방금 너한테 반했어."

"뭐래."

태영이 부끄러워하며 시선을 피하자 해니가 태영의 목에 헤드록을 걸었다.

"우리 모탱 많이 컸는데?"

"나 원래 너보다 컸거든?"

태영이 너스레를 떨었다. 티격태격하는 해니와 태영을 바라보던 수아가 한결 편안해진 얼굴로 미소 지었다.

"나 오늘은 꼭 가서 부모님한테 다 말할 거야. 경험자 말 들어야지."

"당연하지! 나만 믿어. 그 언니 너한테 해코지하면 당장 전화해! 우씨. 우리 수아 때릴 데가 어딨다고. 그 언니 진짜 이 발로 확!"

태영이 갑자기 일어나 발차기를 선보였다. 그 모습을 귀엽게 쳐다보며 해니와 수아가 웃음을 터뜨렸다.

"오늘은 그만 집에 갈까?"

수아가 스터디 카페 구석에서 꾸벅꾸벅 졸고 있는 해니와 태영의 어깨를 흔들어 깨웠다.

그러자 해니는 아예 책상 위에 철푸덕 엎드려 잠을 더 자려고 했고, 태영은 언제 졸았냐는 듯 두 눈을 부릅떴다. 그리고 책을 거꾸로 들었다.

"그냥 떡볶이나 먹으러 가자. 나와."

수아의 말이 끝나기도 전에 엎드려 자던 해니와 책을 보던 태영이 기다렸다는 듯이 자리에서 벌떡 일어나 짐을 챙겼다. 아주 개그 콤비가 따로 없었다.

그렇게 세 사람은 근처 분식집으로 향했다.

"이거 다 먹고 너흰 이만 집에 가 봐."

"왜? 너 공부 다 끝나면 같이 가자. 데려다줄게."

"뭘 데려다줘. 나 괜찮다니까?"

어제 하교하자마자 부모님께 폭행 사실을 털어놓은 수아는 태영은 걱정되었다.

"갑자기 그 언니가 너 찾아오면 어떡해."

"접근 금지 신청해 놨고 부모님이 이미 이런 것도 줬어."

수아가 가방에서 호신용 전기 충격기를 꺼냈다. 태영이 신기해하며 충격기를 구경했다.

"와. 나 이거 실제로 처음 봐. 눌러 봐도 돼?"

"아니. 그거 누르면 바로 경찰 출동한대. 그렇게 설정해 놨다던데?"

"헐. 무서워. 너희 부모님 대단하다. 근데 어제 말했더니 뭐래?"

"왜 이제 말했냐고 속상해하셨지……만 그래도 의대는 가야 한다고 새로운 과외 선생님 붙이셨음."

"정말 대단하다."

이번엔 다른 의미로 대단하다며 태영이 말했다. 그러자 이번엔 해니 가 받아쳤다.

"진짜 대단한 건 모탱이지. 넌 면접 준비 안 하냐? 무슨 배짱이야. 잠 이 와?"

"하고 있거든? 나도 나름의 전략을 짜고 있다고."

"무슨 전략?"

"일단 내 생각엔 면접 보기 전에 대기실에서 기사 작성을 시킬 것 같 아."

"갑자기 기사 작성을 왜?"

"왜냐면 원래 작년엔 직접 취재한 기사를 서류 접수 때 받았더라고. 근데 이번엔 안 받았잖아."

"그러고 보니 그러네? 근데 그래서?"

"왠지 면접 안 보고 기사만 작성하고 가라고 할 것 같아. 그래서 난 면접 준비 안 하고 기사 작성하는 것만 연습해 갈 거야."

"헐. 그건 너무 모험 아니야? 그러다 면접만 보면?"

"아니야. 난 내 감을 믿겠어!"

태영이 예리하게 빛나는 눈빛으로 떡볶이를 두세 개씩 푹푹 찍어 먹 었다. 그런 태영을 못마땅하게 쳐다보던 해니가 갑자기 두 눈을 반짝거 렸다.

"모탱, 너 꼭 합격해라."

"알았다니까."

"그리고 권쑤 너도 영어 대회 1등 하고."

"노력해 볼게. 하하. 근데 해니 넌 뭐 하고?"

"난 우리의 더블, 아니 트리플 데이트 계획을 짜 보겠어."

"트리플?"

태영과 수아가 해니를 바라봤다. 그러자 해니가 신이 나서 떠들었다.

"나랑 유권이, 모탱이랑 유일반……이 아니라 그 쌍둥이 동생 유이 반, 그리고 곧 돌아온다는 유일반이랑 우리 권쑤! 요렇게 트리플 데이트를 하는 거지."

"해니야, 난 거기서 빼 줘야 할 것 같은데."

"왜? 에이, 영어 대회 1등 못 해도 껴 줄게. 가자."

"그게 아니라……."

수아가 말을 할까 말까 고민하다가 마침내 입을 열었다.

"사실 유일반이 좋아하는 건 내가 아니야."

"그럼 누군데?"

수아가 조심스럽게 손가락으로 태영을 가리켰다. 떡볶이를 먹던 태영이 빨간 국물을 입에 묻힌 채 고개를 갸웃했다.

"유일반이 나를 좋아한다고? 왜?"

"에이, 권쑤! 말도 안 돼. 유일반이 미치지 않고서야 왜 모탱을 좋아함?"

"말도 안 되는 거 나도 아는데 친구야 기분이 좀 그르네?"

태영이 어금니를 꽉 깨물고 장난스레 말했다. 해니는 들은 척도 안 하고 수아에게 물었다.

"권쑤, 근데 무슨 근거로 유일반이 니가 아니라 모탱을 좋아한다는 거야?"

수아가 기다렸다는 듯이 가방에서 사진 한 장을 꺼내 내밀었다.

그 사진은 바로 작년 체육 대회에서 찍은 사진이었다.

"이거 봐 봐. 유일반이 지금 누굴 어떤 눈빛으로 보고 있는지."

해니와 태영이 가만히 사진을 들여다봤다. 그러곤 누가 먼저랄 것도 없이 서로 눈이 마주치더니 박장대소를 했다.

"왜들 그래? 왜 웃어?"

수아가 영문을 모르겠다는 얼굴로 태영과 해니를 쳐다봤다. 그러자 태영이 깔깔 웃으며 배꼽을 잡았다.

"최니, 니가 설명해 줘. 나 웃겨서 말 못 하겠어. 풉."

"권쑤, 이 사진 잘린 거야. 이것만 보면 유일반이 모탱 쳐다보는 것 같긴 한데, 아니야."

"응?"

"있어 봐."

잠깐 기다려 달라며 해니가 핸드폰을 꺼내 사진첩을 뒤적거렸다. 그리고 마침내 찾은 한 장의 사진을 해니에게 보여 줬다.

"너 기억 안 나? 이때 모탱 바로 옆에 너 있었어. 이거 봐 봐. 맞지?"

해니가 보여 준 건 유권과 찍은 커플 사진이었다. 그 뒤로 유일반, 태영, 수아 순으로 서 있었다.

"이거 우리 커플 인생 샷이거든. 그래서 아직도 내 SNS 배경 화면이야. 모탱, 너도 그래서 딱 알아본 거지?"

"응. 너 작년에 그거 찍고 되게 좋아했잖아. 뒤에 유일반이랑 나랑 수아까지 다 찍혔다고."

태영이 대수롭지 않게 여기며 떡볶이를 마저 먹었다. 하지만 아직도 수아는 의심이 풀리지 않는지 얼떨떨한 표정을 지었다. 그를 이상하게 여기며 태영이 넌지시 물었다.

"왜 그래?"

"아니 근데 오필희 걔는 왜 그런 말을 한 걸까?"

"오필희? 이 사진 오필희가 준 거야?"

"응. 걔가 그랬어. 유일반이 작년부터 태영이를 좋아했던 것 같다고. 사진이 다 말해 준다고."

"걔 웃기는 년이네? 옆에 버젓이 권쑤 니가 있는데 딱 고것만 잘라서 이렇게 뽑아 놓고 뭐래. 걔 일부러 그런 거 아니야?"

안 그래도 오필희에게 좋지 않은 감정을 갖고 있던 해니가 열받아서 길길이 날뛰었다.

"워워. 최니, 떡볶이 맛 떨어진다. 오필희 얘긴 그만."

"다 먹어 놓곤 맛이 떨어지긴 무슨."

해니가 빈 접시를 보며 태영을 나무라자 태영은 말을 돌렸다.

"그럼 우리 이제 슬슬 일어나 볼까?"

태영이 배를 두드리며 자리에서 일어났다. 그렇게 분식집을 나온 세 사람은 나란히 거리를 걸었다.

"오, 우리 잠깐 저기 들어가서 구경하고 가자!"

해니가 걸음을 멈춰 세우며 태영과 수아를 끌고 쇼핑센터로 향했다.

"나 체육 대회 때 유권이랑 커플 모자 쓰기로 했거든."

"잘됐다. 나도 유일반 병문안 갈 때 들고 갈 선물 사려고 했는데."

"모탱, 넌 뭐 안 함? 너희도 하나 해. 커플템."

"우린 아직 커플이 아닌데…… 미리 사도 되겠지?"

난생처음 사 보는 커플템! 태영의 두 눈이 반짝거렸다. 쇼핑센터로 향하는 태영의 발걸음이 날아갈 것처럼 가벼웠다.

"이거 말고 다른 거 살걸."

해니처럼 모자라든지, 수아처럼 팔찌라든지 뭐 그런 걸 살 걸 그랬나?

태영은 어제 제가 고심해서 산 3단 우산을 뚱한 표정으로 쳐다봤다.

손에 쏙 들어오는 작은 크기의 우산. 복도를 걷던 태영이 잠시 멈춰 창밖으로 우산을 조심스레 펼쳐 봤다.

투명한 우산엔 예쁜 꽃이 프린트되어 있었다. 펼친 우산으로 본 하늘은 너무 아름다웠다. 마치 하늘에 꽃이 핀 것처럼.

"너무 여성스럽나? 아니야. 의미가 중요하지. 의미!"

태영이 소중히 우산을 접어 손에 꽉 쥐고 다시 복도를 걸었다. 그리고 코너를 돌아 계단을 올라가려는데.

"어?"

태영이 다시 계단을 내려와 복도 끝 교실을 쳐다봤다.

그곳은 '찰칵'이라는 사진 동아리방이었다. 태영은 순간 지난날 녀석과 했던 대화가 떠올랐다.

'프리무스 그 동아리 엄마가 창설한 거야. 꽤 오래전에.'

'너희 엄마도 명원고 출신이셔?'

'어.'

잠깐, 그렇다면 사진 동아리에 녀석의 엄마가 찍힌 사진도 있지 않을까? 예를 들면 졸업 앨범 같은 거라든지.

엄마의 어릴 적 사진. 그걸 가져다주면 녀석의 우울한 마음이 조금은 풀리지 않을까?

어떡해. 나 천잰가 봐.

태영은 스스로를 기특해하며 후다닥 걸음을 옮겼다.

"실례합니다."

예의상 노크와 함께 안으로 들어간 태영은 입이 떡 벌어졌다.

"와. 이걸 어떻게 찾지?"

역사가 깊은 명원고인 만큼 벽면에 꽂힌 졸업 앨범 수가 장난 아니게 많았다.

일단 녀석의 엄마가 몇 회 졸업생인지 알아야 찾는 데 좀 더 수월할 것 같았다. 태영은 얼른 핸드폰을 꺼내 검색했다. 소연화 박사의 출생일이 다행인지 불행인지 포털 사이트에서 검색이 됐고, 몇 회 졸업생인지도 유추할 수 있었다.

"23회에서 26회만 보면 되겠다."

그런데 하필 그 앨범만 책장 맨 위에 있었다.

끙끙대며 아무리 뛰고 손을 뻗어 봐도 닿지 않았다. 태영은 하는 수 없이 구석에 놓인 박스 하나를 끌고 와 그 위에 올라가서 앨범을 꺼내려는데.

쾅.

망할. 몸이 무거워서인지 박스가 뚫리고 말았다. 박스 안에 발이 푹 빠진 채로 넘어진 태영은 엉덩방아를 찧었다.

"으, 아파."

태영이 무릎과 엉덩이를 문지르며 일어나 뜯어진 박스를 어떻게 수습하면 좋을지 고민하고 있었는데.

"이게 뭐야?"

구멍 난 박스 안으로 익숙한 뭔가가 보였다.

노란색 운동화였다.

황당한 얼굴로 태영이 얼른 박스를 열었다. 그 안에는 수아의 물건으로 보이는 듯한 필통, 노트, 가방, 실내화, 심지어 양치 컵까지 있었다.

"미친!"

그리고 직사각형의 물체. 로봇에 대해 아무것도 모르는 태영이 봐도 이게 뭔지 한눈에 알 수 있었다.

"부품?"

이건 녀석이 그토록 찾던 라이다 센서가 분명했다.

그 순간 멀지 않은 곳에서 발소리가 들렸다. 허둥지둥하던 태영이 얼른 박스를 제자리에 옮겨 놓고 저도 모르게 책장 뒤에 숨었다.

정말 간발의 차이로 누군가 안으로 들어왔다. 오필희였다.

그런데 오필희가 노트북 앞에 앉더니 명원고 SNS에 로그인하는 게 아닌가.

"!"

뒤에서 몰래 지켜보던 태영이 너무 놀라 양손으로 입을 틀어막았다.

뭐야? 오필희가 저 계정 관리자였어?

태영은 너무 기가 막혔다. 저 계정 관리자가 멋대로 제 SNS에 있는 사진을 확대해서 올리는 바람에 전교생에게 악플을 받았던 걸 생각하니 지금 자신이 이렇게 숨어 있을 게 아니었다.

"야! 오필희!"

태영이 씩씩거리며 책장 밖으로 나가 큰 소리를 쳤다. 그 소리에 오필희가 화들짝 놀라며 노트북을 덮고 일어났다.

"모태영? 너 언제부터 있었어? 왜 남의 부실에 맘대로 들어와?"

"넌 왜 남의 물건을 맘대로 훔쳤는데?"

태영이 박스를 질질 끌고 와서 따져 물었다.

"이거 다 수아 거잖아. 그리고 이건 유일반 로봇에 들어가는 부품이고! 너 대체 뭐야? 그리고 니가 그 계정 관리자였어? 내가 DM으로 그렇게 그 사진 좀 내려 달라고 부탁했는데 읽씹 하고 전교생한테 욕먹게 만들더니."

"그러게 왜 니 멋대로 프리무스에 들어가. 거긴 아무나 들어갈 수 있는 곳이 아니라고."

"아, 이제 알겠다. 너 일부러 나 욕먹이려고 그 사진 올린 거지?"

"그렇다면 어쩔 건데?"

"어쩌긴 교무실 가서 선생님들한테 다 얘기할 거야."

"그래, 얘기해."

태영은 뒤도 돌아보지 않고 무거운 박스를 번쩍 들고 나가려고 했는데.

"지금 유일반이 유일반 아닌 것도 꼭 얘기하고."

태영의 등골이 오싹해졌다.

"뭐래. 그건 뭔 소리야? 도통 무슨 소릴 하는지 모르겠네."

태영이 모른 척 딱 잡아뗐다. 하지만 오필희는 그런 태영을 가소롭게 쳐다보며 비웃었다.

"그래? 모르니? 지금 옥상에 있는 애 유일반 아니잖아."

"유일반이 아니면 누군데?"

"유일반 쌍둥이 동생이잖아."

"……."

"모태영, 좋은 말로 할 때 그거 내려놓고 꺼져. 유일반 쌍둥이 동생이 기말고사 대리 시험 쳤다고 교육청에 고발하기 전에."

"!"

태영은 할 말을 잃고 말았다. 그사이 오필희가 박스를 확 뺏어 들더니.

"그리고 당장 그 쌍둥이 꺼지라고 해. 그 자린 유일반 자리야. 그때까지 이 부품은 내가 가지고 있을 거야. 내가 직접 유일반한테 돌려줄 거라고."

뭐 이런 미친 또라이가 다 있어?

태영은 어이없는 눈빛으로 오필희를 쳐다봤다.

"아오, 열받아!"

태영은 너무 억울했다. 솔직히 그 부품을 빼어 오려면 얼마든지 힘으로 뺏을 수 있었다.

하지만 그 오필희 또라이가 유이반의 정체를 SNS에 올리기라도 하는 날엔.

선생님들 귀에 들어갈 거고, 그렇게 되면 녀석이 그토록 알리고 싶지 않다고 했던 유일반의 아버지도 알게 되겠지.

그렇게 되면 프리무스는 폐지될 거고, 지금껏 녀석이 해 온 노력들은 허사가 될 것이다. 그래서 태영은 물러설 수밖에 없었다.

하지만 이 사실을 녀석도 알아야 한다고 판단한 태영은 옥상으로 달려갔다. 그리고 동아리방 문을 열었는데.

오늘도 여전히 녀석은 노트북 앞에서 작업을 하고 있었다.

안경을 쓴 녀석의 옆모습이 보인다. 분명 문소리가 들렸을 텐데 돌아보지도 않는다.

태영은 알 수 있었다. 지금 녀석은 일부러 저를 쳐다보지 않고 있다는 것을.

"혹시 내가 너한테 뭐 잘못한 거 있어?"

"무슨 말이 하고 싶은데?"

여전히 저를 쳐다보지도 않고 냉랭하게 말한다. 태영은 울컥했다.

"너 왜 계속 나한테 화를 내?"

"바쁜데 니가 자꾸 방해하잖아."

녀석이 피곤한 얼굴로 안경을 벗더니 책상 위에 내려놓았다. 그러곤 관자놀이를 매만지며 태영을 쳐다봤다.

"못 알아듣겠어? 나 이제 너 필요 없다고. 귀찮아 죽겠다고. 그러니까 꺼지라고."

"뭐라고? 꺼져? 너 지금 나더러 꺼지라고 했…… 어? 너 거기 왜 다쳤어?"

화를 내려던 태영이 녀석의 왼쪽 뺨에 생긴 상처를 발견하곤 걱정스레 물었다. 녀석은 다시 고개를 휙 돌려 태영에게 상처를 감춘 채 말했다.

"알 거 없잖아. 가."

"너 또 아버지한테 맞았어? 그래서 이렇게 저기압인 거구나?"

"그런 거 아니야. 그니까 제발 좀 가."

"왜 자꾸 가래! 나 할 말 있어서 온 거거든?"

"그럼 할 말 하고 가."

녀석이 지칠 대로 지친 얼굴로 말했다. 태영은 너무 서운했지만 지금 녀석과 싸울 때가 아니라고 판단했다. 그래서 화를 겨우 눌러 참고 말을 이었다.

"범인 찾았어. 로봇 망가뜨리고 부품 훔쳐 간 게 누군지……."

"안 궁금해."

"어?"

"부품 따위 이제 필요 없어. 그거 없어도 된다고."

"언젠 꼭 있어야 된다며. 대회에서 우승하려면 그거 필요하다며. 내가 범인 찾았으니까 부품도 꼭 가져다줄게!"

"아니. 가져오지 마. 그리고 제발 부탁이니까 넌 아무것도 하지 마. 이제 내 일에 신경 쓰지 말고 기자단 면접 준비나 잘하라고."

"……."

저를 성가셔 죽겠다는 표정으로 바라보는 녀석을 마주한 태영은 가슴이 철렁 내려앉았다.

저건 진심이다. 진심으로 내가 너무 짜증 나고 싫고 귀찮은 얼굴이다.

"야, 유이반! 너 말이 너무 심한 거 아니야? 난 너 생각해서 도와주려고 했던 건데…… 아무것도 하지 말라고? 그래, 미안하다. 귀찮게 굴어서!"

태영이 결국 화를 못 참고 소리를 버럭 질렀다. 그리고 후다닥 밖으로 나갔다가 다시 들어왔다.

"이건 어차피 너 주려고 산 거니까 그냥 가져! 갖기 싫음 버리든지 말든지!"

태영이 들고 있던 우산을 바닥을 향해 던지고 가 버렸다.

그렇게 바닥에 내팽개쳐진 우산을 물끄러미 쳐다보던 이반은 무표정한 얼굴로 다시 노트북 앞에 앉아 작업을 시작했다.

"대체 왜 그러는 걸까?"

녀석 때문에 잔뜩 열받은 태영이 아이스초코라테를 원샷 했다. 그 모습을 맞은편에 앉아 지켜보는 이들이 있었으니. 커플템 파란 모자를 쓴 주유권과 해니였다.

"살면서 라테 원샷 하는 사람은 첨 봄."

"나두."

"근데 모땡, 우린 이제 가도 되지?"

"안 돼!"

해니가 주유권을 데리고 일어나려고 하자 태영이 두 사람을 붙잡았다. 어쩔 수 없이 해니가 도로 앉으며 한숨을 픽 내쉬었다.

"아, 왜? 그나저나 넌 면접 준비 안 해? 내일 체육 대회 끝나고 바로 다음 날이 면접이잖아."

"아오, 그 녀석도 그렇고 다들 나한테 왜 이러냐구우. 면접 준비는 내가 진짜 다 알아서 하고 있거든?"

"그럼 계속 알아서 하시고요. 친구님, 우린 이만 가도 될까요? 영화 예매 시간 다 돼서요."

"잠깐, 이건 알아서 못 하겠어. 나 이제 어떡해? 주유권 니가 말해 봐. 니가 같은 남자로서 얘기 좀 해 보라고."

"뭘?"

주유권이 도통 무슨 말인지 모르겠다는 얼굴로 되물었다. 그러자 해니가 태영의 말을 대신 번역해 줬다.

"유이반이 아까 귀찮다고 꺼지라고 했는데 이거 차인 거냐고 묻는 거야."

"백퍼 차인 거지."

주유권이 0.1초의 망설임도 없이 대답했다. 그러자 태영이 실성한 듯 웃음을 흘렸다.

"내가 뭘 잘못했는데? 내가 뭐 얼마나 귀찮게 했다고 차인 건데? 아니지. 나 걔 좋아한다고 한 적 없어. 그럼 차인 거 아니지 않아? 맞아. 그러네. 나 고백 안 했어."

"네. 이상, 정신 승리 중인 모태영 잘 봤구요."

태영이 저를 놀리듯 말하는 해니를 째려봤다. 그러자 해니가 이내 짓궂은 표정을 지우고 진지하게 말했다.

"유이반 걔 무슨 일 있는 거 아니야? 얼마 전까지만 해도 너한테 좋아한다고 했다며."

"응. 근데 그 뒤론 나더러 자길 좋아하지 말랬어."

"왜?"

"떠날 사람이래. 여행 갈 거래. 멀리……."

"답 나왔네."

"무슨 답?"

"정 떼려는 거지 뭐. 드라마에서 많이 나오잖아. 연인들이 흔히 하는 그런 거. 사랑하니까 헤어지는 거야. 뭐 그런 거."

"아니, 왜 헤어져? 난 기다릴 수 있어. 걔 여행 갔다 올 때까지 기다릴 수 있다고."

"그럼 그걸 유이반한테 말해. 기다린다고."

"기다리지 말라고 하면 어떡해?"

"그게 뭐 마음대로 되나. 암튼 모탱, 정신 차려. 그나저나 너 아까 무슨 오필희 얘기 한다고 우리 부른 거 아니었어?"

"아! 맞다. 내가 왜 그걸 까먹고 있었지?"

태영이 이 커플을 소환한 건 연애 상담 때문이 아니었다. 수아는 영어 대회 준비로 바쁘니 방해하고 싶지 않았고, 대신 두 사람에게 따로 부탁할 일이 있었다.

"무슨 일인데?"

"오필희가 범인이었어. 근데 부품 훔쳐 가 놓고 안 준대. 유일반한테

지가 직접 주겠대. 게다가 지금까지 수아 물건도 걔가 다 훔친 거였더라고. 니 말대로 수아 열쇠고리도 걔가 가져간 것 같아."

"소름."

"더 소름인 건 오필희가 우리 학교 SNS 계정 관리자였어."

"쌍! 그년 미친 거 아니야? 야, 유권아 당장 영화 예매 취소해."

역시 의리의 최해니. 해니의 말이 끝나기도 전에 사랑꾼 주유권은 바로 핸드폰으로 영화 예매를 취소했다.

"계속 얘기해 봐. 그래서 우리가 어떻게 하면 되는데?"

"도로 뺏어 와야지!"

"그니까 어떻게?"

"내가 오필희가 범행 사실 실토하게 만들 테니까 너흰 숨어서 녹음해."

"오, 대박. 그런 건 어디서 배웠어?"

"있어."

그 녀석한테 배웠다. 태영은 자신을 인정해 주는 해니와 주유권 앞에서 으스댔다.

"너희 녹음기는 있지?"

"핸드폰으로 하면 되지. 아예 빼도 박도 못하게 동영상 촬영 할까?"

"그럼 더 좋지."

"근데 너 실토하게 만들 수는 있어? 오필희 걔 재수 없게도 말 더럽게 잘하잖아. 논리정연하게. 그 논리 이길 수 있어?"

"내 꿈이 기자거든?"

"벌써 논리가 없네."

"야, 최니!"

"알았어. 암튼 내일 잘해. 무조건 증거 잡아서 오필희 박살 내자!"

오필희가 무슨 짓을 해서 밉기보다 원래 싫어했는데 잘 걸렸다는 듯 해니가 의지를 불대우고 있었다. 마찬가지로 태영도 두 수먹을 불끈 쥐었다.

녀석은 제게 아무것도 하지 말랬지만 할 거다.

어떻게든 증거도 잡고 부품도 되찾아 올 거야!

"모태영!"

"태영아!"

"2반 모태영!"

— 2학년 2반 모태영은 지금 즉시 강당으로. 2학년 2반 모태영…….

이 소리는 운동장 여기저기서 육성으로 그리고 마이크로 태영을 찾는 소리였다.

태영은 그야말로 몸이 열 개라도 모자랄 지경이었다.

우씨. 내가 지금 이럴 때가 아닌데. 오필희 그년 잡아야 하는데!

"으아아악!"

태영이 괴성을 지르며 미친 듯이 달렸다. 문제는 지금 태영은 강당에서 2인 3각 달리기 중이라는 거였다.

"사, 살려 줘으아악!"

태영과 파트너인 주유권이 괴성을 지르며 태영에게 질질 끌려가고 있었다. 덕분에 두 사람은 미친 속도를 보이며 압도적인 우승을 거두었다.

"꺆!"

이과 아이들의 함성이 여기저기서 쏟아지고 주유권은 기진맥진했다. 그렇게 달리고도 아직 기운이 남아도는지 태영이 발에 묶인 끈을 풀고 다음 박 터뜨리기 준비를 위해 운동장으로 나가려던 그때.

"모탱!"

해니가 태영을 데리고 강당 구석으로 갔다. 그리고 은밀히 말했다.

"오필희 그년 지금 응원석에서 아주 우아하게 책 읽고 있던데 어떻게 할까? 언제 불러낼 거야? 너 왜 이렇게 바빠?"

"으, 몰라. 지금 죽을 것 같아. 대체 체육 대회는 언제 끝나는 거야? 나 몇 종목 남았지?"

"너 짝피구랑 발야구는 아직 시작도 안 한 거 알고 있음?"

"망할."

"그러게 땜빵을 몇 개나 들어간 거야."

"근데 지금 유이반은 어딨어?"

"당연히 동아리방에 있겠지."

"점심시간에도 나 바쁠 수 있으니까 걔 꼭 급식실로 데려가서 밥 먹여. 알았지?"

"걔가 무슨 애냐?"

"애지. 걔 안 챙겨 주면 밥 안 먹어."

"아주 엄마네 엄마."

"부탁한다. 그럼 난 박 터뜨리러 운동장 간다……."

태영이 운동장으로 나가려던 그때였다.

"마이크 테스트. 아아."

갑자기 단상 앞에 나타난 사회자가 마이크를 테스트하기 시작했다. 요란한 복장을 보니 레크리에이션 강사인 듯했다.

"자, 지금부터 미니 게임을 시작하겠습니다!"

강사의 말에 여기저기서 학생들이 달려와 단상 앞으로 몰려들기 시작했다.

게임은 간단히 하늘 위 가위바위보부터 시작했다. 오필희는 언제 참교육 시전할 거냐고 묻던 해니도 주유권을 데리고 상품권 준다는 사회자의 말에 게임에 참여하고 있었다.

"어어? 서게 뭐야?"

"저거 유일반 아니야?"

"대박. 저게 무슨 영상이야?"

신나게 게임을 즐기던 아이들이 갑자기 웅성웅성하며 단상 뒤에서 내려오는 롤스크린을 바라봤다.

롤스크린에 쏘아 올린 영상의 주인공은 유일반…… 아니, 그 녀석 유이반이었다.

장소는 동아리방이었고, 주인공은 유이반 혼자가 아니었다.

"유일반이랑 같이 있는 거 오필희 아님?"

그 순간 스피커 볼륨이 확 높아지며 영상에서 소리가 들리기 시작했다.

운동장으로 나가려던 태영은 걸음을 멈추고 영상을 올려다봤다.

그 순간 말도 안 되는 일이 벌어졌다.

— 다 원래대로 돌려놔! 너 유일반 아니잖아. 유일반 쌍둥이잖아. 유일반 데려오라고!

영상 속 오필희가 괴성을 질렀다. 하지만 녀석은 태연했다.

— 이렇게 만든 건 너야. 니가 멋대로 동아리방에 침입해서 대회 나갈 로봇 망가뜨리고 부품 훔쳐 갔잖아. 유일반 지금 어딨냐고? 그 사고로 병원에 누워 있어. 이게 다 너 때문이야. 오필희.

— 벼, 병원? 아니야! 내가 안 그랬어! 난 그냥 유일반을 응원하러 갔다가……. 유일반 데려와! 당장 내 앞에 안 데려오면 너 죽여 버릴 거야!

유일반이 병원에 있다는 말에 오필희가 폭주했다. 미친년처럼 동아리방에 있는 물건들을 마구잡이로 쓸어 넘어뜨리고 집어 던지기 시작한 것이다. 그 난리 통에 물건에 얼굴을 맞은 녀석이 손으로 왼쪽 뺨에 묻은 피를 닦아 냈다.

"저런 씨."

영상을 본 태영은 아랫입술을 꽉 깨물었다. 저래서 얼굴에 상처가 생긴 거였어? 오필희 너 내가 가만 안 둬!

"저게 다 무슨 말이야?"

"지금 유일반이 유일반이 아니고 쌍둥이라는 거야?"

"유일반이 병원에 있는 게 오필희 때문이라고?"

학생들이 웅성거리며 뒤를 돌아봤다. 그리고 유일반의 공식적인 여자 친구인 태영에게 대답을 요구하는 듯한 눈빛을 보냈다. 하지만 태영은 그들을 뒤로한 채 강당 밖으로 나갔다.

운동장은 아직 이 엄청난 소식이 퍼지지 않은 모양인지 평화로웠다. 태영이 밖으로 나오자 아무것도 모르는 친구들이 달려와 재촉했다.

"태영아, 박 터뜨리기 게임 10분 뒤로 미뤄졌대. 우리 미리 작전이나 짤까?"

"얘들아, 박 지금 어딨어?"

태영이 태연하게 박을 찾았다. 그러자 친구들이 운동장 한가운데 걸린 박을 가리켰다.

"박 저깄는데."

"잘됐다."

"뭔데? 무슨 작전인데?"

"일단 저 박 좀 내려서 나 좀 줘."

"응?"

갑자기 무섭게 돌변한 태영의 눈빛을 마주한 박 터뜨리기 멤버들은 흠칫 놀랐다.

박 좀 내려 달라는 요구에 아무도 움직이지 않고 있자 태영은 마침 이제 등교한 모양인지 운동장에 나타난 바위를 향해 외쳤다.

"송바위! 나 좀 도와줘!"

"뭔데."

"박 좀 패스해 줘!"

태영이 외쳤다. 그러자 왜 그러냐고 묻지도 않고 바위가 달려가 줄을 잡아당겨 박을 내렸다. 그러곤 박을 굴려 태영에게 패스했다.

우다다다.

태영은 제 몸보다 큰 박을 번쩍 들고 어디론가 달려가기 시작했다.

운동장 한가운데서 갑자기 박을 들고 달리는 태영을 보며 관중들은 이것도 종목 중 하나인가? 하는 눈빛으로 구경하고 있었는데.

그때였다.

"뭐? 죽여 버려? 니가 뭔데 죽인다 만다야! 오필희 이 사막에일년삼백육십오일비를처뿌려대도꽃도못피울이식물같은새끼야!"

태영이 박을 내려놓고 발로 뻥 차 버렸다. 정확히 오필희가 앉아 책을 읽고 있는 그 지점을 향해.

아무것도 모른 채 책이나 읽던 오필희가 갑자기 주변이 소란스러워지자 고개를 들었다. 그 순간 제 눈앞으로 커다란 박이 날아왔다.

퍽.

"악!"

박으로 얼굴을 정통으로 맞아 스탠드 밑으로 나자빠진 오필희가 박에서 터져 나온 현수막에 몸이 칭칭 감겨 정신을 못 차렸다.

그런 오필희의 멱살을 태영이 잡아끌었다.

"니가 때렸냐? 니가 뭔데 때려?"

"내, 내가 뭘 때려?"

"너 땜에 얼굴에 상처 났잖아! 씨."

"지금 고작 그거 때문에 이 난리야? 너 이러면 내가 학교 SNS에 유일반 쌍둥이가 대리 시험 봤다고 다 불어 버릴……."

"불든지 말든지. 어차피 이미 다 끝났어."

"뭐가 끝나?"

"너. 넌 이제 다 끝났다고."

오필희가 상황 파악이 안 되는 얼굴로 주변을 둘러봤다.

멸시하는 눈빛이 제게로 쏠리자 오필희는 뭔가 이상함을 감지했는지 꼴까닥 기절해 버렸다. 아니, 기절한 척했다. 그를 어이없게 쳐다보던 태영이 멱살을 확 놔 버리며 주먹으로 오필희의 이마에 꿀밤을 세게 먹였다.

"악!"

기절한 척했던 오필희는 절로 악 소리를 내며 상체를 벌떡 일으켰다가 다시 기절한 척했다.

이마가 빨갛게 부풀어 오른 오필희를 기막힌 듯 쳐다보던 태영이 서둘러 옥상으로 향했다.

"유이반!"

태영이 녀석의 이름을 부르며 옥상 문을 벌컥 열었다.

지금 학교는 저 때문에 난리가 났는데 녀석은 여유로운 표정으로 난간에 기댄 채 서 있었다. 태영을 바라보는 녀석의 눈빛이 마치 기다렸다고 말하는 것 같았다.

"그렇다고 사람을 때리면 안 되지. 앞으로 기자 될 분이."

"안 때렸거든? 내가 진짜 진지하게 때리면 개 죽어."

"하."

이반이 피식 웃어 버렸다. 위에서 다 봤기 때문이다. 박을 발로 차서 오필희를 맞히던 태영의 모습을.

"너 지금 웃음이 나와?"

"그럼 울까?"

"대체 왜 그랬어? 강당에 영상 튼 거 너지?"

이반이 부정하지 않았다. 그저 어깨를 으쓱이며 대수롭지 않게 말했다.

"내가 당하고는 못 사는 성격이라."

"아니지. 지금 니가 더 곤란해졌잖아. 전교생이 다 알게 됐어. 선생님들도 이제 다 알걸? 그럼 이제 너희 아버지 귀에도 들어갈 거고……."

"그러라고 한 거야. 오필희 걔 형 스토커거든. 지금쯤 아마 미칠 거야. 지가 좋아 죽는 유일반 명성에 흠집 갔잖아. 쌍둥이 동생이 대리 시험도 보고."

"이제 어쩌려고 그래?"

"어떻게든 되겠지. 내 역할은 여기까지."

"?"

태영은 의아한 얼굴로 녀석을 바라봤다. 이상하게도 녀석의 표정이 모든 걸 체념한 것처럼 보였다. 아무런 의지도 희망도 없는 사람 같았다.

"넌 이만 가 봐. 나랑 같이 있다가 너까지 엮이면 그땐 내가 진짜 곤란해지니까."

녀석이 턱끝으로 아래를 가리켰다. 교장 선생님을 필두로 선생님들이 건물 안으로 우르르 몰려오고 있었다. 아마 사건의 진위를 알아내기 위해 동아리방으로 올라오는 중인가 보다.

"내일 면접 잘 보고."

녀석이 안 가려는 태영을 비상구 문 쪽으로 끌고 갔다. 그리고 문을 열고 태영을 밀어 냈다.

"어서 가."

"알았어. 대신 이따 연락해."

"오늘은 안 될 것 같은데. 그냥 너 내일 면접 끝나고 거기서 보자."

"거기? 어디?"

"꼭대기."

"진짜?"

태영의 얼굴이 별안간 환해졌다. 그 얼굴을 빤히 바라보던 녀석이 애써 미소 지었다.

"어. 그러니까 면접 잘 보고 와."

"웅! 나 진짜 진짜 끝내주게 잘하고 갈게. 우리 내일은 1인 1닭 하자!"

"닭 먹을 생각에 신났지 아주? 아, 맞다. 이거."

녀석이 주머니에서 뭔가를 꺼내 내밀었다. 은색 소화기 미니어처가 달린 펜던트였다.

태영이 가만히 보고만 있자 녀석이 태영의 목에 펜던트를 걸어 줬다.

"여기 누르면 녹음되는 거야."

녀석이 태영의 손가락을 끌어다 소화기 분사기 쪽을 꾹 눌렀다.

"모태영, 넌 꼭 좋은 기자가 될 거야. 넌 좋은 사람이니까. 그동안 고마웠어. 자, 이러면 녹음 끝."

다시 손가락으로 분사기 쪽을 누르며 녹음하는 방법을 가르쳐 주는 녀석을 태영이 알 수 없단 눈빛으로 바라봤다.

"그동안 고마웠다고? 그게 무슨 소리야?"

"그냥 한 소리지. 얼른 가. 내일 보자."

마지막으로 인사를 하고 녀석은 태영을 억지로 문밖으로 밀어 낸 후 문을 닫았다.

철컥.

갑자기 안에서 문이 잠기는 소리가 들리자 태영은 당황해하고 있었는데. 우르르 계단을 올라오는 발걸음 소리가 들렸다. 태영은 얼떨결에 옥상 옆 입간판 뒤에 숨었고.

쾅쾅.

"유일반! 일반아!"

"나와서 선생님이랑 얘기 좀 하자!"

교장 선생님과 물리 선생이 대표로 문을 두드리며 녀석을 불렀다. 하지만 아무 소리도 들리지 않았고 결국 당직 기사님이 열쇠를 들고 와 문을 강제로 열어 버렸다.

선생님들과 함께 옥상에서 나와 계단을 내려가는 녀석은 묵비권을 행사하려는지 입을 꾹 다물고 있었다.

입간판 뒤에 숨어 있다가 녀석과 잠깐 눈이 마주친 태영은 입 모양으로 '괜찮아?' 라고 물었다. 그러자 녀석은 태영을 안심시키기 위해 눈을 찡긋하더니 여유를 부리며 계단을 내려갔다.

그 모습이 계속 뇌리에 남아 태영은 꽤 오랜 시간 그 자리를 떠날 수가 없었다.

"다들 기사 작성 다 하셨으면 업로드하고 집에 가셔도 됩니다."

업로드 버튼을 누른 태영의 표정이 유독 밝았다.

정말 태영의 예상이 맞았다. 이번엔 면접 대신 추가 미션으로 기사 작성을 하게 된 것이다. 당황한 다른 면접자들과는 달리 태영은 준비한 기사를 써먹을 수 있어 기뻤다.

기사 내용은 '요기소화기' 라는 어플을 소개하는 거였다. 화재 위험을 겪었던 시민의 마음으로 어플의 필요성과 또 효율성 그리고 추가로 업그레이드되었으면 하는 부분까지 세세하게 작성했다.

녀석에게 말한 대로 정말 끝장나게 면접을 잘 보고 시청을 나온 태영의 발걸음이 무척이나 가벼웠다.

태영은 제일 먼저 녀석에게 전화를 걸었다. 하지만 어제 옥상에서 그렇게 헤어진 이후 녀석은 전화도 안 되고, 문자도 읽씹이다.

'그냥 너 내일 면접 끝나고 거기서 보자.'

'거기? 어디?'

'꼭대기.'

그래, 일단 꼭대기로 가자. 어쩌면 그 녀석이 먼저 와서 기다리고 있을 수도 있어. 순간 태영의 걸음이 바빠졌다.

지이잉. 지이잉.

그런데 꼭대기에 거의 다 도착했을 때쯤 핸드폰이 울렸다. 당연히 녀석일 거라는 생각에 확인도 안 하고 전화를 받았는데.

"나 거의 다 도착했어!"

— 태영아, 나 수아야.

"어? 미안. 난 유이반인 줄 알고."

— 아…… 오늘 둘이 만나기로 했어?

"응. 면접 끝나고 자주 가는 치킨집에서 만나기로 했는데 연락이 안 되네."

— 그렇구나…….

어쩐지 무거운 목소리. 태영은 덜컥 겁이 났다. 뭔가 굉장히 안 좋은 예감이 들었기 때문이다.

그때 스피커 너머로 수아의 작은 한숨 소리가 들렸다.

"수아야, 혹시 무슨 일 있어? 맞다. 너도 오늘 대회였지. 잘했어?"

― 응. 잘 끝내고 나왔는데…… 대회장에서 내가 좀 말도 안 되는 소리를 들었어.

"무슨…… 소리?"

― 주변 학교에도 소문이 다 났나 봐. 어제 우리 학교에서 있었던 일 말이야. 유일반한테 쌍둥이가 있다는 얘기. 대기실에서 다들 그 얘기만 하더라고.

"아……."

뭔가 할 말은 명확한데, 그 말을 하기 어려워서 빙빙 돌리는 듯한 느낌.

태영은 용기를 내서 물었다.

"대회장에서 무슨 소리를 들었는데?"

― 그게…….

"괜찮아. 괜찮으니까 말해 줘."

― 죽었대.

그 순간 태영이 걸음을 멈췄다. 그리고 힘이 풀린 다리가 확 꺾여 그대로 주저앉고 말았다.

― 유일반 옆집 살던 애 말로는 어젯밤에 그 집으로 구급차가 한 대 왔었대. 거기서 실려 나온 유일반이랑 비슷한 애가 의식이 없었대. 걔네 아버지가 의사라 심폐 소생술 하면서 병원으로 이송하는 거 보더니 테이블 데스 할 거라고…….

"수아야……."

나 못 알아듣겠어. 지금 무슨 소린지 아무것도 안 들려.

태영은 간단한 말조차 나오지 않았다.

― 가망 없을 거래. 갑자기 심장 쇼크가 왔을 경우 병원에 가도 살아날 확률은 거의 없다고 했대.

"나 모르겠어. 니가 지금 무슨 말 하는지 모르겠고. 어쨌든 난 여기서 만나기로 했는데……."

태영이 울먹이며 억지로 다리를 일으켰다. 그리고 골목을 올라갔다. 가게가 원래 이렇게 높은 곳에 있었나? 지난날 녀석과 올라갈 때는 힘든 줄도 몰랐는데. 오늘따라 유독 다리가 무거웠다. 숨이 너무 찼고 가슴이 숨도 못 쉬게 아팠다.

— 알았어. 알았으니까 태영아, 너무 오래 기다리지 말고 유이반 안 오면 일단 집으로 가. 알았지? 무슨 일 있으면 전화하고.

걱정스러운 수아의 목소리를 뒤로하고 태영은 전화를 끊었다. 그리고 마침내 꼭대기 바비큐집 앞에 도착했다.

태영은 목에 건 소화기 펜던트를 손에 꽉 쥔 채로 간절히 빌었다.

늦어도 좋으니 제발 와 달라고. 제발 와 주기만 해 달라고.

하지만 애석하게도 그날 녀석은 그곳에 나타나지 않았다.

"모태영! 너 복도에서 뛰지 말랬……. 저게, 담임 말하는데 듣지도 않고 어딜 저렇게 뛰어가? 모태영!"

뒤에서 담임이 애타게 태영을 불렀다. 하지만 지금 태영의 귀엔 아무것도 들리지 않았다. 태영은 아까보다 더 빨리 전속력을 다해 달려갔다.

'지금 교장실에 와 있대.'

소식통 해니의 말을 듣자마자 태영은 교실을 뛰쳐나온 것이다.

건물 밖으로 나가 교장실이 있는 본관으로 향하고 있었는데, 주차장 쪽에서 누군가를 발견했다.

지난번 유일반의 집에서 봤던 추 여사였다. 녀석과 키스하다 걸리자

제 등짝을 내리치던 그 아줌마. 태영은 걸음을 다시 옮겨 추 여사에게로 향했다.

"아줌마! 어딨어요?"

누굴 찾는지 알겠다는 듯 추 여사가 차 안을 쳐다봤다. 태영의 시선도 차로 옮겨 갔다. 뒷좌석에 탑승한 누군가의 실루엣이 보였다. 태영이 달려가 창문을 두드렸다.

"유이반! 너 괜찮은 거야?"

그때 창문이 내려가며 실루엣의 주인공이 나타났다. 태영의 두 눈이 커다래졌다.

"!"

"누구?"

"너…… 넌……."

그 녀석이 아니었다. 유이반이 아니다. 지금 제 눈앞에 있는 사람은 진짜 유일반이었다.

근데 얜 또 왜 날 기억 못 하는 거야?

"유일반! 나야. 나 모태영. 니 동생 어딨어? 유이반 어딨냐고!"

"?"

"모르는 척하지 말고 말해. 어딨냐니까?"

"……."

입을 다문 채 그저 알 수 없는 표정으로 저를 바라보는 유일반 때문에 태영은 미치고 팔짝 뛸 노릇이었다.

태영이 휘청거리자 추 여사가 태영을 끌어다 차와 조금 떨어진 곳에서 말했다.

"학생, 학생은 그냥 잊으면 돼. 그동안 있었던 일은 내가 다 정리했으니까."

"정리요? 무슨 정리요?"

"유일반은 사고로 기억을 잃었어."

"거짓말하지 마요! 나 이제 안 속아!"

"유일반은 그날 사고로 머리를 다쳤고, 기억을 잃어서 그동안 있었던 일들은 기억 못 해. 예를 들면 쌍둥이 동생이 대리 시험을 봤는지 어쨌는지 아무것도 모르는 상태인 거야. 그냥 건강이 안 좋아서 자퇴하고 유학을 가기로 한 거야."

"자퇴요?"

"이렇게 정리하기로 했으니까 너도 어서 빨리 정리하렴."

"지금 어딨어요? 제가 이상한 소릴 들어서 그래요. 유이반 걔 지금 어딨는지만 말해 줘요. 네? 아줌마, 제발 부탁이에요."

태영이 추 여사를 붙잡고 울먹이며 물었다. 그러자 냉정하던 추 여사가 애써 울음을 삼키며 말했다.

"그 애는 멀리 떠났어. 다시는 돌아오지 않을 거야."

"……"

"그럼 잘 지내렴."

황급히 말을 자르고 추 여사가 차에 올라탔다.

"잠깐만요!"

태영이 뒤늦게 따라가 봤지만 이미 차는 출발한 뒤였다.

태영은 정문 앞 도로까지 차 뒤를 미친 듯이 따라갔다. 하지만 결국 넘어지면서 차를 놓치고 말았다. 까진 무릎에서 피가 철철 흐르는데도 태영은 아픈 줄도 몰랐다.

쏴아—

태영의 마음을 대변이라도 하듯 새까만 먹구름이 하늘을 뒤덮었고 갑자기 소나기가 쏟아지기 시작했다.

땅바닥에 주저앉은 채 비를 맞으며 엉엉 우는 태영의 곁으로 누군가 다가왔다.

우산을 든 바위였다.

"그만 울어."

태영이 천천히 고개를 들어 바위를 올려다봤다.

"나 안 울어. 나 안 울어엉……. 아니야. 그런 거 아니지? 바위야 그 녀석 다시 올 거야. 그치?"

"……."

바위는 그저께 체육 대회 날 녀석이 저를 따로 불러 부탁했던 게 생각났다.

'그냥 가지고 논 거야. 난 걔 좋아한 적 없어. 그렇게 말해. 차라리 날 미워하게 만들어.'

누구 맘대로. 니가 시킨다고 내가 그렇게 할 것 같아?

바위는 녀석의 부탁을 들어주지 않았다. 아니 들어줄 생각이 없었다.

우산으로 후두둑 비가 떨어지는 소리가 적막을 채웠고, 그 적막을 깨고 바위가 말했다.

"기다리면 올 거야. 그 녀석 너 많이 좋아했으니까."

우는 태영의 어깨를 두드리며 바위가 위로했다. 그러자 태영은 고개를 숙인 채 어린아이처럼 엉엉 울음을 터뜨렸다.

"많이 울더라……."

창밖에 내리는 비를 바라보며 유일반이 나지막한 목소리로 읊조렸다.

"근데 모른 척했어. 그게 니가 원하는 거잖아. 맞지?"

유일반이 뒤를 돌았다.

바로 뒤엔 병색이 완연한 얼굴로 침대 위에 누워 잠든 동생 유이반이 있었다.

산소 호흡기에 의존해 겨우 숨만 쉬고 있는 동생을 바라보는 유일반의 눈시울이 붉어졌다. 마침 사 원장이 들어왔다.

"마음의 준비 해. 너희 외할머니도 방금 귀국하셨어."

"네……."

"인마, 니가 기운 차려야지. 저 녀석도 저렇게 살려고 버티고 있는데."

"아저씨, 제가 잘못한 거죠?"

"아니야. 넌 잘못한 거 없어. 저 녀석 마지막으로 학교생활 실컷 해보라고 그런 거잖아."

사 원장의 위로에도 일반은 자책을 멈추지 않았다.

"아니에요. 이게 다 나 때문이에요. 내가 한국에서 같이 학교 다니자고 하지만 않았어도 이 녀석 한국에 올 일 없었고. 그랬다면 작년 같은 사고도 없었어요."

명원고는 원래 두 사람이 같이 입학하기로 한 학교였다. 입학식 전날 이반의 건강이 악화되는 사고만 없었어도 말이다.

"그때부터 병이 악화돼서……."

"일반아, 이 녀석이 얼마 전에 그러더라."

사 원장은 며칠 전 이반이 했던 말이 생각났다.

'닥터, 그동안 차라리 죽는 게 나을 정도로 아플 때가 많았는데, 지금은 죽을 만큼 아파도 좋으니 살고 싶어. 누가 그러더라, 내가 지금 이렇게 살고 있는 건 형벌이 아니라 행복이래.'

라고 말하며 누군가를 떠올리며 처음 보는 미소를 지었던 녀석. 그 녀석의 그 미소가 갑자기 머릿속을 스치고 지나가자 사 원장은 가슴이 아팠다.

"살고 싶다고 했어. 나 이 녀석한테 그런 말 처음 들었잖아. 맨날 그냥 이럴 거면 빨리 죽고 싶다, 죽고 싶다 노래만 부르던 녀석이……. 그러니까 이번엔 꼭 살 거야."

그런데 그때였다.

모니터 속 아슬아슬하게 오르락내리락하던 그래프가 갑자기 삐— 소리와 함께 일자로 평행선을 그리고 있었다.

그게 무슨 의미인지 너무나도 잘 알고 있던 유일반이 그대로 주저앉고 말았다.

"인턴! 당장 수술방 잡아! 흉부외과 전부 콜하고!"

일순간 병실 안은 생과 사를 오가는 전쟁터로 변하고 말았다.

"유일반 자퇴했다면서?"

학생들은 모였다 하면 유일반 얘기만 했다. 교실, 복도, 급식실, 강당, 운동장, 화장실. 어딜 가나 유일반 얘기뿐. 아, 그리고 오필희 얘기도.

"오필희 지방으로 전학 갔대."

"나 같아도 쪽팔려서 전학 가지. 그동안 유일반 스토커 짓 했다며. 유일반 쪽에서 자필 사과문 제출하면 용서해 준다고 했대. 너도 봤지? 학교 게시판에 자필 사과문 떴잖아. 그동안 2반 권수아 물건도 훔쳤대. 유일반이 권수아 좋아했나 봐."

"뭐야. 유일반은 모태영이랑 사귄 거 아니었음?"

"걘 유일반이 아니라 쌍둥이 동생이었다잖아."

"야야 저기 온다. 조용."

태영이 오자 학생들은 말을 멈추고 후다닥 사라졌다.

못 들은 건지, 못 들은 척하는 건지 태영은 무덤덤한 얼굴로 계단을 올라갔다. 그리고 옥상으로 향했다.

일주일밖에 지나지 않았는데 옥상은 엉망이었다.

먼지 쌓인 책상들이 아무렇게나 널브러져 있었고, 온갖 잡동사니가 여기저기 쌓여 있었다.

그동안 이곳을 직접 관리하고 청소해 온 사람이 없어졌으니 그럴 만도 했다.

태영은 텅 빈 동아리방에 이어 바로 옆 창고를 들여다봤다. 얼마 전 갑자기 비워진 창고. 그 많던 로봇들은 다 누가 가져간 걸까?

수아에게 건너 듣기론 유일반이 기억을 잃은 게 아니라던데.

저 대신 수아가 유일반에게 왜 그런 거짓말을 했냐고 물으니 미안하다고만 하고 동생 소식을 물어도 묵묵부답이었다고 한다.

태영은 답답했다. 제가 할 수 있는 게 아무것도 없어서.

띠링.

그 순간 문자가 도착했다.

[이번 명원시 청소년 기자단에 합격하였음을 알립니다.]

그토록 바라던 기자단 합격 소식이었지만 태영은 기쁘지 않았다. 오히려 슬픔이 밀려왔다. 왜 지금 내 옆엔 그 녀석이 없는 걸까? 여전히 믿기지 않았다.

"나 합격했대."

태영은 지난날 녀석이 알려 준 대로 소화기를 누르고 녹음을 시작했다.

"이렇게 하는 거 맞지?"

들려오는 대답은 없었다.

"넌 지금 어딨니?"

여전히 들려오는 대답은 없었다. 1교시 시작을 알리는 종소리만 귓가에 맴돌 뿐.

그렇게 내 첫사랑은 여름과 함께 사라졌다.

1년 후.

명원고 3학년 2반.

교실이 시끄러웠다. 지난주에 봤던 1학기 중간고사 성적표가 나왔기 때문이었다.

"모탱, 너 성적표 잘못 받은 거 아니야? 니가 평균 82.3이라고? 니가? 왜?"

"왜긴 왜야. 내가 열심히 했으니까 당연한 결과지."

태영이 손가락으로 브이를 그리며 성적표를 품에 꼭 안고 행복해했다.

"아싸. 모태혁한테 뭐 뜯어낼까? 노트북? 핸드폰 바꿔 달랠까?"

"야, 나도 너희 오빠한테 과외받을래."

"완전 비추한다."

"왜? 너 혹시 막 오빠한테 맞으면서 배운 건 아니지?"

"왜 아니야? 나 많이 맞았어. 그 인간 아주 말로 사람 때리는데, 아오!"

그동안 오빠에게 말로 맞은 걸 생각하면 태영은 울화가 치밀었다. 하지만 성적표를 보니 미웠던 마음이 싹 사라진다. 그 인간 솔직히 잘 가르치는 건 인정. 어떻게 찍어 준 거에서 시험 문제가 다 나오냐? 괴물 같은 놈!

"근데 오늘같이 기쁜 날 이런 말 해도 될라나……."

뭔가 말을 할까 말까 고민하던 해니가 작게 속삭였다.

"얼마 전에 수아한테 메일이 한 통 왔는데……."

"유일반한테 왔지?"

"어? 너 어떻게 알았어?"

"나도 받았으니까."

"헐…… 수아한텐 잘 지내고 있으니 걱정 말라고 했대. 그리고 지금은 미국에 있는데 조만간 한국으로 돌아올 거라고 했대. 와서 우리들한테 정식으로 사과할 거래. 작년에 기억 상실증이라고 거짓말하고 인사도 없이 떠난 거 말이야. 근데 너한텐 뭐래?"

태영은 이틀 전 받은 메일 한 통을 떠올렸다. 그러다 갑자기 생각이 많아진 얼굴로 태영이 말이 없자 해니가 흘끔 눈치를 봤다.

"뭐 안 좋은 얘기 들은 건 아니지?"

해니가 조심스레 물었다. 그러자 태영이 애써 웃으며 말했다.

"그런 거 아니야."

"그럼 뭔데? 뭐라고 왔는데?"

"작년에 내가 유일반한테 사귀자고 했을 때 바로 알았다고 한 이유를 얘기해 주더라고."

해니가 잔뜩 궁금한 얼굴로 의자를 당겨 앉았다.

"대박. 그 이유가 뭔지 우리 완전 궁금했었잖아. 뭐래? 우리 예상이 맞았어? 질투심 유발 작전?"

"아니."

"그럼 뭐야? 설마 유일반도 널?"

"그건 더 아님."

"에잇. 그럼 뭔데?"

"수아를 보호하고 싶었대. 그래서 나랑 사귀기로 한 거였대. 오필희가 스토커 짓 하고 자기 괴롭힌 것처럼 수아한테도 못살게 굴까 봐."

"뭐?"

"그래서 일부러 날 좋아하는 척 오필희를 속이려고 한 거였대. 그래서 나한테 우리 둘이 사귀는 거 소문나도 그냥 가만히 있어 달라고 부탁한 거였고."

"하긴, 수아 걘 누가 지 물건 다 훔쳐 가도 우리한테 말도 못 하고 혼자 속앓이만 했잖아. 모탱 니 물건 훔쳤어 봐, 물건 없어지자마자 학교 다 뒤지고 다녔지. 유일반이 사람 잘 봤네. 큭큭. 작년 체육 대회 때 기억나? 오필희 그년 너한테 박으로 겁나 처맞은 거. 푸하하."

"재밌냐?"

"그것도 화제의 영상에 떴었잖아. 이 화제 동영상 제조기 같으니!"

태영이 박을 발로 차서 날리는 영상을 또 재생시킨 해니가 배를 잡고 웃었다. 태영이 씁쓸한 얼굴로 깔깔대며 핸드폰을 들여다보는 해니를 째려봤다.

"내가 그거 지우랬지?"

"안 돼. 이거 내 웃음 버튼이라고. 암튼 그래서 유일반이 또 뭐래?"

"뭐라긴 뭐래. 사귄다고 한 건 진심 아니었다고 미안하다고 그러지 뭐."

"그리고? 그게 끝? 동생 얘긴 안 해?"

"잘 지내고 있대."

"진짜? 근데 왜 연락 한 통 없는 거야? 안 물어봤어?"

"뭘 물어봐. 그럴 만한 이유가 있으니까 연락을 안 하는 거겠지."

"너 솔직히 말해 봐. 무서워서 못 물어보는 거지? 소문처럼 잘못됐다는 대답 들을까 봐?"

"아니야. 됐어. 잘 지낸다잖아. 그럼 된 거지 뭐. 아, 나 동아리방 가 봐야 돼."

"갑자기?"

"응. 지금 신입 부원 뽑는 중이라 서류 받아야 돼서 자리 지켜야 돼. 나 갔다 올게."

태영이 괜히 바쁜 척 핸드폰을 챙겨 자리에서 일어나 교실을 나가 버렸다. 그와 동시에 해니가 곧장 누군가에게 은밀히 전화를 걸었다.

"모탱 전혀 눈치 못 챔. 지금 옥상 갔으니까 그쪽으로 보내."

통화를 마친 해니가 짓궂게 웃으며 설레는 표정을 지었다.

한편, 교무실에서 전학 수속을 밟고 있는 남학생의 뒷모습이 보였다. 큰 키와 다부진 체격. 뒷모습만 봐도 잘생겼을 것 같은 느낌이었다.

교무실 복도 창문에 다닥다닥 붙은 여학생들은 남학생의 얼굴을 확인하곤 감탄사를 연발했다.

"X나 잘생겼어!"

꽤나 소란스러운 그 뒤를 지나가며 태영은 귀를 틀어막았다.

"왜들 저래?"

태영은 영문을 모르겠다는 얼굴로 교무실을 지나 학교 게시판 앞에 멈춰 섰다. 학교 홍보 동아리 회장 자격으로 부원 모집 안내문을 붙이기 위함이었다.

"1학년 전학생 얼굴 봤음? 미쳤음."

"몇 반일까?"

"이름이 뭐래?"

안내문이 삐뚤게 붙진 않았는지 확인하던 태영의 뒤로 1학년 후배들이 시끄럽게 떠들며 지나갔다. 태영은 이제야 교무실 앞에 여학생들이 잔뜩 몰린 이유를 알아차리곤 피식 웃었다.

"좋을 때다."

태영이 웃으며 또 다른 게시판에도 모집 안내문을 붙이기 위해 걸음을 옮겼다.

태영이 코너를 돌아 복도에서 사라지자마자 한 남학생이 게시판 앞에 섰다.

슈퍼 블룸에서 부원을 새로 모집합니다!

슈퍼 블룸이라는 동아리 이름이 크게 매직으로 적힌 것을 가만히 응시하던 남학생의 입꼬리가 살짝 올라갔다.

남학생은 태영이 애써 붙인 모집 공고문을 확 떼어 버렸다.

"덥다. 이제 진짜 여름인가 보네."

옥상 난간에 기댄 채 하복을 펄럭이며 땀을 식히던 태영은 옥상 아래를 내려다봤다. 어느새 벚꽃은 다 떨어지고 나무들이 초록색으로 바뀌어 있었다.

이맘때가 되니 더 그리워진다.

태영은 녀석과 함께했던 지난 여름날의 추억들을 떠올렸다.

같이 갔던 떡볶이 가게, 오락실, 사진관, 공원, 로봇 박물관, 꼭대기 바비큐…….

태영은 목에 건 소화기 펜던트를 습관처럼 매만졌다. 그러곤 혼잣말을 중얼거렸다.

"나 성인 되면 하고 싶은 거 하나 더 추가됐다?"

이제는 자연스러운 혼잣말.

"꽃이 핀 사막을 보러 갈 거야. 왠지 그곳에 가면 니가 있을 것 같거든. 기다려. 내가 곧 갈 테니까."

여전히 대답 없는 너. 태영이 씁쓸한 미소를 지었다.

쏴아―

그런데 그때였다. 소리 소문도 없이 쨍한 하늘에서 비가 쏟아졌다. 여우비였다.

갑자기 내린 비에 당황한 태영이 손으로 머리 위를 가리며 후다닥 옥상을 나가려는데.

쾅.

소리와 함께 누군가 문을 열고 밖으로 나왔다.

교복 입은 남학생이었다. 하지만 얼굴은 보이지 않았다. 남학생이 나오자마자 우산을 펼쳤기 때문이었다.

"!"

남학생이 펼친 투명한 우산에 핀 꽃을 마주한 태영의 두 눈이 커다래졌다.

처벅. 처벅.

발걸음 소리를 내며 성큼성큼 다가온 남학생이 태영의 머리 위에 우산을 씌워 줬다.

"사막까지 갈 필요 없어."

"……."

"내가 왔으니까."

태영이 고개를 들어 남학생을 바라봤다. 녀석이 미소를 지으며 저를 내려다보고 있었다. 태영이 믿기지 않는 표정으로 녀석의 명찰을 확인했다.

유이반.

"너……."

"안녕? 모태영. 아니, 이제 선배님이라고 불러야 되나?"

"진짜야? 너 진짜 유이반이야?"

"글쎄. 맞혀 봐. 혹시 모르잖아. 유일반이 유이반인 척하고 있는 걸지도."

"?"

갑자기 혼란스러워진 태영이 잽싸게 녀석의 왼쪽 손목을 잡아끌더니 확인했다.

흉터가……

"있네. 있잖아! 너 진짜 혼날래? 지금 농담이 나와?"

"여전하네. 여전히 씩씩해."

"야! 너 내가 얼마나…… 얼마나 걱정했는지 알아?"

"형한테 못 들었어? 내 안부 좀 너한테 전해 달라고 했는데."

"거짓말인 줄 알았지. 넌 이미 세상에 없는데 나 슬플까 봐 잘 지낸다고 거짓말하는 줄 알았단 말야……."

"살아 있는 사람을 막 죽여 버리네? 너 기자 되려는 애가 허위 사실……."

태영은 저도 모르게 녀석을 와락 안아 버렸다. 그리고 그 넓은 품에 안겨 엉엉 울었다. 이렇게 안고 있으니 더욱더 실감이 난다. 녀석이 돌아왔다는 게.

"왜 우냐? 너 웃는 거 보려고 죽을힘을 다해 왔는데."

녀석은 한쪽 손에 우산을 들고 한쪽 손으론 흐느껴 우는 태영의 등을 토닥이며 달래 주었다. 두 사람은 꽃비가 내리는 우산 밑에서 한참 동안 서로의 체온을 느꼈다.

그렇게 여름과 함께 첫사랑이 다시 돌아왔다.

"좋아해!"

태영이 고개를 들어 이반을 바라보며 외쳤다.

"이 말을 어떻게 하면 좀 더 멋있고 그럴싸하게 할 수 있을지 그런 쓸데없는 고민만 하다가 말 못 하고 널 놓쳤어. 너무 어리석었어. 좋아한다, 이 한마디면 되는데. 그 어떤 미사여구도 필요 없었는데. 그 말을 못하고 널 보낸 게 내내 후회됐어."

"말 안 해도 다 알아. 알고 있어."

이반이 피식 웃으며 아까 게시판에서 떼어 온 동아리 부원 모집 공고문을 주머니에서 꺼내 보여 줬다.

"내가 한 말로 동아리 이름까지 지었는데 모를 수가 있나."

태영이 멋쩍게 웃으며 말을 돌렸다.

"근데 왜 이제야 왔어? 그동안 많이 아팠던 거야? 그래서 연락 못 했던 거지?"

녀석이 희미하게 웃으며 고개를 저었지만, 태영은 알 수 있었다. 녀석에게 말 못 할 그간의 사정이 있었음을.

"누가 그러더라. 내가 사는 건 형벌이 아니라 행복이라고. 그래서 하루하루 버텼어. 지금 이 고통은 널 만나기 위한 행복한 기다림이라고."

이반이 태영의 손을 잡고 제 심장에 가져다 댔다.

"덕분에 내 심장 다시 뛰게 됐어. 어때? 잘 뛰지?"

쿵쾅쿵쾅. 힘차게 뛰는 녀석의 심장 박동이 손끝에서 느껴졌다.

"근데 지금 너무 빨리 뛰는 거 같은데……."

제 손을 잡은 녀석의 손이 뜨거웠다. 태영은 말끝을 흐리며 천천히 녀석의 눈을 바라봤다. 그 순간 비는 멈췄고, 물웅덩이에 고인 빗물이 햇빛에 비쳐 반짝반짝 빛을 내고 있었다.

툭.

태영의 말간 얼굴을 집요하게 응시하던 녀석이 우산을 바닥에 던지듯 내려놓고 태영의 턱을 잡고 입을 맞췄다.

"읍."

두 사람 사이엔 사막의 열기보다 더 뜨겁게 뭔가가 타오르고 있었다. 그렇게 한동안 멈추는 방법을 모르는 사람처럼 세게 맞붙은 두 사람의 입술은 떨어질 줄 몰랐다.

사막에 꽃이 피는 현상을 슈퍼 블룸이라고 한다.

앞으로 우리에게 또 어떤 사막이 찾아올지라도 두렵지 않다.

우린 무수히 많은 꽃을 피워 낼 무한한 힘을 가진 청춘, 고작 열아홉이니까.

— *Fin*

"이름이 뭐야?"

음악 소리가 너무 시끄러워서 잘 듣지 못한 태영이 고개를 갸웃했다. 그러자 맞은편에 앉아 있던 남자 선배가 큰 소리로 외쳤다.

"너 너무 귀엽다고! 마음에 드는데 이름이 뭐냐고!"

그 소리가 어찌나 컸는지 신입생 환영회가 한창인 이곳의 시선이 일제히 태영에게로 쏠리고 말았다.

귀밑까지 오는 짧은 단발머리 덕에 드러난 태영의 가녀린 목선은 남자 선배들의 보호본능을 제대로 일으켰고, 급기야 태영의 주변으로 남자 선배들이 우르르 몰려와 앉더니 기다렸다는 듯이.

"인마, 얘 이름 모태영이잖아."

"태영아, 너 언론정보학과 맞지?"

"안녕? 난 국문과 지혁진이야."

"태영아, 남친 있어?"

질문 공세를 퍼부었다. 정신을 못 차리고 두 눈만 끔뻑거리던 태영은 문득 시야에 들어온 시계로 시간을 확인하곤 자리에서 벌떡 일어났다.

"갑자기 어디 가려고?"

선배 중 한 명이 다리를 쭉 뻗어 태영이 다른 데로 못 가게 막으며 물었다. 그러자 태영은 저를 쳐다보고 있는 남자 선배들을 향해 너스레를 떨며 말했다.

"선배님들 정말 죄송한데요, 저 이미 남친 있어요. 앞으로 천년만년 헤어질 생각도 없구요! 그러니까 저는 이만 가 보도록 하겠습니다!"

"간다고? 환영회는 이제 시작인데?"

"남친이랑 약속했거든요. 인사만 하고 9시 전에 끝내고 나오기로."

그런데 지금 딱 9시 정각이 지나고 있었다. 태영은 괜히 마음이 조급해졌다.

'난 분명 가지 말라고 했다. 거기 가 봤자 술이나 퍼마시고 별 도움 안 된다니까?'

문득 어제 녀석이 전화 통화로 했던 말이 떠오른 것이다. 남자들이랑 술 마시는 자리에 가기만 해 보라고 으름장을 놓던 녀석을 겨우 설득해서 온 환영회였는데…….

근데 지금 이렇게 남자 선배들에게 둘러싸여 있는 제 모습을 녀석이 본다면, 알게 된다면…… 태영은 상상만으로도 끔찍했다.

"남친이 꼰대네. 나이가 많은가 봐?"

"동갑인데요."

"무슨 과? 우리 학교야?"

"아뇨."

"그럼 다른 학교야? 어디 대학인데?"

"명원……."

"명원대?"

"명원고입니다만……."

태영의 대답에 순간 정적이 흘렀다가 다시 술렁거리기 시작했다.

"신입 부원 쟤 고딩이랑 사귀네."

"근데 아까 남친이 동갑이라고 하지 않았어?"

"그게 무슨 말이야?"

여기저기서 수군거리는 소리가 들렸다.

"후우……."

역시 괜히 말했다. 태영은 작게 한숨을 내쉬었다.

저와 동갑이지만 아직 고등학교 2학년에 재학 중인 녀석의 상황을 사람들에게 설명할 생각은 딱히 없었다.

그냥 좀 빨리 여길 벗어나고 싶었다. 이럴 줄 알았으면 어제 녀석이 가지 말라고 할 때 그냥 순순히 알았다고 할걸. 이런 술자리에 괜히 녀석과 싸우면서까지 올 필요는 없었는데…… 그런 생각을 하고 있을 때쯤.

"거기 고딩!"

출입구 쪽이 소란스러워졌다.

"이봐! 우리 가게는 고딩 출입 금지……."

호프집 사장이 교복 입은 남학생을 막으려고 손을 뻗으려다가 남학생이 대뜸 민증을 들이밀자 말끝을 흐리며 뒤로 물러났다. 그 사이 남학생은 태영이 있는 테이블로 성큼성큼 다가갔다. 그러곤 태영이 남자들 사이에 갇힌 것을 빤히 쳐다보더니.

"나와."

하며 테이블을 확 당겨 버렸다. 그 바람에 틈이 생겼고, 태영이 냉큼 빠져나왔다.

태영이 민망한 얼굴로 쭈뼛거리며 녀석의 옆에 섰다. 녀석은 화난 얼굴로 아까 태영에게 수작을 부리던 남자 선배들을 노려보며 주먹을 쥐고 있었다.

"저 교복이 모태영 남친인가 봐. 고딩…… 맞아?"

고딩이라고 하기엔 피지컬이 너무 남달랐다.

떡 벌어진 어깨와 큰 키. 얼굴은 좀 잘생겼어야지, 녀석은 여자 선후배들의 시선을 한 몸에 받고 있었다. 옆에서 그 시선을 즐기던 태영은 괜히 으쓱했다. 여기서 제일 잘생겼다고 하는 선배도 녀석과 비교하면 아니 비교 불가였다.

"선배님들 그럼 저는 이만 먼저 가 보겠습니다!"

더는 다른 여자에게 녀석의 얼굴을 보여 주고 싶지 않았던 태영은 서둘러 녀석의 팔을 끌어당겨 밖으로 나갔다.

주차장으로 향하는 동안에도 녀석은 아무 말이 없었다. 평소 같았으면 아주 길길이 날뛰며 그러게 왜 가지 말라는 데를 가서 남자들한테 둘러싸여 그러고 있냐고 화를 냈을 텐데.

"저기……."

걸음을 멈춘 태영이 녀석의 눈치를 흘끔 보며 입을 떼려던 순간, 녀석이 말을 자르며 냉랭한 얼굴로.

"타."

차 조수석 문을 열었다.

아이고 무서워라. 녀석이 단단히 화가 난 모양이다. 태영이 주눅이 든 채로 말없이 차에 올라탔다. 그러곤 운전석에 앉아 운전대를 잡는 녀석의 옆모습을 흘끔 쳐다보다가 넌지시 말을 붙였다.

"근데 너 내일 기말고사 아니야?"

"기말고산데 왜 여기까지 오게 하냐? 너 이러려고 대학 갔냐? 성인 되면 술 마시고 싶다고 노래를 부르더니 요새 정신을 못 차리네?"

"뭘 정신을 못 차려."

"너 그저께 과 모임에서도 술 취해서 내 전화 다 씹었잖아."

녀석이 태영을 째려봤다. 태영은 억울했다.

"그래서 오늘은 너한테 허락 구하고 어디서 모임 하는지 다 보고하고 왔잖아. 근데 여기까지 오면 어떡해."

"니가 또 연락 두절 됐잖아."

"안 그래도 시간 맞춰서 나가려고 했어."

"그래서? 남자들 사이에 둘러싸여서 술 마신 게 잘했다는 거야?"

"자리는 왜 저렇게 됐는지 나도 몰라. 어쩌다 보니까 선배들이……
아, 알았어. 미안해. 근데 나 억울해. 오늘은 진짜 딱 한 잔밖에 안 마셨
다고. 근데 지금 우리 어디 가는 거야?"

태영이 흘끗 창밖을 내다봤다. 웬일인지 차가 문화시를 벗어나고 있
었다.

태영은 현재 문화시에 있는 4년제 대학에 재학 중이었다. 집에서는
그것도 어디냐며 좋아했지만, 태영은 기숙사에서 생활을 해야 한다는
점이 별로라서 재수까지 생각할 정도로 탐탁지 않았다.

하지만 현실적으로 재수를 한다고 해서 문화대보다 더 좋은 대학에
들어갈 수 있는 보장은 없기에 입학을 했고, 기숙사 생활을 한 지도 벌
써 한 학기가 끝나가고 있었다.

상황이 이렇다 보니 입학 전까진 매일 보던 녀석과도 일주일에 한 번
볼까 말까 하는 사이가 되었고, 녀석은 더는 못 참겠다며 얼마 전에 차
까지 사고 말았다.

해니는 돈 많고 차까지 있는 남친 둬서 좋겠다고 부러워했지만, 태영은 차로 왕복 두 시간이나 되는 거리를 무슨 편의점 드나들 듯 수시로 오고 가는 녀석이 정말 괜찮은 건지 의문이었다.

"유이반! 어디 가냐니까?"

"우리 집."

"명원시? 그럼 난 여기 근처에서 세워 줘. 기숙사까지 택시 타고 갈게."

"싫어. 같이 가."

"그게 무슨 소리야?"

"우리 집에서 자고 가라고. 내일 아침에 데려다줄게."

녀석이 운전대를 꽉 잡으며 태영을 흘끔 쳐다보며 말했다. 아무렇지 않은 척하고 있었지만 긴장했는지 녀석의 목울대가 크게 일렁였다.

뭔가 분위기가 묘해지자 태영의 얼굴이 새빨개졌다. 태영은 어색해서 괜히 더 큰 소리로 떠들었다.

"내가 왜 너네 집에서 자? 우리 집도 있는데. 게다가 너 혼자 사는 집도 아니고 유일반한테 허락은 받았어?"

"오늘 안 들어온대."

"아…… 아, 그래? 어, 어디 갔는데?"

뭔가 느껴진다. 녀석의 강한 의지가. 당황한 나머지 태영은 그만 말을 더듬고 말았다. 그를 눈치챈 녀석이 고개를 돌려 남몰래 피식 웃으며 대답했다.

"형 제주도 갔어. 요새 니가 준 프리패스권으로 로봇박물관 투어 중이잖아."

"아…… 유일반 걔 진짜 알차게 쓰는구나. 뿌듯하네."

"그러게. 그거 형한테 주길 잘했어."

맨날 제 옆에 붙어서 약은 먹었는지 운동은 했는지 건강 상태를 일일이 하나하나 다 체크하는 형이 은근히 귀찮았던 녀석은 자유의 미소를 지었다.

"국내 한정이라 아쉬울 지경이라니까. 그 인간 맨날 집에서 사람을 어찌나 귀찮게 하는지. 다시 외국으로 돌아갔으면 좋겠어."

"안 간대?"

"안 간대. 한국에서 대학 다니겠대. 아마 올해 나랑 같이 수능 볼 듯."

"대박……."

"왜?"

"나 갑자기 막 상상됐어. 너희 둘 같은 학교 갔는데 똑같이 생겨서 교수님들도 그렇고 동기들도 막 헷갈려서 당황하고. 어떤 누구는 예전의 나처럼 저 녀석 기억 상실증 걸렸나? 날 왜 못 알아보지? 할지도."

"하."

"왜 웃어?"

갑자기 녀석이 웃음을 터뜨리자 태영이 샐쭉한 표정으로 물었다. 그러자 녀석이 왼쪽 손으로 태영의 머리카락을 헝클어뜨리며 놀리듯 대답했다.

"아, 뭐야. 머리!"

태영이 머리카락을 정리하며 녀석을 예쁘게 흘겨봤다.

"너 지금 나 비웃는 거지?"

"아무튼 웃겨. 너 진짜 웃긴 애야."

"그런 웃긴 상황을 만든 게 누군데. 그리고 뭐 나만 속았나? 해니랑 주유권도 속았잖아. 걔들도 너 유일반이라고 알고 있었잖아."

"걔들은 나랑 붙어 있는 시간이 별로 없었잖아. 근데 넌……."

"그래. 난 너랑 맨날 붙어 있으면서도 암것도 몰랐다. 됐냐? 와. 그때 생각하니까 진짜 내가 왜 몰랐을까 싶어. 이렇게 다른데."

"어디가 어떻게 다른데?"

"안 알려 줘."

다른 누구는 몰라도 태영은 자신할 수 있었다. 유일반과 유이반이 아무리 똑같이 생겼어도 구분할 수 있다고.

그건 바로 저 눈빛. 자신을 바라보는 녀석의 눈빛 하나면 바로 알아볼 수 있었다.

태영은 스스로 뿌듯해하며 녀석을 향해 배시시 웃었다.

"창문 좀 열어도 돼?"

"더울 텐데?"

"취기가 살짝 올라오는 것 같아서. 어지러워."

태영의 말이 끝나기도 전에 녀석은 창문을 내렸고, 태영은 불어오는 후텁지근한 바람을 맞으며 크게 숨을 들이마셨다.

"으, 살 것 같다."

"술 한 잔 마셨다며."

"양주 한 잔."

"뭐?"

"농담이야."

"죽을래?"

"진짜 궁금해서 딱 한 잔만 마셔 봤어."

"양주를 누가 줬는데? 니 옆에 앉아 있던 새끼?"

"아마도?"

"하아……."

단전에서부터 올라오는 짙은 한숨. 태영은 녀석의 눈치를 흘끔 쳐다봤다. 운전대를 잡은 녀석의 전완근에 힘줄이 팍 솟아났다.

"근데 너 요새 무슨 운동 해? 몸이 점점……."

완벽해진다. 저러다 교복 터지겠는데. 작년에 다시 재회했을 때만 해도 이 정도로 건강하진 않았는데.

"역시 형이 좋긴 하네. 유일반이 옆에서 엄청 잘 챙겨 주나 봐."

"과연 형 때문일까?"

"그럼?"

"나 요즘 운동해."

"무슨 운동?"

"그냥 밤마다 나가서 달려."

"왜?"

"밤마다 니 생각 나서."

"응?"

"모르면 됐어."

태영이 정말 아무것도 모른다는 순진한 얼굴로 녀석을 바라봤다. 그러자 녀석은 아주 심각하게 지금이라도 태영을 집으로 데려가는 것을 그만둬야 하나 고뇌에 빠졌다.

하지만 그녀가 옆에 있어도 멀리 있어도 미칠 것 같은 건 마찬가지였다.

결국 그냥 몸이 좀 괴롭더라도 옆에 두는 쪽을 선택하기로 했다.

솔직히 그동안 타지에 태영을 혼자 두고 집에 돌아가는 일은 정말 곤욕이었다.

문화시에 있는 고등학교로 전학을 갈까, 아니면 형처럼 학교를 그만두고 검정고시를 볼까 생각할 정도였다.

프리무스만 아니었어도 진작 그렇게 했을 텐데.

현재 로봇 동아리 프리무스 회장인 이반은 형 유일반의 뒤를 이어 세계 대회를 휩쓰는 중이었다. 그 덕분에 대한민국 최고 대학의 입학은 물론 국내 유명 로봇연구소에서 그를 영입하려고 벌써 물밑작업이 시작됐다는 소문도 있었다.

하지만 그런 건 이반에게 하나도 중요하지 않았다. 태영은 모르겠지만 이반은 사실 조금 더 먼 미래를 그리고 있었다.

그녀와 영원히 함께할 미래.

"으음……."

그녀와의 아름다운 미래를 꿈꾸고 있는 이반과 달리 진짜 꿈을 꾸며 새근새근 자는 태영을 발견한 이반이 피식 웃었다.

이반은 이렇게 같이 있어도 그녀가 보고 싶고, 만지고 싶은 자신의 마음을 아는지 모르는지 옆에서 속 편하게 꾸벅꾸벅 졸고 있는 태영이 귀여워 웃음을 터뜨렸다.

"역시 이 맛이야!"

맛있게 닭 다리를 뜯는 태영을 보니 이반은 올여름 가장 덥다는 오늘 굳이 꼭대기까지 올라가 바비큐를 포장해 온 보람을 느꼈다.

"꼭대기는 언제 갔던 거야?"

"너 코 골면서 잘 때."

"내가 무슨 코를 골아."

"녹음했는데 들려 줘?"

"너도 얼른 먹어. 너무 맛있다."

태영이 말을 돌리며 다시 열심히 먹기 시작했다. 그러다 문득 잊고 있던 게 떠올랐다.

"맞다. 너 내일 기말이잖아. 공부 안 해?"

"공부는 원래 평소에 하는 거야. 누구처럼 벼락치기가 아니라."

"아니 그래도 그렇지, 시험이 내일인데 이렇게 나랑 놀아도 돼? 나 이 것만 먹고 집에 갈 테니까 너 공부해."

"집에 간다고?"

"응. 오래간만에 엄마랑 오빠 얼굴도 보고…… 아, 집에 없겠구나."

엄마는 당직일 테고, 오빠는 있어 봤자 얼굴 보면 싸우기나 하지.

진짜 그냥 여기서 자고 갈까? 괜찮을까?

태영은 우물우물 바비큐를 먹으며 녀석을 의심스럽게 쳐다봤다.

"왜 그렇게 봐?"

"그, 그냥. 너 혹시 막 이상한 그런 거 그거 때문에 나 데려온 건 아니지?"

"이상한 그런 거?"

"아니야. 아니면 됐어."

아주 잠시 잠깐 야릇한 상상의 나래를 펼쳤던 태영이 시치미를 뚝 떼고 콜라를 마셨다. 그러자 녀석이 뭔가 찔리는 구석이 있었는지 갑자기 장황하게 말을 늘어놓기 시작했다.

"야, 아니야. 나 그런 생각 진짜 안 했거든? 그냥 너 내일 오전 강의 없잖아. 나도 시험 12시면 끝나니까 너 집에서 기다리고 있으면 점심 같이 먹고 내가 너 데려다주려고 그래서 자고 가란 거지 진짜 별뜻 없어."

"알았어. 누가 뭐래? 나는 그냥 너 시험공부에 방해될까 봐 그러지."

"그게 걱정됐으면 오늘 환영회 가지 말았어야지. 내가 너 거기 보내고 공부가 됐겠냐?"

"왜 또 그 얘기야. 앞으로 다신 술자리 안 간다니까."

"진짜야?"

태영이 콜라를 마시며 신나게 고개를 끄덕이다가 하필 흰 블라우스에 콜라를 쏟고 말았다.

"앗, 차가! 어떡해."

"있어. 내가 닦아 줄게."

녀석이 티슈로 태영의 입술에서부터 목덜미를 타고 흐르는 액체를 닦아 주고 있었는데.

하필 그때 태영이 젖은 옷이 차갑다며 블라우스를 펄럭였고, 그 바람에 그녀의 하얀 속살을 얼떨결에 보고 만 녀석이 너무 놀라 숨을 꾹 참고 말았다.

"!"

순간 얼굴이 새빨개진 채로 자리에서 벌떡 일어난 녀석이 뚝딱거리기 시작했다.

"아냐. 야, 너 가만히 좀 있어. 가만히."

"이거 너무 끈적거려. 갈아입고 싶은데."

"뭘 갈아입어?"

"다 젖었잖아. 저걸로 갈아입어도 돼?"

"저거?"

태영이 손가락으로 소파 위에 아무렇게나 걸쳐진 파란색 티셔츠를 가리켰다.

"저거 형 거야."

"잠깐만 빌려 입자."

"뭐라는 거야. 다른 남자 옷을 니가 왜 입어?"

"유일반이 남인가 뭐."

"됐어. 내 옷 입어."

녀석이 갑자기 허둥지둥 방으로 달려가 자신이 자주 입는 티셔츠를 꺼내 와 내밀었다.

"땡큐."

흰 블라우스가 젖어서 브래지어 라인이 다 보이는 것도 모르고 고맙다고 환하게 웃는 태영을 녀석이 환장할 것 같은 얼굴로 보고 있다가 고개를 휙 돌려 버렸다.

난 안 봤어. 아무것도 못 봤어. 잊어. 잊자.

반면 갑자기 제게 거리를 두는 녀석을 의아하게 쳐다보던 태영은 후다닥 욕실로 향했다.

욕실 문이 닫히자마자 이반은 머리카락을 헝클어뜨리며 자책했다.

"미치겠네."

이러려고 데려온 게 아닌데…… 진짜 아닌데.

그렇게 고뇌에 찬 얼굴로 녀석이 거실 한가운데에서 안절부절 전전긍긍 왔다 갔다 하고 있었다. 그때였다.

지이잉. 지이잉.

어디선가 진동음이 울렸다. 테이블 위에 놓인 태영의 핸드폰이었다.

가까이 다가가서 발신인을 확인한 녀석의 눈빛이 서늘해졌다.

"오강협 선배님?"

녀석이 액정에 뜬 발신인을 읊조리고 있었는데 마침 태영이 옷을 갈아입고 나왔다.

"왜 그래? 누구 전환데?"

녀석의 서늘한 눈빛을 마주한 태영이 흠칫 놀라며 물었다. 그러자 녀석이 여전히 핸드폰을 노려보며 말했다.

"이 새끼는 뭔데 이 밤에 너한테 왜 전화하냐?"

"글쎄?"

마찬가지로 발신인을 확인한 태영이 고개를 갸웃하며 아무렇지도 않게 전화를 받았다.

"여보세요. 네. 선배님. 네? 아…… 네. 알겠습니다. 내일 뵐게요."

태영이 전화를 끊자마자 기다렸다는 듯이 이반이 물었다.

"뭐래?"

"내일 점심 같이 먹재."

"아, 그래? 근데 알겠다고? 내일 나랑 점심 먹기로 했잖아."

"두 번 먹으면 되지."

"아…… 야!"

"아, 왜? 선배가 학식 식권 준대. 무려 스무 장!"

"하."

이반이 실소를 터뜨렸다.

"모태영, 넌 식권 준다 그러면 그게 누가 됐든 같이 점심 먹는 거야?"

"어때. 그 선배 여친도 있어. 엄청 예뻐."

"여친도 있는 새끼가 왜 후배한테 식권 준다는 빌미로 밥 먹자고 꼬시냐? 하아……."

"또 왜 그래? 꼬시긴 뭘 꼬셔. 그런 거 진짜 아닌데. 아니라니까."

태영이 화난 녀석의 기분을 풀어 주려고 양쪽 팔을 붙잡고 흔들며 배시시 웃었다.

"알았어. 그럼 식권만 받고 점심은 같이 안 먹을게."

"식권도 받지 마."

"왜? 공짜로 주는 건데."

"세상에 공짜가 어딨어! 특히 남자가 여자한테 아무 의미 없이 베푸는 건 없어."

"왜 없어? 선배가 후배한테……."

"남자 선배가 여자 후배한테라는 게 포인트지."

"너는? 너는 여자 후배들 밥 사 준 적 없어? 너도 있잖아."

"없는데? 내가 걔들 밥을 왜 사 줘?"

"없어? 너무하네. 애들 밥 좀 사 줘. 그래야 이번 세계 대회도 우승하지."

"걔들이 하는 게 뭐가 있어? 내가 혼자 다 하는데."

할 말이 없다. 다 맞는 말이니까.

태영은 여기서 멈추기로 했다. 더 말했다간 정말로 싸울 것만 같았기 때문이다.

"나 잘래."

자연스럽게 하품하는 척을 하며 소파로 향했다. 그런 태영을 빤히 쳐다보던 녀석은 미안했는지 조금은 수그러든 목소리로 말하며 태영의 어깨를 잡아끌었다.

"내 방에서 자. 난 형 방에서 자면 돼."

"괜찮은데……."

태영은 못 이기는 척 녀석의 손에 이끌려 방으로 향했다. 그리고 침대에 누웠고 녀석이 덮어 주는 이불을 품에 꽉 안았다.

"잘 자."

"잠깐!"

불을 끄고 나가려는 이반을 태영이 황급히 불러 세웠다.

"왜?"

"같이 자자!"

"……."

태영의 한마디에 망부석처럼 문 앞에 굳어 서 있는 녀석을 본 태영이 작게 웃음을 터뜨렸다.

"뭘 그렇게 놀라? 그냥 손만 잡고 자자고."

"그게 될 것 같아?"

"응. 난 가능해!"

"내 생각은 안 하지?"

"너도 가능할걸? 아, 왜? 왜 째려봐?"

"너 나랑 같이 자고 싶어?"

"어. 그러니까 집에 안 갔지. 너랑 같이 있고 싶으니까."

해맑은 얼굴로 말하는 태영의 얼굴에 이끌린 이반이 어느새 침대 앞까지 다가갔다. 태영이 자연스럽게 손을 뻗어 이반의 손을 잡았다. 이반이 침대 끄트머리에 앉으며 태영을 내려다봤다.

"아깐 화내서 미안해. 그래도 식권은 받지 마."

"알았어. 나도 그깟 식권 때문에 너랑 싸우기 싫어. 대신 나 내일 점심에 맛있는 거 사 줘."

"뭐 먹고 싶은데?"

"오래간만에 떡볶이 먹으러 갈까?"

"오래간만이라고? 저번 주에도 먹었던 것 같은데."

"거기 말고 이번엔 다른 가게로 가자. 내가 너튜브에서 봤는데 명원고 근처에 쌀 떡볶이 진짜 맛있게 하는 곳이 있더라고. 우리도 내일 거기 가자. 응?"

"신났네?"

"당연하지. 낮 데이트 오래간만이잖아. 그냥 내일 하루 강의 쨀까?"

"나도 그럼 내일 학교 안 갈……."

"시험은 봐야지."

태영이 주먹을 내보이며 말하자 이반이 바로 수긍했다.

"알겠어. 시험은 볼게."

"어? 오늘은 말 잘 듣네? 아이고 예뻐라."

태영이 마치 어린아이 달래듯이 녀석의 머리를 쓰다듬었다. 그러곤 이불을 들어 올려 제 옆을 가리켰다.

"누워! 침대도 넓은데 그냥 같이 자자."

"침대가 넓으니까 더더욱 같이 자면 안 되지."

"왜?"

"내가 무슨 짓을 할 줄 알고. 이 넓은 침대에서."

이제야 그 말뜻을 이해한 태영의 얼굴이 새빨개졌다.

"나 진짜 니 옆에 누워도 돼?"

"그게 말이야…… 글쎄? 될 것 같기도 하고 안 될 것 같기도 하고……."

태영의 말이 끝나기도 전에 녀석이 바로 누워 버렸다. 그러곤 태영의 허리를 끌어당겼다.

"꺅! 너 뭐야!"

"침대가 생각보다 좁네. 나 떨어질 것 같아."

"무슨 소리야. 뒤에 자리 엄청 남는구만."

"먼저 시작한 건 너잖아. 몰라. 난 이렇게 잘 거야."

그렇게 녀석은 태영을 품에 꽉 안고 눈을 감았다.

녀석의 가슴팍에 얼굴을 묻은 채 잠이 오기만을 기다리던 태영은 가만히 녀석의 심장 소리를 들었다.

쿵쿵. 쿵쿵.

세차게 뛰는 심장 박동 소리.

태영이 고개를 들어 녀석의 얼굴을 흘끔 쳐다봤다. 조용히 눈을 감고 있던 녀석이 스르륵 눈을 뜨고 태영을 내려다봤다.

"왜? 잠이 안 와?"

"응. 근데 너 이제 심장 안 아픈 거 맞지?"

"그건 왜 물어?"

"좀 달라서."

"뭐가?"

태영이 녀석의 손을 끌어다 자신의 가슴에 가져다 댔다. 놀란 이반과 달리 태영이 차분한 목소리로 말했다.

"너랑 나랑 심장 뛰는 속도가 달라. 넌 막 엄청 빠른데, 봐 봐, 내 심장은……."

가만히 태영의 심장이 뛰는 것을 손으로 느끼던 녀석이 억울한 표정을 지었다.

"넌 아무렇지도 않냐? 나랑 이렇게 누워 있는데?"

"아니. 나 지금 엄청 떨리거든?"

"근데 심장이 왜 이렇게 천천히 뛰어? 난 무슨 금방이라도 튀어나올 것처럼 미친 듯이 뛰어 대는데."

"내가 원래 강심장이잖아. 근데 말이야. 니 심장을 위해서라도 우린 따로 자야 하는 게 맞을 것 같아. 그런 의미에서 내가 나가서 잘게!"

태영이 벌떡 일어나서 침대를 벗어나려고 하자, 녀석이 태영의 손을 잡아끌어 침대에 도로 눕혔다.

"내 심장 걱정할 거 없어. 원래부터 니 옆에선 이 정도 속도로 뛰고 있었으니까."

"읍."

태영의 작은 얼굴을 쓸어 만지던 이반이 입술을 집어삼켰다. 가벼운 입맞춤에서 끝낼 생각이 아니었는지 점점 더 입술이 진하게 맞물리고 뜨거운 숨결이 얽히기 시작했다.

"하아."

인내심에 한계에 다다른 이반이 겨우 참으며 숨을 골랐다. 그리고 침대를 내려가려는데 태영이 녀석의 허리를 붙잡았다.

"계……속해 줘."

수줍은 태영의 고백에 이반은 다시 태영의 위에 올라타 키스를 했다. 그렇게 그동안의 오랜 인내 덕에 짜인 근육이 드디어 힘을 발휘하고 있었다.

첫사랑, 첫 이별, 첫 재회, 첫 경험…… 모든 처음은 너와 함께.

기록적 폭우와 기록적 더위를 기록한 올해 여름.

두 사람의 스무 살의 여름은 기록적으로 뜨거웠다.

— *외전 Fin*